허즈번드
시크릿

the
Husband's
Sceret

허즈번드
시크릿

리안 모리아티
김소정 옮김

마시멜로

Also by Liane Moriarty

실수는 사람의 영역이고, 용서는 신의 영역이다.

알렉산더 포프 Alexander Pope

✉

판도라는 정말 너무 불쌍해. 제우스 때문에 생전 처음 보는 남자와 결혼해야 했거든. 에피메테우스라는 남자였는데, 그다지 영리하진 않았어. 제우스는 판도라에게 이상한 단지도 하나 들려서 보냈어. 판도라에게 단지의 정체를 말해준 사람은 없었어. 열면 안 된다고 말해준 사람도 없었지.

그래서 그 단지를 연 거야. 도대체 안 열 이유가 없잖아? 열자마자 인간을 끝없이 괴롭힐 온갖 나쁜 것들이 튀어나올지 어떻게 알았겠어? 단지 바닥에 남는 건 오직 희망뿐이라는 걸 어떻게 알았겠느냐고? 어째서 단지에 경고문을 붙이지 않은 거지?

그리고 사람은 누구나, 오, 판도라와 같은 거야. 도대체 의지는 어디에 있는 거야? 상자를 열지 말라고 했잖아, 이 대책 없는 호기심쟁이야! 그 호기심 때문에 무슨 일이 벌어졌는지 보라고!

아, 그런데 판도라가 가지고 온 건 상자가 아니라 단지였어. 그리고 판도라가 거듭 말하고 싶은 건 이거지.

'나한테 단지를 열면 안 된다고 한 사람은 없었잖아요!'

월요일

Monday

. 1 .

이건 모두 베를린 장벽 때문이다.

베를린 장벽만 아니었다면 세실리아는 편지를 발견하지도, 식탁에 앉아 열어보지 않으려고 애쓸 필요도 없었을 거다.

편지 봉투는 얇게 덮인 먼지 때문에 희뿌옇게 보였다. 겉에는 세실리아의 글씨만큼이나 친숙한 필체로 휘갈겨 쓴 글자가 적혀 있고, 뒷면은 노란 접착테이프로 밀봉되어 있었다. 언제 쓴 거지? 몇 년 전인 거 같긴 한데, 정확하게 언제인진 알 수 없었다.

세실리아는 편지를 열어보지 않을 것이다. 안 되는 게 분명하니까. 세실리아는 누구보다도 결단력 있는 사람이다. 그리고 이미 그러기로 결심했다. 더는 고민할 필요도 없다.

솔직히 말해 편지 좀 본다고 큰일이 날 린 없다. 보자마자 뜯어보는 사람도 분명히 있을 거고. 친구들에게 물어보면 다들 무슨 말을 할지 뻔했다.

미리엄 오펜하이머는 '뭐야, 그냥 열어봐' 라고 할 거다.

에리카 에지클리프는 '농담해? 당장 열어봐야지' 라고 할 테고.

로라 막스는 '당연히 열어봐야지. 빨리 꺼내서 나한테 큰 소리로 읽어줘' 라고 할 거다.

사라 삭스는……. 아니, 걔한텐 안 물어보는 게 낫다. 사라는 결정을 할 수 있는 사람이 아니다. 커피 마실래, 차 마실래? 같은 간단한 질문에도 오만상을 다 찌푸리고 커피와 차의 장단점을 파악하려 애쓰는 아이니까. 간신히 '커피로 줘'라고 했다가도 곧바로 '아니, 잠깐만 차가 좋겠어'라고 말한다. 그런데 편지를 볼까 말까 하는 문제라고? 머리에서 쥐가 날 게 분명하다.

마할리아 라마찬드란은 당연히 안 된다고 할 거다. 전적으로 남편에 대한 예의가 아니라고 하겠지. '자기야, 절대로 열어보면 안 돼!'라고 할 게 뻔하다. 마할리아의 커다랗고 윤리적인 눈에는 가끔 좀 지나치다 싶게 강한 확신이 차 있다.

세실리아는 편지를 식탁 위에 내버려두고 물을 끓이러 주전자가 있는 곳으로 갔다.

망할 베를린 장벽. 망할 냉전. 1940 몇 년쯤에 배은망덕한 독일을 처리하기 위해 고민했던 망할 사람. 그 사람은 갑자기 좋은 생각이 났다는 듯 손가락을 딱 하고 튕기면서 '그래, 그러면 되겠어. 엄청나게 커다란 벽을 쌓고 그 안에 골칫거리들을 가둬두는 거야' 하고 말했을 거야.

뭐, 그 남자가 영국군 선임하사관처럼 말하진 않았을 테지만.

에스터라면 베를린 장벽을 생각해낸 사람을 알 거야. 그 남자가 태어난 날짜까지 알지도 몰라. 그래, 남자일 거야. 그런 쓸데없는 생각을 누가 하겠어? 베를린 장벽이라니, 아주 터무니없지만 정말 엄청나게 효과적인 방법이잖아.

이렇게 생각하는 건 너무 성차별적인가?

세실리아는 주전자에 물을 가득 채우고 불에 올린 다음 키친타

월로 윤이 날 때까지 싱크대에 떨어진 물방울을 닦았다.

세 아들의 나이가 세실리아의 세 딸 나이와 비슷한 한 학교 엄마가 지난주 학교 행사 준비 위원회 회의를 시작하기 직전에 세실리아에게 '아주 조금 성차별주의자'처럼 말한다고 했다. 정확히 뭐라고 했는지는 기억나지 않는다. 농담조로 한 말이었다. 그런데 여자들은 앞으로 2000년 동안 성차별주의자가 되어도 좋은 거 아니야? 그래야 남자들이랑 동등해지는 거 아닐까?

뭐 세실리아는 정말로 성차별주의자일 수도 있었다.

주전자 물이 끓어올랐다. 세실리아는 뜨거운 물을 찻잔에 따른 뒤 얼 그레이 티백을 넣고 빙글빙글 돌렸다. 그러곤 붉은 홍차가 뜨거운 물 사이로 잉크처럼 퍼져나가는 모습을 지켜보았다. 세상에는 성차별주의자보다 더 나쁜 것도 얼마든지 있다. 손가락을 얄밉게 오므리면서 '아주 조금'이라고 말하는 사람도 있는 것처럼.

세실리아는 홍차를 보면서 한숨을 쉬었다. 이럴 땐 와인 한 잔이 더 나을 테지만, 사순절 기간이라 술은 마실 수 없다. 앞으로 엿새만 참으면 된다. 부활절 일요일이 되면 마시려고 값비싼 시라즈 와인을 준비해두었다. 어른이 서른다섯 명, 아이 스물세 명이 점심을 먹으러 올 테니까 그런 와인이 꼭 필요하다. 손님 접대야 세실리아에겐 아무 일도 아니라지만, 그렇다곤 해도 부활절, 어머니의 날, 아버지의 날, 크리스마스 식사까지 다 준비해야 하다니. 존 폴에겐 남동생이 다섯 있는데, 모두 결혼해서 자녀를 두었다. 정말 대가족이다. 따라서 철저하게 계획을 세워야 한다. 꼼꼼하고 세심하게 말이다.

세실리아는 차를 들고 식탁으로 갔다. 도대체 왜 난 사순절에 술을 마시지 않겠다고 서약한 걸까? 폴리처럼 실용적인 선택을 해야 했는데. 폴리는 딸기잼을 먹지 않겠다고 했다. 지금까지 폴리가 딸기잼을 조금이라도 입에 대는 모습은 한 번도 보지 못했다. 비록 냉장고 문을 열고 정말 간절한 표정으로 노려보기는 하지만. 사람은 하지 말라면 더 하고 싶은 법이다.

"에스터!"

세실리아가 소리쳤다.

세실리아의 세 아이는 옆방에서 〈도전! FAT 제로〉(미국 NBC 방송국에서 방영하는 서바이벌 다이어트 프로그램-옮긴이)를 보면서 몇 달 전 건국 기념일 바비큐 파티 때 남긴, 소금과 식초를 잔뜩 뿌린 감자 칩을 먹고 있다. 날씬한 아이 셋이 뚱뚱한 사람들이 텔레비전에 나와 땀을 흘리고 울부짖고 굶는 모습을 저렇게 열심히 지켜보는 이유를 세실리아는 도무지 알 수 없었다. 그런 프로그램을 보면서도 건강한 식습관을 길러야겠다는 생각 따윈 전혀 하지 않는 게 분명했다. 가서 감자 칩을 뺏어와야 할까. 하지만 다들 아무 불만 없이 연어와 삶은 브로콜리를 저녁으로 먹었다. 더구나 지금은 아이들과 실랑이할 기분이 아니다.

옆방 텔레비전에서 큰 소리가 났다.

"공짜로 얻을 수 있는 건 아무것도 없어!"

저런 멘트를 듣는다고 무슨 문제가 생기진 않을 거다. 그건 누구보다도 세실리아가 잘 안다. 하지만 아이들의 부드러운 얼굴에 얼핏 혐오가 스쳐가는 건 마음에 들지 않았다. 세실리아는 딸들 앞에선 외모를 부정적으로 표현하지 않으려고 항상 주의를 기울였다. 하지만 친구들이 그러는 건 어쩔 수 없었다. 며칠 전만 해도 미리엄이 감수성이 예민한 아이들 앞에서 갑자기 큰 소리로 '세상에, 내 배 좀 봐!' 하면서 자기 배를 움켜잡았다. 뱃살이 절대로 용납할 수 없는 끔찍한 물건이라도 되는 것처럼. 안 그래도 하루에 백만 번도 넘게 자기 몸을 끔찍하게 생각하라는 메시지를 받는 아이들 앞에서 그런 짓을 하다니, 믿을 수 없다.

물론 미리엄의 배는 조금 너무하긴 했다.

"에스터!"

세실리아는 다시 소리쳤다.

"왜에?"

에스터가 어딘가 아프고 상당히 지친 것 같은 목소리로 대답했다. 자기도 모르게 엄마 말투를 따라하는 게 분명했다.

"베를린 장벽을 세우자고 한 사람이 누구지?"

"다들 니키타 흐루쇼프일 거라고 하던데?"

에스터가 조금도 머뭇거리지 않고 의기양양하게 이국적인 이름을 외쳤다. 자신이 직접 익힌 독특한 러시아 억양으로.

"누구냐면 러시아의 수상 같은 사람이야. 사실 수상은 아니고 서기장인데, 아마도……."

그 순간 나머지 두 아이가 언제나처럼 흠잡을 데 없는 매너로 소리쳤다.

"시끄러워, 에스터."

"언니 때문에 텔레비전 소리가 안 들리잖아."

"고마워, 에스터."

세실리아는 에스터에게 대답하고 차를 홀짝 마셨다. 시간 여행을 통해 과거로 돌아가 흐루쇼프의 코를 납작하게 눌러주는 상상을 했다.

안 돼요. 흐루쇼프 씨. 장벽을 만들다니, 안 될 말이죠. 공산주의는 제대로 해내지 못할 거예요. 아무 일도 못할 거라고요. 지금 자본주의가 최고라고 말하는 건 아니에요. 지난달 카드 청구서를 보면 아주 기가 막힐 정도니까요. 하지만 당신은 정말 생각을 다시 해야 해요!

흐루쇼프만 아니었다면 세실리아가 그로부터 50년 뒤에 편지를 찾을 일은 없었을 거다. 그러면 이렇게…… 음 뭐라고 표현해야 할까?

그래! 이렇게 흐리멍덩한 기분에 잠길 일도 없었을 거다.

세실리아는 정말 흐리멍덩한 느낌이었다. 언제나 정신을 똑바로 차리고 살아가는 것, 그게 세실리아의 큰 자랑이었는데 말이다. 세실리아의 일상은 '고수 사오기', '이사벨 머리 자르기', '화요일에 에스터가 언어장애 치료를 받는 동안 발레 학원에서 폴리를 데리고 있어줄 사람 구하기' 같은 수천 가지 자질구레한 일로 가득 차 있다. 이사벨이 몇 시간이나 공들여 맞추는 퍼즐 조각처럼 사소한 일들 말이다. 물론 이사벨과 달리 세실리아는 느긋하게 퍼즐을 맞출 여유가 없다. 모든 조각이 정확히 어디에 있으며, 다음에 끼워넣어야 하는 조각은 어디에 들어가야 하는지를 미리 분명하게 알고 있어야 한다.

하지만 뭐, 괜찮았다. 세실리아가 이끄는 삶은 사실 특별할 것도 없고 그다지 인상적이지도 않을 테니까. 세실리아는 그저 학부모에, 진공 포장 용기를 판매하는 타파웨어 사에서 시간제 근무로 일하는 판매원일 뿐이다. 그러니까 배우도 아니고 보험계리사(사고·화재·사망 등의 통계 기록을 연구해 보험요율, 보험 위험 가능성 등을 산출하는 사람—옮긴이)도 아니고…… 버몬트에 사는 시인은 더더욱 아닌 것이다. (세실리아는 얼마 전에 같은 고등학교를 나온 리즈 브로건이 시인이 되어 상을 받았고 버몬트에 산다는 소식을 들었다. 리즈는 언제나 이스트 향 짙은 초콜릿색 베지마이트 잼을 바르고 치즈를 넣은 샌드위치를 먹었고, 통학 버스를 번번이 놓쳤다. 세실리아로선 특별히 짜증 낼 이유가 없는 동창인 데다 자신은 시를 쓰고 싶은 생각이 전혀 없었는데도 리즈가 시인이 되었다는 소식을 듣고 괜히 짜증이 났다. 리즈 브로건은 누가 봐도 가장 평범한 삶을 살 것 같은 아이였단 말이다!)

물론 세실리아도 지극히 평범하게 살길 바랐다. 하지만 좀 더 나은 일을 하지 않는다고, 좀 더 뛰어난 일을 하지 않는다고 자신을 비난하는 사람이 있기라도 한 것처럼, 세실리아는 가끔 멍하니 멈춰 서서 생각했다. *지금 뭐라는 거니? 교외에 사는 엄마들은 모두 나 같단 말이야!*

다른 엄마들은 세실리아에게 늘 정신을 못 차리겠다, 집중할 수가 없다고 하면서, "도대체 세실리아는 어떻게 그렇게 많은 일을 척척 해내는 거야?" 하고 묻는다. 그런 말을 들으면 어떻게 대답해야 할지 도무지 알 수 없었다. 다른 엄마들이 힘들어하는 이유를 도무지 이해할 수 없었으니까. 그런데 지금은, 왠지 모든 게 위태롭게만 느껴졌다. 물론 터무니없는 생각이겠지만.

어쩌면 이런 기분은 편지하곤 전혀 관계가 없을지도 몰랐다. 호르몬 때문에 기분이 이상해진 거다. 맥아서 박사님은 세실리아가 '폐경기전 증후군'일 수도 있다고 했다. (그 말을 듣는 순간 세실리아는 가벼운 모욕을 받은 사람처럼 자신도 모르게 "아이, 선생님 왜 그러세요?"라고 말해버렸다.)

아니면 몇몇 여성들이 느낀다는 막연한 불안인지도 몰랐다. 그러니까 다른 여자들이 느낀다는 그 기분 말이다. 세실리아는 늘 불안해하는 사람들이 귀엽다고 생각했다. 걱정에 싸여 사는 쪼그만 사라 같은 사람들을 보면 머리를 토닥여주고 싶었다.

그냥 편지 봉투를 열고 내용물이 별거 아니라는 것만 확인하면 다시 집중할 수 있을 거다. 정말 할 일이 잔뜩 있었다. 빨래도 두 광주리나 개야 하고, 급한 전화도 세 통이나 해야 한다. 내일 있을 학교 웹사이트 프로젝트 모임엔 자넌 데이비드슨처럼 글루텐불내증인 사람도 오니까 글루텐이 없는 빵도 구워야 한다.

사실 편지가 아니더라도 세실리아를 불안하게 만들 이유는 몇 가지 더 있었다. 섹스 문제만 해도 그렇다. 세실리아의 마음 언저리에서 떠나지 않았다.

세실리아는 얼굴을 찡그리고 두 손으로 허리를 쓱 훑었다. 필라테스 강사가 '경사근'이라고 부른 바로 그 부위였다. 이런, 그건 아니지. 섹스 문제는 아무것도 아니야. 사실 그건 고민거리가 아니었다. 그런 일로 고민할 필요는 없었다. 절대로 중요한 문제가 아니었다.

어쩌면 작년 그날 아침부터 세실리아는 자신이 터무니없이 약한 사람임을 깨달았는지도 모른다. 고수 사오기와 빨래 개기가 중요한 일과인 일상이 너무도 쉽게 날아가버리고, 순식간에 평범함이 사라진 채 무릎을 꿇고 하늘만 바라보는 여자가 될 수도 있다는 사실을 깨달은 그날. 몇몇 여자들이 아이를 도우러 뛰어가는 동안, 사람들 대부분이 '제발 나는 끌어들이지 마' 하는 표정으로 고개를 돌렸던 그날부터 말이다.

세실리아는 벌써 수천 번도 넘게 그 아이를 보았다. 하늘로 날아가던 조그만 스파이더맨. 세실리아도 아이를 도우러 뛰어간 여자였다. 그러니까 자동차 문을 거칠게 열어젖혔던 거다. 결국 아무 소용이 없을 거란 걸 잘 알면서도. 거긴 아이들이 다니는 학군도, 세실리아가 사는 동네도, 지역 교구도 아니었다. 그 작은 아이는 세실리아의 아이들과 한 번도 놀아본 적이 없었다. 세실리아는 아이 앞에 무릎을 꿇고 있는 여자와 커피 한 잔 마신 적이 없었다.

그때 세실리아는 교차로 맞은편에서 신호가 바뀌기를 기다리고 있었다. 빨갛고 파란 스파이더맨 복장을 제대로 갖춘 그 아이는 엄마 손을 잡고 길가에 서 있었다. 독서 주간이라 스파이더맨처럼 꾸미고 나온 것이다. 아이를 보면서 세실리아는 생각했다. *으음, 사실 스파이더맨은 책에 나오는 인물은 아니잖아.* 그때 갑자기 왜 그랬는진 모르겠지만, 아이가 엄마 손을 놓고 찻길로 내려섰다. 그 모습을 보고 세실리아는 비명을 질렀다. 나중에 기억해낸 바로는 그 순간 주먹으로 핸들을 내리쳐 경적을 울렸다.

조금만 더 늦게 그 길을 지나갔다면 그런 모습은 보지 않아도 됐을 것이다. 10분만 늦었다면 아이의 죽음은 통행이 원활한 다른 곳으로 돌아가야 하는 수고로움 외에 아무 의미도 지니지 못했을 것이다. 하지만 그 사건은 세실리아의 머릿속에 각인되었다. 그 때문에 세실리아는 언젠가 손녀에게 '할머니, 내 손 너무 세게 쥐지 마요'라는 말을 듣게 될 것이다.

이 편지는 그 작은 스파이더맨과는 아무런 상관이 없다. 그저 생각지도 못한 순간에 그 아이가 세실리아의 마음속에서 불쑥 튀어나온 것뿐이다.

세실리아는 편지를 손가락으로 튕겨 식탁 저편으로 날려보내고, 에스터가 도서관에서 빌려온 책을 집어들었다.

《베를린 장벽의 흥망성쇠》.

그래, 베를린 장벽이란 말이지. 정말 근사하네.

세실리아가 아는 건 우선, 오늘 아침밥을 먹을 때부터 베를린 장벽이 세실리아의 인생에 중요한 일부가 되었다는 것이다.

그러니까 세실리아와 에스터가 식탁에 앉은 직후에 말이다. 존 폴은 금요일까지 외국에서, 정확히는 시카고에서 돌아오지 않을 테고, 이사벨과 폴리는 여전히 자고 있었다.

세실리아는 아침엔 좀처럼 앉는 일이 없었다. 아이들 도시락을 싸고, 아이패드로 타파웨어 주문서를 처리하고, 식기세척기에서 그릇을 꺼내고, 고객에게 모임 일정을 알리는 문자를 보내면서, 조리대에 서서 아침을 먹었다. 하지만 독특하고 사랑스러운 둘째 딸과 단둘이 시간을 보내는 건 쉽게 얻을 수 있는 기회가 아니었다. 세실리아는 식탁에 앉아 에스터가 튀긴 쌀로 만든 시리얼을 맹렬한 속도로 먹어치우는 동안, 버처 뮤즐리(과일, 크림, 요플레, 견과류로 만든 음식—옮긴이)를 먹으면서 기다렸다.

세실리아는 딸들과 있을 때 어떻게 해야 하는지 잘 안다. 절대로 말을 하면 안 된다. 질문을 하면 안 되는 거다. 아이들이 드디어 속마음을 털어놓으려 할 때까지 충분히 기다려야 한다. 낚시를 할 때처럼 조용히. (낚시와 비슷하다는 건 어디선가 들은 말이다. 사실 세실리아는 낚시를 하느니 차라리 이마에 못 박는 걸 택할 거다.)

말을 하지 않는 건 세실리아답지 않았다. 세실리아는 말을 해야 하는 사람이었다. 전 남자 친구는 세실리아에게 "진지하게 말하는 건데, 제발 입 좀 다물고 있으면 안 돼?"라고까지 했다. 세실리아는 긴장하면 말이 많아졌다. 그러니까 전 남자 친구가 세실리아를 긴장하게 한 거다. 물론 행복할 때도 말이 많아지긴 했다.

하지만 오늘 아침엔 한 마디도 하지 않았다. 그저 아침을 먹으면서 기다렸다. 충분히. 마침내 에스터가 입을 열었다.

"엄마."

에스터가 작고 정확하고 허스키한 혀 짧은 소리로 말했다.

"직접 만든 열기구를 타고 베를린 장벽을 넘은 사람들이 있는 거 알아?"

"아니 몰랐는데."

세실리아가 대답했다. 어쩌면 옛날엔 알고 있었는지도 모르지만. 세실리아는 생각했다.

잘 가요, 타이타닉. 안녕 베를린 장벽!

에스터가 당시의 기분이라든지 학교나 친구 문제라든지 섹스에 관한 질문을 했다면 좋았을 텐데. 베를린 장벽 이야기는 전혀 하고 싶지 않았다.

세 살 때부터 에스터는 관심을 아주 특이하게 표현했다. 아니, 정확하게 말하자면 집착했다. 시작은 공룡이었다. 물론 공룡을 좋아하는 아이는 아주 많다. 하지만 에스터의 관심은, 뭐랄까, 다른 사람을 좀 힘들게 하는 좀 독특한 데가 있었다. 에스터는 한 가지에 빠지면 다른 것은 전혀 눈에 들어오지 않았다. 공룡 그림을 그리고, 공룡 인형과 놀고, 공룡 옷을 입었다. "난 에스터가 아니야.

티렉스야"라고 말했고, 잠들기 전엔 공룡 스토리를 읽고, 언제나 공룡 이야기만 했다. 세실리아는 5분만 지나면 정말 참을 수가 없었다. (공룡은 이미 멸종했다고! 우리가 할 얘기는 아무것도 없어!) 그나마 존 폴이 공룡을 아주 좋아했다는 게 다행이었다. 존 폴은 에스터와 함께 박물관에 가고, 공룡 책을 사다주었다. 아빠와 딸은 몇 시간이고 앉아서 육식 공룡과 초식 공룡 이야기를 했다.

에스터의 관심은 롤러코스터부터 수수두꺼비까지 다양하게 바뀌었다. 얼마 전까진 타이타닉 호였다. 이제 열 살인 에스터는 혼자서 도서관이나 인터넷에서 원하는 자료를 찾았다. 에스터가 모으는 자료들은 정말 놀라웠다. 이제 열 살밖에 안 된 아이가 침대에 누워서 들고 있기도 벅찬 크고 두툼한 역사책을 읽는 게 과연 정상일까?

"에스터를 격려해주세요!"

에스터의 학교 선생님은 그렇게 말했지만, 세실리아는 걱정이 앞섰다. 세실리아 생각에 에스터는 자폐증에 가깝거나 적어도 자폐증의 일환으로 분류할 수 있을 것 같았다. 이런 걱정을 할 때마다 세실리아의 엄마는 "에스터는 너하고 똑같아!"라면서 깔깔 웃었다. (하지만 엄마 말은 사실이 아니다. 바비 인형을 열 맞춰 자기 자리에 놓는 건 절대로 자폐증이 아니니까.)

"맞다. 나한테 베를린 장벽 조각이 있는데."

세실리아는 아침을 먹다가 문득 생각이 나서 말했다. 에스터는 두 눈을 강렬하게 반짝이며 관심을 보였다.

"엄마가 베를린 장벽이 무너진 직후에 독일에 갔었거든."

"나한테 보여줄 수 있어?"

"너 줄게."

보석이나 옷이었다면 이사벨과 폴리에게 줘야 한다. 하지만 베를린 장벽 조각은 당연히 에스터의 몫이다.

1990년에 세실리아는 스무 살이었다. 베를린 장벽이 무너졌다는 선언이 들리고, 몇 달밖에 지나지 않았을 때다. 세실리아는 친구인 사라 삭스와 함께 6주 동안 유럽을 여행하기로 했다. (결단력이라고는 눈을 씻고 찾아봐도 없는 사라와 결단력의 화신인 세실리아는 완벽한 여행 동반자였다. 둘은 한 번도 싸우지 않았다.)

베를린에 갔을 때 두 사람은 여행자들이 베를린 장벽을 따라 쭉 늘어서 있는 모습을 보았다. 그들은 베를린 장벽이 무슨 기념품이라도 되는 것처럼 열쇠나 돌조각을 들고 장벽을 파내는 데 혈안이 되어 있었다. 베를린 장벽은 한때 도시를 공포에 떨게 했던 드래건의 시체 같았고, 여행자들은 그 시체를 파먹는 까마귀처럼 보였다.

도구가 없어서 적당한 조각을 떼어낼 수 없었기에 세실리아와 사라는 (그러니까 세실리아가 결정한 것인데) 근처에 깔개를 펴놓고 다양한 조각을 파는 지역 주민에게서 베를린 장벽 조각을 구입하기로 했다. 자본주의의 승리는 정말 놀라웠다. 깔개에선 아이들이 가지고 노는 작은 구슬만 한 회색 조각에서부터 스프레이식 페인트로 그림을 그린 큰 돌조각까지, 갖고 싶은 돌을 마음대로 고를 수 있었다.

세실리아는 자신이 어째서 평범한 집 앞마당에서 가져온 것 같은 회색 조각을 사게 됐는지 기억나지 않았다. "분명 자기 집 앞마당에서 가져와 판 걸 거야." 그날 밤 베를린에서 출발하는 기차를 타면서 사라가 말했다. 두 사람은 자신들이 쉽게 속아넘어간다며 한참을 깔깔 웃었다. 하지만 적어도 역사의 한순간을 함께했다는 뿌듯함이 느껴졌다. 세실리아는 베를린에서 사온 돌조각을 종이봉투에 넣었고, 봉투 위에 '베를린 장벽 조각'이라고 적어 집에 돌아오자마자 컵받침, 기차표, 메모지, 외국 동전, 호텔 열쇠 같은 다른 기념품들과 함께 상자 속에 던져넣었다.

그때 베를린 장벽에 좀 더 집중했어야 하는데. 세실리아는 정말 아쉬웠다. 사진도 많이 찍고, 재밌는 이야기도 많이 만들어왔어야 하는 건데. 그랬다면 에스터와 나눌 것이 훨씬 많았을 텐데. 사실 베를린하면 나이트클럽에서 키스를 한 잘생긴 갈색머리 독일 청년이 가장 많이 생각났다. 그 남자는 음료수 잔에서 얼음을 꺼내 세실리아의 쇄골에 대고 문질렀다. 그땐 분명 정말 에로틱하다고 여겼는데, 지금 생각하니 너무 끈적끈적하고 더럽게 느껴졌다.

세실리아가 호기심 많고 정치적으로 깨어 있는 여성이었다면 베를린 장벽 안에 갇혀 사는 삶이 어떤지 알아보기 위해 지역 주민들과 얘기를 나눴을 거다. 하지만 세실리아가 딸과 나눌 수 있는 얘기는 키스와 얼음 이야기밖에 없었다. 물론 이사벨과 폴리라면 키스도 얼음도 좋아했을 것이다. 아니, 좋아하는 건 폴리뿐일지도 모르겠다. 이사벨은 엄마가 다른 사람과 키스했다는 말을 들으면 끔찍해하는 나이가 됐을지도 모르니까.

세실리아는 그날 해야 할 일 목록에 '에스터에게 줄 베를린 장벽 조각 찾기'라고 적었고(그날 아이폰 일정 관리 목록에 적힌 일은 스물다섯 가지였다), 오후 2시에 돌조각을 찾기 위해 다락으로 올라갔다. 사실 지붕 밑에 있는 공간을 '다락'이라고 부르기엔 좀 무리가 있는지도 모르겠다. 거기에 올라가려면 천장에 있는 문을 열고 사다리를 내려야 했다. 일단 올라가면 무릎을 최대한 굽혀야 한다. 그러지 않으면 머리를 찧기 일쑤였다.

존 폴은 다락엔 절대로 올라가지 않겠다고 했다. 폐소공포증이 심해 회사에서도 승강기를 타지 않고 6층까지 걸어 올라갔다. 그 불쌍한 남자는 지금도 정기적으로 벽이 좁아지는 방에 갇히는 꿈을 꾼다. "벽이야!" 하고 외치곤 갑자기 번쩍 눈을 뜬다. 완전히 땀에 젖은 채, 두 눈을 부릅뜨고서.

"혹시, 어렸을 때 찬장에 갇힌 적 있어?"

한번은 세실리아가 그렇게 물었다(세실리아는 존 폴의 어머니라면 충분히 그럴 수 있다고 생각했다). 하지만 존 폴은 절대 그런 적이 없다고 했다. "아니야. 존 폴은 어렸을 때 악몽을 꾼 적이 없단다. 정말 평온하게 자는 아이였어. 혹시 네가 자기 전에 너무 많이 먹이는 거 아니니?" 세실리아의 시어머니는 그렇게 말했다. 지금은 세실리아가 악몽을 꾸곤 한다.

물건이 가득 들어 있는 다락은 좁았지만, 당연히 조직적으로 깔끔하게 정리되어 있었다. 최근 몇 년 동안 '조직적'이란 말은 세실리아를 규정하는 가장 큰 특징이 된 듯했다. 세실리아가 지역 사회에서 살짝 유명 인사처럼 된 것도 바로 그 때문이다. 언젠가 가족과 친구들이 세실리아를 언급하면서 놀린 뒤로 그런 평판은 영구적으로 정착해버렸다. 그 때문에 세실리아의 인생은 엄청나게 굉장하고 조직적인 것이 되었고, 세실리아가 엄마로 사는 일은 일종의 스포츠가 되어 세실리아는 아주 유능한 선수인 양 되어버렸다. 그래서 늘 이런 생각을 하게 된다. *얼마나 더 이런 식으로 살 수 있을까? 언제까지 자제력을 잃지 않을 수 있을까?*

그게 바로 방을 쓰레기로 가득 채우는 동생 브리짓과 달리 세실리아의 다락에 깔끔하게 라벨을 붙인 하얀 플라스틱 상자가 차곡차곡 쌓여 있는 이유다. 전혀 '세실리아답지 않은' 곳이라면 구석에 쌓여 있는 신발 상자들뿐이다. 신발 상자는 당연히 존 폴의 것인데, 존 폴은 철 지난 영수증을 아무 신발 상자에나 넣어 보관하길 좋아한다. 세실리아를 만나기 몇 년 전부터 해오던 습관이었다. 존 폴이 신발 상자를 활용하는 걸 너무나도 자랑스러워해서 세실리아는 서류 캐비닛에 정리하는 게 훨씬 효과적이라는 말을 차마 할 수 없었다.

깔끔하게 정리한 라벨 덕분에 세실리아는 베를린 장벽 조각을 바로 찾을 수 있었다. 세실리아는 '세실리아: 1985년~1990년. 여행/기념품'이라고 적은 상자 뚜껑을 열고 빛바랜 갈색 종이봉투를 꺼냈다. 세실리아의 역사가 담긴 작은 조각이 들어 있는 봉투였다. 세실리아는 시멘트 조각일지도 모를 돌조각을 꺼내 손에 쥐었다. 조각은 생각했던 것보다 작았고 조금도 인상적으로 보이지 않았다. 하지만 이걸 보여주면 에스터가 입술 한쪽 끝이 살짝 올라가는 그 귀한 웃음을 보여줄지도 몰랐다. 에스터를 웃게 하려면 정말 많은 노력이 필요했다.

그러고서 세실리아는 잠시 한눈을 팔았다(세실리아는 매일 많은 일을 해내고 있지만, 기계가 아니니 당연히 가끔은 쓸데없는 일도 한다). 상자를 뒤적이고, 얼음을 가지고 놀던 독일 남자와 찍은 사진을 보고 깔깔 웃기도 했다. 독일 남자는 베를린 장벽 조각이 그랬듯, 기억하고 있는 것보다 훨씬 덜 인상적이었다.

그때 아래층에서 전화벨이 울렸다. 황급히 과거에서 빠져나온 세실리아는 벌떡 일어섰고, 천장에 엄청나게 세게 머리를 부딪쳤다. 아우, 벽들은 정말 지겨워. 세실리아는 나지막이 욕설을 내뱉으며 비틀비틀 뒷걸음치다가 팔꿈치로 존 폴의 신발 상자를 쳤다. 세 개도 넘는 상자의 뚜껑이 열렸고, 그 안에 들어 있던 내용물이 쏟아졌다. 세실리아가 신발 상자를 비효율적이라고 생각한 건 바로 이런 이유 때문이다.

세실리아는 다시 욕설을 내뱉으며 머리를 문질렀다. 정말 아팠다. 쏟아져나온 종이들을 보니 1980년대에 받은 영수증도 있었다. 세실리아는 영수증을 신발 상자에 밀어넣었다. 그때 문득 하얀 편지 봉투에 적힌 자신의 이름이 보였다.

세실리아는 봉투를 집어들고 찬찬히 살폈다. 존 폴의 글씨였다. 봉투엔 이렇게 적혀 있었다.

나의 아내 세실리아 피츠패트릭에게
반드시 내가 죽은 뒤에 열어볼 것

세실리아는 큰 소리로 웃기 시작했지만, 곧 멈추었다. 마치 파티에 가서 다른 사람이 한 말을 듣고 신나게 웃다가, 불현듯 그 말이 농담이 아니라 심각한 말이란 걸 깨달은 사람처럼.

세실리아는 봉투에 적힌 글을 다시 읽어보았다. '나의 아내 세실리아 피츠패트릭에게.' 그 순간 이상하게도 뺨이 발갛게 달아오르는 것 같았다. 왠지 당혹스러웠다. 어째서? 존 폴 때문에? 아니면 자기 때문에? 부끄러운 장면을 목격한 것 같았다. 마치 존 폴이 욕실에서 자위행위 하는 걸 본 것처럼. (미리엄은 남편인 더그가 자위행위 하는 걸 봤다고 했다. 그걸 모든 사람이 알고 있다는 건 끔찍하지만, 미리엄은 샴페인 두 잔만 마시면 무슨 비밀이든 다 털어놓았고, 한번 알게 된 걸 잊기란 쉽지 않았다.)

편지엔 어떤 내용이 적혀 있을까? 세실리아는 생각도 하기 전에 그 자리에서 편지를 뜯어보려고 했다. 가끔 식탐을 부린다는 사실을 깨닫기도 전에 마지막 남은 비스킷이나 초콜릿을 입안으로 밀어넣을 때처럼 말이다.

그때 또다시 전화벨이 울렸다. 세실리아는 손목시계를 차고 있지 않았다. 그러고 보니 지금이 몇 시인지 몰랐다. 세실리아는 영수증을 아무렇게나 신발 상자에 쑤셔넣고, 베를린 장벽 조각과 편지를 움켜쥔 채 밑으로 내려왔다.

다락에서 내려오자마자 정신없이 흘러가는 일상생활에 뛰어들었다. 중요한 주문을 처리하고, 아이들을 학교에서 데려오고, 저녁에 먹을 생선을 사오고(존 폴은 생선을 아주 싫어했기 때문에, 존 폴이 출장을 가면 집에 남은 네 여자는 생선을 무지막지하게 먹어치웠다), 부재중 전화에 답을 해야 했다. 교구 신부님인 조 신부님이 내일이 우르술라 수녀님의 장례식임을 잊지 말라는 전화를 했다. 참석할 사람이 많지 않을 것 같아 걱정하는 게 분명했다. 세실리아는 당연히 갈 거다. 세실리아는 존 폴의 이상한 편지는 냉장고 위에 올려놓고, 저녁을 먹기 직전에 에스터에게 베를린 장벽 조각을 내밀었다.

"고마워, 엄마."

에스터는 떠받들 듯이 그 조각을 받아들었다.

"그런데 엄마, 정확히 어디에서 가져온 거야?"

"글쎄, 체크포인트 찰리(동독 입국 검문소—옮긴이) 근처일 거야."

세실리아는 확신한다는 듯 활기차게 말했다. 물론 어디에서 온 건진 알 수 없었다.

하지만 얼음을 가지고 논 남자는 빨간 티셔츠에 흰 청바지를 입고 있었다는 건 말해줄 수 있는데. 그 사람은 하나로 묶은 내 머리를 들어올려 만지작거리면서 '정말 예뻐'라고 했단다.

"팔 수 있어?"

폴리가 물었다.

"아닐걸. 저게 베를린 장벽 조각이라는 걸 어떻게 증명해? 그냥 돌조각처럼 생겼는걸."

이사벨이 말했다.

"DMA 검사를 하면 되지."

폴리가 대답했다. 폴리는 텔레비전을 너무 많이 본다.

"DMA가 아니라 DNA야. 그건 사람한테 하는 거라고."

에스터가 말했다.

"나도 알아."

폴리가 말했다. 이제 폴리는 언니들이 자기보다 먼저 알고 있단 사실에 격분하는 나이가 되었다.

"알면서 왜 물어?"

"오늘 밤 〈도전! FAT 제로〉에선 누가 탈락할 거 같니?"

세실리아가 말했다. 그러면서 동시에 생각했다. 누가 내 인생을 관찰하고 있다면 정말 한심하다고 했을 거야. 아이들이 현대 역사의 근사한 순간에 대해 이야기하고 있을 때 가정의 평화와 마음의 안정을 위해 쓸데없는 텔레비전 프로그램 이야기를 하게 만드는 엄마라고 말이야. 존 폴이 집에 있었다면 세실리아는 이야기 주제를 바꾸지 않았을 거다. 세실리아는 청중이 있을 때 훨씬 근사한 엄마가 됐다.

아이들은 저녁을 먹는 동안 계속 〈도전! FAT 제로〉 이야기를 했다. 세실리아는 흥미 있는 체했지만, 사실 마음은 온통 냉장고 위 편지에 가 있었다. 저녁을 먹고 식탁을 치우고 아이들이 텔레비전을 보는 동안 세실리아는 편지를 내려 물끄러미 쳐다보았다.

세실리아는 찻잔을 내려놓고 반쯤은 스스로를 어처구니없어 하면서도 편지 봉투를 들어 전등에 비춰보았다. 줄 쳐진 공책에 손으로 쓴 편지 같았다. 한 단어도 읽을 수가 없었다.

어쩌면 존 폴이 텔레비전에서 아프가니스탄에 파병된 병사들이 가족에게 편지를 남기는 걸 봤는지도 모르겠다. 무덤에서 온 편지처럼 죽으면 전달되는 편지 말이다. 자기도 그런 편지를 남기면 근사하겠다고 생각했던 걸까?

존 폴이 그런다는 건 상상할 수 없는 일이었다. 그건 너무 감상적이다. 하지만 정말 사랑스럽기는 하다. 자기가 죽은 뒤에 우리를 얼마나 사랑하는지 알려주고 싶다니.

잠깐, 죽은 뒤에 열어보라고? 존 폴은 왜 죽음을 생각했을까? 어디가 아팠던 걸까? 편지는 아주 오래전에 쓴 게 분명했다. 존 폴은 아직 살아 있다. 게다가 몇 주 전에 정기 검진을 받을 때도 클루거 선생님이 '종마처럼 건강하다'고 했다. 그 때문에 며칠 동안 머리를 뒤로 젖히고 말처럼 힝힝거리면서 폴리를 등에 태우고 온 집 안을 돌아다녔는데? 폴리가 신나서 마른 행주를 채찍처럼 휙 휙 돌리기까지 했는데?

그런 기억이 떠오르자 세실리아는 웃음이 나왔다. 불안한 마음이 저절로 사라졌다. 그러니까 몇 년 전에 갑자기 어울리지 않게 감상적이 된 존 폴이 이 편지를 썼던 거다. 신경 쓸 일은 하나도 없다. 궁금하다는 이유로 편지를 훔쳐보진 않을 거다.

세실리아는 시계를 쳐다보았다. 8시가 다 돼가고 있었다. 곧 존 폴이 전화할 거다. 출장을 가면 매일 저녁 이 시간쯤 전화를 한다. 세실리아는 편지 이야기를 꺼내지 않을 거다. 분명히 존 폴이 당황할 테고, 전화로 할 이야기도 아니니까.

하지만 한 가지 이상한 게 있다. 도대체 존 폴이 죽으면 세실리아가 무슨 수로 이 편지를 찾는단 말인가? 절대 못 찾았을 거다. 존 폴은 어째서 우리 집 가정 변호사인 더그 오펜하이머에게 편지를 맡기지 않은 걸까? 그러니까 미리엄의 남편에게 말이다. 더그만 생각하면 항상 욕실에 있는 모습이 떠오른다. 그렇다고 변호사로서 더그의 능력을 못 믿는 건 아니다. 못 믿는 건 오히려 침실에서 미리엄의 능력이다.(세실리아는 미리엄에게 약간 경쟁의식을 느끼고 있었다.)

물론 지금이라면 미리엄보다 섹스를 잘한다고 거드름 피울 상황은 아니다. *아니, 하지 마. 섹스 생각은 안 돼!*

아무튼 더그에게 편지를 맡기지 않은 건 존 폴의 치명적 실수다. 존 폴이 죽으면 세실리아는 신발 상자는 굳이 정리할 생각도 없고 그대로 버려버렸을 것이다. 정말로 세실리아가 편지를 발견하길 바랐다면, 아무 신발 상자에나 쑤셔넣는 건 미친 짓이다.

어째서 존 폴은 이 편지를 유언장이나 보험 증서와 함께 보관하지 않은 걸까?

삶을 관리하는 부분만 아니라면 세실리아가 아는 사람 중에 존 폴만큼 영리한 사람은 드물었다.

"남자들은 도대체 어떻게 이 세상을 지배하고 있는 거지?"

오늘 아침 세실리아는 브리짓에게 혀를 차며 말했다. 시카고에 있는 존 폴이 렌터카 열쇠를 잃어버렸다는 소식을 들은 뒤였다. 존 폴이 보낸 문자는 세실리아를 화나게 했을 뿐이다. 도대체 나보고 뭘 어쩌라고? 분명히 존 폴도 세실리아가 할 수 있는 건 아무것도 없다는 걸 알 거다. 그런데도 그런 문자를 보내다니!

존 폴은 항상 그런 식이었다. 작년에도 외국에 나가서 택시에 노트북을 두고 왔다. 그 남자는 끊임없이 무언가를 잃어버린다. 지갑, 전화기, 열쇠, 심지어 결혼반지까지! 그 남자 물건은 계속해서 빠져나가버린다.

"남자들은 건물을 잘 짓잖아."

브리짓이 말했다.

"다리나 도로를 건설하는 거봐. 내 말은, 우린 오두막 하나 짓기 어렵다는 거지. 가장 간단한 진흙 오두막도 어려울걸."

"난 지을 수 있어."

세실리아가 말했다.

"뭐, 언니라면 그럴지도 모르지."

브리짓이 설득에 실패했다는 듯 끄응 하고 신음소리를 냈다.

"아무튼, 남자가 세상을 지배한다는 언니 말은 틀렸어. 우리나라만 해도 여자가 수상이잖아. 그리고 언니만 해도 그래. 언니의 세상은 언니가 지배하잖아. 언니는 피츠패트릭 집안을 지배해. 세인트 안젤라 초등학교를 지배하고 타파웨어 세계를 지배하잖아."

세실리아는 세인트 안젤라 초등학교 학부모시민연합회 회장이다. 또한 오스트레일리아 전체 타파웨어 상담원 가운데 열한 번째로 높은 수입을 올리고 있다. 브리짓은 이 두 역할이 아주 재밌다고 생각했다.

"난 피츠패트릭 집안을 지배하지 않아."

세실리아가 항변했다.

"아니, 지배하거든."

브리짓이 터무니없다는 듯 너털웃음을 터트렸다.

물론 세실리아가 죽으면 피츠패트릭 집안은 아마…… 아니, 무슨 일이 생길지 생각하기도 싫다. 존 폴에겐 편지 한 통으론 부족할 것이다. 세탁물과 리넨 제품은 넣는 벽장 위치를 알려주는 평면도부터 시작해, 생활에 필요한 모든 정보를 담은 안내서를 남겨야 한다.

그때 전화벨이 울렸다.

세실리아는 낚아채듯 수화기를 들어올렸다.

"내가 알아맞혀볼게. 우리 딸들은 지금 뚱뚱한 사람들을 보고 있어. 맞지?"

존 폴이었다.

세실리아는 전화기 너머로 듣는 존 폴의 목소리가 정말 좋았다. 따뜻하고 편안하고 깊게 울리는 소리였다. 정말로 세실리아의 남편은 대책이 없었다. 끊임없이 물건을 잃어버리고, 지각을 밥 먹듯 했다. 하지만 언제나 가족을 알뜰하게 보살피는 남자였다. 이 건 남자가 할 일이지, 라는 태도로 책임감 있게 행동하는 전형적인 가장이었다. 브리짓의 말이 맞아. 세실리아의 세계를 지배하는 사람은 세실리아다. 하지만 위기가 닥칠 때, 그러니까 총을 든 미친 남자가 뛰어들어오거나 홍수나 화재가 났을 때 피츠패트릭 집안의 네 여자를 구할 사람은 존 폴이다. 존 폴은 총알 앞으로 달려들고, 뗏목을 짓고, 불길을 뚫고 네 여자를 안전하게 밖으로 빼낼 거다. 그러고는 다시 주도권을 세실리아에게 넘겨준 뒤 주머니를 두드리면서 '혹시 내 지갑 본 사람?' 하고 물을 거다.

작은 스파이더맨 아이가 죽는 것을 본 뒤에 세실리아가 가장 먼저 한 일도 떨리는 손으로 전화기 버튼을 눌러 존 폴에게 전화를 건 일이다.

"편지 찾았어."

세실리아가 편지 봉투 앞면을 손가락으로 문지르면서 말했다. 존 폴의 목소리를 듣자마자 세실리아는 자신이 편지에 대해 물을 것임을 알았다. 두 사람은 15년 동안 부부로 살았다. 두 사람 사이에 비밀은 없었다.

"무슨 편지?"

"자기가 나한테 쓴 편지."

세실리아는 분위기가 가라앉지 않도록 되도록 가볍고 장난스럽게 말했다. 그래야 이 편지는 아무것도 아닌 게 되고, 아무것도 변하지 않을 것 같았다.

"자기가 죽은 다음에 펴보라는 편지 말이야."

남편에게 '자기가 죽은 다음에'라는 말을 할 때 목소리가 이상해지지 않는 아내는 없을 거다.

갑자기 전화기 너머에서 아무 소리도 들려오지 않았다. 멀리서 사람들이 떠드는 소리가 들리지 않았다면 세실리아는 전화가 끊어졌다고 생각했을 것이다. 존 폴은 지금 식당에 있는 것 같았다. 세실리아는 위장이 오그라드는 것 같았다.

"존 폴?"

THE HUSBAND'S SECRET

. 2 .

"지금 농담하는 거라면, 전혀 재밌지 않아."

테스가 말했다. 윌이 테스의 한쪽 팔에 손을 올렸다. 펠리시티가 테스의 다른 쪽 팔에 손을 올렸다. 두 사람은 테스를 양쪽에서 떠받치는 북엔드 같았다.

"정말, 정말, 정말 미안해."

펠리시티가 말했다.

"정말 미안해."

윌도 따라했다.

두 사람은 꼭 노래를 부르는 듀엣 같았다.

세 사람은 고객과 상담할 때 앉기도 하지만, 주로 피자를 먹을 때 앉는 커다란 둥근 탁자에 앉아 있었다. 윌의 얼굴이 곧 죽을 것처럼 새파랬다. 테스는 바짝 잘라 곧게 솟은 윌의 검은 머리를 쳐다보았다. 꼭 새하얀 피부 위에 삐죽 자라난 곡물 같았다. 펠리시티의 목에는 붉은 반점이 뚜렷하게 세 개 나 있었다.

테스는 그 붉은 반점이 해답을 쥐고 있기라도 한 듯 잠깐 동안 뚫어지게 쳐다보았다. 그 반점들은 새롭게 태어난 펠리시티의 목에 생긴 지문처럼 보였다. 마침내 테스는 시선을 들어 펠리시티의 눈을 쳐다보았다. 그 유명한, 아름다운 아몬드 모양의 초록색 눈을. '뚱뚱한 아이의 정말 예쁜 눈'은 충혈된 채 눈물을 글썽이고 있었다.

"그러니까, 지금 이 상황은……."

테스가 말했다.

"이 상황은 지금 두 사람이……."

테스는 말을 멈추었다. 침을 꿀꺽 삼켰다.

"우리 사이에 아무 일도 없었단 걸 네가 알아줬으면 좋겠어."

펠리시티가 서둘러 말했다.

"우린 안 했어. 정말이야."

윌이 말했다.

"그러니까 아직 잠은 안 잤단 말이지."

테스는 두 사람을 보았다. 두 사람 모두 테스가 선을 넘지 않은 자신들을 높게 평가해야 한다는 듯 자부심 가득한 표정을 짓고 있었다.

"절대로, 안 잤어."

윌이 대답했다.

"하지만 자고 싶잖아."

테스는 터무니없어서 웃음이 나올 것만 같았다.

"그래서 나한테 털어놓는 거잖아. 둘이 자고 싶어서."

키스는 했을 것이다. 그게 둘이 잔 것보다 더 나쁘다. 몰래하는 키스야말로 이 세상에서 가장 낭만적이라는 사실은 누구나 안다.

펠리시티의 목에 있는 반점들이 슬금슬금 턱을 향해 올라오기 시작했다. 펠리시티는 희귀한 전염병에 걸린 것처럼 보였다.

"정말 미안해. 우린 정말…… 열심히 노력했어. 이런 일이 생기지 않도록."

윌이 다시 말했다.

"정말이야. 몇 달 동안, 정말 열심히……."

펠리시티가 말했다.

"몇 달이라고? 벌써 몇 달이나 됐단 말이야?"

"실제론 아무 일도 없었어."

윌이 성당에서 죄를 고백할 때처럼 경건하게 말했다.

"아니, 분명히 무슨 일이 있었지. 아주 큰일이 있었지."

테스에게 이렇게 단호하게 말할 능력이 있다니! 누구도 생각지 못한 일이었다. 테스가 하는 한 마디, 한 마디는 콘크리트로 만든 블록처럼 단단했다.

"미안해. 난 그저, 당연히…… 무슨 말인지 알지?"

윌이 말했다.

"오, 테스."

펠리시티가 손가락 끝으로 이마를 누르며 흐느끼기 시작했다.

테스는 자신도 모르게 펠리시티를 다독이려고 손을 내밀었다.

테스와 펠리시티는 친 자매보다 가까운 사이였다. 테스는 남들에게 언제나 그렇게 말했다. 두 사람의 엄마들은 쌍둥이고, 두 사람은 그 엄마들의 유일한 아이들이다. 두 사람은 여섯 달을 사이에 두고 세상에 태어났고, 모든 일을 함께해왔다.

어렸을 때 테스는 한 남자아이를 때린 적이 있다. 오른쪽 주먹으로 턱을 정확하게 가격했다. 남자아이가 펠리시티에게 '아기 코끼리'라고 했기 때문이다. 사실 펠리시티는 학교 다니는 내내 아기 코끼리처럼 보였다. 다 자란 뒤엔 뚱뚱한 성인이 되었다. '얼굴은 예쁜 뚱보'가 된 것이다. 언제나 물처럼 콜라를 마셔댔고, 다이어트나 운동은 조금도 하지 않았다. 몸무게는 전혀 신경 쓰지 않는 것처럼 보였다.

그런데 6개월 전에 갑자기 다이어트 전문 업체인 '웨이트워처스'에 등록하더니 콜라를 끊고 운동을 하기 시작했다. 그리고 40킬로그램을 뺀 뒤에 미인으로 거듭났다. 그것도 엄청난 미인으로 거듭났다. 펠리시티야말로 〈도전! FAT 제로〉에서 간절히 찾는 그런 사람이다. 뚱뚱한 몸에 갇혀 있는 매혹적인 미인.

살을 뺀 펠리시티를 보고 테스는 정말 좋아했다.

"이제 분명히 멋진 사람을 만날 수 있을 거야. 자신감도 훨씬 높아졌을 테니까."

테스는 윌에게 그렇게 말했었다.

그리고 진짜로 펠리시티는 멋진 사람을 만났다. 바로 윌, 테스가 알고 있는 사람 가운데 가장 멋진 사람을 말이다. 자신감이 높아져도 너무 높아진 거다. 사촌의 남편을 가로챌 정도로.

"그냥 죽어버렸음 좋겠어."

펠리시티가 흐느껴 울었다.

테스는 뻗었던 손을 거뒀다.

까탈쟁이, 짜증쟁이, 웃기고 영리하고 뚱뚱한 펠리시티가 미국인 치어리더처럼 말하고 있었다.

월은 입을 앙다물고 고개를 뒤로 젖혀 천장을 쳐다보았다. 울음을 삼키고 있는 게 분명했다. 테스가 월이 우는 모습을 마지막으로 본 건 리엄이 태어났을 때였다.

테스는 눈물이 나지 않았다. 생명에 위협을 받는 것처럼 공포에 질려 심장이 두방망이질 쳤다. 그때 전화벨이 울렸다.

"받지 마. 근무 시간은 지났잖아."

월이 말했다.

테스는 의자에서 일어나 책상 위로 허리를 숙이고 전화기를 집어들었다.

"TWF 광고사입니다."

테스가 말했다.

"오, 테스! 내 사랑. 너무 늦게 전화한 거 알아요. 하지만 작은 문제가 생겼어요."

더크 프리먼이었다. 더크는 페트라 제약회사의 마케팅디렉터로, TWF 광고사 매출에 가장 큰 부분을 차지하는 돈을 벌게 해주는 아주 중요한 고객이다. 테스가 맡은 역할은 더크 스스로 자신을 중요한 사람이라 여기게 하는 일이다. 그러니까 이미 쉰여섯 살이지만 결국 간부는 되지 못할 더크가 (자신은 엄청난 권력을 가진 지배자이고 테스는 시종·하녀·비천한 객실 청소부이므로) 테스에게 마음껏 명령을 내리고 희롱하고 짜증을 부리고 가차 없이 대해도 된다고 생각하게 해, 테스가 가끔 주제넘은 소리는 해도 결국에는 자기 말대로 할 수밖에 없다고 믿게 하는 것이다. 최근에 테스가 더크 프리먼에게 제공해야 하는 서비스가 성적인 것에 근접하게 된 것도 바로 그 때문이다.

"'기침 뚝' 감기약 포장 상자에 그린 용 말이야. 그거 옳지 않아요. 너무 보라색이에요. 지나치게 보라색이야. 설마 벌써 인쇄소에 넘긴 건 아니죠?"

더크가 말했다.

당연히 포장 상자는 인쇄를 마쳤다. 5만 개나 되는 작은 판지들이 이미 인쇄기 밑을 지나갔다. 5만 개나 되는 완벽하게 보라색인, 이를 드러내고 웃는 용이 탄생한 것이다.

용에 관해서는 충분히 상의했다. 이메일도 열심히 교환했고, 논의도 충분히 했다. 그러니까 테스가 용 이야기를 하는 동안 월과 펠리시티는 사랑에 빠졌던 거다.

"당연하죠."

테스는 여전히 가운데 회의 탁자에 앉아 있는 남편과 사촌을 쳐다보았다. 두 사람은 방과 후에 남아서 벌을 받는 학생들처럼 고개를 푹 숙이고 손가락만 내려다보고 있었다.

"정말 운이 좋은 날이네요, 더크."

테스가 말했다.

"아, 난 벌써…… 아니, 아니야. 잘됐어요."

더크는 굳이 실망을 감추지 않았다. 그는 테스가 숨도 못 쉬고 걱정하게 되길 바란 거다. 테스 입에서 안절부절못하는 소리가 나오길 원한 거다.

"아무튼, 기침 뚝 상자는 일단 진행하지 말고 보류하세요, 알았죠? 이해했어요?"

더크는 목소리에 잔뜩 힘을 주더니 자신이 이끄는 군인들을 전장으로 데려가는 지휘관처럼 퉁명스럽게 권위적으로 말했다.

"알겠어요. 일단 보류할게요."

"아무튼 내 연락 기다려요."

더크가 전화를 끊었다.

사실 용의 색깔에는 전혀 문제가 없었다. 더크는 분명 내일 다시 전화를 걸어 그대로 진행하라고 할 거다. 그저 잠시 동안 권력을 음미하고 싶을 뿐이다. 회의 시간에 더크의 기를 죽이는 강력한 신참에게 당한 게 분명했다.

"기침 뚝 상자는 오늘 모두 인쇄했잖아."

펠리시티가 몸을 돌려 걱정스러운 표정으로 테스를 보았다.

"알아. 괜찮을 거야."

"하지만 그 사람이 마음을 바꾸면……."

월이 말했다.

"괜찮을 거라고 했잖아."

테스는 화가 난다고 느껴지지 않았다. 정말로 화가 난 건 아닌 것 같았다. 하지만 어쩌면 지금까지 경험했던 그 어떤 분노보다도 끔찍한 분노를 느끼고 있는 건지도 몰랐다. 화구처럼 폭발해서 가까이 있는 걸 모두 삼켜버리는 분노 말이다.

테스는 다시 식탁에 앉는 대신 몸을 돌리고 업무 진행 상황을 기록하는 화이트보드를 쳐다보았다.

기침 뚝 포장 상자 작업!

페더마트 언론 광고!!

베드스터프 웹사이트 ☺

아무렇게나 거침없이 휘갈겨 쓰고, 경박하게 느낌표까지 마구 붙여둔 자신의 글씨를 쳐다봐야 한다는 사실이 굴욕적으로 느껴졌다. 베드스터프 웹사이트 옆엔 웃는 얼굴까지 그려놓았다. 큰 회사를 상대로 경합을 벌이느라 너무 힘들었기 때문이다. 하지만 결국 승리를 얻어냈다. 웃는 얼굴은 어제, 아직 윌과 펠리시티의 비밀을 모르고 있을 때 그려넣은 것이다. 테스가 저 그림을 그리고 있을 때 두 사람은 유감이라는 얼굴로 서로를 바라보고 있었을지도 모른다. *우리가 작은 비밀을 고백하면 저렇게 웃는 얼굴을 그릴 수 없을 텐데* 하고 말이다.

다시 전화벨이 울렸다.

이번엔 곧바로 자동응답기가 대답하도록 내버려두었다.

TWF 광고사입니다.

테스, 윌, 펠리시티, 세 사람은 자신들의 이름을 따 꿈에 그리던 작은 회사를 설립했다. 그저 '한번 해보면 어떨까?' 했던 바람이 실제로 이루어진 거다.

세 사람은 재작년 크리스마스 휴가 때 시드니에 갔다. 크리스마스이브는 펠리시티의 부모님 집에서 머무는 게 전통이었기 때문이다. 메리 이모와 필 이모부 집에서 말이다. 펠리시티가 아직 뚱뚱했을 때였다. 예쁘고, 발그스름하고, 땀을 많이 흘리는 88 사이즈였다. 늘 먹는 바비큐 소시지, 늘 먹는 크림 파스타 샐러드, 늘 먹는 파블로바 케이크를 먹었다. 펠리시티와 윌은 직장 생활에 관한 넋두리를 늘어놓고 있었다. 무능한 관리자, 멍청한 동료들, 외풍이 심한 사무실 등, 두 사람의 넋두리는 끝이 없었다.

"아이쿠, 너희는 정말 불쌍한 녀석들이구나."

이미 은퇴한 뒤라 더는 늘어놓을 넋두리가 없던 필 이모부가 말했다.

"너희가 함께 사업을 하는 게 어떠니?"

테스의 엄마가 말했다.

세 사람은 사실 비슷한 분야에서 일했다. 테스는 법률 전문 출판사 '하지만늘이런식으로했다고'의 마케팅 및 고객관리 부서 담당자였고, 월은 크고 유명한 '그들과함께있으면극단적으로즐거운' 광고 에이전시의 기획 실장이었으며(그래서 두 사람이 만난 거다. 테스는 월의 고객이었다), 펠리시티는 독재자 밑에서 일하는 그래픽 디자이너였다.

일단 논의를 시작하자, 계획들이 빠른 속도로 자리를 잡았다. 마지막 남은 파블로바(크림, 과일로 만든 겉은 바삭하고 속은 부드러운 케이크─옮긴이)를 한입 가득 집어넣었을 즈음에는 모든 계획이 세워졌다. 월은 기획 실장이 되는 거다. 당연히 그래야지. 펠리시티는 디자인 실장이 되는 거다. 물론 그래야지. 테스는 마케팅 상담 실장이 되는 거다. 음, 그건 조금 생각해봐야 하지 않을까? 테스는 그런 역할을 한 번도 해본 적이 없었다. 테스는 언제나 고객이었고, 사회적으로 자신을 내성적인 사람이라고 생각했다.

실제로 테스는 몇 주 전에 한 병원 대기실에서 기다리는 동안 〈리더스다이제스트〉에 실린 설문지를 작성해봤다. '사회적 불안으로 고통받고 있는가?'라는 제목의 설문지였는데, 몽땅 C에 표시를 한 테스는 사회적 불안에 시달리고 있기 때문에 전문가의 도움을 받거나 '협력 단체'에 가입해야 할 사람으로 분류되었다. 사실 설문지를 작성하는 사람은 모두 같은 결과가 나올 것이다.

사회적 불안을 걱정하지 않는 사람은 그런 설문을 하지도 않을 거다. 접수대에 앉아 있는 병원 직원이랑 수다를 떠느라고 바쁠 테니까.

테스는 전문가의 도움을 받지 않았고, 다른 사람에게 그 사실을 말하지도 않았다. 월에게도 말하지 않았다. 심지어 펠리시티에게 도 말하지 않았다. 왠지 말하면 사회적 불안증이 있다는 사실이 기정사실화될 것 같아서였다. 두 사람은 테스가 사람을 만날 때 유심히 관찰하다가, 그녀가 내성적이라는 굴욕적인 증거를 발견 할 때마다 친절하게도 진심 어린 동정을 금치 못할 것이다. 따라 서 그 사실을 철저하게 숨기는 게 정말 중요하다.

테스가 어렸을 때, 테스의 엄마는 테스가 수줍어하는 모습이 이 기적으로 보일 수도 있다고 지적했다. "얘, 그렇게 고개를 숙이고 있으면 다른 사람들이 네가 자기를 싫어한다고 생각할 거야"라고 했던 거다. 테스는 엄마의 말을 명심했다. 자라면서 테스는 심장 이 터져나올 것 같은 상황에서도 가볍게 대화를 나누는 방법을 터 득했다. 테스는 언제나 상대와 눈을 맞추려고 최대한 집중했다. 온몸의 신경이 '눈길을 다른 데로 돌려. 돌리란 말이야'라고 소리 치고 있을 때도 마찬가지였다. 목이 바짝 말라 있을 땐 "제가 감기 에 걸려서요"라고 말할 수 있는 요령도 생겼다. 유당을 먹지 못하 는 사람이나 피부가 민감한 사람들이 그러듯, 테스는 수줍음과 함 께 사는 방법을 익혔다.

아무튼 2년 전 크리스마스이브에 나눈 말을 테스는 그다지 중 요하게 생각하지 않았다. 그저 한번 해본 말이라고 생각했다. 세 사람 모두 메리 이모가 만든 펀치를 너무 많이 먹었으니까. 세 사람이 직접 사업을 할 수 있을 리가 없었다. 테스는 상담 실장이 될 생각이 전혀 없었다.

하지만 윌과 펠리시티는 멜버른에 돌아오자마자 적극적으로 일을 추진했다. 윌과 테스의 집 아래층에는 이전 주인이 '10대들의 도피처'로 활용한 게 분명한 넓은 방이 있다. 밖으로 나가는 출입구까지 있는 방이다. 세 사람이 손해볼 일은 없었다. 초기 비용은 거의 들지 않을 거다. 윌과 테스는 주택을 담보로 대출을 받기로 했고 펠리시티는 자신이 사는 아파트를 세놓기로 했다. 사업이 잘 안 되면 모두 그만두고 다시 직장에 들어가면 된다.

테스는 두 사람의 열정에 휩쓸렸다. 물론 직장을 그만두었을 땐 행복했지만, 처음 고객이 될지도 모르는 사람의 사무실 밖에 앉아 있을 땐 떨리는 손을 주체할 수가 없어서 두 손을 무릎 사이에 꼭 끼고 있어야 했다. 실제로 머리가 흔들리는 것처럼 느껴지는 경우도 많았다. 심지어 1년 반이 지난 지금도 새로운 고객을 만날 때면 신경쇠약에 걸린 것처럼 고통스러웠다. 하지만 신기하게도 테스는 자신의 역할을 훌륭하게 해냈다. 첫 만남에서 계약을 체결한 고객은 테스와 악수를 하면서 "당신은 다른 광고사 직원하고는 다르군요. 말하기보다는 들어주는 사람이에요"라고 말했다.

끔찍한 긴장은 고객과 상담을 마치고 걸어오는 동안 느끼는 뿌듯한 자부심과 완벽하게 균형을 이뤘다. 그때는 정말 하늘을 나는 기분을 느꼈다. 또다시 해냈다. 괴물과 싸워 이긴 거다. 무엇보다도 근사한 건 아무도 테스의 비밀을 눈치채지 못했다는 사실이다. 테스는 고객을 확보했고, 사업은 번창했다. 세 사람이 세상에 내보낸 화장품은 한 마케팅 상의 후보로 오르기도 했다.

테스가 고객을 상대한다는 건 윌과 펠리시티만 사무실에 남겨두고 몇 시간 동안이나 밖에 나가 있어야 한다는 뜻이었다. 두 사람만 있는 게 불안하지 않느냐는 질문을 받는다면 테스는 껄껄 웃어버렸을 것이다. '세상에, 윌은 펠리시티를 동생처럼 여겨요'라고 말하면서 말이다.

테스는 화이트보드에서 몸을 돌렸다. 다리에 힘이 풀렸다. 탁자로 걸어가서 되도록 두 사람과 멀리 떨어진 곳에 앉았다. 테스는 자신이 처한 상황을 제대로 파악하려고 애썼다.

지금은 월요일 저녁 6시였다. 정확히 생의 한가운데 와 있는 것이다.

윌이 위층에 올라와서 자신과 펠리시티가 할 말이 있다고 했을 때, 테스는 안 그래도 생각할 일이 너무 많았다. 방금 통화한 엄마는 테니스를 치다가 발목뼈가 부러졌다고 했다. 전화는 엄마가 했다. 그 소식을 전하고, 8주 동안 목발을 짚고 다녀야 해서 정말 미안하지만 부활절은 멜버른이 아니라 시드니에서 보냈으면 한다는 말을 하기 위해서였다.

테스는 펠리시티와 함께 시드니를 떠난 지 15년 만에 처음으로 엄마 가까이에서 살지 않은 걸 후회했다.

"목요일에 학교 끝나자마자 갈게. 그때까진 혼자 있어야 할 텐데, 괜찮겠어?"

"그럼, 당연하지. 메리가 도와줄 거야. 이웃 사람들도 도와줄 거고."

하지만 메리 이모는 운전을 못했다. 필 이모부가 매일 엄마를 데리고 병원에 갈 것 같진 않았다. 이제 이모 부부는 자기들 몸도 감당하기 벅차다. 엄마의 이웃이라면 이미 고대에 속한 노인들이나 커다란 차를 몰고 진입로를 빠져나오면서도 손 한번 흔들 시간이 없는 바쁜 젊은이들뿐이다. 그런 사람들이 엄마에게 캐서롤(오븐에 넣어 만드는 찜이나 찌개 요리—옮긴이) 한 냄비라도 가져다줄지 의문이다.

테스는 내일 당장 시드니로 달려가 도우미를 고용해야 하는 건 아닌지 걱정이 되었다. 엄마는 낯선 사람이 집에 드나드는 걸 싫어하지만, 혼자서 샤워를 어떻게 한담? 게다가 요리는 누가 하고?

하지만 당장 달려갈 순 없었다. 할 일이 너무 많았고, 더구나 리엄을 두고 갈 순 없었다. 리엄은 요즘 기분이 좋지 않았다. 같은 반 마커스가 괴롭혔기 때문이다. 마커스는 드러내놓고 폭력을 쓰진 않았다. '학교 폭력은 절대 용납하지 않는다' 는 학교 방침에 전혀 문제가 되지 않도록 교묘하고 영리하게 리엄을 괴롭혔다. 마커스는 그저 학교 폭력을 휘두르는 말썽꾸러기 아이가 아니었다. 매력적인 작은 사이코패스였다.

오늘은 마커스가 무서운 새 기술을 개발한 게 분명했다. 테스는 윌과 펠리시티가 아래층에서 일하는 동안 리엄에게 저녁을 먹였다. 테스는 대부분 윌과 리엄과 함께 저녁을 먹었고 펠리시티가 함께 먹을 때도 많았지만, 이번 주엔 금요일까지 베드스터프 웹사이트를 완성해야 하는 터라 두 사람은 오랫동안 일을 해야 했다.

저녁을 먹는 내내 리엄은 눈에 띄게 말이 없었다. 원래 자주 공상에 잠기고 생각에 빠져 평소에도 말이 많진 않았다. 그러나 기계적으로 소시지를 포크로 찍어 토마토소스에 담그는 모습이 어딘지 모르게 어른처럼 슬퍼 보였다.

"오늘 마커스랑 놀았니?"

테스가 물었다.

"아니. 오늘은 월요일이잖아."

"그래서?"

리엄은 입을 다물고 테스의 말에 대답하지 않았다.

테스는 불같은 분노를 느꼈다. 다시 선생님하고 제대로 상담해 봐야겠다. 리엄이 분명 부당한 대우를 받고 있는데 아무도 그 사실을 눈치채지 못하고 있는 거다. 학교 운동장은 정말 전쟁터 같은데 말이다.

윌이 테스에게 밑으로 내려올 수 있느냐고 물었을 때, 테스의 마음속에는 이런 걱정들이 가득 차 있었다.

윌과 펠리시티는 회의 탁자에 앉아 테스를 기다렸다. 테스는 탁자에 앉기 전에 사무실 여기저기에 널려 있는 머그잔을 모았다. 펠리시티는 습관적으로 커피를 다 마시지 않고 남겼다. 테스는 머그잔들을 탁자에 쭉 늘어놓은 뒤에야 의자에 앉았다.

"신기록 수립이야, 펠리시티. 반만 마신 커피 잔이 다섯 개나 돼."

펠리시티는 아무 말도 하지 않았다. 커피 잔 때문에 정말 슬프다는 듯이 이상한 표정으로 테스를 바라보기만 했다. 그때 윌이 놀라운 발표를 했다.

"테스, 어떻게 말해야 할지 모르겠지만…… 펠리시티와 내가 사랑에 빠졌어."

"아주 재밌네."

테스가 머그잔을 모으며 웃었다.

"정말 웃겨."

그런데 농담이 아닌 것 같았다.

테스는 벌꿀색 소나무 탁자 위에 손을 올려놓고 두 사람을 쳐다보았다. 핏줄이 다 보이고 손가락 마디가 뚜렷한 창백한 손을. 누군진 기억나지 않지만 테스의 손을 사랑한다고 말한 남자 친구도 있었다. 윌은 테스에게 결혼반지를 끼우느라 애를 먹었다. 그 모습을 본 결혼식 하객들이 조용히 키득거렸다. 반지를 끼운 뒤에 윌은 큰일을 해냈다는 듯이 거친 숨을 몰아쉬었다. 손으로는 몰래 테스의 손을 어루만졌으면서도.

테스는 고개를 들었다. 윌과 펠리시티가 은밀하고도 걱정스러운 눈빛을 주고받는 모습이 보였다.

"진정한 사랑을 찾았다는 거야? 두 사람이 영혼의 동반자라고?"

윌은 뺨을 실룩거렸고, 펠리시티는 머리카락을 잡아당겼다.

그렇다는 말이군. 그게 바로 두 사람이 생각하는 거였다. *그래, 진정한 사랑이야. 우린 영혼의 동반자라고!*

"도대체 언제부터?"

테스가 물었다.

"언제부터 두 사람이 그런 '감정'을 느낀 건데?"

"그건 중요하지 않아."

펠리시티가 다급하게 말했다.

"나한텐 중요해."

테스가 목소리를 높였다.

"아마도, 내 생각엔 6개월쯤 전인 거 같아."

펠리시티가 탁자를 내려다보면서 웅얼거렸다.

"그러니까, 살이 빠지기 시작했을 때?"

테스의 말에 펠리시티가 어깨를 으쓱했다.

"재밌네. 자긴 얘가 뚱뚱했을 땐 두 번도 쳐다보지 않았잖아."

테스가 윌에게 말했다.

테스는 입에서 흘러나오는 불쾌한 말들이 지독하게 쓰게 느껴졌다. 이렇게 잔인한 말을 해본 게 언제였더라? 10대를 벗어난 뒤로는 한 번도 없었다.

더구나 펠리시티를 뚱뚱하다고 표현한 적은 한 번도 없었다. 펠리시티의 몸무게를 두고 잔혹한 말은 한 번도 하지 않았다.

"테스, 제발……."

윌이 말했다. 그 목소리엔 어떠한 비난도 섞여 있지 않았다. 그저 나약하고 필사적인 애원만이 느껴졌다.

"난 괜찮아. 난 그런 말을 들어도 싸. 우린 그런 말을 들어도 돼."

펠리시티는 고개를 들고 모든 걸 겸허하게 받아들이겠다는 표정으로 테스를 보았다.

그러니까 테스는 두 사람을 발로 차고 할퀴어도 되는 권리를 부여받은 거다. 두 사람은 그저 가만히 앉아서 테스가 원할 때까지 마음껏 분노할 시간을 감내하겠다는 뜻이다. 둘은 결코 테스에게 맞서지 않을 거다. 본질적으로 착한 사람들이니까. 테스는 알고 있었다. 두 사람은 좋은 사람이다. 그러니 이 상황에 좋게 대처할 거다. 테스가 화를 내는 이유를 충분히 이해하고 받아들일 거다. 그렇게 되면 결국 나쁜 건 자신들이 아니라 테스가 될 테지. 두 사람은 함께 잠을 자지 않았다. 테스를 배신하지 않았다. 그저 사랑에 빠진 것뿐이다. 어디서나 흔히 볼 수 있는 천박한 불륜이 아니다. 이 사랑은 운명이다. 두 사람은 사랑에 빠지도록 예정된 것뿐이다. 누구도 두 사람을 나쁘게 생각하지 않을 거다.

정말 천재적이다.

"왜 자기 혼자서 나한테 말하지 않은 거야?"

테스가 윌을 뚫어지게 쏘아보면서 말했다. 마치 강렬한 눈길을 보내면 윌이 어디로 가버렸건 다시 불러올 수 있다는 듯이. 윌의 눈은 신비한 담갈색이었다. 두드려서 얇게 편 구리처럼 보이는 색에 짙은 검은색 눈썹을 지닌, 지극히 평범한 테스의 눈과는 정말 다른 눈이다. 테스의 아들이 물려받은 눈이고, 지금까지 *자신의 것*이라고 생각했던 눈이다. "아들 눈이 정말 예뻐요"라는 말을 들을 때마다 그 눈은 내 것임을 자랑하면서 "아이 아빠 눈이 그래요"라고 마음껏 으쓱할 수 있던 눈이다. 하지만 사실은 모든 것이 테스의 것이었다. 그녀의 것이었다. 저 눈은 *내 것*이었다고!

윌의 담갈색 눈은 대부분 기쁨으로 반짝였다. 그는 언제나 세상을 향해 웃을 준비가 되어 있었고, 일상에서 늘 재밌는 일을 찾아낼 능력이 있었다. 윌의 눈은 테스가 아주 좋아하던 윌의 일부분이었다. 하지만 지금 그 눈은 간절히 애원하고 있었다. 슈퍼마켓에서 원하는 걸 사달라고 조를 때 리엄이 보내는 눈길을 하고 있었다.

제발, 엄마. 방부제도 있고 필요한 건 다 들어 있는 저 병원놀이 세트 사줘. 알아. 지난번에 더는 사달라고 조르지 않겠다고 한 거. 하지만 갖고 싶단 말이야!

제발, 테스. 저 멋진 사촌이 갖고 싶어. 알아. 기쁠 때나 슬플 때나, 건강할 때나 아플 때도 함께하겠다고 맹세한 거. 하지만 제발!

아니, 안 돼. 당신은 펠리시티를 가질 수 없어. 내가 안 된다고 했지!

"적당한 시기랑 장소를 찾을 수가 없었어."

윌이 말했다.

"그리고 우린 함께 말하고 싶었어. 우리는 더는…… 그러니까 우리 생각은, 당신도 모르게 더 나가는 건…… 그러니까."

윌의 턱이 칠면조처럼 앞뒤 좌우로 마구 흔들렸다.

"우리 생각에 어차피 이런 얘기에 적절한 시간은 없는 것 같았어."

우리라고? 허, 우리란 말이지? 그러니까 두 사람이 의논을 했다는 거다. 테스 없이. 당연히 테스는 빼야 했겠지. 테스 없이 두 사람이 '사랑에 빠졌으니까'.

"난 나도 여기서 살아야 한다고 생각했어."

펠리시티가 말했다.

"지금 당장?"

테스가 말했다. 펠리시티의 얼굴을 참고 바라볼 수가 없었다.

"좋아, 다음에 기다리는 일은 뭐야?"

그 말을 하는 순간 테스는 도저히 믿을 수가 없어 토할 것만 같았다. 분명히 아무 일도 없을 거다. 펠리시티는 새로 등록한 운동을 하러 나갈 테고, 윌은 위층에 올라가 리엄을 씻기면서 마커스와 무슨 문제가 있는지 알아볼 테고, 테스는 저녁에 먹을 음식을 볶을 거다. 재료는 이미 준비해놓았다. 작은 플라스틱 상자에 넣어둔 치킨 조각을 생각하니 기분이 아주 이상해졌다.

　테스와 윌은 반쯤 빈 와인병에서 와인을 한 잔 따르고 이제 새롭게 태어난 펠리시티에게 어떤 남자가 어울릴지 고민할 거다. 두 사람은 이미 여러 가지 가능성을 살펴보았다. 이탈리아인 은행 매니저도 고민해보았고, 지역 식품점을 운영하는 몸집이 크고 조용한 남자를 생각해보기도 했다. 하지만 윌은 자기 이마를 손바닥으로 치면서 '맞다. 왜 그 생각을 못했지. 나여야 해! 내가 바로 펠리시티의 완벽한 짝이야!' 라는 말은 한 번도 하지 않았다.

　그래, 이건 농담이야. 테스는 이 모든 일이 농담이 아닐 수 있다곤 도저히 생각할 수가 없었다.

　"이 상황이 더 나아질 수도, 더 좋아질 수도, 더 가벼워질 수도 없다는 거 알아. 하지만 우린 당신이 원하는 건 모두 할 거야. 당신이 당신과 리엄에게 좋다고 생각하는 거라면 뭐든."

　"리엄에게라고?"

　테스가 넋이 나간 것처럼 윌의 말을 따라했다.

　무슨 이유에서인지 지금까지 테스는 리엄에게 이 일을 설명해야 한다는 생각도, 리엄도 이 일과 관계가 있다는 생각도, 리엄이 어떤 식으로든 영향을 받을 거라는 생각도 하지 못했다. 위층에서 지금 엎드려서 텔레비전을 보고 있는 리엄의 여섯 살 난 작은 마음속은 마커스에 대한 엄청난 걱정으로 가득 차 있을 거다.

　아니, 안 돼. 절대, 절대, 절대 안 돼!

　테스는 생각했다. 테스의 엄마가 그녀의 방 문 앞에 서서 "아빠와 내가 너한테 할 말이 있어"라고 했었던 순간을.

　리엄에게 그런 일을 겪게 할 수는 없다. 내 눈에 흙이 들어가기 전엔 절대 안 된다. 아름다운 얼굴로 늘 진지한 표정을 짓는 내 아들이 수년 전 여름에 내가 느꼈던 상실과 혼란을 느끼게 할 순 없다. 절대로 금요일 저녁을 하룻밤 묵을 짐을 싸면서 보내게 할 순 없다. 냉장고에 붙인 달력에 주말에 묵을 집을 표시하게 할 순 없다. 아무리 가벼운 질문이라도 헤어진 부모가 다른 부모에 관해 물을 땐 대답하기 전에 신중하게 고민해야 한다는 사실을 배우게 할 순 없다.

테스의 머리가 빠른 속도로 돌아갔다.

지금부터 가장 중요한 건 리엄이다. 테스의 마음은 상관이 없었다. 어떻게 이 상황을 헤쳐나갈 수 있을까? 어떻게 해야 두 사람을 멈출 수 있을까?

"우린 정말 이런 일이 생기길 바라지 않았어."

크게 뜬 윌의 눈은 그 말이 정말이라고 말하고 있었다.

"우리는 모두가 괜찮기를 바라. 우리 모두에게 최선의 길을 찾길 원해. 그래서 우리가 심지어 어떤 생각까지 했느냐면……."

테스는 펠리시티가 윌에게 살짝 고개를 흔드는 모습을 보았다.

"심지어 어떤 생각을 했는데?"

테스가 물었다. 그러니까 두 사람이 또 나만 빼고 의논했다는 증거가 나왔다. 둘 다 얼마나 신났을까? 눈물을 글썽이면서 자신들은 좋은 사람이라는 듯 테스만 생각하면 슬퍼 죽겠다는 표정을 짓고 있지만, 도대체 두 사람은 자신들의 열정을, 자신들의 사랑을 위해 어떤 선택을 했을까?

"아직 우리가 생각한 걸 말할 시기가 아니야."

펠리시티가 단호하게 말했다. 테스의 손톱이 손바닥을 파고들었다. 어떻게 저렇게 말할 수 있지? 어떻게 이 상황이, 이 문제가 아무렇지도 않다는 듯이 저렇게 평온한 말투로 말할 수 있을까?

"도대체 어떤 생각을 했는데?"

테스는 윌에게서 시선을 거두지 않았다.

펠리시티는 잊어버려.

테스는 자신에게 속삭였다.

화낼 시간 없어. 생각을 해야 해, 테스. 생각을 해.

하얗던 윌의 얼굴이 붉게 변했다.

"그게, 우리 모두 함께 살 수 있지 않을까 생각했어. 여기서 말이야. 리엄을 위해서. 우린 다른 사람들하고 다르잖아. 우린 모두…… 한 가족이잖아. 그래서 그런 생각을 한 거야. 미친 생각 같다고 여길지 모르지만, 그게 가능할 수도 있지 않을까 한 거야. 결국엔."

테스는 미친 듯이 웃었다. 테스의 웃음소리는 목 뒷부분에서 나오는 것처럼 암울하고 묵직했다. 지금 이 사람들 제정신인 거야?

"그러니까 내가 내 침실에서 나오고 대신 펠리시티가 들어가면 된다는 거야? 리엄한테 '걱정하지 마, 아가. 이제 아빠는 펠리시티 이모랑 잘 거야. 엄마는 손님방에서 자면 되고.' 이렇게 말하라고?"

"당연히 그건 아니야."

펠리시티가 말했다. 무척 당황한 것처럼 보였다.

"당신이 그런 식으로 말하면……."

윌이 입을 열었다.

"그럼 어떤 식으로 말해야 하는데?"

테스의 말에 윌이 한숨을 내쉬었다.

"이봐. 이 자리에서 모든 걸 결정할 필요는 없어."

가끔 윌은 자기 의지대로 밀어붙이기 위해 남자답고 합리적이지만 권위적인 목소리로 말할 때가 있었다. 그럴 때마다 테스와 펠리시티는 그에게 본때를 보여줬다. 그런데 지금 또 그 목소리를 내고 있었다. 자기가 이 상황을 통제하겠다는 목소리를.

감히 그렇게 나온단 말이지.

테스는 두 주먹을 불끈 쥐고 탁자를 세게 내리쳤다. 탁자가 덜컥거릴 정도였다. 테스는 지금까지 한 번도 이런 행동을 한 적이 없었다. 웃기기도 했고, 터무니없기도 했고, 살짝 흥분되기도 했다. 윌과 펠리시티가 움찔하는 모습을 보니 기쁘기까지 했다.

"그럼 다음엔 무슨 일이 있을지, 내가 알려줄게."

테스가 말했다. 갑자기 모든 일이 한꺼번에 명확해졌다.

아주 간단했다.

윌과 펠리시티는 제대로 불륜을 저질러야 한다. 그것도 빠르면 빠를수록 좋다. 둘 사이엔 벌써 불꽃이 타오르고 있다. 지금은 달콤하고 감미로운 시간이다. 불행한 연인은 로미오와 줄리엣처럼 보라색 기침 뚝 용 위에서 서로를 애타게 쳐다보고 있다. 두 연인은 땀에 젖고 끈적거릴 필요가 있다. 너저분하고, 결국에는 바라건대, 당연히 지루하고 따분해져야 한다. 윌은 아들을 사랑한다. 그러니 일단 그 눈에서 안개가 걷히면, 자신이 끔찍하지만 돌이킬 수 없는 잘못을 저질렀다는 사실을 깨달을 거다.

그러면 모든 게 다시 제자리로 돌아올 거다.

그렇다면 테스가 택할 수 있는 방법은 하나밖에 없다. 이 집을 떠나는 거다. 그것도 지금 당장.

"리엄과 나는 시드니에 가서 살 거야."

테스가 말했다.

"엄마랑 함께. 좀 전에 전화가 왔는데, 발목이 부러졌대. 엄마를 도울 사람이 필요해."

"오, 저런. 이모는 괜찮대?"

펠리시티가 말했다.

테스는 펠리시티의 말을 무시했다. 이제 펠리시티는 더는 이모를 걱정하는 조카가 될 수 없었다. 펠리시티는 다른 여자였고, 테스는 아내였다. 펠리시티는 싸워서 물리칠 대상이었다. 리엄을 위해서. 테스는 기꺼이 싸울 테고, 반드시 승리할 것이다.

"일단 엄마가 나을 때까지 엄마랑 살 거야."

"하지만 테스, 리엄을 시드니로 데려갈 순 없어."

지배자인 척하는 윌의 목소리가 사라졌다. 윌은 멜버른 사람이다. 다른 곳에선 절대로 살 수 없었다.

윌은 잔뜩 상처받은 얼굴로 테스를 보았다. 자신이 부당한 요구를 받은 리엄이라도 된 것 같은 표정을 지었다. 그러다 갑자기 표정이 밝아졌다.

"그래, 학교는 어떻게 해? 학교를 빠질 순 없잖아."

"한 학기 동안 세인트 안젤라에 다닐 거야. 리엄은 마커스하고 떨어져야 해. 그게 아이한테 좋아. 환경을 완전히 바꿔주는 거야. 리엄도 나처럼 학교까지 걸어다닐 거야."

"아니, 리엄은 거기 다닐 수 없어. 그 앤 가톨릭 신자도 아니잖아."

윌이 흥분해서 소리쳤다.

"그게 무슨 말이야? 리엄은 성당에서 세례도 받았어."

테스의 말에 펠리시티가 무슨 말인가 하려다가 입을 다물었다.

"리엄은 세인트 안젤라에 다닐 거야."

사실 테스도 세인트 안젤라 초등학교에서 입학을 허가할지는 확신이 없었다.

"엄마가 성당에 아는 사람이 있으니까 괜찮을 거야."

테스는 말하는 동안 자신과 펠리시티가 다닌 작은 가톨릭 학교가 머릿속에 가득 떠올랐다. 성당의 첨탑이 만든 그늘에서 사방치기를 했던 기억이, 성당의 종소리가 생각났다. 학교 가방 밑에 두고 까맣게 잊어버려 달콤한 썩은 냄새가 진동했던 바나나도 떠올랐다. 엄마가 사는 집에서 학교까진 5분 정도 걸으면 된다. 학교는 나무가 쭉 늘어선 길의 막다른 골목에 있어, 여름이면 성당의 휘장처럼 나뭇잎이 무성하게 늘어졌다. 지금은 가을이지만, 이 무렵의 시드니는 냇가에서 수영을 해도 될 정도로 따뜻하다. 풍나무 잎은 녹황색으로 물들어 있겠지? 리엄은 울퉁불퉁한 오솔길을 걸으며 연분홍 장미 꽃잎이 떨어진 물웅덩이를 지날 수 있을 거야.

어쩌면 테스를 가르쳤던 선생님들도 몇 분 남아 계실지 몰랐다. 테스와 펠리시티와 함께 학교에 다닌 아이들은 이제 엄마와 아빠가 되어 자신의 아이들을 세인트 안젤라 초등학교에 보낼지도 몰랐다. 엄마가 가끔 이야기했지만, 테스는 그런 아이들이 여전히 존재한다는 사실이 믿기지 않았다. 그러니까 정말 멋졌던 피츠패트릭 형제들 같은 아이들 말이다.

모두 여섯 명인 피츠패트릭 형제들은 포장하지 않고 대량으로 구입한 것처럼 금발에 각진 턱을 지닌, 정말 하나같이 비슷하게 생긴 남자아이들이었다. 정말로 근사하게 생겨서 테스는 그 아이들 곁을 지날 때마다 얼굴이 발개졌다. 성당에서 미사를 돕는 복사는 늘 피츠패트릭 형제 가운데 한 명이 맡았다. 그 아이들은 세인트 안젤라 초등학교에 4년을 다닌 뒤엔 차례대로 항구에 있는 일류 가톨릭 남자학교에 들어갔다. 피츠패트릭 집안은 매력적일 뿐 아니라 부자이기도 했다. 첫째 피츠패트릭은 지금 세 딸이 있고, 셋 모두 세인트 안젤라 초등학교에 다닌다고 들었다.

그런데 정말 할 수 있을까? 리엄을 데리고 시드니에 가서 내가 다녔던 초등학교를 다니게 한다고? 왠지 불가능할 것 같았다. 내 아들에게 나와 같은 어린 시절을 보내게 한다고? 갑자기 어지러웠다. 그럴 순 없었다. 리엄을 자기 학교에 다니지 못하게 할 순 없었다. 리엄은 금요일까지 바다 생물 과제를 끝내야 한다. 토요일에는 운동회가 열린다. 당장 빨아야 할 것도 많고, 내일 아침엔 새로 고객이 될지도 모를 사람을 만나야 한다.

그때 테스는 윌과 펠리시티가 또다시 은밀하게 눈길을 주고받는 모습을 보았다. 심장이 마구 뒤틀렸다. 시계를 보니 6시 30분이었다. 위층에서 정말 끔찍한 〈도전! FAT 제로〉가 시작하는 소리가 들렸다. 리엄이 DVD를 끄고 텔레비전을 튼 모양이었다. 이제 곧 권총이 나오는 장면을 보려고 리모컨을 마구 눌러댈 거다.

"공짜로 얻을 수 있는 건 아무것도 없어!"

텔레비전에서 누군가 소리쳤다.

테스는 출연자들에게 동기를 부여한다고 외치는 그 공허한 소리가 정말 싫었다.

"오늘 밤 비행기로 갈 거야."

테스가 말했다.

"오늘 밤? 밤에 리엄을 비행기에 태울 순 없어."

"아니, 괜찮아. 9시 비행기를 탈 거야. 그냥 가면 돼."

"테스, 이건 너무 지나쳐. 정말 이럴 필요는……."

펠리시티가 말했다.

"아니, 우리가 빠져줄게. 그러니까 이제 두 사람은 함께 자도 돼. 드디어 내 침대를 차지했구나. 다행히 오늘 아침에 침대 시트를 갈았어."

테스가 말했다.

테스는 다른 말도 하고 싶었다. 훨씬 끔찍한 말이었다.

펠리시티에게는 '그 사람은 여자가 위에서 하는 거 좋아해. 좋겠다. 살이 더 빠질 거야'라고 하고 싶었고, 월에게는 '펠리시티는 살이 텄으니까 너무 가까이에서 보지 않는 게 좋아'라고 말하고 싶었다.

하지만 하지 않았다. 도롯가에 있는 지저분한 모텔에 든 것처럼 추잡한 기분이 들어야 하는 건 내가 아니야. 테스는 일어서서 치마를 똑바로 폈다.

"좋아, 이제 됐어. 사업은 나 없이 꾸려나가도록 해. 고객들한텐 급한 집안일로 빠졌다고 하고."

그렇지. 이건 당연히 급한 집안일이지.

테스는 쭉 늘어놓은 커피 잔을 가능한 많이 손가락으로 움켜잡았다. 하지만 곧 마음을 바꾸고 잔들을 내려놓았다. 테스는 월과 펠리시티가 자신을 쳐다보고 있는 동안 신중하게 가장 커피가 많이 든 잔을 두 개 골라 각각 손에 쥐었다. 그러곤 목표를 향해 정확하게 공을 던지는 네트볼 선수처럼 멍청하고 솔직하고 미안해하는 두 얼굴을 향해 정확하게 커피를 날렸다.

THE HUSBAND'S SECRET

· 3 ·

레이첼은 아이들이 둘째를 가졌다고 말할 거라고 생각했다. 그래서 더 견디기가 힘든 것이다. 집으로 들어오는 아이들을 보자마자 레이첼은 아주 굉장한 소식을 듣게 되리라는 걸 알았다. 두 아이 모두 자 앉아서 잘 들어봐, 하는 것처럼 의식적이고도 우쭐해하는 표정을 짓고 있었으니까.

롭은 평소와 달리 말이 많았다. 반면에 로렌은 평소와 달리 말이 적었다. 제이컵만이 평소와 다름없이 이곳저곳을 들락날락거리면서 찬장이나 서랍을 열어젖혔다. 할머니가 자기가 좋아하는 장난감 같은 소중한 보물을 여기저기에 숨겨뒀다는 걸 알기 때문이다.

물론 레이첼은 로렌과 롭에게 하고 싶은 말이 있느냐는 질문 따윈 하지 않았다. 레이첼은 그런 노인이 아니었다. 절대로 아니었다. 로렌이 집에 올 때는 완벽한 시어머니가 되기 위해 정말 최선을 다해 노력했다. 질리지 않을 정도로 배려했고, 경박스럽지 않을 정도로 관심을 표현했다. 결코 비난을 한 적도 없고, 제이컵에 대해서도 한 마디도 하지 않았다. 로렌에게뿐만 아니라 롭에게도 아무 말도 하지 않았다. 아내가 남편에게 '엄마가 그러는데……'

라는 말을 들으면 어떤 기분인지 잘 알기 때문이다. 하지만 절대 쉽지 않은 일이었다. 사실 마음속으로는 끝없이 잔소리를 늘어놓고 있었다. 마치 CNN 뉴스를 할 때 텔레비전 화면 밑으로 끝없이 자막이 지나가는 것처럼.

제이컵의 머리만 해도 그렇다. 도대체 두 아이는 제이컵이 머리카락이 눈을 찌를까봐 계속 입김을 불어대는 게 보이지도 않나? 저 끔찍한 꼬마기관차 토머스 티셔츠만 해도 그렇다. 옷감이 거칠어서 아이 피부가 상하는 게 보이지 않는 게야? 내가 제이컵을 돌보는 날에 입고 왔으면 보자마자 벗겨버리고 오래 입어서 부드러워진 티셔츠를 입혔을 거야. 물론 돌려보낼 땐 다시 갈아입혀야겠지만.

하지만 사려 깊은 시어머니가 된다고 레이첼에게 득이 되는 게 있을까? 악독한 시어머니가 되어도 차이는 없을 것이다. 아들 부부는 언제나 레이첼의 집을 나설 때 제이컵도 데려간다. 자기들에겐 당연히 그럴 권리가 있다는 듯이. 엄밀히 말해 정말로 그럴 권리가 있긴 하지만.

어쨌거나 둘째 손주는 없었다. 아이들이 전한 건 로렌에게 새 직장이 생겼다는 소식이었다. 뉴욕에서 멋진 일을 하게 됐다고 했다. 2년 계약으로. 두 사람은 저녁밥을 먹고 디저트로 새러리에서 사온 애플 커스터드 턴오버와 아이스크림을 먹으면서 그 말을 했다. 두 아이는 로렌이 마치 빌어먹을 천국에서 일하게 되기라도 한 듯 숨도 못 쉴 정도로 흥분했다.

두 아이가 이야기할 때 제이컵은 레이첼의 무릎에 앉아 있었다. 잔뜩 지친 아기의 성스럽게 흐느적거리는 몸짓으로 탄탄하게 벌어진 어깨와 작은 몸을 레이첼의 몸에 완전히 기댔다. 레이첼은 제이컵의 머리에 코를 묻고, 뒷덜미의 움푹 파인 곳에 입을 맞췄다.

제이컵을 처음 품에 안고 부드럽고 연약한 머리에 입을 맞춘 순간, 레이첼은 시들어버린 식물에 물을 주자 다시 살아난 것처럼 자신의 삶도 다시 살아났다는 느낌을 받았다. 갓 태어난 아기 냄새가 레이첼의 폐에 산소를 가득 불어넣었다. 누군가가 드디어 레이첼이 수년 동안 매달고 다녀야 했던 무거운 추를 받아든 것처럼 허리가 쭉 펴지는 기분이 들었다. 병원에서 나와 주차장으로 가는 동안 무채색이었던 세상이 다시 색을 입었음을 알 수 있었다.

"어머니도 놀러 오셨으면 좋겠어요."

로렌이 말했다.

로렌은 커리어 우먼이었다. 커먼웰스 뱅크에서 아주 중요하고 힘들고 높은 자리에 있다고 했다. 월급도 롭보다 훨씬 많았다. 그건 비밀도 아니었다. 롭은 그 사실을 자랑스러워했고, 지나치게 많이 떠벌려댔다. 에드가 자기 아들이 며느리의 월급봉투를 자랑하는 꼴을 보았다면, 분명히 충격을 받고 그 자리에서 쓰러져 죽었을 것이다. 그 꼴을 보지 않아도 되니, 에드로서는 정말 다행이다……. 뭐, 안 그래도 충격을 받고 쓰러져 죽긴 했지만.

레이첼도 결혼하기 전엔 커먼웰스 뱅크에서 일했다. 하지만 로렌이 직장 생활 이야기를 할 때 그 사실이 거론되는 일은 한 번도 없었다. 레이첼은 아들이 엄마의 인생을 잊어버린 건지, 처음부터 알지 못했던 건지, 그것도 아니면 전혀 흥미가 없는 건지 궁금했다. 물론 레이첼은 결혼하자마자 그만둔 하찮은 자신의 일이 로렌의 대단한 직업과 같을 순 없음을 잘 알았다. 로렌이 하는 일을 레이첼로서는 상상도 할 수 없었다. 그저 며느리가 프로젝트 관리와 연관된 일을 한다는 것만 어렴풋이 알 수 있었다.

프로젝트를 관리하는 사람은 당연히 제이컵이 하룻밤 묵을 때 필요한 물건도 완벽하게 챙겨줄 거라고 생각할 것이다. 하지만 절대 그렇지 않다. 로렌은 언제나 가장 중요한 걸 잊어버렸다.

이제는 제이컵과 함께 잘 수 없다. 목욕을 시켜줄 수도 없고, 동화책을 읽어줄 수도 없다. 어린이 율동 프로그램을 보면서 거실에서 함께 춤을 출 수도 없다. 왠지 제이컵이 죽어가고 있는 느낌이었다. 레이첼은 제이컵이 살아 있다는 사실을, 지금 자기 무릎에 앉아 있다는 사실을 애써 상기해야 했다.

"그래, 뉴욕으로 꼭 놀러 와, 엄마."

롭이 벌써 미국 사람이 된 것 같은 억양으로 말했다. 레이첼을 보고 웃는 아들의 이가 반짝거렸다. 저 이를 위해 우리가 거금을 썼었지. 피아노의 흰 건반처럼 보이는 롭의 튼튼한 이는 분명히 미국에 잘 적응할 거야.

"생애 처음으로 엄마가 여권을 발급받는 거야. 엄마가 원하면 미국 여행을 해도 되잖아. 버스 투어를 하는 거야. 아, 맞다. 알래스카 크루즈 여행도 근사할 거야."

레이첼은 가끔 가족의 인생이 거대한 장벽에 완벽하게 가로막혀 정확히 둘로 나뉘었다는 생각을 했다. 1984년 4월 6일이라는 장벽을 전후로 말이다. 그날이 아니었다면 롭은 지금과는 완전히 다른 어른으로 성장했을지도 모른다. 저렇게 대책 없이 낙천적이지도, 부동산 중개인처럼 굴지도 않았을지 모른다. 아, 근데 롭은 정말 부동산 중개인이다. 그러니까 그렇게 행동한다고 해서 놀랄 이유는 없다.

"나도 알래스카 크루즈 여행 하고 싶어요."

로렌이 롭의 손에 자신의 손을 얹었다.

"나이가 들어서 머리가 허옇게 센 우리가 알래스카 크루즈 여행을 하는 꿈을 꾸곤 한답니다."

그러고는 갑자기 기침을 했다. 시어머니는 이미 나이가 들어 머리가 허옇게 셌다는 사실을 깨달은 것 같았다.

"그래, 분명히 재밌을 거야."

레이첼은 차를 한 모금 마셨다.

"하지만 조금 추울 거 같아."

도대체 이 아이들은 미친 게 아닐까 하는 생각이 들었다. 알래스카 크루즈 여행이라니, 전혀 하고 싶지 않았다. 레이첼이 원하는 건 뒤뜰로 내려가는 계단에 앉아 햇빛을 듬뿍 받으며 비눗방울을 부는 것이다. 비눗방울을 보면서 좋아하는 제이컵을 보는 것이다. 레이첼은 제이컵이 자라는 모습을 가까이에서 지켜보고 싶었다.

그리고 제이컵의 동생도 원했다. 그것도 아주 빨리 보길 원했다. 로렌은 서른아홉 살이다. 바로 지난주에 레이첼은 말라에게 아직 로렌에겐 아기를 가질 시간이 충분하다고 했다. 요즘엔 다들 늦게 낳으니까. 하지만 그건 로렌이 곧 둘째를 가졌다는 선언을 할 거라고 생각했기에 한 말이다. 사실 레이첼은 둘째 손주를 키울 계획도 이미 세우고 있었다(원래 참견하기 좋아하는 평범한 시어머니들은 모두 그렇게 하지 않나?), 레이첼은 둘째 손주가 태어나면 은퇴하기로 마음먹었다. 세인트 안젤라 초등학교에서 일하는 건 즐겁지만, 이제 2년만 있으면 일흔 살이 된다(벌써 일흔 살이라니!). 더구나 점점 기력이 딸렸다. 일주일에 이틀, 아이 둘을 보는 정도면 충분하다. 레이첼은 앞으로 그렇게 살 거라고 생각했다. 벌써 두 팔에 안기는 갓난아기의 묵직함이 느껴질 정도였다.

저 나쁜 계집애는 어째서 둘째를 안 낳는 거지? 어째서 제이컵에게 동생을 만들어주지 않는 거냐고? 도대체 뉴욕이 뭐가 특별하다는 거야? 시끄럽게 경적이나 울려대고 거리 곳곳에 수증기가 끓어오르는 구멍이 있는 곳이 말이야. 세상에, 저 애는 제이컵을 낳고 세 달 만에 다시 일하러 나갔었지. 마치 아기가 있는 건 나한테 전혀 불편하지 않아요, 라는 것처럼.

만약 누군가 오늘 아침에 레이첼에게 사는 게 어떠냐고 물었다면 정말 만족한다고 대답했을 것이다. 월요일과 금요일에는 레이첼이 제이컵을 돌보고, 로렌이 도시에 있는 책상에 앉아 프로젝트를 관리하는 나머지 시간에는 어린이집에서 제이컵을 돌보았다. 제이컵이 어린이집에 있을 때 레이첼은 세인트 안젤라 초등학교에서 학교 비서로 일했다. 레이첼에게는 직업, 정원, 친구인 말라, 문고판 책들, 일주일에 두 번 손자와 함께하는 귀중한 시간이 있었다. 아들 부부가 외출할 때면 주말에도 제이컵과 함께 지냈다. 아들 부부는 좋아하는 식당이나 극장에 가거나 오페라를 보러 갔다. 에드가 그 사실을 알았다면 너털웃음을 터트렸을 것이다. 행복하냐고 물었다면 '더없이 행복해요'라고 대답했을 것이다.

레이첼은 자신의 인생이 카드로 만든 것처럼 이렇게 연약한 줄은 몰랐다. 롭과 로렌이 월요일 밤에 쳐들어와 카드로 만든 집에서 아주 중요한 카드 한 장을 저렇게 즐거워하면서 빼내갈 줄은 몰랐다. 제이컵이라는 카드가 빠지면 레이첼의 인생은 완전히 무너지고, 남은 카드들은 나풀거리며 땅바닥에 내려앉을 것이다.

레이첼은 제이컵의 머리에 입술을 대고 꾹 눌렀다. 눈물이 그렁그렁하게 맺혔다.

이건 공평하지 않아. 공평하지 않다고.

"2년은 금방 가요."

로렌이 레이첼을 보면서 말했다.

"이것처럼 말이야."

롭이 손가락을 딱 하고 튕겼다.

너희한테나 그렇겠지.

레이첼은 생각했다.

"사실 2년이 되기 전에 돌아올 수도 있어요."

로렌이 말했다.

"아예 눌러살 수도 있고 말이야."

레이첼이 자신은 이 세상이 어떻게 돌아가는지, 이런 일이 어떻게 진행되는지 잘 아는 여성임을 보여주려는 듯이 밝게 웃으며 말했다.

레이첼은 러셀 쌍둥이, 루시와 메리를 떠올렸고, 그들의 두 딸이 어떻게 멜버른으로 가버렸는지를 생각했다.

어느 일요일에 성당에서 나오면서 루시가 말했다.

"그 아이들은 거기서 안 돌아올 거예요."

벌써 몇 년도 전에 들었던 말이다. 그 말이 지금까지 레이첼의 뇌리에 남아 있는 건, 루시의 말이 옳았기 때문이다. 레이첼이 마지막으로 들은 건 그 사촌 자매가, 루시의 부끄럼쟁이 작은 딸과 메리의 눈이 예쁜 통통한 딸이 여전히 멜버른에 살고 있고, 영원히 거기 있을 거라는 말이었다.

하지만 멜버른은 힘껏 팔짝 뛰면 갈 수 있다. 가고 싶으면 그날 당장 비행기를 타고 날아갈 수 있다. 루시와 메리도 그렇게 한다. 하지만 뉴욕은 가고 싶다고 갈 수 있는 곳이 아니다.

그리고 버지니아 피츠패트릭 같은 사람도 있다. 버지니아는 어떤 의미에서 보자면 레이첼이 하는 학교 비서 일을 나누어 맡고 있다. 버지니아에겐 아들 여섯과 손주 열넷이 있다. 그 아이들 모두 시드니에 있는 노스쇼에서 15분 거리에 모여 산다. 버지니아는 손주가 뉴욕에 간다고 해도 눈도 깜짝하지 않을 것이다. 한 명쯤 사라져도 아직 남은 손주가 많으니까.

레이첼은 아이를 더 많이 낳아야 했다. 좀 더 가톨릭 신자다운 좋은 아내, 좋은 엄마로 살면서 적어도 여섯 명은 낳아야 했다. 하지만 그렇게 하지 못했다. 다른 여자들과는 다르다고, 자신을 특별하다고 생각한 허영심 때문이었다. 신께서는 레이첼이 어째서 자신이 특별하다고 생각하는지를 정확하게 아셨다. 레이첼은 직장이나 여행은 물론이고 그 어떤 것에 대해서도 열망이 없었다. 요즘 여자들과는 정말 다른 특별함이었다.

"언제 떠나니?"

제이컵이 갑자기 레이첼의 무릎에서 미끄러지듯 내려가더니 처리해야 할 급한 임무라도 있는 것처럼 거실로 뛰어갈 때, 레이첼이 아들 부부에게 물었다. 잠시 뒤에 텔레비전 켜는 소리가 들렸다. 저 영리한 아이는 리모컨을 조작할 줄 알아!

"8월은 되어야 해요. 그때까지 처리할 일이 많아요. 비자도 받아야 하고요. 아파트도 구해야 하고, 제이컵을 돌봐줄 보모도 찾아야 해요."

제이컵을 돌볼 보모라고?

"내가 할 일도 찾아야 하고."

롭은 살짝 긴장한 것 같았다.

"아, 그렇구나. 네 직장도 문제겠구나. 물론 부동산 중개 일을 할 거지?"

레이첼은 아들에 대해선 심각하게 생각해본 적이 없었다. 정말 그랬다.

"그게 확실하지 않아. 알아봐야 해. 어쩌면 집에서 살림을 해야 할 수도 있어."

롭이 말했다.

"저런, 롭한테 요리하는 법을 가르쳐주지 않아서 미안하구나."

레이첼이 로렌에게 말했다. 사실 정말 미안한 건 아니었다. 레이첼은 요리에 흥미도 없었고, 잘하지도 못했다. 그저 빨래처럼 요리도 해야 할 일일 뿐이었다. 요리에 대해선 요즘 사람들과 생각이 같았다.

"그건 걱정 마세요. 아마 대부분 나가서 먹을 거예요. 아시죠. 뉴욕은 결코 잠드는 법이 없어요."

로렌이 활짝 웃었다.

"하지만, 얘. 제이컵은 자야 할 텐데. 너희는 외식을 하고 제이컵은 보모랑 먹는 거니?"

레이첼의 말에 로렌의 얼굴에서 미소가 사라졌다.

로렌은 롭을 쳐다보았다. 당연한 말이지만, 롭은 아무 눈치도 채지 못했다.

갑자기 텔레비전 소리가 커졌다. 집 안 가득 엄청난 소리가 메아리쳤다. 텔레비전에선 한 남자가 소리치고 있었다.

"공짜로 얻을 수 있는 건 아무것도 없어!"

레이첼은 그 목소리의 주인공을 알았다. 〈도전! FAT 제로〉에 출연하는 트레이너 목소리였다. 레이첼은 그 프로그램이 좋았다. 총천연색 가짜 세상을 보고 있으면 마음이 편해졌다. 그 세상은 얼마나 먹고 얼마나 운동을 하는지만이 중요한 세상이었다. 팔굽혀펴기를 얼마나 더 할 수 있는가만이 최고의 고통이고 괴로움인 세상이었다. 모든 사람이 오로지 열량 이야기만 하고, 체중이 줄어들면 기뻐서 흐느껴 우는 세상이었다. 그리고 결국엔 날씬해져서 모두 행복해지는 세상이었다.

"또 리모컨 가지고 노는 거야?"

롭이 텔레비전 소리에 질세라 크게 소리를 질렀다. 식탁에서 일어나 거실로 갔다.

제일 먼저 일어나 제이컵에게 가는 건 언제나 롭이었다. 로렌이 아니었다. 제이컵이 태어나는 순간부터 기저귀는 롭이 갈았다. 에드는 결국 죽을 때까지 단 한 번도 기저귀를 갈아본 적이 없었다. 물론 요즘 아빠들은 기저귀를 간다. 그것 때문에 상처받거나 하지는 않은 것 같다. 그저 어색한 것뿐이었다. 아니 당혹스럽다고 하는 편이 맞았다. 왠지 아빠들이 여성이 해야 할 일을 부적절하게 하고 있다는 기분이 들었기 때문이다. 물론 그런 생각을 한다면 요즘 여자들은 비명을 질러댈 것이다.

"어머니."

로렌이 말했다.

레이첼은 로렌을 보았다. 로렌은 엄청난 부탁을 하려는 사람처럼 잔뜩 긴장한 것 같았다.

그래, 로렌. 너희가 뉴욕에 가 있는 동안 내가 제이컵을 돌볼게. 2년이라고? 문제없어. 마음 놓고 가. 너희 시간을 마음껏 즐겨.

"이번 주 금요일이 성 금요일(그리스도의 십자가 수난일. 그리스도가 예루살렘에 입성한 종려주일부터 시작하는 성 주간의 금요일이자 부활절 직전의 금요일로, 1년에 한 번 예수의 재판과 처형을 기리는 날—옮긴이)이잖아요. 그날이, 기일이잖아요⋯⋯."

순간, 레이첼의 몸이 딱딱하게 굳었다.

"그래, 그렇지."

레이첼의 입에서 가능한 한 가장 차가운 목소리가 흘러나왔다.

이번 주 금요일 이야기는 로렌과 하고 싶지 않았다. 아니 그 누구와도 하고 싶지 않았다. 레이첼은 그 금요일이 다가온다는 사실을 몇 주 전부터 온몸으로 느꼈다. 해마다 여름이 끝나고 상쾌한 바람이 불어오면 그 사실을 온몸으로 느낄 수 있었다. 온몸의 근육이 긴장하고, 온 피부가 공포에 질려 따끔거리면서 레이첼에게 기억하라고 재촉했다.

그래, 또 가을이구나.

정말 애석한 일이었다. 그 일이 있기 전까진 가을을 정말 좋아했는데.

"어머니가 공원에 가실 거라는 건 알아요."

로렌은 칵테일파티를 열 장소를 의논하는 사람처럼 말했다.

"그저 어머니가 어떻게 하실지 궁금해서……."

레이첼은 더는 참을 수가 없었다.

"그 얘긴 그만하면 안 되겠니? 그냥 지금은 말이야. 나중에 하자."

"아, 알겠어요."

로렌의 얼굴이 발갛게 변했다.

레이첼은 심한 죄책감을 느꼈다. 레이첼이 로렌에게 그렇게 반응하는 일은 거의 없었다. 그런 식으로 반응하다니, 정말 부끄러웠다.

"차를 준비할게."

레이첼은 접시를 치우면서 말했다.

"저도 도울게요."

로렌이 반쯤 몸을 일으켰다.

"그냥 있어라."

레이첼이 명령했다.

"네, 어머니."

로렌이 붉은 기가 도는 금발을 귀 뒤로 넘기면서 말했다.

로렌은 예뻤다. 로렌을 레이첼에게 소개하기 위해 데려오던 날, 롭은 자부심을 굳이 숨기려 하지 않았다. 유치원에서 그린 그림을 가지고 집으로 돌아와 엄마에게 자랑스럽게 내밀었을 때 통통하고 발그스름한 얼굴에 떠오르던 바로 그 표정이었다.

1984년에 가족에게 그 일이 생긴 뒤에 레이첼은 롭을 훨씬 더 많이 사랑했어야 했다. 하지만 레이첼은 사랑하는 능력을 완전히 잃어버린 것 같았다. 그 능력은 제이컵이 태어난 뒤에야 다시 돌아왔다. 지금까지 레이첼과 롭은 완벽하게 좋은 관계를 유지했다. 하지만 그 관계는 끔찍한 코코아 대신 캐러브 열매를 넣은 초콜릿과 같았다. 입에 넣는 순간 진짜 초콜릿이 아니라 끔찍한 모조품임을 아는 것이다.

그러니까 롭에겐 제이컵을 레이첼에게서 떼어놓을 권리가 충분히 있었다. 레이첼이 롭을 충분히 사랑해주지 못했으니 당연한 일이다. 이건 레이첼이 감당해야 할 속죄의 의식이었다. 성모송을 200번 암송하고, 네 손자를 뉴욕으로 보내라. 값을 치러야 할 일이 생길 때면 레이첼은 항상 비싼 값을 치렀다. 할인은 전혀 없었다. 1984년의 실수에 값을 치러야 했던 것처럼.

제이컵은 롭 때문에 자지러지고 있었다. 분명히 에드가 롭에게 그랬던 것처럼 제이컵의 발목을 잡고 거꾸로 들어올려 간지럼을 태우고 있을 거다.

"각오해라! 간지럼 괴물이 간다."

롭이 소리치는 소리가 들렸다.

제이컵의 웃음소리가 거품 물결처럼 온 집 안에 울려퍼졌다.

레이첼과 로렌은 웃음을 터트렸다. 제이컵의 웃음소리는 몸을 간질이는 것처럼 도저히 저항할 수 없게 했다. 식탁에서 마주 보고 앉은 고부의 눈이 마주쳤다. 순간 레이첼의 웃음은 흐느낌으로 바뀌었다.

"저런, 어머니."

로렌이 의자에서 반쯤 몸을 일으키고 완벽하게 매니큐어를 칠한 손을 내밀었다(로렌은 매니큐어를 칠했고, 페디큐어도 칠했고, 매달 세 번째 토요일이면 마사지도 받았다. 로렌은 그 시간을 '로렌 타임'이라고 불렀다. 로렌 타임 때면 롭은 제이컵을 데리고 레이첼에게 왔다. 세 사람은 공원 모퉁이에 가서 에그 샌드위치를 먹었다).

"죄송해요, 어머니. 제이컵을 얼마나 보고 싶어 하실지 알아요. 하지만……."

레이첼은 깊게 숨을 들이마시고, 벼랑 끝에 매달려 위로 올라가려고 안간힘을 쓰는 사람처럼 남은 기력을 끌어모았다.

"엉뚱한 소리 하지 마라."

레이첼이 날카롭게 말했다.

로렌은 움찔하더니 다시 의자에 앉았다.

"난 괜찮다. 너희에게 정말 좋은 기회 아니니."

레이첼은 다시 접시를 쌓기 시작했다. 남은 디저트를 긁어모아 너저분하고 전혀 먹고 싶지 않은 음식 쓰레기 더미로 만들었다.

"그런데, 제이컵 머리 잘라야겠더라."

방을 나서면서 레이첼이 말했다.

THE HUSBAND'S SECRET

. 4 .

"존 폴? 전화가 끊긴 거야?"

세실리아가 말했다. 얼마나 세게 전화기를 누르고 있었는지, 귀가 다 아플 지경이었다.

마침내 존 폴이 말했다.

"편지 열어봤어?"

존 폴의 목소리는 양로원에 사는 짜증쟁이 할아버지처럼 가냘프고 높았다.

"아니. 아직 자기가 안 죽었잖아. 그러니까 열어보면 안 된다고 생각했어."

세실리아는 경쾌하게 말하고 싶었지만, 바가지 긁는 아내처럼 날카로운 목소리가 흘러나왔다.

존 폴은 또 아무 말이 없었다. 수화기 너머로 어떤 미국인이 "여기요!" 하고 외치는 소리가 들렸다.

"자기야?"

세실리아가 말했다.

"제발 꺼내보지 마. 알았지? 아주 오래전에 쓴 편지야. 이사벨이 어렸을 때 쓴 걸 거야. 아주 쑥스러운 내용이라고. 잊어버렸다고 생각했는데, 도대체 어디서 찾은 거야?"

존 폴의 말투는 아주 어색했다. 마치 잘 모르는 사람들 앞에서 말하고 있는 것 같았다.

"혹시 누구 다른 사람이랑 같이 있어?"

"아니야. 호텔 식당에서 아침 먹고 있었어."

"편지는 다락에서 찾았어. 베를린 장벽 조각을 찾으러 갔는데…… 아무튼 자기 신발 상자를 무너뜨렸거든. 거기서 편지가 나왔어."

"편지를 썼을 때쯤에 받은 영수증이랑 함께 둔 거구나. 진짜 바보 같기는. 진짜 열심히 찾아봤는데. 그땐 정말 미치는 줄 알았어. 내가 그걸 잃어버리다니…… 아무튼 말이야."

존 폴의 목소리가 점점 작아졌다. 회한에 젖은 사람 같았다. 과도하게 후회를 하는 사람의 목소리처럼 들렸다.

"그건 이제 중요하지 않잖아. 그런데 왜 그 편지를 쓰게 된 거야?"

세실리아는 이제 세 딸에게 하는 것처럼 잔뜩 엄마다운 말투로 말하고 있었다.

"그냥 충동적으로 쓴 거야. 그때 아마 감상적이 됐나봐. 큰딸이 태어났잖아. 갑자기 돌아가신 아버지는 나한테 한 마디도 할 수 없다는 게 생각난 거지. 아무튼 읽을 만한 편지는 아니야. 죄다 상투적인 말이거든. 그냥 감상적인 말들이야. 내가 당신을 아주 사랑한다는 뭐, 그런 거. 중요한 말은 하나도 없어. 사실 무슨 말을 썼는지 기억도 나지 않지만 말이야."

"그럼 왜 열어보면 안 되는데? 그런 내용이라면 아무 문제 없잖아."

잔뜩 어르는 목소리는 세실리아 자신이 듣기에도 좀 민망했다.

존 폴은 아무 말도 하지 않았다. 그리고 잠시 뒤에 필사적으로 애원하는 목소리가 흘러나왔다.

"아무 문제는 없어. 하지만 세실리아. 제발 부탁인데, 보지 말아줘."

남자들이란. 진짜 대책이 없다. 감정적인 문제에 관해선 정말 어처구니없는 사람이 되는 것이다.

"알았어. 안 열어볼게. 적어도 50년은 볼 수 없길 바랄게."

"자기가 먼저 죽을 수도 있잖아."

"그럴 리가 없어. 자긴 붉은 고기를 너무 많이 먹잖아. 지금도 베이컨을 먹고 있을걸."

"우리 집 여자들은 분명히 생선을 먹을 테고 말이야."

존 폴은 농담을 했지만, 목소리에는 여전히 긴장한 기색이 역력했다.

"아빠지? 나 아빠한테 빨리 할 말이 있어."

폴리가 주방으로 미끄러지듯 들어오면서 말했다.

"폴리가 왔어. 폴리, 하지 마. 잠깐만 기다려. 자기야, 내일 얘기해. 사랑해."

세실리아가 전화기를 잡아채는 폴리를 막으며 말했다.

"나도 사랑해."

폴리가 잡아채가는 수화기 너머로 존 폴의 목소리가 들렸다. 폴리는 수화기를 귀에 대고 달려나갔다.

"아빠, 들어봐. 말할 게 있어. 근데 진짜 큰 비밀이야."

폴리는 비밀을 사랑했다. 두 살 때 이 세상에 비밀이 존재한다는 사실을 알게 된 뒤부터 폴리는 끊임없이 비밀을 말했고, 비밀을 공유했다.

"혼자만 말하지 말고 언니들도 아빠 바꿔줘!"

세실리아가 폴리에게 소리쳤다.

세실리아는 찻잔을 들고 편지를 옆에 놓은 채, 식탁 끝에 단정하게 앉았다. 그러니까 그렇게 된 거다. 걱정할 일은 없었다. 이제 편지를 치우고 잊어버리면 된다.

존 폴은 당황한 것뿐이다. 정말 귀여운 남자다.

절대로 열어보지 않겠다고 약속했으니까, 이젠 절대 열어볼 수 없게 됐다. 차라리 말하지 않았다면 좋았을 텐데. 세실리아는 차를 다 마시고 저녁을 먹기 시작했다.

세실리아는 에스터의 베를린 장벽에 관한 책을 들고 휘리릭 들 춰보았다. 천사 같은 얼굴로 진지한 표정을 짓고 있는 소년의 사 진이 실린 곳에서 시선이 멈췄다. 그 소년은 젊었을 때의 존 폴 같 았다. 세실리아가 사랑에 빠졌을 때의 존 폴 말이다. 존 폴은 언제 나 머리에 신경을 많이 썼다. 정확하게 모양이 잡히도록 헤어 젤 을 잔뜩 발랐다. 정말 엄청나게 진지해서, 술을 마실 때도 흐트러 지는 법이 없었다(연애 초기에는 둘이 함께 자주 술을 마셨다). 존 폴 은 너무나도 진지해서, 그런 모습을 볼 때면 세실리아는 웃음을 참지 못하고 키득거렸다. 두 사람이 사귀고 몇 년이나 지난 뒤에 야 존 폴은 조금 풀어진 모습을 보여줬다.

사진 속 소년은 열여덟 살 된 벽돌공으로 베를린 장벽을 넘다 가장 먼저 희생된 동독 사람 가운데 한 명이라고 했다. 엉덩이에 총을 맞은 그 소년은 동독 쪽 '죽음의 띠death strip'에 떨어진 뒤 한 시간 동안 피를 흘리다 죽었다. 양쪽 독일에서 수백 명이 소년을 지켜보았지만, 간혹 붕대를 던져주기만 했을 뿐 소년을 구하러 달 려간 사람은 없었다.

"세상에."

세실리아는 혀를 차면서 책을 멀찌감치 밀었다. 이런 걸 읽고 이런 일이 가능하다는 걸 알게 되면 에스터는 어떤 생각을 할까? 세실리아라면 그 소년을 도왔을 거다. 그 소년에게 곧바로 달려갔 을 거다. 구급차를 부르고, 사람들을 향해 '도대체 당신들 어떻게 된 거예요?'라고 소리쳤을 거다.

하지만 정말 그랬을지는 확신할 수 없었다. 총에 맞을 위험을 무릅쓰고 그런 일을 할 순 없었을지도 모른다. 세실리아는 엄마였다. 엄마는 살아야 한다. 죽음의 띠는 세실리아의 인생과 아무 상관이 없었다. 세실리아의 인생은 자연의 띠, 쇼핑의 띠하고만 관계가 있었다. 결코 그런 시험에 든 적이 없었고, 앞으로도 그런 시험에 들 일은 없을 거다.

"야, 너 몇 시간이나 얘기했잖아. 아빠는 너랑 얘기하기 싫을 거야!"

이사벨이 폴리에게 소리쳤다.

저 아이들은 왜 항상 소리를 치는 걸까? 아빠가 출장을 가면 세 딸들은 아빠를 애타게 기다렸다. 아빠는 엄마보다 참을성이 많았고, 아이들이 아주 어렸을 때부터 엄마는 도저히 지루해서 오래할 수 없는 일도 기꺼이 함께할 준비가 되어 있었다. 아빠는 폴리와 함께 끊임없이 티 파티를 열고, 손에 쥐가 날 때까지 작은 컵을 들고 있었다. 이사벨이 끝없이 늘어놓는 친구들 이야기를 사려 깊게 들어주었다. 존 폴이 집에 돌아오면 언제나 안도의 한숨을 쉴 수 있었다. 세실리아가 "저 작은 꼬마들 좀 데리고 가줘" 하고 소리치면 존 폴은 정말 그렇게 했다. 아이들을 차에 태우고 어딘가로 모험을 떠나 모래가 잔뜩 묻고 끈적끈적해진 아이들을 데리고 몇 시간이 지나서야 돌아왔다.

"아빠는 나랑 이야기하는 거 좋아해!"

폴리가 소리쳤다.

"당장 언니들한테 전화기 줘!"

세실리아가 소리쳤다.

복도에서 한바탕 난투극이 벌어지는 소리가 들리고, 폴리가 다시 주방으로 들어왔다. 폴리는 식탁으로 다가와 세실리아 옆에 앉더니 두 손으로 머리를 감쌌다.

　세실리아는 존 폴의 편지를 베를린 장벽 책 사이에 끼워넣고 여섯 살 난 딸아이의 하트 모양의 작고 아름다운 얼굴을 쳐다보았다. 존 폴은 잘생겼고(가족들은 그를 '섹시맨'이라고 부른다), 세실리아는 은은한 조명 아래선 충분히 매력적으로 보였지만, 두 사람이 낳은 이 아이는 두 사람과는 외모 면에서 완전히 차원이 달랐다. 폴리는 정말 백설공주 같았다. 짙은 검은 머리에 빛나는 파란 눈, 새빨간, 정말 새빨간 입술. 사람들이 립스틱을 발랐다고 생각할 정도다. 폴리의 언니들은 은색이 도는 다갈색 머리에 코에 주근깨가 나 있다. 부모가 보기엔 충분히 예쁜 딸들이었지만, 쇼핑센터에서 사람들이 계속 고개를 돌려 쳐다보는 건 폴리였다.

　"저렇게 예쁜 건 저 애에게 득이 될 게 없단다."

　한번은 시어머니가 그렇게 말했다.

　그 말을 듣고 세실리아는 화가 났지만, 한편으론 그 말이 옳다는 생각도 했다. 모든 여성이 간절히 원하는 걸 지닌 아이는 어떤 사람으로 자랄까? 세실리아가 보기에 아름다운 여자들은 자신이 남들과 다르다고 생각했다. 예쁜 여자들은 엄청난 관심이라는 바람에 흔들리는 야자수 같다. 세실리아는 딸들이 뛰고, 성큼성큼 걷고, 발을 구르는 사람이 되길 바랐다. 폴리가 마구 흔들리는 사람이 되길 원하지 않았다.

　"아빠한테 얘기한 비밀을 엄마한테도 말해줄까?"

　폴리가 속눈썹 너머로 세실리아를 보면서 말했다.

　폴리는 틀림없이 흔들리고 있다. 이미 그 징조가 보였다.

　"아니, 괜찮아. 안 그래도 돼."

세실리아가 대답했다.

"비밀이 뭐냐면 내가 해적 파티에 휘트비 선생님을 초대한다는 거야."

폴리가 말했다.

부활절 다음 주엔 폴리의 생일이 있다. 폴리는 지난 달부터 계속 생일 파티 얘기를 했다.

"폴리, 그 얘긴 이미 끝났잖아."

폴리는 세인트 안젤라 초등학교의 체육 선생님인 휘트비 선생님을 사랑했다. 세실리아로선 폴리의 첫사랑이 아빠만큼 나이를 먹은 성인 남자란 사실이 장차 폴리에게 어떤 영향을 미칠지 알 수 없었다. 폴리는 머리카락이 없는 중년 남자가 아니라 10대 아이돌을 좋아해야 하는 거 아닌가? 물론 휘트비 선생님은 매력이 있다. 넓은 어깨, 운동선수 같은 외모, 모터바이크, 상대방의 말을 듣는 눈이 있는 남자다. 하지만 휘트비 선생님이 섹시하다고 생각할 사람은 여섯 살 아이들이 아니라 그 엄마들이어야 한다 (실제로 엄마들은 그렇게 생각했다. 세실리아도 면역이 되어 있진 않았다).

"휘트비 선생님한테 오시라고 하면 안 돼. 그건 불공평해. 네 생일 파티에 오시면, 다른 아이들 생일 파티에도 다 가야 한다고 생각하실 거야."

"선생님은 내 생일 파티는 오고 싶어 하셔."

"아니야."

"이 문젠 다음에 얘기해."

폴리가 식탁 의자를 뒤로 밀면서 아무렇지도 않게 말했다.

"아니, 안 할 거야."

세실리아가 폴리의 뒤통수에 대고 소리쳤지만, 이미 폴리는 느긋한 걸음으로 나가버렸다.

세실리아는 한숨을 내쉬었다. 할 일이 너무 많았다. 의자에서 일어나 에스터의 책에 꽂혀 있는 편지를 뺐다. 먼저 이 망할 편지부터 되돌려놓아야 한다.

존 폴은 이 편지를 이사벨이 태어난 뒤에 곧바로 썼다고 했다. 하지만 무슨 말을 썼는지는 정확하게 기억나지 않는다고 했다. 당연히 그럴 수 있다. 이사벨은 벌써 열두 살이고, 존 폴은 기억력이 그다지 좋지 않으니까. 존 폴은 자기 일도 기억하지 못하고 계속 세실리아에게 묻는 사람이다.

그러니까 이건 그냥 세실리아가 존 폴이 거짓말을 한다고 확신하는 것뿐이다.

THE HUSBAND'S SECRET
. 5 .

"문을 부수고 들어가야 해."

리엄의 목소리가 조용한 밤하늘에 휘파람처럼 날카롭게 울려 퍼졌다.

"돌멩이로 창문을 깨면 돼. 어떤 돌이냐면, 그래, 저런 돌멩이 말이야! 엄마, 저 돌멩이 보이지? 그지? 저걸로……."

"쉿! 목소리 좀 낮춰."

테스는 다시 한 번 현관문을 두드렸다.

전혀 반응이 없었다.

밤 11시였고, 테스와 리엄은 외할머니 집 앞에 서 있었다. 집 안은 칠흑처럼 어두웠다. 블라인드도 모두 닫혀 있었다. 꼭 버려진 장소 같았다. 사실 거리 전체가 이상할 정도로 조용했다. 여긴 밤 늦게 뉴스를 보는 사람도 없단 말이야? 불빛은 오직 거리 모퉁이에 있는 가로등뿐이었다. 별빛도 달빛도 없었다. 들리는 소리라곤 여름의 마지막 생존자인 매미 한 마리가 내는 구슬픈 울음과 멀리서 울리는 자동차들의 조용한 탄식 소리뿐이었다. 테스의 엄마가 기르는 치자나무 냄새가 났다.

테스의 휴대폰은 배터리가 다 됐다. 그러니 다른 사람에게 전화를 할 수도, 택시를 불러 호텔까지 갈 수도 없었다. 정말 창문을 부수고 들어갈 수밖에 없을지도 모른다. 하지만 테스의 엄마는 몇 년 사이에 보안에 크게 신경을 썼다. 그러니 어쩌면 경보기를 설치했는지도 모른다. 삐익삐익! 테스는 경보음이 조용한 마을을 뒤흔들며 퍼져나가는 소리를 상상해보았다.

이런 일이 나한테 일어나다니, 믿을 수 없어.

좀 더 깊이 생각했어야 했다. 지금 출발할 거라고, 언제쯤 도착할 거라고 전화를 미리 했어야 했다. 하지만 아까는 정신이 없었다. 비행기를 예약하고, 공항까지 가고, 정확한 게이트를 찾고, 리엄과 함께 종종걸음으로 걷고, 계속 떠들어대는 리엄의 말을 듣느라 바빴다. 리엄은 너무 흥분해 있어서 비행기를 타고 오는 동안에도 내내 입을 다물지 않았다. 그리고 지금은 완전히 지쳐서 쓰러지기 직전이었다.

리엄은 두 사람이 외할머니 구출 작전을 한다고 생각했다.

"외할머니가 발목이 부러지셨어. 그래서 한동안 외할머니랑 지낼 거야."

테스는 그렇게 말했다.

"학교는 어떻게 하고?"

리엄이 물었다.

"며칠 못 나갈 거야."

테스의 말에 리엄의 얼굴이 크리스마스트리에 단 전등처럼 밝아졌다. 테스는 새 학교에 입학해야 한다는 말은 하지 않았다. 명확하게는 말이다.

펠리시티는 자기 집으로 돌아갔고, 테스와 리엄이 짐을 싸는 동안 윌은 창백한 얼굴로 코를 훌쩍이며 온 집 안을 슬금슬금 돌아다녔다.

두 사람만 남았을 때, 테스가 가방에 옷을 집어던져 담고 있을 때, 윌은 테스에게 말을 걸려고 했다. 테스는 이제 막 공격을 시작하려는 코브라처럼 몸을 홱 돌리고, 입을 앙다문 채 "날 좀 내버려 둬"라고 으르렁거렸다.

"미안, 정말 미안해."

윌은 뒷걸음질 치면서 말했다.

윌과 펠리시티는 그때까지 '미안하다'는 말을 5백 번쯤 했다.

"정말이야. 혹시 의심할까봐 하는 말인데, 정말로 우린 같이 안 잤어."

윌은 행여나 리엄이 들을까봐 잔뜩 목소리를 낮추고 말했다.

"도대체 그 말을 몇 번이나 할 거야, 윌? 당신은 그게 그렇게 중요해? 사실은 더 끔찍하거든? 도대체 같이 안 잤으니까 어쩌라는 거야? 지금 나한테서 자제력을 발휘해줘 고맙다는 말을 듣고 싶은 거야? 세상에."

테스의 목소리가 바르르 떨렸다.

"미안해."

월은 손등으로 코를 문지르면서 또다시 그렇게 말했다.

월은 리엄 앞에선 아무 일 없는 것처럼 완벽하고 침착하게 행동했다. 침대 밑에서 리엄이 가장 좋아하는 야구 모자를 찾아주고, 택시가 도착했을 땐 리엄 앞에 무릎을 꿇고 앉아 아들을 사랑하는 아빠들이 그러듯 반쯤은 아들은 안고 반쯤은 몸싸움을 하며 작별 인사를 했다. 그 모습을 보고 있자니 테스는 월이 펠리시티와의 관계를 감쪽같이 속일 수 있었던 이유를 알 것 같았다. 바로 가족 때문이었다. 그 가족이 고작 작은 남자아이라고 해도 그 가족을 지키기 위해 남자는 평소에 추던 춤을 완벽하게 출 수 있는 거다. 마음은 완벽하게 다른 곳을 거닐고 있다고 해도 말이다.

그리고 지금 테스는 지쳐 쓰러질 것만 같은 여섯 살 아들과 함께 시드니 근교에서 완벽하게 잠들어 있는 노스쇼에 발이 묶여버렸다.

"음, 엄마 생각엔 말이야……."

테스가 말했다.

어떻게 해야 할까? 이웃 사람을 깨우는 게 좋을까? 경보기가 작동하더라도?

"엄마, 잠깐만!"

리엄이 손가락으로 입을 막았다. 리엄의 커다란 눈이 어둠 속에서 반짝였다.

"안에서 소리가 들렸어."

리엄이 현관문에 귀를 댔다. 테스도 그렇게 했다.

"들리지."

테스 귀에도 들렸다. 문 너머에서 쿵쿵, 바닥을 치는 소리가 들렸다.

"외할머니 목발 소린가봐."

테스가 말했다.

불쌍한 엄마. 침대에 누워 있었을 텐데. 엄마 침실은 집에서 가장 깊숙한 곳에 있다. 망할 윌. 망할 펠리시티. 거동이 불편한 엄마가 몸을 끌고 나오게 하다니.

도대체 언제 정확하게 윌과 펠리시티의 관계가 시작됐을까? 모든 것이 변해버린 정확한 순간이 있었을까? 어째서 테스는 그 순간을 놓쳤을까? 매일같이 두 사람과 함께 있었는데도 전혀 눈치채지 못했다.

펠리시티는 지난주 금요일에도 저녁을 먹고 갔다. 지금 생각해보면 윌은 평소보다 훨씬 말이 없었다. 테스는 윌이 등이 아파서 그런다고만 생각했다. 피곤했으니까. 세 명 모두 정말 열심히 일했으니까. 하지만 펠리시티는 상태가 좋았다. 아니 빛나고 있었다. 그날 밤 테스는 몇 번이나 펠리시티에게서 눈을 떼지 못했다. 아직도 펠리시티의 변화는 놀라웠고, 펠리시티는 여전히 새롭게 아름다웠다. 그 때문에 모든 게 아름다워졌다. 웃음소리도 목소리도.

그런데도 테스는 조금도 조심하지 않았다. 바보같이 윌의 사랑을 믿고 있었다. 바보같이 윌이 오토바이족처럼 보인다고 말했던 검은 티셔츠에 낡은 청바지를 입고 있을 정도로 믿고 있었다. 윌에게 조금 성격이 나쁘다고 놀릴 정도로 믿고 있었다. 윌은 나중에 주방을 치우고 있는 테스의 엉덩이를 행주로 세게 쳤다.

그 주 주말엔 펠리시티가 집에 오지 않았다. 좀처럼 없는 일이었다. 펠리시티는 바쁘다고 했다. 춥기도 하고 비도 오는 날이었다. 테스와 윌과 리엄은 텔레비전을 보고, 카드놀이를 하고, 함께 팬케이크를 만들었다. 즐거운 주말이었다. 그렇지 않나?

이젠 왜 금요일 저녁에 펠리시티가 그렇게 빛나 보였는지 알 것 같았다. 사랑에 빠졌기 때문이다.

갑자기 현관문이 열리고, 집 안에서 불빛이 쏟아져나왔다.

"세상에, 이게 누구야!"

테스의 엄마가 말했다. 엄마는 푸른 퀼트 드레스가운을 입고 양손으로 목발을 짚고 있었다. 근시처럼 눈을 깜빡이고 있는 엄마의 얼굴엔 현관까지 나오느라 고생한 흔적이 역력했다.

테스는 하얀 붕대를 감은 엄마의 발목을 쳐다보았다. 엄마가 몸을 일으키고 힘들게 침대에서 내려와 다리를 절뚝거리면서 드레스가운을 입은 뒤에 목발을 짚는 모습이 떠올랐다.

"엄마. 미안."

테스가 말했다.

"뭐가 미안해? 도대체 너희가 어쩐 일이야?"

"여기 왔지……."

테스는 목이 멨다.

"외할머니를 도와주러 왔어요. 외할머니 발목이 다쳐서요. 깜깜한 밤에 비행기를 타고 왔어요!"

리엄이 소리쳤다.

"저런, 외할머니 때문에 와주다니 정말 고맙구나, 우리 예쁜 꼬마."

테스의 엄마는 두 사람이 들어올 수 있도록 목발을 한쪽으로 옮겼다.

"들어와. 어서 들어오렴. 너무 늦게 나와서 미안하구나. 목발이 이렇게 불편할 줄 몰랐지 뭐니. 나는 아주 활기차게 걷는다고 생각하는데, 사실 이 목발은 내 겨드랑이에 붙어서 꼼짝도 하지 않는단다. 나는 걷는 법을 모른다고, 이러면서 말이야. 리엄, 부엌불 좀 켜주겠니? 우리 뜨거운 우유랑 시나몬 토스트를 먹자꾸나."

"좋아요!"

리엄은 씩씩하게 대답하고 부엌으로 걸어갔다. 여섯 살 아이만이 알 법한 이유로 갑자기 팔과 다리를 로봇처럼 곧게 편 상태로 걸으면서 소리쳤다.

"계산하라. 계산하라! 계산 완료! 시나몬 토스트를 향하여!"

테스는 가방을 집 안으로 옮겼다.

"미안, 엄마."

가방을 복도에 내려놓고 테스는 다시 말했다.

"전화했어야 하는데. 발은 많이 아파?"

"무슨 일 있니?"

테스의 엄마가 물었다.

"아니, 없어."

"거짓말."

"월이……."

테스는 입을 열었지만, 곧 다물었다.

"아이고, 우리 딸."

깜짝 놀란 테스의 엄마가 자신이 목발을 짚고 있다는 걸 잊어버리고 테스에게 손을 뻗다가 휘청 넘어질 뻔했다.

"다른 쪽도 부러질라."

테스가 엄마를 붙잡았다.

엄마의 치약 냄새가, 크림과 비누 향이 났다. 그리고 그 아래로 익숙한 엄마의 사향같이 퀴퀴한 냄새가 났다. 엄마의 얼굴 뒤로 벽에 걸린 사진이 보였다. 액자에 담긴 그 사진은 테스와 펠리시티가 일곱 살 때 찍은 사진이었다. 두 아이는 영성체 때 입는 레이스 달린 하얀 드레스에 베일을 쓰고, 첫영성체를 받기 위해 두 손을 경건하게 가슴 위로 올리고 있었다. 메리 이모네 집 복도에도 같은 곳에 이 사진이 있다. 이제 펠리시티는 '무신론자'가 되었고, 테스는 자신을 '냉담자'라고 표현했다.

"무슨 일이야. 빨리 말해봐."

엄마가 말했다.

"월 하고……."

테스가 다시 입을 열었다.

"그리고, 그리고……."

테스는 차마 말을 맺지 못했다.

"펠리시티지? 내 말이 맞지. 그래 그럴 줄 알았다."

테스의 엄마는 한쪽 팔꿈치를 높이 들어올렸다가 목발로 세게 바닥을 내리쳤다. 첫영성체 사진이 마구 흔들렸다.

"그 여우 같은 것이."

✉

1961년. 냉전은 최고조에 달했다. 동독 사람 수천 명이 서독으로 넘어왔다. '스탈린의 로봇'이라고 불린 동독 수상 발터 울브리히트는 "그 누구도 장벽을 쌓을 생각은 하지 않고 있다"라고 발표했다. 그 말을 들은 사람들은 어리둥절한 얼굴로 서로를 쳐다보았다. '저게 무슨 말이지? 장벽이라고?' 그 뒤에 훨씬 많은 사람이 이삿짐을 꾸렸다.

오스트레일리아 시드니에선 레이첼 피셔라는 아가씨가 높은 담벼락에 앉아 멋지게 탄 긴 다리를 흔들면서 맨리비치를 내려다보고 있었고, 아가씨의 남자 친구인 에드 크롤리는 〈시드니모닝헤럴드〉를 열심히 뒤적이고 있었다. 신문엔 유럽의 발전에 대한 기사가 실려 있었지만, 에드도 레이첼도 그다지 관심이 없었다.

마침내 에드가 신문을 가리키면서 말했다.

"저기, 레이첼. 우리 이거 하나 살까?"

레이첼은 무심하게 에드의 어깨 너머로 신문을 들여다보았다. 한 면 가득 보석 광고가 실려 있었다. 에드의 손가락은 약혼반지를 가리키고 있었다. 레이첼은 깜짝 놀라 해변으로 떨어질 뻔했다. 다행히 에드가 그 전에 레이첼의 팔꿈치를 붙잡았다.

✉

아이들은 가버렸다. 레이첼은 침대에 누워 텔레비전을 켜고, 〈우먼스위클리〉를 무릎에 올리고, 침대 옆 협탁에 얼 그레이 차와 오늘 밤에 로렌이 사온 마카롱(아몬드 가루와 밀가루, 달걀 흰자, 설탕으로 만드는 프랑스 고급 과자—옮긴이) 상자를 놓았다. 마카롱은 밤에 아이들이 있을 때 먹었어야 했는데, 깜빡 잊어버렸다. 일부러 잊어버린 건지도 모른다. 레이첼은 자신이 며느리를 얼마나 싫어하는 건지 확신이 들지 않았다. 어쩌면 미워하고 있는지도 모른다.

어째서 혼자서 뉴욕에 가지 않는 거니, 응? 가서 2년 동안 '로렌 타임'을 즐기면 되잖아!

레이첼은 마카롱 상자를 앞으로 끌어당겼다. 여섯 가지 색으로 화려하게 놓여 있는 마카롱이 보였다. 레이첼 보기엔 그다지 특별한 것 같지 않았다. 새로운 걸 좋아하는 사람들 중에서도 가장 새로운 걸 찾는 사람들이 좋아하는 음식 같았다. 이 마카롱을 사기 위해 사람들이 몇 시간이고 줄을 선다고 했다. 진짜 바보들이다. 그보다 더 나은 일을 할 순 없나? 물론 로렌이 몇 시간이고 줄을 서서 마카롱을 살 것 같진 않다. 뭐 어쨌거나 로렌은 다른 사람들보다 훨씬 나은 일을 하고 있긴 하다. 어떻게 마카롱을 샀는지 설명을 들었던 거 같긴 한데 기억이 나지 않는다. 사실 제이컵 이야기가 아니라면 로렌이 하는 말을 제대로 들은 적이 없다.

레이첼은 빨간 마카롱을 집어서 조심스럽게 한입 베어 물었다.

"어머나, 이런."

잠시 뒤 레이첼은 신음하듯 중얼거렸다. 그리고 얼마나 오래됐는지 기억도 못 할 정도로 오랜만에 처음으로, 섹스를 생각했다. 레이첼은 마카롱을 한입 크게 베어 먹었다. 큰 소리로 웃음이 터져나왔다. 어째서 사람들이 몇 시간이나 줄을 서서 기다리는지 알 것 같았다. 강렬한 맛이었다. 가운데 있는 라즈베리 크림은 손가락으로 피부를 건드리는 것 같고, 크림을 감싼 머랭은 부드럽고 가벼워서 마치 구름을 먹는 것 같았다.

잠깐, 누가 그런 말을 했더라?

"꼭 구름을 먹는 거 같아, 엄마!"

작은 얼굴이 정말 황홀한 표정을 짓고 있었지.

그래, 자니야. 네 살 때쯤이었는데. 솜사탕을 처음 먹었을 때였어. 거기가, 루나 파크였나? 성당 바자회였나? 레이첼은 기억을 뒤로 돌려 전체 모습을 떠올려보고 싶었지만 그럴 수가 없었다. 레이첼의 기억은 환하게 빛나던 자니의 얼굴과 말에 온통 집중되어 있었다.

"꼭 구름을 먹는 거 같아, 엄마!"

자니는 마카롱을 좋아했을 거야. 레이첼의 손가락에서 마카롱이 빠져나갔다. 레이첼은 날아오는 주먹을 막으려는 사람처럼 급히 허리를 숙였다. 하지만 이미 늦었다. 강한 주먹이 레이첼을 강타했다. 이렇게 아픈 주먹은 정말 오랜만이었다. 매일 아침 눈을 떠 멍하게 있으면 갑자기 누군가 강하게 주먹을 날렸던, 자니가 죽은 뒤 처음 1년만큼이나 느닷없고 아픈 고통이 느껴졌다. 이제는 복도 끝에 있는 방에 자니가 없다는 사실을 깨달으면서 느끼는 고통, 지독한 냄새가 나는 데오도란트를 뿌리는 자니도, 열일곱 살의 완벽한 피부에 오렌지색 메이크업을 덧바르며 마돈나 춤을 추는 자니도 없다는 사실을 깨닫는 순간 느꼈던 그런 아픔이었다.

이건 너무나 불공평해. 레이첼은 엄청난 통증을 느꼈다. 심장이 비틀리고 갈가리 찢기는 것만 같았다. 내 딸은 이 바보 같은 과자를 좋아했을 텐데. 내 딸은 직업을 가졌을 텐데. 내 딸도 분명 뉴욕에 갈 수 있었을 텐데.

강철 바이스가 레이첼의 가슴을 움켜잡고 강하게 조이는 것 같았다. 숨이 막혀 질식해 죽을 것만 같았다. 하지만 그 고통 아래에서 침울하지만 차분한 경험이 말하는 소리가 들려왔다. *이미 겪어 본 일이잖아. 이것 때문에 죽진 않아. 숨을 쉴 수 없을 것 같지만, 사실은 숨을 쉬고 있잖아. 결코 눈물을 멈추지 못할 것 같지만, 결국 멈추게 될 거야.*

마침내, 조금씩, 아주 조금씩 레이첼의 가슴을 죄고 있던 바이스가 풀리고 다시 숨을 쉴 수 있게 되었다. 이런 느낌이 완전히 사라지는 일은 없었다. 레이첼도 이미 오래전에 그런 느낌을 떨쳐버리는 일은 체념했다. 결국 레이첼은 가슴을 움켜잡는 이 고통에서 벗어나지 못하고 죽을 것이다. 하지만 이 고통이 사라지길 진정으로 원치는 않았다. 그건 자니가 존재하지 않았다는 것과 마찬가지가 될 테니까.

레이첼은 자니가 죽고 처음으로 받은 크리스마스카드를 기억한다.

사랑하는 레이첼,

메리 크리스마스 앤 해피 뉴 이어.

남편 에드와 아들 롭

두 사람은 자니가 있어야 할 공간은 이제 없다는 듯 카드에 서명해 보냈다. 더구나 메리Merry라는 문구를 인쇄한 카드를 말이다. 그러니까 행복하자는 말이지? 이 바보들은 벌써 자니를 잊어버린 거야? 그때부터 레이첼은 앞으로 카드를 받으면 갈기갈기 찢어버리겠다고 맹세했다.

"엄마, 그냥 내버려둬. 카드 회사가 다른 문구를 생각하지 못하는 것뿐이야."

그때 롭이 피곤한 듯 말했다. 그 아이는 불과 열다섯 살이었다. 우울하고 창백하고 여드름이 난 열다섯 살 소년의 얼굴이었다.

레이첼은 손등으로 침대 시트에 떨어진 마카롱 부스러기를 침대 밖으로 털어냈다.

'부스러기 좀 봐. 세상에, 저 부스러기 좀 보라고.'

에드는 분명히 그렇게 말했을 것이다. 그는 침대에서 음식을 먹는 행위는 비도덕적이라고 생각했다. 서랍장에 텔레비전을 넣어둔 걸 보았다면 기절했을 것이다. 에드는 침실에 텔레비전을 놓는 사람은 코카인 중독자와 다름없다고 믿었다. 나약하고 타락한 사람이라고 말이다. 에드에게 침실은 침대 옆에 무릎을 꿇고 두 손을 모으고, 빠르게 입을 움직여 기도를 하고(입은 정말 빨리 움직여야 한다. 에드는 성인 남자는 시간을 낭비하면 안 된다고 했다), 되도록 매일 밤 곧바로 섹스를 하고 자는 곳이었다.

레이첼은 리모컨을 들어 텔레비전을 겨냥하고 채널을 돌렸다.

베를린 장벽에 관한 다큐 프로그램이 나오고 있었다.

안 돼, 저건 너무 슬퍼.

범죄 수사물이 나왔다.

저런 건 절대 볼 수 없지.

가족 시트콤이 나왔다.

레이첼은 잠시 채널을 고정하고 지켜보았지만 화면에 나오는 부부가 서로를 향해 고래고래 소리를 쳤고, 그 소리가 너무 끔찍하고 시끄러웠다. 결국 레이첼은 요리 프로그램을 틀고 소리를 줄였다. 혼자 자게 된 뒤로 레이첼은 텔레비전을 침실에 들였다. 진부한 말을 중얼거리는 편안한 목소리와 깜빡이는 영상이 이따금씩 레이첼을 압도하는 끔찍한 두려움을 완화해줬기 때문이다.

레이첼은 항상 눕는 자리에 누워 눈을 감았다. 불은 켜두었다. 자니가 죽은 뒤부터 레이첼과 에드는 어둠을 참지 못했다. 두 사람은 평범한 사람처럼 잠들 수가 없었다. 잠을 자지 않는 것처럼 스스로를 속이고 기만해야 했다.

눈을 감은 레이첼의 눈앞에 뉴욕 거리를 아장아장 걷는 제이컵이 보였다. 제이컵은 도로에 뚫려 있는 구멍 위로 몽글몽글 피어오르는 수증기를 보려고 통통한 손으로 무릎을 짚고 몸을 한껏 구부렸다. 제이컵, 수증기는 뜨겁니?

레이첼은 자신이 자니 때문에 운 건지 사실은 제이컵 때문에 운 건지 알 수 없었다. 그저 아는 것은 제이컵이 그녀의 인생에서 사라지면 다시 견딜 수 없는 삶으로 돌아가야 한다는 것뿐이었다. 아니, 사실 가장 끔찍한 일은 그런 삶도 견딜 수 있다는 것이다.

견딜 수 없을 것 같은 삶 때문에 죽는 사람은 없다. 레이첼은 자니가 다시는 볼 수 없는 장엄한 일출과 일몰을 수도 없이 보면서 오랜 시간을 살게 될 것이다.

그때 엄마를 불렀니, 자니?

그 생각을 하면 날카로운 칼날이 가장 깊은 곳을 후벼파는 것처럼 아팠다. 어디선가 부상을 입은 군인은 전장에서 죽어가면서 모르핀과 엄마를 찾는다고 읽었다. 가장 절실하게 엄마를 찾는 건 이탈리아 병사이며, 그들은 죽으면서 '맘마 미아!(아이고 맙소사!)'라고 소리친다고 했다.

레이첼은 갑자기 몸을 홱 돌려 벌떡 일어나서는 침대에서 폴짝 뛰어내렸다. 레이첼은 에드의 잠옷을 입고 있었다(레이첼은 에드가 죽은 직후부터 에드의 잠옷을 입었고, 지금까지 그 습관을 고집했다. 이제는 에드의 냄새가 나지 않았지만, 아직 나고 있다는 상상은 할 수 있었다).

서랍장 옆에 무릎을 꿇고 앉아 빛바랜 초록색 비닐 덮개를 씌운 앨범을 꺼냈다. 앨범을 가지고 다시 침대로 와서 천천히 넘겼다. 웃는 자니, 춤추는 자니, 먹는 자니, 부루퉁한 자니, 친구와 함께 있는 자니가 있었다.

그 사람도 있었다. 그 소년. 그 아이는 카메라를 보지 않고 자니를 보고 있었다. 자니가 뭔가 재치 있고 재밌는 얘기라도 한 것처럼. 자니는 뭐라고 했을까? 사진을 볼 때마다 레이첼은 궁금했다. 넌 뭐라고 했니, 자니?

레이첼은 손가락으로 주근깨가 난 소년의 웃는 얼굴을 꾹 누르고, 가벼운 관절염으로 고생하는 검버섯 난 자신의 주먹 쥔 손을 쳐다보았다.

1984년 4월 6일

조금 추운 4월 아침, 침대에서 일어나자마자 자니 크롤리가 제일 먼저 한 일은 부모님이 방에 들어올 수 없도록 의자 등받이를 방문 손잡이 밑에 괴어놓는 것이었다. 자니는 침대 옆에 무릎을 꿇고 앉아 매트리스를 들어올려 연한 파란색 상자를 꺼냈다. 침대에 걸터앉아 상자에서 작은 노란 알약을 꺼내 손가락으로 잡고는 높이 쳐들었다. 그리고 노란 알약이 갖는 의미를 잠시 생각한 뒤에 경건하게 영성체를 모실 때처럼 혀 가운데에 조심스럽게 올려놓았다. 그리고는 상자를 다시 매트리스 아래에 집어넣고 따뜻한 침대로 펄쩍 뛰어올라와 이불을 목까지 끌어당기고는 시계 라디오를 켰다. 〈라이크 어 버진 like a virgin〉을 부르는 마돈나의 가느다란 목소리가 흘러나왔다.

노란 알약에선 화학적이면서도 달콤한 맛이 났다. 맛있는 죄악의 맛이었다.

"순결은 선물이라고 생각해야 해. 그저 아무 나이 든 남자한테나 줘버리면 안 되는 거야."

언젠가 엄마는 자신은 미성년이 섹스를 하는 것이 아무 문제도 아니라고 생각한다는 듯이, 아빠가 무릎을 꿇고 순결한 딸을 아무도 건드리지 못하게 해달라는 9일 기도를 천 번도 넘게 한 적이 없다는 듯이 태연한 척하며 말했다.

자니는 당연히 자신의 순결을 아무에게나 줄 생각이 없었다. 지원서를 꼼꼼하게 따졌고, 오늘 드디어 합격자를 선정해 통보할 것이다.

라디오에서 음악이 멈추고 뉴스가 흘러나왔다. 대부분 지루한 이야기였다. 자니와는 관계가 없는 내용이었기에 한 귀로 듣고 한 귀로 흘렸다. 단 한 가지, 캐나다에서 처음으로 시험관 아기가 태어났다는 소식은 귀에 들어왔다. 오스트레일리아에서는 이미 시험관 아기가 태어났다. 그러니까 우리가 캐나다를 이긴 거야. 하하하! (자니에겐 캐나다에 사는 사촌들이 있다. 사촌들의 세련된 친절함과 아주 미국적이진 않은 억양 때문에 자니는 괜히 주눅이 들었다.)

자니는 몸을 일으키곤 학교 다이어리를 펼쳐 시험관에 갇혀 있는 길고 가는 아기를 그렸다. 아기는 손으로 시험관을 밀면서 입을 크게 벌리고 '나가게 해줘, 나가게 해줘'라고 소리치고 있었다. 그림을 보면 친구들이 신나게 웃을 거야. 자니는 다이어리를 탁 하고 접었다. 시험관 아기라니, 조금 역겨웠다. 과학 선생님이 여성의 난자를 설명해주던 순간이 생각났다. 정말 역, 겨, 웠, 다. 가장 끔찍한 건, 과학 선생님이 남자였다는 거다. 난자를 이야기하는 남자라니. 그건 정말 부적절하다. 자니와 친구들은 정말 분노했다. 세상에, 과학 선생님은 여학생 치마도 들춰보고 싶을 거야. 물론 실제로 그런 일을 하는 건 본 적이 없지만, 과학 선생님에게선 분명히 그런 불쾌한 욕망이 느껴졌다.

자니의 인생이 불과 여덟 시간 뒤에 끝난다면, 그건 정말 애석한 일이다. 아직 자니는 가장 좋은 시절에 도달하지 못했기 때문이다. 지난날에 자니는 사랑스러운 아기였고, 애교 많은 아이이던 시절을 지나 지금은 수줍음은 많아도 다정한 청소년이 되었지만, 지난 5월에 열일곱 번째 생일을 맞은 뒤로는 전혀 다른 모습으로 변하고 있었다. 자니는 자신이 좀 두려워한다는 사실을 어렴풋이 알았다. 하지만 그건 자니의 잘못이 아니었다. 대학교, 운전, 연애 같은 모든 일에 겁이 났고, 호르몬이 자니를 미치게 하고 있었으며, 많은 남자아이들이 그녀가 예쁘기라도 한 듯 과도하게 관심을 보이기 시작했다. 남자아이들의 반응은 물론 기뻤지만, 지극히 혼란스럽기도 했다. 거울을 보면 기이하게 길고 삐쩍 마른 몸과 평범하다 못해 혐오스러운 얼굴이 비쳤기 때문이다. 거울 앞에 서 있는 건 꼭 사마귀 같았다. 학교에서 어떤 여자애가 그렇게 말한 적이 있는데, 정말 그랬다. 자니의 팔다리는 너무 길었다. 특히 팔은 주체할 수 없을 정도로 길었다. 자니의 신체 비율은 정말 엉망이었다.

더구나 자니의 엄마에게도 이상한 일이 벌어지고 있는 게 분명했다. 요즘 엄마는 자기 자신에게 지나치게 신경을 많이 썼는데, 그건 엄마가 자니에게 신경을 쓸 수 없다는 뜻이었다. (엄마는 마흔 살이잖아! 그런 엄마의 인생에 아주 재밌는 일이 있을 리 없잖아?) 하지만 지나칠 정도로 과도하게 쏟았던 관심을 아무 경고도 없이 갑자기 거둬가버리다니. 정말 불안하기 짝이 없고, 아주 마음 상하는 일이었다. 비록 자신이 상처받았다는 것을 자니 스스로 자각하고 있었다고 해도, 결코 인정하진 않았을 테지만.

만약 자니가 살아 있었다면 자니의 엄마는 곧 다시 자니에게 관심을 쏟는 평범한 엄마로 돌아왔을 테고, 열아홉 번째 생일을 맞을 때쯤엔 자니도 다시 사랑스러운 딸이 되었을 테고, 두 사람은 아주 가까운 모녀 사이가 되어, 결국 엄마가 자니를 땅에 묻는 것이 아니라 자니가 엄마를 땅에 묻었을 것이다.

만약 자니가 살아 있었다면 가볍게 마약을 접해보고 나쁜 남자도 만나보고, 아쿠아로빅을 하고 정원을 가꾸고, 보톡스를 맞고 탄트라 섹스를 할 것이다. 죽기 전까지 세 번의 가벼운 교통사고를 경험하고, 서른네 번의 지독한 감기에 걸리고, 두 번의 심각한 수술을 할 것이다. 어느 정도 성공한 그래픽 디자이너가 되고, 조금 긴장한 스쿠버 다이버가 되고, 투덜대는 캠핑객이 되고, 열정적인 오지탐험가가 되고, 그 누구보다도 먼저 아이팟, 아이폰, 아이패드를 구입하는 얼리어답터가 될 것이다. 첫 번째 남편과는 이혼을 하고, 두 번째 남편과 시험관 시술로 쌍둥이를 낳고, 캐나다에 사는 사촌들이 '좋아요' 표시를 할 페이스북 사진을 올리는 동안 '시험관 아기들'이라는 말은 이미 오래전에 지나간 농담처럼 느껴질 것이다. 스무 살이 되면 이름을 제인으로 바꾸었다가 서른 살이 되면 다시 자니로 바꿀 것이다.

자니 크롤리가 살아 있었다면 여행을 하고, 다이어트를 하고, 춤을 추고, 요리를 하고, 울고, 웃고, 텔레비전을 많이 보고 정말 최선을 다해 살았을 것이다.

하지만 이런 일은 절대로 일어나지 않았다. 이날 아침이 자니에겐 이 세상에서 살아갈 마지막 아침이기 때문이다. 마스카라가 잔뜩 번진 아주 괴기스러운 얼굴로 장례식에 와서 서로 부둥켜안은 채 큰 소리로 울고 있는 친구들을 보는 건 분명 재밌었지만, 자니에게 선택권이 있었다면 자신을 기다리고 있는 그 많은 일을 직접 경험하는 쪽을 택했을 것이다.

화요일

Tuesday

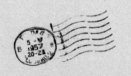

. 6 .

세실리아는 우르술라 수녀님의 장례식 내내 섹스를 생각했다.

변태적인 섹스가 아니었다. 부부가 건전하게 나누는, 교황님이 인정한 섹스였다. 하지만 왠지 우르술라 수녀님은 세실리아를 나무랄 것만 같았다.

"우르술라 수녀님은 세인트 안젤라 초등학교 학생들을 위해 헌신하셨습니다."

조 신부님이 강독대 양쪽 끝을 잡고 몇 명 되지 않는 조문객을 장엄한 얼굴로 응시했다. (하지만 솔직히 말해 성당 교인 가운데 우르술라 수녀님이 돌아가셔서 슬퍼하는 사람이 누가 있겠어?) 그리고 잠시 동의를 구하는 것처럼 세실리아와 시선을 마주쳤다. 세실리아는 살짝 고개를 끄덕이고, 신부님! 잘하고 계세요, 라는 듯 살짝 웃어보였다.

조 신부님은 이제 서른 살밖에 안 되었고, 사실 매력이 없진 않았다. 이런 시대에 도대체 무엇이 한 남자에게 사제의 길을 걷게 하는 걸까? 평생 금욕해야 하는 길을 말이다.

이런, 또 섹스로 돌아왔네. 죄송해요, 우르술라 수녀님.

세실리아가 부부의 성생활에 문제가 생겼다는 걸 인지한 날은 작년 크리스마스였다. 그 무렵 세실리아와 존 폴은 같은 시간에 잠자리에 들지 않았다. 존 폴이 밤늦게까지 일을 하거나 웹서핑을 했기 때문에 세실리아가 존 폴이 오기 전에 잠들기도 했고, 존 폴이 갑자기 9시에 피곤하다며 먼저 잠들 때도 있었다. 그렇게 몇 주가 지나갔지만 세실리아는 종종 '저런, 너무 오래됐잖아?' 하고 생각하곤 잊어버렸다.

그리고 2월의 어느 밤이었다. 4학년 엄마들과 저녁을 먹으러 갔는데, 페니 마로니가 운전하기로 해서 평소보다 술을 많이 마셨다. 그날 밤 세실리아는 침대에서 존 폴을 유혹했지만, 존 폴은 그녀의 손을 밀어내면서 중얼거렸다. "너무 피곤해. 날 좀 내버려둬, 이 술 취한 여자야." 세실리아는 한바탕 웃고 잠들어버렸다. 전혀 기분 나쁘지 않았다. 다음에 존 폴이 섹스를 하려고 하면 '이제는 하고 싶은가 보지?' 하고 놀려줄 생각은 했다. 하지만 그런 기회는 오지 않았다. 그날부터 세실리아는 날짜를 세기 시작했다. 도대체 우리 부부에게 무슨 일이 생긴 걸까?

그렇게 해서 이제 곧 6개월이 된다. 시간이 흐를수록 세실리아의 불안은 커져갔다. 세실리아의 입에서 '자기야, 도대체 무슨 일이야?'라는 말이 나오려고 할 때마다 무언가가 세실리아의 입을 막았다. 섹스는 한 번도 두 사람 사이에서 논쟁거리가 된 적이 없었다. 다른 부부들이 한다는 그런 논쟁은 해본 적이 없었다. 세실리아는 섹스를 무기나 협상 도구로 사용하지 않았다. 세실리아에게 섹스는 말이 필요 없는 자연스럽고 아름다운 행위였다. 그걸 망치고 싶지 않았다.

아니면 그저 세실리아는 존 폴의 대답을 듣고 싶지 않은 건지도 모른다. 아니, 더 나쁜 건 존 폴이 대답을 하지 않을 수도 있다는 거다. 작년에 존 폴은 조정을 배웠고, 아주 좋아했다. 일요일마다 조정을 하고 와서는 얼마나 재밌는지 떠들어댔다. 하지만 갑자기, 아무도 알 수 없는 이유로 조정을 그만뒀다. 그 이유를 기어코 알아내기 위해 세실리아가 묻고 또 물었지만 존 폴은 "말하기 싫어. 제발 그만 좀 물어봐"라며 짜증을 냈다.

존 폴은 가끔 이상해질 때가 있었다.

세실리아는 빨리 그 생각을 멈췄다. 사실 세실리아는 남자들은 모두 가끔 이상해진다고 확신하고 있었다.

6개월은 사실 그렇게 긴 시간은 아니잖아, 안 그래? 중년 부부한텐 말이야. 페니 마로니 부부는 운이 좋으면 1년에 한 번 한다고 했잖아.

하지만 최근 들어 세실리아는 10대 소년처럼 계속 섹스만 생각했다. 쇼핑을 하고 계산대 앞에 서 있으면서도 살짝 포르노그래피에 나올 만한 장면을 상상했다. 운동장에서 학부모들과 함께 캔버라로 다녀올 수학여행에 대해 상의할 때도 캔버라의 호텔에서 존 폴이 물리치료사가 세실리아에게 발목 운동을 하라고 준 파란색 띠로 세실리아의 손목을 묶었던 추억을 떠올렸다.

파란색 띠는 호텔 방에 두고 왔다. 세실리아의 발목은 지금도 여전히 잘못 내딛으면 우두둑 소리를 낸다.

조 신부님은 어떻게 참을까? 세실리아는 마흔두 살이나 됐고 세 딸을 기르느라 기진맥진하다. 이제 곧 폐경기도 될 거다. 그런데도 이렇게 섹스가 절실한데, 젊고 건강하고 잠까지 충분히 자는 조 매켄지 신부님은 분명히 훨씬 더 힘들 거다. 혹시 자위를 하나?

가톨릭 사제는 자위를 해도 되나? 자위는 금욕에 포함되지 않는 걸까?

잠깐! 누가 해도 자위는 죄인 거 아닐까? 가톨릭 신자가 아닌 친구들은 세실리아가 이런 문제에 대한 답을 알아야 한다고 생각한다. 그녀가 걸어다니는 성서라도 되는 것처럼.

솔직히 말해서 진지하게 생각해볼 시간이 있었다면, 세실리아는 자신이 더는 열성적인 주님의 양이라는 확신이 들지 않았을 거다. 신은 왠지 오래전부터 실수를 하고 있는 것 같았다. 매일같이 전 세계 어린이들에게 일어나고 있는 끔찍한 일을 생각해보라. 정말 용납할 수 없는 일이다.

작은 스파이더맨처럼 말이야.

세실리아는 눈을 감았다. 눈을 깜박이면서 아이의 모습을 떨쳐버리기 위해 노력했다.

세실리아는 이런저런 책에서 말하는 인간의 자유의지니 신의 신비로운 방식이니 하는 것엔 관심이 없었다. 신을 감독하는 누군가가 있다면, 그쪽에 벌써 오래전에 불만을 접수했을 거다. *이젠 거기 물건 안 살 거예요!* 라고 말이다.

세실리아는 조 신부님의 겸손하고 매끈한 얼굴을 쳐다보았다. 언젠가 신부님은 "사람들에게서 신앙에 관한 질문을 받는 게 정말 좋습니다"라고 했다. 하지만 세실리아는 자신의 의문에 어떤 굉장한 의미가 있다는 생각은 들지 않았다. 세실리아는 온 마음을 다해서 세인트 안젤라를 믿었다. 세인트 안젤라로 대표되는 학교, 교구, 공동체를 믿었다. '서로 사랑하라'는 도덕률을 자신이 평생 지킬 신조라고 믿었다. 성찬식은 영원히 변하지 않을 아름다운 의식이다. 가톨릭 성당은 그녀가 영원히 응원할 팀이다. 하지만 신에 대해 말하자면, 그(또는 그녀!)가 맡은 바 일을 잘하고 있는지는 전혀 다른 문제였다.

하지만 모든 사람이 세실리아가 독실한 가톨릭 신자라고 생각했다. 언젠가 함께 저녁을 먹으면서 브리짓은 세실리아에게 "언니는 어쩜 그렇게 독실한 신자가 될 수 있어?"라고 했다. 그때 세실리아는 내년에 폴리가 처음으로 고해성사를 받아야 한다는 것 같은 지극히 평범한 말을 하고 있었다. 브리짓은 자신이 학교 다닐 때 미사 댄스 우승자였다는 사실을 까맣게 잊어버린 거 같았다.

세실리아는 브리짓에게 조금도 주저하지 않고 기꺼이 신장을 줄 수 있다. 하지만 가끔은 정말이지 브리짓 위에 올라타 베개로 얼굴을 깔아뭉개고 싶다는 충동을 느낀다. 어렸을 땐 그게 브리짓에게 규칙을 지키게 하는 가장 효과적인 방법이었다. 하지만 불행하게도 어른이 되면 진짜 감정을 숨겨야 한다.

물론 브리짓도 언니에게 기꺼이 신장을 줄 거다. 하지만 회복하는 동안 지독하게 불평을 늘어놓을 테고, 기회가 있을 때마다 자기가 신장을 기증했다는 사실을 언급할 테고, 수술 비용은 세실리아가 모두 지불하게 할 거다.

조 신부님이 미사를 마무리했다. 성당 여기저기 흩어져 앉아 있는 사람들이 마지막 송가를 부르기 위해 모두 자리에서 일어났다. 한숨을 억누르는 소리, 기침을 참는 소리, 중년의 아픈 무릎이 펴지면서 나는 날카로운 소리가 났다. 세실리아는 좌석 끝에 있는 멜리사 맥널티와 눈이 마주쳤다. 멜리사는 '이렇게 바쁜데, 끔찍한 우르술라 수녀님의 장례식에 오다니, 우린 너무 착한 거 같아'

하는 표정으로 눈썹을 치켜올렸다.

세실리아는 유감이라는 듯이 어깨를 반쯤 으쓱거렸다. 그런데 항상 그렇지 않나?

세실리아의 차에는 장례식이 끝난 뒤에 멜리사에게 주어야 할 타파웨어 상품이 있었고, 잊지 말고 멜리사가 발레 학원에서 폴리를 맡아줄 수 있는지 확인해야 했다. 에스터를 데리고 언어 치료실에, 이사벨을 데리고 미용실에 가야 했기 때문이다. 말이 나와서 하는 말인데, 멜리사는 정말 염색을 다시 해야 한다. 검게 드러난 머리는 정말 끔찍하다. 조금 사악한 생각이지만 할 수 없다. 지난달 학교 매점에서 멜리사는 자기 남편이 꼭 시계를 맞춰놓은 것처럼 이틀에 한 번씩 섹스를 하자고 한다면서 불평을 늘어놓았으니까.

〈주 하느님 지으신 모든 세계〉를 부르면서 세실리아는 그날 저녁에 브리짓이 했던 말을 떠올렸고, 그 말이 왜 자꾸 신경 쓰이는지 알았다.

섹스 때문이었다. 세실리아가 유행이 한참 지난 옷을 입는 별 볼 일 없는 중년 아줌마 외엔 아무것도 아니라는 듯이 섹스를 전혀 하지 못하고 있기 때문이다. 아니, 잠깐만. 난 별 볼 일 없는 아줌마가 아니야. 바로 어제만 해도 고수를 사려고 교통신호를 무시하고 뛰는데 트럭 운전사가 늑대처럼 길고 천천히 휘파람을 불어 댔다고.

그 휘파람은 분명 세실리아를 향한 거였다. 세실리아는 다른 여자가, 더 젊고 매력적인 여자가 주변에 있는지 확실하게 살펴봤다. 지난주에는 당혹스러운 경험을 했다. 딸들과 함께 쇼핑센터를 걷고 있는데 휘파람 소리가 들려온 거다. 세실리아가 주위를 둘러보는 동안 이사벨은 똑바로 앞을 보고 있었다. 뺨이 발갛게 물든 채로. 최근에 이사벨은 부쩍 자랐다. 이미 키는 세실리아만 했고 허리가 잘록하게 들어가고 엉덩이와 가슴이 나오기 시작했다. 요즘엔 뒷머리는 하나로 높이 묶고, 앞머리는 두 눈을 덮을 정도로 길게 그리고 많이 남겼다. 이사벨은 여자가 되어가고 있었고, 그 사실을 알아보는 사람은 엄마뿐이 아니었다.

이제 시작이야. 세실리아는 슬퍼졌다. 세실리아는 이사벨의 방패가 되어주고 싶었다. 경찰기동대가 쓰는 방패처럼 남자들의 시선에서 딸을 보호해주고 싶었다. 거리를 걸을 때마다 느껴야 하는 평가받고 있다는 느낌에서, 차 안에서 들려오는 희롱에서, 무심코 몸을 훑고 가는 시선에서 지켜주고 싶었다. 이사벨을 붙잡고 앉아서 조근조근 해결 방법을 알려주고 싶지만, 도대체 무슨 말을 해야 할진 알 수 없었다. 사실은 세실리아도 해결 방법을 알고 있던 적이 없었다. 뭐, 별일 아니야. 아니 사실은 큰일이야. 그 사람들에겐 네가 그런 느낌을 갖게 할 권리가 없어. 아, 그냥 무시하면 돼. 언젠간 너도 마흔 살이 될 거고, 더는 널 지켜보는 눈이 없다는 사실을 서서히 깨닫게 될 거야. 정말 안심이 돼. 하지만 왠지 아쉽기도 해. 길을 걸을 때 트럭 운전사가 휘파람을 불면 '정말? 나한테 부는 거야?' 라고 생각하게 되거든.

그건 정말 호의가 가득 담긴 휘파람이었다고.

그 휘파람을 분석하느라 보낸 시간을 생각하면 좀 창피할 지경이었다.

음, 아무튼 존 폴이 부정을 저지르고 있다는 고민은 할 필요가 없다. 절대로 없다. 그럴 가능성은 없기 때문이다. 정말 일말의 가능성도 없다. 바람을 피울 시간이 전혀 없으니까. 도대체 존 폴이 언제 시간을 내겠어?

출장을 갈 때도 있으니까, 그때 여자를 만나는 거 아닐까?

정장 차림에 넥타이를 맨 어깨가 떡 벌어지고 머리를 산발한 청년 넷이 우르술라 수녀님의 관을 메고 성당에서 나왔다. 애써 진지한 표정을 짓고 있는 청년들은 우르술라 수녀님의 조카들 같았다. 고고한 우르술라 수녀님이 저렇게 멋진 청년들과 DNA를 공유하다니. 저 아이들은 장례식 내내 섹스를 생각했을 거야. 젊은 남자들은 성욕을 주체할 수 없는 법이니까. 특히 키가 제일 큰 남자애가 제일 잘생겼네. 짙은 눈이 반짝이는 데다…….

이런 세상에. 지금 세실리아는 우르술라 수녀님의 상여꾼과 사랑을 나누는 상상을 하고 있었다. 얼굴만 봐도 어린애인 게 분명한 소년하고 말이다. 아마 고등학생일 거다. 그런 상상을 하다니 비도덕적이고 부적당할 뿐 아니라 불법적이기까지 하다. (생각을 하는 것도 불법일까? 초등학교 3학년 때 담임이던 선생님의 상여꾼을 탐하는 생각을 하는 것도?)

성 금요일에 존 폴이 시카고에서 돌아오면 매일 밤 섹스를 할 거다. 분명 정말 근사하겠지. 두 사람은 언제나 좋았다. 세실리아는 두 사람이 누구보다 질 좋은 섹스를 한다고 생각했다. 그런 생각을 하니 학교에서 수행평가 점수를 좋게 받은 것만큼이나 기뻤다.

존 폴은 타고난 섹스 재능꾼이었다. 세실리아도 섹스에 관한 책을 많이 읽었다. 섹스가 직업인이 갖추어야 할 미덕이라도 되는 것처럼 꾸준히 기술을 향상시켰다. 존 폴은 바람을 피울 필요가 없다. 세실리아가 존 폴보다 더 윤리적이고 규칙을 준수하는 사람은 알지 못한다는 것은 언급할 필요도 없다. 존 폴은 100만 달러를 준다 해도 도로 중앙선을 넘을 사람이 아니다. 배우자를 배신하는 건 그가 택할 만한 선택 사항이 아니다. 그는 바람을 피우지 않을 거다.

그 편지는 불륜과는 전혀 관계가 없다. 세실리아는 그 편지를 생각조차 하지 않았다. 편지는 전혀 걱정할 거리가 아니다. 어제 저녁에 전화를 끊고 잠시 존 폴이 거짓말을 하고 있다고 생각한 건 완전히 세실리아의 상상이다. 편지가 거북하게 느껴진 건 단순히 장거리전화를 한다는 사실이 너무 어색했기 때문이다. 장거리전화라니, 정말 부자연스럽다. 세상의 양쪽 끝에서, 각각 오전과 오후에 속한 사람들이 전화를 한다면 당연히 두 사람의 목소리가 조화로울 수 없다. 한 명은 목이 잠겼을 테고, 한 명은 확 트였을 테니까.

편지를 꺼내 읽는다 해도 엄청난 진실이 폭로되진 않을 거다. 그러니까 존 폴이 두 집 살림을 하고 있다는 내용은 아닐 거다. 존 폴은 두 집 살림을 할 수 있을 정도로 조직적인 사람이 아니다. 잘못된 시간에 잘못된 집에 가기 일쑤일 테고, 아내 이름을 바꿔 부르기 일쑤일 거다. 끊임없이 다른 집에 다른 물건을 두고 올 테고. 물론 철저하게 속이기 위해 일부러 그렇게 엉성하게 행동하는 것일 수도 있다.

혹시 존 폴이 게이는 아닐까? 그래서 섹스를 하지 않는 거다. 지금까지는 이성애자인 것처럼 속인 거고. 음, 정말 그런 거라면 정말 완벽하게 해냈다. 세실리아는 처음 연애를 시작했을 때 하루에도 서너 번 넘게 섹스를 했던 기억을 떠올렸다. 존 폴이 정말로 동성애자이고, 의무적으로 섹스를 한 거라면 그렇게까지 노력할 이유는 없었을 거다.

존 폴은 뮤지컬을 정말 좋아했다. 〈캣츠〉는 사랑하기까지 했다. 세실리아보다 아이들 머리를 더 잘 만졌다. 언젠가 발레 공연에 나갈 때 폴리는 자기 머리는 엄마가 아니라 아빠가 올려줘야 한다고 주장했다. 존 폴은 폴리와는 아라베스크(발레에서 한쪽 다리로 중심을 잡고 한쪽 다리는 무릎을 펴고 뒤로 올리는 동작—옮긴이)와 피루엣(한쪽 발로 서서 빠르게 도는 동작—옮긴이) 이야기를 했고, 이사벨과는 축구 이야기를, 에스터와는 타이타닉 이야기를 했다. 그리고 자기 엄마를 정말 사랑했다. 게이는 엄마하고 아주 친밀하다고 했지? 음, 그건 그냥 괴담인 걸까?

존 폴에게는 살구색 폴로셔츠가 있는데 그 옷은 직접 다린다.

그래, 존 폴은 게이가 틀림없어.

마지막 송가가 끝났다. 우르술라 수녀님의 관이 성당에서 나가자 사람들은 할 일을 마쳤구나 하는 심정으로 이제 일상으로 돌아가기 위해 가방과 외투를 집어들었다.

세실리아는 성가집을 내려놓았다. 세상에! 세실리아의 남편은 게이가 아니었다. 지난주에 축구를 하는 이사벨을 응원하기 위해 소리를 치면서 사이드라인을 왔다 갔다 하던 존 폴이 생각났다. 존 폴은 그때 하루 동안 수염을 깎지 않았고, 두 뺨엔 자주색 발레리나 스티커가 붙어 있었다. 스티커는 폴리가 재밌으라고 붙여놓은 거였다. 그 생각을 하니 세실리아는 그가 너무나도 사랑스러웠다. 존 폴은 여성스러운 데가 조금도 없었다. 그는 자신에게 철저하게 만족하는 사람이었다. 굳이 자신을 입증할 필요가 없는 사람이었다.

편지는 섹스를 하지 않는 것과 전혀 상관이 없다. 그 어떠한 것과도 상관이 없다. 그저 유언장 사본을 넣은 빨간 서류철이 들어있는 서류함에 넣고 잠가버리면 된다.

세실리아는 편지를 꺼내보지 않겠다고 약속했다. 이제는 읽어볼 수도 없고, 읽을 생각도 없다.

THE HUSBAND'S SECRET

. 7 .

"누가 죽었는지 알아?"

테스가 물었다.

"그게 무슨 말이니?"

테스의 엄마는 눈을 감고 태양을 보면서 고개를 들어올렸다.

두 사람은 세인트 안젤라 초등학교 운동장에 있었다.

테스의 엄마는 발을 받침대에 얹은 채 약국에서 빌린 휠체어에 앉아 있었다. 테스는 엄마가 휠체어에 앉는 걸 싫어할 거라고 생각했지만, 엄마는 상당히 즐기고 있는 것 같았다. 꼭 디너파티에 참석한 사람처럼 등을 꼿꼿하게 세우고 있었다.

두 사람은 리엄이 학교 운동장을 탐험하는 동안 잠시 아침 햇빛을 즐기며 서 있었다. 학교 비서를 만나 리엄의 등록 절차를 밟기 전까진 몇 분 정도 여유가 있었다.

모든 일은 테스의 엄마가 처리했다. 리엄은 아무 문제 없이 세인트 안젤라 초등학교에 들어갈 수 있어. 더구나 원하는 날 아무 때나 등교할 수 있어. 테스의 엄마는 자랑스럽게 말했다.

"서두를 거 없어. 부활절까지는 그냥 쉴 거야."

테스는 그렇게 대답했다. 사실 테스는 엄마에게 학교에 전화해 달라고 부탁하지 않았다. 테스에겐 적어도 24시간 동안은 아무것도 하지 않고 그저 놀란 상태로 있을 자격 정도는 있으니까. 하지만 엄마는 무슨 일이든 너무나도 현실적이 되게 해 다시는 돌이킬 수 없게 한다. 악몽이 장난이 아니라 실제로 일어난 일이라는 걸 깨우쳐주는 거다.

"네가 싫다면 약속은 취소할게."

테스의 엄마는 기가 죽은 목소리로 말했다.

"벌써 약속했어? 나한테 말도 안 하고?"

테스가 말했다.

"그게, 쇠뿔도 단김에 빼는 게 좋다고 하니까……."

"허, 할 수 없지. 만나볼게."

테스가 한숨을 내쉬었다.

당연히 테스의 엄마는 자신도 함께 가겠다고 우겼다. 낯선 사람 앞에서 쭈뼛거리며 말도 하지 못했던 어린 시절처럼 엄마가 테스 대신 면접관에게 대답하러 가는 거다. 테스의 엄마는 테스의 대변 자 역할을 하는 걸 결코 그만두려 하지 않았다. 조금 당혹스럽기 는 했지만, 마치 별 다섯 개짜리 호텔에서 서비스를 받는 것처럼 마음이 편하고 기분이 좋기도 했다. 그냥 가만히 앉아 있으면 귀찮은 일은 다른 사람이 모두 처리해주는 거다.

"누가 죽은 건지 알아?"

테스가 다시 물었다.

"누가 죽어?"

"저 장례식 말이야."

테스가 대답했다.

세인트 안젤라 초등학교 운동장은 세인트 안젤라 성당 구내와 맞붙어 있어서 테스는 네 상여꾼이 관을 들고 영구차로 가는 모습을 볼 수 있었다.

한 사람의 인생이 끝났다. 저 사람은 얼굴을 간질이는 이 햇빛을 다시는 느끼지 못하겠지. 테스는 고통을 잊기 위해 죽음을 사색해보려고 했지만 소용없었다. 지금쯤 윌과 펠리시티는 섹스를 하고 있을까? 내 침대에서? 아직 오전이니까, 다른 곳에 가진 않았겠지. 왠지 근친상간을 생각할 때처럼 역겨웠다. 더럽고 잘못된 일이다. 테스는 몸서리를 쳤다. 어젯밤 내내 값싼 와인을 마신 것처럼 목 너머에서 쓴맛이 났다. 눈에 먼지가 들어간 것 같았다.

날씨도 테스를 도와주지 않았다. 너무 지나치게 사랑스러워서, 꼭 테스를 조롱하는 것 같았다. 시드니는 황금빛 연무로 덮여 있었다. 학교 앞 단풍나무는 화려한 노란색을, 우거진 동백꽃은 진한 붉은색을 자랑하고 있었다. 교실 밖에는 밝은 빨간색, 노란색, 살구색, 크림색 베고니아 화분이 놓여 있었고, 사암으로 만든 길쭉한 세인트 안젤라 성당은 코발트블루빛 하늘과 선명하게 대조를 이루고 있었다. 이 세상은 정말 아름다워. 너는 뭐가 문제니? 시드니가 테스에게 말했다.

테스는 되도록 부드럽게 말하려고 애쓰면서 말했다.

"누구 장례식인지 몰라?"

사실 누구 장례식이든 상관없었다. 테스는 그저 말이 듣고 싶은 것뿐이었다. 월이 펠리시티의 새로 태어난 날씬한 몸을 더듬고 있는 상상만 하지 않을 수 있다면 무슨 말이든. 펠리시티의 피부는 도자기처럼 새하얗다. 테스의 피부는 가무잡잡했다. 아빠 쪽 유전이었다. 테스가 태어나기도 전에 돌아가신 증조할머니가 레바논 사람이었다.

아침에 월이 휴대폰으로 전화를 걸었다. 받지 말아야 했지만, 전화기에 뜬 월의 이름을 본 순간 테스는 대책 없는 희망에 사로잡혀 휴대폰을 낚아채듯 잡았다. 분명 모든 게 실수였다고 말하려고 전화한 게 분명했다. 당연하지. 그건 실수였다고!

하지만 웃음기 하나 없는 근엄하고 침통하고 무거운, 테스로선 한 번도 들어본 적 없는 목소리를 듣는 순간 테스의 희망은 스르르 사라져버렸다.

"당신 괜찮아? 리엄은?"

월은 최근에 자기들 인생에 일어난 비극이 자신과는 전혀 상관없다는 듯 말했다.

테스는 정말 절실하게 진짜인 월에게 하소연하고 싶었다. 장난기라고는 찾아볼 수도 없는 침입자인 새로운 월이 자신에게 어떤 짓을 했는지. 새로운 월이 자신의 심장을 어떤 식으로 짓이겨놨는지 말이다. 진짜 월이라면 테스를 위해 즉시 행동을 취했을 거다. 진짜 월이라면 즉시 가짜 월에게 전화를 걸어 아내가 부당한 취급을 받았다고 항의하면서 보상을 요구할 거다. 진짜 월이라면 테스에게 차를 끓여주고, 목욕물을 받아주고, 테스에게 일어난 일이 왜 우스운지, 왜 심각하게 생각할 필요가 없는지 알려줬을 거다.

하지만 이번 일은 전혀 우스울 가능성이 없었다.

테스의 엄마는 눈을 뜨고 테스를 올려다보았다. 쏟아지는 햇빛 때문에 가늘게 뜨고 있었다.

"아마 그 끔찍한 작은 수녀님 장례식일 거야."

테스는 조금 놀랐다는 듯 눈썹을 치켜올렸고, 테스의 엄마는 만족한 듯 씩 웃었다. 테스의 엄마는 손님을 의자에 앉혀놓기 위해 필사적으로 새로운 소재를 펼쳐보이며 노력하는 클럽 연예인처럼 테스를 행복하게 해주기로 결심한 모양이었다. 오늘 아침엔 베지마이트 병뚜껑을 열려고 애쓰면서 "이런, 제기랄!"이라고 말했다. 그 말투가 얼마나 어색했는지 레프라혼(요정들의 신발 가게를 운영하는 아일랜드 요정으로, 뾰족한 코에 붉은 삼각 모자와 안경을 쓰고 있다—옮긴이)이라고 말하는 것만큼의 불경함도 느껴지지 않았다.

테스의 엄마가 자신이 아는 가장 나쁜 욕을 내뱉은 이유는 테스를 위해 화를 내고 있었기 때문이다. 테스의 엄마가 '이런, 제기랄'이라고 말하는 건 법을 잘 지키는 온화하고 온순한 시민이 갑자기 총을 들고 설치는 자경단으로 바뀌는 것과 마찬가지 일이었다. 그래서 엄마가 이렇게 빨리 학교에 전화를 한 거다. 테스는 그런 엄마를 이해할 수 있었다. 엄마는 테스를 위해 행동을 취하고 싶었던 거다. 무슨 일이든 해주고 싶었던 거다.

"끔찍한 작은 수녀님이라니, 누구 말이야?"

"리엄은 어디 있니?"

테스의 엄마는 휠체어 위에서 몸을 엉거주춤하게 돌리면서 말했다.

"저기 있어."

테스가 대답했다.

리엄은 여섯 살 탐험가의 주옥같은 눈으로 운동장에 설치된 기구들을 살피며 돌아다녔다. 커다랗고 노란 깔때기처럼 생긴 미끄럼틀 아래 쭈그리고 앉아서 안전 점검이라도 나온 사람처럼 안으로 머리를 쑥 들이밀었다.

"잠깐 리엄을 놓쳤지 뭐니."

"계속 리엄을 쳐다보지 않아도 돼. 그건 내 일이잖아."

테스가 부드럽게 말했다.

"그럼, 당연하지."

테스의 엄마가 말했다.

아침을 먹을 때 두 사람은 서로를 보살펴주고 싶어 했다. 테스는 두 발목이 멀쩡했으므로 좀 더 유리했다. 그래서 엄마가 목발을 잡는 동안 재빨리 물을 끓이고 차를 만들 수 있었다.

리엄이 운동장 모퉁이에 있는 무화과나무 밑을 서성이는 게 보였다. 테스와 펠리시티가 엘로이즈 벙고니아와 점심을 먹던 곳이다. 엘로이즈 덕분에 두 사람은 카넬로니(고기나 치즈를 넣어 둥글게 만든 파스타―옮긴이)를 처음 먹어봤다(카넬로니는 펠리시티 같은 신진대사 능력을 가진 사람에겐 절대 좋지 않은 음식이다). 벙고니아 부인은 늘 세 사람이 먹어도 충분할 만큼 카넬로니를 많이 싸서 보냈다. 아직 소아 비만이 큰 문제가 되지 않을 때였다. 테스는 지금도 카넬로니 맛을 생생하게 기억하고 있다. 정말 맛있었다.

리엄은 여전히 꼼짝도 하지 않고 서서 꼭 카넬로니를 처음 먹는 엄마를 지켜보는 것처럼 엄마가 점심을 먹던 곳을 뚫어지게 쳐다보고 있었다.

어렸을 때 다녔던 학교에 와 있으니, 시간이 꼭 담요처럼 반으로 접혀 과거 위에 현재가 겹치는 것 같아 당혹스러웠다.

펠리시티한테 벙고니아 부인이 만든 카넬로니를 기억하는지 물어봐야지.

아니, 절대 안 그럴 거야.

리엄이 갑자기 공수도 자세를 취하더니 쓰레기통을 돌려찼다. 째앵 하는 엄청난 소리가 났다.

"리엄!"

테스가 다급하게 소리를 질렀지만, 리엄에게 들릴 정도는 아니었다.

"리엄! 쉬잇!"

손가락을 입술에 대고, 성당을 가리키면서 훨씬 큰 소리로 주의를 준 사람은 테스의 엄마였다. 얼마 되지 않는 조문객이 성당 밖으로 나와 장례식에 참석한 사람다운 차분하고 안도하는 태도로 서로 대화를 나누는 모습이 보였다.

리엄은 쓰레기통을 또 차지 않았다. 말을 잘 듣는 아이다. 대신 막대기를 하나 집어들더니 권총처럼 쥐고 조용히 운동장 이곳저곳을 겨냥하며 돌아다녔다. 유치원 교실 한곳에서 아이들이 〈거미가 줄을 타고 올라갑니다〉를 부르는 귀여운 목소리가 흘러나왔다. 세상에, 리엄은 저런 행동을 어디에서 배운 거지? 진짜 군인처럼 눈을 가늘게 뜨고 사방을 둘러보는 모습이 정말 귀엽긴 하지만,

그래도 테스는 리엄이 컴퓨터게임을 못하게 해야겠다고 생각했다. 나중에 윌에게 이 얘기를 해줘야지. 그럼 껄껄 웃겠지.

아니, 절대 하지 않을 거야.

테스의 뇌는 아직 그 소식을 받아들이지 못한 것 같았다. 어젯밤에 침대에서 자면서 계속 윌이 있는 곳으로 굴러갔다가, 윌이 있어야 할 곳이 텅 비었다는 걸 깨닫고 놀라서 벌떡 일어났던 것과 마찬가지 증상이다. 테스와 윌은 둘이 함께 잘 잤다. 움찔거리거나, 코를 골거나, 이불을 가지고 실랑이를 하지 않았다. 두 사람이 데이트를 하고 몇 달도 되지 않아 윌은 "당신이 없으면 잠을 제대로 잘 수가 없어. 당신은 꼭 있어야만 잘 수 있는 베개 같아. 가는 곳마다 가져가야겠어"라고 했다.

"어떤 끔찍한 수녀님이 돌아가신 거야?"

테스가 조문객을 쳐다보면서 다시 물었다. 지금은 옛 기억을 끄집어낼 때가 아니다.

"수녀님들이 모두 끔찍하진 않아. 대부분은 사랑스럽지. 너 열 살 생일 파티에 와주신 마거릿 앤 수녀님 기억하지? 정말 예뻤잖아. 아마 네 아빠가 정말 좋아했을 거야."

테스의 엄마가 생각에 잠긴 듯이 말했다.

"진심으로 하는 말이야?"

"뭐, 아닐 수도 있고."

엄마는 아름다운 수녀에게 이끌리지 않는 게 전 남편의 또 다른 결점이기라도 한 것처럼 어깨를 으쓱했다.

"아무튼 우르술라 수녀님 장례식일 거야. 지난주 주보에서 돌아가실 것 같다는 글을 읽었거든. 널 가르치신 분은 아니지? 먼지

떨이 손잡이로 정말 기가 막히게 때리는 분이었는데. 요즘엔 먼지 떨이로 때리는 사람은 없을 거야, 그지? 먼지를 털어야 하는 곳은 아이들이 아니라 이 세상이잖아, 안 그러니?"

"우르술라 수녀님 기억나. 얼굴이 빨갛고 눈썹이 송충이 같던 분이잖아. 그분이 운동장을 돌 때마다 아이들이 숨느라 정신없었지."

"요즘엔 아이들을 가르치는 수녀님은 없을 거 같아. 요즘엔 수녀가 멸종되어 가고 있잖아."

"맞아, 정말 그래."

"아이고, 얘. 내 말은……."

테스의 엄마는 깔깔거리다가 갑자기 성당 입구를 보곤 웃음을 멈췄다.

"좋아, 얘. 마음 단단히 먹어. 지역구 숙녀 한 분이 우릴 본 것 같으니까."

"그게 무슨 소리야?"

테스는 저격수가 노리고 있다는 말을 들은 사람처럼 즉시 두려움에 사로잡혔다.

작은 금발 여자가 조문객이 모여 있는 곳에서 벗어나더니 성큼 성큼 운동장을 가로질러 왔다.

"세실리아 피츠패트릭이야. 벨 씨네 큰딸인데, 피츠패트릭네 큰아들 존 폴이랑 결혼했어. 아들들 모두 비슷하게 생겼지만, 내가 보기에 가장 잘생긴 아들 말이야. 세실리아한테 동생이 있지. 너랑 같은 학년이었을 텐데. 누구더라. 그래 브리짓 벨."

테스는 그런 사람들은 모른다고 대답하려 했지만, 곧 물 위에

그림자가 뜨는 것처럼 차츰 기억이 떠올랐다. 얼굴은 정확히 기억
나지 않았지만, 학교 안을 뛰어다닐 때 길게 늘어졌던 지저분하게
땋은 금발과 무슨 일을 하든 그 중심에 서 있었던 벨 자매의 모습
이 어렴풋이 기억났다.

"세실리아는 타파웨어를 팔아. 정말 돈을 많이 버나봐."

테스의 엄마가 말했다.

"우리가 누군진 모르겠지?"

테스는 세실리아에게 손을 흔드는 사람이 자기 뒤에 있길 바라
며 뒤를 힐끗 돌아보았다. 하지만 아무도 없었다. 혹시 타파웨어
를 팔려고 달려오는 건 아니겠지?

"세실리아는 누구나 다 알아."

테스의 엄마가 대답했다.

"후다닥 도망갈까?"

"너무 늦었어."

테스의 엄마는 입술을 한쪽만 움직이면서 조용히 말하더니, 이
를 활짝 드러낸 사교 웃음을 지어 보였다.

"루시! 이게 무슨 일이에요?"

세실리아는 테스가 예상한 것보다 훨씬 빨리 두 사람 앞에 와서
섰다. 마치 순간 이동을 한 것 같았다. 세실리아는 허리를 구부리
고 테스의 엄마에게 입을 맞췄다.

우리 엄마한테 루시라고 하지 마. 테스는 세실리아의 말을 듣자
마자 어린애처럼 속으로 삐죽거렸다. 올리리 부인이라고 해야지.
바로 앞에서 세실리아를 보니 얼굴이 분명하게 기억났다. 작고 깔
끔한 금발 머리(그러니까 지저분하게 땋은 머리는 깔끔하고 예술적인

단발로 변해 있었다), 열정적이고 정직한 얼굴, 아래턱에 비해 눈에 띄게 튀어나온 윗턱, 우스꽝스러울 정도로 큰 보조개 두 개가 선명하게 보였다. 자그맣고 흰 담비같았다.

그리고 지금은 피츠패트릭 부인이란 말이지?

"성당에서 나오는 길인데, 루시가 보이지 뭐예요. 우르술라 수녀님 장례식이 있었답니다. 수녀님이 영면하셨다는 소식은 들으셨죠? 아무튼 루시를 보곤 '어머, 루시가 휠체어를 타고 있네?' 하고 생각했지 뭐예요. 도대체 무슨 일이에요? 제가 참견쟁인 건 아시죠? 가서 인사를 드려야겠다 생각했어요. 근데 정말 좋은 휠체어네요. 약국에서 빌리신 거예요? 그나저나, 무슨 일이에요. 발목을 다치신 거예요?"

이런 세상에. 테스는 모든 기운이 몸에서 완전히 빠져나가는 느낌이었다. 말이 많고 에너지가 넘치는 사람을 만나면 언제나 그런 기분이 들었다.

"고마워, 세실리아. 별일 아니야. 그냥 발목뼈가 부러졌어."

테스의 엄마가 말했다.

"어휴, 그게 왜 별일 아니에요. 생활은 어떻게 하시는 거예요? 걸을 순 있어요? 제가 라자냐를 가져다 드릴게요. 네, 정말요. 근데 혹시 채식주의자는 아니시죠? 그죠? 그래서 온 거군요."

세실리아는 테스에게 준비할 시간도 주지 않고 불쑥 고개를 돌려 테스를 보았다. 테스는 자신도 모르게 살짝 뒷걸음질 쳤다. 무슨 뜻이지? 채식주의 이야기를 하는 걸까?

"엄마를 돌보러 온 거예요? 아, 난 세실리아예요. 기억할지 모르겠네요."

"세실리아. 얘는 내 딸……."

테스의 엄마가 입을 열었지만, 곧바로 세실리아가 말했다.

"알아요. 테스, 맞죠?"

세실리아는 몸을 돌리더니 테스가 놀랄 사이도 없이 테스의 손을 잡고 사업 차 만난 사람처럼 손을 흔들었다. 테스는 세실리아가 엄마 세대의 여인처럼 느껴졌다. '영면' 같은 가톨릭적인 단어를 쓰고, 남자들이 남자다운 악수를 하는 동안 부드럽게 웃으면서 뒤로 물러나 있는 여자. 세실리아의 손은 작고 건조했고, 손힘이 셌다.

"저 애가 아들이죠?"

세실리아가 밝게 웃으며 리엄을 가리켰다.

"리엄?"

세상에, 세실리아는 테스의 아들 이름도 알고 있었다. 어떻게 그럴 수 있지? 테스는 세실리아에게 아이가 있는지도 모르는데? 30초 전까지만 해도 세실리아의 존재조차 까맣게 잊어버리고 있었는데?

리엄이 세실리아를 보더니, 막대기를 들어 쏘는 시늉을 했다.

"리엄!"

테스가 소리치는 동시에 세실리아가 신음 소리를 내더니 가슴을 움켜잡고 비틀거렸다. 총 맞은 사람 흉내를 어찌나 잘 내는지, 테스는 아주 잠깐 세실리아가 정말로 쓰러지는 건 아닌지 걱정할 뻔했다.

리엄은 막대 끝을 입에 대고 바람을 후 불더니 만족한 듯 씩 웃었다.

"시드니엔 얼마나 있을 거예요?"

세실리아가 테스의 눈을 똑바로 쳐다보면서 말했다. 그러니까 세실리아는 한참 동안 다른 사람의 눈을 들여다볼 수 있는 사람인 거다. 테스와는 전혀 다른 사람이다.

"루시 다리가 나을 때까지만 있을 거죠? 멜버른에서 사업을 하고 있다면서요, 그죠? 아주 오래 있을 순 없겠네요. 리엄도 학교에 가야 할테고."

테스는 아무 대답도 할 수 없었다.

"테스는 리엄을 세인트 안젤라에 다니게 할 거야, 잠시 동안은."

테스의 엄마가 대신 말했다.

"어머, 잘됐네요."

세실리아가 말했다. 세실리아의 눈은 여전히 테스를 보고 있다. 세상에, 저 여자는 눈도 깜박이지 않잖아.

"음, 보자. 리엄이 몇 살이죠?"

"여섯 살이에요."

테스는 더는 참지 못하고 시선을 내렸다.

"그럼 폴리네 반일 거예요. 우리 집 막내딸은 올해 초에 입학했답니다. 그러니까 같은 반일 확률이 커요. 1학년이에요. 제퍼스 선생님 반이죠. 메리 제퍼스 선생님. 정말 멋진 선생님이에요. 아주 사교적이기도 하고요. 정말 친절하세요."

"잘됐네요."

테스가 소심하게 말했다. 정말 근사하네.

"리엄! 나한테 총을 쐈으니까, 이제 와서 인사하지 않을래? 세인트 안젤라 초등학교에 다닌다며?"

세실리아가 리엄에게 손짓을 하자, 리엄이 막대기를 질질 끌면서 천천히 걸어왔다.

세실리아는 무릎을 구부려 리엄과 눈을 맞췄다.

"아줌마 딸이 너랑 같은 반일지도 몰라. 그 애 이름은 폴리란다. 부활절이 끝나는 다음 주에 폴리의 일곱 번째 생일 파티를 열건데, 그때 와주지 않을래?"

리엄이 즉시 멍한 표정을 지었다. 테스가 사람들이 리엄에게 장애가 있다고 오해할까봐 걱정하게 되는 그런 표정이었다.

"해적 파티를 할 거야."

그렇게 말하고 세실리아는 무릎을 펴고 테스를 보았다.

"올 수 있었음 좋겠어요. 학교 엄마들을 모두 만날 수 있는 기회가 될 거예요. 어른들만 따로 시간을 보낼 수 있는 작은 오아시스를 마련했답니다. 작은 해적들이 날뛰는 동안 우린 샴페인을 잔뜩 마실 거예요."

테스는 얼굴이 접히는 것 같은 기분이 들었다. 리엄이 긴장하면 얼굴이 굳어지는 건 테스를 닮은 걸 거다. 테스는 완전히 새로운 엄마 집단은 만날 수가 없었다. 인생이 아무 문제 없이 흘러갈 때도 학교 엄마들과는 어울리기가 힘들었다. 끊임없이 이야기를 쏟아내고, 엄청나게 웃어대고, 따뜻하고 친절했지만(학교 엄마들은 대부분 지나치게 친절했다), 그 모든 것의 저변엔 서로에 대한 시기가 깔려 있었다. 멜버른에서 이미 충분히 경험했다. 테스는 변두리에 있는 비주류 몇 명과 친구가 됐지만, 다시 엄마들을 만나고 싶진 않았다. 적어도 지금은 아니었다. 엄마들을 감당할 힘이 없었다. 세실리아의 제안은 지독한 독감을 앓은 뒤에 간신히 침대에서 나온 사람에게 마라톤을 하라고 재촉하는 것과 다르지 않았다.

"근사하네요."

테스가 대답했다. 나중에 못 가는 이유를 찾으면 되겠지.

"리엄이 입고 갈 해적 옷은 내가 만들게. 애꾸눈 안대랑 빨갛고 하얀 줄무늬 윗도리랑, 그리고, 음, 칼이 있으면 되지. 칼 좋아하지? 그렇지, 리엄?"

테스의 엄마가 말했다. 테스의 엄마는 리엄을 돌아봤지만, 리엄은 벌써 저만치 가 뒷담에서 막대기를 드릴처럼 사용하고 있었다.

"당연히 루시도 와줬으면 좋겠어요."

세실리아가 말했다. 정말 짜증 나는 성격이었지만, 사교술 하나는 인정해야 했다. 테스에겐 세실리아 같은 사람이 아름답게 바이올린을 켜는 사람과 같았다. 어떻게 저런 재주를 부릴 수 있는지, 상상조차 되지 않았다.

"오, 저런, 정말 고맙구나, 세실리아."

테스 엄마는 정말 기뻐했다. 엄마는 파티를 좋아했다. 특히 파티 음식을 사랑했다.

"어디 보자. 빨갛고 하얀 줄무늬 셔츠를 마련해야지. 혹시 리엄한테 그런 옷이 있니, 테스?"

세실리아가 바이올린 연주자라면 테스의 엄마는 바이올린 연주를 따라가려고 노력하는 소탈하고 선한 기타 연주자였다.

"내가 너무 시간을 뺏으면 안 되겠죠. 지금 레이첼을 만나러 가는 거죠?"

세실리아가 말했다.

"학교 비서를 만나기로 했어요."

테스가 대답했다. 레이첼이 누군진 알지 못했다.

"맞아요. 레이첼 크롤리 아주머니 말예요. 정말 효율적인 분이에요. 꼭 스위스 시계처럼 학교를 운영하시죠. 우리 시어머니랑 같은 일을 나눠서 하시지만, 우리끼리 하는 말인데, 사실 레이첼이 일을 다 하세요. 시어머니는 그저 잡담만 하시죠. 이건 내가 하면 안 되는 말이긴 하지만. 저런, 근데 이미 말해버렸네요."

세실리아는 자기가 생각해도 우습다는 듯이 깔깔거렸다.

"그래, 요즘 레이첼은 어때?"

테스의 엄마가 진지하게 물었다.

세실리아의 흰 담비처럼 생긴 얼굴이 심각해졌다.

"사실 그분을 잘은 몰라요. 단지 예쁜 손자가 있다는 것만 알아요. 제이컵이에요. 이제 막 두 살이 됐어요."

"아."

테스의 엄마가 모든 문제가 해결됐다는 듯이 숨을 내쉬었다.

"정말 잘됐네. 제이컵이란 말이지."

"아무튼 만나서 반가웠어요, 테스."

세실리아가 또다시 테스를 똑바로 쳐다보면서 말했다.

"난 빨리 가봐야 해요. 줌바 댄스 교실이 있거든요. 이 길로 쭉 가면 체육관이 있어요. 줌바는 정말 멋진 운동이에요. 테스도 꼭 해봐야 해요. 정말 재밌어요. 줌바 교실이 끝나면 스트라스필드에 있는 파티 용품 전문점에 갈 거예요. 조금 멀긴 하지만, 가격이 아주 좋아서 수고할 만하다니까요. 헬륨 풍선 세트가 50달러도 안 해요. 풍선이 100개도 넘게 들어 있는데 말예요. 앞으로 몇 달 동안 계속 파티를 해야 하거든요. 폴리의 해적 파티, 1학년 학부모 파티, 아, 테스, 학부모 파티에도 꼭 와야 해요. 그리고 타파웨어 주문받은 걸 가져다줘야 해요. 아, 나는 타파웨어 상담원이에요. 테스, 혹시 필요한 게 있으면 얘기해요. 아무튼, 이 모든 걸 아이들이 학교 끝나기 전에 해치워야 한다니까요. 테스도 무슨 말인지 잘 알죠?"

테스는 눈을 깜박였다. 세실리아가 쏟아놓는 말 사태 속에 파묻혀버릴 것 같았다. 그 말들은 한 사람의 인생을 구성하는 수없이 많고 자잘한 실행 작전들이었다. 전혀 지루하지 않은 작전들이다. 사실 조금 지루하긴 했다. 아무튼 세실리아는 저렇게 쉽게 아주 많은 말들을 술술 입 밖에 낼 수 있구나.

이런, 세상에, 아니네. 세실리아가 입을 다물었잖아. 그렇다면 이젠 테스가 말할 차례였다.

"바쁘네요. 정말 바쁘겠어요."

마침내 테스가 말했다. 테스는 웃는 것처럼 보이길 바라면서 입술을 일그러뜨렸다.

"우리, 해적 파티에서 보자!"

세실리아가 리엄에게 소리쳤다. 리엄은 막대 드릴로 담 뚫기를 멈추고 세실리아를 보며 종종 짓는 우스우면서도 난해한, 짐짓 남자 같은 표정을 지었다. 고통스럽게도 테스에게 윌을 떠올리게 하는 표정이었다.

세실리아는 손을 갈고리처럼 세우더니 "우리는 해적이다!" 하고 외쳤다.

리엄은 도저히 웃음을 참지 못하겠다는 듯이 씩 웃었고, 테스는 어떤 일이 있어도 리엄을 해적 파티에 데려갈 수밖에 없겠다는 생각을 했다.

"아이고."

테스의 엄마는 소리가 들리지 않을 정도로 세실리아가 멀리 간 뒤에야 입을 열었다.

"저 애 엄마도 자기 딸이랑 똑같아. 정말 친절하지만, 왠지 기운이 빠진단다. 저 애 엄마랑 대화를 하고 나면 꼭 차 한잔 마시고 싶다는 기분이 든다니까."

"그런데 레이첼 크롤리라는 사람한테 무슨 일 있어?"

테스가 휠체어를 끌고 학교 건물로 걸어가면서 물었다. 테스와 리엄이 휠체어 손잡이를 양쪽에서 밀었다.

테스의 엄마가 얼굴을 찡그렸다.

"자니 크롤리 기억 안 나?"

"묵주랑 발견된 그 사람 말하는 거 아니지?"

"그 애 맞아. 레이첼이 그 애 엄마야."

✉

레이첼은 루시 올리리와 그 딸이 딸의 조그만 아들을 세인트 안젤라 초등학교에 보내기 위해 입학 수속을 밟는 동안 자니 생각을 한다는 걸 느낄 수 있었다. 두 사람 모두 평소보다 말이 많은 게 분명했다. 테스는 레이첼과 눈을 마주치지 못했고, 루시는 그 나이대 여자들이 레이첼과 이야기할 때 그렇듯 양로원을 방문한 것처럼 부드러운 눈을 하고 고개를 갸우뚱거렸다.

루시가 레이첼의 책상에 있는 사진을 가리키면서 손자냐고 물었을 때, 루시와 루시의 딸은 지나칠 정도로 제이컵의 사진에 찬사를 보냈지만, 천재가 아니더라도 두 사람이 진짜 하고 싶은 말은 충분히 알아챌 수 있었다. *우린 당신 딸이 몇 년 전에 살해된 걸 알아. 하지만 이 조그만 아이가 그걸 보상해주지 않아? 제발, 이 소년이 딸을 잃은 슬픔을 보상해주길. 그래야 우리가 이 이상하고 불편한 감정을 느끼지 않지.*

"일주일에 이틀은 내가 돌봐요."

레이첼은 테스에게 건넬 서류가 인쇄될 동안 컴퓨터 화면을 뚫어지게 보고 있었다.

"하지만 곧 그것도 그만둘 거예요. 어젯밤에 그 애 부모가 2년 동안 뉴욕에 간다고 했거든요."

레이첼의 목소리는 허락도 없이 갈라져나왔다. 레이첼은 신경질적으로 헛기침을 했다. 그리고 오늘 아침에 만난 모든 사람이 보였던 반응이 터져나오길 기다렸다. '정말 근사해요.', '멋진 기회를 잡았네요.', '레이첼도 놀러 갈 거죠?'.

"저런, 너무해요."

루시는 소리치면서 잔뜩 골이 난 아기처럼 팔꿈치로 휠체어 손잡이를 내리쳤고, 루시의 딸은 한창 바쁘게 작성하던 서류에서 눈을 떼고 고개를 들더니 얼굴을 찌푸렸다. 테스는 남자처럼 머리가 짧은 평범한 얼굴에 아주 소박한 차림이었지만, 가끔은 섬광처럼 아름다움을 빛낼 그런 여인이었다. 테스의 아들은 테스와 꼭 닮았지만, 황금색을 머금은 독특한 눈은 엄마와 달랐다. 테스의 아들도 외할머니를 쳐다보았다.

루시는 팔꿈치를 문지르며 말했다.

"물론 아들 부부를 생각하면 잘된 일이죠. 하지만 그저, 자니를 잃고 견딘 세월을 생각해보면, 당신이 어떻게 살았는데요, 게다가 당신 남편도, 미안해요, 남편분 이름이 생각나지 않네요, 하지만 남편도 돌아가셨다고 들었어요. 나는 그저, 너무 불공평한 거 같아서요."

말을 끝낼 무렵 루시의 뺨은 진홍색으로 물들어 있었다. 루시는 스스로를 끔찍해하고 있는 게 분명했다. 사람들은 항상 레이첼이 완전히 잊어버리고 있는 딸의 죽음을 자신이 무심코 상기시켰다는 듯이 걱정을 했다.

"정말 미안해요, 레이첼. 그런 말은 하면 안……."

레이첼은 한 손을 내저으며 루시의 말을 막았다.

"아니, 미안해할 필요 없어요. 고마워요. 정말 끔찍하거든요. 그 애가 몹시도 그리울 거예요."

"오늘은 누가 여길 오셨을까요?"

레이첼의 상사, 트루디 애플비 교장이 사뿐사뿐 걸어들어왔다. 앙상한 어깨엔 항상 걸치는 코바늘로 뜬 숄이 미끄러질 듯 위태롭게 매달려 있었고, 곱슬곱슬한 흰색 머리카락이 얼굴에 닿을 듯 나부꼈으며, 왼쪽 광대뼈엔 빨간 페인트가 묻어 있었다. 분명히 유치원 바닥을 페인트로 칠했을 거다. 트루디 교장은 루시와 테스 올리리가 아니라 리엄을 곧바로 쳐다보았다. 트루디 교장은 어른에겐 전혀 관심이 없었다. 그 때문에 결국 몰락하고 말 거다.

레이첼은 지금까지 교장 세 명과 일했고, 학교 비서로 일한 경험으로 미루어보자면 어른을 무시하고선 학교를 제대로 운영할 수 없다. 교장은 정치적이어야 한다. 더구나 트루디 교장은 가톨릭 초등학교를 운영할 정도로 충분히 가톨릭적이지 않았다. 십계명을 어기는 사람은 아니었지만, 미사가 진행되는 동안 늘 신앙심이라곤 전혀 없는 이글거리는 표정을 하고 있었다. 죽기 전에 우르술라 수녀가(레이첼은 당연히 장례식에 가지 않았다. 우르술라 수녀가 먼지떨이로 자니를 때린 일을 결코 용서하지 않았으니까) 교장을 비난하는 편지를 바티칸에 보냈을 거다.

"제가 말했던 그 소년이에요. 리엄 커티스. 1학년으로 다닐 수 있도록 등록하고 있어요."

"물론이죠, 물론이에요. 세인트 안젤라에 잘 왔다, 리엄. 계단을 올라오는데 오늘은 'ㄹ'로 시작하는 사람을 만날 것 같은 느낌이 들지 뭐니? 'ㄹ'은 내가 가장 좋아하는 글자거든. 자 말해보렴, 리엄. 셋 중에 뭐가 제일 좋니? 공룡? 외계인? 슈퍼 영웅?"

트루디 교장은 손가락으로 하나씩 짚어가며 말했다.

그리고 리엄은 무슨 대답을 해야 할지 아주 진지하게 고민했다.

"우리 아이는 고……."

루시 올리리가 입을 열었다. 테스가 엄마의 팔을 손으로 지그시 눌렀다.

"외계인요."

리엄이 마침내 대답했다.

"외계인이구나!"

트루디 교장이 고개를 끄덕였다.

"그래, 꼭 기억하고 있을게, 리엄 커티스. 이분이 엄마고, 이분이 외할머니시겠구나. 그렇지?"

"맞아요. 사실 나는……."

다시 루시 올리리가 입을 열었다.

"만나서 반가워요."

트루디 교장은 두 사람을 대충 돌아보면서 살짝 웃더니, 다시 리엄에게 몸을 돌렸다.

"언제부터 다닐 거니, 리엄? 내일부터?"

"아뇨. 부활절 뒤부터 다닐 거예요."

테스가 깜짝 놀라며 말했다.

"저런, 인생은 한 방이에요. 쇠뿔도 단김에 빼라고 했다고요. 리엄, 부활절 달걀 좋아하니?"

"네!"

리엄이 단호하게 말했다.

"내일 아주 엄청난 부활절 달걀 찾기 시합을 할 거거든."

"전 부활절 달걀 아주 잘 찾아요."

"정말? 대단한걸. 그럼 아주 어려운 곳에 숨겨놔야겠구나."

트루디 교장이 레이첼을 보았다.

"준비는 잘 되고 있죠, 레이첼? 모든 게……."

트루디 교장은 자신은 아무것도 모른다는 듯이 슬픈 표정을 지으며 서류를 가리켰다.

"물론 잘되고 있죠."

레이첼이 말했다. 레이첼은 트루디 교장이 자기 역할을 할 수 있도록 최선을 다했다. 트루디 교장은 세인트 안젤라 초등학교 학생들이 교장 선생님이 사실은 동화 세계에서 왔다는 사실을 알면 안 되는 이유를 이해하지 못했기 때문이다.

"좋아요, 좋아요! 모든 건 레이첼에게 맡길게요."

트루디 교장은 그렇게 말하더니 성큼성큼 교장실로 들어가 쾅하고 문을 닫았다. 키보드 위에 요정의 가루를 뿌려 저절로 자판이 움직이는 걸 보여주지 않기 위해서인 것 같았다.

"세상에, 베로니카 마리아 수녀님하곤 전혀 다른 사람이군요."

루시가 조용하게 말했다.

레이첼이 인정한다는 듯 콧방귀를 뀌었다. 베로니카 마리아 수녀님은 1965년부터 1980년까지 세인트 안젤라 초등학교의 교장이었고, 아주 유능했다.

그때 문을 두드리는 소리가 들렸다. 레이첼이 고개를 들었다. 학교 비서실의 반투명 유리문 사이로 키 크고 건장한 남자 그림자가 비쳤다. 곧 남자 머리가 염탐하듯 문가에 삐죽 나타났다.

그놈이야. 레이첼은 완벽하게 평범하게 생긴 남자가 아니라 털투성이에 시커먼 거미를 본 것처럼 움찔했다. (사실 레이첼은 여자들이 저 남자를 보면서 '아주 매력적'이라고 하는 말을 듣긴 했지만, 말도 안 되는 소리라고 생각했다.)

"실례합니다, 음, 크롤리 부인."

남자는 다른 직원들과 달리 학창 시절에 레이첼을 부르던 명칭을 그대로 사용하고 있었고, 레이첼과 눈이 마주치면 시선을 피한 채 레이첼의 머리 위 어디쯤을 쳐다보았다.

거짓말을 하는 눈이야. 레이첼은 남자를 볼 때마다 그렇게 생각했다. 마치 주문을 외거나 기도를 하는 사람처럼 '거짓말을 하는 눈이야'라고 생각했다.

"방해해서 죄송해요. 그저 테니스 캠프 신청서를 가져갈 수 있을까 하고요."

코너 휘트비가 말했다.

"휘트비 소년이 우리한테 말하지 않은 게 있어요. 그 소년의 눈엔 거짓이 담겨 있어요."

로드니 벨로치 경사는 놀라울 정도로 곱슬곱슬한 머리카락이 머리를 가득 덮고 있던 시절에 몇 년 동안이나 그렇게 말했었다.

로드니 벨로치는 이제 경찰에서 은퇴했다. 그리고 반디쿠트(오스트레일리아에 서식하는 유대목 동물—옮긴이)처럼 머리카락이 하나도 없다. 그는 자니의 생일 때마다 전화를 걸어 자신을 새롭게 괴롭히는 질병 이야기를 했다. 자니는 열일곱 살 그대로인데, 사람들은 나이를 먹는다.

레이첼이 코너에게 테니스 캠프 신청서를 건네줄 때, 코너는 테스를 보고 있었다.

"테스 올리리!"

코너의 얼굴이 잠시 동안 자니의 앨범에 꽂혀 있는 사진 속 소년의 얼굴로 돌아갔다.

테스가 고개를 들었다. 경계하는 빛이 역력했다. 그가 누군지 알아보지 못하는 게 분명했다.

"나야, 코너. 코너 휘트비."

코너가 자신의 넓은 가슴을 툭툭 쳤다.

"아, 코너. 그래 알아요. 정말 반가……."

테스는 반쯤 일어나다가 멈추었다. 휠체어에 걸린 것이다.

"아니, 일어나지 마. 일어나지 마."

코너가 말했다. 코너는 테스의 뺨에 입을 맞추려고 했지만, 테스가 다시 자리에 앉는 바람에 귓불에 입을 맞추고 말았다.

"여긴 어쩐 일이에요?"

테스가 물었다. 테스는 코너를 본 게 특별히 즐거운 것 같진 않았다.

"여기서 일해."

"회계사로?"

"아니, 아니야. 몇 년 전에 직업을 바꿨어. 지금은 체육 선생님이야."

"어, 그래요? 어, 그건……."

테스는 적당한 말을 찾지 못하고 한참 더듬거렸다.

"좋네요."

그리고 마침내 말했다.

코너가 헛기침을 했다.

"아무튼, 만나서 정말 반가워."

코너는 리엄을 흘긋 쳐다보았다. 리엄에게 무슨 말인가 하려고 하다가 마음을 바꾸고 신청서를 집어들었다.

"감사합니다, 크롤리 부인."

"천만에."

레이첼이 차갑게 말했다.

코너가 나가자마자 루시가 딸을 쳐다보면서 물었다.

"누구니?"

"그냥 알던 사람. 몇 년 전에."

"난 전혀 기억이 없는데. 남자 친구였니?"

"엄마!"

테스가 레이첼과 앞에 있는 서류를 가리켰다.

"저런, 미안하구나."

루시가 무안한 듯 웃었다. 리엄은 천장을 쳐다보면서 다리를 쭉 뻗고 하품을 했다.

레이첼은 문득 외할머니, 엄마, 손자가 모두 윗입술이 도톰하다는 사실을 깨달았다. 저건 속임수야. 벌에 쏘인 것처럼 두툼한 입술은 사람을 실제보다 더 아름답게 보이게 한다.

레이첼은 갑자기, 왠지 모르지만 세 사람 모두에게 견딜 수 없이 화가 났다.

"자, 이제 여기 '알레르기와 의학 정보' 란에 서명만 하면 돼요. 여기 말예요."

레이첼은 손가락으로 서류를 쿡쿡 찌르면서 말했다.

"아니, 거기 말고 여기요. 그것만 쓰면 돼요."

✉

테스가 자동차에 시동을 걸려고 열쇠를 꽂을 때 휴대폰이 울렸다. 테스는 자동차 콘솔에서 전화기를 꺼내 전화한 사람의 이름을 확인했다.

화면에 뜬 이름을 본 테스는 전화기를 들어 엄마에게 보였다.

테스의 엄마는 눈을 가늘게 뜨고 전화기를 노려본 뒤에 어깨를 으쓱하더니 다시 의자에 몸을 기댔다.

"알려줄 수밖에 없었어. 약속이니까. 네 인생에 변화가 생기면 꼭 말해주겠다고 했거든."

"그건 내가 열 살 때 한 약속이잖아."

테스가 말했다. 테스는 전화기를 들고 잠시 동안 받을 건지, 음성 사서함으로 넘어가게 내버려둘 건지 고민했다.

"아빠야?"

리엄이 뒷좌석에서 말했다.

"아니. 우리 아빠야."

테스가 대답했다. 어차피 언젠가 한번은 통화해야 한다. 그렇다면 지금이라고 안 될 건 없었다. 테스는 숨을 깊게 들이마시고 통화 버튼을 눌렀다.

"안녕, 아빠."

잠시 침묵이 흘렀다. 늘 침묵이 흘렀다.

"안녕, 사랑하는 딸."

아빠가 말했다.

"잘 지내죠?"

테스는 아빠를 위해 따로 저장해둔 다정한 목소리로 말했다. 두 사람이 마지막으로 통화한 게 언제였더라? 분명히 작년 크리스마스였을 거다.

"나야 아주 좋지."

테스의 아빠가 구슬프게 말했다.

"사실 내가 지금 운전을 해야 해서……."

"너희 엄마한테 들었는데……."

테스와 테스의 아빠가 동시에 말했다.

그리고 둘 다 동시에 입을 다물었다. 이런 순간은 언제나 고통스러웠다. 아무리 노력을 해도 아빠와의 대화는 조화를 이루지 못했다. 직접 보고 말할 때도 자연스럽게 리듬을 탈 수가 없었다. 엄마와 아빠가 이혼하지 않았다면, 두 사람의 관계는 조금 덜 불편했을까? 테스는 늘 그게 궁금했다.

테스의 아빠가 헛기침을 했다.

"네 엄마 말이 지금 네가 조금…… 힘들어 한다던데."

다시 침묵이 흘렀다.

"고마워요, 아빠."

"정말 유감이구나."

이번에도 또 동시에 말했다.

테스의 엄마가 흘긋 곁눈질을 하는 게 보였다. 테스는 가망 없는 아빠를 엄마의 경멸에서 막아주려는 것처럼 자동차 창문 쪽으로 살짝 몸을 틀었다.

"내가 할 수 있는 일이 있으면…… 그러니까, 전화해라."

아빠가 말했다.

"네, 그럴게요."

테스가 대답했다.

또 침묵이 흘렀다.

"아무튼, 이제 출발해야 해요."

"난 그 친구를 좋아했다."

또 동시에 말했다.

"너희 아빠한테 와인 시음회 코스를 운영하는 웹사이트 주소를 이메일로 보냈다고 말해."

테스의 엄마가 말했다.

"쉿!"

테스가 손을 마구 흔들면서 엄마 말을 막았다.

"뭐라고 했어요, 아빠?"

"뭘 말이야. 난 그 친구가 좋은 녀석이라고 생각했거든. 하지만 그런 말은 지금 너한테 전혀 도움이 안 되지? 그렇지?"

"저 남자가 갈 리가 없지. 근데 내가 왜 화가 나는지 모르겠네. 저 사람은 절대 행복해지고 싶지 않은 거 같아."

테스의 엄마가 손톱을 살피면서 중얼거렸다.

"전화해줘서 고마워요."

"우리 꼬마는 어떠니?"

또 동시에 말했다.

"잘 있어요. 여기 있는데, 바꿔줄……."

"그래, 너도 이제 가봐야겠구나. 몸조심하렴."

전화는 이미 끊어져 있었다. 테스의 아빠는 늘 정신없이 갑작스럽게 전화를 끊어버렸다. 마치 경찰이 도청을 하고 있어 위치를 파악하기 전에 황급히 전화를 끊어야 하는 범죄자 같았다. 아빠는 5년 전에 알 수 없는 이유로 갑자기 시드니와는 정반대에 있는 서부로 옮겨가선 작고 평평하고 나무도 없는 곳에서 살았다.

"그래, 도움이 되는 조언을 많이 해주든?"

테스의 엄마가 물었다.

"아빠는 최선을 다했어, 엄마."

테스가 대답했다.

"그래, 그랬겠지."

엄마가 만족스러운 듯이 말했다.

. 8 .

"베를린 장벽을 세운 건 일요일이야. 그래서 가시철조망 일요일이라고 불러. 왜 그렇게 부르는지 알고 싶어?"

자동차 뒷좌석에서 에스터가 말했다. 이건 수사의문문이었다. 아이들은 당연히 알고 싶어 한다.

"왜냐하면 모든 사람이 아침에 깼을 때 가시철조망으로 만든 긴 담장이 도시를 가르고 있다는 걸 알았기 때문이야."

"그게 뭐야. 나도 가시철조망을 친 담장을 본 적이 있어."

폴리가 말했다.

"하지만 그 담장을 넘어갈 순 없다니까. 더는 갈 수 없게 막힌 거라고. 너, 우리는 퍼시픽 하이웨이 이쪽에 살고 할머니는 저쪽에 사는 건 알지?"

"으응."

폴리가 자신 없는 말투로 말했다. 폴리는 아직 사람들이 사는 장소에 대한 구체적인 개념이 없었다.

"베를린 장벽은 퍼시픽 하이웨이에 가시철조망이 쭉 쳐져 있는 거랑 같아. 그럼 우린 할머니 집에 갈 수 없게 되는 거야."

"그건 정말 슬프겠다."

세실리아는 차선을 바꾸기 위해 어깨 너머로 뒤를 보면서 말했다. 오전에는 줌바 댄스 교실을 끝내고 엄마 집으로 가서 조카가 유치원에서 만들어온 작품집을 보느라 20분을 더 지체했다. 브리짓은 아들인 샘을 터무니없이 비싼 고급 유치원에 보냈는데, 세실리아의 엄마는 그 때문에 기뻐해야 할지 지긋지긋해해야 할지 갈피를 잡지 못해 결국 신경질적으로 반응하기로 했다.

"너희 아이들이 다니는 작고 평범한 유치원에선 절대로 이런 작품집을 못 만들 거야."

세실리아가 재빨리 작품집을 넘겨보고 있을 때 세실리아의 엄마가 말했다. 세실리아는 아이들을 태우러 가기 전에 일요일에 먹을 반조리 식품을 사러 가야 했다.

"글쎄, 요즘 유치원들은 다 이렇게 만들지 않나?"

세실리아가 말했다. 하지만 세실리아의 엄마는 샘이 핑거 페인트로 그린 '자화상'을 칭찬하느라 정신이 없었다.

"생각해봐, 엄마. 우리가 주말에 할머니가 있는 서독에 놀러갔는데, 베를린 장벽이 세워졌으면 엄마랑 아빠만 동독에 남는 거잖아. 분명히 엄마는 '얘들아, 그냥 할머니 집에 있어. 돌아오면 안 돼. 자유를 누려'라고 했을 거야."

에스터가 말했다.

"너무 끔찍하다."

세실리아가 대답했다.

"난 그래도 엄마한테 갈 거야. 할머니는 완두를 주잖아."

폴리가 말했다.

"역사적으로 그랬대. 실제로 일어난 일이야. 모두 헤어지게 된 거지. 사람들은 걱정하지 않았대. 이것 봐. 이 사람들은 반대쪽에 있는 친척들한테 아기를 보여주려고 높이 들고 있어."

에스터가 말했다.

"난 분명히 길에서 눈을 떼지 못했을 거야."

세실리아가 한숨을 쉬면서 말했다.

에스터 덕분에 세실리아는 지난 6개월 내내 타이타닉 호가 가라앉는 동안 얼음같이 차가운 물에 빠져 죽어가는 아이들을 떠받치는 상상을 하면서 지내야 했다. 그리고 지금은 베를린 장벽 너머에 있는 아이들을 걱정하는 엄마가 되어야 하는 거다.

"아빠는 언제 시카고에서 돌아와?"

폴리가 물었다.

"금요일 아침에."

세실리아는 백미러로 폴리를 쳐다보면서 웃었다. 화제를 바꿀 수 있어서 기뻤다.

"아빠는 성 금요일에 오실 거야. 아빠가 돌아오시다니, 정말 기쁜 금요일이지(성 금요일은 영어로 'Good Friday'이다—옮긴이)?"

뒷좌석에선 동의하지 않겠다는 듯 침묵이 흘렀다. 세실리아의 딸들은 절대로 시답잖은 농담에 반응하지 않았다.

세 사람은 방과 후에 진행해야 하는 바쁜 일상을 보내고 있었다. 세실리아는 이제 막 이사벨을 미용실에 내려줬고, 지금은 폴리를 발레 학원에, 에스터를 언어 치료실에 데려다줘야 한다(간신히 알아들을 수는 있는 에스터의 혀 짧은 소리는 세실리아에게는 충분히 사랑스러웠지만, 이 세상이 허용할 수 있는 정도는 아니었다). 그다음에도 할 일이 산더미 같았다. 세실리아의 엄마가 아이들을 돌봐주러 집으로 오고, 세실리아가 타파웨어 파티에 가기 전까지 저녁 식사도 준비하고, 아이들 숙제와 책 읽기도 마무리해야 한다.

"아빠가 집에 오면 또 말해줄 비밀이 있어."

폴리가 말했다.

"아파트 창문에서 벽을 타고 내려가려고 한 남자도 있었대. 서독 소방관들이 그 사람을 그물로 받으려고 했지만, 바닥에 떨어져서 죽었나봐."

에스터가 말했다.

"내 비밀은 이제 해적 파티를 하지 않겠다는 거야."

폴리가 말했다.

"그 남자는 서른 살이었대. 내 생각엔 이미 충분히 산 거 같아."

에스터가 말했다.

"뭐라고?"

세실리아가 말했다.

"그 남자는 서른 살이었다고. 죽은 사람 말이야."

에스터가 대답했다.

"아니, 너 말고 폴리."

교통신호가 빨간 불로 바뀌었다. 세실리아는 브레이크를 세게 밟았다. 폴리가 더는 해적 파티를 원하지 않는다는 사실은 당연히 그 가여운 남자(서른밖에 안 됐다!)가 자유를 위해 탈출하다 땅에 떨어져 죽은 일에 비하면 티끌만큼도 중요하지 않은 가벼운 일이다. 하지만, 지금은 그 남자를 애도할 시간이 없었다. 마지막 순간에 파티 주제를 바꾸다니, 절대 안 될 일이다. 사람들에게 자유를 주면 이런 일이 생긴다. 해적 파티에 열광한 사람은 바로 너였다고!

"폴리."

세실리아는 분노한 엄마가 아니라 합리적인 엄마처럼 말하기 위해 최선을 다했다.

"이미 초대장도 보냈잖아. 넌 해적 파티를 한다고 했어. 해적 파티를 하자고 부탁한 건 너였다고. 해적 파티를 원한 건 너였단 말이야."

진짜 해적처럼 어마어마한 비용을 받아챙긴, 노래하고 춤추는 해적 페넬로페는 환불도 안 해준다고 했다.

"이건 아빠한테 말한 비밀이란 말이야. 엄마한테가 아니라."

폴리가 말했다.

"좋아, 마음대로 해. 하지만 해적 파티는 바꿀 수 없어."

세실리아가 말했다. 세실리아는 해적 파티를 완벽하게 해내고 싶었다. 그 이유는 몇 가지가 있는데, 무엇보다도 테스 올리리에게 좋은 인상을 주고 싶었다. 세실리아는 테스처럼 신비롭고 우아한 사람들에겐 대책 없이 끌렸다. 세실리아의 친구들은 대부분 수다쟁이였다. 자기 이야기를 하는 친구들 목소리엔 늘 절망이 덧씌워져 있었다. '난 늘 채소가 싫었어…… 우리 아이가 먹을 채소는 브로콜리뿐일 거야…… 우리 아이는 생 당근을 좋아해…… 나도 생 당근을 아주 좋아해!' 친구들과 대화할 땐 상대방의 말이 끝났을 때 잠시라도 뜸을 들이면 안 된다. 그러지 않으면 절대로 내가 말할 기회는 오지 않는다.

하지만 테스 같은 여성은 세실리아나 친구들이 겪어야 하는 평범한 일상과는 조금도 관계가 없는 것처럼 보인다. 그래서 더욱더 알고 싶은 거다. *그 사람의 아이는 브로콜리를 좋아할까?* 같은 생각을 곰곰이 해보게 되는 것이다. 오늘 아침 테스와 테스의 엄마를 만났을 때 세실리아는 말을 너무 많이 했다. 횡설수설, 횡설수설. 가끔은 자기 목소리가 들리기까지 했다.

세실리아는 아주 열정적으로 외치는 희미한 독일어를 들을 수 있었다. 에스터가 아이패드로 유튜브 동영상을 보고 있는 거다.

퍼시픽 하이웨이에서 혼스비를 향해 달리는 평범한 순간에 격동의 역사 한 장면을 보면서도 이토록 불만스러울 수 있다니, 정말 놀라웠다. 세실리아는 가끔 정말 중요한 일을 경험하고 싶다는 생각을 했다. 가끔은 자신의 인생이 너무나도 보잘것없게 느껴졌다.

지금 나, 재앙을 원하는 거야? 평범한 일상을 보낸다는 게 얼마나 고마운 일인지 알고 싶어서 이 도시를 가르는 장벽이 생기길 바라는 거야? 아니면 레이첼 크롤리 같은 비극을 겪고 싶은 거야? 레이첼은 딸에게 일어난 끔찍한 사건 때문에 망가진 것처럼 보였다. 그래서 가끔은 외면하지 않기 위해 노력해야 할 때가 있다. 레이첼이 광대뼈가 멋진 말쑥하게 생긴 여인이 아니라, 완벽하게 보기 좋은 얼굴이 아니라, 화상을 심하게 입어 얼굴이 망가진 사람처럼 느껴질 때가 있기 때문이다.

정말 그런 걸 원해, 세실리아? 엄청나게 진지하고 흥미로운 비극 말이야?

물론 그렇진 않았다.

에스터의 아이패드에서 흘러나오는 독일어가 귀에 거슬렸다.

"그거, 끄면 안 될까? 엄마가 정신이 없다."

세실리아가 에스터에게 말했다.

"싫어. 그냥 들을……."

"그냥 꺼. 너희는 어째서 한번 말하면 듣질 않는 거니? 엄마랑 타협하려고 하지 말고 그냥 말 좀 들으면 안 돼?"

독일어 소리가 사라졌다.

세실리아가 백미러로 보니 폴리는 눈썹을 치켜뜨고 있었고, 에스터는 어깨를 으쓱하면서 두 손을 들어올렸다. 엄마 왜 그래? 나도 몰라. 이러는 거다. 세실리아는 엄마가 운전하는 차를 타고 오면서 브리짓과 함께 뒷좌석에서 했던 생각이 떠올랐다.

잠시 뒤에 세실리아가 풀 죽은 목소리로 말했다.

"미안. 엄마가 미안해, 얘들아. 엄마는 그냥……."

너희 아빠가 나한테 거짓말을 하는 거 같아서 걱정이 돼, 라고 말해야 하나? 엄마는 섹스를 해야 한다고 말할까? 오늘 아침에 테스 올리리를 만났을 때 입 좀 다물고 있을걸 하고 생각했다고 말할까? 이제 곧 폐경기라는 말을 해야 하나?

"아빠가 그리워서 그래. 아빠가 집에 오면 정말 즐거울 거야. 아빠는 너희를 보면 정말 기뻐하잖아."

"그렇지."

폴리가 말했다. 폴리는 잠시 멈췄다 "이사벨 언니도"라고 했다.

"당연하지. 이사벨도 보고 싶어 하셔."

"아빠는 이사벨 언니를 이상하게 봐."

폴리가 아무렇지도 않게 툭 내뱉었다.

하지만 그냥 무시할 수 있는 말이 아니었다.

"그게 무슨 말이야?"

세실리아가 물었다. 가끔 폴리는 정말 이상했다.

"아빠가 이사벨 언니를 볼 때 아주 이상한 표정을 짓거든."

"아니야. 안 그래."

에스터가 말했다.

"아니, 그래. 아빠가 이사벨 언니를 볼 땐 꼭 눈이 다친 사람 같아. 화가 난 거 같기도 하고 슬픈 것도 같아. 언니가 새로 산 치마를 입을 땐 더 그래."

"음, 그건 조금 엉뚱한 생각 같은데."

세실리아가 말했다. 저 아이가 지금 대체 무슨 말을 하는 거지? 정말로 그렇다는 생각은 들지 않았지만, 지금 폴리는 존 폴이 이사벨을 성적으로 쳐다본다고 말하고 있는 게 분명했다.

"아빠는 이사벨 언니 때문에 화가 나나봐. 아니면 언니가 아빠 딸인 게 슬픈 게 틀림없어. 엄마, 왜 아빠가 이사벨 언니 때문에 화를 내는 거야? 혹시 언니가 잘못한 게 있나?"

폴리가 말했다.

세실리아는 목이 꽉 막혀버릴 것만 같았다.

"그래, 아빠는 크리켓 시합을 보고 싶었던 거야. 그런데 이사벨 언니가 다른 걸 본 거야. 음, 에라 모르겠다."

폴리가 골똘히 생각하듯이 중얼거렸다.

요즘 이사벨이 잔뜩 심술을 부리기는 했다. 질문을 해도 대답도 하지 않고 문을 쾅 닫고 방에 들어가기 일쑤였다. 하지만 열두 살 여자아이들은 모두 그렇지 않나?

세실리아는 성폭력을 다룬 이야기들이 떠올랐다. 〈데일리텔레그래프〉에 실린 엄마는 "난 몰랐어요"라고 했다. 그 엄마 이야기를 읽으면서 세실리아는 '어떻게 모를 수가 있어?' 하고 분노했었다. 그리고 언제나 결론은 자신이 훨씬 낫다는 만족으로 끝났다. *우리 딸들은 그런 일을 당할 이유가 없다고!*

존 폴은 가끔 이상할 정도로 침울해졌다. 얼굴이 화강암처럼 굳어버렸다. 도대체 그 이유를 알 수가 없었다. 하지만 남자들은 모두 가끔 그렇지 않나? 세실리아는 엄마와 브리짓과 자신이 아빠 눈치를 보면서 살금살금 걸어야 했던 기억이 났다. 하지만 이제 아빠는 달라졌다. 세월이 아빠를 유순하게 만든 거다. 존 폴도 결국 그렇게 될 거다. 빨리 그렇게 됐으면 좋겠다.

하지만 존 폴은 결코 딸들을 해치지 않을 거다. 존 폴이 딸을 성폭행하다니, 너무 터무니없는 생각이다. 그런 일은 〈제리 스프링거 쇼〉(제리 스프링거가 진행하는 토크쇼로, 주로 배우자나 연인의 외도를 다루며 당사자가 출연해 욕설과 몸싸움을 하는 선정적인 미국 프로그램-옮긴이)에나 나오는 거다. 세실리아가 존 폴을 조금이라도 의심한다는 건 존 폴을 배신하는 것과 같다. 세실리아는 존 폴이 자기 딸들을 성폭행하지 않는다는 사실에 자기의 인생을 걸 수도 있었다.

하지만 딸들의 인생을 걸고 있는 거면 어떻게 하지?

그럴 순 없어. 혹시라도 약간의 위험이라도 있다면······?

그럼 어떻게 해야 하지? 이사벨에게 '아빠가 네 몸을 만지니?' 하고 물어야 할까? 피해자들은 거짓말을 한다. 가해자가 거짓말을 하라고 시키니까. 세실리아는 이럴 때 어떻게 해야 하는지 알았다. 온갖 쓰레기 같은 이야기를 다 읽었으니까. 세실리아는 그런 이야기들을 읽고 약간 카타르시스를 느끼면서 흐느껴 운 다음 신문을 쓰레기통에 처박고 완전히 잊어버리는 게 좋았다. 그런 이야기들은 살짝 메스꺼운 즐거움을 주었다. 하지만 존 폴은 절대로 그런 이야기를 읽지 않으려고 했다. 그게 바로 그가 죄를 저지른 다는 증거 아닐까? 맞아. 누구나 자기를 비난하는 이야기는 절대 읽고 싶지 않을 거다.

"엄마!"

폴리가 말했다.

존 폴에겐 어떻게 말해야 좋을까?

'혹시 당신 딸들에게 부적절한 일을 했어?'

존 폴이 세실리아에게 이런 질문을 했다면, 세실리아는 존 폴을 결코 용서하지 않았을 거다. 배우자에게 이런 추궁을 받으면 절대로 정상적인 부부가 될 수 없다!

'아니, 절대로 내 딸들을 성추행한 적 없어. 저기, 피넛 버터 좀 줄래?' 그래, 이럴 순 없는 거야!

"엄마!"

폴리가 다시 말했다.

나한테 그런 질문을 하면 안 되는 거야. 내가 무슨 대답을 할지 모른다면, 그건 자기가 지금까지 날 전혀 몰랐다는 뜻이야.

세실리아는 존 폴이 어떻게 대답할지 알았다. 당연히 알고 있었다.

하지만 멍청한 다른 엄마들도 모두 자기들이 대답을 알고 있다고 믿었잖아. 게다가 존 폴은 전화로 편지 이야기를 할 때 정말 이상했어. 분명히 거짓말을 했어. 그건 확실해.

그리고 섹스 문제도 있잖아. 존 폴은 세실리아에게 흥미를 잃은 게 분명했다. 혹시 아름답게 피어나는 이사벨의 몸 때문에 그런 걸까? 무슨 그런 터무니없는 일이? 으, 그건 역겹다. 세실리아는 속이 메슥거렸다.

"어엄마!"

"으응?"

"엄마가 그냥 지나쳤잖아. 우리 늦겠어!"

"미안, 아이 씨, 미안."

세실리아는 유턴을 하려고 브레이크를 힘껏 밟았다. 뒤에서 엄청난 경적 소리가 요란하게 울렸다. 백미러로 거대한 트럭을 보는 순간, 세실리아는 가슴에서 심장이 튀어나올 것만 같았다.

"이런, 젠장."

세실리아는 창문 밖으로 손을 내밀어 사과를 했다.

"미안해요. 알아요, 안다고요."

하지만 트럭 운전사는 세실리아를 용서하지 않았다. 계속 경적을 울려댔다.

"미안해요. 미안합니다."

완전히 차를 돌리고도 세실리아는 계속해서 손을 흔들어 트럭 운전사에게 사과했다(세실리아의 자동차엔 타파웨어라는 문구가 선명하게 새겨져 있었다. 세실리아는 회사 명성에 누를 끼치고 싶진 않았다). 트럭 운전사는 창문을 내리고 몸을 거의 반쯤 밖으로 내밀었다. 잔뜩 분노한 얼굴로 주먹을 쥐고 그 주먹으로 다른 쪽 손바닥을 계속해서 내리쳤다.

"저런, 세상에."

세실리아가 놀라서 중얼거렸다.

"엄마, 저 아저씨가 엄마를 죽일 거 같아."

폴리가 말했다.

"정말 무례한 사람이야."

세실리아가 정색을 하고 말했다. 세실리아는 무용 학원이 있는 곳으로 돌아가는 동안 차분하게 운전하면서 두 번씩 거울을 점검하고 차선을 변경하겠다는 의도를 미리 주변에 알렸지만, 심장은 여전히 미친 듯이 뛰고 있었다.

세실리아는 창문을 내리고 폴리가 무용 학원으로 뛰어가는 모습을 지켜보았다. 폴리가 입은 분홍색 튀튀 스커트가 나비처럼 나풀거렸고, 레오타드 어깨끈 밑으로 툭 튀어나온 섬세한 어깨뼈들은 날개처럼 보였다.

멜리사 맥널티가 문 앞에 나와 세실리아를 향해 손을 흔들었다. 약속대로 폴리를 돌봐주겠다는 신호였다. 세실리아도 손을 흔들면서 후진을 했다.

"여기가 베를린이고 캐롤라인 선생님 진료실이 베를린 장벽 너머에 있으면, 나는 언어 치료를 못 받았을 거야."

에스터가 말했다.

"맞아. 그랬을 거야."

세실리아가 대답했다.

"우리가 캐롤라인 선생님이 탈출하도록 도울 수 있어. 우리 차 트렁크에 태우면 되잖아. 선생님은 정말 작으니까, 분명히 들어갈 거야. 아빠처럼 폐소공포증이 있으면 안 되겠지만."

"엄마 생각엔 캐롤라인 선생님은 충분히 혼자서도 도망칠 계획을 짤 수 있을 거야."

세실리아가 말했다. *이미 우린 그 사람한테 충분히 많은 돈을 줬다고. 동독에서 도망치는 것까지 도울 순 없어!* 에스터의 언어 치료사는 모음을 완벽하게 발음하는 위압적인 사람이었다. 캐롤라인 선생님에게 말을 할 때면 세실리아는 자신도 모르게 발성 능력 시험을 치는 사람처럼 아주 신중하게 모든 단어를 음절 하나까지 제대로 발음하려고 애썼다.

"내 생각엔 아빠는 이사벨 언니를 이상하게 쳐다보지 않아."

에스터가 말했다.

"그래?"

세실리아의 목소리가 밝아졌다. 그래, 맞아. 나 혼자 소설을 쓴 거야. 폴리가 어쩌다 한번 본 걸 가지고 성폭력까지 생각하다니, 너무했어. 쓰레기 같은 텔레비전 드라마를 너무 많이 봤나봐.

"그런데 며칠 전에 아빠가 울었어."

에스터가 말했다.

"뭐라고?"

"샤워를 하면서. 내가 손톱 가위를 가지러 엄마 아빠 욕실에 갔는데, 아빠가 울고 있었어."

"그래? 그럼 아빠한테 왜 우는지 물어봤어?"

세실리아는 애써 태연한 척 물었다.

"아니."

에스터가 씩씩하게 대답했다.

"나도 울고 있을 땐 누가 말 거는 거 싫단 말이야."

이런 젠장. 폴리였다면 분명히 욕실 커튼을 열어젖히고 그 즉시 왜 우는지 물어봤을 텐데.

"나중에 왜 우는지 물어보려고 했는데, 까먹었어. 나도 생각할 게 너무 많았거든."

에스터가 말했다.

"음, 아마 아빠는 울지 않았을 거야. 아마도…… 재채기 같은 걸 하지 않았을까?"

세실리아가 말했다. 존 폴이 샤워를 하면서 울다니, 너무 낯설고 기이한 일이었다. 정말로 끔찍한 일이 생겨도 울지 않는 남잔데, 어째서 존 폴이 운 거지? 존 폴은 우는 남자가 아니었다. 딸들이 태어났을 땐 그저 눈이 촉촉해졌고, 시아버지가 갑자기 돌아가셨을 때도 전화기를 내려놓곤 작고 보송한 물체가 목에 걸린 것처럼 아주 기이한 소리를 냈을 뿐이다. 그 외엔 존 폴이 우는 모습을 한 번도 본 적이 없었다.

"재채긴 아니었어."

에스터가 말했다.

"그럼 또 편두통에 시달렸나보다."

세실리아는 그렇게 말했지만, 끔찍한 편두통에 시달릴 때 존 폴이 절대로 샤워를 하지 않는다는 사실을 알고 있었다. 편두통이 오면 존 폴은 침대나 어두운 방에 혼자 있고 싶어 했다.

"아니야, 엄마. 아빠는 편두통이 오면 절대로 샤워 안 해."

에스터는 세실리아가 남편을 아는 만큼 자기 아빠를 잘 알았다.

혹시 우울증일까? 요즘은 우울증이 유행이잖아? 최근에 참석한 저녁 모임에서도 절반이나 되는 손님들이 지금 우울증 치료제를 먹고 있다고 했잖아. 존 폴은 금연 패치도 붙이고 있어. 금연 패치를 붙이면 편두통이 생길 수도 있다던데. 철저하게 하는 건 아니지만 존 폴이 금연한 지 이제 일주일 정도 됐다. 존 폴은 전혀 문제가 없다고 했지만, 왠지 눈빛이 아주 공허해졌다. 마치 진짜 존 폴이 잠깐 외출하고 똑같이 생긴 복제품이 들어와 있는 느낌이었다. "자기, 괜찮아?" 하고 세실리아가 물을 때마다 존 폴은 한참 동안 세실리아를 쳐다보다가 간신히 "그럼. 당연하지" 하고 말했다.

하지만 그런 증상은 항상 일시적이다. 곧 갑자기 진짜 존 폴로 돌아와서 진심으로 아내와 딸들 말에 귀를 기울여주고, 이 모든 게 세실리아의 망상임을 확인해줄 거다. 편두통이 생기는 건 모두 그 패치 때문이다.

하지만 샤워를 하다가 운 건? 뭐 때문에 큰 소리로 울었던 거지? 그땐 모든 게 좋지 않았나?

존 폴은 자살하려고 했던 적이 있어.

갑자기 그 사실이 세실리아의 생각에 반발하면서 서서히 마음의 표면으로 떠올랐다. 세실리아가 끊임없이 잊어버리려고 하는 사실이었다.

존 폴이 대학교 1학년이었고, 아직 세실리아를 만나기 전이었다. 분명히 존 폴은 탈선을 했고, 어느 날 밤에 수면제 한 통을 전부 입에 털어넣었다고 했다. 정신을 잃은 존 폴을 발견한 사람은 주말에 부모님 집에 간다고 했다가 가지 않고 아파트로 돌아온 룸메이트였다.

"왜 그런 결정을 했던 거야?"

그 얘기를 처음 들었을 때 세실리아가 물었다.

"모든 게 너무 힘들 게 느껴졌거든. 영원히 잠드는 게 가장 좋을 것 같았어."

존 폴은 그렇게 대답했다.

그 뒤 몇 년 동안 세실리아는 존 폴의 인생에서 그 시기에 해당하는 이야기를 들려달라고 조르곤 했다.

"왜 그렇게 힘들었는데? 정확히 왜 힘들었던 거야?"

하지만 존 폴은 더 명확하게 서술할 능력이 없는 것 같았다.

"글쎄, 아마 난 고뇌에 찬 전형적인 10대였나봐."

존 폴은 그렇게 말했다.

세실리아는 이해할 수가 없었다. 세실리아는 절대로 고뇌에 찬 전형적인 10대가 아니었다. 결국 세실리아는 캐내는 걸 포기했고, 존 폴의 자살 시도를 과거에 있었던 그답지 않은 행동으로 받아들이고 말았다.

"나는 그저 아주 좋은 여자가 필요했던 것뿐이야."

존 폴은 그렇게 말했다. 그 말은 사실이었다. 세실리아를 만나기 전까지 존 폴은 여자를 깊게 사귄 적이 없었다.

"솔직히 난 형이 게이일지도 모른다고 생각했어요."

그렇게 말한 시동생도 있었다.

게이 얘기가 또 있었지.

물론 시동생은 농담을 한 거였다.

10대 땐 자신도 모르는 이유로 자살을 하려 했고, 오랜 시간이 지난 이제는 샤워를 하다가 울다니.

"어른들은 가끔 아주 힘든 일을 겪어."

세실리아가 에스터에게 조심스럽게 말했다. 분명히 세실리아가 가장 먼저 해야 할 일은 에스터를 안심시키는 일이다.

"그래서 말인데, 내 생각엔 아빠가……"

"저기 엄마. 베를린 장벽에 관한 이 책 말이야. 크리스마스 선물로 아마존에서 사주면 안 돼? 지금 내가 주문할까? 독자 평가가 별 다섯 개야."

에스터가 말했다.

"안 돼. 도서관에서 빌려 봐."

이제 별일 없으면 크리스마스까진 베를린에서 벗어날 수 있다.

세실리아는 언어 치료사의 진료실이 있는 건물 주차장으로 들어가면서 창문을 내리고 인터컴 버튼을 눌렀다.

"무슨 일로 오셨나요?"

"캐롤라인 오토 선생님을 만나러 왔어요."

세실리아는 접수 직원과 이야기할 때도 발음에 신경을 썼다.

주차를 하는 동안 세실리아는 새로 알게 된 사실들을 곰곰이 생각해보았다.

존 폴은 이사벨을 '슬프고도 화가 나는' 이상한 표정으로 쳐다본다.

존 폴은 샤워를 하면서 운다.

존 폴은 섹스에 흥미를 잃었다.

존 폴은 거짓말을 하고 있다.

모든 사실이 이상하고 걱정스러웠다. 하지만 이 모든 것의 저변에 있는 건 실제론 불쾌하지 않았는데, 세실리아는 그 이유를 조금은 알 것 같았다.

세실리아는 차 시동을 끄고 핸드브레이크를 잡아당긴 뒤 안전벨트를 풀었다.

"가자."

에스터에게 말하고 차 문을 열었다.

세실리아는 자신이 왜 지금 잠시 기분이 좋아졌는지 알았다. 결정을 내렸기 때문이다. 살다보면 어쩔 수 없이 옳지 않은 일을 해야 할 때도 있는 거다. 세실리아에겐 비윤리적인 일을 할 윤리적인 의무가 있다. 두 악 중에 작은 악을 행하는 거다. 세실리아에겐 명분이 있다.

오늘 밤, 아이들이 자러 가면 세실리아는 처음부터 하고 싶었던 그 일을 해치울 거다. 그 망할 편지를 읽어보는 거다.

THE HUSBAND'S SECRET
· 9 ·

현관문을 두드리는 소리가 들렸다.

"무시해."

테스의 엄마는 읽던 책에서 고개도 들지 않고 말했다.

테스와 리엄과 테스의 엄마는 모두 거실 안락의자에 앉아, 각자 무릎에 건포도 초콜릿이 가득 든 작은 그릇을 올려놓고 책을 읽고 있었다. 테스는 어린 시절로 돌아간 것 같았다. 그때도 건포도 초콜릿을 먹으면서 엄마와 책을 읽었다. 두 사람은 초콜릿을 먹고 나선 살을 빼겠다며 무릎을 굽혔다가 위로 펄쩍 뛰는 스타 점프를 하곤 했다.

"아빠일지도 몰라."

리엄이 책을 내려놓으면서 말했다.

테스는 리엄이 조용히 앉아서 책을 읽는다는 사실에 놀랐다. 분명히 건포도 초콜릿 때문이다. 멜버른에선 리엄에게 학교에서 내준 숙제를 시키는 것도 힘들었다.

그리고 이젠 기이하게도 리엄은 새로운 학교에 다니게 됐다. 그것도 갑자기. 내일부터! 트루디 교장이라는 이상한 여자가 달걀 찾기 시합으로 리엄을 꼬시다니, 정말 당혹스럽다.

"몇 시간 전에 멜버른에 있는 아빠랑 통화했잖아."

테스는 평온한 목소리로 말하려고 애쓰면서 리엄에게 그 사실을 상기시켰다. 리엄과 윌은 20분 동안 통화했다. "나는 나중에 통화할게." 리엄이 테스에게 전화기를 건네줄 때 테스는 그렇게 말했다. 이미 윌과는 아침에 통화했다. 변한 건 아무것도 없었다. 다시는 끔찍하고 심각한 그 새로운 목소리를 듣고 싶지 않았다. 도대체 무슨 말을 한단 말이야? 세인트 안젤라 초등학교에서 옛 남자 친구를 만났다고 할까? 그 말을 들으니까 질투가 나지 않느냐고 물을까?

코너 휘트비라니. 코너를 마지막으로 본 건 벌써 15년도 더 전이다. 두 사람은 1년도 채 만나지 않았다. 그가 학교 비서실에 들어왔을 땐 알아보지도 못했다. 코너는 머리카락이 완전히 사라졌고, 테스가 기억하는 것보다 훨씬 크고 넓은 사람으로 변했다. 아무리 생각해도 정말 어색한 순간이었다. 더구나 딸이 살해당한 사람과 책상을 가운데 놓고 마주 보고 있어야 했잖아!

"아빠가 날 놀라게 해주려고 비행기를 타고 왔나봐."

리엄이 말했다.

그때 테스의 머리 바로 가까이에 있는 창문을 누군가 세게 두드렸다.

"거기 있는 거 알아!"

"이런 세상에."

테스의 엄마가 책을 재빨리 탁 하고 덮었다.

테스는 창문으로 고개를 돌렸다. 이모가 얼굴을 창문에 바짝 대고 안에서 나는 소리를 들으려고 두 손을 한데 모으고 있었다.

"메리. 내가 오지 말라고 했잖아!"

테스의 엄마가 평소보다 몇 옥타브 높아진 날카로운 목소리로 소리쳤다. 엄마는 쌍둥이 자매와 이야기할 땐 40년은 더 젊어진 것 같은 목소리를 냈다.

"문 열어!"

메리 이모가 다시 창문을 두드렸다.

"테스한테 할 말이 있단 말이야."

"테스는 너한테 할 말 없어!"

엄마가 목발을 들고 메리 이모가 있는 쪽을 향해 허공을 꾹꾹 찔러댔다.

"엄마."

테스가 말했다.

"테스는 내 조카야. 나는 만날 권리가 있어."

이제 메리 이모는 창틀을 비틀어 떼내려고 했다.

"권리가 있다고? 무슨 헛소리야?"

테스의 엄마가 코웃음을 쳤다.

"왜 이모할머니가 들어오면 안 돼요?"

리엄이 이마를 찡그리며 말했다.

테스와 테스의 엄마가 서로 쳐다보았다. 두 사람은 리엄 앞에선 항상 말을 조심했다.

"당연히 들어와도 되지. 외할머니가 장난치는 거야."

테스가 책을 옆으로 치우면서 말했다.

"그래, 리엄. 그냥 유치하게 장난치는 거야."

"루시. 들여보내줘. 정말로 기절할 거 같아. 언니의 소중한 치자 위에 쓰러져버릴 거 같아."

메리 이모가 소리쳤다.

"우와, 진짜 재밌다."

리엄이 미친 듯이 깔깔거렸다. 이런 일이 생길 때마다 테스는 산타클로스 신화를 영원한 사실로 만들기 위해 애썼던 무의미한 노력이 떠올랐다. 테스는 이 세상에서 거짓말을 가장 못하는 사람이다.

"가서 열어드리자."

테스가 리엄에게 말했다. 테스는 현관으로 걸어갔다.

"나가요."

메리 이모가 요란한 소리를 내면서 정원을 가로질러왔다.

"으잉차."

"흥, 으잉차라니."

테스의 엄마가 중얼거렸다.

더는 이런 엄마들 이야기를 펠리시티와 나눌 수 없다고 생각하니 테스는 가슴이 찢어질 것처럼 허전했다. 진짜인 펠리시티는 뚱뚱한 몸이 사라질 때 함께 사라져버린 것만 같았다. 이제 더는 존재하지 않는 거야? 아니, 존재한 적이 있긴 한 거야?

"아이고, 얘."

테스가 문을 열자 메리 이모가 소리쳤다.

"우리 리엄도 있네. 또 자랐구나. 어떻게 이런 일이 있니?"

"안녕하세요, 필 이모부."

테스가 이모부와 뺨을 맞대려고 몸을 내밀자, 놀랍게도 필 이모부는 어색한 몸짓으로 테스를 꼭 끌어안았다. 그리고 테스의 귀에 대고 조용히 속삭였다.

"내 딸 때문에 정말 부끄럽구나."

그러곤 몸을 곧게 세우고 말했다.

"숙녀분들이 이야기하는 동안 내가 리엄을 데리고 있으마."

리엄과 필 이모부가 텔레비전 앞에 얌전히 묶여 있는 동안 메리 이모와 테스의 엄마와 테스는 부엌 식탁에서 차를 마셨다.

"분명히 여기 오지 말라고 했을 텐데."

정말 맛있는 초코 브라우니를 동생에게 주지 않을 정도로 심각하게 화가 나진 않은 게 분명한 테스의 엄마가 말했다.

메리 이모는 테스의 엄마를 노려보면서 팔꿈치를 식탁에 기대고 따뜻하고 통통한 손으로 테스의 손을 마주 잡았다.

"우리 예쁜 조카. 이런 일을 겪게 해서 정말 미안하다."

"그냥 이런 일이 아니지."

테스의 엄마가 분통을 터트렸다.

"내 생각에 중요한 건 펠리시티한테는 선택의 여지가 없었다는 거야."

메리 이모가 말했다.

"오, 난 몰랐네. 가엾은 펠리시티. 분명히 누군가 그 애 머리에 총을 대고 선택하라고 강요한 거겠지. 안 그래?"

엄마가 자기 머리에 총을 겨누는 흉내를 내면서 말했다. 테스는 엄마가 언제 마지막으로 혈압을 쟀는지 궁금했다.

메리 이모는 자기 언니는 철저하게 무시하고 오직 테스에게만 말했다.

"너도 알지? 펠리시티는 절대로 이런 선택을 하고 싶지 않았을 거야. 그 아이에게 이건 고문과 같을 거야. 고문 말이야."

"지금 농담해?"

테스의 엄마가 브라우니를 한입 크게 베어 물면서 말했다.

"너 정말로 테스가 펠리시티를 가엾게 여길 거라고 생각하는 건 아니지?"

"나는 그저 네가 그 아이를 용서해줬으면 좋겠어."

메리 이모는 완벽하게 테스의 엄마가 거기에 없는 것처럼 행동하고 있었다.

"됐어. 더 들을 필요도 없어. 네 입에서 나오는 말은 이제 한 마디도 더 듣고 싶지 않아."

테스의 엄마가 말했다.

"루시. 사랑은 가끔 암초에 부딪치는 거야. 그냥 그렇게 된 것뿐이야. 갑자기 그렇게 된 거라고."

메리 이모가 마침내 그곳에 언니가 있다는 사실을 인정했다.

테스는 찻잔을 물끄러미 쳐다보면서 빙글빙글 돌렸다. 정말로 갑자기 그렇게 된 걸까? 테스의 눈앞에서 항상 그래 왔던 건 아니고? 펠리시티와 윌은 처음 봤을 때부터 사이가 좋았다. 셋이 처음으로 저녁을 먹고 난 뒤에 윌은 "당신 사촌은 정말 재밌어"라고 했다. 당연히 테스는 그 말을 칭찬으로 받아들였다. 펠리시티는 테스의 일부니까. 그녀의 재기 넘치는 사촌은 당연히 테스가 함께 제공하는 필수 요소였다. 따라서 윌이 펠리시티의 진가를 알아봤다는 건(모든 남자 친구가 그런 건 아니었다. 펠리시티를 아주아주 싫어한 사람도 있었다) 윌에게 정말 유리하게 작용했다.

펠리시티도 윌을 보자마자 좋아했다. 그다음 날 펠리시티는 "이 남자랑은 결혼해도 돼. 장담하건대, 그 남자가 바로 네 짝이야"라고 했다.

그때부터 펠리시티는 윌에게 홀딱 반한 걸까? 결국 이렇게 될 수밖에 없었던 걸까?

테스는 윌과 펠리시티를 소개해준 다음 날 느꼈던 행복을 지금도 생생하게 기억한다. 마치 영광의 장소에, 산꼭대기에 도달한 느낌이었다.

"그는 정말 완벽하지? 우리를 받아들였어. 우리를 진심으로 받아들인 첫 번째 남자라고."

그때 테스는 펠리시티에게 그렇게 말했다.

그래, 윌은 우리를 받아들였어. 나를 받아들인 게 아니라.

테스의 엄마와 이모는 테스가 한 마디도 하지 않는다는 사실은 전혀 신경쓰지 않고 자기들끼리만 말을 주고받았다.

테스의 엄마가 손으로 눈가를 찰싹 때리면서 말했다.

"이건 위대한 사랑 얘기가 아니야."

엄마는 얼굴에서 손을 떼고 자기 동생이 이 세상에서 가장 끔찍한 범죄를 저지르기라도 한 것처럼 동생을 보며 역겹다는 듯 고개를 흔들었다.

"넌 정말 어떻게 된 애니? 정말 어떻게 된 거야? 테스와 윌은 결혼했어. 진짜 아이도 있다는 사실을 까맣게 잊은 거야? 내 손자 말이야."

"하지만 너도 알잖아. 그 애들이 일을 제대로 바로잡으려고 얼마나 노력했는지. 두 아이 모두 널 정말 사랑해."

이모가 테스에게 말했다.

"그거 잘됐네요."

지난 10년 동안 월은 펠리시티가 자기 가족과 지나치게 많은 시간을 보낸다고 한 번도 불평한 적이 없었다. 어쩌면 그게 신호였을 것이다. 도대체 어떤 평범한 남편이 해마다 여름휴가에 아내의 뚱뚱한 사촌을 데려가고 싶어 하겠어. 그 사촌을 사랑하지 않는다면 말이야. 그걸 눈치채지 못하다니, 테스가 바보였다. 아니, 오히려 월과 펠리시티가 서로 놀리고 논쟁하고 조롱하는 걸 보고 행복해했다. 펠리시티를 막아야 한다는 생각은 전혀 하지 않았다. 펠리시티가 있어야 모든 일이 더 좋아졌고, 예리해졌고, 즐거워졌고, 격렬해졌다. 펠리시티는 그 누구보다 테스를 잘 아는 사람이었으니까. 펠리시티는 테스를 빛나게 해줬다. 누구보다도 크게 테스의 이야기에 웃어줬다. 펠리시티가 테스의 개성을 규정하고 만드는 데 도움을 줬기에 월은 진정한 테스를 볼 수 있었다.

그리고 펠리시티가 옆에 있으면 테스는 더 예쁘게 보였다.

테스는 불타오를 것 같은 뺨을 차가운 손가락 끝으로 꾹 눌렀다. 부끄럽지만 사실이었다. 뚱뚱한 펠리시티를 한 번도 혐오스럽게 생각한 적은 없지만, 펠리시티 옆에 있으면 자신이 더 날씬하고 유연해 보인다는 사실은 알고 있었다.

그리고 지금도 테스의 마음은 펠리시티가 뚱뚱했을 때와 조금도 달라지지 않았다. 월이 펠리시티를 성적으로 볼 수 있다는 사실은 전혀 생각도 하지 않았다. 이 이상한 삼각관계에서 테스는 자신의 위치를 확신하고 있었다. 자신이 삼각형의 정점이라고 생각했다. 윌은 나를 제일 사랑한다. 펠리시티는 나를 제일 사랑한다. 정말 이렇게 이기적일 수 있다니!

"테스?"

메리 이모가 말했다.

테스는 이모의 팔을 잡았다.

"이제 다른 얘기해요."

분을 바른 뽀얀 이모의 뺨 위로 굵은 눈물방울이 서서히 미끄러져 내렸다. 이모는 두 손으로 비틀고 있던 휴지로 얼굴을 닦았다.

"필은 나한테 오지 말라고 했어. 내가 와봐야 상황만 나빠진다고. 하지만 난 내가 해결할 수 있다고 생각했어. 아침 내내 너희 둘 어렸을 때 사진을 보면서 생각했어. 둘이 함께 있으면 얼마나 즐거웠니. 내가 가장 견디기 어려운 게 뭔지 알아? 너희 둘이 서로 안 보고 사는 걸 내가 어떻게 참니."

테스는 이모 팔을 토닥거렸다. 테스의 눈은 눈물 하나 없이 맑고 투명했다. 하지만 심장은 주먹 쥐듯 구겨지는 것 같았다.

"하지만 참아야 할 거예요."

테스가 말했다.

THE HUSBAND'S SECRET

. 10 .

"정말로 내가 타파웨어 파티에 갈 거라고 생각하는 건 아니지?"

몇 주 전에 커피를 마시면서 말라가 부탁했을 때 레이첼은 그렇게 말했다.

"나한텐 자기가 가장 친한 친구야."

말라가 카페인이 없는 두유 카푸치노에 설탕을 넣고 저으면서 말했다.

"우리 딸은 살해됐어. 그건 앞으로 남은 인생 동안 '파티는 절대 안 돼'라고 적힌 카드를 받은 거랑 같아."

말라가 눈썹을 치켜올렸다. 말라는 눈썹으로 정말 많은 말을 했다. 경찰 둘이 레이첼의 집 앞에 나타났을 때 에드는 일 때문에 애들레이드에 가 있었다(에드는 항상 일 때문에 집을 떠나 있었다). 말라는 레이첼과 함께 시체 안치소에 가줬고, 경찰들이 평범해 보이는 하얀 천을 들어 자니의 얼굴을 보여줄 때도 레이첼 옆에 함께 있었다. 말라는 레이첼이 다리에 힘이 풀려 쓰러지려는 순간 능숙하게 한 손으로 레이첼의 팔꿈치를 받치고 한 손으론 팔 위쪽을 잡아 쓰러지지 않도록 붙들었다. 말라는 조산원이었다. 무뚝뚝한 남편들이 쓰러지기 직전에 거뜬히 몸을 받쳐주던 경험이 풍부했다.

"미안해."

레이첼이 말했다.

"자니는 내 파티에 와줬을 거야. 그 앤 날 사랑했다고."

말라가 말했다. 말라의 두 눈에 눈물이 가득 고였다.

그 말은 사실이었다. 자니는 말라를 숭배했다. 항상 레이첼에게 말라처럼 입으라고 했다. 그래서 레이첼은 말라가 골라준 옷을 입고 어떤 일이 벌어지는지 시험해본 적도 있다.

"자니가 타파웨어 파티를 좋아했을지 궁금해."

레이첼은 옆 테이블에서 초등학생 아이와 실랑이를 하고 있는 중년 여성을 보면서 말했다. 레이첼은 마흔다섯 살이 된 자니를 떠올리려고 노력했지만, 언제나 그렇듯 실패했다. 가끔 쇼핑을 나갔다가 자니의 친구들을 만날 때면 하나같이 통통하고 비슷한 얼굴에서 열일곱 살 소녀의 모습을 발견하곤 얼마나 놀라는지 모른다. 그때마다 레이첼은 어린아이에게 '세상에, 얘 큰 것 좀 봐' 라고 말할 때랑 똑같은 목소리 톤으로 '세상에, 얘. 너 늙은 것 좀 봐' 라는 말이 튀어나오려는 걸 애써 억눌러야 했다.

"자니는 아주 깔끔했지. 정리를 잘했잖아. 분명히 타파웨어 파티에 왔을 거야."

말라의 가장 근사한 점은 어른이 된 자니를 상상해보고 싶은 레이첼의 바람을 이해해준다는 것이다. 말라하고 함께라면 레이첼은 자니가 어떤 어른이 되었을지, 아이를 몇 명이나 낳았을지, 어떤 남자를 만나 결혼했을지 등을 끝없이 이야기할 수 있었다. 말라와 이야기를 하면 레이첼은 잠시나마 다시 살아날 수 있었다. 에드는 레이첼이 그런 식으로 말할 때마다 참지 못하고 방에서 나갔다. 레이첼이 자니의 죽음을 결코 받아들이지 않은 채 불가능한 일을 상상한다고 생각했고, 절대로 레이첼을 이해해주지 않았다.

"나 아직 말 안 끝났어!"

방을 나가는 에드에게 항상 레이첼은 그렇게 소리쳐야 했다.

"제발 타파웨어 파티에 와줘."

말라가 간청했다.

"좋아. 하지만 알아둬. 난 절대 아무것도 안 살 거야."

레이첼이 대답했다.

레이첼이 지금 칵테일을 마시면서 시끄럽게 떠드는 많은 여자들과 함께 말라의 거실에 앉아 있는 건 바로 그 때문이다. 레이첼은 말라의 두 며느리 이브와 아리아나 사이에 끼인 채 소파에 앉아 있었다. 말라의 며느리들은 뉴욕에 갈 계획도 없었고, 둘 다 말라에게 첫 손주가 되어줄 아기를 임신하고 있었다.

"난 고통은 못 참아. 의사한테 '난 절대로 고통은 못 참아요. 절대로요. 그러니까 참으라는 말은 하지도 말아요'라고 했어."

이브가 아리아나에게 말했다.

"그래요? 고통을 참을 수 있는 사람도 있어요? 마조히스트라면 몰라도?"

아리아나 입에서 나오는 모든 말엔 의심이 달린 것 같았다.

"받아들일 수 없어. 지금 세상에 고통이라니. 난 거부할 거야. 고통이라니, 됐거든요! 라고 말할 거야."

아, 그게 내 잘못이구나. 나도 고통은 됐거든요, 라고 말해야 했는데. 레이첼은 생각했다.

"숙녀분들. 누가 왔는지 좀 봐요."

말라가 소시지롤이 든 쟁반을 들고 나타났고, 그 옆엔 세실리아 피츠패트릭이 있었다. 세실리아는 세련되고 빛나 보였고, 깔끔한 검은 여행 가방을 끌고 있었다.

판매 실적이 좋은 세실리아가 파티를 지원하는 건 파티 주최자에게 큰 영광임이 분명했다. 세실리아의 시어머니 말대로라면 세실리아 밑으로 타파웨어 상담원 여섯 명이 있었고, 해외여행 같은 것도 간다고 했다.

"그러니까, 이제, 세실리아, 뭐 좀 마실래?"

말라는 손님을 접대하느라, 손에서 미끄러지는 쟁반을 받치느라 정신 없었다. 세실리아가 여행 가방을 깔끔하게 멈춰세우곤 쟁반이 떨어지기 직전에 받아들었다.

"그냥 물 한잔 주시면 좋겠어요, 말라. 이건 제가 인사를 하면서 나눠줄게요. 아는 분이 많은 거 같긴 하지만요. 안녕하세요. 세실리아예요. 아리아나 맞죠? 소시지롤 드실래요?"

아리아나가 소시지롤을 하나 집으면서 멍한 얼굴로 세실리아를 보았다.

"막내 동생분이 저희 폴리의 발레 선생님이세요. 아기 이유식을 냉장 보관할 수 있는 완벽한 그릇이 있거든요. 그거 보여드릴게요. 안녕하세요, 레이첼. 여기서 뵈니 반가워요. 귀여운 제이컵은 잘 있죠?"

"2년 동안 뉴욕에 갈 거래."

레이첼이 소시지롤을 집어들면서 꼭 얼굴을 찌푸리는 것처럼 웃었다.

세실리아가 걸음을 멈추었다.

"오, 레이첼. 저런 세상에."

세실리아는 한껏 유감이라는 말투로 말했지만, 이내 세실리아답게 해결책을 제시했다.

"하지만 레이첼. 당연히 가보실 거죠? 얼마 전에 누가 뉴욕에서 아파트를 구입할 때 완벽하게 도움이 될 웹사이트를 알려줬답니다. 제가 이메일로 주소를 보내드릴게요, 꼭요."

세실리아는 다시 걷기 시작했다.

"안녕하세요. 전 세실리아예요. 소시지를 드실래요?"

세실리아가 방을 돌면서 음식을 나눠주고 인사를 하고 다니는 동안 모든 손님의 기이한 표정이 세실리아에게 고정되어서 음식을 다 돌리고 막 제품을 설명할 시간이 됐을 땐 모두 얌전하게 두 무릎을 세실리아 쪽으로 돌리고, 귀를 기울이는 얼굴로 타파웨어 제품을 살 준비를 마쳤다. 세실리아는 소란한 교실을 통제하는 단호하지만 공정한 선생님 같았다.

레이첼은 타파웨어 파티가 충분히 즐겁다는 사실에 깜짝 놀랐다. 말라가 준비한 칵테일이 아주 맛있다는 것도 그 이유였지만, 활기차면서도 꼭 전도하는 사람처럼 제품을 홍보하고 퀴즈 대회까지 준비한 세실리아 덕분이기도 했다. ("저는 타파웨어 광팬이에요. 정말 타파웨어를 사랑해요"라고 세실리아는 말했다. 세실리아의 순수한 열정은 감동적이었다. 그리고 강력한 설득력이 있었다. 그래, 당근이 오랫동안 시들지 않는다니, 얼마나 좋아!) 퀴즈를 맞힌 사람은 상으로 초콜릿 동전을 받았다. 파티가 끝날 무렵에 금박으로 싼 초콜릿 동전이 가장 많은 사람이 상을 받게 된다.

세실리아는 타파웨어에 관한 퀴즈도 냈다. 레이첼로서는 알지도 못하고 알 이유도 특별히 없는 전 지구에서 타파웨어 파티가 2.7초마다 한 번씩 개최되고 있다는 이야기나(세실리아는 새처럼 날카로운 목소리로 "1초, 1초, 땡! 또 다른 타파웨어 파티가 시작됐어요"라고 외쳤다), 얼 터퍼라는 사람이 유명한 플라스틱 용기 '버핑실'을 만들었다는 이야기를 들어야 했다. 하지만 레이첼은 일반 상식 문제에 강했기 때문에 레이첼 앞에 황금색 동전이 쌓여갔고,

그럴 때마다 경쟁심도 점점 커져갔다.

마침내 경쟁은 레이첼과 말라가 조산원일 때 함께 일한 제니 크루즈로 좁혀졌다. 그리고 마지막 남은 퀴즈를 맞힘으로써 레이첼은 제니를 한 방에 날려버릴 수 있었다. 문제는 "연속극 〈아들과 딸〉에서 페트리샤 역할을 맡은 배우는?"이었다.

레이첼은 그 답을 알고 있었다(로위나 윌리스였다). 10대 때 자니가 그 바보 같은 텔레비전 연속극에 푹 빠져 있었기 때문이다. 레이첼은 속으로 자니에게 고맙다고 말했다.

레이첼은 오랫동안 이기는 기쁨을 잊고 살았다.

기분이 아주 좋아진 레이첼은 결국 세실리아가 식품 저장실은 물론이고 타파웨어를 소유한 사람의 인생까지 바꿔준다고 보장한 타파웨어 제품을 300달러어치도 넘게 구입했다.

그날 저녁엔 술도 조금 마셨다.

사실 파티에 참가한 모두가 술을 조금씩은 마셨다. 임신을 했고 일찍 집에 돌아간 말라의 두 며느리와 이미 타파웨어라는 즐거움에 흠뻑 취한 것 같은 세실리아만 빼고.

여기저기서 꺅꺅거리며 비명을 질러댔고, 남편들이 전화를 걸어왔다. 집까지 태워달라는 흥정 소리가 들리는 가운데 레이첼은 소파에 앉아 행복하게 초콜릿 동전을 까먹고 있었다.

"레이첼은 어떻게 하실 거예요? 집까지 모셔다드릴 사람 있으세요?"

말라가 현관에 서서 테니스를 함께 치는 친구들에게 잘 가라고 소리 지르고 있을 때 세실리아가 말했다. 세실리아는 가져온 타파웨어를 모두 검은 여행 가방에 담았고, 양쪽 뺨 위에 얼룩이 묻은 것만 빼면 그때까지도 처음 왔을 때처럼 깔끔한 모습 그대로였다.

"나 말이야?"

레이첼이 주위를 둘러보았다. 모두 떠나고 아무도 없었다.

"난 괜찮아. 직접 운전하고 갈 거야."

왠지 레이첼은 집에 갈 방법을 찾아야 한다는 생각을 전혀 하지 않고 있었다. 자신은 남들과 동떨어져 있으니 남들이 걱정하는 일은 전혀 걱정할 필요가 없다고, 평범한 일상엔 이미 면역이 되어 있다고 생각했기 때문일 것이다.

"그게 무슨 터무니없는 소리야."

말라가 급히 거실로 들어오면서 말했다. 오늘 파티는 대성공이었다.

"직접 운전하다니, 말도 안 되는 소리. 자긴 너무 많이 마셨어. 맥이 데려다줄 거야. 그이는 그 정도 일이라도 해야 해."

"아니야. 그럼 택시를 타면 돼."

레이첼은 소파에서 일어났다. 눈앞이 흐릿해졌다. 하지만 맥과 함께 가고 싶진 않았다. 타파웨어 파티를 하는 동안 줄곧 서재에 틀어박혀 있던 맥은 남자를 상대하는 게 편한 사람이라 에드와 함께 있을 땐 아무 문제가 없었지만, 여자하고만 있으라고 하면 괴로울 정도로 수줍음을 탔다. 그런 맥과 단둘이서 차를 타고 가다니, 그런 고문도 없을 거다.

"집이 위컴 로드 테니스 코트 근처죠? 제가 태워다드릴게요. 가는 길에 내려드리면 돼요."

세실리아가 말했다.

그리고 잠시 뒤, 두 사람은 말라에게 손을 흔들어 작별 인사를 했고, 레이첼은 옆면에 커다란 타파웨어 로고가 새겨진 세실리아의 흰색 포드 테리터리 조수석에 앉아 있었다. 세실리아의 차는 매우 안락하고 조용했고, 깨끗하고 좋은 냄새가 났다. 세실리아는 운전도 꼭 자기처럼 했다. 능숙하고 씩씩하게. 레이첼은 머리를 머리받침대에 기댄 채 세실리아가 학교 기금 모금회, 축제, 학보 같은 세인트 안젤라 초등학교에서 일어나는 모든 일을 시시콜콜 위로하며 떠들어댈 순간을 기다렸다.

하지만 차 안엔 침묵만이 가득했다. 레이첼은 세실리아의 옆모습을 흘긋 쳐다보았다. 세실리아는 아랫입술을 잘근잘근 씹으면서 눈을 가늘게 뜨고 있었다. 자신을 힘들게 하는 무언가를 생각하는 것 같았다.

결혼 생활에 문제가 있나? 아이들 문제일까? 레이첼은 과거에 자신을 괴롭혔던 온갖 문제들, 섹스, 버릇없는 아이들, 서로를 이해하지 못하는 부부의 대화, 망가진 살림과 부족한 돈 문제를 떠올려보았다.

이제는 레이첼도 그런 문제들이 정말로 문제가 아니라곤 생각하지 않았다. 그런 일들은 정말로 문제였다. 레이첼은 그런 문제들이 너무도 그리웠다. 엄마로서 아내로서 투닥대며 싸워야 하는 그런 문제들이 그리웠다. 타파웨어 파티를 성공적으로 주최하고, 자신을 괴롭히는 문제를 고민하면서 딸들이 있는 집으로 돌아가는 세실리아가 될 수 있다면 정말 얼마나 좋을까.

침묵을 깬 사람은 레이첼이었다.

"오늘 저녁 정말 즐거웠어. 세실리아는 정말 대단해. 왜 성공했는지 알 거 같아."

세실리아가 어깨를 살짝 으쓱했다.

"고마워요. 전 타파웨어 파티가 정말 좋거든요. 제 동생은 그런 제가 우습대요."

"질투하는 거야."

레이첼이 말했다.

세실리아는 다시 어깨를 으쓱해 보이고 하품을 했다. 세실리아는 말라의 집에서 파티를 주관한 사람과도, 세인트 안젤라 초등학교 교정을 빠른 속도로 가로지르는 사람과도 전혀 달라 보였다.

"언제 세실리아네 식품 저장소를 구경했으면 좋겠어. 모두 라벨을 붙이고 완벽하게 용도에 맞는 용기에 담아놨을 거 같아. 우리 집은 꼭 재앙이 휩쓸고 지나간 거 같은데."

"우리 집 식품 저장소를 보면 정말 뿌듯해요. 존 폴은 꼭 음식으로 가득 찬 서류 정리함 같대요. 우리 애들이 틀린 곳에 용기를 갖다두면 제가 울고불고 난리가 나요. 애들이 불쌍해요."

세실리아가 웃었다.

"아이들은 잘 지내지?"

레이첼이 물었다.

"그럼요. 정말 쑥쑥 크는 거 같아요. 이젠 말로는 당할 수가 없어요."

세실리아가 말했다. 레이첼은 세실리아가 얼굴을 찡그리는 걸 보았다.

"세실리아네 큰딸 말이야. 이사벨. 지난번 조회 시간에 봤는데, 꼭 내 딸 어렸을 때 같았어. 자니 어렸을 때 말이야."

세실리아는 대답하지 않았다.

이런 이야기는 뭐 땜에 했을까? 술을 너무 많이 마셨나봐. 자기 딸이 목 졸려 죽은 여자를 닮았다는 말을 듣고 기뻐할 사람은 아무도 없을 텐데.

그때 세실리아가 앞을 똑바로 보면서 입을 열었다.

"따님 기억은 딱 하나밖에 없어요."

THE HUSBAND'S SECRET

. 11 .

"따님 기억은 딱 하나밖에 없어요."

이렇게 말해도 되는 걸까? 혹시 레이첼이 울면 어떻게 하지? 레이첼은 이제 막 퀴즈 대회에서 우승을 했다. 그리고 지금은 정말 행복해 보이는데.

세실리아는 레이첼과 있으면 늘 불편했다. 자신이 너무 하찮게 느껴졌기 때문이다. 분명히 아이를 잃은 여자에겐 이 세상 모든 일이 하찮게 느껴질 거다. 세실리아는 항상 레이첼에게 자신에게도 작은 기억이 있다는 사실을 말해주고 싶었다.

몇 해 전에 세실리아는 자식을 잃은 부모가 텔레비전에 나와 아이와의 추억을 말해주는 사람이 정말 고맙다고 얘기하는 걸 보았다. 부모에겐 더 이상 아이와 새로 쌓을 추억이 없기 때문에 기억을 공유하는 게 선물이라고 했다. 그때부터 세실리아는 레이첼을 볼 때마다 아주 작고 보잘것없는 기억이지만 자니에 대한 기억을 떠올렸고, 그 기억을 레이첼에게 어떻게 말해줘야 할지 고민했다.

하지만 지금까진 그럴 기회가 없었다. 교복 가게 이야기나 네트볼 일정을 이야기할 땐 그런 기회를 만들 수가 없었다.

지금이 완벽한 기회였다. 어쩌면 유일한 기회였다. 그리고 먼저 자니 이야기를 꺼낸 건 세실리아가 아니다.

"물론 자니 언니랑은 아는 사이가 아니었어요. 저보다 네 살 많 았으니까요. 하지만 기억나는 게 있어요."

세실리아가 더듬거리면서 말했다.

"말해줘. 난 자니 얘길 듣는 걸 좋아해."

레이첼이 몸을 똑바로 펴면서 말했다.

"음, 별 건 아니에요."

세실리아는 제대로 전할 수 있을지 두려워졌다. 좀 더 멋지게 각색해야 하는 건 아닌지 걱정이 되었다.

"전 2학년이었고, 자니 언니는 6학년이었어요. 제가 언니 이름 을 아는 건 언니가 '레드'의 팀장이었기 때문이에요."

"아, 그랬지. 그래서 모두 다 빨간색으로 물들여야 했는데. 어 쩌다 보니 에드의 작업 셔츠까지 물들였었어. 어떻게 그런 우스꽝 스러운 일을 까맣게 잊고 있었나 몰라."

레이첼이 웃었다.

"학교 축제였는데, 우리가 어떻게 행진했는지 기억하시죠? 각 팀별로 운동장을 한 바퀴 돌았잖아요. 항상 코너 휘트비 선생님한 테 말한답니다. 그런 행진을 또 해야 한다고요. 하지만 그는 콧방 귀도 안 뀌어요."

세실리아가 레이첼을 흘긋 쳐다보았다. 레이첼의 얼굴에선 웃 음기가 조금 사라졌다. 얼굴도 찡그리고 있었다. 듣기 불편한 이야기일까? 관심이 없는 걸까?

"전 정말 그 행진을 아주 심각하게 생각하는 어린이였거든요. 정말 그 시합에서 이기고 싶었어요. 하지만 발을 헛디디는 바람에 넘어져버린 거예요. 그래서 제 뒤에 오는 아이들이 모두 부딪치면서 쓰러졌어요. 우르술라 수녀님은 밴시(아일랜드 전설에 나오는 요정으로, 가족 가운데 죽을 사람이 있으면 구슬프게 운다―옮긴이)처럼 비명을 질렀고, 레드는 꼴등을 했어요. 그때 전 정말 구슬프게 울었답니다. 이 세상이 완전히 끝나버린 것 같았거든요. 그런데 자니 크롤리 언니가, 레이첼의 따님이 저한테 다가왔어요. 언니는 저를 일으켜세우고는 제 등에 묻은 흙을 툭툭 털어줬어요. 그리고 제 귀에 대고 조용히 '별일 아니야. 그냥 바보 같은 행진일 뿐이야' 라고 해줬어요."

레이첼은 아무 말도 하지 않았다.

"그게 다예요. 별일은 아니지만, 항상 말해드리고 싶……."

"정말 고마워, 세실리아."

레이첼이 말했다.

세실리아는 레이첼이 아이에게서 마분지와 반짝이 펜으로 직접 만든 북마크를 받고 고맙다고 말하는 어른처럼 느껴졌다. 레이첼은 누군가에게 손을 흔들어 인사라도 할 것처럼 한 손을 들더니 세실리아의 어깨를 가볍게 어루만지고 다시 무릎에 놓았다.

"그래, 자니라면 그랬을 거야. '그냥 바보 같은 행진' 이라고 했을 거야. 나도 그날을 기억해. 아이들이 모두 운동장에서 뒹굴었잖아. 말라랑 난 정말 배꼽 빠지게 웃었어."

레이첼이 문득 입을 다물었다. 세실리아는 긴장했다. 혹시 울려는 걸까?

"아이쿠, 난 정말 술을 조금만 마셨다고 생각했어. 정말로 직접 운전해서 가려고 했는데. 그러다 사람이라도 쳤으면 어쩔 뻔했어."

"안 그러셨을 거예요."

세실리아가 말했다.

"오늘 밤은 정말 재밌었어."

레이첼이 말했다. 레이첼은 창문 쪽으로 고개를 돌렸다. 창문에 이마를 살짝 댔다. 마치 술을 훨씬 많이 마신 훨씬 젊은 여자처럼.

"더 자주 나와야겠어."

"어머, 그럼요."

세실리아가 말했다. 이런 일은 세실리아 전문이었다. 이런 일은 쉽게 해결할 수 있다.

"부활절 주말에 하는 폴리 생일 파티에 꼭 오세요. 토요일 오후 2시에 할 거예요. 해적 파티예요."

"친절한 말은 고맙지만, 내가 폴리의 생일 파티를 망칠 순 없지."

레이첼이 말했다.

"아니, 꼭 오셔야 해요. 레이첼이 아는 분도 많이 오세요. 우리 시어머니랑 엄마랑, 루시 올리리도 테스랑 올 거예요. 테스의 아들 리엄도요."

세실리아는 갑자기 레이첼이 오길 절실하게 원했다.

"손자랑 오셔도 돼요. 그래요. 제이컵도 데리고 오세요. 우리 아이들이 제이컵처럼 귀여운 아기가 오면 정말 좋아할 거예요."

그 말에 레이첼의 얼굴이 환해졌다.

"그날 롭과 로렌이 뉴욕에 가 있는 동안 집을 빌려주려고 부동산 중개인을 만난다고 했거든. 내가 그때 제이컵을 돌봐주겠다고 했어. 이런, 내가 이런다니까. 하던 얘기 계속해."

세실리아가 붉은 벽돌로 지은 단층집 앞에서 차를 세웠다. 레이첼은 집 안의 불을 다 켜놓고 나온 것 같았다.

"데려다줘서 정말 고마워."

레이첼이 세실리아의 엄마처럼 엉덩이를 조심스럽게 움직여 슬슬 미끄러지듯 차에서 내렸다. 세실리아가 보기에 사람들에겐 등이 굽거나 몸이 떨리기 전에 한때 믿었던 자기 몸을 더는 믿지 못하는 시기가 오는 것 같았다.

"학교에서 초대장 드릴게요."

세실리아는 차에서 내려 레이첼을 집 앞까지 모셔다드려야 하지 않을까 생각하며 조수석 창문 쪽으로 몸을 기울인 채 소리쳤다. 세실리아의 엄마는 세실리아가 그런다면 모욕을 받았다고 생각할 거다. 하지만 존 폴의 엄마는 세실리아가 그렇게 하지 않으면 모욕을 받았다고 생각할 거다.

"그래, 고마워."

레이첼은 세실리아의 생각을 읽고 자신은 아직 늙지 않았다고 증명해보이려는 것처럼 씩씩하게 걸어갔다. 고맙지만, 사양할게!

세실리아가 막다른 골목에서 차를 돌려 다시 레이첼의 집 앞을 지날 땐 이미 현관문이 굳게 닫혀 있었다.

창문으로 레이첼의 모습이 보일까 살폈지만, 아무것도 보이지 않았다. 세실리아는 지금 레이첼이 무엇을 할지 궁금해하면서 딸과 남편의 유령만이 함께 있는 집에 혼자 사는 건 어떤 기분일지 생각했다.

아무튼 모든 게 잘됐다. 세실리아는 이제 막 집에 돌아가는 좀 유명한 사람이 된 것처럼 살짝 벅찬 감동에 사로잡혔다. 드디어 자니 이야기를 레이첼에게 했다. 그것도 아주 제대로 말했다. 잡지 기사로 실려도 될 만한 이야기를 레이첼에게 들려줬어. 세실리아는 사회적 성취를 이룬 것 같은 느낌이 살짝 들었고, 오랫동안 미룬 숙제를 이제야 했다는 만족을 느꼈으며, 이내 레이첼의 비극을 가지고 즐거워하고 자랑스러워하는 자신에게 부끄러움을 느꼈다.

신호를 받고 정지선에 서 있던 세실리아는 낮에 자신에게 화를 냈던 트럭 운전사가 생각났다. 그리고 다시 자신의 삶이 마음속으로 물밀듯이 밀려들어왔다. 레이첼을 집에 데려다주는 동안 자신의 일은 잠시 잊어버렸다. 아까 차 안에서 폴리와 에스터가 존 폴에 관해 이상한 이야기를 한 것도, 집에 가서 편지를 열어보겠다는 결심도 모두 사라졌다.

과연 옳은 결정을 한 걸까?

에스터의 언어 치료가 끝난 뒤엔 모든 게 아무 이상 없는 것처럼 느껴졌다. 딸들에게선 더는 이상한 폭로가 나오지 않았고, 이사벨은 머리 모양이 무척 마음에 드는 것 같았다. 아주 짧은 숏 픽시 커트를 했는데, 태도로 보아 자신이 아주 세련되어 보인다고 생각하는 게 분명했다. 실제로 더 어리고 영리해 보였다.

우편함엔 존 폴이 딸들에게 보낸 엽서가 있었다. 존 폴은 출장을 간 곳에서 우스꽝스러운 엽서를 발견하면 꼭 딸들에게 보냈다. 오늘의 엽서엔 잔뜩 주름이 진 강아지가 왕관과 목걸이를 하고 있는 그림이 그려져 있었다. 세실리아는 그 엽서가 아주 바보 같다고 생각했지만, 역시나 딸들은 대굴대굴 구를 정도로 좋아하면서 냉장고에 붙였다.

갑자기 차선을 바꾼 차가 세실리아의 앞으로 끼어들었다.

"오, 저런. 이건 아니지."

세실리아는 차분하게 말하고 살짝 경적을 울렸다. 하지만 그 이상은 하지 않았다.

보라고. 난 그 미친 남자처럼 소리 지르고 고함 치지 않는다고. 세실리아는 낮에 본 정신병자 같은 트럭 운전사가 자기 마음을 들여다보기라도 하듯 마음속으로 중얼거렸다. 세실리아 앞에 끼어든 차는 택시였다. 택시 운전사는 몇 초에 한 번씩 시험해봐야 하는 것처럼 계속 브레이크를 밟아댔다.

잘됐군. 택시는 계속해서 세실리아의 앞에 있었다. 세실리아의 집이 있는 방향으로 꺾어들어가더니, 갑자기 어떤 경고도 없이 세실리아 집 연석 앞에 멈췄다.

택시 안에서 불이 켜졌다. 승객은 앞좌석에 있었다. 킹스턴네 아들인가보다, 세실리아는 생각했다. 킹스턴 부부는 길 건너에 살았고, 부부의 세 아들은 20대인데도 비싼 사교육비를 절대 끝나지 않을 학위 따는 일과 술 마시는 데 소비하면서 여전히 부모와 함께 살았다.

"킹스턴 녀석들 내 딸들 가까이만 와보라고 해. 언제라도 총 쏠 준비가 되어 있다고."

존 폴은 늘 그렇게 말했다.

세실리아는 진입로로 들어가면서 리모컨으로 차고 문을 열었다. 그리고 백미러를 쳐다보았다. 택시 트렁크가 팍 하고 저절로 열렸다. 양복을 입은 어깨가 넓은 남자가 나와 트렁크에서 짐을 꺼냈다.

킹스턴네 아들이 아니었다.

존 폴이었다. 일할 때 필요한 옷을 갖춰 입은 존 폴을 갑자기 보면 세실리아는 항상 기분이 이상했다. 마치 세실리아는 아직 스물세 살인데 존 폴은 어딘가로 사라졌다가 늙어서 흰머리로 돌아온 것만 같았기 때문이다.

존 폴은 3일이나 먼저 돌아왔다.

세실리아는 아주 행복했지만, 그만큼 짜증이 났다.

기회를 놓친 거다. 편지를 열어볼 기회는 이제 없었다. 세실리아는 시동을 끄고 핸드브레이크를 올리고 안전벨트를 풀고 차에서 나와 존 폴을 향해 달려갔다.

THE HUSBAND'S SECRET

. 12 .

"여보세요?"

테스는 엄마의 집 전화를 집어들고 시계를 쳐다보면서 신중하게 대답했다. 저녁 9시였다. 분명 전화 상담원이 전화할 만한 시간은 아니다.

"나야."

펠리시티였다. 테스는 위장이 조이는 것 같았다. 펠리시티는 하루 종일 테스의 휴대폰으로 전화를 했고, 테스가 읽지도 않고 들지도 않을 문자와 음성 메시지를 남겼다. 펠리시티를 무시하다니, 기분이 이상했다. 지극히 비정상적인 행동을 하는 것만 같았다.

"너랑 말하고 싶지 않아."

"아무 일도 없었어. 아직 우리 자지 않았어."

"이런 세상에."

테스가 말했다. 그리고 스스로에게 놀랍게도 웃음을 터트렸다. 심지어 쓴웃음도 아니었다. 정말로 유쾌하게 웃고 있었다. 정말 어처구니가 없었다.

"도대체 왜 안 자는 거야?"

그때 주방 식탁 위 거울에 자신이 비쳤다. 그 모습을 쳐다보던 테스의 얼굴에서 웃음이 사라졌다. 거울 속 테스는 마치 범죄를 저지르려고 속임수를 쓰다가 들킨 사람처럼 보였다.

"우리는 온통 네 생각만 해. 리엄이랑. 베드스터프 웹사이트는 끝났어. 아무튼 일 얘기는 하고 싶지 않아. 지금 난 내 아파트에 있어. 월은 집에 있고. 월은 꼭 난파당한 사람 같아."

"너도 참 불쌍하다."

테스가 거울에서 몸을 돌렸다.

"너희 둘 다 참 불쌍하다."

"나도 알아."

펠리시티가 말했다. 펠리시티의 목소리가 너무 낮아서 테스는 좀 더 잘 듣기 위해 수화기를 귀에 꾹 눌렀다.

"난 여우야. 우리가 싫어했던 그런 여자가 바로 나야."

"좀 크게 말해."

테스가 짜증을 냈다.

"난 여우라고 말했어."

펠리시티가 반복했다.

"내가 뭔가 의견을 줄 거라곤 생각하지 마."

"알아. 당연히 안 그래."

잠시 침묵이 흘렀다.

"넌 내가 이 모든 일을 해결해줬으면 하지?"

테스가 말했다. 테스는 두 사람을 너무나 잘 알았다.

"아냐? 내가 모든 걸 제대로 처리해주길 바라잖아."

그게 테스의 일이었다. 세 사람의 관계에서 테스가 맡은 역할이었다. 윌과 펠리시티는 고함을 치고 악을 쓰면서 고객이 자신들에게 화를 내도록 내버려두고, 낯선 사람에게 상처받고 자동차 핸들을 내리치면서 '지금 농담해?'라고 소리치는 사람이었다. 두 사람을 달래고 격려하고 반쯤 남은 유리잔을 치우고, 모두 잘될 거라고, 내일 아침이면 훨씬 기분이 좋아질 거라고 말하는 사람은 테스였다. 테스가 곁에서 계속 도와주지 않으면 이 불륜을 어떻게 지속할 수 있겠어? 우린 테스가 필요해. '너희 잘못이 아니야' 하고 말해줄 테스가.

"그런 생각은 안 했어. 네가 뭘 해줘야 한다는 생각은 안 해. 너, 잘 있는 거지? 리엄도?"

펠리시티가 말했다.

"우린 좋아."

테스가 대답했다. 테스는 극심한 피로를 느꼈고, 그와 동시에 무심함이라는 백일몽 같은 감정이 밀려왔다. 와르르 무너지는 감정 때문에 기진맥진해 쓰러질 것 같았다. 테스는 식탁 의자를 끌어당겨 앉았다.

"리엄은 내일부터 세인트 안젤라에 다녀."

난 잘 살 거야, 지켜봐.

"내일? 왜 그렇게 빨리?"

"부활절 달걀 찾기 시합 때문에."

"아! 초콜릿 때문이구나. 리엄의 크립토나이트지. 혹시 우리를 가르쳤던 이상한 수녀님이 리엄을 가르치진 않겠지? 그렇지?"

펠리시티가 말했다.

테스는 생각했다. *아무 일도 없다는 듯이 나랑 잡담하지 마!* 하지만 왠지 모르게 테스는 계속 얘기를 했다. 너무나 피곤했지만, 펠리시티와 대화해야 한다는 사실이 너무나 깊이 테스의 정신에 각인되어 있었다. 지금까지 펠리시티와 이야기를 나누지 않은 날은 단 하루도 없었다. 펠리시티는 가장 친한 친구였다. 유일한 친구였다.

"수녀님은 모두 돌아가셨어. 그런데 체육 선생님이 코너 휘트비야. 누군지 기억나?"

테스가 말했다.

"코너 휘트비? 우리가 멜버른에 오기 전에 네가 만났던 우울하고 음울한 남자 아니야? 그런데 회계사 아니었어?"

"다시 교육을 받았대. 그런데, 음울하진 않았던 거 같은데?"

테스가 말했다. 그는 정말 친절하지 않았나? 코너가 바로 테스의 손을 사랑한 남자 친구였다. 테스는 갑자기 그 사실을 깨달았다. 정말 이상했다. 바로 어젯밤 그를 생각했는데, 지금 다시 테스의 인생에 나타난 거다.

"아니, 음울했어. 그리고 정말 나이가 많았고."

펠리시티가 단호하게 말했다.

"나보다 열 살 많았을 뿐이야."

"아무튼 그 남자한텐 뭔가 으스스한 게 있었어. 분명히 지금도 그럴 거야. 운동복, 호루라기, 클립보드. 체육 선생님들한텐 뭔가 불쾌한 점이 있어."

수화기를 잡은 테스의 손에 힘이 들어갔다. 또 펠리시티의 잘난 체가 나왔다. 펠리시티는 언제나 자신이 모든 걸 안다고 생각했다. 판단을 하는 건 자신이고, 테스보다 훨씬 똑똑하고 예리하다고 생각했다.

"그래서 넌 코너 휘트비하곤 사랑에 빠지지 않은 거구나. 네 취향에 맞는 첫 번째 남자가 윌이었나보네."

테스가 날카로운 목소리로 심술궂게 말했다.

"테스……."

"신경 쓰지 마."

테스는 펠리시티의 말을 잘랐다. 또 다른 분노와 상처가 파도가 되어 테스의 목에서 부풀어올랐다. 테스는 그것들을 꿀꺽 삼켰다. 어떻게 이런 일이 가능하지? 테스는 두 사람을 사랑했다. 두 사람을 정말로 사랑했다.

"다른 할 말은 없어?"

"리엄한테 잘 자라는 인사는 할 수 없겠지, 그렇지?"

펠리시티는 어울리지도 않게 자신감 없는 조그만 목소리로 말했다.

"안 돼. 지금 자고 있어."

리엄은 자고 있지 않았다. 방금 보고 왔다. 테스 아빠의 서재에서 자기로 한 리엄은 침대에 누워 닌텐도 DS를 하고 있었다.

"그럼 내가 인사했다고 전해줘."

펠리시티는 자신이 통제할 수 없는 어려운 상황에서 최대한 용기를 끌어내려는 사람처럼 떨리는 목소리로 말했다.

리엄은 펠리시티를 숭배했다. 펠리시티에게만 보여주는 어색하고 쑥스러운 웃음도 있을 정도였다.

또다시 분노가 물밀듯이 올라왔다.

"당연하지. 네가 인사했다고 전해줄게. 그리고 네가 우리 가정을 깨부수려 한다고 말해줄게. 당연히 그래도 되지?"

테스가 전화기에 분노를 쏟아냈다.

"세상에, 테스. 정말 미……."

"미안하다는 말 하지 마. 감히 미안하다는 말을 또 한 번만 해봐. 이건 네가 선택한 거야. 네가 일어나게 내버려둔 거라고. 네가 한 짓이야. 네가 나한테 한 짓이라고. 네가 리엄한테 한 짓이야."

테스는 이제 온몸을 뒤흔들면서 울고 있었다. 어린아이처럼 몸부림을 치면서 엉엉 울었다.

"너 지금 어디 있는 거니, 테스?"

집 반대편에서 엄마가 소리쳤다.

테스는 즉시 똑바로 앉아서 미친 듯이 손등으로 얼굴을 닦았다. 엄마에게 이렇게 우는 모습을 보여주고 싶지 않았다. 엄마의 얼굴에 자신의 고통이 투영되는 건 절대 볼 수가 없었다.

테스는 일어섰다.

"가야 해."

"테스……."

"네가 윌과 자든 말든 나하곤 상관없어. 아니, 사실 너희 둘은 자야 한다고 생각해. 네가 원하는 대로 해. 하지만 난 리엄이 헤어진 부모 밑에서 자라게 하진 않을 거야. 리엄에게 넌 엄마와 아빠가 헤어져 있을 때 아빠랑 함께 있는 사람이 될 거야. 너도 내가 어땠는지 잘 알지? 그게 내가 도저히 믿을 수 없는……."

테스는 가슴 한가운데가 타들어가는 것 같았다. 손으로 가슴을 꾹 눌렀다. 펠리시티는 아무 말도 하지 않았다.

"넌 윌과 영원히 행복하게 살 순 없을 거야. 너도 알 거야. 왜냐하면 내가 너희 둘이 끝나는 순간을 기다리고 있을 테니까. 네가 윌과 끝나는 날을 기다릴 거라고."

흐흑흑. 테스는 투두둑 끊어지는 깊은 숨을 들이마셨다.

"그 역겨운 불륜을 마음껏 즐겨. 다 즐기고 나서 내 남편을 돌려줘."

✉

1977년 10월 7일. '베를린 장벽에서 내려오라' 고 요구하던 동독 경찰이 시위대에 발포해 10대 청소년 세 명이 죽었다.

첫 아이를 임신한 루시 올리리는 뉴스에서 그 소식을 듣고 울고 울고 또 울었다. 루시의 쌍둥이 동생 메리 역시 첫 아이를 임신하고 있었는데, 언니에게 전화를 걸어 언니도 그 뉴스를 보고 울었는지 물었다. 두 사람은 전 세계에서 벌어지는 비극에 대해 잠시 이야기를 나누고 좀 더 흥미로운 아기 이야기로 넘어갔다.

"우리 아이들은 사내아이일 거 같아. 그리고 가장 친한 친구가
될 거야."

메리가 말했다.

"글쎄, 서로 죽이겠다고 덤빌 확률이 더 크지."

루시가 말했다.

THE HUSBAND'S SECRET

. 13 .

레이첼은 뜨거운 김이 모락모락 올라오는 욕조에 앉아 양쪽 가
장자리를 두 손으로 꽉 잡고 있었다. 머리가 빙글빙글 돌았다. 타
파웨어 파티에서 술을 마셔놓곤 곧바로 목욕을 하다니, 정말 바보
같다. 욕조에서 나가다가 미끄러져서 엉덩이뼈가 부러질지도 모
른다.

아니, 그건 좋은 전략일 수도 있어. 그러면 롭과 로렌이 뉴욕에
가지 않고 시드니에 남아서 나를 돌봐줄지도 모르잖아. 루시 올리
리 좀 봐. 발목이 부러졌다는 말을 듣자마자 딸이 엄마를 돌보겠
다고 멜버른에서 날아왔잖아. 루시의 딸은 멜버른에서 학교를 다
니는 아들까지 데리고 왔다고. 자기한테 어떤 일이 가장 중요한지
몸소 보여준 거야.

올리리 모녀를 생각하자 자연스럽게 코너 휘트비가 생각났다.
테스를 보던 그 표정도. 루시에게 경고해줘야 하는 거 아닐까?

'조심해. 코너 휘트비는 살인자일 수도 있어.'

하지만 아닐 수도 있다. 그는 그저 완벽하게 좋은 체육 선생님일 수도 있다.

언젠가 레이첼은 환한 햇빛 아래서 목에 호루라기를 걸고 빨간 사과를 먹으며 아이들과 함께 운동장에 있는 코너 휘트비를 보면서 생각했다. *저렇게 좋은 사람이 자니를 해쳤을 리가 없어.* 하지만 매서운 바람이 불던 어느 흐린 날에 무표정한 얼굴로 혼자 걸어가는 그 넓은 어깨를 보면서 누군가를 충분히 죽이고도 남을 거란 생각을 했다. *넌 우리 딸에게 생긴 일을 알고 있지?*

레이첼은 욕조에 머리를 대고 눈을 감았다. 그리고 그 남자가 존재한다는 사실을 처음 알게 된 순간을 떠올렸다. 벨로치 경사가 자니가 죽기 전에 마지막으로 만난 사람이 코너 휘트비라는 공립학교 학생이라고 했을 때 레이첼은 생각했다. *그럴 리가 없어. 그런 이름은 들어본 적이 없어.* 레이첼은 자니의 친구들과 그 애들 엄마라면 모두 알고 있었다.

에드는 자니에게 고등학교 졸업 시험이 끝나기 전까진 남자 친구를 사귀어선 안 된다고, 그 규칙을 반드시 지켜야 한다고 했다. 자니는 특별히 반발하지 않았고, 레이첼은 우리 딸이 아직은 남자한테 관심이 없다고 생각하며 기뻐했다.

레이첼과 에드는 자니의 장례식에서 코너를 처음 보았다. 코너는 에드와 악수를 하고 레이첼에게 차가운 뺨을 댔다. 레이첼에게 코너는 악몽이었다. 시체가 든 관처럼 비현실적이고 잘못됐다. 몇 달 뒤에 레이첼은 두 아이가 함께 있는 사진을 찾았다. 코너는 무슨 말인가 하고 있는 자니를 보고 웃고 있었다.

그리고 몇 년이 흘러, 코너가 세인트 안젤라 초등학교에 들어왔다. 입사 지원서에 적힌 이름을 보기 전까지 레이첼은 코너를 알아보지도 못했다.

"절 기억하실지 모르겠어요, 크롤리 부인."

출근하고 얼마 지나지 않아 교무실에 두 사람만 있을 때 코너가 말했다.

"기억해요."

레이첼이 싸늘하게 말했다.

"전 지금도 자니를 생각해요. 항상요."

코너가 말했다.

레이첼은 어떻게 대답해야 할지 알 수 없었다. *왜 그 애를 생각하지? 그 애를 죽였기 때문에?*

코너의 눈엔 분명 죄의식이 담겨 있었다. 단순히 레이첼의 망상이 아니다. 레이첼은 15년 동안 초등학교에서 학교 비서로 일했다. 코너의 표정은 교장실로 불려온 아이 같았다. 하지만 무엇 때문에 죄의식을 느끼는 거지? 살인을 해서? 아니면 다른 이유로?

"제가 여기서 근무하는 게 불편하지 않으셨으면 좋겠어요."

코너가 말했다.

"전혀 상관없어요."

레이첼은 퉁명스럽게 대답했다. 두 사람이 자니 이야기를 한 것은 그때가 처음이자 마지막이다.

레이첼은 은퇴를 할까도 생각했다. 자니가 다녔던 학교에서 근무하는 일은 비통하면서도 달콤했다. 꽃사슴 밤비처럼 가느다란 다리로 쏜살같이 운동장을 달리는 여자아이들을 볼 때마다 자니가 생각났다. 뜨거운 여름날 아이들을 데리러 온 엄마들을 보면 자니와 롭을 데리고 가서 아이스크림을 사주던 기억이 떠올랐다. 두 아이의 작은 얼굴은 발갛게 익어 있었지. 자니는 고등학생 때 죽었으니 자니가 어린 시절을 보낸 초등학교에선 끔찍한 생각을 하지 않고도 지낼 수 있었다. 하지만 코너 휘트비가 모든 걸 바꿔버렸다. 그 끔찍한 모터바이크 소리가 레이첼의 말랑말랑한 빛바랜 추억을 헤집고 들어왔다.

하지만 결국 레이첼은 완강하게 학교에 남기로 했다. 레이첼은 학교 일이 좋았다. 어째서 떠나야 하는 사람이 나여야 하지? 더구나 무엇보다, 왠지 설명할 순 없지만 자니를 위해서 학교에 남아야 한다고 생각했다. 코너가 무슨 일을 하건 간에 도망가지 말고 매일같이 그 남자를 마주 보아야 한다고 생각했다.

정말로 코너가 자니를 죽였다면 굳이 자니의 엄마가 있는 학교에 왔을까? 그 엄마에게 '여전히 자니를 생각한다'라는 말을 할 수 있을까?

레이첼은 눈을 떴다. 목 뒤로 영원히 박혀 있는 것 같은, 하지만 그것 때문에 질식해 죽지는 않는 단단한 분노의 공이 느껴졌다. 아는 게 없어. 젠장, 아는 게 없다고.

레이첼은 찬물을 틀었다. 지금 물은 너무 뜨거웠다.

"아는 게 없어요."

레이첼과 에드가 몇 번 갔던 살인 희생자 지원 단체에서 만난 작고 고상하게 생긴 여자가 그렇게 말했었다. 그때 두 사람은 채스우드 어딘가에 있는 차가운 건물 홀에서 접이식 의자에 앉아 인스턴트커피가 담긴 종이컵을 떨리는 손으로 들고 있었다. 그 여자의 아들은 크리켓 강습을 받고 집에 오는 길에 살해됐다. 뭔가 들은 사람도, 무언가 본 사람도 없었다.

"젠장, 아는 게 없다고요."

그 여자는 말했다.

그곳에 모인 사람들은 아무 말도 없이 조용히 눈만 껌뻑였다. 그 여자는 잘 깎은 유리처럼 듣기 좋은 목소리를 냈다. 마치 여왕이 선서하는 것처럼 들렸다.

"이런 말을 해서 유감이지만, 이봐요, 안다고 해서 크게 도움될 것도 없소."

체격이 좋고 얼굴이 빨간 남자가 여자의 말을 막았다. 딸을 죽인 범인이 종신형을 받고 수감해 있는 남자였다.

그 순간 레이첼과 에드는 그 남자를 때려주고 싶었다. 그 남자가 끔찍하게 싫어졌다. 그래서 지원 단체에 발길을 끊어버렸다.

사람들은 보통 비극을 겪은 사람은 자동적으로 훨씬 높고 고상한 차원으로 올라간다고 믿지만, 레이첼이 보기엔 그 반대였다. 비극은 사람을 옹졸하고 편협하게 만든다. 위대한 지식이나 영감을 주는 일 따윈 없다. 레이첼은 인생이 잔혹하고 제멋대로라는 사실을 도무지 이해할 수 없었다. 세상엔 처벌받지 않고 자기 마음대로 하고 싶은 일을 다 하는 사람도 있고, 조그만 잘못에도 끔찍한 대가를 치러야 하는 사람도 있다.

레이첼은 찬물 꼭지 밑에 있는 수건을 집어 반으로 접고는 열이 나는 환자처럼 이마에 걸쳐놓았다.

7분이다. 레이첼의 잘못은 분 단위로 측정할 수 있었다. 그 사실을 아는 사람은 말라뿐이었다. 에드도 결코 알지 못했다.

자니는 늘 피곤하다고 투덜댔다.

"운동을 더 해. 너무 늦게 자지 말고. 좀 더 먹고."

레이첼은 늘 그렇게 말했다. 자니는 정말 말랐고 키가 컸다. 조금 뒤엔 허리에 미세한 통증이 있다고 투덜댔다.

"엄마, 정말 아파. 분명히 선열(바이러스성 감염 질환—옮긴이)이 있는 것 같아."

자니는 그렇게 말했다. 레이첼은 버클리 박사님에게 예약을 하면서 허리는 아무 문제 없을 거라고, 엄마가 하라는 걸 모두 하면 괜찮아질 거라고 말했다.

자니는 보통 버스를 타고 위컴 로드 정류장에서 내려 걸어왔다. 레이첼은 고등학교에서 조금 걸으면 도착하는 모퉁이에서 자니를 태우고 고든에 있는 버클리 박사의 병원으로 갈 계획이었다. 그리고 그 계획을 아침에 자니에게 충분히 말했다.

하지만 레이첼은 약속 시간보다 7분 늦게 모퉁이에 도착했고, 자니는 보이지 않았다. 약속을 잊어버린 거야. 레이첼은 손가락으로 운전대를 두드리면서 생각했다. 아니면 기다리기 싫었겠지. 자니는 너무 참을성이 없어. 자기 엄마를 일정대로 정확한 시간에 도착해야 하는 대중교통처럼 취급한다니까. 그땐 휴대폰이 없었다. 레이첼로서는 차 안에 앉아 10분 정도 더 기다리다가(레이첼도 기다리는 걸 정말 싫어했다) 결국 집으로 돌아와 버클리 박사에게 예약을 취소한다는 전화를 하는 것 외엔 할 수 있는 일이 없었다.

하지만 걱정은 하지 않았다. 그냥 짜증이 났다. 레이첼도 자니에게 특별히 잘못한 점이 없다는 건 알았다. 병원 예약을 제대로 지키지 못한 건 레이첼이니까 자니는 신경 쓰지 않을 것이다. 시간이 한참 흐른 뒤에, 롭이 입안 가득 샌드위치를 물고 "누나는 어디 있어?"라고 묻는 소리를 듣고서야 레이첼은 부엌에 걸린 시계를 올려다보았고 처음으로 서늘하고 차가운 공포를 느꼈다.

자니가 모퉁이에 서 있는 모습을 본 사람은 없었다. 아니, 있다 하더라도 봤다고 나선 사람은 아무도 없었다. 레이첼은 7분 사이에 어떤 일이 생길 수 있는지 결코 알지 못했다.

나중에 경찰 조사에서 밝혀진 대로라면 자니는 3시 30분쯤에 코너 휘트비의 집에서 함께 비디오를 봤다(돌리 파튼이 나온 〈나인 투 파이브〉를 봤다고 했다). 자니는 코너에게 채스우드에 가야 한다고 했고, 코너는 자니를 전철역까지 데려다줬다. 그 뒤로 살아 있는 자니를 본 사람은 아무도 없었다. 자니가 전철을 탄 걸 본 사람도, 채스우드에 있는 모습을 본 사람도 없었다.

자니는 다음 날 아침 BMX 자전거를 타고 와틀 밸리 파크를 지나던 아홉 살짜리 소년 둘에게 발견되었다. 놀이터에 도착한 두 소년은 미끄럼틀 밑에 누워 있는 자니를 발견했다. 자니는 따뜻하게 누워 있으려는 것처럼 교복 상의를 덮고 두 손에 묵주를 쥐고 있었다. 사인은 목이 졸린 것이었다. '외상성질식' 때문에 죽은 것이다. 반항한 흔적은 없었다. 손톱 아래 남은 살점도 없고, 지문도 머리카락도 DNA도 없었다. 90년대 말에 DNA 검사로 사건을 해결했다는 이야기를 읽은 레이첼이 경찰에 DNA 검사를 해보라고 요청한 적이 있었지만 샘플이 없었다.

"그 앤 어디로 가고 있었던 걸까? 어째서 공원에서 걸어다닌 거지?"

에드는 그 질문을 충분히 자주 하면 레이첼이 결국 해답을 알아내기라도 할 것처럼 묻고 또 물었다. 에드는 가끔 같은 질문을 끝없이 반복하다가 결국 분노하고 좌절하면서 울어버렸다.

레이첼은 그런 에드를 참을 수가 없었다. 자신은 남편의 슬픔과 전혀 상관이 없는 사람이었으면 했다. 절대 남편의 슬픔을 알고 싶지도, 느끼고 싶지도, 함께하고 싶지도 않았다. 자신의 슬픔만으로도 충분했다. 도대체 어떻게 남편의 슬픔까지 감당하란 말인가?

하지만 이제 레이첼은 궁금했다. 어째서 두 사람은 서로를 보면서 함께 슬픔을 나누려고 하지 않았을까? 두 사람은 서로 사랑했다. 하지만 자니가 죽었을 때 두 사람은 상대방이 우는 모습을 참아내지 못했다. 자연재해 앞에서 처음 만난 이방인들처럼 잔뜩 굳은 몸으로 어색하게 서로 어깨만 두드렸다. 그리고 불쌍한 롭은 그 가운데 끼어 있었다. 불쌍한 10대 소년은 서툰 솜씨로 모든 게 괜찮은 척, 거짓으로 웃고 즐겁게 거짓말을 해야 했다. 그 아이가 부동산 중개인이 된 건 아주 당연한 일이다.

이제 물이 아주 차가워졌다.

레이첼이 저체온증에 걸린 사람처럼 부들부들 떨기 시작했다. 두 손으로 욕조 양쪽을 짚고 일어나려고 했다. 하지만 일어나지지가 않았다. 밤새 욕조에 갇혀버린 것이다. 레이첼의 팔, 죽은 사람의 팔처럼 허옇고 나무처럼 딱딱한 팔에 힘이 들어가지 않았다. 이 쓸모없고 연약하고 정맥이 툭 튀어나온 볼품없는 몸이 한때는 까무잡잡하고 탄탄하고 강인했다는 사실이 믿기지 않았다.

"4월엔 정말 피부가 좋네요. 일광욕을 한 거 맞죠, 레이첼?"

그날 토비 머피는 그렇게 말했다.

그게 레이첼이 7분 늦은 이유였다. 토비 머피랑 시시덕거리고 있었던 거다. 토비는 레이첼의 친구인 재키의 남편이었다. 배관업을 했고, 사무 보조원을 구하고 있었다. 레이첼은 그 일에 지원해 면접을 보러 갔고, 한 시간이 넘게 토비의 사무실에서 시시덕거리고 있었다. 토비는 구제 불능인 바람둥이였고, 말라가 꼭 사라고 했던 새 드레스를 입고 있던 레이첼의 미끈한 맨다리에서 눈을 떼지 못했다. 레이첼은 절대로 에드를 배신할 사람이 아니었고, 토비는 아내를 아주 사랑하고 있었으니 두 가정이 파괴될 가능성은 전혀 없었다. 하지만 토비는 레이첼의 다리를 쳐다보았고, 레이첼은 그걸 즐겼다.

에드는 레이첼이 토비와 일하게 내버려두지 않았을 것이다. 레이첼이 면접을 봤다는 사실도 몰랐다. 레이첼이 생각하기에 에드는 늘 토비에게 경쟁심을 갖고 있었다. 토비는 자신의 사업을 하는데, 에드는 남성적이라곤 할 수 없는 제약 회사 영업 사원이라는 점이 마음에 안 드는 것 같았다. 두 남자는 함께 테니스를 쳤고, 대부분 에드가 졌다. 에드는 별일 아닌 척했지만, 레이첼이 보기엔 아주 불쾌해하는 게 분명했다. 그래서 레이첼은 토비의 눈길을 즐겼다는 사실이 더욱 괴로웠다.

그날 레이첼이 저지른 죄는 너무 진부했다. 허영, 방종, 그리고 에드에 대한 약간의 배신. 재키 머피에 대한 약간의 배신. 하지만 가장 나쁜 건 이런 진부한 작은 죄들인지도 모른다. 자니를 죽인 사람은 뇌가 병든 미친 사람일 수도 있다. 하지만 레이첼은 정상이었고, 충분히 자기 자신을 인식하고 있었다. 새로 산 드레스를 위로 올려 무릎을 드러내고 있을 때 자신이 하고 있는 일을 정확하게 알고 있었다.

욕조에 부은 바디워시가 끈적끈적한 기름방울처럼 수면 위를 둥둥 떠다녔다. 레이첼은 다시 한 번 일어나려고 했지만, 또다시 실패했다. 물을 먼저 빼는 게 나을 수도 있을 것 같았다.

레이첼은 발가락으로 욕조 플러그를 뺐다. 언제나처럼 욕조 물은 용이 울부짖듯 굉장한 소리를 내며 배수구를 빠져나갔다. 롭은 그 소리를 무서워했다. 자니는 손을 갈고리처럼 세우고 "우와왕" 하고 소리쳤다. 물이 다 빠져나가자 레이첼은 몸을 뒤집어 엎드렸다. 두 손과 무릎으로 바닥을 짚었다. 무릎뼈가 으스러지는 것 같았다.

반쯤 일어섰을 때 레이첼은 두 손으로 욕조를 잡고 가만히 한 발을 욕조 밖으로 빼고는 나머지 한 발을 뺐다. 마침내 욕조에서 벗어났다. 심장이 조금씩 진정됐다. 주여, 감사합니다. 다행히 부러진 뼈는 없었다. 어쩌면 지금 한 목욕이 레이첼이 이 세상에서 마지막으로 한 목욕이 될 수도 있었다.

레이첼은 수건으로 몸을 닦고, 욕실 문 뒤에 있는 옷걸이에서 실내복을 잡아당겨 내렸다. 실내복은 아름답고 부드러웠다. 로렌이 보내온 정성 어린 선물이었다. 레이첼의 집엔 로렌이 충분히 고민하고 선택한 사려 깊은 선물이 가득했다. 예를 들어 욕실 캐비닛에 있는 땅딸막한 향초만 해도 그렇다. 조그만 단지에 넣고 불을 켜면 바닐라 향이 났다.

"크고 냄새 나는 초네."

에드라면 그렇게 말했을 거다.

레이첼은 웃긴 소리를 하는 에드가 그리웠다. 말다툼을 할 에드가 그리웠다. 에드와 하는 섹스가 그리웠다. 두 사람은 자니가 죽은 뒤에도 섹스를 했다. 둘 다 그 사실에 많이 놀랐고 몸이 변함없이 같은 방식으로 반응한다는 게 역겨웠지만, 계속 섹스를 했다.

레이첼은 모두가 그리웠다. 엄마가, 아빠가, 남편이, 딸이 그리웠다. 사람들의 부재는 잔혹한 작은 상처들 같았다. 그 누구의 죽음도 공평하지 않았다. 자연사는 무슨, 모두 다 자니를 죽인 남자 때문에 죽은 거야.

감히 그러기만 해봐. 아주 더웠던 2월의 어느 날 에드가 복도에서 넘어졌을 때 레이첼은 이상하게도 그렇게 생각했다. 그건 '감히 이 고통을 나 혼자 감당하게 내버려두고 떠나기만 해봐'라는 뜻이었다. 그때, 레이첼은 에드가 죽었다는 사실을 곧바로 알 수 있었다. 치명적인 뇌졸중 때문이라고 했지만, 에드 그리고 레이첼의 엄마와 아빠가 죽은 건 심장이 깨져버렸기 때문이다. 오직 레이첼의 심장만이 고집스럽게 정말로 해야 할 일은 거부한 채 계속 뛰고 있었다. 레이첼은 그 사실이 부끄러웠다. 자신이 섹스를 원한다는 사실이 부끄러웠다. 자니는 땅속에서 썩어가는데 레이첼은 계속 숨을 쉬고, 먹고, 섹스를 하고, 살아가는 것이다.

증기가 가득 찬 거울을 손바닥으로 문질러 닦고, 물방울 뒤에 맺힌 흐릿한 모습을 쳐다보았다. 통통하고 작은 손으로 레이첼의 뺨을 잡고 입을 맞추는 제이컵을 생각했다. 레이첼을 쳐다보는 제이컵의 크고 맑고 푸른 눈을 생각했다. 주름이 자글자글한 이런 얼굴을 그토록 사랑해주는 제이컵을 떠올릴 때마다 레이첼은 가슴이 벅차올랐다.

갑자기 레이첼은 땅딸막한 향초를 가만히 욕실 캐비닛 끝까지 쓰윽 밀었다. 향초는 바닥으로 떨어졌고, 바닐라 향을 품은 유리는 산산이 부서져버렸다.

. 14 .

세실리아는 남편과 섹스를 하고 있다. 좋은 섹스다. 아주 좋은 섹스다. 환상적으로 좋은 섹스다. 두 사람은 다시 섹스를 한다. 우와, 신난다!

"우와."

존 폴이 세실리아 위에서 말했다. 눈은 감고 있었다.

"우와."

세실리아도 동의했다.

지금까지 아무 문제도 없던 것 같았다. 저녁에 침대에 든 두 사람은 사랑을 나누지 않고 잠드는 건 상상할 수도 없는 젊은 연인처럼, 처음 만났을 때처럼 자연스럽게 서로를 마주 보았다.

"이런 세상에."

존 폴이 신음 소리를 내뱉으며 고개를 뒤로 젖혔다.

세실리아도 정말 행복하다는 사실을 알려주기 위해 나지막하게 신음 소리를 냈다. 아주, 좋은, 섹스. 아주, 좋은, 섹스. 세실리아는 몸의 움직임에 맞추어 속으로 계속 중얼거렸다.

응, 무슨 소리지? 세실리아는 귀를 쫑긋 세웠다. 누가 엄마 아빠를 부르는 걸까? 아니, 아무것도 아니야. 이런 젠장. 집중력이 흩어졌다. 집중력은 아주 조금만 흩어져도 그걸로 끝이다. 세실리아는 다시 처음으로 돌아갔다. 미리엄은 탄트라 섹스가 해결책이라고 했다. 이런, 이젠 미리엄을 생각하고 있잖아. 이젠 정말 끝난거다.

"으으, 우와."

존 폴에게 집중력은 아무 문제 없는 거 같다.

게이! 게이라니 말도 안 돼.

아이들은 이미 깊이 잠들었어야 하는 시간이지만, 아빠가 예정보다 빨리 돌아왔다는 사실에 기뻐서 날뛰다가 이제 막 잠들었다 (세실리아의 엄마는 일정 문제라면 늘 반항적이었다). 세 아이는 아빠에게 펄쩍 뛰어올라 〈도전! FAT 제로〉, 베를린 장벽, 며칠 전에 발레 학원에서 해리엇이 한 진짜 바보 같은 이야기, 엄마가 생선을 엄청 많이 구워준 이야기 같은 각자에게 가장 중요한 얘기를 떠들어댔다.

세실리아는 존 폴이 새로 자른 머리를 보겠다며 이사벨에게 한 바퀴 돌아보라고 할 때 남편을 유심히 관찰했다. 큰딸을 보는 남편의 시선엔 사랑스럽다는 감정 외에 다른 감정은 없었다. 존 폴은 비행기를 오래 타고 온 탓에 눈 밑이 검어지고 완전히 지쳐 있었지만(그는 일찍 집으로 오기 위해 뉴질랜드를 경유하는 비행기를 탔다가 오클랜드에 거의 온종일 갇혀 있었다), 행복해 보였고, 가족을 놀라게 했다는 데 만족한 듯했다. 샤워를 하면서 우는 남자처럼은 전혀 보이지 않았다. 그리고 지금, 두 사람은 섹스를 하고 있다. 그것도 엄청난 섹스를! 모든 게 다 좋았다. 걱정할 일은 하나도 없었다. 심지어 남편은 편지 얘긴 꺼내지도 않았다. 기억할 가치조차 없을 정도로 편지는 그에게 하찮은 일인 게 분명했다.

"이번엔 좀…… 다르네."

존 폴이 부르르 몸을 떨면서 세실리아 위로 무너져내렸다.

"조금? 설마. 자기는 70년대로 돌아간 거 같아."

"그래, 나도 알아. 만족스럽다는 뜻이야. 내 느낌을 말하자면 말이야……."

"나도 좋아. 나도 조금 달랐어, 아저씨."

다음번에는 그렇겠지, 분명히!

존 폴이 껄껄 웃으면서 도르르 몸을 돌려 세실리아 옆으로 내려왔다. 세실리아를 끌어당겨 꼭 안으며 목에 입을 맞췄다.

"오랜만이네."

세실리아가 덤덤하게 말했다.

"알아. 그거 알아? 그래서 내가 일찍 온 거야. 갑자기 너무 하고 싶어서."

"난 우르술라 수녀님 장례식에서 내내 섹스 생각만 했어."

세실리아가 말했다.

"그래. 그랬을 거야."

존 폴이 졸린 목소리로 말했다.

"며칠 전에 트럭 운전사가 나한테 휘파람을 불었어. 나 아직 매력 있나봐. 자기도 알아야 해."

"내 아내의 매력을 군이 망할 트럭 운전사가 알려주진 않아도 된다고. 자기 그때 짧은 운동복 입고 있었지?"

"음, 그랬지."

세실리아는 잠시 말을 멈추었다.

"며칠 전에 쇼핑을 갔는데, 누가 이사벨한테 휘파람을 불었어."

"망할 자식."

존 폴이 말했다. 하지만 특별한 감정이 담겨 있진 않았다.

"머리 자르니까 이사벨이 더 어려 보여."

"맞아. 하지만 이사벨한테는 말하지 마."

"당연하지."

존 폴은 거의 잠든 것 같았다. 모든 게 좋았다. 세실리아도 나른해졌다. 세실리아는 눈을 감았다.

"베를린 장벽이라고?"

존 폴이 말했다.

"으응."

"타이타닉 때문에 죽을 거 같았는데."

"나도."

세실리아는 스르르 잠에 빠져들어갔다. 모든 게 제자리로 돌아왔어. 이제 문제는 하나도 없어. 내일은 할 일이 많아.

"그 편지는 어쨌어?"

세실리아는 눈을 번쩍 떴다. 어둠 속에서 앞을 똑바로 바라봤다.

"다락에 가져다놨지. 신발 상자에 말이야."

거짓말이었다. 선물이나 섹스가 마음에 드느냐는 질문에 선의의 거짓말을 하듯 세실리아의 입술에선 나쁜 거짓말이 술술 흘러나왔다. 편지는 복도 끝에 있는 서재의 서류 정리함에 있었다.

"열어봤어?"

존 폴의 목소리엔 분명히 무언가 있었다. 완전히 깨어 있었지만 졸리고 흥미 없는 척하고 있었다. 세실리아는 존 폴의 몸에서 전

류처럼 흘러나오는 긴장감을 느낄 수 있었다.

"아니."

세실리아도 졸린 목소리를 냈다.

"열어보지 말라고 했잖아…… 그러니까 안 봤어."

존 폴이 세실리아를 부드럽게 감싸안았다.

"고마워. 너무 창피해서."

"뭐야, 바보같이."

존 폴의 숨소리가 점점 가냘파졌다. 세실리아도 숨소리를 가냘프게 냈다.

세실리아는 거짓말을 했다. 편지를 읽을 건지, 언제 읽을 건지 결정할 기회를 갖기 위해서였다. 이제 정말로 두 사람 사이에 거짓이 생겼다. 젠장. 세실리아는 그 망할 편지 따윈 완전히 잊고 싶었다.

정말 피곤했다. 그 문제는 내일 생각해도 될 거다.

⊠

얼마나 오래 잤을까? 알 수 없었다. 문득 잠에서 깨어보니 세실리아는 혼자였다. 세실리아는 두 눈을 가늘게 뜨고 전자시계를 보았다. 안경이 없어서 제대로 보이지 않았다.

"존 폴?"

세실리아는 팔꿈치로 몸을 괴고 일어나 존 폴을 불렀다. 침실에 붙어 있는 욕실에선 아무 대답이 없었다. 보통 장거리 비행을 하고 온 날에 존 폴은 시체처럼 잤다.

천장에서 소리가 들렸다.

세실리아는 벌떡 일어났다. 정신이 번쩍 들었다. 무슨 소린지 깨달으면서 심장이 두방망이질 쳤다. 존 폴은 다락에 있었다. 그는 *결코 다락에 가는 사람이 아니다.* 폐소공포증 때문에 힘들 땐 입술에 땀방울까지 맺히는 사람이다. 그런 존 폴이 다락에 올라가다니. 그 편지엔 반드시 찾아야 할 이유가 있는 거다.

"내가 거길 올라간다면 그건 죽고 사는 문제가 생겼기 때문일 거야."

존 폴은 그렇게 말했었다.

그 편지가 죽고 사는 문제란 말이야?

세실리아는 주저하지 않았다. 벌떡 일어나 침대에서 뛰어내렸다. 어두운 복도를 지나 서재로 들어갔다. 책상 위에 놓인 전등을 켜고 서류 정리함의 맨 위 서랍을 열고 '유언장' 이라고 적힌 빨간색 서류철을 꺼냈다.

가죽 의자에 앉아 책상 쪽으로 몸을 돌리고 서류철에서 편지를 꺼내 전등에서 흘러나오는 조그만 노란 빛에 편지를 갖다댔다.

나의 아내 세실리아 피츠패트릭에게

반드시 내가 죽은 뒤에 열어볼 것

세실리아는 첫 번째 서랍을 열어 편지 칼을 꺼냈다.

천장에서 미친 듯이 걸어다니는 소리가 들렸다. 쿵! 무언가가 바닥에 떨어졌다. 존 폴은 미친 남자처럼 행동하고 있었다. 그제야 세실리아는 존 폴이 지금 오스트레일리아에 있으려면 어젯밤에 세실리아와 전화를 하자마자 공항으로 달려가야 했을 거란 사실을 깨달았다.

이런 세상에, 존 폴. 대체 이 편지가 뭐기에 그런 거야?

세실리아는 빠른 속도로 단 한 번에 칼을 편지 봉투에 밀어넣고 쓰윽 긁었다. 재빨리 봉투를 열어 존 폴이 손으로 직접 쓴 편지를 꺼냈다. 한동안 세실리아는 편지에 집중할 수 없었다. 눈앞에서 글자들이 춤을 추는 것만 같았다.

우리 아기 이사벨,
이런 걸 남겨서 너무 미안해.
내가 받아야 하는 것보다 훨씬 큰 사랑을 받았어.

세실리아는 제대로 읽기 위해 애를 썼다. 왼쪽에서 오른쪽으로. 한 문장 한 문장씩.

THE HUSBAND'S SECRET

. 15 .

테스는 갑자기 잠에서 깼다. 정신이 너무 맑았다. 침대 옆에 있는 시계를 보고 신음했다. 11시 30분밖에 되지 않았다. 딸깍, 침대 전등을 켜고 똑바로 누워 천장을 바라보았다.

시드니를 떠나기 전까지 테스가 썼던 방이지만, 어린 시절을 기억나게 하는 물건은 많지 않았다. 테스가 완전히 집을 떠나기도 전에 테스의 엄마는 테스의 방에 아주 큰 퀸 사이즈 침대와 협탁과 전등을 들여 우아한 손님방으로 바꿔버렸다. 메리 이모는 엄마와 달리 아직도 펠리시티의 방엔 손 하나 대지 않고 옛날 그대로 소중하게 보존하고 있었다. 지금도 〈TV위크〉 포스터가 그대로 붙어 있는 펠리시티의 방은 완벽하게 보존된 유적지 같았다.

테스가 썼던 방에서 유일하게 옛 흔적을 고스란히 간직한 곳은 천장뿐이었다. 테스는 구불구불한 천장의 흰 돌림띠를 쭉 둘러보았다. 일요일 아침이면 이렇게 누워 천장을 보면서 어젯밤 파티에서 했던 말을, 또는 하지 않았거나 했어야 했던 말을 걱정했다. 테스는 파티를 무서워했다. 지금도 여전히 무서웠다. 파티는 체계가 없고 우발적이었고, 어디에 앉아야 할지조차 알 수 없는 혼돈의 장소였다. 펠리시티가 아니었다면 테스는 절대로 파티에 가지 않았을 거다. 하지만 펠리시티는 언제나 파티를 좋아했다. 구석에 서서 파티에 온 모든 아이들을 비평하면서 테스를 웃게 했다.

테스에게 펠리시티는 구원자였다.

아니, 그건 사실이 아닐지도 몰라.

저녁에 테스는 엄마와 나란히 앉아 펠리시티가 걸어온 전화 이야기를 하고 브랜디 한 잔과 초콜릿을 아주 많이 먹으면서(엄마는 "이게 내가 너희 아빠가 떠났을 때 견딜 수 있었던 비결이야. 약인 거지"라고 했다) 엄마에게 물었다.

"그저께, 엄만 윌이 바람을 피운 상대가 펠리시티인 걸 한 번에 알아맞혔잖아. 어떻게 안 거야?"

"펠리시티는 네가 뭘 혼자서 하는 걸 절대로 못 참으니까."

엄마가 대답했다.

"그게 무슨 말이야? 아니야, 그렇지 않아."

테스는 엄마가 그런 말을 했다는 사실이 믿기지 않아 어안이 벙벙해졌다.

"네가 피아노를 배우고 싶다고 하면 자기도 배우겠다고 했잖아. 네트볼을 하겠다고 하니까 네트볼을 하겠다고 했지. 네가 네트볼을 잘하니까 자기도 잘하겠다고 얼마나 기를 썼니. 결국 펠리시티가 훨씬 잘하게 되니까 네가 네트볼에 흥미를 잃고 말았잖아. 네가 광고 일을 시작하니까, 놀랍지도 않아, 걔도 광고 일을 하고 있잖아."

"저런, 엄마. 난 잘 모르겠어. 엄마가 너무 계산적인 거 같아. 우린 그냥 같은 일을 좋아할 뿐이야. 어쨌거나 펠리시티는 그래픽 디자이너고 난 마케팅 담당자야. 전혀 다른 일이야."

하지만 남은 브랜디를 홀짝 마시기 전에 난 너보다 훨씬 잘 안다는 표정을 하고 입술을 쭉 내밀고 있는 테스의 엄마에겐 전혀 다르게 느껴지지 않는 것 같았다.

"펠리시티가 고의로 그런다는 게 아니야. 다만 그 애가 널 숨 막히게 하고 있다고. 네가 태어났을 때 난 '쌍둥이가 아니어서 정말 감사합니다, 주님' 하고 생각했었어. 다른 사람과 경쟁하거나 비교당하지 않고 너 자신으로 혼자 클 수 있을 테니까. 하지만 결국 너랑 펠리시티는 나랑 메리처럼 돼버렸어. 쌍둥이처럼 말이야. 사실은 쌍둥이보다 더 끔찍하지. 난 정말 궁금해. '그 애가 널 그렇게 내내 조이지 않고 풀어줬다면 넌 어떤 사람이 됐을까? 어떤 친구들을 사귈 수 있었을까?' 하고 말이야."

"친구라니? 난 친구를 사귈 수 없어. 너무 내성적이란 말이야.

장애라고 해도 될 만큼 부끄러움이 많아. 여전히 비사교적이라고."

테스는 거기까지만 하고 자신을 진단하는 일을 그만뒀다.

"펠리시티가 널 계속 내성적이 되게 만든 거야. 그게 그 애에게 편리하니까. 하지만 넌 사실 내성적이지 않아."

엄마가 말했다.

테스는 목을 편하게 누이려고 머리를 이리저리 움직여봤다. 이 베개는 너무 딱딱해. 멜버른에 있는 자신의 베개가 너무 그리웠다. 엄마가 말한 게 옳을까? 정말로 평생 동안 사촌과 문제 있는 관계를 맺어온 걸까?

테스는 부모님이 결혼 생활을 끝내던 끔찍하고도 이상했던 여름을 생각했다. 오랫동안 아팠던 기억과 비슷했다. 테스는 부모님이 이혼한다는 생각은 해본 적이 없었다. 확실히, 부모님은 사이가 아주 나빴다. 두 분은 너무나도 달랐다. 하지만 그래도 테스의 엄마와 아빠였다. 테스가 아는 모든 아이는 엄마와 아빠가 한 집에서 함께 살았다. 테스가 아는 친구들과 그 가족들은 모두 작은 교외에서 사는 가톨릭 신자들이었다. '이혼'이라는 말을 알곤 있었지만, '지진'이라는 말과 다르지 않았다. 절대로 테스에게 일어날 수 있는 일이 아니었다.

하지만 부모님은 이상하면서도 부자연스러운 선언을 했고, 그로부터 5분도 지나지 않아 아빠는 가족이 놀러 갈 때 쓰는 가방에 자기 옷을 담더니 할머니들이나 쓸 것 같은 가구가 딸린 퀴퀴한 아파트로 떠나버렸다. 엄마는 8일 내내 후줄근한 낡은 드레스를 입고 계속 집 안을 걸어다니며 울고 웃었고, "나가버리다니, 속 시원하다" 같은 말을 중얼거렸다. 그때 테스는 열 살이었다.

그해 여름 내내 테스의 옆에 있으면서 수영장에 데려가주고, 작열하는 태양 아래서 테스가 원하는 만큼 콘크리트 바닥에 나란히 누워 있어 주고(펠리시티와 펠리시티의 아름다운 흰 피부는 태양을 싫어했다), 단순히 테스를 기쁘게 해주고 싶다는 이유로 최신 인기 음반을 사오고, 테스가 소파에 앉아 울고 있을 때마다 초콜릿을 가득 올린 아이스크림을 가져다준 사람은 펠리시티였다.

처음으로 섹스를 했을 때도, 처음으로 직장에서 해고됐을 때도, 처음으로 실연을 했을 때도, 윌이 처음으로 '사랑한다'고 말했을 때도, 윌과 처음으로 격렬하게 싸웠을 때도, 윌이 프러포즈를 했을 때도, 수도관이 파열됐을 때도, 리엄이 걸음마를 뗐을 때도 테스가 가장 먼저 전화를 건 사람은 펠리시티였다.

지금까지 두 사람은 모든 것을 함께 나누었다. 장난감도 자전거도, 처음 생긴 인형의 집도(인형의 집은 지금 할머니 집에 있다), 처음 산 자동차도, 처음 간 해외여행도. 그리고 테스의 남편도.

펠리시티가 윌을 함께 쓰게 한 건 나야. 당연히 테스가 그런 거다. 테스는 펠리시티가 리엄의 엄마인 것처럼 느끼도록, 윌의 아내인 것처럼 느끼도록 내버려뒀다. 언제나 자신의 인생을 펠리시티와 나눴다. 펠리시티가 직접 남편과 자기 인생을 찾기엔 너무 뚱뚱했으니까. 테스는 무의식적으로 그런 생각을 한 게 아닐까? 펠리시티는, 그 앤 너무 뚱뚱하니까 자기 인생이 필요 없다고 생각한 거 아닐까?

그리고 어느샌가 펠리시티는 탐욕스러워졌다. 윌의 모든 걸 원하게 된 거다.

펠리시티가 아니라 다른 여자였다면 테스는 결코 '충분히 즐긴

다음에 내 남편을 돌려줘'라는 말은 안 했을 거다. 그런 일은 생각도 할 수 없다. 하지만 펠리시티니까…… 괜찮다고? 용서할 수 있다고? 정말 그렇게 생각하는 걸까? 펠리시티와 칫솔도 함께 썼으니까, 남편도 함께 쓸 수 있다고? 하지만 그렇기 때문에 이 배신이 더 끔찍한 거야. 그래서 백만 배는 더 끔찍한 거라고.

테스는 몸을 뒤집어 얼굴을 베개에 파묻었다. 펠리시티에 대한 감정은 아무 상관 없었다. 테스는 리엄을 생각해야 했다. ('나는 어떻게 해? 난 한 마디도 할 권한이 없는 거야?' 부모가 헤어지기로 결정했을 때 열 살인 테스는 끊임없이 그렇게 생각했다. 자신이 세상의 중심이라고 생각했는데, 사실 테스에게는 투표권도, 통제권도 없었다.)

아이들에게 부모의 이혼만큼 고통스러운 일은 없다. 테스는 이 글을 불과 몇 주 전에, 그러니까 이런 일이 벌어지기 전에 읽었다. 아무리 원만하게 헤어졌어도, 아무리 부모가 엄청난 노력을 해도, 이혼 가정의 아이들은 고통을 받는다.

쌍둥이보다 더 끔찍하지. 엄마 말이 생각났다. 어쩌면 엄마가 옳을지도 몰라.

테스는 이불을 젖히고 침대에서 내려왔다. 다른 곳으로 가야 해. 이 집에서 나가야 해. 생각에서 달아나야 해. *윌, 펠리시티, 리엄. 윌, 펠리시티, 리엄.* 여기서 벗어나야 해.

엄마 차를 타고 돌아다닐 수 있을 거야. 테스는 입고 있는 줄무늬 잠옷 바지와 티셔츠를 물끄러미 바라보았다. 이렇게 하고 나가도 될까? 하지만 달리 입을 옷이 없었다. 옷을 충분히 가져오지 않은 거다. 하지만 문제될 건 없었다. 자동차 밖으로 나가진 않을 테니까. 테스는 플랫 슈즈를 신고 조용히 밖으로 나갔다. 복도를 걸으면서 조금씩 어둠에 익숙해졌다. 집 안은 죽은 듯이 조용했다. 테스는 식당 방에 불을 켜고, 혹시라도 엄마가 깨면 놀라지 않도록 쪽지를 남겼다.

테스는 지갑을 들고 문 옆에 걸려 있는 열쇠를 꺼낸 뒤 부드럽고 달콤한 밤공기 속으로 걸어나가 숨을 깊이 들이마셨다. 테스는 엄마의 혼다를 타고 창문을 연 채 퍼시픽 하이웨이를 달렸다. 라디오는 켜지 않았다. 시드니의 노스쇼는 조용했고 황량했다. 늦게까지 일하고 집에 돌아가려고 전철을 타고 온 게 분명한 한 남자가 서류 가방을 들고 서둘러 인도를 걷고 있었다.

여자라면 이 시간에 전철역에서 내려 집까지 걸어가지 않겠지. 윌은 저녁엔 여자 뒤에서 걷고 싶지 않다고 했다. 자기 발소리를 듣고 여자가 살인자라고 생각할지도 모른다는 게 싫다고 했다. "늘 '이봐요, 괜찮아요. 난 도끼로 살인하는 사람이 아니에요' 라고 소리치고 싶다니까." 윌은 그렇게 말했다. "누가 그렇게 소리치면 난 죽어라고 도망칠 거야." 테스가 대답했다. "그래서 우리 남자가 이길 수 없는 거야." 윌은 그렇게 말했다.

노스쇼에서 나쁜 일이 생길 때마다 신문엔 '시드니의 녹음이 우거진 노스쇼에서' 라는 표현이 등장했다. 그 때문에 사건이 훨씬 끔찍하게 느껴졌다.

테스는 교통신호를 받고 차를 세웠고, 문득 아래를 내려다보다 연료등에 빨간 경고등이 켜져 있는 걸 알았다.

"이런 젠장."

테스가 말했다.

다음 모퉁이에서 전등을 환하게 켠 24시간 주유소가 보였다.

테스는 그 주유소로 들어갔다. 차를 세우고 밖으로 나왔다. 주유소엔 반대쪽 앞마당에서 모터바이크에 기름을 넣고 헬멧을 점검하고 있는 남자밖에 없었다.

테스는 주유구를 열고 주유기 노즐을 받침대에서 뺐다.

"안녕."

뒤에서 남자 목소리가 들렸다.

화들짝 놀라며 테스는 재빨리 몸을 돌렸다. 어느새 그 남자는 테스의 차 옆에 와 있었다. 테스와는 차를 사이에 두고 반대쪽에 있었다. 남자가 헬멧을 벗었다. 주유소의 밝은 조명이 눈으로 쏟아져들어와 테스는 앞을 제대로 볼 수 없었다. 남자의 얼굴이 오싹할 정도로 뿌옇게 보일 뿐, 이목구비는 눈에 들어오지 않았다.

테스는 텅 빈 주유소 계산대를 쳐다보았다. 도대체 망할 점원은 어디 간 거야? 손을 들어 브래지어를 하지 않은 가슴을 가렸다. 펠리시티와 함께 본 〈오프라 윈프리 쇼〉가 생각났다. 그곳에 출연한 한 경찰관이 낯선 사람이 다가와 말을 걸 때 여자들이 취할 행동을 알려줬다. 여자들은 아주 공격적으로 소리쳐야 한다. '가! 오지 마! 문제가 생기는 걸 원하지 않으니까 그냥 가버려. 가버리라고!' 그 뒤로 한동안 테스와 펠리시티는 월이 방에 들어올 때마다 낄낄대면서 그렇게 외쳤었다.

테스는 헛기침을 하고 격투기 강습 시간에 배운 것처럼 주먹을 꽉 쥐었다. 브래지어를 하고 있었다면 훨씬 위협적인 자세를 취할 수 있었을 텐데.

"테스. 나야. 코너. 코너 휘트비."

. 16 .

레이첼은 잠에서 깨어났다. 레이첼을 깨운 꿈은 어느새 무의식의 세계로 사라지고 없었다. 남은 건 끔찍한 기분뿐이었다. 물이 나오는 꿈이었다. 그 물에 어린 자니가 있었다. 아니 제이컵인지도 몰랐다.

레이첼은 몸을 일으키고 시계를 보았다. 새벽 1시 30분이었다. 집 안에 가득 찬 바닐라 향 때문에 속이 메슥거렸다.

타파웨어 파티에서 마신 술 때문에 입안이 바싹 타들어갔다. 파티에 갔다 온 뒤로 몇 시간이 아니라 꼭 몇 년이 흐른 것 같았다. 레이첼은 침대에서 나왔다. 다시 자려고 노력하는 건 의미가 없었다. 새벽빛이 집 안으로 살며시 스며들 때까지 일어나 있어야 할 것이다.

잠시 뒤, 레이첼은 다림질 판을 꺼내고 리모컨으로 텔레비전 채널을 이리저리 돌렸다. 볼만한 프로그램은 하나도 없었다.

레이첼은 비디오테이프를 놓아둔 텔레비전 장식장으로 갔다. 비디오플레이어를 아직 보관하고 있어 옛날 영화를 볼 수 있었다. "엄마, 이런 영화는 이제 모두 DVD로 볼 수 있어." 롭은 계속해서 비디오플레이어를 가지고 있는 게 불법이기라도 한 듯 걱정스럽게 잔소리를 해댔다. 레이첼은 비디오테이프를 손가락으로 어루만졌다. 하지만 지금은 그레이스 켈리도 오드리 헵번도, 심지어 캐리 그랜트도 볼 기분이 아니었다.

레이첼은 비디오테이프를 되는대로 마구 잡아 밖으로 꺼냈다. 그리고 문득 손 글씨로 제목을 쓴 검은색 테이프를 만졌다. 레이첼과 에드와 자니와 롭이 찍은 테이프였다. 네 사람이 번갈아가며 앞 사람이 녹화한 내용을 지우고 자신이 좋아하는 텔레비전 프로 그램을 녹화한 테이프였다. 요즘 아이들에게 이런 테이프는 고대 유물쯤 되겠지? 이제 영화는 그냥 '다운로드' 하면 되니까. 레이첼 은 테이프를 옆으로 돌려 가족이 1980년대에 즐겨 봤던 프로그램 제목을 보았다. 〈설리번〉, 〈컨트리 프랙티스〉, 〈아들과 딸〉. 테이 프를 마지막으로 쓴 사람은 자니 같았다. 자니는 아무렇게나 휘갈 긴 글씨로 '아들과 딸'이라고 적었다.

재밌네. 어제는 〈아들과 딸〉 덕분에 퀴즈 대회에서 이겼는데. 레이첼은 자니가 거실 바닥에 엎드려 그 바보 같은 연속극에서 눈 을 떼지 못한 채 감상적인 주제가를 따라 부르던 모습을 선명하게 기억했다. 그 뒤에 어떻게 됐어? 레이첼은 자니의 노랫소리가 들 리는 듯했다.

충동적으로 레이첼은 비디오테이프를 플레이어에 넣고 재생 버튼을 눌렀다. 엉덩이를 바닥에 대고 앉아 화면을 쳐다보았다. 촌스러운 대사를 읊는 촌스러운 마가린 광고가 끝나가고 있었고, 곧 〈아들과 딸〉이 시작했다. 레이첼은 속으로 주제가를 따라 불렀 다. 무의식 속에서 주제가 가사가 하나도 틀리지 않고 흘러나온다 는 사실이 정말 기뻤다. 페트리샤는 레이첼이 기억하는 것보다 훨 씬 젊고 매력적이었다. 이어 남자 주인공의 고뇌하는 얼굴이 화면 에 나타났다. 남자는 잔뜩 인상을 쓰고 있었다. 저 배우는 지금 경 찰 구조 쇼에 출연하고 있다. 그러니까 모두들 계속 살아가고 있 는 거다. 심지어 〈아들과 딸〉에 나오는 배우들도 여전히 살고 있 다. 가여운 자니만 1984년에 영원히 갇혀버렸다.

레이첼이 테이프를 꺼내려고 버튼을 누르려는 순간, "이렇게 하면 돼?" 하는 목소리가 들렸다. 자니의 목소리였다.

레이첼은 심장이 멎는 것 같았다. 손이 허공에서 멈춰버렸다.

자니의 얼굴이 텔레비전 화면을 가득 메우고 있었다. 아주 기쁘다는 듯이, 까부는 표정으로 화면을 똑바로 쳐다보고 있었다. 눈에는 녹색 아이라이너를 그리고 마스카라를 너무 진하게 칠했다. 코 옆에는 작은 뾰루지가 나 있었다. 레이첼은 딸의 얼굴을 뼛속까지 완벽하게 기억하고 있다고 생각했다. 하지만 실제로 보는 자니의 얼굴엔 레이첼이 잊어버린 줄도 몰랐던 잊은 것들이 있었다. 예를 들어 자니의 이와 코가 실제로 어떻게 생겼는지 같은 것들 말이다. 레이첼의 기억에서 자니의 이와 코는 자니의 것이라는 점을 빼면 그다지 특별할 게 없었다. 하지만 지금 자니는 특별한 이와 코를 지니고 있었다. 왼쪽 송곳니는 살짝 비틀어져 있었고, 코는 살짝 길어 보였다. 하지만 그럼에도, 아니 어쩌면 그렇기 때문에 자니는 아름다웠다. 레이첼이 기억하고 있는 것보다 훨씬 아름다웠다.

레이첼의 집에는 가정용 비디오카메라가 없었다. 에드가 그런 물건을 사는 건 돈 낭비라고 생각했기 때문이다. 그 때문에 자니를 찍은 비디오테이프는 자니가 화동을 한 친구의 결혼식 비디오 뿐이었다.

"자니."

레이첼이 텔레비전 화면을 손으로 만졌다.

"카메라랑 너무 가까워."

한 소년이 말했다.

레이첼의 손이 툭 떨어졌다.

자니가 뒤로 물러났다. 자니는 밑위가 긴 청바지에 은색 금속 허리띠, 자주색 긴팔 윗도리 차림이었다. 레이첼은 저 윗도리를 다림질했던 기억이 났다. 주름이 너무 복잡하게 잡혀 있어서 다리기 까다로운 옷이었다.

자니는 정말 아름다웠다. 섬세한 한 마리 새, 흡사 왜가리 같았다. 그런데, 세상에, 저 애가 저렇게 말랐었나? 자니의 팔과 다리는 가느다란 막대기 같았다. 혹시 자니에게 무슨 문제가 있었던 건 아닐까? 거식증인데 레이첼이 눈치채지 못했던 건 아닐까?

자니는 1인용 침대 끝에 앉아 있었다. 레이첼이 한 번도 보지 못한 방이었다. 침대 위에 빨갛고 파란 줄무늬 침대보가 깔려 있었고, 그 뒤로 짙은 갈색 나무판을 붙인 벽이 보였다. 자니는 잔뜩 심각하게 꾸민 얼굴로 연필을 마이크처럼 들고서 턱을 약간 숙인 채 카메라를 보고 있었다.

그 모습을 보고 레이첼은 깔깔 웃으며 두 손을 기도하는 것처럼 모았다. 저걸 잊고 있었다니. 어떻게 까맣게 잊을 수 있었을까? 자니는 이따금 기자 흉내를 냈다. 부엌에 들어와선 당근을 들고 "말해주시죠, 레이첼 크롤리 부인. 오늘 하루는 어땠습니까? 평범했습니까, 특이했습니까?" 하고 묻곤 했다. 자니가 당근을 들이밀면 레이첼은 언제나 당근에 입을 대고 "평범했습니다" 하고 대답했다.

당연히 평범했다고 말할 수밖에 없었다. 레이첼의 하루는 언제나 평범했으니까.

"안녕하세요. 저는 투라무라에 사는 자니 크롤리입니다. 지금 저는 세상을 등지고 은둔한 코너 휘트비라는 소년을 만나러 왔습니다."

레이첼은 숨을 쉴 수가 없었다. 홱 하고 고개를 뒤로 돌려 '에드' 하고 소리칠 뻔했다. 에드, 빨리 와봐. 이걸 좀 봐봐. 하지만 그런 말을 해도 되는 시간은 이미 몇 년 전에 끝났다.

자니가 다시 연필을 입에 대고 말했다.

"휘트비 씨. 조금만 더 가까이 앉으면 시청자들이 당신을 볼 수 있을 텐데요."

"자니."

"코너."

자니가 코너의 목소리를 흉내 냈다.

가슴이 넓고 머리카락이 짙은 노랗고 파란 줄무늬 럭비 셔츠와 바지를 입은 소년이 침대 위로 엉덩이를 밀면서 자니 곁으로 다가왔다. 그는 카메라를 흘긋 보고는 다시 고개를 돌렸다. 불편한 게 분명했다. 30년 뒤에 자니의 엄마가 두 사람을 본다는 사실을 알고 있는 것처럼.

코너는 몸은 어른이고 얼굴은 소년이었다. 이마엔 여드름이 조금 나 있었다. 10대 소년들이 흔히 그렇듯 굶주리고 두려워하면서도 뚱한 표정을 짓고 있었다. 10대 소년들은 언제나 반항과 포옹이 동시에 필요한 것처럼 보인다. 30년 전 코너는 지금과 달리 자기 몸이 편치 않았던 게 분명하다. 팔다리를 어떻게 해야 할지 몰라 안절부절못하고 있었다. 다리는 앞으로 거칠게 내팽개쳤고, 활짝 편 한 손을 주먹 쥔 손에 가볍게 대고 있었다.

레이첼은 자신의 거친 숨소리를 들을 수 있었다. 텔레비전 화면 안으로 들어가 자니를 끌고 나오고 싶었다. 너 지금 거기서 뭐하는 거야? 그곳은 코너의 침실이 분명했다. 레이첼은 자니에게 절대 남자아이의 침실엔 가지 말라고 했다. 이 사실을 알면 에드는 분명 졸도할 거다.

자니 크롤리! 이 꼬마 아가씨야. 지금 당장 집으로 돌아와!

"왜 내가 여기 나와야 하는데? 카메라에 안 찍히는 데 앉아 있으면 안 돼?"

코너가 다시 카메라를 쳐다보면서 말했다.

"인터뷰하는 사람이 카메라에 안 나오면 안 되지. 〈60분〉에 취재기자 입사 지원서를 넣을 때 이 테이프를 제출할 거란 말이야."

자니가 코너를 보며 웃었다. 코너도 자니를 보며 웃었다. 자신도 모르게 짓는, 상대에게 홀딱 반한 웃음이었다.

홀딱 반했다가 옳은 표현이었다. 저 소년은 내 딸에게 홀딱 반했어. "우린 그냥 좋은 친구예요. 제 여자 친구가 아니에요." 저 소년은 경찰에게 그렇게 말했다. 레이첼은 "난 자니의 친구를 모두 알아. 그 친구들 엄마들도 모두 안다고"라고 말했다. 레이첼이 그 말을 할 때 경찰들이 표정을 감추는 걸 분명히 보았다. 그리고 몇 년 뒤, 레이첼은 마침내 자니의 침대를 버리기로 했고, 자니의 싱글 침대 매트리스 밑에서 피임약을 찾았다. 레이첼은 딸을 모두 알지 못했던 거다.

"자, 코너. 너에 대해서 말해봐."

자니가 다시 연필을 들었다.

"뭘 알고 싶은데?"

"음, 예를 들어, 여자 친구가 있는지?"

"잘 모르겠는데."

코너가 강렬한 눈빛으로 자니를 보았다. 그 순간 코너는 훨씬 큰 남자가 되어 있었다. 코너는 고개를 숙이고 연필에 입을 댔다.

"나한테 여자 친구가 있나?"

"그거야 너한테 달렸겠지."

자니는 하나로 묶은 머리를 손가락으로 빙글빙글 돌렸다.

"넌 뭘 줄 수 있는데? 장점은 뭐고 단점은 뭔데? 그러니까 내 말은, 네가 누군지 어떤 사람인지를 나한테 보여줘야 한다는 거야. 무슨 말인지 알겠어?"

자니는 바보 같은 말을 하고 있었다. 레이첼은 그 말이 귀에 거슬렸고, 심지어 짜증까지 났다. 레이첼은 움찔 놀랐다. *오, 자니. 아가, 그렇게 말하지 마. 친절하게 말해야지. 그런 식으로 말하면 안 돼.* 10대들이 시시덕거리는 모습이 아름답고 관능적인 건 어디 까지나 영화에서일 뿐이다. 현실에서 그런 모습을 보는 건 정말 고통스럽다.

"아 씨, 자니. 계속 똑바로 대답 안 하면, 내 말은. 에이 씨."

코너가 침대에서 벌떡 일어났다. 자니는 그런 소년을 무시하듯 까르르 웃었지만, 얼굴은 어린아이처럼 일그러져 있었다. 하지만 코너는 그 얼굴을 보지 못했다. 코너는 곧바로 카메라로 걸어왔 다. 코너의 손이 화면을 가득 덮었다.

레이첼은 그 손을 뿌리치고 싶었다. *안 돼. 끄지 마. 나한테서 자니를 데려가지 마.*

지지직. 화면이 잡음으로 가득 찼다. 레이첼은 한 대 맞은 것처 럼 홱 하고 머리를 뒤로 젖혔다.

나쁜 자식. 이 살인마.

레이첼의 몸이 아드레날린으로 가득 찼다. 증오로 새롭게 활기를 찾았다. 왜냐고? 증거를 찾았으니까. 오랜 세월이 흐른 뒤에 마침내 증거를 찾은 것이다.

"언제라도 전화해요, 크롤리 부인. 생각나는 게 있으면요. 한밤중이라도 괜찮아요."

벨로치 경사는 지겨울 정도로 그 말을 반복했다.

하지만 지금까지는 전화를 걸 만한 일이 없었다. 하지만 이제 증거를 찾았다. 코너는 잡혀갈 것이다. 레이첼은 법정에 앉아서 판사가 코너 휘트비에게 유죄를 선고하는 소리를 들을 수 있게 될 거다.

레이첼은 발을 동동 구르면서 벨로치 경사의 전화번호를 눌렀다. 일그러진 자니의 얼굴이 레이첼의 머릿속에 가득 찼다.

THE HUSBAND'S SECRET

. 17 .

"코너. 난 그저 기름을 넣고 있었어요."

테스가 말했다.

"농담이지?"

코너가 말했다.

테스는 잠시 동안 코너가 하는 말을 이해하지 못했다.

"당신 때문에 놀랐잖아요. 도끼 살인마인 줄 알았다고요."

당황해서인지 테스의 말투는 조금 심술궂었다.

테스는 주유기를 들어올렸다. 코너는 조금도 움직이지 않고 헬 멧을 팔에 끼운 채 마치 무언가를 기대하는 사람처럼 테스를 쳐다 보며 계속 서 있었다. 잡담은 충분히 하지 않았나? 이제 모터바이 크를 타고 빨리 가버리란 말이야. 테스는 과거의 사람들은 과거에 머물길 바랐다. 전 남자 친구, 학교 친구들, 전직 동료들. 도대체 그 런 사람들이 무슨 의미가 있어? 인생은 움직이는 거다. 예전에 알 던 사람들은 기억해야 하는 존재지 함께해야 하는 존재가 아니다.

테스는 주유 레버를 당기고 코너에게 어색하게 웃으면서 두 사 람이 어떻게 헤어졌는지 기억하기 위해 애썼다. 테스가 펠리시티 와 함께 멜버른으로 가면서 끝났었나? 코너 이전에도 코너 이후에 도 테스에겐 남자 친구가 있었다. 대부분 남자 친구가 관계를 끝내 기 전에 테스가 끝냈다. 보통 펠리시티가 그 남자들을 비웃은 뒤의 일이었다. 남자 친구와 헤어지면 곧 다른 남자 친구가 생겼다. 테 스는 그 이유를 자신이 겁이 날 정도로 아주 매력적이진 않지만 적 당히는 매력적이기 때문이라고 생각했다. 테스는 모든 데이트 신 청을 받아들였다. '싫다'고 한 적은 한 번도 없었다.

테스는 항상 코너가 더 열정적이었다는 사실이 기억났다. 이 남 자는 너무 나이가 많았고 심각했어. 테스는 생각했다. 그때 테스는 대학교 1학년이었다. 고작 열아홉 살이었던 그녀는 어느 정도 나이 가 있고 조용한 남자가 자신에게 보이는 관심에 어리둥절 했었다.

아마도 테스는 이 남자를 심하게 대했을 거다. 10대일 때 테스는 지금보다 훨씬 자신감이 없었고, 사람들이 자신을 어떻게 생각하는 지, 사람들이 자신에게 어떤 식으로 상처를 주는지만을 생각했지 자신이 상대방의 감정에 어떤 영향을 미치는지는 고민하지 않았다.

"사실 테스 생각을 하고 있었어. 아침에 학교에서 본 뒤부터 말이야. 심지어는 혹시, 커피, 마시자고 해도 괜찮을까? 하는 생각도 했어."

코너가 말했다.

"저런."

테스가 말했다. 코너 휘트비랑 커피를 마신다고? 정말 터무니없고 엉뚱한 생각이다. 마치 테스가 컴퓨터에 세게 부딪치거나 수도 배관이 터져서 정신이 없는데 리엄이 퍼즐을 맞추자고 가져오는 것과 같은 일이다. 테스의 인생은 이제 막 날아가버렸다. 상냥하지만 기본적으론 따분한 10대 시절의 남자 친구와는 절대로 커피를 마시러 갈 수 없다.

잠깐, 이 남자 내가 결혼한 거 모르나? 테스는 주유기를 잡고 있는 손을 돌렸다. 결혼반지가 선명하게 눈에 들어왔다. 테스는 완벽하게 결혼했다는 기분이 들었다.

집에 틀어박혀 있는 건 페이스북에 가입하는 것과 같다. 중년이 된 옛 남자 친구가 나무에서 기어나오는 바퀴처럼 스멀스멀 다가와 불륜을 꿈꾸는 작은 더듬이를 내밀면서 '술 한잔 하러 가자'고 말하는 거다. 코너는 결혼을 했을까? 테스는 코너의 손에 반지가 있는지 보려고 손가락을 흘긋 쳐다보았다.

"데이트 신청은 아니라는 걸 알아줬으면 좋겠어."

코너가 말했다.

"그런 생각 안 해요."

"테스가 결혼한 건 아니까, 걱정하지 말고. 우리 누나 아들 기억하는지 모르겠어. 벤저민 말이야. 아무튼, 그 녀석이 이제 막 대

학을 졸업했거든. 광고계에서 일하고 싶어 하는데, 거기가 테스가
있는 데 맞지? 그래서 테스의 전문 지식을 좀 활용해야겠다는 생
각을 했지."

코너가 입 안쪽을 잘근잘근 씹었다.

"음, 활용이라는 말은 적절하지 않을지도 모르겠네."

"벤저민이 대학을 졸업했다고요? 하지만 유치원생이었잖아
요."

테스가 깜짝 놀라 말했다.

기억이 물밀듯이 밀려왔다. 몇 분 전만 해도 코너의 조카 이름
은 생각도 나지 않았는데. 아니, 있다는 것도 기억하지 못했는데,
이제는 벤저민의 방에 바른 선명한 연두색 벽지가 분명하게 생각
났다.

"16년 전에 유치원생이었지. 지금은 키가 180센티미터가 넘어.
털도 많고 목에는 바코드를 문신으로 새겼어. 정말이야. 바코드를
새겼다니까."

"우리가 그 앨 데리고 동물원에 갔었잖아요."

테스가 혀를 내둘렀다.

"그랬을 거야."

"누님은 깊이 잠들었었죠. 아프지 않았나요?"

테스는 소파에 몸을 파묻은 채 자고 있던 검은 머리 여자가 생각
났다. 혹시 남편이 없었던가? 그때 기억이 정확하게는 떠오르지 않
았다. 밖에 나가서 식료품을 사왔어야 하는데, 그러지 않았었지?

"누님은 어때요?"

"아, 그게, 몇 년 전에 세상을 떠났어."

코너는 그런 말을 한다는 게 미안한 것 같았다.

"심장마비였어. 고작 마흔 살이었지. 건강했고, 나쁜 데가 없었어. 그래서 아주…… 충격이었어. 벤저민은 내가 돌보고 있어."

"저런, 정말 유감이에요, 코너."

테스의 목소리가 자신도 모르게 갈라졌다. 세상은 정말 지독하게 슬픈 곳이야. 코너는 누나하고 아주 가까운 사이였지? 이름이 뭐였더라? 리사. 그래 리사였어.

"커피를 마시는 게 좋겠어요."

테스가 충동적으로 갑자기 말했다.

"내 두뇌라면 마음껏 이용해요. 그래 봐야 내 생각일 뿐이지만요."

테스만이 이 세상에서 유일하게 고통받는 사람은 아니었던 거다. 사람들은 사랑하는 사람을 잃는다. 남편은 다른 사람과 사랑에 빠진다. 현재의 인생과는 전혀 상관없는 사람과 커피를 마시면 분명히 기분 전환이 될 거다. 테스가 기억하기에 코너는 전혀 무서운 사람이 아니었다.

"잘됐네."

코너가 웃었다. 저 사람이 저렇게 매력적으로 웃는 사람이었나? 코너가 헬멧을 들어올렸다.

"전화하거나 이메일을 보낼게."

"그래요. 내 연락처는……."

주유기가 달칵거렸다. 기름이 다 들어갔다는 뜻이다. 테스는 주유기 노즐을 빼 다시 급유기에 걸었다.

"이제 세인트 안젤라 엄마잖아. 연락처는 찾을 수 있어."

코너가 말했다.

"아, 그렇네요."

세인트 안젤라 엄마라. 이상한 기분이 들었다. 테스는 자동차 열쇠와 지갑을 들고 코너를 마주 보았다.

"그러니까 난 체육 선생님인 거지."

코너가 테스를 위아래로 훑어보면서 활짝 웃었다.

"고마워요. 모터바이크 좋네요. 모터바이크를 타는지 몰랐는데."

이 남자는 작고 따분한 세단을 타지 않았나?

"중년의 위기라서 그래."

"우리 남편도 그런 거 같아요."

"테스가 너무 힘들지 않았으면 좋겠네."

테스는 어깨를 으쓱했다. 하하. 테스는 다시 모터바이크를 보면서 말했다.

"내가 열일곱 살 때 엄마가 남자애가 모는 모터바이크 뒤에 타지 않겠다는 서약서에 서명하면 500달러를 준댔어요."

"그래서 서명했어?"

"네."

"한 번도 어긴 적 없고?"

"으응."

"하지만 난 마흔다섯 살이야. 소년이 아니라고."

두 사람 눈이 마주쳤다. 이런 대화는…… 추파 아닌가? 테스는 번잡한 고속도로가 내려다보이는 창문이 있고 온통 흰색이던 방에서 코너 옆에 누워 잠에서 깨던 순간을 기억해냈다. 물침대였던 거 같은데? 그것 때문에 펠리시티와 함께 비웃지 않았던가? 사랑을 하는 동안 그가 걸었던 크리스토퍼 성자 목걸이가 자꾸 눈앞에서 왔다 갔다 했는데. 그런 생각을 하자 갑자기 모든 게 역겨워졌다. 끔찍했다. 이건 실수다.

코너도 테스의 기분이 변했음을 알아챘다.

"아무튼, 테스. 커피는 언젠가 전화할게."

코너는 헬멧을 쓰고, 모터바이크에 시동을 걸고, 검은 장갑을 낀 손을 들어올리고는 요란하게 떠나갔다.

코너가 떠나는 모습을 보면서 테스는 그 괴상한 물침대 위에서 생애 처음으로 오르가슴을 느꼈다는 사실을 떠올리곤 화들짝 놀랐다. 지금에야 생각난 일이지만, 그 침대에서 첫 번째로 한 일은 그게 전부가 아니었다. 출렁, 출렁, 힘내 침대야! 섹스는, 특히 그때의 테스처럼 선한 가톨릭 소녀에게 섹스는 노골적이었고 추잡했고 완전히 새로웠다.

기름값을 지불하기 위해 환하게 불을 밝힌 주유소를 가로지르면서 테스는 흘긋 보안 거울을 보았다. 테스의 얼굴은, 눈에 띄게 발개져 있었다.

THE HUSBAND'S SECRET

. 18 .

"편지, 읽었군."

존 폴이 말했다.

세실리아는 처음 보는 사람처럼 존 폴을 쳐다보았다. 저 중년 남자는 한때 정말 잘생겼었고, 적어도 세실리아에겐 지금도 정말 잘생겼다. 존 폴은 누구보다도 정직하고 믿을 수 있게 생겼다. "중고차는 존 폴에게 사야 해." 친구들은 그렇게 말했다. 피츠패트릭 집안의 턱은 유명했다. 피츠패트릭 집안의 아들들은 모두 강인한 턱을 지녔다. 숱 많은 잿빛 머리는 여전히 보기 좋았다. 존 폴은 지금도 자기 머리카락에 대한 자부심이 대단하다. 드라이어로 정성껏 머리를 말렸다. 그것 때문에 형제들은 짓궂게 놀려댔다.

그런 존 폴이 서재 문 앞에 서 있었다. 파란색과 흰색 줄무늬가 섞인 사각 팬티에 빨간색 티셔츠를 입고 있었다. 얼굴은 독극물을 마신 사람처럼 창백하고 땀에 젖어 있었다.

세실리아는 존 폴이 다락에서 내려오는 소리도, 복도에서 걸어오는 소리도 듣지 못했다. 존 폴이 얼마나 오랫동안 세실리아를 보고 있었는진 알 수 없었다. 존 폴은 그저 문 앞에 서서 성당에 앉아 있는 소녀처럼 두 손으로 무릎을 세게 움켜쥐고 있는 세실리아의 손을 멍하게 쳐다보고 있었다.

"응, 읽었어."

세실리아가 말했다.

세실리아는 다시 편지를 집어들고 읽기 시작했다. 이번엔 존 폴이 앞에 있으니 분명 처음과는 다른 내용을 읽게 될 거라는 듯이 천천히 읽어나갔다.

편지는 줄이 쳐진 종잇조각에 파란색 볼펜으로 적혀 있었다. 점자책처럼 울퉁불퉁 눌린 자국이 있었다. 존 폴이 글자를 종이에 새기기라도 할 것처럼 꾹꾹 눌러쓴 것이다. 단락도 여유 공간도 없이 빽빽하게 적혀 있었다. 글자도 다닥다닥 붙어 있었다.

사랑하는 세실리아,

당신이 이 편지를 읽는다면 내가 죽은 거겠지. 알아, 너무 신파적이라는 거. 하지만 사람은 누구나 죽는 거잖아. 지금 당신은 우리 딸 이사벨하고 병원에 있어. 이사벨은 오늘 아침에 태어났어. 이사벨은 정말 아름답고 작고 연약해. 이사벨을 처음 안는 순간 한 번도 느껴보지 못한 감정을 느꼈어. 나는 벌써 그 애에게 무슨 일이 생길까봐 무서워 죽겠어. 그게 내가 지금 이 편지를 쓰는 이유야. 나에게 무슨 일이 생기기 전에 최소한 이 편지를 남겨야 했어. 잘못된 일은 적어도 바로잡으려는 노력은 해야 하니까. 맥주를 몇 잔 마셨어. 그래서 지금 쓰는 건 꼭 헛소리처럼 보일지도 몰라. 아마 이 편지는 찢어버릴 거야. 세실리아, 난 내가 열일곱 살 때 자니 크롤리를 죽였다는 말을 해야겠어. 지금까지 그 애 부모님이 살아 계신다면 제발 그분들을 찾아가서 미안하다고, 사고였다고 전해줘. 계획한 일이 아니야. 갑자기 폭발한 거야. 열일곱 살이었고, 지독하게 멍청했어. 그게 나라는 사실이 믿기지 않아. 그저 악몽처럼 느껴져. 마약을 했거나 술을 마신 것 같지만, 아니야. 완벽하게 멀쩡했어. 그냥 무너진 거야. 바보 같은 럭비 선수들이 말하는 것처럼 뇌가 부러져버린 거야. 마치 날 정당화하려는 것처럼 들리겠지만, 변명을 하려는 게 아니야. 난 상상도 못할 일을 했고, 왜 그랬는지 설명할 수도 없어. 세실리아, 당신이 이 일을 어떻게 생각할지 알아. 당신은 모든 일을 흑과 백으로 생각하잖아. '어째서 고백을 하지 않은 거야?' 하고 생각하겠지? 하지만 세실리아, 당신은 내가 왜 감옥에 갈 수 없었는지 알 거야. 왜 철창에 갇히지 않았는지 알 거야. 나는 내가 겁쟁이라는 걸 알아. 그게 내가 열여덟 살 때 자살하려고 했던 이유야. 하지만 실패하고 말았어. 제발 에드와 레이첼 크롤리 부부에게 단 하루도 그분들 딸을 생각하지 않은 적이 없다고 얘기해줘. 너무 갑작스럽게 일어난 일이라고 말해줘. 자니는 몇 초 전만 해도 웃고 있었어. 죽기 직전까지도 너무나 행복해하고 있었어. 끔찍하게 느껴질 거 알아. 끔찍한 이야기라는 거 알아. 이건 그분들에게 말하지 말아줘. 그냥 사고였어, 세실리아. 자니는 자기는 다른 남자애를 사랑한다고 했어. 그리고 날 비웃었어. 그게 자니가 한 전부였어. 난 갑자기 이성을 잃은 거야. 제발, 크롤리 부부에게 정말 죄송하다고 말해줘. 정말 어떻게 할 수 없을 정도로 죄송하다고 말해줘. 에드 크롤리 씨한테 아빠가 된 뒤에야 딸을 잃는다는 게 어떤 건지 정확하게 알게 되었다고 말해줘. 내가 지은 죄는 종양처럼 날 갉아먹었어. 지금은 그전보다 훨씬 끔찍해. 이런 편지를 남겨서 미안해, 세실리아. 하지만 당신은 강하잖아. 잘 이겨낼 거라고 믿어. 당신과 우리 아기를 정말 사랑해. 내가 받아야 하는 것보다 훨씬 과분한 사랑을 받았어. 난 아무것도 가질 자격이 없는데, 모든 걸 가졌어.

정말 미안해.

내 모든 사랑을 담아

존 폴

세실리아는 지금까지 수도 없이 분노해왔다고 생각했지만, 이제야 정말로 분노한다는 것이 어떤 느낌인지 알았다. 순수한 진짜 최대 분노 말이다. 진짜 분노는 미칠 것 같고 광포해지고 경이로운 느낌이었다. 세실리아는 날아갈 수도 있을 것 같았다. 악마처럼 서재를 날아서 날카로운 손톱으로 존 폴의 얼굴을 피범벅으로 만들 수도 있을 것 같은 기분이었다.

"정말이야?"

세실리아는 자기 목소리에 실망했다. 너무 약했다. 정말로 분노하는 사람에게서 나와서는 안 되는 목소리였다.

"정말이냐고!"

이번엔 좀 더 강하게 말했다.

정말이라는 건 알았다. 하지만 사실이 아니길 바라는 마음이 너무 강해서 묻지 않을 수 없었다. 사실이 아닌 걸로 만들어달라고 빌고 싶었다.

"미안해."

존 폴이 말했다. 존 폴의 눈은 공포에 질린 말처럼 벌겋게 충혈돼 불안하게 떨리고 있었다.

"하지만, 당신은 절대 아니야. 그럴 리가 없어. 그럴 수가 없다고."

"설명은 할 수 없어."

"당신은 자니 크롤리를 알지도 못했잖아. 아니, 당신이 자니를 알고 있단 사실도 난 몰랐다고. 한 번도, 자니 언니 얘기를 한 적이 없잖아."

자니라는 말이 나오자 존 폴은 미친 듯이 떨기 시작했다. 그는 문에 몸을 기댔다. 세실리아에겐 남편이 쓴 편지보다 떨고 있는 남편을 보는 게 더 충격적이었다.

"당신이 죽으면, 당신이 죽은 뒤에 이 편지를 발견하면……."

세실리아는 말을 잇지 못했다. 화가 나서 숨을 쉴 수가 없었다.

"어떻게 나한테 이런 편지를 남길 수 있어? 당신을 위해서 나한테 이런 일을 시킨 거야? 레이첼 크롤리의 집에 가서 노크를 하고…… 이런 말을, 이런 말을…… 그분에게 하라고?"

세실리아는 벌떡 일어나 두 손으로 얼굴을 감싼 채 제자리에서 빙글빙글 돌았다. 실오라기 하나 걸치지 않은, 벌거벗은 상태였지만 조금도 신경 쓰이지 않았다. 침대밑에 벗어놓은 티셔츠가 있었지만, 입고 나올 여유가 없었다.

"오늘 밤에 레이첼을 집에 데려다드렸어. 그분 집에 갔었다고. 자니 언니 이야기도 했단 말이야. 그분한테 자니 언니에 대한 추억을 말해주고 얼마나 뿌듯했는지 알아? 이런 편지가 있다는 것도 모르고."

세실리아는 얼굴에서 손을 떼고 존 폴을 똑바로 쳐다보았다.

"아이들이 편지를 발견했을 수도 있잖아, 존 폴."

갑자기 세실리아는 그런 생각이 들었다. 너무나도 중요하고, 너무나도 끔찍한 가능성이었다. 세실리아는 다시 한 번 말할 수밖에 없었다.

"아이들이 발견했을 수도 있다고!"

"나도 알아."

존 폴이 서재로 들어와 벽에 기대고 섰다. 총살 당할 사람 같은 표정으로 세실리아를 보았다.

"미안해."

존 폴은 다리에 힘이 풀려 스르르 바닥에 미끄러져 내렸다.

"이런 건 대체 왜 쓴 거야?"

세실리아가 편지를 집어올렸다가 다시 떨어뜨렸다.

"어떻게 이런 걸 쓸 수가 있어?"

"그날은 술을 너무 마셨어. 다음 날 찢어버리려고 했어. 찾아봤다고."

존 폴은 눈물 젖은 얼굴로 세실리아를 올려다봤다.

"하지만 찾을 수 없었어. 정말 미친 듯이 찾아봤어. 그때 소득 신고서를 작성했는데, 그 서류들 사이에 있었나봐. 분명히 거기도 찾아봤다고 생각했……."

"그만해!"

세실리아가 소리쳤다. 존 폴이 무언가 잃어버린 이야기를 도저히 참고 들어줄 수가 없었다. 편지가 완벽하게 평범한 물건인 것처럼, 깜빡 잊고 내지 않은 자동차 보험금인 것처럼 어떻게 잃어버렸는지 주절대는 존 폴을 견딜 수가 없었다.

존 폴이 손가락을 입술에 댔다.

"애들 깨겠어."

목소리가 심하게 떨리고 있었다.

잔뜩 겁에 질린 존 폴 때문에 세실리아는 토할 것 같았다. *제발 남자답게 굴어.* 세실리아는 고함을 지르고 싶었다. *이걸 치워버려. 나한테서 가져가버리란 말이야.* 이건 당신이 파괴해야 할 구역질 나고 역겹고 무시무시한 창조물이야. 내 손에 들고 있는 이 무시무시하게 무거운 물건은 당신이 가져가야 해. 하지만 존 폴은 아무것도 하지 않았다.

그때 복도 저편에서 작은 목소리가 들렸다.

"아빠!"

잠을 깊게 자지 못하는 폴리였다. 폴리는 항상 아빠를 불렀다. 세실리아라면 절대로 그렇게 하지 않을 텐데. 너희 아빠는 괴물을 물리칠 수 있는 사람이야. 너희 아빠만 그럴 수 있어. 왜냐하면 열일곱 살 소녀를 죽였으니까. 너희 아빠가 괴물이니까. 너희 아빠는 끔찍한 사실을 몇십 년 동안이나 말하지 않고 감추는 사람이야. 지금 이 순간, 세실리아는 불현듯 그 모든 사실을 깨달았다.

갑자기 충격이 해일처럼 몰려왔다. 세실리아는 가죽 의자에 무너지듯 주저앉았다.

"아빠!"

"가고 있어, 폴리."

존 폴이 벽을 짚고 천천히 일어났다. 절망적인 시선으로 세실리아를 보더니 서재에서 나가 폴리에게 갔다.

세실리아는 숨을 쉬기 위해 노력했다. 코로 숨을 들이마셔야 해. 열두 살이던 자니 크롤리의 얼굴이 떠올랐다. "그냥 바보 같은 행진일 뿐이야." 자니의 입이 그렇게 말했다. 세실리아는 신문 앞면에 실린 자니의 희미한 흑백 사진이 생각났다. 긴 금발을 하나로 묶어 한쪽 어깨에 늘어뜨리고 있었다. 살인 희생자는 언제나 정확하게 살인 희생자처럼 보였다. 그런 운명이 미리 예정된 것처럼 모두 아름답고 순진하고 불운했다. 코로 숨을 들이마셔야 해. 창문에 이마를 살짝 대고 있던 레이첼이 생각났다. 입으로 내뱉고. 어떻게 할 거야, 세실리아? 어떻게 할 거야? 어떻게 해결해야 하지? 어떻게 해야 바로잡을 수 있지?

세실리아는 해결하는 사람이었다. 바로잡는 사람이었다. 뒤처리를 하는 사람이었다. 전화를 걸고, 인터넷에 접속하고, 정확한 양식에 기입하고, 일을 처리할 수 있는 사람에게 알리고, 환불을 처리하고, 새 물건을 보내주고, 더 좋은 모델을 소개하면 모든 일을 해결할 수 있었다.

하지만 그런 일을 아무리 많이 해도 자니를 되돌아오게 할 순 없다. 세실리아의 마음은 절대로 넘을 수 없는 거대한 장벽에 부딪친 것처럼 오싹하고 무시무시한 변하지 않는 사실로 돌아왔다.

세실리아는 편지를 갈기갈기 찢었다.

고백을 해야 해. 존 폴은 고백을 해야 해. 분명히 그래야 해. 자백을 해야 하는 거야. 깨끗하게 치유하고 맑아져야 해. 죄를 씻어내야 해. 법대로 해야지. 법대로 말이야. 존 폴은 감옥에 가야 해. 유죄 판결을 받아야 해. 유죄 판결을 말이야. 감옥에 갇혀야 하는 거야. 하지만 존 폴이 감옥에 갇힐 순 없어. 그렇게 되면 존 폴은 미치고 말 거야. 그러니까, 치료를 받아야 해. 내가 사람들에게 말해야겠어. 조사를 해봐야겠어. 폐소공포증이어도 감옥에 간 사람은 있었겠지? 감옥이 아주 넓을 수도 있잖아. 운동장도 있고. 아닌가?

폐소공포증이 있다고 해서 죽는 건 아니다. 그냥 숨을 쉴 수 없는 것처럼 느끼는 것뿐이다.

사람을 죽이려면 목의 어느 부분을 졸라야 할까?

존 폴은 자니 크롤리를 목 졸라 죽였어. 가느다란 소녀의 목을 두 손으로 움켜잡고 졸라댄 거야. 그래서 사악해진 걸까? 그래. 그런 거야. 존 폴은 사악해.

세실리아는 편지를 계속 찢었다. 자른 조각을 찢고 또 찢어서 손가락 사이에서 굴릴 수도 있을 정도였다.

내 남편은 사악해. 그러니까 감옥에 가야 해. 그러면 세실리아는 죄수의 아내가 되는 거다. 죄수 아내들은 모임이 있을까? 없으면 내가 하나 만들어야지. 세실리아는 미친 여자처럼 낄낄대기 시작했다. 그래, 내가 만들어야지. 난 세실리아잖아. 죄수 아내 협회회장이 되고, 불쌍한 남편들을 위해 에어컨을 설치할 기금을 마련하는 거야. 감옥에 에어컨이 있던가? 그냥 초등학교에만 없는 걸까? 세실리아는 금속 탐지기를 통과할 차례를 기다리면서 다른 아내들과 수다를 떠는 모습을 상상했다. '댁의 남편은 왜 들어온 거예요? 아, 은행 강도. 정말요? 제 남편은 살인이었어요. 맞아요. 소녀를 목 졸라 죽였어요. 면회 끝나고 함께 운동하러 가는 건 어때요?'

"다시 잠들었어."

존 폴이 말했다. 존 폴은 다시 서재로 돌아와 세실리아 앞에 서 있었다. 완전히 지쳤을 때마다 그러는 것처럼 광대뼈 아래를 둥글게 문지르고 있었다.

존 폴은 전혀 사악해 보이지 않았다. 그저 세실리아의 남편처럼 보였다. 수염이 났고 머리는 헝클어져 있고 눈 밑은 거무스름했지만, 그녀의 남편이었다. 아이들의 아빠였다.

한번 사람을 죽였다면, 또 죽일 수도 있다. 그런데도 폴리의 방에 들어가게 하다니. 내 딸 방에 살인자가 들어가게 하다니.

하지만 이 사람은 존 폴이야. 아이들 아빠라고. 아빠란 말이야.

아이들에게 존 폴이 한 일을 어떻게 말하지?

아빠는 감옥에 갈 거야.

그 순간 세실리아의 마음이 완벽하게 정지해버렸다.

아이들에겐 절대 말 못 해.

"정말 미안해."

존 폴이 말했다. 아무 의미도 없이 두 팔을 앞으로 내밀었다. 세실리아를 잡고 싶은 것 같았지만, 두 사람은 너무나도 멀리 떨어져 있었다.

"여보, 난 그냥, 정말 미안해."

세실리아는 두 팔로 벌거벗은 자기 몸을 감쌌다. 온몸이 미친 듯이 떨리고 있었다. 이까지 딱딱 부딪치고 있었다. *신경쇠약인가 봐.* 세실리아는 다행이라고 생각했다. *미쳐가는 게 틀림없어. 어쩌면 다행인지도 몰라. 이건 내가 해결할 수 있는 문제가 아니야. 누구도 해결할 수 없는 문제라고.*

THE HUSBAND'S SECRET

. 19 .

"저기예요. 저걸 봐요."

레이첼은 정지 버튼을 눌러 코너 휘트비의 화난 얼굴이 화면을 가득 채우게 했다. *그래, 괴물의 얼굴이야. 저 눈 좀 봐. 사악하고 시꺼먼 동굴 같잖아. 심술궂게 말려들어간 저 입술 좀 보라고.* 레이첼은 벌써 비디오를 네 번이나 보았고, 볼 때마다 그렇게 확신했다. *그래, 결정적인 증거야. 이걸 보면 배심원 모두 유죄를 선고할 거야.*

레이첼은 고개를 돌려 소파에 앉아 있는 전직 경사 로드니 벨로치를 보았다. 그는 팔꿈치를 무릎에 괴고 터져나오는 하품을 참으려 손으로 입을 막고 있었다.

뭐, 지금은 한밤중이니까. 벨로치 경사는 "이젠 그냥 로드니라고 부르세요"라는 말을 계속하긴 했지만 레이첼의 전화를 받았을 때 푹 잠들어 있던 게 분명했다. 전화를 받은 사람은 벨로치 경사

의 아내였고, 레이첼은 전화기 너머로 경사의 아내가 남편을 깨우는 소리를 들어야 했다. "로드니, 로드니. 당신 전화예요." 벨로치 경사는 한참 만에야 착 가라앉고 혀가 감긴 목소리로 대답했다. 그리고 레이첼이 알아듣게 설명한 뒤에야 "곧 가겠습니다, 크롤리 부인"이라고 대답했다. 레이첼은 벨로치 경사가 전화를 끊으려고 할 때 아내가 하는 소리를 들었다. "어디 가려고 그래요, 로드니? 지금 당장 간다고요? 아침에 가면 되잖아요."

벨로치 경사의 아내는 잔소리쟁이 할멈이 틀림없다. 하지만 터져나오려는 하품을 참으려고 엄청난 노력을 하면서 게슴츠레한 눈을 손등으로 비비고 있는 로드니를 보고 있자니 레이첼은 아침까지 기다릴 걸 그랬다는 생각이 들었다. 그랬다면 훨씬 더 맑은 정신으로 앉아 있었을 텐데.

사실 로드니는 비디오를 제대로 쳐다보지도 않았다. 그는 얼마 전에 제2형 당뇨 진단을 받았다며 그래서 식습관을 전적으로 바꿨다고 했다. 비디오를 보기 위해 앉아 있는 동안에도 내내 먹는 얘기밖에 하지 않았다. "설탕은 완전히 끊었어요. 아이스크림도 이젠 더는 디저트로 못 먹어요."

그리고 마침내 벨로치 경사가 말했다.

"크롤리 부인. 어째서 부인이 이 비디오가 코너에게 살해 동기가 있다는 걸 입증할 거라고 생각하는지는 알겠습니다. 하지만 솔직히 말해 이 소년을 다시 조사해야 한다는 확신은 들지 않는군요."

"저 남자는 우리 딸을 사랑했어요. 우리 딸을 사랑했는데, 우리 딸이 거부했다고요."

레이첼이 말했다.

"부인 따님은 정말 아름다운 소녀였어요. 부인 따님을 사랑한 소년은 아주 많았을 겁니다."

레이첼은 기가 막혀서 말이 나오지 않았다. 로드니가 바보라는 걸 어째서 지금까지 알아채지 못한 거지? 저렇게 둔감한 걸 왜 몰랐지? 당뇨가 IQ에 영향을 준 걸까? 아이스크림을 안 먹어서 뇌가 줄어든 거 아니야?

"하지만 코너는 그냥 소년이 아니잖아요. 우리 애가 죽기 전에 마지막으로 함께 있었던 사람이라고요."

레이첼은 로드니가 이해할 수 있도록 천천히, 신중하게 말했다.

"알리바이가 있어요."

"그건 그 애 엄마가 말한 거잖아요. 분명히 거짓말이에요."

"엄마의 남자 친구도 확인해줬습니다. 더 중요한 건 오후 5시에 코너가 쓰레기통을 비우는 걸 본 이웃이 있다는 거예요. 그 이웃은 아주 신뢰할 수 있는 증인입니다. 변호사고 세 아이의 아빠였잖습니까. 전 자니의 사건을 세세하게 기억하고 있어요, 크롤리 부인. 확실하게 말씀드리지만, 다른 게 없으면⋯⋯."

"그 남자 눈엔 거짓이 있어요. 경사님도 코너 휘트비의 눈에 거짓이 들어 있다고 했잖아요. 경사님이 옳아요. 경사님이 틀림없이 옳다고요."

"하지만 우리가 알 수 있는 건 두 아이가 살짝 말다툼을 했다는 것뿐입니다."

로드니가 말했다.

"살짝 말다툼을 했다고요?"

레이첼이 소리를 질렀다.

"저 소년의 얼굴을 좀 봐요. 저 애가 우리 딸을 죽인 거예요. 난 알아요. 범인은 저 애예요. 내 마음이 알고 있다고요. 내……."

레이첼은 '몸'이라는 단어가 입에서 나오기 전에 말을 멈췄다. 미친 사람처럼 보이긴 싫었다. 하지만 사실이었다. 레이첼의 몸이 코너가 살인범이라고 말하고 있었다. 열병에 걸린 사람처럼 온몸이 끓어오르고 있었다. 손가락 마디 끝도 뜨겁게 달궈져 있었다.

"음, 아무튼, 크롤리 부인. 제가 할 수 있는 일을 찾아보도록 하지요. 결과를 약속드릴 순 없지만, 아무튼 조치를 취할 수 있는 사람에게 전달하겠습니다."

"고마워요. 그게 바로 내가 원하는 전부예요."

아니, 거짓말이었다. 레이첼은 더 많은 걸 원했다. 지금 당장 경찰차가 사이렌을 울리면서 코너 휘트비의 집으로 달려가길 원했다. 근엄한 얼굴에 건장한 경찰들이 코너에게 수갑을 채우고 피의자의 권리를 알려주길 바랐다. 아니, 아니다. 레이첼은 경찰이 코너의 머리를 부드럽게 잡고 경찰차 뒤에 태우는 걸 원하지 않았다. 레이첼이 원하는 건 코너의 머리를 치고 또 쳐서 걸쭉한 곤죽으로 만들어버리는 거다.

"그래, 손자는 어떻습니까? 많이 자랐죠?"

로드니가 벽난로 선반에 있는 제이컵의 사진 액자를 집어들면서 말했다. 레이첼은 비디오플레이어에서 테이프를 꺼냈다.

"뉴욕으로 갈 거예요."

테이프를 로드니에게 주면서 말했다.

"정말인가요?"

로드니가 테이프를 받고 제이컵의 사진을 조심스럽게 선반에 올려놓으면서 물었다.

"우리 집 제일 큰 손녀도 지금 뉴욕에 있어요. 지금 열여덟 살이죠. 귀여운 에밀리랍니다. 아주 좋은 대학교에서 학위를 받을 거예요. 뉴욕을 빅애플Big Apple이라고 하는 거 맞죠? 왜 그렇게 부르는 걸까요."

레이첼은 심술궂게 웃으며 로드니를 현관까지 배웅했다.

"난 전혀 모르겠어요. 전혀 모르겠군요."

1984년 4월 6일

인생의 마지막 날 아침, 자니 크롤리는 코너 휘트비와 버스에 나란히 앉아 있었다.

자니는 이상하게도 숨을 쉴 수가 없었다. 횡격막까지 공기가 들어갈 수 있도록 천천히 숨을 쉬면서 진정하기 위해 애썼다. 하지만 전혀 소용이 없었다.

진정해. 자니는 속으로 말했다.

"말할 게 있어."

자니가 말했다.

코너는 아무 말도 하지 않았다. 코너는 말을 많이 하는 법이 없어, 자니는 생각했다. 자니는 두 손을 가지런히 무릎에 올리고 있는 코너를 보았다. 그리고 코너의 손을 보았다. 코너의 손은 아주 컸다. 그 손은 두려움 때문인지, 기대 때문인지, 아니면 그 둘 다 인지 떨리고 있었다. 자니의 손은 아주 차가웠다. 자니의 손은 언제나 차가웠다. 자니는 손을 데우려고 점퍼 밑으로 집어넣었다.

"결정했어."

자니가 말했다. 코너가 홱 하고 고개를 돌려 자니를 보았다. 버스가 모퉁이를 돌면서 크게 요동쳤다. 몸이 한쪽으로 쏠리면서 두 아이의 얼굴이 가까워졌다.

자니는 숨이 가빠졌다. 혹시 자기 몸에 문제가 있는 게 아닐까 걱정이 될 정도였다.

"말해봐."

코너가 말했다.

수요일

Wednesday

. 20 .

6시 30분이 되자마자 자명종이 세실리아를 거칠게 흔들어댔다. 세실리아는 자기 쪽 침대에서 존 폴 쪽으로 몸을 돌리고 있었다. 두 사람이 동시에 눈을 떴다. 두 사람은 코가 닿을 정도로 가까이 있었다.

세실리아는 존 폴의 파란 눈을 감싼 흰자위의 섬세한 핏줄을, 코의 땀구멍을, 강하고 단단하고 정직해 보이는 턱에 난 회색 수염을 물끄러미 쳐다보았다.

이 남자는 누구지?

지난밤, 두 사람은 침대로 돌아와 어둠 속에서 나란히 누웠다. 멍하니 천장을 보면서 존 폴은 이야기를 했다. 어떻게 얘기를 할 수 있지? 더 많은 정보는 정말로 알고 싶지 않은데. 세실리아는 아무것도 묻지 않았다. 존 폴은 말하고 싶어 했다. 모든 것을 말해주고 싶어 했다. 낮고 강렬한 목소리였다. 말하는 내용은 전혀 단조롭지 않았지만, 억양은 변화 없이 단조로웠다. 하지만 시간이 흐를수록 목소리는 잠겨갔다. 어둠 속에서 쇳소리를 내며 끝없이 떠들어대는 존 폴의 이야기를 듣는 건 악몽이었다. 세실리아는 '입 닥쳐! 입 닥쳐! 입 닥치라고!' 하고 소리치고 싶은 걸 참느라 입술을 깨물고 있어야 했다.

　존 폴은 자니 크롤리를 사랑했다. 미친 듯이 사랑했다. 심지어 강박적으로 사랑했다. 10대들이 사랑이라고 생각하는 그 방식대로 사랑했다. 그는 혼스비에 있는 맥도널드에서 자니를 만났다. 두 사람 모두 아르바이트하기 위해 지원서를 작성하는 중이었다. 자니가 존 폴을 알아보았다. 존 폴이 남학교에 가기 전에 같은 초등학교에 다녔다고 말했다. 세인트 안젤라 초등학교에서 같은 학년이었지만, 반은 달랐다고 했다. 존 폴은 크롤리라는 성은 기억나는 것 같았지만, 자니가 누군지는 기억이 나지 않았다. 두 사람 모두 맥도널드에선 일할 수 없었다. 자니는 세탁소에서 아르바이트 자리를 구했고 존 폴은 우유 상점에서 일했지만, 신의 권능에 대해 강렬한 대화를 나눈 뒤에 자니가 전화번호를 줬고, 존 폴은 그다음 날 전화를 했다.

　존 폴은 자니를 여자 친구라 여겼다. 자신의 동정은 자니에게 줄 거라고 생각했다. 두 사람이 사귀는 건 철저하게 비밀로 해야 한다고 생각했다. 왜냐하면 자니의 아빠가 독실한 가톨릭 신자였고, 자니가 열여덟 살이 될 때까진 남자 친구를 사귈 수 없다고 엄포를 놓았기 때문이다. 따라서 존 폴과 자니의 관계는 철저하게 비밀이어야 했다. 그렇기 때문에 존 폴은 훨씬 흥미진진하다고 여겼다. 두 사람이 비밀 요원처럼 느껴졌기 때문이다. 자니의 집에 전화를 걸었을 때 자니가 아닌 다른 사람이 받으면 전화를 끊는다. 그게 규칙이었다. 두 사람은 공개적인 장소에선 손도 잡지 않았다. 친구들도 두 사람이 사귄다는 사실을 알지 못했다. 자니가 그렇게 해야 한다고 우겼기 때문이다. 일단 극장에 들어간 다음에야 어두운 극장에서 존 폴은 자니의 손을 잡을 수 있었다. 전철을 타고 아무도 없는 객차에 앉아서야 두 사람은 입을 맞췄다. 와틀 밸리 파크의 둥근 지붕 아래 앉아 담배를 피우면서 대학에 가기 전에 유럽 여행을 갔으면 좋겠다는 말을 했다. 그게 전부였다. 정말로. 존 폴이 밤낮으로 자니를 생각했다는 것만 빼면. 그는 너무 부끄러워서 차마 자니에게 주지 못한 시도 썼다.

나한테는 시를 써준 적 없으면서. 세실리아는 엉뚱하게도 그런 생각을 했다.

그날 밤, 자니는 두 사람이 자주 만났던 와틀 밸리 파크로 오라고 했다. 늘 사람이 없어 둥근 지붕 아래에 앉아 입을 맞출 수 있는 곳이었다. 자니는 할 말이 있다고 했다. 존 폴은 자니가 가족계획센터에 가서 피임약을 구해왔다는 말을 할 줄 알았다. 하지만 자니는 미안하다고, 다른 남자아이를 사랑한다고 했다. 존 폴은 깜짝 놀라 기절할 것만 같았다. 혼란스러워서 갈피를 잡을 수가 없었다. 다른 남자가 있다는 생각은 꿈에도 하지 못했다. '하지만 난 네가 내 여자 친구라고 생각했는데?' 존 폴은 그렇게 말했다. 그러자 자니가 웃었다. 자니는 행복해 보였어. 자기가 내 여자 친구가 아니라는 사실이 너무나 즐거운 것 같았어. 존 폴은 그렇게 말했다. 존 폴은 처참하고 창피했다. 걷잡을 수 없는 분노를 느꼈다. 무엇보다도 자존심에 상처를 입었다. 자신이 바보가 된 것 같았다. 그래서 *자니를 죽이고 싶었다.*

존 폴은 자신의 감정을 필사적으로 세실리아에게 알리고 싶은 것 같았다. 자신의 행동을 정당화하려는 생각도, 죄를 가볍게 하려는 생각도, 사고로 위장할 생각도 없었다. 몇 초일지라도 존 폴은 정말로 자니를 죽이고 싶었던 거다.

존 폴은 자신이 자니의 목을 조르기로 결정했는지는 기억하지 못했다. 하지만 갑자기 자기 손 안에 가느다란 목이 있다는 사실을, 동생에게 초크(상대방의 목을 졸라 압박하는 유도 기술—옮긴이) 기술을 건 게 아니라는 사실을 깨달은 순간은 기억했다. *지금 내가 여자를 아프게 하고 있잖아. 이런 젠장. 지금 내가 뭘 하고 있는 거지?* 그는 분명히 그렇게 생각했다고 기억했다. 그 순간 존 폴은 손에서 힘을 뺐다. 그리고 안도했다. 적절한 순간에 멈췄다. 자니를 죽이지 않았다.

하지만 자니는 흐느적거리며 존 폴에게로 쓰러졌다. 자니는 존 폴의 어깨를 멍하니 쳐다보고 있었다. 아니야, 그럴 리가 없어. 존 폴은 생각했다. 난 그저 1초, 아니 2초 정도 미친 듯이 화가 났을 뿐이라고. 그 짧은 시간에 자니가 죽을 리 없어. 존 폴은 믿을 수가 없었다. 사실은 지금도 믿을 수가 없다. 수십 년이 지났지만, 존 폴은 지금도 자신이 한 일을 떠올리면 충격을 받았고 무서워졌다.

자니는 여전히 따뜻했지만, 존 폴은 한 점의 의심도 없이 자니가 죽었다는 걸 알았다. 비록 나중에 자신이 잘못 알았으면 어쩌나 하는 생각이 들긴 했다. 어째서 자니를 살리려는 노력을 하지 않은 걸까? 존 폴은 백만 번도 넘게 자신에게 묻고 또 물었다. 하지만 그땐 완벽하게 확신하고 있었다. 자니는 죽었어. 자니는 정말 죽은 것 같았다.

그래서 존 폴은 자니를 미끄럼틀 아래 조심스럽게 눕혔다. 그날 밤은 아주 추워질 것 같다는 생각을 했던 기억이 난다. 그는 자니에게 자니의 교복 상의를 덮어주고 주머니에 있던 묵주를 꺼냈다.

그날 시험을 봐서 행운의 증표로 가져온 묵주였다. 존 폴은 자니의 손에 조심스럽게 묵주를 쥐어줬다. 자니에게, 그리고 신에게 하는 사과의 표시였다. 그리고 달리기 시작했다. 숨이 차 더는 달릴 수 없을 때까지 존 폴은 뛰고 또 뛰었다.

존 폴은 당연히 잡혀갈 거라고 믿었다. 자신의 어깨에 경찰의 묵직한 손이 올라올 순간을 기다리고 또 기다렸다. 하지만 존 폴은 용의선상에 오르지도 않았다. 자니와는 같은 학교도 아니었고, 함께 어울리는 모임도 없었기 때문이다. 두 사람의 관계를 아는 어른도, 아이들도 없었다. 두 사람이 함께 있는 순간을 본 사람은 아무도 없었다. 두 사람이 함께 있던 순간은 없는 것과 마찬가지였다.

존 폴은 경찰이 단 한 마디라도 질문을 했다면 그 즉시 고백했을 거라고 했다. 누군가 살인범으로 잡혀가기라도 했다면 곧장 가서 고백했을 거라고, 자기 대신에 다른 사람이 잡혀가는 건 절대로 두고 보지 않았을 거라고 했다. 그는 그렇게 사악한 사람은 아니었다. 그저 아무도 물어보는 사람이 없었기 때문에 대답하지 않았을 뿐이다.

1990년대가 되자 뉴스에서 DNA를 검사하면 범인을 잡을 수 있다는 보도가 나오기 시작했다. 존 폴은 자신이 조금이라도 흔적을 남기지 않았는지 궁금했다. 가령 머리카락 같은 것 말이다. 하지만 그런 흔적이 남아 있다고 해도, 두 사람은 아주 짧은 시간만 함께 있었고, 들키지 않는 놀이를 완벽하게 해냈다. 존 폴이 자니를 만났다는 사실을 아는 사람이 없으니, 존 폴에게 DNA 샘플을 제출하라고 요구하는 사람은 없을 것이다. 그는 스스로도 거의 자니를 모른다고, 그런 일은 일어나지 않았다고 확신하게 되었다.

그리고 세월이 흘렀다. 세월이라는 지층이 존 폴의 기억 위에 한 겹 한 겹 쌓여갔다. 가끔은 말이야, 존 폴이 속삭였다. 몇 달 동안 상당히 정상적인 것처럼 느껴질 때도 있지만 대부분은 자신이 한 일만을 생각하고, 자신이 미쳐가고 있다는 생각에 사로잡혀 살았다고 했다.

"그건 마치 내 마음속에 괴물을 가두고 있는 것과 같아."

존 폴이 잔뜩 쉰 목소리로 말했다.

"그 괴물이 가끔 풀려나서 마구 날뛰는 거야. 그러면 난 다시 그 녀석에게 잡혀야 해. 다시 사슬에 묶이는 거야. 무슨 말인지 알겠어?"

아니, 몰라. 전혀 모르겠다고. 세실리아는 생각했다.

"그러다 당신을 만났지. 난 당신에게서 특별한 걸 느꼈어. 뼛속까지 선한 감정 말이야. 난 그 선함을 사랑하게 됐어. 마치 아름다운 호수를 보는 것 같았어. 당신이 날 정화시켜줄 수 있다고 믿은 거야."

세실리아는 오싹해졌다. *난 선하지 않아. 마리화나를 피운 적도 있다고. 우린 함께 술도 마셨잖아. 세상에, 난 당신이 내 모습을 사랑한 줄 알았어. 선함이 아니라 번쩍이는 재치를, 유머 감각을 사랑하는 줄 알았다고.*

존 폴은 계속 말했다. 필사적으로 세실리아에게 세세한 것 하나까지 고백하고 싶은 것 같았다. 이사벨이 태어나고 자신이 부모가 되었을 때 그는 갑자기 자신이 레이첼과 에드 부부에게 어떤 짓을 했는지를 새롭게, 그리고 끔찍하게 이해할 수 있었다.

"우리가 벨 애비뉴에 살 때, 일하러 가다가 개를 데리고 산책하는 자니 아버지를 봤어. 그리고 그 얼굴을 봤는데…… 그 얼굴은…… 어떻게 묘사해야 할지 모르겠어. 그분은 육체적으로 끔찍한 고통을 당하는 사람 같았어. 금방이라도 쓰러져 땅 위를 구를 것만 같았어. 하지만 그저 개를 데리고 걷기만 했지. 그때 알았어. 내가 그렇게 만든 거구나. 내가 그 고통을 가한 거구나. 난 다른 시간에, 다른 길로 다니려고 애를 썼지만, 그분을 계속 볼 수밖에 없었어."

이사벨이 어렸을 때 세실리아네는 벨 애비뉴에 살았다. 세실리아는 아기 샴푸와 베이비 크림, 으깬 배와 바나나 냄새가 나는 듯했다. 그때 세실리아와 존 폴은 새로 태어난 아기에게 푹 빠져 있었다. 가끔 존 폴은 이사벨을 보겠다며 출근 시간을 늦추곤 했다. 새하얀 아기 옷을 입은 볼살이 통통하고 뱃살이 빵빵한 이사벨과 오래 누워 있곤 했다. 그런데 그건 사실이 아니었던 거다. 존 폴은 아기와 함께 있고 싶었던 게 아니라 자신이 죽인 소녀의 아버지를 피했던 거다.

"에드 크롤리 씨를 볼 때마다 '그래. 고백해야겠어' 하고 생각했어. 하지만 그럴 때마다 당신과 아기가 생각났어. 어떻게 당신에게 그런 짓을 할 수 있었겠어? 당신에게 무슨 말을 할 수 있었겠어? 어떻게 당신 혼자서 아기를 키우게 내버려둘 수 있겠어. 난 우리가 시드니를 떠나야 한다고 생각했어. 하지만 당신이 부모님 곁을 떠나고 싶어 하지 않을 거란 걸 알았지. 그리고 그건 잘못이라는 생각이 들었어. 도망치는 거라는 기분이 들었어. 난 여기 있어야 한다고 생각했어. 언제라도 자니의 부모님을 만날 수 있고, 언제라도 내가 무슨 짓을 했는지 알 수 있는 곳에 있어야 한다고 말이야. 난 고통받아야 하니까. 그때 한 가지 생각을 해낸 거야. 나를 처벌할 새로운 방법을 찾아야 했으니까. 다른 사람에게 고통을 주지 않고 나를 괴롭히는 방법을 찾아야 했어. 속죄를 해야 했어."

그래서 존 폴은 자신에게 굉장히 즐거운 일이라면, 전적으로 자신만을 즐겁게 하는 일이라면 무엇이든 포기하기로 했다. 조정을 그만둔 것도 그 때문이었다. 존 폴은 조정을 아주 좋아했다. 하지만 자니가 조정을 해본 적이 없다는 이유로 자신도 그만뒀다. 자니가 한 번도 운전을 해본 적이 없다는 이유로 정말 사랑하는 알파로메오를 팔아치웠다.

존 폴은 지역사회에도 헌신했다. 판사가 수많은 시간 동안 사회봉사를 하라고 명령을 내린 것처럼 행동한 거다.

세실리아는 존 폴이 정말로 공동체를 위하는 사람이라고 믿었다. 세실리아는 그게 우리 부부의 공통점이라고 믿었다. 자신이 알고 있다고 믿었던 존 폴이라는 남자는 사실 존재한 적도 없는데 말이다. 존 폴은 가공의 인물이다. 그의 인생은 모두가 연극이었다. 신의 가호를 빌기 위한 연극, 구원을 받기 위한 연극.

존 폴은 지역을 위해 봉사하는 게 쉽지 않다고 했다. 그래, 그래서 자주 참가한 거야. 산불 진화 봉사를 자주 한 것도 동지애나 주고받는 농담에서 찾는 재미, 솟구치는 아드레날린 때문이 아니라 사회를 위해 일하는 어려움이 자신의 즐거움보다 훨씬 크기 때문에 그랬던 거야. 존 폴은 언제나 신이 자신에게 무엇을 기대하고 있는지, 얼마나 많은 시간 동안 기도를 해야 하는지 계산했다. 물론 그 어떤 것으로도 충분하지 않고, 죽으면 지옥에 가게 될 거란 걸 알고 있지만 말이다.

이 남자는 정말 그렇게 믿고 있구나. 정말로 자기는 지옥에 간다고 믿는 거야. 지옥을 관념적인 장소가 아니라 구체적인 장소로 생각하고 있는 거야. 세실리아는 생각했다. 존 폴은 아주 숭고하게 '주님'이라고 말했다. 두 사람은 그런 식으로 신을 믿는 가톨릭 신자는 아니었다. 물론 가톨릭 신자였고 성당에 나갔지만, 분명히 맹세하건대 절대로 종교적인 사람들은 아니었다. 일상에서 신을 이야기하는 일은 전혀 없었다.

물론 지금 일상적인 이야기를 하는 건 아니지만 말이다.

존 폴은 계속 말했다. 끝이 없었다. 세실리아는 몸속에 이상한 벌레가 산다는 도시 괴담이 떠올랐다. 이 벌레를 없애는 유일한 방법은 죽기 직전까지 굶은 뒤에 아주 맛있는 음식을 입에 물고 벌레가 음식 냄새를 맡을 때까지 기다리는 것이다. 음식 냄새를 맡으면 벌레는 식도를 타고 올라와 입안으로 들어온다. 존 폴의 목소리가 그 벌레처럼 들렸다. 끝도 없이 끔찍한 이야기가 그 입에서 흘러나왔다.

존 폴은 아이들이 커가면서 죄의식과 후회가 견딜 수 없이 커졌다고 했다. 세실리아에게 들키지 않으려고 기를 쓴 악몽, 편두통, 발작 같은 우울증은 모두 그가 한 일 때문에 생긴 것이다.

"올해 초에 이사벨은 꼭 자니 같았어. 입는 것도 머리 모양도. 그래서 눈을 뗄 수가 없었어. 정말 끔찍했어. 계속해서 누군가 이사벨을 해치는 생각을 했어. 내가…… 내가 자니에게 했던 것처럼 말이야. 아무 죄도 없는 순진한 소녀를. 내가 자니의 부모님에게 했던 일을 나도 당해야 한다고 생각했어. 이사벨이 죽은 모습이 자꾸 떠올랐어. 그 생각을 하면 눈물이 났어. 샤워를 하다가도 운전을 하다가도 흐느껴 울었어."

"에스터가 시카고에 가기 전에 자기가 우는 걸 봤대."

"그랬대?"

존 폴이 눈을 깜빡였다.

그 사실을 음미하는 건지 잠시 동안 아름다운 침묵이 흘렀다.

좋아. 됐어. 입을 다물었어. 세실리아는 생각했다. *감사합니다, 주님.* 세실리아는 아주 힘든 일을 한 뒤에도 느껴보지 못했던 피로를 육체적으로 감정적으로 느끼고 있었다.

"난 섹스도 그만뒀어."

존 폴이 말했다.

아이고 맙소사.

존 폴은 작년 11월에 새로운 속죄 방법을 찾다가 6개월 동안 섹스를 하지 않겠다는 결정을 내렸다. 지금까지 그런 생각을 하지 않은 것에 부끄러움도 느꼈다. 섹스는 그가 정말로 좋아하는 쾌락이다. 섹스를 참는 동안 그는 정말 죽을 것 같았다. 더구나 정확한 이유를 말해주지 않았으니 세실리아가 자신이 바람피운다고 의심할 수도 있을 거라 여기며 걱정을 했다.

"이런, 존 폴."

세실리아는 어둠 속으로 한숨을 내보냈다.

수십 년 동안 존 폴이 속죄하기 위해 했던 일들이 너무나 바보 같고 유치하고 완전히 소용없는 일처럼 느껴졌다. 그리고 무엇보다도 전혀 체계적이지 못했다.

"해적 파티에 레이첼 크롤리를 초대했어."

세실리아는 갑자기 몇 시간 전만 해도 바보처럼 아무것도 몰랐던 자신을 떠올리며 말했다.

"아까 집까지 데려다드렸거든. 자니 언니 얘길 하면서, 나는 정말 내가 잘하고 있다고……."

세실리아의 목소리가 갈라졌다. 존 폴이 부르르 떨듯 숨을 들이마시는 소리가 들렸다.

"정말 미안해. 알아. 계속 이 말만 하고 있다는 걸. 그래 봐야 아무 소용 없다는 걸."

"괜찮아."

세실리아가 말했다. 자칫하면 웃음이 터져나올 뻔했다. 너무 뻔한 거짓말이었기 때문이다.

그 말을 끝으로 두 사람은 갑자기 약물에 취한 것처럼 깊은 잠에 빠져들었다.

"당신, 괜찮아? 기분은 어때?"

잠에서 깬 존 폴이 세실리아를 보면서 말했다. 퀴퀴한 입 냄새가 났다. 세실리아의 입은 바짝 말라 있었다. 머리가 아팠다. 어젯밤 진탕 마시고 방탕하게 논 것처럼 속이 메슥거렸고, 찜찜하고 불쾌한 기분이 들었다.

세실리아는 두 손가락으로 이마를 누르고 눈을 감았다. 차마 존 폴을 쳐다볼 수가 없었다. 목이 아팠다. 이상한 자세로 잔 게 분명했다.

"당신, 계속 나랑……."

존 폴은 입을 다물고 발작적으로 기침을 했다. 그리고 마침내 말했다.

"나랑 계속 살아줄 거야?"

세실리아는 존 폴의 눈을 들여다보았다. 순전하고도 원초적인 공포가 보였다.

한 가지 행동이 한 사람을 영원히 규정할 수 있을까? 10대에 한 사악한 행동 하나가 20년간의 좋은 결혼 생활을, 20년간 좋은 남편과 아빠로 살았던 남자의 삶을 빼앗아가도 되는 걸까? 살인자. 당신은 살인자야. 다른 사람들은 그렇게만 생각할 거야. 우리를 모르는 사람들, 신문에서 당신 이야기를 읽는 사람들은 그렇게만 생각할 거야. 세실리아도 이방인이었다면 당연히 그럴 거다. 그런데 존 폴, 왜 당신에게만 다른 규칙을 적용해야 하는 거지? 내가 왜 그래야 하는 거지?

밖에서 타다닥 뛰어오는 조그만 발소리가 들렸다. 갑자기 조그맣고 따뜻한 몸 하나가 두 사람 위로 펄쩍 뛰어올랐다.

"아안녕, 엄마!"

폴리가 두 사람 사이에서 기분 좋게 꼼지락거리면서 말했다. 폴리는 세실리아의 베개에 머리를 댔다. 윤기 흐르는 검은 머리카락이 세실리아의 코를 간질였다.

"안녕, 아빠."

세실리아는 막내딸을 지금까지 한 번도 본 적이 없다는 듯 물끄러미 쳐다보았다. 잡티 하나 없는 깨끗한 피부, 긴 속눈썹, 청명한 파란 눈. 너무나도 아름답고 순수했다.

세실리아는 완전히 이해한다는 뜻을 담은 충혈된 눈으로 존 폴을 보았다. 존 폴에겐 다른 규칙을 적용해야 하는 이유를 이해했다는 눈이었다.

"안녕, 폴리."

두 사람은 동시에 말했다.

. 21 .

리엄이 무슨 말을 했지만 테스는 듣지 못했다. 테스는 손을 늘어뜨리고 세인트 안젤라 초등학교 정문 앞에 섰다. 수많은 부모와 아이들이 갑자기 생긴 장애물을 피해 시냇물처럼 두 사람을 휘돌아 새로운 길을 만들며 나아갔다. 테스는 리엄에게 몸을 숙였고, 누군가의 팔꿈치가 테스의 뒤통수를 치고 갔다.

"왜 그래?"

테스가 뒤통수를 문지르면서 물었다. 테스는 긴장했고 초조했고 엄청나게 흥분한 상태였다. 초등학교 등굣길은 멜버른에서만큼이나 시드니에서도 최악인 것 같았다. 테스 같은 사람에겐 정말 지독한 고역이었다. 사람들, 어디에나 사람들이 있었다.

"집에 가고 싶어. 아빠가 보고 싶어."

리엄이 땅을 보면서 말했다.

"뭐라고?"

테스는 리엄의 말을 들었으면서도 그렇게 말했다. 리엄의 손을 잡았다.

"일단 사람들이 지나갈 수 있도록 비켜주자."

이런 순간이 오리라는 건 알고 있었다. 지금까지 너무 이상할 정도로 쉬웠다. 갑자기 전학을 간다는 사실에 리엄은 이상할 정도로 낙관적이었다. "리엄은 적응력이 뛰어나구나." 테스의 엄마는 감탄을 했지만, 테스는 리엄이 그런 반응을 보이는 게 새로운 학교에 정말로 관심이 있다기보다 다니던 학교에 문제가 있기 때문이라고 생각했다.

리엄은 테스의 팔을 잡아당겼다. 테스는 다시 허리를 숙였다.

"엄마랑 아빠랑 펠리시티 이모랑 이제 그만 싸워."

리엄이 두 손을 모아 테스의 귀에 대고 말했다. 따뜻한 입김에서 치약 냄새가 났다.

"그냥 모두 미안하다고 하면 되잖아. 엄마가 이젠 괜찮다고 말해. 그럼 우리 집에 갈 수 있잖아."

테스는 심장이 멈추는 것 같았다.

바보. 바보였어. 바보였다고. 난 바보였어. 정말로 리엄을 속일 수 있다고 생각한 거야? 리엄이 주변에서 벌어지는 일을 얼마나 잘 파악하는지 이미 충분히 알고 있었으면서도?

"외할머니가 멜버른으로 가면 되잖아. 그러면 외할머니 다리가 나을 때까지 돌볼 수 있어."

리엄이 말했다. 정말 웃긴 일이었다. 테스는 그런 생각을 하지 못했다. 그녀는 자신이 사는 멜버른과 엄마가 사는 시드니를 마치 다른 행성처럼 생각하고 있었다.

"공항에도 휠체어가 있어."

리엄이 장엄하게 말하는 순간, 한 소녀의 가방이 휙 날아오더니 리엄의 눈가에 부딪쳤다. 리엄의 얼굴이 일그러지면서, 아름다운 황금색 눈에서 눈물이 주르륵 흘러내렸다.

"얘, 아가. 학교에 갈 필요 없어. 이건 정말 미친 생각……."

"우와, 안녕 리엄. 왜 여기 서 있는 거니?"

약간 미친 게 분명한 트루디 교장이었다. 교장은 아이처럼 찰싹 엉덩이를 붙이고 리엄 옆에 쪼그리고 앉았다. 저 사람은 요가를 하는 게 틀림없어. 테스는 생각했다. 리엄 또래의 한 소년이 교장 옆을 지나가면서 하얗고 곱슬곱슬한 머리를 토닥토닥 두드렸다. 학교 교장 선생님이 아니라 학교에 사는 강아지인 것처럼 말이다.

"안녕하세요, 애플비 선생님."

"오, 그래, 안녕 해리슨!"

트루디 교장이 손을 들자 어깨에서 숄이 흘러내렸다.

"죄송해요. 우리 때문에 길이 막혀서……."

테스가 말을 시작했지만 트루디 교장은 테스를 보면서 살짝 웃곤, 숄을 제대로 어루만지면서 다시 리엄을 보았다.

"어제 오후에 네 담임 선생님인 제퍼스 선생님하고 내가 뭘 했는지 아니?"

리엄이 어깨를 으쓱하면서 눈물을 아무렇게나 쓱 하고 닦았다.

"너희 교실을 다른 행성으로 만들었단다. 부활절 달걀 찾기 시합은 우주에서 할 거야."

"어떻게요? 어떻게 그렇게 해요?"

리엄이 코를 훌쩍이면서 미심쩍다는 표정을 지었다.

"가서 어떻게 했는지 보자꾸나."

트루디 교장이 일어서면서 리엄의 손을 잡았다.

"자 어머니께 인사하렴. 나중에 우주에서 달걀을 얼마나 찾았는지 꼭 말씀드리고."

테스가 리엄의 정수리에 입을 맞췄다.

"그래, 알았어. 좋은 하루 보내. 엄마는 리엄이……."

"당연히 우주선도 있어. 누가 타고 있는지 아니?"

트루디 교장이 리엄을 데려가면서 말했다. 테스는 리엄이 트루디 교장을 올려다보는 모습을 보았다. 아이의 얼굴은 호기심과 희망으로 밝게 빛나고 있었다. 교장과 아이는 곧 파란색과 흰색이 섞인 체크무늬 교복의 물결 속으로 사라져버렸다.

테스는 몸을 돌려 걸어갔다. 완전히 마음이 풀어헤쳐진 것 같았다. 리엄을 다른 사람에게 맡길 때마다 중력이 사라진 것 같은 이런 느낌이 들었다. 이젠 어떻게 해야 하는 걸까? 학교에서 돌아오면 리엄에게 뭐라고 말하지? 거짓말을 둘러대며 아무 일도 아니라고 말할 순 없었다. 하지만 진실을 말할 수도 없다. 그렇지 않을까? *아빠와 펠리시티 이모가 사랑에 빠졌단다. 너희 아빠는 엄마를 가장 사랑해야 해. 그래서 엄마는 두 사람한테 화가 나. 정말 크게 상처를 입었단다.*

아마도 언제나 가장 좋은 건 진실일 거야.

너무 무모했어. 이 모든 게 리엄을 위한 거라고 핑계를 댄 거야. 사실은 나 때문이면서도 아이를 집에서, 학교에서, 그 아이의 인생에서 무작정 데리고 나온 거야. 윌과 펠리시티에게서 최대한 멀어지고 싶다는 바람 때문에 아이의 행복을 트루디 애플비라는 이상한 곱슬머리 여자한테 맡겨버린 거야.

모든 게 정리될 때까지 리엄은 집에서 가르쳐야 했어. 내가 대부분 가르칠 수 있었을 텐데. 영어, 지리. 아주 재밌었을 거야. 하지만 수학은? 그게 문제야. 학교 다닐 때 펠리시티는 테스의 수학 공부를 도와줬다. 지금은 리엄의 수학 공부를 도와주고 있다. 며칠 전에 펠리시티는 리엄이 빨리 고등학교에 가서 2차방정식을 풀 날을 고대하고 있다고 했고, 테스와 윌은 얼굴을 마주 보고 어깨를 으쓱하면서 웃었다. 펠리시티와 윌은 전혀 아무 일도 없다는 듯 행동했다. 계속 그랬다. 둘이서 몰래 비밀을 감춘 채 말이다.

테스는 학교 옆으로 나 있는 길을 따라 엄마네 집으로 걸어갔다. 그때 뒤에서 테스를 부르는 소리가 들렸다.

"안녕하세요, 테스."

세실리아 피츠패트릭이었다. 그녀는 재빨리 테스 옆으로 걸어왔다. 손에서 열쇠 꾸러미가 쨍강거리고 다리를 접질린 것처럼 절룩거리고 있었다.

테스는 마음을 단단히 먹고 숨을 깊이 들이마셨다.

"안녕하세요."

"첫날이라 데려다주는 거군요."

세실리아가 말했다. 선글라스를 끼고 있어서 테스는 잔뜩 긴장한 자신의 눈동자를 들여다보아야 했다.

"리엄은 괜찮아요? 첫날은 아무래도 긴장이 되겠죠."

"아, 그게, 정말 그래요. 하지만 트루디 교……."

테스는 세실리아의 신발을 보고 갑자기 입을 다물었다. 세실리아는 신발을 짝짝이로 신고 있었다. 한쪽은 검은 발레 슈즈였고, 한쪽은 황금색 하이힐이었다. 그래서 조금 우스꽝스럽게 걸은 거구나. 테스는 고개를 들고 자신이 말을 하고 있었다는 걸 기억해 냈다.

"교장 선생님이 멋지게 안내해주셨어요."

"아, 그죠. 트루디 교장 선생님은 정말 백만 명 중에 한 명 나올까 말까 한 분이라니까요. 분명해요. 아무튼, 이게 내 차예요."

세실리아가 타파웨어 로고가 새겨진 반짝반짝 빛나는 4륜구동 자동차를 가리키며 말했다.

"오늘 폴리네 반에 체육이 있다는 걸 깜빡했지 뭐예요. 절대로 까먹은 적이…… 아무튼 깜빡했지 뭐예요. 그래서 집에 가서 운동화를 가져와야 해요. 폴리가 체육 선생님을 사랑하거든요. 내가 늦으면 큰일이 날 거예요."

"코너. 코너 휘트비 말이군요. 그 사람이 체육 선생님이죠?"

테스는 어젯밤 주유소에서 헬멧을 팔에 끼고 있던 휘트비를 떠올렸다.

"네, 맞아요. 아이들이 모두 체육 선생님을 사랑한답니다. 사실, 엄마들도 절반 정도는 그렇고요."

"그렇군요."

출렁, 출렁. 테스는 물침대를 떠올렸다.

"안녕, 테스. 안녕, 세실리아."

학교 비서인 레이첼 크롤리가 맞은편에서 걸어왔다. 레이첼은 정장 비슷한 치마와 실크 셔츠를 입고 하얀 운동화를 신고 있었다. 테스는 그 모습을 보면서 공원에서 자니 크롤리에게 있었던 일을 생각하지 않고 레이첼을 볼 수 있는 사람이 있을지 궁금해졌다. 한때는 레이첼도 평범한 여자였다는 것, 그녀를 기다리는 비극을 미리 알고 있던 사람은 전혀 없었을 거라는 것은 생각하기 힘들었다.

레이첼이 두 사람 앞에 섰다. 이야기를 더 해야 하는구나. 정말 끝이 없네. 레이첼은 피곤하고 창백해 보였고, 어제는 아름답게 드라이어로 모양을 잡았던 머리는 아무렇게나 흩어져 있었다.

"어제 집에 데려다줘서 고마워."

레이첼이 세실리아를 보면서 웃었다. 테스를 보면서도 웃었다.

"어제 세실리아가 하는 타파웨어 파티에 갔거든. 거기서 술을 너무 많이 마셨어요. 그래서 오늘은 걸어온 거야. 창피해 죽겠다니까."

레이첼이 신고 있는 신발을 가리키며 말했다.

어색한 침묵이 흘렀다. 테스는 세실리아가 말할 거라 생각했지만, 세실리아는 다른 곳에 있는 무언가에 정신을 빼앗긴 것처럼 기묘하게도 입을 다물고 있었다.

"어제 아주 재밌는 시간을 보내셨나봐요."

테스가 마침내 말했다. 너무나 크고 너무나 다정하게 말했다. 어째서 나는 자연스럽게 말하지 못하는 걸까?

"정말 그랬어."

레이첼이 여전히 침묵을 지키고 있는 세실리아를 보면서 살짝 얼굴을 찡그렸다. 그리고 다시 테스를 보았다.

"리엄은 교실로 들어갔고?"

"애플비 선생님이 데리고 가셨어요." 테스가 대답했다.

"잘됐네. 괜찮을 거예요. 트루디 교장은 새로 온 학생을 정말 잘 돌보거든. 이제 일하러 가야겠어. 이 바보같이 투박한 신발을 벗어던져버려야지. 그럼, 안녕, 숙녀분들."

"좋은 하루……."

세실리아의 입에서 탁한 목소리가 흘러나왔다. 세실리아는 헛기침을 했다.

"좋은 하루 보내세요, 레이첼."

"세실리아도."

레이첼이 학교로 걸어갔다.

"그럼."

테스가 말했다.

"이런, 맙소사."

세실리아가 손가락으로 입술을 꾹 눌렀다.

"전 가야 할 거 같아……."

세실리아가 펄쩍 뛰면서 주위를 둘러보았다.

"이런 제엔……."

세실리아는 갑자기 길가에 있는 배수구 위에 쭈그리고 앉아 토하기 시작했다.

이런, 세상에. 세실리아가 구역질하는 소리를 들으며 테스는 생각했다. 세실리아 피츠패트릭이 배수구에 토하는 모습은 보고 싶지 않았다. 어젯밤에 술을 너무 많이 마신 걸까? 식중독인가? 세실리아 옆에 쪼그리고 앉아서, 데킬라를 너무 많이 마신 뒤에 나이트클럽 화장실에서 여자 친구들끼리 하는 것처럼, 앞으로 쏠리는 머리카락을 뒤에서 잡아줘야 할까? 펠리시티와 그랬던 것처럼? 아니면 리엄이 아플 때 그러는 것처럼 등을 살며시 쓸어줘야할까? 걱정하고 있다는 걸 알리기 위해 살짝 걱정하는 소리를 내야 하는 걸까? 그냥 멀뚱하게 서 있지 말고 화들짝 놀라면서 표정을 바꿔야 할까? 하지만 난 이 사람을 잘 모르는걸.

리엄을 가졌을 때 테스는 하루 종일 만성 입덧에 시달렸다. 사람들이 많은 곳에서 수도 없이 토했고, 그럴 때마다 혼자 있길 간절히 바랐다. 그러니까 그냥 살며시 가는 게 좋을까? 하지만 이 가여운 여인을 혼자 두고 갈 순 없었다. 테스는 다른 엄마가 있길, 이럴 땐 어떤 일을 해야 하는지 정확하게 아는 다른 여성이 있길 간절히 바라며 주위를 둘러보았다. 세실리아에겐 학부모인 친구가 수십 명도 더 있었다. 하지만 갑자기 사막이라도 된 것처럼 거리엔 지나가는 사람이 한 명도 없었다.

그때 갑자기 근사한 생각이 떠올랐다. 그래, 휴지! 세실리아에게 적절한 도움을 줄 수 있다고 생각하자 터무니없게도 기쁨 비슷한 감정이 가득 찼다. 테스는 재빨리 핸드백을 뒤져 아직 뜯지도 않은 작은 휴지와 물병을 꺼냈다.

"자기는 정말 보이스카우트 같아."

연인이 되고 얼마 되지 않았을 때 윌은 그렇게 말했다. 영화를 보고 집으로 가는 중이었고, 어두운 거리에서 윌이 차 열쇠를 떨어뜨리자 테스가 가방에서 작은 손전등을 꺼냈을 때였다.

"무인도에 떨어져도 테스의 핸드백만 있으면 우린 충분히 살 수 있어."

펠리시티가 말했다. 당연히 그 밤에, 펠리시티도 두 사람과 함께 있었다. 도대체 펠리시티가 없는 순간은 언제인 거야?

"아이고."

세실리아가 몸을 펴고는 도로 위 연석에 앉아 손등으로 입을 닦았다.

"놀랐죠?"

"여기."

테스가 휴지를 내밀었다.

"괜찮아요? 혹시 뭘 잘못…… 먹은 거 아니에요?"

테스는 세실리아가 손을 심하게 떨고 얼굴이 백짓장처럼 창백하다는 사실을 깨달았다.

"모르겠어요."

세실리아가 코를 풀고 테스를 올려다보았다. 마스카라가 번진 눈물 고인 눈 밑으로 짙은 다크서클이 보였다. 끔찍한 모습이었다.

"미안해요. 이제 가보세요. 할 일이 산더미 같을 텐데."

세실리아가 말했다.

"아니, 할 일은 하나도 없어요. 정말 하나도 없다니까요. 물 드실래요?"

테스가 물병 뚜껑을 열면서 말했다.

"고마워요."

세실리아가 물병을 받아 마시곤 일어서려 했다. 하지만 이내 비틀거렸다. 테스는 쓰러지려는 세실리아를 붙잡았다.

"미안해요. 정말 미안해요."

세실리아는 흐느껴 울 것만 같았다.

"괜찮아요. 정말로 괜찮아요. 집까지 데려다줄게요."

테스가 세실리아를 부축해 세웠다.

"아니, 아니에요. 정말 친절한 말이지만, 그럴 필요 없어요."

"아니, 혼자선 못 갈 거예요. 데려다줄게요. 집에 가서 누워 있어야겠어요. 신발은 내가 학교에 가져다줄게요."

"세상에. 폴리 신발을 까맣게 잊고 있었어요."

세실리아가 말했다. 세실리아는 폴리가 엄청난 위험에 처하기라도 한 것처럼 끔찍한 표정을 지었다.

"이리 줘요."

테스는 손아귀에 전혀 힘이 없는 세실리아의 손에서 자동차 열쇠를 받아들곤 타파웨어 자동차에 대고 문 열림 버튼을 눌렀다. 테스답지 않게 할 수 있다는 자신감과 결행 의지로 가득 차 있었다.

"정말 고마워요."

세실리아는 테스의 도움을 받아 조수석에 탈 때까지 테스에게 완전히 몸을 기대고 있었다.

"전혀 문제없어요."

테스는 전혀 테스답지 않은 경쾌하고 단호한 목소리로 말하고 차 문을 닫고는 차 앞쪽을 빙 돌아 운전석으로 갔다.

정말 모범 시민이네. 다음엔 학부모 시민 연합회에 가입하겠어? 테스의 머릿속에서 펠리시티가 불쑥 튀어나왔다.

망할 펠리시티. 테스는 생각했다. 자동차에 열쇠를 꽂고 재빨리 시동을 켰다.

THE HUSBAND'S SECRET

. 22 .

오늘 아침에 세실리아에게 무슨 일이 있었던 걸까? 전혀 세실리아답지 않네. 세인트 안젤라 초등학교로 걸어가면서 레이첼은 곰곰이 생각했다. 평소에 신던 하이힐이 아니라 통통 튀는 평평한 스니커의 느낌은 겸연쩍으면서도 독특했다. 겨드랑이와 머리카락이 닿는 부분에 땀이 맺혔지만, 사실 차를 타지 않고 걸어서 출근하는 길은 정말 상쾌했다. 집에서 출발하기 전엔 잠시 택시를 부를까 생각했다. 지난밤에 너무 피곤했기 때문이다.

로드니 벨로치 경사가 돌아간 뒤에도 레이첼은 잠을 자지 못하고 비디오에 나온 자니와 코너를 생각하고 또 생각했다. 코너의 얼굴을 떠올릴 때마다 기억 속의 코너의 얼굴은 점점 더 사악해졌다. 로드니는 그냥 경고를 한 거야. 내가 희망을 갖는 게 걱정이 돼서. 로드니는 이제 늙었고 너무 무뎌졌다. 말쑥하고 젊은 경찰이 왔다면 비디오를 보는 즉시 그 의미를 알아채고 필요한 조치를 취했을 텐데.

오늘, 학교에서 코너 휘트비와 마주치면 어떻게 하지? 정면으로 부딪쳐야 할까? 비난을 퍼붓는 거다. 그런 생각을 하자 어지러웠다. 슬픔, 분노, 증오라는 감정이 거대한 산맥처럼 솟구쳐올랐다.

레이첼은 숨을 깊이 들이마셨다. 아니, 안 돼. 고백하라고 다그칠 순 없어. 정확하게 해내야 해. 미리 경고를 한다거나, 유죄 판결에 영향을 미치는 일을 할 순 없어. 입을 잘못 놀려서 법망을 교묘하게 빠져나가게 하면 안 돼.

레이첼은 정확하게 행복은 아닌 미묘한 감정을 느꼈다. 희망일까? 아니면 만족? 그래, 만족이 틀림없어. 이제 자니를 위해 무언가 할 수 있으니까. 그래, 그런 거야. 레이첼이 딸을 위해 무언가를 한 건 아주 오래전 일이다. 추운 밤에 아이 방에 들어가 깡마른 어깨까지 담요를 또 한 장 덮어주거나(자니는 추위를 많이 탔다), 자니가 좋아하는 치즈 피클 샌드위치를 만들어주거나(빵에는 버터를 듬뿍 발랐다. 레이첼은 자니를 살찌우기 위해 은밀하게 많이 노력했다), 비싼 옷을 조심스럽게 손빨래해주거나, 아무 이유 없이 10달러를 주는 것 같은 일들 말이다. 수십 년 동안 레이첼은 자니를 위해 무언가 해주고 싶었다. 여전히 자니의 엄마이고 싶었고, 자니를 위해 사소한 일들을 해주고 싶었다. 그리고 마침내 자니에게 해줄 수 있는 일을 찾았다. *내가 범인을 잡아줄게. 조금만 기다려, 자니.*

핸드백 안에서 전화벨 소리가 들렸다. 레이첼은 가방에 손을 넣고 더듬거리며 휴대폰을 찾았다. 이 바보 같은 전화기가 끊어지고 음성 사서함으로 넘어가기 전에 빨리 받아야 할 텐데. 로드니가 틀림없어. 이런 이른 시간에 전화할 사람이 어디 있겠어? 벌써 할 얘기가 생긴 걸까? 너무 이른 감이 있지만, 분명 로드니일 거야.

"여보세요?"

레이첼은 휴대폰을 귀에 대고 말하기 전에 액정에 뜬 이름을 봤다. 롭이였다. 로드니가 아니라. '로'라는 글자를 보는 순간, 잠시 가슴이 뛰었는데.

"엄마? 괜찮아?"

레이첼은 로드니가 아니라 롭이라는 이유로 화를 내지 않기 위해 애를 썼다.

"다 괜찮아, 얘. 그냥 일하러 가는 중이야. 왜 전화했니?"

롭은 아주 긴 이야기를 시작했고, 레이첼은 일터까지 계속 걸어갔다. 1학년 교실을 지나갈 때 아이들 웃음소리가 쏟아져나왔다. 레이첼은 교실 안을 들여다보았다. 레이첼의 보스, 트루디 교장이 슈퍼 영웅이라도 된 것처럼 한 팔을 길게 뻗고 교실을 전속력을 뛰어다니고 있었고, 1학년 담임 선생님은 한 손으로 눈을 가리고 속수무책으로 키득거리고 있었다. 교실 안에서 쏘아대고 있는 저 불은 디스코텍에서 쓰는 조명 아닌가? 테스 올리리의 꼬맹이 아들은 결코 첫날 수업이 지루하진 않을 거야. 확실해. 하지만 트루디 교장이 교육부에 제출해야 하는 보고서는…… 레이첼은 한숨을 내쉬었다. 일단 10시까진 내버려두자. 하지만 10시가 되면 반드시 책상에 앉게 해야지.

"그러니까 괜찮은 거지? 일요일에 엄마도 우리 처갓집에 가는 거야."

롭이 말했다.

"뭐라고?"

레이첼이 말했다. 사무실로 들어간 레이첼은 핸드백을 책상 위에 올려놓았다.

"파블로바를 만들어 와도 돼. 엄마만 괜찮다면."

"파블로바를 가져가? 어디로? 언제?"

레이첼은 롭이 하는 말을 이해할 수 없었다. 롭이 깊이 숨을 들이마시는 소리가 들렸다.

"부활절 일요일에 말이야. 점심 먹자고. 처갓집 식구들이랑. 알아, 우리가 엄마네 집에 가서 먹기로 했잖아. 하지만 두 곳 다 갈 시간이 없어서 그래. 뉴욕에 갈 준비를 하느라 너무 바쁘거든. 그러니까 엄마가 처갓집으로 오면 좋을 거 같아. 그러면 모두 다 볼수 있잖아."

로렌의 가족을 만나라고? 로렌의 엄마는 늘 전날 밤에 발레나 오페라나 연극을 보고 왔고, 어떤 공연을 보고 왔건 그저 모두 대단하고 강렬했다고 말했다. 로렌의 아빠는 은퇴한 법정 변호사였는데, 레이첼과 정중하게 인사말을 몇 마디 나눈 다음에 갑자기 정색을 하곤 전혀 모르는 사람처럼 몸을 홱 돌려버리는 사람이었다. 식사엔 항상 레이첼이 모르는 사람이 함께했는데, 대부분 아름답고도 이국적인 얼굴로 대화를 주도하면서 인도나 이란처럼 최근에 다녀온 환상적인 여행지 이야기를 끝없이 해서 레이첼을 제외한 모든 사람의 마음을 사로잡는 사람이었다. 로렌의 가족에겐 얼굴색이 다른 손님들이 끝없이 공급되는 게 분명했다. 단 한 번도 같은 사람을 두 번 본 적이 없었다. 마치 레이첼이 갈 때마다 이야기를 주도할 손님을 고용하는 것 같았다.

"마음대로 해."

레이첼은 체념하며 말했다. 제이컵을 데리고 정원에서 놀면 되겠지. 제이컵과 함께 있을 수 있다면 못 참을 일은 없다.

"알았어. 내가 파블로바를 가져갈게."

롭은 엄마의 파블로바를 사랑했다. 불쌍한 롭. 아들은 엄마가 만든 괴상하게 생긴 파블로바를 처갓집 식탁 위에 놓으면 정말 초라해 보일 거란 걸 결코 깨닫지 못했다.

"아, 근데 로렌이 그저께 사다준, 그 비스킷 같은 거 있잖아. 엄마 마음에 드는 거 있으면 더 사준다고 말해달래."

"정말 친절하구나. 하지만 사실 나한텐 조금 단 거 같아."

레이첼이 말했다.

"아, 그리고 어제, 타파웨어 파티 재밌었는지도 물어보랬어."

월요일에 제이컵을 맡기러 왔다가 냉장고에 붙어 있는 초대장을 본 게 틀림없다. 그러고는 지금 으스대고 있는 거다. *보라고. 내가 시어머니의 하찮은 노년의 삶에 얼마나 신경 쓰는지!*

"아주 좋았어."

레이첼이 말했다. 롭에게 비디오 이야기를 해야 할까? 그 이야기 들으면 펄쩍펄쩍 뛰진 않을까? 기뻐할까? 롭은 알 권리가 있어. 레이첼은 가끔 자신이 롭의 슬픔에 그다지 신경 쓰지 않는다는 사실을, 그저 멀리 떨어져 있길 바라거나 잠을 자거나 텔레비전을 보길, 엄마 혼자서 울 수 있게 내버려두길 바란다는 사실을 깨닫곤 불편해질 때가 있었다.

"조금 따분했을 거야, 그렇지?"

"아니야, 좋았어. 사실은 어제 집에 왔는데…….'

"아, 엄마. 어제 일 나가기 전에 제이컵 여권 사진 찍었어. 곧 보여줄게. 정말 귀여워."

자니에겐 여권이 없었다. 제이컵은 두 살밖에 안 됐는데도, 여권이 있다. 이제 언제라도 당장 이 나라를 떠날 수 있는 거다.

"당장 보고 싶구나."

레이첼이 말했다. 비디오 이야기는 하지 않는 게 좋겠다. 롭은 자기 인생에 중요한 일만으로도 너무 바쁘니까. 누나를 살해한 범인을 찾는 일까지 신경 쓸 여유가 없으니까.

잠시 침묵이 흘렀다. 롭은 바보가 아니다.

"금요일 잊지 않았어. 지금이 엄마한텐 아주 힘든 시기라는 거 알아. 그러니까, 금요일 말이야."

롭은 레이첼이 무슨 말을 하길 기다리고 있는 것 같았다. 사실은 그것 때문에 전화를 한 게 분명했다.

"그래, 금요일에 왜?"

레이첼이 초조하게 말했다.

"그저께 로렌이 말하려고 했잖아. 엄마한테. 로렌이 생각한 건데. 아니, 아니야. 그건 아니야. 사실은 내 생각이야. 그냥 로렌의 말을 듣고 이런 생각이 들었어. 그러니까…… 그게, 엄마가 해마다 공원에 가는 거 알아. 그 공원 말이야. 보통 엄마 혼자서 가는 거 알아. 하지만 생각해봤는데, 나도 함께 가는 게 어떨까 하고. 괜찮으면 로렌이랑 제이컵도 함께 말이야."

"얘, 그럴 필요는……."

"나도 엄마가 우리가 필요 없다는 건 알아."

롭이 급하게 끼어들었다. 롭답지 않게 간결한 말투였다.

"하지만 이번엔 함께 가고 싶어. 자니 누나한테. 누나에게 보여주고 싶……."

롭의 목소리가 갈라졌다. 롭은 헛기침을 한 번 하고 다시 말했다. 착 가라앉은 목소리였다.

"그런 다음엔 역 근처에 있는 멋진 카페에 가는 거야. 로렌이 그러는데, 성 금요일에도 연대. 거기서 아침을 먹으면 돼."

롭은 기침을 하고 급하게 말을 이었다.

"아니면 커피를 마셔도 되고."

레이첼은 공원에 엄숙하면서도 우아하게 서 있을 로렌을 상상했다. 크림색 트렌치코트를 입고, 허리를 바짝 조여매고, 빛나는 머리를 방정맞게 흔들리지 않을 정도로 야무지게 묶고, 입술을 너무 밝지 않게 자연스러운 색으로 칠하고, 적당한 시간에 적당한 일을 하고 적당한 말을 하면서 '시누이 살해 기념일'을 또 하나의 완벽한 사교 일정으로 만들어버리겠지.

"내 생각엔 정말 내가……."

레이첼은 말을 시작했지만, 곧 롭의 갈라진 목소리가 생각났다. 로렌이 뒤에서 이 모든 걸 조종하고 있겠지만, 어쩌면 롭에게 정말로 필요한 일일 수도 있다. 어쩌면 레이첼이 혼자 있어야 하는 것보다 롭의 필요가 더 절실할지도 모른다.

"그래, 그렇게 하자. 나는 보통 아주 일찍 다녀오거든. 6시쯤에 가. 하지만 요즘엔 제이컵도 아주 빨리 일어나니까, 괜찮겠지?"

"그럼. 괜찮지. 괜찮다니까. 우리도 함께 갈게. 고마워, 엄마. 그건 정말……."

"근데, 오늘은 정말 할 일이 너무 많아. 괜찮으면……."

통화 시간이 너무 길었다. 어쩌면 로드니가 계속 전화하고 있을지도 모르는데.

"안녕, 엄마."

롭이 슬픈 목소리로 말했다.

THE HUSBAND'S SECRET

. 23 .

세실리아의 집은 아름다웠고 안락했고, 완벽하게 가꿔진 뒤뜰과 수영장이 보이는 커다란 창문으로 들어온 빛으로 가득 차 있었다. 벽에는 보는 사람을 기분 좋게 하는 재밌는 가족사진과 아이들이 그린 그림을 넣은 액자가 걸려 있었다. 모든 것이 번쩍이고 정돈되어 있었지만, 지나치게 정중해 중압감을 느낄 정도는 아니었다. 소파는 편안하게 출렁거릴 것 같았고, 책으로 가득 찬 책장에는 신기한 장식품들이 놓여 있었다. 운동용품, 첼로, 발레 슈즈 등 집 안 곳곳에서 아이들의 흔적이 느껴졌고, 모든 것이 정확하게 있어야 할 곳에 있었다. 세실리아의 집은 매각하려고 부동산에 내놓은 것 같았고, 부동산 중개인이 '이상적인 가정집'으로 소개할 만한 곳이었다.

"정말 사랑스러운 집이에요."

테스는 세실리아를 따라 부엌으로 가면서 말했다.

"고마워요. 어머…… 이런, 미안해요. 부엌이 엉망이에요."

세실리아가 부엌 앞에서 갑자기 멈춰서면서 말했다.

"그거, 농담이죠?"

세실리아의 뒤에서 테스가 말했다.

싱크대엔 아침을 먹은 그릇이 조금 있었고, 전자레인지 위엔 반쯤 먹다 만 사과 주스 컵이, 식탁엔 시리얼 한 상자와 책 몇 권이 놓여 있었다. 그 외엔 모든 것이 완벽하게 정리되어 번쩍거리고 있었다.

테스는 세실리아가 부엌을 훨훨 날아다니는 모습을 멍하게 지켜보았다. 세실리아는 눈 깜짝할 사이에 그릇을 식기세척기 안에 정리해 집어넣고, 시리얼 상자를 커다란 식료품 저장실에 밀어넣고, 키친타월로 싱크대를 번쩍번쩍하게 닦았다.

"오늘 아침엔 너무 늦게 일어났어요."

세실리아가 싱크대를 닦는 일에 자신의 생명이 달려 있는 것처럼 손을 놀리며 말했다.

"원래는 집을 완전히 정리하기 전까진 외출하지 않아요. 알아요, 터무니없는 일이죠. 동생은 나한테 장애가 있는 거래요. 뭐랬

더라, 강박증이랬나? 맞아요, 강박 장애랬어요."

테스는 동생이 언니를 제대로 파악했다고 생각했다.

"쉬어야 해요."

테스가 말했다.

"좀 앉아요. 차 줄까요? 커피? 머핀도 있고 비스킷도 있어요."

세실리아는 문득 말을 멈추었다. 손으로 이마를 짚고 잠깐 눈을 감았다 떴다.

"세상에, 지금 내가, 뭐라고 했죠?"

"차를 끓여줘야 할 사람은 나인 것 같아요."

테스가 말했다.

"난 분명히 조금 쉬어야……"

세실리아는 의자를 끌어당기다가 문득 자기 신발을 내려다보았다.

"내 신발 좀 봐요. 짝짝이예요."

경이롭다는 목소리였다.

"아무도 못 봤을 거예요."

테스가 말했다.

세실리아는 의자에 앉아서 팔꿈치를 식탁에 받쳤다. 테스를 보면서 애처로우면서도 수줍게 웃었다.

"세인트 안젤라에서 내 명성은 이와는 정반대예요."

"음, 알아요. 비밀은 안전하게 지켜줄게요."

테스는 번쩍거리는 주전자에 물을 담으면서 말했다. 세실리아의 완벽한 싱크대 위로 떨어진 물방울들이 보였다. 자신의 말에 세실리아가 부끄러워할 수도 있다는 생각에 테스는 재빨리 화제를 바꾸었다.

"베를린 장벽을 조사하는 게 숙제인가봐요."

식탁에 있는 책을 뒤적이며 테스가 말했다.

"에스터는 자기가 흥미가 있어서 그런 책을 보는 거예요. 그 애는 여러 가지 일에 흥미를 느껴요. 한번 흥미가 생기면 미친 듯이 파고들어요. 결국 우리 가족 모두 전문가가 된답니다."

세실리아는 숨을 깊이 들이마시고 갑자기 의자를 테스 쪽으로 돌렸다. 지금은 저녁 만찬 중이고, 이제는 자신이 아닌 손님 이야기를 들어야 할 차례라는 것처럼.

"베를린에 가본 적 있어요, 테스?"

세실리아의 목소리는 어딘지 모르게 부자연스러웠다. 다시 토하고 싶은가? 혹시 약을 하는 걸까? 정신병이 있는 건 아닐까?

"아니요. 한 번도 없어요."

테스는 차를 찾기 위해 세실리아의 식료품 저장실 문을 열었다. 온갖 크기와 모양의 타파웨어가 라벨이 붙은 채 깔끔하게 정리되어 있는 모습을 보고 눈이 휘둥그레졌다. 꼭 잡지 광고를 보는 것 같았다.

"유럽에는 몇 번 갔어요. 하지만 사촌인 펠리시티가……."

테스는 입을 다물었다. 사촌인 펠리시티가 독일에 흥미가 없어서 독일엔 한 번도 가본 적이 없다고 말하려고 했지만, 그런 식으로 말하는 게 아주 이상하게 들릴 수 있다는 사실을 처음으로 깨달았다. 테스 자신이 독일을 보고 싶어 하는지 아닌지는 전혀 중요하지 않았던 거다(나는 독일을 어떻게 생각했지?). 차가 일렬로 나란히 담겨 있는 상자가 보였다.

"우와, 각종 차가 다 있네요. 어떤 차를 끓일까요?"

"아, 얼 그레이 마실래요. 그냥 블랙으로요. 설탕 없이. 어머, 참. 내가 할게요."

세실리아가 일어서려고 했다.

"그냥 앉아 있어요."

테스가 세실리아를 오래전부터 알고 있었던 것처럼 명령하듯 말했다. 세실리아가 평소와 다르게 행동하고 있다면, 테스 역시 마찬가지였다. 세실리아가 다시 의자에 앉았다.

테스의 머리에 생각이 하나 떠올랐다.

"폴리 운동화는 곧 필요한 거 아니에요? 빨리 가져다줘야 하지 않을까요?"

"어머나, 또 폴리 운동화를 잊어버렸어요. 완전히 잊어버렸어요."

세실리아가 얼마나 끔찍해하는지, 테스는 웃음이 절로 나왔다. 세실리아는 이번에 처음으로 할 일을 잊어버린 사람처럼 행동하고 있었다. 세실리아가 천천히 말했다.

"체육 시간은 10시예요."

"그럼, 차 한잔 하고 가도 되겠네요."

테스가 말했다. 테스는 세실리아의 굉장한 식료품 저장실에서 포장도 뜯지 않은 비싸 보이는 초콜릿 비스킷을 꺼내면서 자신의 엄청난 행동에 스스로 뿌듯해졌다. 와우, 이게 바로 모험 같은 삶이구나!

"그리고 비스킷도요."

테스가 말했다.

. 24 .

세실리아는 테스가 차를 마시기 위해 머그잔을 입으로 가져가는 모습을 지켜보았다(잔을 잘못 꺼냈어. 세실리아는 손님에게 절대로 머그잔을 내지 않았다). 찻잔 너머로 테스를 보면서 그녀는 자신도 모르게 머릿속으로 조용히 끔찍한 대사를 읊고 있었다.

내가 어젯밤에 뭘 찾았는지 알고 싶죠, 테스? 우리 남편이 자니 크롤리를 죽였대요. 알아요. 진짜, 대단하죠? 레이첼 크롤리의 딸을요. 눈이 슬픈 친절한 백발 할머니 말예요. 오늘 아침에 우리가 만난 사람요. 나를 보면서 웃었잖아요. 테스, 우리 엄마라면 내가 살짝 곤경에 처했다고 말할 거예요. 진짜 곤경에 말예요.

이런 생각을 소리 내어 말한다면, 테스는 뭐라고 할까? 어제 세실리아는 테스가 대화를 하다가 말이 끊어져도 전혀 어색함을 느끼지 않는 신비롭고 자신감 넘치는 사람이라고 생각했지만, 지금은 수줍음이 많은 사람이 아닌가 하는 생각이 들었다. 세실리아의 눈을 바라보는 테스의 눈엔 용기 비슷한 것이 들어 있었고, 조심스럽게 등을 쫙 펴고 앉아 있는 모습엔 다른 사람 집에 온 어린아이 같은 데가 있었다.

테스는 세실리아에게 정말 친절하게 대해줬다. 배수로 위에서의 굴욕적인 순간을 목격한 뒤엔 집까지 차를 운전해 데려다줬다. 그런데 이제부터는 레이첼 크롤리를 볼 때마다 토하는 거 아닐까? 상황이 너무 복잡하잖아.

테스는 고개를 숙여 에스터의 책을 들여다보며 말했다.

"탈출을 시도하는 책은 언제나 좋았어요."

"나도 그래요. 성공하는 거요. 그게 좋아요."

세실리아는 책을 한 권 들어 가운데 사진이 있는 부분을 펼쳤다.

"이 가족을 봐요."

흑백 사진엔 젊은 엄마, 아빠와 꾀죄죄하고 쪼그만 아이들이 네 명 있었다.

"이 남자가 기차를 탈취했어요. 사람들은 이 남자를 포탄 해리 라고 불렀죠. 이 남자는 장벽을 향해 최고 속도로 돌진했어요. 기 차 승무원이 '당신 미쳤어요?' 하고 소리치는데도 말예요. 사람들 은 모두 총에 맞지 않으려고 의자 밑에 들어가 있었대요. 상상이 돼요? 이 남자가 아니라 아내를 생각해봐요. 엄마잖아요. 난 계속 생각했어요. 기차 바닥에 네 아이가 엎드려 있는 거예요. 머리 위 로는 총알이 날아가고요. 엄마는 아이들이 겁을 먹지 않도록 계속 동화를 지어서 얘기해줬대요. 그 전엔 동화를 지어서 들려준 적이 없었대요. 사실 나도 아이들에게 동화를 지어서 얘기해준 적이 없 어요. 창조적인 것하곤 거리가 멀거든요. 하지만 테스라면 아이들 에게 동화를 지어서 들려줄 거 같아요."

테스가 엄지손톱을 잘근잘근 씹으면서 말했다.

"음, 가끔은 그런 거 같네요."

나 좀 봐. 너무 말이 많잖아. 세실리아는 생각했다. 그리고 자신 이 '아이들' 이라고 했다는 사실을 깨달았다. 테스에겐 아이가 하 나밖에 없는데. 틀린 내용을 정정해야 할까? 잠깐 고민도 했지만, 테스는 아이를 더 많이 낳길 절실하게 원하는데, 더는 아이를 갖 지 못하는 것이면 어떻게 하나 하는 생각도 들었다.

테스는 책을 돌려서 사진을 들여다보았다.

"자유를 위해 어떤 일을 할 수 있는지 보여주려는 사진 같아요. 자유는 그럴 가치가 있으니까요."

"하지만 내가 이 사람의 아내였다면, 하지 말라고 했을 거예요."

세실리아의 목소리는 아주 불안했다. 정말로 그런 선택을 해야 하는 엄마가 된 것 같았다. 세실리아는 평온한 목소리로 말하기 위해 갖은 애를 써야 했다.

"난 이렇게 용감해지진 못할 거예요. 그럴 만한 가치가 없어. 살아 있을 수만 있다면 벽에 갇혀 있는 게 무슨 문제라고 그래. 이렇게 말했을 거 같아요. 최소한 우리 아이들은 살아 있잖아. 자유 때문에 죽어야 하다니, 그건 너무 가혹해라고 말예요."

존 폴의 자유를 위해 어떤 대가를 치러야 할까? 레이첼 크롤리? 레이첼이 그 대가일까? 레이첼의 마음의 평화가? 레이첼은 딸에게 무슨 일이 일어난 건지, 왜 그런 일이 생긴 건지를 알아야만, 딸을 그렇게 만든 사람을 처벌해야만 마침내 마음의 평화를 얻을 것이다. 세실리아는 지금도 이사벨을 울린 유치원 선생님에게 분노했다. 이사벨은 기억도 못 하는데 말이다. 그 정도 일도 그런데, 레이첼의 마음은 어떨까? 세실리아는 위장이 뒤틀리는 것만 같았다. 세실리아는 차를 내려놓았다.

"얼굴이 백짓장 같아요."

테스가 말했다.

"음, 바이러스에 감염된 거 같아요."

세실리아가 말했다. 내 남편이 나한테 바이러스를 심었어요. 정말 역겨운 바이러스예요. 하! 무시무시하게도 세실리아는 큰 소리로 웃음을 터트렸다.

"아니면 다른 거요. 내 몸에 뭔가 들어 있는 거예요. 확실해요."

THE HUSBAND'S SECRET
. 25 .

폴리에게 운동화를 가져다주기 위해 세실리아의 차를 타고 학교로 가다가 테스는 문득 폴리에게 운동화가 필요하다면, 리엄도 운동화가 필요하지 않을까 하는 생각이 들었다. 폴리와 리엄은 같은 반이니까. 당연히 리엄은 운동화를 신고 가지 않았다. 오늘 체육이 들었다는 말을 테스에게 해준 사람은 없으니까. 아니, 말했는데 기억하지 못하는 걸 수도 있다. 엄마 집에 들러서 리엄의 운동화를 가져가야 할까? 테스는 결정을 내릴 수가 없었다. 엄마가 된다는 건 수천 가지 작은 결정을 끊임없이 내려야 하는 일이란 걸 알려준 사람은 없었다. 리엄을 낳기 전까지만 해도 테스는 자신이 아주 결단력 있는 사람이라고 생각했다.

집에 들렀다가 가면 10시가 넘을 거야. 폴리의 신발을 늦게 가져다줄 수는 없었다. 제 시간에 폴리에게 운동화를 가져가는 일은 정말 중요해 보였다. 테스는 불쌍한 폴리의 엄마를 실망시킬 수 없었다. 그 가여운 여인은 정말로 아파 보였다.

세실리아는 운동화를 폴리에게 직접 가져다주거나 아니면 체육 선생님에게 맡기라고 했다.

"코너 휘트비 선생님은 아마 운동장에 있을 거예요. 그러니까 선생님한테 주는 게 쉬울 거예요."

"나 코너 알아요. 한동안 사귀었거든요. 몇 년 전에요. 물론 지금은 고대 역사가 되어버렸지만요."

그렇게 말하고 테스는 자신도 깜짝 놀랐다. 고대 역사라고 하다니. 그런 식으로 생각하다니, 너무 민망했다. 바보처럼 할 필요도 없는 말을 하다니, 왜 그랬을까?

하지만 세실리아는 깊은 감명을 받은 것 같았다.

"우와, 휘트비 선생님은 지금 세인트 안젤라 초등학교에서 가장 인기 있는 일등 신랑감이에요. 폴리한테는 테스가 휘트비 선생님과 사귀었었다는 말은 못 하겠네요. 분명 테스를 죽이려고 할 거예요."

이 말을 하고 세실리아는 당황한 듯 날카로운 목소리로 낄낄거리더니 곧 사과를 하고는 빨리 누워야겠다고 말했다.

테스가 발견했을 때 코너는 운동장에 거대한 천연색 낙하산을 펼쳐놓고, 각 색깔별로 가운데에 아주 조심스럽게 농구공을 올리고 있었다. 아주 흰 셔츠에 검은 운동복 바지를 입고 있었고, 어젯밤 주유소에서 보았을 때보단 덜 무서워 보였다. 햇빛이 코너 눈가의 주름을 한층 돋보이게 했다.

"또 만났네. 리엄 거구나?"

테스가 운동화를 내밀자 코너가 말했다.

이 남자는 해변에서 나한테 처음으로 키스했었지. 테스는 생각했다.

"아니에요. 폴리 피츠패트릭 거예요. 세실리아가 아파서 내가 대신 가져다주겠다고 했어요. 리엄은 아직 운동 장비가 없어요.

그러니까 아직은 혼내면 안 돼요."

또다. 테스의 목소리엔 분명히 살짝 교태가 섞여 있었다. 어째서 이 남자에게 추파를 던지는 거지? 이제 막 첫 키스를 생각해서? 펠리시티가 결코 코너를 좋아한 적이 없어서? 결혼 생활은 위태로워지고, 나는 여전히 매력적이라는 절실한 증거가 필요하기 때문에? 단순히 화가 나서? 아니면 슬퍼서? 도대체 왜 이러는 걸까?

"부드럽게 대해줄게. 리엄은 운동 좋아해?"

코너가 폴리의 운동화를 조심스럽게 낙하산 옆에 놓으면서 말했다.

"달리기를 좋아해요. 아무 이유 없이 달리는 걸 좋아해요."

테스는 윌을 생각했다. 윌은 오스트레일리안 풋볼 리그를 광적으로 좋아했다. 리엄이 어렸을 땐 늘 리엄이 크면 풋볼 경기를 보러갈 거라며 좋아했다. 하지만 아직까지 리엄은 윌의 열정에 조금도 관심을 보이지 않았다. 테스는 윌이 크게 실망했다는 걸 안다. 하지만 윌은 그저 웃어넘기려고 노력하면서 농담을 했다. 한번은 텔레비전으로 풋볼 중계를 보는데 리엄이 윌에게 "아빠, 나가서 달리자"라고 말하는 소리가 들렸다. 사실은 정말 달리기를 싫어하는 윌은 우스꽝스러운 자세로 크게 한숨을 쉬고 텔레비전을 끈 다음에 뒤뜰로 나가 리엄과 함께 원을 그리며 신나게 달렸다.

이런 끈끈한 부자 사이를 펠리시티가 망치게 놔둘 순 없었다. 리엄이 어느 날 자신을 잘 알지도 못하는 아빠와 어색하게 대화하게 내버려둘 순 없었다.

"아들은 첫날 잘 적응하고 있어?"

코너가 물었다.

"그런 거 같아요. 하지만 오늘 아침엔 조금 힘들어했어요. 아빠가 보고 싶은 거예요. 그 애 아빠랑 나는…… 아무튼, 난 바보처럼 그 애가 아무것도 모를 거라고 생각했어요."

테스가 세실리아의 자동차 열쇠를 만지작거리면서 말했다.

"아이들은 정말 영특해서 깜짝 놀랄 때가 많지."

코너가 대답했다. 그는 포대에서 농구공을 두 개 꺼내 가슴에 댔다.

"그런 다음엔 정말 멍청해서 깜짝 놀라게 되지. 일단 기분이 좀 나아지면 이 학교가 정말 마음에 들 거야. 이렇게 아이를 위하는 학교는 처음이야. 모두 교장 선생님 덕분이지. 분명히 괴짜긴 하지만, 언제나 아이들이 제일 우선이야."

"체육 선생님이라니, 회계사하고는 아주 다를 거 같아요."

테스가 부드러운 바람에 살랑살랑 흔들리고 있는 선명한 색깔의 낙하산을 보면서 말했다.

"하! 테스를 만날 땐 회계사였지. 왜일까? 완전히 잊어버리고 있었네."

코너는 이토록 오랜 시간이 지났지만, 자신이 정말로 그래야 하는 것보다도 테스를 훨씬 더 좋아한다는 걸 보여주려는 사람처럼 친절하고 다정하게 웃었다.

클론타프 비치. 그래 거기서 나한테 처음으로 키스했어. 정말 좋았는데. 테스는 갑자기 생각났다.

"아주 오래전 일이니까요. 나도 그 무렵은 거의 생각나는 게 없어요."

테스의 심장이 갑자기 거세게 뛰기 시작했다.

거의 생각나는 게 없다고? 그건 말이 되지 않잖아.

"정말?"

코너가 말했다. 그는 웅크리고 앉아 낙하산의 빨간 부분에 농구 공을 하나 놓았다. 몸을 펴고 일어나서 강렬한 눈빛으로 테스를 보았다.

"난 많은 걸 기억하는데."

그게 무슨 말이지? 우리 사이에 있었던 일을 많이 기억한다는 걸까, 1990년대를 많이 기억한다는 걸까?

"가야겠어요. 너무 오래 방해했네요."

코너와 눈이 마주치자 그런 일이 아주 부적절하기라도 하다는 것처럼 테스는 재빨리 시선을 피했다.

"좋아. 아직 커피 마시자는 약속은 유효하지?"

코너가 양손으로 농구공을 이리저리 주고받으며 말했다.

"그럼요."

테스가 코너가 있는 쪽을 아무렇게나 바라보면서 말했다.

"재미있게 보내요. 패러슈팅 같은 거 하는 거예요? 아무튼요."

"그러지. 리엄은 잘 지켜볼게. 약속해."

교문으로 걸어가려고 발걸음을 떼는 순간 테스는 펠리시티도 윌처럼 풋볼 중계방송을 좋아한다는 사실을 기억해냈다. 두 사람은 공통점이 있었다. 비슷한 관심사를 공유하고 있었다. 테스가 조용히 앉아서 책을 보는 동안 두 사람은 텔레비전을 보면서 고함을 질렀다. 테스는 몸을 돌렸다.

"술을 마시는 게 좋겠어요."

테스가 말했다. 이번에는 코너의 눈을 똑바로 바라보았다. 마치 서로 몸이 닿은 것 같은 느낌이 들었다.

"그러니까, 커피 대신에요."

"오늘 밤은 어때?"

코너가 낙하산 위에 놓인 농구공을 발로 밀면서 말했다.

THE HUSBAND'S SECRET

. 26 .

세실리아는 두 팔로 무릎을 감싸고 식료품 저장실 바닥에 웅크리고 앉아 울고 있었다. 바닥 선반에 있는 두루마리 휴지를 조금 뜯어 코를 세게 풀었다.

세실리아는 자신이 왜 식료품 저장실에 왔는지 도무지 생각이 나지 않았다. 어쩌면 그저 타파웨어 제품을 보면서 마음을 진정시키려고 한 건지도 모른다. 잘 맞물려 있는 단호하면서도 기분 좋은 기하학적인 생김새. 식료품을 신선하고 바삭하게 유지해주는 푸른색 밀폐 용기 뚜껑. 세실리아의 식료품 저장실엔 악취 나는 비밀은 하나도 없다.

하지만 참기름 냄새는 어쩔 수 없었다. 세실리아는 항상 참기름 병을 세심하게 닦았지만, 언제나 희미하게 냄새가 남았다. 버리는 게 맞겠지만 존 폴은 참기름 바른 닭고기 요리를 정말 좋아했다.

존 폴이 좋아하는 것 따위, 누가 신경 쓴대? 이제 부부는 어떻게 해도 평등해질 수 없다. 세실리아가 완벽하게 이겼고, 그 사실은 영원히 바뀌지 않을 거다.

그때 초인종이 울렸고, 세실리아는 숨이 턱 막혔다. *경찰이다.* 세실리아는 생각했다.

하지만 지금 경찰이 올 이유가 없었다. 세실리아가 알았다고 해서 수십 년이 지난 뒤에 경찰이 출동한다는 건 말이 되지 않는다. *난 당신을 영원히 미워할 거야, 존 폴 피츠패트릭.* 자리에서 일어나면서 세실리아는 생각했다. 목이 아팠다. 세실리아는 참기름 병을 들고 현관으로 나가면서 쓰레기통에 버렸다.

경찰이 아니었다. 존 폴의 엄마였다. 세실리아는 어찌할 바를 몰라 눈만 깜박였다.

"목욕하는 중이었니? 계단에 앉아 있어야 하는 게 아닌가 생각했단다. 요즘엔 다리에 힘이 없어서 그런지 마구 떨리는구나."

시어머니 버지니아의 특기는 무슨 일을 해서든 상대방의 기분을 조금은 나쁘게 만드는 거였다. 그녀에겐 아들 다섯과 며느리 다섯이 있었는데, 버지니아 때문에 분노나 불만으로 눈물을 터트리지 않은 며느리는 세실리아뿐이었다. 세실리아에겐 자신이 좋은 아내, 좋은 엄마, 좋은 주부라는 흔들리지 않는 확신이 있었기 때문이다. *좋아요, 덤벼봐요!* 시어머니가 존 폴의 주름 한 점 없는 셔츠부터 먼지 하나 없는 문지방을 훑어볼 때마다 세실리아는 그렇게 생각했다.

시어머니는 매주 수요일, 태극권 수업이 끝나면 차와 갓 구운 빵을 먹기 위해 큰아들 집에 들렀다. "형님은 그걸 어떻게 참으세요?" 동서들은 그렇게 말하며 혀를 차지만, 세실리아는 정말 아무렇지도 않았다. 시어머니의 방문은 그저 일주일에 한 번씩 특별한

• 290 •

목표도 없는 전투를 치르는 것과 같았고, 세실리아는 늘 그 전투에서 승리했다는 기분이 들었다.

하지만 오늘은 아니었다. 오늘은 전투에 임할 힘이 없었다.

"이게 무슨 냄새니. 참기름?"

며느리에게 입맞춤을 받기 위해 뺨을 내밀면서 시어머니가 말했다.

"네."

세실리아가 코에 손을 대고 킁킁거리면서 대답했다.

"들어와서 앉으세요. 물 올릴게요."

"참기름 냄새는 정말 좋지 않아. 그렇지 않니?"

시어머니는 식탁에 앉으면서, 매서운 눈으로 먼지는 없는지 어디 잘못된 곳은 없는지 살펴보며 말했다.

"어제 존 폴은 어땠니? 오늘 아침에 전화를 했더구나. 예정보다 훨씬 빨리 돌아오다니, 정말 친절한 애지 뭐니. 아이들이 좋아하지? 셋 다 아빠라면 껌뻑 죽잖아. 안 그러니? 그런데 오늘 바로 출근했다며? 어제 비행기를 타고 왔는데 출근이라니, 그 말을 듣고 깜짝 놀랐지 뭐니. 분명 시차 때문에 힘들 텐데. 불쌍한 우리 아들."

존 폴은 오늘 집에 있고 싶어 했다.

"자기 혼자서 견디도록 놔둘 수 없어. 전혀 일하러 가고 싶지 않아. 우린 대화를 해야 해. 계속 대화를 해야 해."

하지만 세실리아는 더는 대화하고 싶지 않았다. 그보다 나쁜 일은 없을 것 같았다. 세실리아는 직장에 가야 한다고 우기면서 존 폴을 밖으로 밀어냈다. 제발 멀리 떠나줬으면 했다. 세실리아에겐 생각할 시간이 필요했다. 존 폴은 아침 내내 전화를 해댔고, 미친 것처럼 음성 메시지를 남겼다. 존 폴은 세실리아가 알아낸 사실을 말하러 경찰서에 갈 거라고 생각하는 걸까?

"존 폴은 직업의식이 뛰어나잖아요."

세실리아가 차를 만들면서 시어머니에게 말했다. *어머니의 귀한 아들이 무슨 일을 했는지 알아요? 아냐고요?*

세실리아는 빈틈없는 눈으로 자신을 훑어보는 버지니아의 시선을 느꼈다. 시어머니는 바보가 아니었다. 그게 세실리아의 동서들이 저지르는 실수였다. 동서들은 적을 너무 과소평가했다.

"너 아주 안 좋아 보인다. 많이 피곤하구나. 너무 지친 거 아니니? 넌 하는 일이 너무 많아. 어제 파티를 했다며. 태극권 교실에서 말라 에번스가 그러던데, 정말 성공적이었다고. 모두 술에 취했다며. 게다가 레이첼 크롤리를 집까지 데려다줬다며."

"레이첼은 정말 친절해요."

세실리아는 버지니아 앞에 차와 구운 과자를 내려놓았다. 구운 과자는 시어머니의 약점이자 세실리아가 승리하도록 돕는 무기였다. 레이첼 이야기를 할 때 메슥거리지 않을 순 없는 걸까?

"사실 레이첼에게 다음 주에 하는 폴리의 해적 파티에 와달라고 부탁했어요."

좋아, 근사해.

"그래?"

시어머니는 잠시 가만히 있었다.

"존 폴도 아니?"

"네. 알아요."

시어머니가 그런 질문을 하다니, 이상한 일이다. 시어머니는 아이들 생일 파티에 존 폴이 관여하지 않는다는 사실을 안다. 세실리아는 냉장고에 우유를 넣고 다시 몸을 돌려 시어머니를 보았다.

"그건 왜 물어보시는 거죠?"

시어머니는 코코넛 레몬 쿠키를 한입 베어물었다.

"그 애가 괜찮다고 하니?"

"어째서 존 폴이 괜찮아야 하죠?"

세실리아는 조심스럽게 식탁 의자를 당겨 앉았다. 세실리아는 누군가가 이마를 엄지손가락으로 꾹 누르는 것 같은 느낌이 들었다. 세실리아의 머리가 밀가루 반죽이라도 되는 것처럼 말이다. 세실리아는 시어머니의 눈을 들여다보았다. 존 폴과 같은 눈이었다. 시어머니는 젊었을 때 정말 아름다웠고, 그 때문에 거실에 걸어둔 사진에서 젊은 날의 시어머니를 찾지 못한 불운한 며느리를 결코 용서하지 않았다.

시어머니 버지니아가 먼저 시선을 돌렸다.

"그냥 아이들 파티에 친하지도 않은 사람들이 너무 많이 오면 싫어하지 않을까 해서 하는 말이야."

시어머니의 목소리는 어색했다. 코코넛 레몬 쿠키를 한입 베어물고 씹는 모습도 어딘지 모르게 어색했다. 씹고 있는 것처럼 꾸미는 사람 같았다.

알고 있는 거야.

그런 생각이 세실리아의 머릿속으로 쿵, 하고 떨어졌다.

존 폴은 아무도 모른다고 했다. 단호하게 그렇게 말했다.

잠시 두 사람은 아무 말도 하지 않았다. 냉장고가 돌아가는 소리만 들렸다. 세실리아는 심장이 터질 것만 같았다. 시어머니가 알 리가 없어. 그럴 리가 없어. 세실리아는 침을 삼켰다. 꿀꺽, 침 넘어가는 소리가 들렸다.

"레이첼에게 그분 딸 이야기를 했어요."

세실리아가 숨 넘어가는 소리를 냈다.

"자니 말예요. 집에 오면서요."

세실리아는 잠시 말을 멈추고 진정하기 위해 숨을 들이마셨다. 시어머니는 가방을 이리저리 뒤적였다.

"기억나는 게 많으세요……? 그러니까 그 사건에 관해서요."

"아주 잘 기억하고 있지."

시어머니가 가방에서 휴지를 꺼내 코를 풀었다.

"신문들이 그 사건을 사랑했잖니. 지면마다 사진으로 도배했잖아. 심지어 그 사진도……."

시어머니는 휴지를 구겨 들고 헛기침을 했다.

"묵주 사진도 실렸잖니. 자개로 만든 십자가가 달린 묵주 말이야."

그 묵주. 존 폴은 그날 시험이 있어 시어머니에게서 묵주를 빌렸다고 했다. 시어머니는 그 묵주를 알아봤으면서도 한 마디도 하지 않은 거다. 답을 들을 필요가 없으므로 한 마디도 묻지 않은 거다. 하지만 알고 있었다. 분명히 알았던 거다. 세실리아는 독감에 걸린 것처럼 다리에서부터 타고 올라오는 축축한 한기를 느꼈다.

"하지만 모두 아주 오래전 일이야."

시어머니가 말했다.

"그래요. 하지만 레이첼에겐 여전히 고통이에요. 그분은 아무것도 모르잖아요. 어떤 일이 일어났는지 모른다고요."

세실리아가 말했다.

식탁 맞은편에 앉아 두 사람은 서로를 바라보았다. 시어머니는 이번엔 눈길을 돌리지 않았다. 시어머니의 입가 주름에 뭉쳐 있는 주황색 가루분이 보였다. 밖에서는 앵무새가 재잘거리고 참새가 지저귀는 소리, 먼 곳에서 들려오는 낙엽 청소기 소리, 차 문을 쾅 닫는 소리 같은 평온한 일상의 소리들이 들려왔다.

"어떻게 해도 바뀌는 건 아무것도 없지 않니? 안 그러니? 자니를 돌아오게 할 수 있는 건 아무것도 없어."

시어머니가 세실리아의 팔을 톡톡 두드렸다.

"그 일 때문에 너무 걱정하고 마음 쓰면 안 돼. 무엇보다 가족이 우선 아니겠니? 네 남편, 네 아이들 말이야. 그 애들이 먼저지."

"네, 물론이에요."

대답을 하던 세실리아는 급히 입을 다물었다. 시어머니의 말이 무슨 뜻인지 분명하게 알 수 있었다. 죄악의 얼룩이 온 집 안을 물들이고 있었다. 참기름 냄새처럼 온 집 안에 배어 있었다.

시어머니는 다정하게 웃으며 다시 코코넛 레몬 쿠키를 집어들었다.

"너는 말하지 않아도 알 거야. 넌 엄마잖니? 엄마는 아이들을 위해서 뭐든지 할 수 있어야 해. 내가 내 아이들을 위해서 그럴 수 있는 것처럼 말이야."

하루 일과가 끝나가고 있었고, 레이첼은 키보드 위로 바쁘게 손을 움직여 가정 통신문을 작성하고 있었다.

이제 학교 매점에서 몸에 좋고 맛있는 초밥을 사 먹을 수 있습니다. 도서관 책에 커버 씌우기 봉사를 해주실 학부모님을 찾습니다. 내일 부활절 '달걀' 모자 행진이 있다는 거 잊지 마세요! 코너 휘트비가 레이첼 딸의 살인죄로 기소되었습니다. 야호! 레이첼에게 행운을 빌어주세요. 새로운 체육 선생님을 뽑습니다!

레이첼은 새끼손가락으로 삭제 버튼을 눌렀다. 누르고 또 눌렀다.

컴퓨터 옆에 놓인 휴대폰에서 벨소리와 진동이 동시에 울리기 시작했다. 레이첼은 휴대폰을 낚아채듯 집어들었다.

"크롤리 부인? 로드니 벨로치입니다."

"로드니. 좋은 소식인가요?"

"그게, 아닙니다. 정확히는 아니에요. 그저 미해결 살인 사건팀에 있는 괜찮은 친구에게 그 테이프를 줬다는 말씀을 드리려고 전화했어요. 정확히 전달해야 할 사람에게 전해줬습니다."

로드니는 전화를 하기 전에 써놓은 글을 읽는 사람처럼 부자연스러웠다.

"좋아요. 그렇게 시작하는 거죠. 분명히 다시 조사할 거예요."

레이첼이 대답했다.

"그게요, 크롤리 부인. 그게, 자니 사건은 아직 종결되지 않았어요. 아직 조사하고 있습니다. 검시관이 아직 확정을 짓지 않았잖습니까? 부인도 아시겠지만, 그래서 자니 사건은, 아직 종결되지 않았지요. 그래서 그 친구들한테 테이프를 조사해보라고 말할 수 있는 겁니다. 분명히 조사해볼 거예요."

"그럼 코너도 소환할까요?"

손에 힘이 들어가자 휴대폰이 레이첼의 귀를 꾹 눌렀다.

"그럴 수도 있지요. 하지만 제발 너무 기대는 하지 마세요. 크롤리 부인, 너무 기대하시면 안 됩니다."

크나큰 실망이 레이첼의 온몸을 감싸고 돌았다. 마치 시험에서 떨어졌다는 소리를 들은 것 같았다. 전혀 만족스럽지 않았다. 또다시 딸을 돕지 못한 것이다. 또다시 실패한 것이다.

"하지만 부인, 이건 제 개인적인 생각인데, 요즘 친구들은 저보다 젊고 똑똑해요. 이번 주 안에 미해결 살인 사건팀에서 부인께 전화해 의견을 말씀드릴 거예요."

로드니가 말했다.

레이첼은 휴대폰을 내려놓고 다시 컴퓨터를 들여다보았다. 눈앞이 뿌옇게 변했다. 하루 종일 은근히 기대하고 있었던 것이다. 비디오테이프를 찾은 것만으로도 멋진 일이 연속적으로 생길 거라고 기대했다. 자니가 돌아오기라도 할 것 같았다. 어린애 같은 마음 한구석에선 자니가 살해되었다는 사실을 절대 받아들이지 않았다. 때가 되면 훌륭한 권위자가 나타나 책임을 지고 모든 일을 바로잡아줄 거라고 믿었다. 어쩌면 신이 합리적이고 훌륭한 권위자가 되어 나서줄지도 모른다고 확신했다. 그런 생각은 그저 레이첼의 착각이었을까? 무의식적으로 한 생각인데도?

신은 상관하지 않는다. 전혀 상관하지 않아. 신은 코너 휘트비에게 자유의지를 줬어. 코너는 그 자유의지로 자니를 목 졸라 죽였다고.

레이첼은 책상 의자를 뒤로 빼고 창문으로 운동장을 내려다보았다. 레이첼의 사무실에서 내려다보면 운동장이 구석까지 훤히 보였다. 곧 아이들이 끝날 시간이다. 운동장 여기저기에 부모들이 서 있었다. 삼삼오오 모여 대화를 하는 엄마들도 있었고, 한쪽 구석에서 휴대폰을 들여다보고 있는 아빠도 가끔 있었다. 그런 아빠 중에 한 명이 휠체어가 지나갈 수 있도록 길을 비키는 모습이 보였다. 휠체어에 탄 사람은 루시 올리리였다. 루시의 딸 테스가 휠체어를 밀고 있었다. 레이첼은 테스가 허리를 숙여 엄마가 하는 말을 듣더니 고개를 뒤로 젖히고 웃는 모습을 지켜보았다. 저 두 사람에겐 분명 사회질서를 파괴하는 무언가가 있어.

성인이 된 딸과는, 성인이 된 아들과는 될 수 없는 좋은 친구가 될 수 있어. 코너는 레이첼에게서 그런 우정을 누릴 기회를 뺏은 거야. 자니와 특별한 관계를 만들어갈 수 있는 모든 기회를 앗아간 거야.

아이를 잃은 엄마는 내가 처음이 아니야. 내가 처음이 아니라고. 내가 마지막도 아니야. 자니가 죽은 해에 레이첼은 계속해서 그런 생각을 했다.

하지만 그런다고 달라지는 건 아무것도 없었다.

수업이 끝나는 종소리가 들리고, 곧 아이들이 교실에서 쏟아져나왔다. 웃는 소리, 고함 소리, 우는 소리처럼 오후가 되면 늘 들을 수 있는 아이들 목소리도 함께 쏟아져나왔다. 루시 올리리의 어린 손자가 루시의 휠체어로 달려가는 모습이 보였다. 아이는 양손으로 알루미늄 포일을 덮은 커다란 판지를 힘겹게 들고 뛰다가 넘어질 뻔했다. 테스가 휠체어 옆에서 몸을 숙였고, 세 사람은 아이가 가져온 판지를 들여다보았다. 우주선인가? 트루디 교장의 작품이 분명했다. 트루디 교장에게 학습 계획표는 아무 소용이 없었다. 오늘 우주선을 만들기로 했다면 만드는 거다. 로렌과 롭은 결국 뉴욕에서 돌아오지 않을 거다. 제이컵은 미국 억양을 쓰겠지. 아침에는 팬케이크를 먹을 테고. 레이첼은 제이컵이 학교에서 가져온 알루미늄 포일을 덮은 판지는 못 볼 거다. 경찰은 비디오테이프를 가지고 아무것도 안 할 거야. 그냥 서류함에 넣고 말겠지. 경찰서에는 그 테이프를 볼 비디오플레이어도 없을 거야.

레이첼은 다시 컴퓨터 화면으로 고개를 돌리고 손가락을 키보드 위에 느슨하게 펼쳤다. 레이첼은 결코 일어나지 않을 일을 기대하며 28년을 기다린 것이다.

THE HUSBAND'S SECRET

. 28 .

술을 마시자고 한 건 실수였다. 도대체 무슨 생각을 한 거지? 술집은 젊고 아름답고 술 취한 사람들로 가득했다. 테스는 그들을 계속 뚫어지게 쳐다보았다. 모두들 평일 저녁에 시끄럽게 소리를 지르며 꽥꽥거리고 있을 게 아니라 책상에서 공부를 해야 하는 고등학생처럼 보였다. 코너는 운 좋게도 두 사람이 앉을 탁자를 찾았지만, 바로 옆에는 번쩍번쩍 빛나고 시끄러운 소리를 내는 슬롯머신들이 있었고, 테스가 얘기할 때마다 코너가 목을 쭉 빼고 어쩔 줄 몰라 하며 집중하려고 노력하는 것으로 보아 테스의 목소리가 잘 들리지 않는 게 분명했다.

테스는 특별히 맛있지는 않은 와인을 한 모금 마셨다. 머리가 아파오는 것 같았다. 세실리아의 집에서 언덕까지 오래 걸어서인지 다리도 아팠다. 전에는 화요일 저녁마다 펠리시티와 함께 바디컴뱃을 한 적도 있지만, 요즘에는 일하면서 리엄의 학교며 일상생활을 돌보느라 도무지 운동할 시간을 낼 수 없었다. 문득 테스는 멜버른에 있었다면 오늘부터 시작했을 리엄의 무술 수업에 190달러를 냈다는 사실을 생각해냈다. 이런, 젠장, 젠장.

내가 지금 여기서 뭘 하고 있는 거지? 테스는 시드니의 술집이 멜버른의 술집보다 형편없다는 사실을 잊고 있었다. 그게 서른 살이 넘은 사람은 이곳에 없는 이유다. 노스쇼에선 다 큰 성인이라면 술은 집에서 마시고, 10시가 되면 잠자리에 들어야 하는 법이다.

테스는 멜버른이 그리웠다. 윌이 그리웠다. 펠리시티가 그리웠다. 자신의 인생이 그리웠다.

코너가 테스에게 몸을 기울이고 소리쳤다.

"리엄은 정말 공을 잘 봐. 손과 눈의 협응력이 좋아."

세상에, 지금 학부모 상담을 하는 거야?

학교가 끝나 데리러갔을 때 리엄은 기분이 좋아보였고, 윌이나 펠리시티 이야기는 한 마디도 하지 않았다. 그 대신 자신이 부활절 달걀을 잘 찾았다는 것과 그 달걀 가운데 몇 개는 해적 파티에 반 아이들을 전부 초대한 폴리에게 줬다는 것, 운동장에서 낙하산을 가지고 한 게임이 정말 재밌었다는 것, 내일 부활절 모자 행진을 하며 선생님이 부활절 달걀처럼 보이는 옷을 입고 왔다는 것 등의 이야기를 쉴 새 없이 해댔다. 리엄이 새로운 경험 때문에 행복한 건지 초콜릿 때문에 행복한 건진 모르겠지만, 리엄이 두고 온 인생을 그리워하지 않는다는 건 지금으로선 분명해 보였다.

"마커스 보고 싶지 않아?"

테스가 리엄에게 물었다.

"아니, 전혀. 마커스는 정말 못됐어."

리엄이 대답했다. 리엄은 부활절 모자 만드는 일을 도와주겠다는 테스의 제안을 거절하고 할머니의 낡은 밀짚모자와 조화, 토끼 인형을 가지고 기묘하면서도 근사한 모자를 만들었다. 그 뒤엔 저녁밥을 남김 없이 먹고, 노래를 흥얼거리며 목욕을 하고, 7시 30분에 푹 잠들었다. 무슨 일이 있어도 멜버른에 있는 학교로는 돌아가지 않을 태세였다.

"아빠를 닮은 거예요. 협응력 말예요."

테스는 한숨을 쉬었다. 그리고 별로인 와인을 듬뿍 마셨다. 윌은 절대로 이런 술집에 테스를 데려오지 않았다. 윌은 멜버른에 있는 좋은 술집을 많이 안다. 은은한 조명이 켜져 있는 작고 멋진 술집들 말이다. 탁자에 마주 보고 앉아도 충분히 대화가 되는 그런 술집. 윌과는 대화가 어색해지는 법이 없었다. 두 사람은 아직도 서로를 웃게 했다. 두 사람은 몇 달에 한 번씩 외출을 했다. 단 둘이 말이다. 둘이서 공연을 보거나 저녁을 먹었다. 도대체 왜 그랬을까? 결혼 생활엔 근사하고 정기적인 심야 데이트가 필요하기 때문에? (테스는 그런 식의 표현을 참을 수가 없었다.)

부부가 외출할 땐 펠리시티가 리엄을 돌봤다. 집으로 돌아가면 늘 펠리시티와 술을 마셨고, 그날 밤 한 일을 얘기해줬다. 어떨 땐 밤늦게까지 마셔서 펠리시티는 집에 가지 않고 다음 날 아침에 함께 밥을 먹었다.

그래, 펠리시티는 그 심야 데이트에도 빠지지 않는 필수 구성요소였어.

펠리시티는 손님방에 누워 테스의 자리를 원하고 있었던 걸까? 혹시 테스가 자신도 모르게 펠리시티에게 극도로 잔혹하게 굴었던 건 아닐까?

"뭐라고?"

코너가 눈을 가늘게 뜨고 테스 쪽으로 몸을 기울였다.

"리엄은 아빠를……."

"이얏호!"

옆에 있는 슬롯머신 가까이 모여 있던 사람들이 소리를 질렀다.

"우와, 대박! 대박!"

예쁜 아가씨들(펠리시티라면 불쾌하게 생겼다고 했을 거다) 가운데 한 명이 친구의 등을 세차게 치고 있었고, 슬롯머신은 엄청난 동전을 토해내고 있었다.

"야호! 야호! 이얏호!"

자신의 넓은 가슴을 고릴라처럼 마구 두드리던 젊은 남자가 테스 쪽으로 휘청거리다 쓰러질 뻔했다.

"조심해야지, 친구."

코너가 말했다.

"저런, 죄송합니다. 우리는 그저 이기는 바람에……."

고개를 돌려 코너를 본 젊은이의 얼굴이 환해졌다.

"휘트비 선생님. 우와, 얘들아! 이분은 나 초등학교 때 체육 선생님이야. 세상에서 제일 근사한 선생님이야!"

젊은이가 손을 불쑥 내밀었다. 코너가 자리에서 일어나 씁쓸한 표정으로 테스를 보면서 젊은이의 손을 잡고 흔들었다.

"우와, 요즘 더럽게 잘 지내신다면요, 휘트비 선생님?"

젊은이는 다시 어린 학생이 된 것 같은 감정을 털어버리려는 듯 청바지 주머니에 손을 꽂고 코너를 보면서 고개를 흔들었다.

"나야 좋지, 다니엘. 넌 어떠니?"

코너가 말했다.

그때 건들거리던 젊은이 입에서 아주 놀라운 말이 튀어나왔다.

"맞아요. 제가 술 한잔 사드릴게요, 휘트비 선생님. 우와, 그러면 진짜 우라지게 좋겠어요. 정말로요. 나쁜 말을 쓰는 건 용서해주세요. 아마 취해서 그런가봐요. 뭐로 드실래요, 선생님?"

"그게 말이야, 다니엘. 정말 근사할 거 같긴 한데, 사실 우린 지금 가야 해."

코너가 테스에게 손을 뻗었다. 테스는 자동적으로 가방을 들고 일어서서, 몇 년 동안 사귄 사이처럼 코너의 손을 잡았다.

"휘트비 선생님 부인이세요?"

젊은이가 감탄하듯 테스를 위아래로 훑어보면서 말했다. 코너를 향해 한껏 야단법석을 떨면서 윙크를 하고는 엄지손가락을 번쩍 들어 보였다. 그리고 다시 테스를 보았다.

"휘트비 부인. 남편께선 정말 전설이에요. 완벽한 전설이라고요. 절 가르쳐주셨어요. 멀리뛰기, 하키, 크리켓, 그리고 음, 아무튼 망할 세상에서 해야 하는 모든 운동을 말예요. 알아요. 저야 운동 잘하게 생겼죠. 근데 제가 보기와는 다르게 운동은 완전히 젬병이거든요. 균형 감각이 없어요. 하지만 휘트비 선생님이……."

"가야겠다, 친구. 만나서 반가웠다."

코너가 젊은이의 어깨를 탁 치면서 말했다.

"아, 좋아요, 선생님. 아주 좋아요."

젊은이가 말했다.

코너는 테스의 손을 잡고 술집 밖으로 나왔다. 밖엔 근사하도록 조용한 밤공기가 기다리고 있었다.

"미안. 저기 있으니까 정신을 차릴 수가 있어야지. 귀가 머는 줄 알았어. 세상에 술 취한 제자 녀석이 술을 사겠다고 하다니, 이거야 원……. 이런, 아직도 손을 잡고 있었네."

"당신다워요."

너 지금 뭐하는 거니, 테스 올리리? 하지만 그만둘 수가 없었다. 윌이 펠리시티와 사랑에 빠졌고, 펠리시티가 윌과 사랑에 빠졌다면 테스는 당연히 전 남자 친구와 몇 분 정도는 손을 잡을 수있는 거다. 안 그래?

"그래, 당신 손을 정말 사랑했었지."

코너가 그렇게 말하고 헛기침을 했다.

"이런 말은 약간 부적절한 거 같네."

"아, 그렇죠."

테스가 말했다.

코너가 엄지손가락으로 테스의 손가락 마디를 거의 닿을락 말락 하게 부드럽게 어루만졌다.

세상에 이런 식으로 어루만졌지, 이 남자. 테스는 까맣게 잊고 있었다. 코너의 손길은 오랫동안 깊은 잠을 자고 난 뒤에 깨어난 것처럼 모든 감각을 폭발적으로 일깨우고 맥박이 미친 듯이 뛰게 했다. 지금까지 테스는 이 흥분과, 이 욕망과, 이 녹아내리는 느낌을 잊고 있었다. 결혼 생활을 10년 동안 하다보면 그저 불가능해지는 거다. 그 사실은 누구나 안다. 그건 합의의 일부다. 테스는 그 합의를 받아들였다. 그게 문제가 된 적은 단 한 번도 없었다.

테스는 자신이 이런 느낌을 그리워한다는 사실조차 잊고 있었다. 아니 그랬다면, 스스로 어린애 같고 바보 같다고 생각했을 거다. 불꽃이 튀다니, 그런 건 어떤 느낌이 되었건 길러야 할 아이가 있고 운영해야 할 사업이 있다면 아무 소용 없는 거다. 하지만 세상에, 이런 느낌이 얼마나 막강한지 까맣게 잊고 있었다니. 이 외엔 아무것도 중요하지 않다는 느낌. 이게 바로 테스가 평범한 결혼 생활을 영위하느라 바쁜 동안 월이 펠리시티에게 느낀 감정이다.

어쩌면 테스가 월을 배신하지 않은 유일한 이유는 그럴 기회가 없었기 때문일 거다. 실제로 테스는 그 누구든 남자 친구를 배신한 적이 없었다. 테스의 성생활은 나무랄 데가 없었다. 부적절한 남자와 하룻밤을 즐긴 적도 없고, 술에 취해 다른 여자의 남자와 키스한 적도 없고, 자고 일어나서 후회한 적도 없다. 테스는 언제나 옳은 일만 했다. 왜 그랬을까? 무엇 때문에? 누구를 위해서?

코너의 손가락이 손마디를 가볍게 스치는 모습을 테스는 최면에 취한 것처럼, 놀란 채로 가만히 지켜보고 있었다.

✉

1987년 6월 베를린.

서독을 방문한 미국 레이건 대통령이 말했다.

"고르바초프 서기장. 당신이 평화를 원한다면, 소련과 동유럽의 번영을 원한다면, 자유화를 원한다면, 여기, 이 문으로 오시오. 고르바초프 서기장, 이 문을 여시오. 고르바초프 서기장, 이 벽을 허물어요."

1987년 6월 시드니.

앤드류 올리리와 루시 올리리는 식탁에 앉아 조용히 이야기를 나누고 있었고, 열 살 난 딸은 위층에서 자고 있었다.

"당신을 용서할 수 없다는 게 아니야. 그저 난 신경 쓰지 않는다는 거야. 신경도 쓰이지 않는다고."

앤드류가 말했다.

"내가 그런 일을 한 건 당신이 날 보게 하려고 했던 거야."

루시가 말했다. 하지만 앤드류의 눈은 이미 루시를 너머, 현관문을 바라보고 있었다.

THE HUSBAND'S SECRET

. 29 .

"왜 양고기를 안 먹는 거야? 아빠가 집에 오면 꼭 양 구이를 먹었잖아."

폴리가 자기 접시 위에 놓인 너무 익힌 생선을 포크로 꾹꾹 찌르면서 불만을 터트렸다.

"왜 생선 요리를 한 거야, 엄마? 아빠는 생선 싫어하잖아."

이사벨이 말했다.

"나 생선 싫어하지 않아."

존 폴이 말했다.

"아니야, 싫어해."

에스터가 말했다.

"음, 그래, 좋아하지는 않아. 하지만 사실 생선은 아주 좋은 요리야."

존 폴이 말했다.

"하지만 이건 아주 좋지 않아."

폴리가 포크를 내려놓으며 한숨을 쉬었다.

"폴리 피츠패트릭. 예의 바르게 굴어야지. 엄마가 저녁 준비한다고 얼마나……."

"그만!"

세실리아가 한 손을 번쩍 들어올리면서 말했다. 모두 세실리아가 한 마디 할 때를 기다리듯 입을 다물었다. 세실리아는 와인을 크게 한 모금 마셨다.

"사순절이라서 와인은 안 마신다며."

이사벨이 말했다.

"마음을 바꿨어."

세실리아가 대답했다.

"그냥 마음을 바꾸면 안 돼."

폴리가 분개했다.

"오늘 모두 좋은 하루 보냈니?"

존 폴이 물었다.

"집에서 참기름 냄새 엄청 나."

에스터가 코를 킁킁거렸다.

"맞아. 그래서 난 참기름 바른 치킨을 만든 줄 알았어."

이사벨이 말했다.

"생선은 뇌에 좋대. 생선을 먹으면 똑똑해져."

존 폴이 말했다.

"근데 왜 에스키모인이 세상에서 가장 똑똑한 사람이 아니야?"

에스터가 물었다.

"아니야, 가장 똑똑할걸."

존 폴이 대답했다.

"하지만 이 생선은 정말 맛이 없어."

폴리가 말했다.

"에스키모인도 노벨상 받았어?"

에스터가 물었다.

"엄마, 이 생선 맛 정말 이상해."

이사벨이 말했다.

세실리아는 일어나서 거의 손도 대지 않은 생선 접시를 치우기 시작했다. 아이들이 깜짝 놀란 표정을 지었다.

"토스트 해줄게."

세실리아가 말했다.

"이거 괜찮아. 난 정말 맛있다고."

존 폴이 접시 끝을 손가락으로 누르면서 말했다. 세실리아는 존 폴의 접시를 낚아챘다.

"아니, 안 괜찮잖아."

세실리아는 존 폴의 눈을 쳐다보지 않았다. 존 폴이 집에 돌아온 뒤로 줄곧 쳐다보지 않았다. 세실리아가 평소처럼 행동하는 걸, 인생이 그저 흘러가게 내버려두는 걸 용납할 수 있을까? 그저 받아들이는 걸? 레이첼 크롤리의 딸을 외면하고?

하지만 이미 어떻게 할진 결정한 거 아니야? 아무것도 하지 않겠다고? 그런데 존 폴을 차갑게 대하는 게 무슨 의미가 있어? 정말로 존 폴을 차갑게 대하는 게 차이가 있다고 생각하는 거야?

걱정하지 마요, 레이첼. 내가 당신 딸을 죽인 사람에게 아주 못되게 굴고 있으니까. 양고기도 안 구워줬다니까요!

와인 잔이 또 비었다. 이런, 정말 빨리도 사라지네. 세실리아는 냉장고에서 와인을 꺼내 또 한 잔 가득 따랐다.

✉

테스와 코너는 거칠게 숨을 몰아쉬며 똑바로 누워 있었다.

"음."

마침내 코너가 말했다.

"음, 그러네요."

테스가 말했다.

"우리 복도에 있는 거 같은데."

코너가 말했다.

"그런 거 같아요."

"최소한 거실까지는 가려고 했는데."

"아주 멋진 복도 같아요. 그다지 많이 보지는 못했지만요."

두 사람은 코너의 어두운 아파트 현관 복도에 누워 있었다. 테스는 등 뒤로 얇은 깔개와 마룻바닥을 느낄 수 있었다. 아파트에선 향긋한 마늘 향과 세제 냄새가 났다.

테스는 엄마 차를 타고 코너의 집까지 따라왔다. 코너가 아파트 방범문 앞에서 테스에게 키스를 했다. 계단을 올라오면서 또 한 번, 현관문 앞에서 상당히 오랫동안 키스를 나눈 두 사람은 일단 문을 열고 들어와서는, 미친 듯이 상대방의 옷을 찢고 벽으로 밀쳤다. 텔레비전에서 볼 때나 좋지 현실에선 너무 과장되고 애쓴 만큼의 효과도 없어서 오래 사귄 연인이라면 절대 시도하지 않을 행동이었다.

"콘돔 가져올게."

결정적인 순간에 코너가 테스의 귀에 대고 속삭였다.

"나 약 먹어요. 당신, 병도 없는 거 같은데, 그러니까, 그냥, 제발, 오, 세상에, 제발, 그냥 해요."

테스는 그렇게 말했다.

"좋았어."

그리고 정말 그렇게 했다.

이제 테스는 옷을 가다듬고 죄의식이 몰려오기를 기다렸다. 테스는 결혼한 여자였다. 이 남자를 사랑하지도 않았다. 지금 이렇게 누워 있는 이유는 단 하나, 남편이 다른 사람과 사랑에 빠졌기 때문이다. 며칠 전에 이런 일을 하게 될 거란 말을 들었다면 상상도 못 할 일이라며 웃어넘겼을 거다. 이제 테스의 마음은 자기혐오로 가득 차야 한다. 추악하고 난잡하며, 끔찍한 죄악으로 가득 차야 한다. 그런데 지금 이 순간 테스가 느끼는 감정은…… 유쾌함이었다. 정말로 유쾌했다. 사실은 터무니없을 정도로 유쾌했다. 테스는 윌과 펠리시티를 생각했다. 차가운 커피를 얼굴에 들이부었을 때 두 사람이 보였던 절실하고도 슬픈 얼굴이 떠올랐다. 펠리시티는 새로 산 눈처럼 하얀 실크 블라우스를 입고 있었다. 커피 얼룩은 절대로 빠지지 않을 거다.

테스의 눈은 어둠에 익숙해졌지만, 옆에 누운 코너는 여전히 그 형체만 보였다. 오른쪽에 누워 있는 코너의 온기가 느껴졌다. 코너는 윌보다 크고 강했고, 몸매도 좋았다. 테스는 작고 다부지고 털이 많이 난 윌의 몸을 생각했다. 테스에겐 여전히 섹시했지만, 훨씬 친근하고 사랑스러운, 익숙한 가족의 몸이었다. 테스는 윌이 자신과 사랑을 나누는 마지막 사람이 될 거라고 생각했다. 앞으로 더는 다른 남자와 자는 일은 없을 거라고 생각했다. 윌과 약혼한 다음 날 아침, 제일 먼저 떠오른 생각이었다. 정말 더없이 안도를 느끼던 순간이었다. 이제 더는 낯선 남자의 몸을 볼 일이 없을 거다. 더는 피임 때문에 어색한 대화를 할 필요가 없을 거다. 이제 윌만 있으면 된다. 윌이야말로 테스가 원하는 바로 그 남자이고 테스에게 필요한 단 한 사람이다.

그리고 지금은 전 남자 친구의 복도에 누워 있었다.

"인생은 놀라운 일로 가득 차 있어."

테스의 할머니는 지독한 감기라거나 바나나 가격 같은 전혀 놀랍지 않은 사건을 두고 그렇게 말씀하셨다.

"우린 왜 헤어졌죠?"

테스가 코너에게 물었다.

"당신과 펠리시티가 멜버른으로 가기로 했잖아. 나한텐 한 번
도 함께갈 건지 묻지 않았어. 그래서 아하, 하고 생각했지. 그러니
까 내가 차인 거지."

테스가 움찔했다.

"내가 그렇게 끔찍했어요? 정말 못됐었네요."

"내 심장을 박살내버렸지."

코너가 가련하게 말했다.

"정말요?"

"그랬을 거야. 당신이 부쉈거나 아니면 그 무렵에 동시에 만났
던 테레사라는 여자가 부순 걸 수도 있고 말이야. 두 사람 기억이
자꾸 한데 섞여."

테스가 팔꿈치로 코너의 옆구리를 쿡 찔렀다.

"당신에 대한 기억은 좋아. 그래서 다시 만났을 때 정말 기뻤
어."

"나도 그래요. 나도 기뻤어요."

테스가 말했다.

"거짓말. 정말 끔찍해했으면서."

"그냥 놀란 거예요. 아직도 물침대 써요?"

테스가 화제를 바꾸었다.

"안타깝지만, 그 물침대는 새천년을 보지 못했어. 테레사가 물
침대 때문에 토하려고 했거든."

"테레사 이야기는 제발 그만해요."

"알았어. 좀 더 편한 곳으로 갈까?"

"그래요."

두 사람은 잠시 기분 좋은 침묵을 즐겼다. 테스가 말했다.

"음, 뭐해요?"

"그냥 내가 여전히 그곳을 잘 알고 있는지 살펴보는 중이야."

"그거, 좀 저속한 거 아녜요? 성차별적인 거? 음, 으음."

"좋아, 테레사? 잠깐만 당신 이름이 뭐였지?"

"제발 말 좀 그만해요."

. 30 .

세실리아는 소파에 앉아 있었고, 옆에선 에스터가 베를린 장벽이 무너지던 1989년 11월의 맑고 추웠던 밤을 찍은 유튜브 영상을 보고 있었다. 이제는 세실리아도 베를린 장벽에 사로잡혀 있었다. 존 폴의 어머니가 떠난 뒤 세실리아는 아이들을 데리러 갈 때까지 식탁에 앉아 에스터의 책을 봤다. 타파웨어 제품도 배달해야 하고 부활절 일요일 만찬 준비도 해야 하고 해적 파티도 준비해야 하는 등, 할 일이 잔뜩 있었지만 베를린 장벽에 관한 책을 읽는 건 세실리아가 정말로 생각하고 있는 걸 생각하지 않는 척하는 아주 좋은 방법이었다.

에스터는 따뜻한 우유를, 세실리아는 쇼비뇽 블랑을 세 잔째 마시고 있었다. 아니, 네 잔째일 수도 있다. 존 폴은 폴리가 읽어주는 이야기를 듣고 있고, 이사벨은 서재 컴퓨터로 아이팟에 넣을 음악을 다운받고 있다. 세실리아의 집은 따뜻하고 안락한 분위기를 마음껏 발산하고 있었다. 세실리아는 코를 킁킁거렸다. 참기름 냄새가 온 집 안에 퍼진 게 분명했다.

"엄마, 봐봐."

에스터가 팔꿈치로 세실리아를 쿡 찔렀다.

"보고 있어."

세실리아가 대답했다.

세실리아의 기억 속 1989년은 동영상으로 찍은 장면보다 훨씬 소란스러웠다. 세실리아는 베를린 장벽 위로 기어올라가 하늘을 향해 주먹을 내두르면서 춤을 추었던 사람들을 기억했다. 저기 어딘가에서 데이비드 하셀호프가 노래를 부르지 않았나?

에스터가 찾은 영상은 이상하고 괴이할 정도로 조용했다. 동독에서 걸어나오는 사람들은 굉장히 놀라고 즐거워 보였지만, 차분하고 아주 질서정연했다. (독일인이라서 그렇겠지. 그러니까 세실리아와 같은 부류인 거다.) 1980년대 유행하는 머리를 한 남자들과 여자들이 카메라를 보고 웃으며 머리를 뒤로 젖히고 샴페인을 병째 들이켰다. 폭소를 터트리고 서로 끌어안고 눈물을 흘리고 자동차 경적을 울려댔지만, 모두 예의 바르고 친절하게 행동했다. 심지어 큰 망치를 들고 베를린 장벽을 내리치는 사람들도 전혀 난폭하지 않게, 승리의 감정을 차분하게 조절하고 있었다. 세실리아는 또래 여인이 가죽 재킷을 입은 수염 난 남자와 빙글빙글 돌면서 춤을 추는 모습을 뚫어지게 보았다.

"왜 울어, 엄마?"

에스터가 물었다.

"저 사람들이 정말 행복해 보여서."

세실리아가 대답했다.

저 사람들은 받아들일 수 없는 일을 참아냈으니까. 저 여자는 다른 많은 사람처럼 베를린 장벽은 결국 무너지겠지만 자기가 살아 있는 동안은 아니라고, 살아서는 이런 날을 보지 못할 거라고 생각했을 테니까. 하지만 살아서 그런 날을 보았고, 저렇게 춤까지 추고 있으니까.

"엄마는 이상하게 꼭 행복하면 울더라."

에스터가 말했다.

"그러게."

세실리아가 대답했다. 행복한 결말은 언제나 세실리아를 울렸다. 안심이 되기 때문이다.

"차 한잔 줄까?"

존 폴이 거실 탁자에서 일어서면서 말했다. 폴리는 책을 옆으로 치우고 있었다. 존 폴이 걱정스러운 얼굴로 세실리아를 보았다. 저녁 내내 세실리아는 소심하게 걱정하는 눈길을 느꼈다. 그래서 더 미칠 것 같았다.

"아니."

세실리아는 존 폴의 눈길을 피하면서 날카롭게 말했다. 놀라서 쳐다보는 딸들의 시선이 느껴졌다.

"차 마시고 싶지 않아."

"펠리시티 기억나. 재밌었지. 재치도 있고. 약간 무섭기도 했어."

두 사람은 코너의 침대로 왔다. 평범한 퀸 사이즈 침대였고, 이 집트 면으로 만든 새하얀 시트가 깔려 있었다. (이걸 잊어버리고 있었다니! 코너는 좋은 시트를 정말 좋아했는데. 꼭 호텔처럼 말이야.) 코너는 전날 밤에 먹고 남은 파스타를 데워 왔고, 두 사람은 침대에 앉아 파스타를 먹었다.

"좀 더 문명인처럼 식탁에 앉아 먹을까? 샐러드 만들어줄 수 있는데. 식탁보를 깔고 말이야."

"그냥 여기서 먹어요. 내가 이렇게 먹는 걸 불편해했던 기억이 나네요."

"그래, 그랬지."

코너가 말했다.

파스타는 맛있었다. 테스는 파스타를 허겁지겁 먹어치웠다. 리엄에게 밤중에 수유를 했을 때나 느꼈던 지독한 허기가 느껴졌다.

아들에게 수유를 하는 순진한 행위와 남편이 아닌 다른 남자와 두 번이나 격렬하고도 아주 만족스러운 섹스를 하는 행위는 분명히 차원이 다르다. 두 번째 경우는 식욕을 잃어야 한다. 식욕을 완전히 잃어버린 뒤에 다시는 찾을 수 없어야 한다.

"그러니까 펠리시티랑 당신 남편이 부정을 저질렀다는 거군."

코너가 말했다.

"아니에요. 그저 사랑에 빠진 거예요. 아주 순수하고 낭만적인 사랑에요."

테스가 정정했다.

"끔찍한데."

"나도 알아요. 그 사실은 고작 월요일에 알았어요. 그리고 지금 나는……."

테스는 포크로 온 방을 쭉 훑으며 말했다. 그리고 자신을, 옷을 벗고 있는 자신을 가리켰다(테스는 코너의 티셔츠를 입고 있었다. 파스타를 만들러 가기 전에 코너가 말없이 옷장에서 꺼내준 옷으로, 깨끗하게 빤 냄새가 났다).

"파스타를 먹고 있지."

코너가 테스의 말을 마무리했다.

"아주 맛있는 파스타를 먹고 있어요."

테스가 동의했다.

"그런데 펠리시티는 아주……."

코너는 적절한 단어를 찾기 위해 잠시 말을 멈췄다.

"어떻게 해야 제대로 말하는 걸까. 그러니까 펠리시티는……아주 튼튼하지 않았었나?"

"아주 병적으로 뚱뚱했었죠. 그게 문제예요. 올해 40킬로그램을 빼고 정말 극단적으로 아름다워졌거든요."

"아."

그렇게 말하고 나서 코너는 잠시 입을 다물었다.

"그래서 이제 어떻게 할 건데?"

"모르겠어요. 지난주만 해도 난 결혼 생활이 아주 좋다고 생각했어요. 이렇게 좋을 순 없다고요. 그런데 두 사람이 그런 선언을 한 거예요. 당연히 충격을 받았죠. 지금도 역시 그래요. 하지만 보세요. 고작 3일밖에 안 됐는데. 아니, 사실은 이틀밖에 안 됐는데, 전 남자 친구랑 이렇게…… 파스타를 먹고 있잖아요."

"세상엔 그냥 일어나는 일도 있는 거야. 그런 일은 걱정하면 안 돼."

테스는 파스타를 다 먹고 그릇 가장자리를 손으로 문질렀다.

"그런데 왜 혼자예요? 요리도 할 수 있고, 다른 일도……."

테스가 애매하게 침대를 가리키면서 말했다.

"아주 잘하는데요."

"계속 당신만 생각하고 있었거든."

코너가 전혀 웃지 않는 얼굴로 말했다.

"그럴 리가요."

테스가 얼굴을 찡그렸다.

"그죠? 그럴 리가 없잖아요."

코너가 테스가 들고 있는 그릇을 받아 자기 그릇에 포갰다. 그릇을 협탁에 올리고 베개에 기대 앉았다.

"한동안은 정말로 그랬지."

테스의 유쾌한 기분이 사라지기 시작했다.

"미안해요. 난 정말 몰랐어……."

"테스."

코너가 테스의 말을 막았다.

"그러지 마. 아주 오래전 일이잖아. 사실 우린 그리 오래 만나지도 않았잖아. 나이 차도 많이 났지. 난 따분한 회계사였고, 당신은 모험을 해야 하는 어린 아가씨였다고. 그냥 가끔 어떻게 지내나 궁금했을 뿐이야."

테스는 코너가 궁금하지 않았다. 한 번도 궁금한 적이 없었다. 사실 코너 생각은 거의 하지 않았다.

"결혼한 적은 없어요?"

테스가 물었다.

"몇 년간 함께 산 사람은 있어. 변호사였지. 우린 동업자였고, 결혼할 거라고 생각했어. 그러다 누나가 죽은 거야. 그리고 모든 게 바뀌었어. 난 벤저민을 돌봐야 했거든. 그 무렵에 회계 일에 완전히 관심을 잃었어. 안토니아는 나한테 흥미를 잃었고. 그때 체육학과에 다시 들어가야겠다고 생각한 거야."

"하지만 여전히 모르겠어요. 리엄이 다니는 멜버른 학교에 혼자서 아이를 키우는 아빠가 있어요. 그 남자 주위엔 여자들이 벌 떼처럼 모여요. 정말 놀라울 정도로요."

"음, 나한테도 벌 떼가 없다는 말은 못하겠는데."

코너가 말했다.

"오호, 그러니까 여자를 많이 만났다고요?"

테스가 말했다.

"뭐 어느 정도는……."

코너는 말을 하려다가 입을 다물었다.

"왜요?"

"아니, 아무것도 아니야."

"말해봐요."

"그저 한 가지 고백할 게 있어서."

"질퍽한 거예요? 걱정하지 말고 말해봐요. 내 마음은 활짝 열려 있으니까. 남편한테 남편 애인이랑 같은 집에서 함께 살자는 말까지 들었다니까요."

코너가 안쓰러운 얼굴로 웃었다.

"아니, 질퍽한 얘긴 아니야. 그저 작년부터 정신과 치료를 받고 있다는 걸 말하려고. 그러니까, 사람들이 말하는 것처럼, 이겨낼 일이 좀 있어서 말이야."

"아!"

테스가 조심스럽게 말했다.

"당신 표정이 아주 심각해진 거 알아? 미치진 않았어. 그저 몇 가지…… '풀어야 할' 일이 있을 뿐이야."

"심각한 일이에요?"

그렇게 묻긴 했지만, 테스는 자기가 정말로 코너의 문제를 알고 싶은진 확신할 수 없었다. 미친 듯이 치러버렸던 작은 탈선은 모든 심각한 일들에서 벗어나 그저 단막극으로 끝내야 하는 거 아닐까? 테스는 울분을 발산할 필요가 있었으니까. (테스는 자신이 이 사건을 정의하려고 애쓰고 있으며, 이미 감당할 수 있는 형태로 포장하고 있음을 알았다. 어쩌면 이건 자기혐오의 감정일 수도 있었다.)

"우리가 만날 때, 자니 크롤리가 죽기 전에 마지막으로 만난 사람이 나라는 말을 했던가? 레이첼 크롤리의 딸 말이야."

"자니가 누군지는 알아요. 그런 말은 분명 못 들었어요."

"나도 내가 말하지 않았다는 거 알아. 아무한테도 말하지 않았으니까. 거의 아는 사람이 없을 거야. 경찰한텐 말했지. 자니의 엄마에게도. 가끔 레이첼 크롤리가 날 범인으로 여긴다는 생각이 들 때가 있어. 정말 무섭게 쏘아보거든."

테스는 오싹해졌다. 지금 이 남자, 옛날엔 자니 크롤리를 죽이고, 이젠 나를 죽이려고 하는 거야? 그럼 모든 사람이 테스가 남편이 낭만적인 사랑에 빠졌다는 걸 핑계 삼아 전 남자 친구의 침대에 폴짝 뛰어올랐다는 사실을 알게 될 텐데?

"당신이 그랬어요?"

테스가 물었다.

코너가 한 대 맞은 것처럼 머리를 뒤로 홱 젖혔다.

"테스! 아니야. 절대로 아니야."

"미안해요."

테스가 느긋하게 몸을 뉘었다. 당연히 그랬을 리가 없지.

"세상에. 어떻게 내가 했다고 생각할 수가……."

"미안, 미안해요. 자니는 친구였어요? 아니면 여자 친구?"

"내 여자 친구였으면 했지. 내가 완전히 목매달고 있었거든. 자니는 학교가 끝나면 우리 집에 왔어. 내 방 침대에서 애무를 하면서 정말 진지하게 화를 내며 물어봤어. '좋아, 이제 넌 내 여자 친구인 거지?' 난 절실하게 약속이 필요했어. 서명을 하고 계약서를 봉투에 넣고 봉하는 거 말이야. 내 첫 번째 여자 친구가 생기길 간절히 바라고 있었거든. 하지만 자니는 계속 망설였어. '글쎄, 잘 모르겠어. 아직 결정을 못 했어'라는 말만 했어. 완전히 미칠 것 같았다니까. 하지만 자니는 죽는 날 아침에 마침내 결정했다고 했어. 결국 내가 뽑힌 거였어. 정말 좋아서 미칠 거 같았지. 복권에 당첨된 것 같았어."

"코너, 세상에."

"그날 오후에 우리 집에 왔었어. 둘이 내 방에서 감자랑 생선

튀김을 먹었고, 30분 정도 키스를 했지. 그리고 내가 전철역까지 데려다줬어. 그리고 다음 날 아침에 라디오에서 자니가 와틀 밸리 파크에서 목 졸려 죽었다는 뉴스를 들었어."

"세상에."

테스가 아무 소용도 없는 말을 했다. 테스는 그저께 레이첼 크롤리의 책상 맞은편에서 리엄의 입학 허가서를 작성하면서 느꼈던, 끊임없이 '저 사람 딸은 살해됐어' 라는 생각을 하면서 느꼈던 것과 비슷한 먹먹한 감정을 느꼈다. 테스는 코너가 경험한 일을 아주 비슷하게라도 겪어본 적이 없었다. 그러니 나도 안다는 식으로 덤덤하게 말해선 안 될 것 같았다.

마침내 테스가 한 말은 이랬다.

"우리가 사귀었을 때 그런 말을 하지 않았다니, 놀라워요."

하지만 왜 코너가 테스에게 말했어야 하지? 두 사람이 사귄 건 고작 6개월이었다. 결혼한 부부도 모든 비밀을 털어놓진 않는다. 테스도 잡지에서 사회 불안증이 있다는 진단을 받은 건 윌에게 말하지 않았잖아. 그런 이야기를 하다니, 생각만 해도 당혹스러워서 손발이 오그라든다.

"안토니아에게도 몇 년 동안 함께 산 뒤에야 그 말을 했어. 안토니아는 불쾌하게 생각했어. 우린 실제로 어떤 일이 일어났는지보다 안토니아가 얼마나 불쾌한지에 대해 더 많이 얘기했어. 내 생각엔, 그래서 결국 헤어질 수밖에 없었던 거 같아. 비밀을 함께 나누는 실수를 한 거지."

"여자들은 비밀을 아는 걸 좋아한다고 생각했는데요."

테스가 말했다.

"하지만 안토니아에게도 말하지 않은 게 있어. 그건 아무한테도 말하지 않았어. 작년에 정신과 의사에게 말하기 전까진 말이야."

코너가 입을 다물었다.

"나에게 굳이 말하지 않아도 돼요."

테스가 고귀하게 말했다.

"좋아. 다른 얘길 하지."

코너가 대답했다.

테스가 코너를 찰싹 때렸다.

"우리 어머니가 나에 대해 거짓말을 했어."

코너가 말했다.

"그게 무슨 뜻이에요?"

"당신은 우리 어머니를 만나는 기쁨을 누리지 못했지? 우리가 만나기 전에 죽었으니까."

코너와 함께했던 또 한 가지 기억이 테스의 머리 위로 두둥실 떠올랐다. 테스가 부모님에 관해 묻자 코너는 이렇게 말했다. "아버지는 내가 아기 때 돌아가셨어. 어머니는 내가 스물한 살 때 죽었지. 술에 절어 살았어. 어머니에 대해서 할 말은 그것뿐이야." 그 얘기를 해주자 펠리시티는 "그 남자가 자기 엄마 얘길 했다고? 세상에, 끔찍해라"라고 했다.

"어머니와 어머니 남자 친구는 그날 밤 5시부터 내가 자기들과 함께 집에 있었다고 했어. 하지만 아니야. 난 혼자 집에 있었어. 두 사람은 술을 마시러 나가고 없었다고. 난 두 사람한테 나를 위해 거짓말을 해달라고 한 적이 없어. 그런데도 거짓말을 한 거야. 무의식적으로 말이야. 어머니는 그 사실을 즐겼지. 경찰한테 거짓말을 한 거 말이야. 경찰이 떠나려고 하자, 경찰이 나갈 수 있게 현관문을 잡은 채로 나한테 눈을 껌벅였어. 눈을 껌벅였단 말이야. 어머니와 내가 공범이 된 것처럼. 그건 마치 내가 그랬다고 말하는 거 같았어. 하지만 내가 무슨 일을 할 수 있겠어? 경찰들에게 '엄마가 나를 위해서 거짓말을 했어요'라고 말할 순 없었어. 마치 내가 뭔가 숨기고 있는 것처럼 들릴 테니까."

"하지만 그렇다고 어머니가 당신이 했다고 생각했는지는 알 수 없잖아요."

"경찰이 떠난 뒤에 어머니는 손가락을 이렇게 들어올리더니 '코너, 얘. 난 알고 싶지 않아'라고 했어. 마치 영화의 한 장면처럼 말이야. 내가 '어머니, 전 안 그랬어요'라고 하니까 어머니는 '와인이나 한잔 줘'라고 했어. 그 뒤로는 심하게 취하기만 하면 '너 나한테 빚졌어, 이 배은망덕한 놈아'라고 했어. 그때부터 영원히 죄의식이 사라지지 않았어. 그 일이 거의 내가 한 것처럼 느껴졌어."

코너가 어깨를 으쓱했다.

"아무튼, 난 어른이 됐지. 어머니는 죽었고. 자니 이야기도 절대 하지 않았어. 심지어 난 내가 자니를 생각하는 것도 허락하지 않았어. 누나가 죽고 벤저민을 책임져야 했을 때, 교사 자격증을 따고 세인트 안젤라 초등학교에 갔어. 하지만 출근한 지 이틀이 되어서야 자니의 엄마가 거기 직원인 걸 알았지."

"너무 이상했겠어요."

"우린 자주 마주치진 않아. 처음엔 자니 이야기를 해보려고 했어. 하지만 레이첼이 나와 대화하고 싶지 않다는 걸 분명히 밝혔어. 아무튼 이런 얘길 하는 건 테스가 나 혼자 사는 이유를 물어봤기 때문이야. 무의식 저편에 관계를 맺지 못하도록 막는 게 있는 거 같아. 나는 행복할 자격이 없어, 내가 자니에게 하지도 않은 일로 죄의식을 느끼기 때문이지."

코너가 창피한 듯 씩 웃었다.

"아무튼 그랬다고. 정말 크게 상처를 입었거든. 그게 평범한 회계사가 체육 선생이 된 이유야."

테스는 코너의 손을 잡고 깍지를 끼었다. 꼭 쥔 두 손을 마주 보던 테스는 한 남자의 손을 잡고 있다는 사실에 매혹되었다. 조금 전까지만 해도 그런 행동은 아주 친근한 사람들이 해야 한다고 생각했으면서 말이다.

"미안해요."

테스가 말했다.

"미안하다니, 뭐가?"

"자니 일과 당신 누나가 죽은 일이요."

그리고 잠시 입을 다물었다.

"그리고 내가 그런 식으로 당신을 떠난 것도요."

코너가 테스의 머리 위에서 십자가를 그었다.

"너의 죄를 사하노라. 음, 이렇게 말하는 거 맞지? 고해성사를 한 지 너무 오래돼서 말이야."

"나도 그래요. 그런데 죄를 사해주기 전에 보속을 줘야 하는 거 아니에요?"

"오호, 내가 보속을 줄 수 있다는 거군."

테스가 낄낄거리며 코너의 손을 놓았다.

"가야 해요."

"내 얘기 때문에 불안해진 거 아니야?"

코너가 말했다.

"아니, 그건 아니에요. 그냥 엄마를 걱정시키고 싶지 않아요. 엄마가 안 자고 기다릴 거예요. 이렇게 늦을 거라곤 생각 안 할 테니까요."

그때 문득 테스는 왜 코너를 만났는지가 생각났다.

"어머, 그런데 조카 이야기는 하나도 안 했어요. 직장 때문에 조언을 듣고 싶다고 했잖아요."

코너가 싱긋 웃었다.

"벤저민은 벌써 취직했어. 그냥 테스를 만날 구실이 필요했을 뿐이야."

"정말요?"

테스는 불꽃처럼 기쁨이 타오르는 것 같았다. 그저 원했다는 것보다 더 좋은 게 이 세상에 또 있을까? 그런 바람 외에 필요한 게 있긴 한 걸까?

"으음."

두 사람이 서로를 보았다.

"코너……."

테스가 입을 열었다.

"걱정은 하지 마. 기대 같은 건 안 하니까. 우리 관계가 정확히 어떤 건지 알고 있으니까."

"어떤 건데요?"

테스가 흥미를 보였다. 코너는 잠시 망설였다.

"음, 확실하게는 모르겠어. 의사와 상담해보고 알려줄게."

테스는 코웃음을 쳤다.

"하지만 정말 가야 해요."

테스가 또 말했다.

하지만 결국 테스가 옷을 입기 시작한 건 또다시 30분이 흐른 뒤였다.

THE HUSBAND'S SECRET

. 32 .

세실리아는 안방 욕실로 들어갔다. 존 폴이 이를 닦고 있었다. 세실리아는 칫솔을 들고 치약을 짜고 이를 닦기 시작했다. 거울에 비치는 존 폴과는 눈을 마주치지 않았다.

세실리아가 이를 닦던 손을 멈췄다.

"어머니가 아셔."

세실리아가 말했다.

존 폴이 허리를 숙이고 세면대에 침을 뱉었다.

"그게 무슨 소리야?"

존 폴은 몸을 똑바로 세우고 작은 수건으로 입가를 두드리더니 일부러 삐딱하게 걸쳐놓으려는 듯 수건걸이에 수건을 재빨리 휙 걸었다.

"어머니가 아셔."

세실리아가 다시 말했다.

존 폴이 고개를 휙 돌렸다.

"자기가 말했어?"

"아니, 나는……."

"왜 그런 거야?"

존 폴의 얼굴에서 핏기가 가셨다. 화가 났다기보단 극도로 놀란 표정이었다.

"존 폴. 난 말하지 않았어. 그냥 레이첼이 폴리의 파티에 온다고만 했어. 그러니까 어머니가 당신은 어떻게 생각하느냐고 물으셨어. 그래서 알 수 있었어."

존 폴의 어깨에서 긴장이 풀렸다.

"자기가 상상하는 거야."

단호한 목소리였다. 두 사람이 사실 여부를 두고 논쟁을 벌일 때면 존 폴은 항상 단호하게 확신했다. 옳은 건 자신이고 세실리아는 틀렸다. 자신이 실수할 수도 있다는 가능성 따윈 전혀 염두에 두지 않았다. 세실리아는 미칠 것만 같았다. 존 폴의 얼굴을 한 대 세게 치고 싶은 충동을 간신히 억눌렀다.

이게 문제였다. 이제 존 폴의 모든 결점이 너무나도 크게 보였다. 그건 법을 준수하는 온화한 남편이자 아버지에게 결점이 있는 것과는 차원이 달랐다. 불편할 때에만 나타나는 특별한 고집, 역시 불편할 때만 가끔씩 나타나는 우울함, 말다툼을 할 때면 드러나는 참을 수 없는 가혹함, 단정하지 못하고 끊임없이 물건을 잃어버리는 경솔함 등의 결점은 전혀 위험해 보이지 않았고, 오히려 그 때문에 평범하게 느껴져서 좋기도 했다.

하지만 그런 결점들이 살인자에게 속한다는 사실을 알게 된 순간, 훨씬 심각하게 느껴지고, 존 폴을 규정하는 본질적인 특성처럼 느껴졌다. 존 폴이 가진 장점들은 조금도 중요하게 느껴지지 않을 뿐 아니라 본질을 가리는 위장술처럼 느껴졌다. 다시 이전과 똑같은 마음으로 존 폴을 볼 수 있을까? 여전히 그를 사랑할 수 있을까?

세실리아는 존 폴을 몰랐다. 세실리아가 사랑이라고 생각한 건 착시 현상이었다. 다정하고 열정적으로 웃음기를 머금고 있는 저 푸른 눈이 자니가 죽기 직전에 보았던 그 눈인 거다. 세실리아의 어린 딸들의 머리를 토닥이던 저 사랑스럽고 강인한 손이 자니의 목을 조른 바로 그 손이다.

"어머니는 아셔. 신문에 실린 묵주를 알아보셨대. 어머니가 나한테 뭐라고 하셨는지 알아? 엄마는 아이들을 위해선 뭐든지 해야 한다고 하셨어. 나도 내 아이들을 위해서 그렇게 해야 한다고, 아무 일도 일어나지 않은 것처럼 해야 한다고 하셨어. 정말 섬뜩해. *어머니는 섬뜩한 분이야.*"

세실리아의 말은 부부가 정한 선을 넘어섰다. 존 폴은 어머니에 관해서라면 아주 작은 비평도 용납하지 않았다. 그래서 세실리아는 화가 났을 때도 어머니에겐 존경심을 보이려고 애썼다.

존 폴은 욕조 끝에 털썩 주저앉았다. 그 바람에 수건걸이에 걸려 있던 수건이 존 폴의 무릎에 걸려 떨어졌다.

"정말 아는 거 같아?"

"응. 훌륭하게 해치운 거야. 엄마의 사랑하는 아들이 멋지게 빠져나간 거지."

존 폴이 눈을 깜빡였다. 세실리아는 그런 존 폴을 보고 사과할 뻔했지만, 곧 두 사람이 지금 세제를 넣는 일 같은 평범한 문제로 논쟁하는 게 아님을 떠올렸다. 이제 규칙은 바뀌었다. 세실리아는 원하는 만큼 마음대로 짜증을 낼 수 있었다.

세실리아는 칫솔을 들어 기계적으로 빡빡 이를 닦기 시작했다. 바로 지난주에 치과 의사가 세실리아에게 에나멜 층이 벗겨질 정도로 너무 세게 이를 닦는다고 했다. 치과 의사는 직접 시범을 보이면서 "바이올린 채를 잡듯이 손가락을 이렇게 해서 칫솔을 잡으세요"라고 했다. 세실리아는 전동 칫솔을 사는 게 좋지 않겠느냐고 물었지만, 치과 의사는 머리가 구부러지는 구식 칫솔이 좋겠다고 권했다. 하지만 세실리아는 전동 칫솔이 주는 깨끗하고 상쾌한 느낌이 좋다고 고집했고, 당시에 이 문제는 정말로 중요했기 때문에, 세실리아는 치아를 관리하는 대화에 푹 빠져들었다. 그러니까, 지난주에, 바로 지난주에 말이다.

세실리아는 입을 헹구고 칫솔을 칫솔걸이에 걸고 존 폴이 떨어뜨린 수건을 집어 수건걸이에 걸었다.

세실리아가 존 폴을 흘긋 보자, 존 폴은 흠칫 놀랐다.

"자기가 나를 보는 눈길이 마치……."

존 폴이 말을 끝내지 못하고 가쁜 숨을 들이켰다.

"나한테 뭘 기대한 건데?"

세실리아는 어처구니가 없었다.

"미안해. 미안. 이런 일을 감당하게 해서 미안해. 이런 일로 힘들게 해서 미안해. 그런 편지를 쓰다니, 정말 멍청했어. 하지만 세실리아, 난 여전히 나야. 약속할게. 제발, 난 사악한 괴물이 아니야. 고작 열일곱 살이었다고, 세실리아. 아주 끔찍한, 끔찍한 실수를 한 거야, 세실리아."

"죗값을 치르지 않았잖아."

"알아. 죗값을 치르지 않았다는 거, 나도 안다고."

이번엔 존 폴이 세실리아의 눈을 똑바로 쳐다보았다.

두 사람은 잠시 아무 말 없이 서 있었다.

"*젠장. 이런 젠장.*"

세실리아가 갑자기 손으로 머리를 세게 때렸다.

"왜 그래?"

존 폴이 주춤 뒤로 물러나면서 말했다. 세실리아는 욕을 하지 않았다. 평생 동안 세실리아는 머리 한쪽에 타파웨어 용기를 하나 두고, 나쁜 말은 모두 그곳에 담았다. 하지만 지금 이 순간 그 용기 뚜껑을 열었다. 그 속엔 곧바로 사용할 수 있는 바삭바삭하고 신선한 욕들이 가득했다.

"부활절 모자 말이야. 폴리와 에스터가 내일 쓸 망할 부활절 모자를 잊어버렸어."

1984년 4월 6일

전철 창문으로 플랫폼에서 자신을 기다리는 존 폴을 보는 순간 자니는 마음을 바꿀 뻔했다. 존 폴은 긴 다리를 쭉 뻗고 책을 읽고 있었다. 전철이 들어오는 모습을 보면서 자리에서 일어나 배낭에 책을 집어넣더니 갑작스럽고도 은밀한 손길로 머리카락을 쓸어내렸다. 존 폴은 정말 멋진 아이야, 자니는 생각했다.

자니는 자리에서 일어나 넘어지지 않게 기둥을 잡은 채로 가방을 어깨에 멨다.

존 폴이 머리카락을 쓸어내리는 모습은 우스웠다. 존 폴 같은 남자애도 불안해한다는 증거였다. 자니를 만난다는 사실에 긴장하고, 자니에게 어떻게 보일지 몰라 걱정한다는 뜻이었다.

"이번 역은 애스퀴스입니다. 다음 역은 버로라입니다."

전철이 달그락거리며 멈췄다.

그래, 내려야지. 자니는 곧 존 폴에게 더는 만나지 않겠다는 말을 할 거다. 물론 바람을 맞히고 존 폴이 기다리게 내버려둘 수도 있지만, 자니는 그런 여자가 아니었다. 전화로 말할 수도 있지만, 그것도 옳지 않다. 더구나 두 사람은 전화를 하지 않았다. 두 사람 모두 전화를 엿듣는 엄마가 있는 것이다. (이메일을 보내거나 문자를 보내면 만사형통이겠지만, 휴대폰이나 인터넷을 사용하려면 아직 한참 더 기다려야 한다.)

물론 자니는 자신이 하려는 일이 유쾌하지 않으며, 존 폴이 자존심이 상해 "난 널 아주 많이 좋아한 적은 없어" 같은 유치한 보복을 할지도 모른다는 생각은 했었다. 하지만 그가 머리카락을 쓸어내리는 모습을 보니 크게 상처를 입을 게 분명하다는 생각이 들었다. 그런 생각을 하니 마음이 아팠다.

전철에서 내리는 자니에게 존 폴이 손을 들고 웃어 보였다. 자니도 손을 흔들었다. 플랫폼을 따라 걸으면서 자니는 자신이 처한 상황을 분명하게 깨닫고 조금 씁쓸한 충격을 받았다. 그건 자신이 코너를 존 폴보다 더 좋아하는 건 아니라는 깨달음이었고, 사실은 존 폴을 훨씬 좋아한다는 깨달음이었다. 하지만 존 폴을 좋아하는 건 잘생겼고 영리하고 재밌고 친절한 사람에게 받는 중압감을 늘 느껴야 한다는 뜻이었다. 자니는 존 폴에게 매혹됐다. 코너는 자니에게 매혹됐다. 매혹은 당해야 하는 거야. 소녀들은 매혹을 당해야 해.

존 폴의 관심은 꼭 속임수처럼 느껴졌다. 짓궂은 장난 같다. 분명히 존 폴은 자니가 자기에게 적합한 여자가 아닌 걸 알고 있을 거다. 자니는 여자아이들이 나타나서 자신을 가리키며 '정말로 존 폴이 너한테 관심이 있다고 생각하는 건 아니지?'라고 비웃고 조롱하는 순간을 기다려왔다. 존 폴 이야기를 친구들에게도 할 수 없는 이유가 바로 그거였다. 친구들은 당연히 코너는 알았다. 하지만 존 폴 피츠패트릭은 아니다. 존 폴 같은 아이가 자니 같은 아이를 좋아하다니, 친구들은 믿지 않을 거다. 자니도 사실은 정말로 믿진 않았다.

자니는 버스에서 이제 공식적으로 너의 여자 친구가 되겠다고 했을 때 바보처럼 환하게 웃던 코너를 생각했다. 첫 경험을 코너와 한다면, 정말 달콤하고 다정하고 재밌을 거다. 하지만 존 폴 앞에서 옷을 벗는다니, 상상도 할 수 없었다. 생각을 하는 것만으로도 심장이 얼어붙는 것 같았다. 더구나 존 폴은 존 폴에게 어울리는 몸매를 가진 여자를 만나야 한다. 존 폴은 자니의 이상할 정도로 삐쩍 마른 몸을 보면, 분명 웃음을 터트릴 거다. 팔이 몸에 비해 비정상적으로 길다는 사실도 눈치챌 거다. 오목한 가슴을 보면 분명히 코웃음을 치거나 비웃을 거다.

"안녕."

자니가 존 폴에게 말했다.

"안녕."

존 폴도 말했다.

자니는 숨이 멈출 것만 같았다. 존 폴과 눈이 마주쳤기 때문이다. 그 순간 자니는 두 사람 사이에 뭐라고 분명하게 규정할 순 없지만 아주 커다란 감정이 있다는 느낌을 받았다. 스무 살이 된 자니라면 '열정'이라고 불렀을 테고, 서른 살이 된 자니라면 냉소적으로 '화학 반응이야'라고 했을 그런 감정이었다. 자니 속에 있는 아주 작은 입자가, 결국 자라나 여인이 될 입자가 자니에게 속삭였다. *뭐해, 자니? 겁쟁이처럼 굴지 마. 넌 존 폴을 코너보다 훨씬 좋아하잖아. 저 아이를 선택해. 이 감정은 훨씬 커질 거야. 거대해질 거라고. 이건 사랑일지도 몰라.*

하지만 심장이 너무 강하게 뛰고 있었다. 무섭고 두렵고 고통스러워서 숨을 쉴 수가 없었다. 가슴 한가운데에서 자니를 완전히 쓰러뜨리려고 누군가가 힘차게 때리는 것처럼 강렬한 고통이 느껴졌다. 자니는 그저 다시 평온해지고 싶었다.

"말할 게 있어."

자니는 최대한 차갑고 딱딱하게 말했다. 자신의 운명을 집어들고 봉투에 넣어버리려는 사람처럼.

목요일

Thursday

. 33 .

"세실리아. 내 메시지 받았어? 전화했었는데."

"세실리아. 복권 얘기 말이야. 자기 말이 맞았어!"

"세실리아, 어제 왜 필라테스 안 왔어?"

"세실리아. 우리 시누이가 자기랑 파티하고 싶대."

"세실리아. 다음 주에 발레 수업 끝나고 한 시간만 해리엇을 돌봐줄 수 있어?"

"세실리아!"

"세실리아!"

"세실리아!"

부활절 모자 행진을 하는 중이었고, 세인트 안젤라 초등학교 엄마들이 부활절과 새로운 계절 가을을 정말로 처음으로 맞이하는 기념으로 멋진 옷을 입고 몰려나와 있었다. 엄마들은 부드럽고 예쁜 스카프를 목에 두르고, 날씬하거나 또는 전혀 날씬하지 않은 허벅지를 딱 들러붙는 청바지로 감싸고, 뾰족한 부츠로 운동장을 쿡쿡 찌르고 다녔다. 후덥지근했던 여름은 가고 불어오는 상쾌한 바람과 4일 동안 초콜릿이 가득한 휴일을 보낼 기대로 모두 행복해하고 있었다. 엄마들은 사각형 안뜰에 2열로 크고 둥근 원이 되게 놓아둔 파란색 접이식 의자에 앉아 있었고, 모두 기운 차 보였으며 한껏 고무되어 있었다.

고학년 학생들은 행진에 참가하지 않았기 때문에 발코니에 무심하게 매달려, 자신들은 그런 일을 할 만큼 어리지 않다는 듯 관대하고 성숙하지만, 그렇다고 어린 동생들이 귀엽게 느껴지진 않는다는 표정으로 지켜보고 있었다.

세실리아는 6학년 교실에서 이사벨을 찾아보았다. 이사벨은 가장 친한 친구인 마리와 로라 가운데 서 있었다. 세 아이는 서로 팔을 느슨하게 걸치고 있었는데, 그건 떠들썩한 세 사람의 우정이 현재 정점을 찍고 있으며, 두 사람이 한 명을 공격할 의사가 전혀 없고, 셋은 순수하고 *끈끈한* 사랑으로 이어져 있다는 뜻이었다. 앞으로 4일 동안 휴일이라는 사실은 행운이었다. 왜냐하면 강렬한 우정의 시간이 지나면 어김없이 눈물과 배신이 뒤따랐고, 그 애가 이렇게 말했고, 이런 문자를 보냈고, 이런 글을 올렸고, 내가 이렇게 말했고, 내가 이런 문자를 보냈고, 내가 이런 글을 올렸다는 길고도 진 빠지는 이야기가 이어졌기 때문이다.

한 엄마가 조심스럽게 벨기에 초콜릿 볼이 든 바구니를 돌렸고, 살짝 술을 맛본다는 감각적인 기쁨에 환호하며 신음하는 엄마들 소리가 여기저기서 터져나왔다.

난 살인자의 아내야. 세실리아는 초콜릿 볼을 하나 입에 넣고 녹여 먹으면서 생각했다. *난 살인 방조자야.* 아이들이 함께 놀 날짜를 정하고 전화를 받고 타파웨어 파티를 계획할 때도, 일정을 짜고 계획을 짜고 일정을 진행하면서도 생각했다. *나는 세실리아 피츠패트릭이야. 내 남편은 살인자고. 나를 봐, 그래도 우리 아이*

들과 말하고 떠들고 웃고 껴안잖아. 내가 누군지, 당신들은 절대로 모를걸.

바로 이렇게 하는 거다. 이게 바로 비밀을 품고 살아가는 방법이다. 그저 이렇게만 하면 된다. 뭐든지 문제없는 척만 하면 되는거다. 경련이 일듯 심하게 비틀리는 위장의 고통 따윈 무시하면 되는 거다. 어떻게 해서든 스스로를 마비시켜서 나쁜 것도 좋은 것도 느끼지 않게 만드는 거다.

어제는 배수구에 토하고 식료품 저장실에서 울었지만, 오늘은 6시에 일어나서 세 아이와 존 폴이 일어나기 전에 부활절 일요일에 먹을 라자냐를 두 개 만들고, 빨래 한 바구니를 다림질했고 폴리가 테니스 수업을 받을 수 있는지 묻는 이메일을 세 통 보냈고 학부모 연합회에 질문을 보내온 이메일 열네 통에 답장을 보냈고, 그저께 밤에 받은 타파웨어 제품 주문서를 발송했고, 세탁물을 잔뜩 모았다. 세실리아는 다시 스케이트화를 신고 미끄러운 인생의 표면 위를 능숙하게 나아가고 있었다.

"와, 진짜 미치겠다. 저분 입고 있는 거봐!"

세인트 안젤라 초등학교 교장 선생님이 운동장에 모습을 드러내자 누군가 소리쳤다. 트루디 교장은 기다란 토끼 귀에 보송보송한 꼬리까지 달고 있었다. 꼭 〈플레이보이〉에 나오는 바니걸의 엄마 같았다.

트루디 교장은 두 손을 앞발처럼 쫑긋 세우고 운동장 한가운데 있는 마이크까지 깡충깡충 뛰어갔다. 엄마들은 몸을 흔들면서 미친 듯이 웃어댔고, 발코니에 서 있는 아이들은 환호성을 질렀다.

"숙녀분들, 바보분들, 그리고 소년 소녀 여러분!"

트루디 교장의 귀 하나가 축 처지면서 얼굴을 덮었다. 교장은 귀를 휙 치우면서 소리쳤다.

"세인트 안젤라 초등학교 부활절 모자 행진에 오신 걸 환영합니다!"

"난 교장 선생님이 정말 좋아. 하지만 저분이 학교를 운영하다니, 정말 못 믿겠다니까."

세실리아 오른쪽에 앉은 마할리아가 말했다.

"교장 선생님이 학교를 운영하진 않지. 레이첼 크롤리가 운영하는 거야. 자기 왼쪽에 앉아 있는 이 사랑스러운 여인과 함께 말이야."

세실리아 왼쪽에 앉은 로라 막스가 말했다. 로라는 마할리아 앞으로 몸을 숙이고 세실리아를 가리키면서 손가락을 흔들었다.

"에이, 에이, 왜 그래요. 아닌 거 알면서."

세실리아가 악동처럼 웃었다. 세실리아는 자신이 진짜 세실리아를 열정적으로 흉내 내는 사람처럼 느껴졌다. 이런 행동은 좀 지나친 거 아닐까? 너무 과하게 어릿광대처럼 군 거 아닐까? 하지만 신경 쓰는 사람은 아무도 없는 것 같았다.

음악 소리가 들리기 시작했다. 음악은 작년에 세실리아가 미술 전시회를 성공적으로 열어 마련한 기금으로 설치한 최신 음향 기기에서 흘러나왔다.

수많은 대화가 세실리아 주변에서 흘러다녔다.

"지금 곡은 누가 선정한 거야? 정말 좋다."

"그러게, 진짜 좋다. 춤추고 싶어."

"정말 그래. 근데 가사 아는 사람 있어? 무슨 내용이야?"

"모르는 게 좋아."

"우리 애들은 모두 알던데."

먼저 유치원 아이들이 선생님을 따라 걸어나왔다. 흑갈색 머리에 가슴이 크고 상당히 미인인 파커 선생님은 타고난 신체적 장점을 한껏 돋보이게 하는, 자기 몸집보다 최소한 두 치수는 작은 게 분명한 요정 공주 의상을 입고서 음악 소리에 맞춰 유치원 선생님으로서는 상당히 어울리지 않는 춤을 추면서 걸었다. 그 뒤를 따라가는 조그만 아이들은 자부심과 자의식이 섞인 표정으로 웃으면서 엄마가 만든 평범한 부활절 모자가 벗겨지지 않도록 애쓰고 있었다.

엄마들이 다른 엄마들이 만든 모자를 칭찬하기 시작했다.

"우와, 산드라. 자기가 만든 모자 정말 창의적이야."

"인터넷에서 찾았어. 저거 만드는 데 10분밖에 안 걸려."

"에이, 그럴 리가."

"정말이야. 맹세해."

"파커 선생님은 지금 부활절 행진이라는 거 아는 거 맞지? 나이트클럽에 왔다고 착각하는 거 아니야?"

"원래 요정 공주 옷은 저렇게 가슴이 많이 파인 거야?"

"근데, 티아라도 부활절 모자라고 할 수 있어?"

"내 생각엔 휘트비 선생님 시선을 끌려고 그러는 거 같아. 불쌍한 파커 선생님. 휘트비 선생님은 눈길도 주지 않잖아."

세실리아는 부활절 모자 행진 같은 행사를 아주 좋아했다. 이런 행사는 세실리아가 사랑하는 인생의 모든 측면이 다 들어 있었다. 다정하고 소박했다. 공동체라는 느낌이 있었다. 하지만 오늘 행진은 의미가 없는 것처럼 느껴졌고, 아이들은 코찔찔이에 엄마들은 여우처럼 느껴졌다. 세실리아는 간신히 하품을 억눌렀다. 손가락에서 참기름 냄새가 났다. 세실리아의 인생엔 이제 온통 참기름 냄새뿐이었다. 세실리아는 또다시 하품을 참아냈다. 어제저녁 늦게까지 세실리아와 존 폴은 한 마디 말도 없이 함께 앉아서 아이들 부활절 모자를 만들었다.

폴리네 반이 행진을 시작했다. 거대하고 번쩍이는 분홍색 포일로 감싼 부활절 달걀 같은 드레스를 입은 사랑스러운 제퍼스 선생님이 앞장섰다. 분명히 옷을 입는 과정이 만만치 않았을 거다.

선생님 바로 뒤에선 한쪽 눈이 덮일 정도로 모자를 비스듬하게 쓴 요염한 폴리가 슈퍼모델 같은 걸음걸이로 뽐내듯이 걷고 있었다. 존 폴은 정원에서 나뭇가지를 잔뜩 가져와 새 둥지를 만들고 그 위에 부활절 달걀을 잔뜩 올렸다. 그 중에 한 달걀에선 보송보송한 병아리 한 마리가 막 알을 깨고 나오고 있었다.

"어머, 세상에. 세실리아. 진짜 기발하다."

세실리아의 앞줄에 앉아 있던 에리카 에지클리프가 뒤를 돌아보며 말했다.

"폴리 모자 정말 놀라워."

"존 폴이 만든 거야."

세실리아가 폴리를 가리키면서 말했다.

"정말? 그 남자 진짜 탐난다."

"그래, 정말 탐나는 남자지."

대답하는 세실리아는 자신의 억양이 이상하다고 생각했다. 자신을 쳐다보는 마할리아의 시선이 느껴졌다.

에리카가 말했다.

"내가 어떤지 알지? 글쎄 오늘 아침 먹을 때까지 부활절 모자 따윈 까맣게 잊었지 뭐야. 그래서 다 먹은 달걀 상자를 붙여줬어. 그러고는 '이거면 됐어'라고 했다니까."

에리카는 되는대로 아이를 기르는 자신의 방식에 자부심을 갖고 있었다.

"저기 있다. 음, 우후!"

에리카는 반쯤 일어서서 미친 듯이 손을 흔들곤 다시 앉았다.

"우리 애가 날 죽일 듯이 노려보는 거 봤지. 그 애도 자기 모자가 제일 엉망이란 걸 아는 거야. 내가 아들 손에 죽기 전에 초콜릿 볼 한 개 더 줄 사람?"

"세실리아, 괜찮아?"

마할리아가 세실리아 쪽으로 몸을 기울이고 물었다. 친숙한 머스키 향수 냄새가 났다.

세실리아는 마할리아를 흘긋 쳐다보곤 재빨리 시선을 돌렸다.

오, 안 돼. 나한테 친절을 베풀지 마, 마할리아. 자기 부드러운 피부랑 흰자위는 정말 진주처럼 하얗잖아. 아침에 거울을 들여다보았을 때 세실리아는 흰자위에서 붉은 반점 여러 개를 발견했다. *목이 졸리면 이렇게 되는 거 아닌가? 모세혈관이 파열되니까? 그걸 내가 어떻게 알아?* 세실리아는 어깨를 으쓱했다.

"자기, 떨고 있잖아. 추운가봐."

마할리아가 말했다.

"아니, 괜찮아."

세실리아가 말했다. 누군가에게 비밀을 털어놓고 싶다는 욕망은 극심한 갈증을 낳았다. 세실리아는 헛기침을 했다.

"아마 감기에 걸렸나봐."

"이런, 이거 하고 있어."

마할리아가 목에 두른 스카프를 풀어 세실리아의 어깨에 걸쳐주었다. 아름다운 스카프였다. 마할리아의 아름다운 냄새가 세실리아 주위에 둥둥 떠다녔다.

"아니야, 이러지 마."

세실리아가 아무 소용도 없는 저항을 했다.

마할리아에게 털어놓으면 분명히 이렇게 말할 거다.

간단한 일 가지고 뭘 그래. 세실리아, 남편한테 자백할 시간을 하루 주겠다고 해. 아니면 자기가 경찰에 고발할 거라고 말하는 거야. 알아. 자긴 남편을 사랑하지. 그래, 아이들도 고통을 받을 거야. 하지만 그게 중요한 게 아니잖아. 아주 간단한 문제라고. 마할리아는 '간단' 하다는 말을 정말 사랑했다.

"서양고추냉이랑 마늘을 먹어. 그럼 간단해."

마할리아가 말했다.

"뭐? 아, 그거. 내 감기. 정말 그래. 집에 가서 해 먹을게."

세실리아는 사각형 운동장 맞은편에 앉아 있는 테스 올리리를 발견했다. 테스는 엄마들 의자 맨 끝에 붙인 루시의 휠체어 바로 옆에 앉아 있었다. 테스에게 어제 해준 모든 일에 감사하다고 말해야 하는데. 맞다, 택시를 불러주지 않은 것도 사과해야 하고. 불쌍한 테스는 분명히 언덕 위에 있는 루시의 집까지 걸어서 갔을 거다. 아, 루시에게 라자냐 만들어준다고 약속했는데. 세실리아는 조금 전에 생각했던 것과 달리 능숙하게 스케이트를 타지 못하는 게 분명했다. 결국은 모든 걸 무너뜨릴 자잘한 실수들을 너무나 많이 하고 있는 거다.

불과 화요일만 해도 세실리아는 폴리를 발레 학원에 데려다주면서 뭔가 엄청난 일이 생기길 갈망했다. 그러니까 이틀 전의 세실리아는 완벽하게 멍청했던 거다. 이틀 전의 세실리아는 웅장한 음악이 울려퍼지는 가슴 저미는 영화의 한 장면 같은, 분명하고도 아름다운 감정의 물결을 느끼고 싶어 했다. 완벽하게 상처받길 바랐다.

"어머머, 어머머, 어떡하니, 어떡해!"

에리카가 소리쳤다.

1학년 남자아이가 진짜 새장을, 정말로 모자에 얹고서 걷고 있었다. 그 작은 아이는 루크 르해니였는데(메리 르해니의 아들이었는데, 메리는 종종 지나치게 행동했다. 한번은 학부모시민연합회에서 세실리아의 역할에 맞서는 실수도 저질렀다), 삐딱하게 서 있는 새장을 떨어뜨리지 않기 위해서 피사의 사탑처럼 몸을 기울인 채로 걷고 있었다. 하지만 결국 어쩔 수 없이 새장은 루크의 머리에서 벗어나 땅으로 곤두박질쳤고, 그 바람에 보니 에머슨도 발을 헛디뎌 모자를 떨어뜨렸다. 보니의 얼굴이 일그러졌고, 루크는 공포에 질린 당혹스러운 얼굴로 완전히 망가진 새장을 멍하니 내려다보고 있었다.

나도 엄마가 와 있었으면 좋겠는데. 아이들을 달래기 위해 화들짝 뛰어나가는 두 아이의 엄마를 보면서 세실리아는 생각했다. *나도 엄마가 와서 위로해주면 좋을 텐데. 모두 괜찮다고, 올 필요 없다고 말해주면 좋을 텐데.*

작년까지는 세실리아의 엄마도 세인트 안젤라 초등학교에서 하는 부활절 모자 행진을 보러 왔고, 일회용 사진기로 초점도 안 맞고 머리도 사라진 아이들 사진을 열심히 찍어줬다. 하지만 올해는 샘이 다니는 비싼 유치원으로 갔다. 유치원에서 어른들을 위해 샴페인을 준비했기 때문이다. "샴페인이라니, 정말 웃기지 않니? 부활절 모자 행진에 샴페인이라니. 그래서 원비가 비싼 거야." 세실리아의 엄마는 그렇게 말했다. 세실리아의 엄마는 샴페인을 아주 좋아했다. 이제 세실리아의 엄마는 세인트 안젤라 초등학교에서 만날 수 있는 할머니들이 아닌 더 상류층에 속한 할머니들과 한잔할 수 있게 된 거다. 세실리아의 엄마는 항상 돈에 관심이 없다고 말하지만, 사실은 정말 관심이 많아서 그렇게 말하는 거였다.

존 폴 이야기를 해주면 엄마는 뭐라고 할까? 나이를 먹을수록 세실리아의 엄마는 괴로운 이야기를 들을 때면, 아니 그저 아주 복잡한 이야기일 뿐이라고 해도 자신에게 충격을 주는 말을 들으면 뇌졸중에 걸리기라도 한 것처럼 멍하고 둔탁한 표정을 지었다. 충격 때문에 즉시 마음이 닫힌 사람처럼 말이다.

"존 폴이 범죄를 저질렀어."

세실리아는 그렇게 시작할 것이다.

"오, 얘는. 절대 그럴 리 없어."

엄마는 세실리아의 말을 가로막을 거다.

아빠는 뭐라고 할까? 세실리아의 아빠는 고혈압이다. 세실리아의 말을 듣는 순간 죽을 수도 있다. 세실리아는 아빠의 주름지고 온화한 얼굴에 공포가 번쩍이는 모습을 떠올려보았다. 한참 동안 충격 때문에 말을 잃었다가 간신히 정신을 차리고 얼굴을 완전히 일그러뜨리고 방금 들은 정보를 마음의 올바른 자리에 끼워넣기 위해 애쓸 거다. 그리고 "그래, 존 폴은 어떻게 생각하니?" 하고 물을 거다. 세실리아의 부모님은 나이가 들수록 점점 더 존 폴의 의견에 의지하고 따랐다.

세실리아의 부모님은 존 폴이 없다면 제대로 살아갈 수 없을 거다. 존 폴이 한 일을 제대로 받아들이고 대처할 수도 없을 테고, 공동체에서 느껴야 하는 부끄러움도 감당할 수 없을 거다.

그러니까 가장 좋은 쪽으로 결론을 내릴 수밖에 없는 거다. 인생은 흑과 백으로 선명하게 나눠지지 않는다. 존 폴이 자백을 해도 자니는 돌아오지 않는다. 이루어지는 것은 하나도 없다. 세실리아의 딸들은 상처를 받을 거다. 세실리아의 부모님도 마찬가지다. 존 폴도 열일곱 살 때 한 실수(세실리아는 황급히 '실수'라는 단어를 마음속에서 지웠다. 실수는 적당한 말이 아니다. 존 폴이 한 일은 그보다 훨씬 더 심각한 단어로 표현해야 한다)로 괴로워하고 있다.

"저기 에스터야."

세실리아는 마할리아가 쿡 찌르는 바람에 크게 놀랐다. 잠시 어디에 있는지 잊고 있었다. 세실리아가 적절한 순간에 고개를 들었기 때문에 에스터가 세실리아 앞을 지나가면서 엄마에게 차분하게 고개를 끄덕이는 모습을 놓치지 않고 볼 수 있었다. 에스터의 모자는 뒤통수에 정확하게 붙어 있었고, 에스터의 점퍼 소매는 벙어리장갑처럼 에스터의 손을 완전히 덮고 있었다. 에스터가 쓴 세실리아의 낡은 밀짚모자엔 가짜 꽃과 작은 초콜릿 달걀이 여기저기 붙어 있었다. 세실리아가 대충 만든 모자였지만 에스터는 신경쓰지 않았다. 부활절 모자 행진은 자신의 소중한 시간을 낭비하는 쓸데없는 짓이라고 여겼기 때문이다.

"부활절 모자 행진이 대체 우리한테 뭘 가르쳐주는데?"

학교로 오는 차 안에서 에스터는 그렇게 말했다.

"베를린 장벽에 관해선 알려주는 게 없지."

이사벨이 재빨리 대답했다.

세실리아는 이사벨이 마스카라를 칠한 모습을 못 본 체했다. 꽤 잘 칠했다. 그저 완벽한 눈썹 밑에 아주 작은 부스러기가 떨어져 있을 뿐이었다.

세실리아는 고개를 들어 6학년 교실을 보았다. 이사벨이 친구들과 춤을 추고 있었다.

정말 좋은 남자아이가 이사벨을 죽인다면, 그러고도 처벌받지 않는다면, 그 남자아이가 평생 양심의 가책을 느끼고 괴로워한다 해도, 결국 정직하고 모범적인 시민이 되어 좋은 아빠, 좋은 사위로 살아간다 해도, 역시 그 애를 감옥에 처넣고 싶을 것이다.

어, 세상이 기울어지고 있었다.

"세실리아?"

저 멀리, 아주 멀리서 마할리아의 목소리가 들렸다.

THE HUSBAND'S SECRET

. 34 .

테스는 의자에 앉아 몸을 꼼지락거리며 사타구니에서 느껴지는 기분 좋은 통증을 즐겼다. *어떻게 사람이 이렇게 얄팍할 수가*

있지? 심장이 산산이 부서졌다며. 그런데, 결혼이 깨진 걸 극복하는 데 필요한 시간이 고작 3일이라는 거야?

세인트 안젤라 초등학교 부활절 모자 행진을 보면서 테스는 행진을 심사하는 심사위원 세 명 가운데 한 명과 섹스를 했다는 사실을 떠올리고 있었다. 그 심사위원은 운동장 맞은편에서 거대한 분홍색 아기 턱받이를 매고 6학년 남자아이들과 치킨 댄스를 추고 있었다.

"정말 사랑스럽지 않니? 정말 사랑스러워. 그저……."

신나서 이야기를 하던 테스의 엄마가 입을 다물었다. 테스가 엄마를 돌아보았다.

"그저 뭐?"

테스의 말에 엄마는 미안한 표정을 지었다.

"그냥 이 상황이 좀 더 행복했으면 좋았겠다고. 너랑 윌이 시드니로 이사를 와서 리엄이 세인트 안젤라 초등학교에 다니는 거면 좋았겠다는 생각을 했어. 그럼 내가 계속 부활절 모자 행진을 볼 수 있겠다고 생각했거든. 그런 생각을 하다니, 미안."

"엄마가 미안할 게 뭐 있어. 나도 그랬으면 좋겠는걸."

정말로 그런가?

테스는 다시 코너를 보았다. 코너가 무슨 말을 하자 6학년 남자아이들이 미친 듯이 웃는 걸로 봐서 방귀 이야기를 한 게 분명했다.

"어젯밤은 어땠니? 물어본다고 해놓고 깜빡했네. 난 네가 들어오는 소리도 못 들었어."

테스의 엄마가 물었다.

"좋았어. 좋았던 거 같아."

테스는 갑자기 코너가 자신을 엎드리게 하고 귀에 대고 했던 말이 생각났다.

"이게 우리한텐 꽤 좋았던 걸로 기억해."

훨씬 전에도, 그러니까 죽여주는 몸매에 모터바이크를 타는 사람이 되기 전에도, 머리 모양이 꺼벙했던 따분한 젊은 회계사였을 때도 코너는 침대에서 아주 잘했다. 그땐 테스가 너무 어려서 그 진가를 몰랐을 뿐이다. 그저 섹스는 모두 그렇게 좋은 줄만 알았다. 테스는 다시 자세를 고쳐 앉았다. 어쩌면 방광염에 걸린 건지도 몰랐다. 그럴 수도 있다는 걸 알았어야 했는데. 테스는 어젯밤 말고 마지막으로 세 번 연속으로 섹스를 했을 때, 마지막으로 방광염에 걸렸었다. 그러니까 윌과 데이트를 시작했을 때 말이다.

윌과 처음 만났을 때가 생각나면 당연히 마음이 아파야 할 텐데 그렇지 않았다. 적어도 지금은 아니었다. 테스는 성적으로 아주 좋고 황홀한 만족감과⋯⋯ 음, 뭐더라? 복수! 그래 복수를 했다는 생각에 약간 현기증을 느낄 뿐이었다. 복수는 나의 것! 테스의 말이로다. 윌과 펠리시티는 테스가 부서진 마음을 달래기 위해 시드니로 왔다고 생각할 것이다. 하지만 테스는 전 남자 친구와 끝내주는 섹스를 했다. 전 애인과의 섹스. 배우자와 하는 섹스와는 차원이 다른 섹스. 어때, 윌?

"테스, 얘?"

테스의 엄마가 말했다.

"으음?"

"어젯밤에 코너랑 무슨 일 있었니?"

테스의 엄마가 목소리를 낮추고 물었다.

"당연히 아니지."

"할 수 없을 거 같아요." 어제 코너가 세 번째로 하려고 할 때 테스가 말했다. "아니, 할 수 있어." 코너가 말했다. 테스는 속삭였다. "할 수 없어요. 할 수 없어요. 할 수 없어요." 그 말을 테스는 할 수 있다는 사실을 완전히 입증해보일 때까지 계속해서 중얼거렸다.

"테스 올리리."

테스의 엄마가 1학년 남자아이의 새장 모자가 땅에 떨어지는 순간 말했다. 테스는 엄마와 눈이 마주쳤고, 웃음을 터트렸다.

"오, 세상에. 정말 잘됐다. 저 남자는 정말 섹시해."

테스의 엄마가 딸의 팔을 꼭 쥐었다.

THE HUSBAND'S SECRET

. 35 .

"휘트비 선생님이 오늘은 아주 즐거워 보이네. 혹시 드디어 여자를 만난 거 아닐까요?"

사만다 그린이 말했다.

큰아이가 6학년인 사만다 그린은 학교에서 시간제로 일하는 경리였다. 사만다는 근무한 시간만큼 돈을 받는다. 그렇다면 이렇게 밖에 나와서 부활절 모자 행진을 구경하는 시간은 어떻게 해야 하지? 이런 시간도 근무 시간인가? 레이첼은 궁금했다. 이런 게 바로 학부모를 학교에서 고용할 때 생기는 문제였다. 물론 레이첼은 '일도 안 하고 이렇게 보내는 시간도 돈을 달라고 청구할 거예요?'라는 말은 할 수 없다. 고작 세 시간만 나와서 일하는 사람이 행진을 보려고 하던 일을 내팽개쳐버리다니, 그럴 순 없는 거다. 더구나 사만다의 딸은 행진에 참가하지도 않잖아. 하지만 레이첼의 딸도 행진에 참가하지 않는다. 그런데도 하던 일을 내버려두고 여기 나와 있다. 레이첼은 한숨을 내쉬었다. 왠지 스스로가 야비하게 느껴져 짜증이 났다.

레이첼은 분홍색 아기 턱받이를 하고 심사위원석에 있는 코너를 보았다. 아기 옷을 입고 있는 성인 남자라니, 변태처럼 보였다. 코너는 큰 학생들을 웃기고 있었다. 비디오에서 본 사악한 얼굴이 생각났다. 그 얼굴은 자니를 죽이겠다는 얼굴이 분명했다. 그래, 자니를 죽이겠다는 얼굴이야. 경찰은 그 테이프를 심리학자에게 보여줘야 해. 표정을 읽을 수 있는 전문가에게 말이야. 지금은 온갖 전문가가 다 있잖아.

"아이들은 정말 저 선생님을 사랑하잖아요."

사만다는 한 가지 이야기를 시작하면 완전히 끝을 내야만 직성이 풀렸다.

"그리고 학부모들한테도 정말 친절하고요. 그런데도 전 저분이 뭔가 아주 개운하다는 생각이 안 들어요. 무슨 뜻인지 알겠어요? 와! 저기 세실리아 피츠패트릭의 막내딸 좀 보세요. 정말 예쁘지 않아요? 도대체 누굴 닮아서 저렇게 예쁠까요. 아무튼, 제 친구 자넷 타일러가 이혼하고 휘트비 선생님을 몇 번 만났거든요. 걔 말이 휘트비 선생님은 아주 우울한데 우울하지 않은 척하는 사람 같대요. 제 친구는 결국 휘트비 선생님한테 차였어요."

"흠."

레이첼이 말했다.

"우리 엄마가 휘트비 선생님 엄마를 안대요. 알코올 중독이었대요. 아이들을 거의 방치했대요. 아버지는 선생님이 어렸을 때 도망을 갔고요. 어머, 세상에. 누가 아이 머리에 새장을 올렸대요? 저 불쌍한 애 좀 봐. 곧 떨어뜨리고 말 거예요."

레이첼도 트리시 휘트비를 어렴풋이 기억하고 있었다. 트리시는 아이들을 데리고 성당에 가끔 왔다. 정말 지저분한 아이들이었는데. 트리시는 미사 시간에도 아이들을 크게 꾸짖어 사람들의 주목을 사곤 했다.

"제 말은, 그런 어린 시절을 보냈으면 성격에 영향을 받지 않았을까 하는 거예요. 안 그래요? 휘트비 선생님 말예요."

"그렇겠지."

레이첼의 대답이 어찌나 단호했는지, 사만다가 흠칫 놀랄 정도였다. 하지만 사만다는 곧 정신을 차렸다.

"하지만 오늘은 기분이 좋아 보여요. 아까 주차장에서 만났거든요. 제가 '오늘 어떠세요'라고 하니까 '완전히 끝내줍니다'라고 했어요. 그건 사랑에 빠진 남자들이 하는 말 아녜요? 적어도 어제 저녁에 운이 좋았던 남자들이 말예요. 자넷한테 말해줘야겠어요. 아니다, 안 하는 게 좋겠어요. 이상하다고 생각하면서도, 자넷은 휘트비 선생님을 정말 좋아하거든요. 이런, 저 새장 어떻게 해요. 아이고, 넘어지겠네."

완전히 끝내준다고?

내일은 자니의 기일이다. 그런데 코너 휘트비는 완전히 끝내준단 말이지?

. 36 .

세실리아는 일찍 학교에서 나가야겠다고 결심했다. 움직일 필요가 있었다. 가만히 앉아 있으면 생각을 한다. 생각은 위험하다. 폴리와 에스터 모두 엄마가 왔다는 걸 안다. 이제 심사만 남았는데, 두 아이 모두 상을 타지 못할 거다. 그건 지난주에(못 돼도 1000년은 된 거 같다) 심사위원들에게 분명히 당부해뒀다. 피츠패트릭의 아이들이 상을 너무 많이 타면 사람들이 분노할 것이다. 선생님들이 편애한다고 생각할 테고, 그렇게 되면 다른 학부모들은 학교에서 봉사하는 시간을 더욱 줄여버릴 거다.

내년부턴 절대로 학부모시민연합회 회장을 맡지 않을 거다. 의자 옆에 놓아둔 가방을 들어올리는 순간, 세실리아는 확고하게 결심했다. 앞으로 일어날 일을 적어도 한 가지는 분명하게 안다는 사실에 안심이 되었다. 앞으로 무슨 일이 벌어지든, 아니 벌어지지 않더라도 세실리아는 다시는 학부모시민연합회 회장을 하지 않을 것이다. 그럴 수 없으니까. 이제 그녀는 더는 세실리아 피츠패트릭이 아니었다. 편지를 읽은 순간부터 세실리아 피츠패트릭은 이 세상에 존재하지 않았다.

"가야겠어."

세실리아가 마할리아에게 말했다.

"그래, 집에 가서 쉬어. 조금 더 있으면 기절할 거 같아. 스카프는 줄게. 자기한테 잘 어울려."

운동장을 걸어가는 동안 세실리아는 행정실 발코니에서 사만다 그린과 함께 서 있는 레이첼 크롤리를 보았다. 두 사람은 다른 곳을 보고 있었다. 서둘러 나가면 눈에 띄지 않을 수 있다.

"세실리아!"

하지만 사만다가 소리쳤다.

"안녕."

세실리아도 소리쳤다. 잔혹하고 불경스러운 말들이 술술 머릿속에서 풀려나왔다. 세실리아는 급한 일이 있는 것처럼 보이려고 자동차 열쇠를 잘 보이게 들고 두 사람 쪽으로 재빨리 걸어갔다. 그리고 무례해 보이지만 않을 정도로 가능한 한 멀리 섰다.

"자길 꼭 만나야 했어."

사만다가 발코니에서 몸을 쭉 빼고 소리쳤다.

"내 생각에 자기가 부활절 전에 타파웨어 제품을 받을 수 있을 거라고 한 거 같아서. 이번 부활절은 날씨가 정말 좋을 거 같아. 그래서 일요일에 소풍을 가려고 하거든. 그래서 말인데……."

"아, 맞아."

세실리아가 사만다의 말을 가로막고 외쳤다. 좀 더 앞으로 걸어갔다. 보통 이 정도쯤에 서면 되는 건가? 세실리아는 어제 배달해야 했던 주문을 완전히 잊어버리고 있었다.

"정말 미안. 이번 주는 너무…… 힘들었어. 아이들 데려다주고 오후에 갖다줄게."

"그래 좋아. 난 그저 소풍 세트가 생긴다고 생각하니까 너무 신나서 물어본 거야. 도저히 기다릴 수가 있어야지. 레이첼, 세실리아의 타파웨어 파티에 가봤어요? 저 여인은 에스키모한테 얼음도 팔 수 있을 거예요."

사만다가 말했다.

"사실 그저께 밤에 세실리아의 파티에 갔었어. 지금까지 너무 많은 타파웨어 파티를 놓쳤다고 생각하니 정말 아쉬웠어."

레이첼이 세실리아를 보면서 웃었다.

"저기, 레이첼. 원하시면 사만다 거 가져다줄 때 주문하신 것도 가져다드릴게요."

"정말? 이렇게 빨리? 회사에 주문 넣어야 되는 거 아니야?"

"뭐든지 여분으로 가지고 있어요. 만약을 대비해서요."

세실리아가 말했다. *도대체 왜 이런 말을 하는 거지?*

"우와, 우수고객을 위한 당일 배송 서비스구나."

사만다는 분명히 세실리아의 말을 잊지 않고 새겨두었다가 다음번 주문에 써먹을 거다.

"어려운 일도 아닌데 뭐."

세실리아가 말했다. 세실리아는 레이첼과 눈을 마주치려고 했지만, 이렇게 안전한 거리에서도 그럴 수 없다는 걸 깨달았다. 레이첼은 정말 좋은 사람이었다. 좋은 사람이 아니었다면 더 쉽게 결정할 수 있었을까? 세실리아는 마할리아가 준 스카프가 어깨에서 미끄러지는 척하면서 시선을 돌렸다.

"괜찮으면 그렇게 해주면 좋겠어. 부활절 일요일에 파블로바를 가지고 며느리 집에 가기로 했거든. 그러니까 그 뭐야, 휴대용 용기가 있으면 편하겠어."

세실리아는 레이첼이 파블로바를 가지고 갈 만한 용기는 주문하지 않았다는 사실이 떠올랐다. 뭐라도 적당한 게 있으면 선물해야겠다. *이제 괜찮아, 존 폴. 내가 자기가 죽인 희생자 엄마한테 무료로 타파웨어를 줄 거거든. 그러니까 모든 죗값을 치른 거야.*

"두 분 모두 오늘 오후에 뵐게요."

세실리아는 소리치면서 열쇠를 격렬하게 흔들었다. 열쇠가 하늘 높이 날아갈 것만 같았다.

"파이팅!"

사만다도 소리쳤다.

THE HUSBAND'S SECRET

. 37 .

리엄이 부활절 모자 행진에서 2등을 했다.

"봐라. 심사위원이랑 자면 이렇게 되는 거야."

테스의 엄마가 조용히 속삭였다.

"엄마, 쉿!"

테스는 엿듣고 소문을 퍼트릴 사람이 있는지 보려고 어깨 너머로 흘긋 살피며 다급하게 말했다. 더구나 리엄을 코너와 연결 짓고 싶지 않았다. 그러면 모든 게 혼란스러워진다. 리엄과 코너는 다른 상자에 넣고 다른 선반에, 서로 멀리멀리 떨어진 곳에 두어야 한다.

테스는 자신의 작은 아들이 발을 질질 끌면서 운동장을 걸어가 작은 부활절 달걀이 가득 든 황금색 트로피를 받는 모습을 지켜보았다. 트로피를 받은 아이는 엄마와 할머니가 있는 쪽으로 몸을 돌리고 충분히 행복하면서도 겸연쩍은 표정으로 활짝 웃었다.

테스는 오후에 집에 돌아가서 윌에게 빨리 이 얘기를 해주고 싶었다.

아니, 잠깐만. 오후가 되어도 윌을 만날 순 없을 거다.

하지만 전화는 할 거다. 테스도 아이 앞에선 전남편에게 차갑지만 경쾌한 목소리를 내는 전 부인처럼 말했다. 테스의 엄마도 테스가 어렸을 때 그랬다. '리엄이 말해줄 소식이 있대.' 테스는 윌에게 그렇게 말하고 리엄에게 전화기를 건네줄 거다. '리엄, 너희 아빠한테 오늘 있었던 일을 말해주렴' 하면서. 이제 다시는 그냥 '아빠'라고 부르지 않을 거다. 윌은 이제 '너희 아빠'가 되는 거다. 테스는 그 절차가 어떻게 진행되는지 알았다. 정말로 잘 알았다.

리엄을 위해서 결혼 생활을 유지하려고 하다니, 끔찍했다. 어처구니없는 망상이었다. 이런 문제를 그저 전략의 문제라고 생각하다니. 이제부터 테스는 품위 있게 행동해야 한다. 수년 동안 예정되어 있던 평범하고 일상적이고 우호적인 별거를 하는 것처럼 행동해야 한다. 어쩌면 정말로 이렇게 예정되어 있었는지도 모른다.

그렇지 않다면 어떻게 테스가 어젯밤처럼 행동할 수 있었을까? 그렇지 않다면 어떻게 윌이 펠리시티와 사랑에 빠질 수 있었을까? 테스의 결혼 생활엔 분명히 문제가 있었던 거다. 테스는 전혀 보지 못했고 어떤 문제인지 지금도 모르지만, 분명히 문제는 있는 거였다.

월과 마지막으로 싸운 건 뭐 때문이었지? 어쩌면 지금은 결혼 생활에서 가장 안 좋았던 측면에 초점을 맞추는 게 도움이 될 거야. 마음을 뒤로 돌려보자. 그래, 마지막 싸움은 리엄 때문이었어. 마커스 문제였지. "아무래도 전학 가는 걸 고려해야겠어." 학교 운동장에서 있었던 일 때문에 리엄이 특히 우울해했을 때 월이 그렇게 말했다. 그 말을 듣고 테스는 "그건 너무 극단적이야"라고 쏘아붙였다. 두 사람은 저녁을 먹고 식기세척기에 그릇을 넣으면서도 내내 싸웠다. 테스는 서랍들을 쾅쾅 소리 나게 세게 닫았고, 월은 테스가 막 식기세척기에 넣은 프라이팬을 보란 듯이 다시 꺼내 새로 정리했다. 결국 테스는 "그래서 지금 당신은 내가 당신보다 리엄을 덜 생각한다는 거야?"라는 바보 같은 말로 마무리했고, 월은 "바보처럼 굴지 마"라고 소리쳤다.

하지만 두 사람은 몇 시간 뒤에 화해했다. 두 사람 모두 상대방에게 사과했고, 꽁하게 남은 감정은 없었다. 월은 토라지는 사람이 아니었다. 사실 타협의 귀재였다. 유머 감각을 잃는 일이 거의 없었고, 언제나 자신을 우습게 만들어 남을 웃길 줄 아는 사람이었다. "내가 당신이 집어넣은 프라이팬 다시 쌓는 거 봤지? 정말 절묘하지 않았어? 어때, 나한테는 도저히 못 당하겠지?" 월은 그렇게 말했었다.

잠시 테스는 기이하게 부적절한 행복이 흔들리는 느낌을 받았다. 마치 슬픔의 골짜기에 둘러싸인 좁은 틈새 위에서 균형을 잡으려고 애쓰고 있는 것 같았다. 약간만 잘못 생각하면 그대로 굴러떨어질 수도 있었다.

월 생각은 하면 안 돼. 코너 생각을 해야 해. 섹스 생각을 해야지. 사악하고 저속하고 원초적인 생각을 해야 해. 어젯밤에 온몸을 타고 돌았던 오르가슴을 생각해야 해. 마음을 비워야 해.

테스는 리엄이 자기 자리로 돌아가는 모습을 보았다. 리엄은 테스도 아는 아이 옆에 섰다. 폴리 피츠패트릭. 세실리아의 막내딸이었다. 놀라울 정도로 예뻤고, 막대기처럼 작은 리엄 옆에 있으니 막강한 여전사처럼 보였다. 폴리는 리엄이 다가오자 손을 들어 하이파이브를 했다. 리엄은 너무나 행복해서 빛이 날 정도였다.

이런 젠장. 윌이 옳았다. 리엄은 전학을 가야 했다.

테스의 눈에 눈물이 가득 고였다. 갑자기 부끄러워졌다.

왜 부끄러운 거지? 테스는 가방에서 휴지를 꺼내 코를 풀면서 곰곰이 생각했다.

남편이 다른 사람과 사랑에 빠져서? 내 아이의 아빠를 지킬 수 있을 정도로 내가 사랑스럽지도 섹시하지도 않고 뭔가 부족한 게 분명하기 때문에?

아니면 어젯밤 일 때문에? 고통을 잊기 위해 아주 이기적인 방법을 택해서? 지금 당장 코너를 다시 보고 싶어서? 아니 구체적으로 말해 코너와 다시 한 번 자고 싶어서? 윌과 펠리시티가 테스의 양옆에 앉아 그 끔찍한 비밀을 털어놓던 순간을 잊기 위해 코너의 혀를, 몸을, 손을 다시 느끼고 싶어 하기 때문에? 테스는 등뼈 전체를 타고 흐르던 코너의 복도 바닥에서 느꼈던 감각을 기억했다. 코너는 그녀를 망쳤다. 아니 사실은 두 사람 모두를 망친 거다!

테스와 나란히 앉은 예쁘고 수다스러운 엄마들이 여자다운 달달한 웃음을 터트렸다. 제대로 결혼 생활을 하는 여자들은 부부 침대에서 남편과 사랑을 나눈다. 그런 엄마들은 아이들이 부활절 모자 행진을 하는 모습을 보면서 '망쳤다' 같은 단어를 생각하지 않는다. 테스가 부끄러운 이유는 헌신적인 엄마처럼 행동하지 않아서였다.

아니, 어쩌면 사실은 전혀 부끄럽지 않아서 부끄러운 건지도 몰랐다.

"이 자리에 참석해주신 엄마, 아빠, 할머니, 할아버지 여러분, 감사합니다! 부활절 모자 행진이 모두 끝났습니다."

트루디 교장이 마이크에 대고 소리쳤다. 교장은 고개를 한쪽으로 기울이고 당근이라도 먹는 것처럼 손과 머리를 요란하게 움직이며 말했다.

"오늘은 이게 다예요!"

"오늘 오후엔 뭐하고 싶니?"

모두들 환호하면서 웃을 때 테스의 엄마가 물었다.

"가게에서 사야 할 게 좀 있어."

테스는 자리에서 일어나 기지개를 켜고 휠체어에 앉은 엄마를 내려다보았다. 운동장 반대편에서 코너가 쳐다보는 시선을 느낄 수 있었다.

테스는 언제나 부모님이 이혼했기 때문에 무언가 잘못되었다는 느낌을 받았다. 어렸을 땐 부모님이 함께 살았다면 자신이 훨씬 나은 삶을 살았을 거라고 공상하느라 시간을 허비했다. 아빠와 훨씬 가까운 사이가 되었을 테고, 휴일은 훨씬 재밌었을 거고, 내성적인 사람이 되지 않았을 거다(이 사실을 어떻게 깨달았는진 알 수 없다). 어쨌거나 모든 게 지금보다는 훨씬 좋았을 거다. 그렇게 생각했다. 하지만 진실은 테스의 부모님은 완벽하게 우호적으로 이혼했고, 결국 상당히 친해졌다는 것이다. 확실히 2주에 한 번씩 아빠네 집에 가는 일은 이상하고도 불편했다. 하지만, 정말로 그게 큰일이었을까? 결혼은 실패하기 마련이고, 아이들은 살아남는다. 테스도 살아남았다. 소위 말해 아이들이 받는다는 '상처'는 모두 마음속에 있는 것이다.

테스는 코너에게 손을 흔들었다.

테스에게 필요한 건 새 란제리다. 남편은 결코 보지 못할 아주 비싼 란제리를 사는 거다.

THE HUSBAND'S SECRET

. 38 .

세인트 안젤라 초등학교에서 나온 세실리아는 곧바로 체육관으로 갔다. 러닝머신에 올라가 경사도를 올리고 세실리아의 인생을 위해 뛰는 것처럼 최대 속도로 달렸다. 심장이 격렬하게 뛰고 가슴이 요동치고 입까지 흘러내리는 짭짤한 땀에 앞이 제대로 보이지 않을 정도로, 세실리아는 달렸다. 머릿속에 단 하나의 생각도 자리 잡을 여유가 없을 때까지 뛰었다. 아무것도 생각하지 않다니, 정말 근사했다. 앞으로 한 시간은 거뜬히 달릴 수 있을 것 같았다. 하지만 체육관 강사가 갑자기 세실리아의 앞에 멈춰서더니 쓸데없이 참견을 했다.

"괜찮습니까? 어디 불편하신 거 같은데요."

'아니 좋아요.'

세실리아는 그렇게 말하려고 했다. 감히 나를 다시 현실로, 의식의 세계로 데리고 올 순 없어. 하지만 세실리아는 아무 말도 하지 못했다. 사실은 숨도 쉴 수 없었다. 그 순간 세실리아의 다리는 젤리로 변해버렸다. 강사는 러닝머신 위로 훌쩍 뛰어올라와 세실리아의 허리를 감싸고 손을 뻗어 러닝머신을 멈췄다.

"적정 속도로 달려야 합니다, 피츠패트릭 부인."

세실리아가 러닝머신에서 내려오는 걸 도우면서 강사가 말했다. 강사 이름은 데인이었다. 그가 진행하는 웨이트 교실은 세인트 안젤라 초등학교 엄마들에게 인기가 많았다. 세실리아도 매주 한 번씩 식료품 가게에 가기 전에 종종 웨이트 교실에 참석했다. 데인의 피부는 젊고 촉촉했다. 데인은 자니 크롤리를 죽였을 때의 존 폴과 비슷한 나이처럼 보였다.

"지금 부인 혈압이 아주 높아졌을 거예요."

데인의 눈은 정직하고 맑았다.

"원하시면 부인에게 적합한 트레이닝 프로그램을 추천해드릴게요."

"아니, 아니에요."

세실리아가 숨을 헐떡이며 말했다.

"하지만 고마워요. 나는 그저, 그러니까, 사실 지금 가야 해요."

세실리아는 부들부들 떨리는 다리로 걷기 시작했다. 여전히 숨을 쉬려고 노력했지만 브래지어는 땀으로 가득 찼고, 제발 스트레칭이라도 몇 번 하라고, 조금 쉬면서 체온을 낮추라고, 아니면 "물이라도 조금 마셔요, 피츠패트릭 부인. 탈수될지도 몰라요!"라고 애원하는 데인의 간청을 무시했다.

집으로 돌아오는 길에 세실리아는 결심했다. 이렇게는 한 순간도 더 살 수 없어. 이건 불가능해. 존 폴은 자백을 해야 해. 존 폴이 세실리아를 범죄자로 만들고 있어. 아니, 그럴 순 없어. 샤워를 하는 동안 세실리아는 결심했다. 자백을 한다고 자니가 돌아오는 것도 아니고 세실리아의 딸들만 아빠를 잃을 거야. 그게 무슨 의미가 있지? 하지만 결혼 생활은 끝났다. 더는 존 폴과 살 수 없다. 그래, 그럴 순 없어.

옷을 입으면서 세실리아는 마음을 굳혔다. 부활절 휴가가 끝나면 존 폴은 제 발로 경찰서에 가야 해. 레이첼 크롤리는 당연히 알아야 할 사실을 알아야 하고, 세실리아의 딸들은 감옥에 간 아빠와 함께 살아가야 해.

머리를 말리면서 세실리아는 갑자기 명백하게 깨달았다. 무엇보다도 중요한 건 아름다운 세 딸이다. 세 딸만을 최우선으로 생각해야 한다. 그리고 세실리아는 여전히 존 폴을 사랑했다. 좋을 때나 나쁠 때나 늘 그에게 진실할 것을 약속했고, 인생은 언제나처럼 계속되어야 한다. 존 폴은 열일곱 살 때 비극적인 실수를 했다. 무엇을 해야 할 필요도, 말해야 할 필요도, 바꿀 필요도 없다.

헤어드라이어를 끄는 순간 전화벨이 울렸다. 존 폴이었다.

"그냥 자기가 지금 어떤지 궁금해서."

부드러운 목소리였다. 마치 세실리아가 아파서 전화한 사람 같았다. 아니면, 그렇지, 마치 세실리아가 여성의 독특한 심리 상태로 인해 허약해지고 제정신을 잃고 고통받고 있다는 것 같은 말투였다.

"기가 막히게 좋아. 그냥 기가 막히게 좋은 거 같아. 물어봐줘
서 고마워."

"부활절 잘 보내세요! 그리고 여기, 레이첼 거예요."

트루디 교장이 퇴근 준비를 할 때 레이첼에게 말했다.

"오."

레이첼이 말했다. 감동과 짜증이 동시에 몰려왔다. 레이첼은 트
루디 교장에게 줄 선물을 준비하지 않았기 때문이다. 지금까지 역
대 교장들과는 선물을 교환한 적이 없었다. 인사조차 친근하게 나
눈 적이 없었다.

트루디 교장은 맛있어 보이는 가지각색 달걀이 가득 담긴 아주
매력적인 작은 바구니를 내밀었다. 비싸고 우아하고 정말 적절한
선물. 레이첼의 며느리가 준비할 법한 바로 그런 선물이었다.

"정말 아주 고마워요. 트루디. 난 미처……."

레이첼은 자신은 선물이 없다는 사실을 보여주려는 듯 손을 흔
들었다.

"아니, 아니에요."

트루디 교장은 그럴 필요가 없다는 듯 손을 흔들었다. 교장은
하루 종일 토끼 옷을 입고 다녔고, 그래서인지 정말 완벽하게 터
무니없어 보였다.

"그냥 정말 잘해주고 있어서 감사를 드리고 싶었어요, 레이첼. 이 학교를 꾸려나가주시잖아요. 그리고 내가…… 나일 수 있게 해 주잖아요."

트루디 교장은 두 눈을 가린 토끼 귀 하나를 들어올리고 침착한 눈으로 레이첼을 보았다.

"내 운영 방식이 이상하다고 생각하는 학교 비서들도 있었거든 요."

그래, 그랬을 거야. 레이첼은 생각했다.

"모두 아이들을 위해서 하는 일이잖아요. 학교에는 그런 분이 필요해요."

"음, 아무튼 멋진 부활절 휴가 보내길 바라요. 아주 맛있는 손 자하고도 멋진 시간 보내고요."

"그럴게요. 근데, 트루디는 어디…… 가나요?"

레이첼이 물었다. 트루디 교장은 남편도 자녀도 없었고, 학교 밖에서 특별히 취미 활동을 즐기지도 않았다. 지금까지 한 번도 외부에서 사적인 일로 전화를 해온 적도 없었다. 그런 교장은 부 활절 휴가를 어떻게 즐길지 상상이 되지 않았다.

"그냥 야단법석을 떨면서 보낼 거예요. 책을 많이 읽을 거고요. 멋진 추리소설이 잔뜩 있어요. 난 정말 살인범을 알아맞히는 데 타고난 재주가 있다니…… 이런."

트루디 교장의 얼굴이 당혹스럽게 일그러지면서 빨개졌다.

"난 역사소설이 좋던데."

레이첼이 가방과 옷과 부활절 달걀 바구니를 챙기느라 바빠서 무슨 뜻인지 이해를 못 했다는 듯이 교장의 시선을 피하며 재빨리 말했다.

"아."

하지만 트루디 교장은 평정심을 찾지 못했다. 어느새 두 눈에 눈물이 가득 고였다.

이 가여운 여자는 고작 쉰 살밖에 되지 않았다. 자니가 살아 있었다면 자니보다 고작 몇 살 많을 뿐이다. 교장은 괴상하게 보이는 성긴 머리 때문에 마치 나이 든 두세 살배기 아기처럼 보였다.

"괜찮아요, 트루디. 난 조금도 속상하지 않아요. 정말로 완벽하게 괜찮다니까."

레이첼이 부드럽게 말했다.

THE HUSBAND'S SECRET

. 40 .

"안녕."

테스가 휴대폰에 대고 말했다. 코너 전화였다. 코너의 목소리에 테스의 몸은 파블로프의 침을 흘리는 개처럼 저절로 반응했다.

"뭐하고 있었어?"

코너가 물었다.

"핫크로스번을 사고 있었어요."

테스는 리엄을 데리고 간식을 먹으러 왔다. 어제랑 다르게 리엄은 학교에서 나온 뒤에도 아주 조용했고 우울해 보였다. 부활절 모자 행진에서 상을 탔던 일에도 관심이 없어 보였다. 테스는 내일 모든 상점이 문을 닫는다는 사실을, 그것도 하루 종일 문을 닫는다는 사실을 갑자기 깨닫고, 식료품이 부족하다는 것에 절망한 엄마를 위해서도 쇼핑을 해야 했다.

"아, 핫크로스번 정말 좋아해."

코너가 말했다.

"나도 그래요."

"정말? 우린 진짜 공통점이 많은데."

테스가 웃음을 터트렸다. 리엄이 무슨 일이냐는 표정으로 엄마를 올려다보았다. 테스는 발개진 얼굴을 감추기 위해 몸을 살짝 돌렸다.

"아무튼, 특별한 이유가 있어서 전화한 건 아니야. 그저 어젯밤은 정말…… 근사했다고 말하고 싶었어."

코너가 기침을 하고 말을 이었다.

"아니, 사실 그 정도 말로는 내 느낌을 충분히 표현할 수가 없어."

어머나, 세상에. 테스는 생각했다. 불타오를 것 같은 뺨을 손바닥으로 지그시 눌렀다.

"지금 테스의 상황이 아주 복잡하다는 거 알아. 그러니까, 난 아무 기대도 안 해. 약속할게. 나까지 당신 인생을 복잡하게 만들고 싶진 않아. 그저 내가 말하고 싶은 건, 다시 당신을 만나고 싶다는 것뿐이야. 언제가 됐건 간에 말이야."

"엄마? 아빠야?"

리엄이 테스의 카디건을 잡아당기며 말했다. 테스는 고개를 저었다.

"그럼 누군데?"

리엄의 눈이 걱정으로 커졌다. 테스는 귀에서 휴대폰을 떼고 손가락으로 입술을 지그시 눌렀다.

"엄마 고객이야."

그 말을 듣는 즉시 리엄은 더는 관심을 보이지 않았다. 이미 엄마의 고객과는 몇 번 통화해본 적이 있었다.

테스는 주문한 빵이 나오길 기다리는 손님들에게서 떨어져 몇 걸음 걸어갔다.

"어쨌든 좋아. 내가 말했지만, 난 아무 기대도 하지 않……."

"오늘 밤은 어때요?"

테스가 코너의 말을 막았다.

"이런, 당연히 좋아."

"리엄이 잠들면 갈게요."

테스는 비밀 요원이 된 것처럼 휴대폰을 입술에 바짝 댔다.

"핫크로스번 가지고요."

✉

자동차가 있는 곳으로 가면서 레이첼은 딸을 살해한 범인을 보았다.

살인자는 휴대폰을 입에 대고 모터바이크 헬멧을 가볍게 쥐고 흔들고 있었다. 레이첼이 살인자가 있는 곳으로 가까이 가자, 살인자는 기대하지도 않은 좋은 소식을 들은 사람처럼 갑자기 고개를 뒤로 홱 젖혔다. 살인자의 선글라스에 비친 오후의 햇살이 강

렬하게 반짝였다. 살인자는 재빨리 휴대폰을 닫더니 재킷 주머니
에 넣고 신나게 웃었다.

레이첼은 비디오테이프를, 그리고 살인자가 자니를 돌아볼 때
지었던 표정을 생각했다. 그때 레이첼은 분명히 알 수 있었다. 그
얼굴은 괴물의 얼굴이었다. 심술궂고 사악하고 잔혹했다.

그리고 지금 코너의 얼굴을 보았다. 코너 휘트비의 얼굴은 생기
에 넘쳤고 정말 행복해 보였다. 왜 안 그렇겠는가? *법망을 완벽하
게 빠져나갔는데.* 경찰이 아무 일도 하지 않는다면, 그럴 거 같긴
하지만 정말 그렇게 된다면, 코너는 자신이 한 일에 절대로 죗값
을 치르지 못할 것이다.

레이첼이 좀 더 가까이 다가가자 코너가 레이첼을 보았다. 그
순간 빛이 꺼지듯 코너의 입에서 웃음이 사라졌다.

넌 유죄야. 유죄, 유죄, 유죄라고! 레이첼은 생각했다.

✉

"너한테 속달로 왔어. 너희 아빠가 보낸 거 같아. 너희 아빠가
속달로 뭘 보내다니, 상상이 되니?"

테스가 장 본 물건들을 정리하고 있을 때 테스의 엄마가 말했다.

엄마의 말처럼 쉽게 상상이 되지 않는 일이었다. 테스는 엄마와
함께 식탁에 앉아 에어캡에 싸인 조그만 속달 우편을 풀었다. 평
평하고 네모난 상자가 들어 있었다.

"설마 너한테 보석을 보낸 건 아니겠지? 그지?"

테스의 엄마가 상자 뚜껑을 자세히 들여다보면서 말했다.

"나침반이야. 쿡 선장이 이런 걸 쓰지 않았을까?"

테스가 말했다. 아빠가 보내온 물건은 나무로 만든 아름답고 고풍스러운 나침반이었다.

"정말 독특한 사람이라니까."

테스의 엄마가 콧방귀를 뀌었다.

테스는 나침반을 들어올렸다. 상자 밑엔 노란 포스트잇에 쓴 편지가 붙어 있었다. 테스가 편지를 읽었다.

사랑하는 테스,

이게 여자애들에겐 적절한 선물이 아닌 거 알아. 너에게 어떤 선물을 해야 하는지 한 번도 제대로 알았던 적이 없구나. 하지만 길을 잃었을 것 같은 너에게 필요한 게 뭘지 고민해봤단다. 나는 길을 잃는 느낌이 어떤 건지 생생하게 기억하고 있어. 정말 끔찍한 느낌이지. 하지만 내겐 언제나 네가 있었어. 너의 길을 찾기를 바란다.

사랑하는 아빠가

테스는 가슴속에서 무언가 올라오는 느낌이 들었다.

"아주 예쁜 거 같네."

테스의 엄마가 나침반을 이리저리 돌려보며 말했다.

테스는 선물 가게에 들어가 다 자란 딸에게 줄 적절한 선물을 고르기 위해 애쓰는 아빠를 상상해보았다. 점원이 '뭘 찾으세요?'라고 물어볼 때마다 주름지고 거칠어진 아빠의 얼굴엔 살짝 공포에 질린 표정이 떠올랐을 거다. 가게 점원들은 대부분 자신과 눈을 마주치려 하지 않는 아빠를 무례하고 퉁명스럽고 무뚝뚝한 늙은 남자라고 생각했을 거다.

"엄마는 아빠랑 왜 헤어졌어?"

테스가 그렇게 물어볼 때마다 엄마는 대수롭지 않다는 듯 눈을 살짝 빛내면서 "오, 얘야. 우린 그저 너무나도 다른 사람들이었기 때문이란다"라고 했다. 그 말은 '너희 아빠는 다른 사람이야' 라는 뜻이었다. (테스가 아빠에게 물어봤을 때 테스의 아빠는 그저 어깨를 으쓱하고 헛기침을 하면서 '그건 너희 엄마에게 물어보렴, 아가' 라고 말했다.)

그때 테스는 아빠도 사회 불안증으로 고생하고 있구나 하고 생각했다.

이혼하기 전에 테스의 엄마는 테스의 아빠가 사교 생활엔 전혀 관심이 없다며 불같이 화를 내곤 했다. 언젠가 또다시 테스의 아빠가 어떤 모임에 가지 않겠다고 거절했을 때 엄마는 정말 좌절하면서 "우린 절대로 아무 데도 가지 않잖아" 하고 말했었다.

"테스는 조금 수줍음이 많아. 아빠를 닮은 거 같아 걱정이야."

엄마는 손으로 입을 가리고 다 들릴 정도로 크게 사람들에게 그렇게 말하곤 했다. 엄마의 말투엔 분명 경멸이 담겨 있어서 테스는 수줍음은 어떤 형태가 되었건 모두 잘못된 거라고, 윤리적으로 문제가 있는 거라고 믿게 되었다. 사람이라면 당연히 파티에 가고 싶어야 한다, 당연히 사람들과 함께 있고 싶어 해야 한다, 그렇게 말이다.

그러니 테스가 내성적이라는 사실을 부끄러워하는 것도 당연하다. 테스에게 수줍음은 어떤 대가를 치르더라도 감춰야 하는 당혹스러운 신체 질병과 같았다.

테스는 엄마를 보았다.

"왜 그냥 혼자 가지 않은 거야?"

"응? 무슨 소리니?"

테스의 엄마가 나침반에서 시선을 떼고 말했다.

"아니야. 아무것도."

테스가 엄마에게 손을 내밀었다.

"나침반 이리 줘. 정말 마음에 들어."

✉

세실리아는 레이첼 크롤리의 집 앞에 차를 세웠다. 자신이 왜 이렇게까지 하는 건지 이유를 알 수 없었다. 사실 레이첼 크롤리가 주문한 제품은 부활절 휴가가 끝난 뒤에 전해줘야 했다. 말라의 파티에 온 손님들은 모두 부활절 휴가가 끝난 뒤에 주문한 물건을 받기로 했다. 세실리아의 마음속에선 어떤 일이 있더라도 레이첼을 피하고 싶다는 마음과 레이첼을 만나야 한다는 마음이 공존하고 있는 것 같았다.

세실리아가 레이첼을 만나고 싶은 이유는 세실리아의 딜레마를 들을 자격이 있고, 그럴 권한이 있는 이 세상 유일한 사람이기 때문일 것이다. '딜레마' 라니. 그건 너무 부드러운 표현이다. 너무 이기적인 표현이다. 사실은 세실리아의 감정이 가장 중요하다고 말하는 것과 다름없는 표현이다.

세실리아는 조수석에서 타파웨어 제품을 담은 비닐 가방을 집어들고 자동차 문을 열었다. 아마도 진짜 이유는 레이첼이 자신을 미워해야 할 이 세상 모든 이유를 다 가지고 있다는 사실을 알며, 세실리아는 누군가 자신을 미워하는 것을 참을 수 없기 때문일 거다. *난 아이야.* 현관문을 두드리면서 생각했다. *중년이 된 갱년기 아이야.*

현관문은 세실리아의 예상보다 빨리 열렸다. 아직 제대로 표정을 준비하지도 않았는데.

"오, 세실리아."

레이첼의 얼굴에 실망한 기색이 역력했다.

"죄송해요. 기다리는 분이 있나봐요."

미안해요. 정말, 정말 미안해요.

"아니, 그런 거 아니야."

레이첼은 기분을 추슬렀다.

"어쩐 일로? 아! 타파웨어. 아유 좋아라. 정말 고마워. 들어올래요? 딸들은 어디 있어?"

"엄마 집에 있어요. 오늘 부활절 모자 행진을 못 봐서 서운해하셨거든요. 그래서 아이들에게 오후에 차를 만들어준다고 했어요. 아무튼, 그게 중요한 게 아니고요, 가봐야 해요. 전 그저……."

"정말? 지금 막 물을 올렸는데."

세실리아는 반론을 제기할 기력이 없었다. 레이첼이 원한다면 무엇이든 해야 했다. 세실리아의 다리는 간신히 몸을 떠받치고 있었다. 아주 심각하게 떨리고 있었다. 만약 레이첼이 '고백해!' 라고 소리친다면 분명히 고백할 것이다. 세실리아는 거의 그렇게 하고 싶은 마음이었다.

세실리아는 육체적인 위험에 처한 동물처럼 겁을 잔뜩 집어먹은 채로 현관문을 넘어갔다. 레이첼의 집은 노스쇼의 많은 집이 그렇듯 세실리아의 집과 비슷했다.

"주방으로 와요. 거기 히터가 있거든. 이젠 날이 저물면 춥다니까."

"우리 주방은 리놀륨을 깔았어요."

세실리아가 레이첼을 따라 주방으로 가면서 말했다.

"분명히 요즘 가장 유행하는 걸 깔았겠지."

레이첼이 컵에 티백을 넣으면서 말했다.

"보면 알겠지만, 난 집을 수리하면서 사는 사람은 아니야. 타일이니 카펫이니 페인트 색이니 가림판이니, 그런 데 도통 관심이 없다니까. 자, 여기. 우유나 설탕 줄까? 마음껏 들어요."

"여기가 자니인가요? 이쪽은 롭이고요?"

세실리아가 냉장고 앞에 선 채 말했다. 자니의 이름을 말하니 안심이 되었다. 자니의 존재는 세실리아의 머릿속에 거대하게 자리 잡았다. 왠지 자니의 이름을 미리 말해두지 않으면 아무 때나 말하는 도중에 입에서 터져나올 것만 같았다.

사진은 레이첼의 냉장고 위에 24시간 배관공 피터네 광고가 찍힌 자석으로 무심하게 눌려 있었다. 작고 빛바랜 사진 속에서 자니와 자니의 어린 동생은 코카콜라 캔을 손에 들고 바비큐 앞에 서 있었다. 두 사람 모두 사진 찍는 사람 때문에 놀랐는지 멍한 표정으로 입을 벌리고 있었다. 특별히 잘 찍은 사진은 아니었지만, 그 평범함 때문에 오히려 자니가 죽은 사람이란 생각을 할 수 없게 했다.

"맞아, 그 애가 자니야. 그 애가 죽은 뒤에 냉장고에 붙이고는 절대 안 뗐어. 진짜 바보 같지. 더 좋은 사진도 있는데 말이야. 앉아요. 마카롱이라는 비스킷을 가져올게. 매커룬이 아니고, 아, 아니지. 그렇게 생각할 수도 있어서 하는 말인데, 마카롱이래. 아니다, 아마 세실리아는 알지도 모르겠네. 난 세련된 거랑은 정말 거리가 멀어서 말이야."

세실리아는 레이첼이 세련되지 않았다는 사실에 스스로 자부심을 느낀다고 생각했다.

"하나 먹어봐. 정말, 정말 맛있어."

"고마워요."

세실리아는 의자에 앉아 마카롱을 집어들었다. 아무 맛도 느껴지지 않았다. 그저 먼지를 씹는 것 같았다. 세실리아는 재빨리 차를 들이켰다. 혀가 불타오르는 것 같았다.

"귀찮을 텐데 가져다줘서 고마워. 정말 쓰고 싶었거든. 사실은 내일이 자니의 기일이야. 28주년이지."

세실리아는 잠시 동안 레이첼의 말을 이해하지 못했다. 타파웨어와 기일이 무슨 관계가 있다는 건지 알 수가 없었다.

"죄송해요."

마침내 세실리아가 말했다. 세실리아는 과학자가 관심을 가지듯 눈에 띄게 떨리는 손을 물끄러미 쳐다보았다. 그리고 조심스럽게 들고 있던 컵을 컵받침 위에 놓았다.

"아니, 내가 미안하지. 세실리아에게 그런 말을 왜 하는지 모르겠네. 그냥 오늘 내내 우리 딸을 아주 많이 생각해서 그래. 평소보다 훨씬 많이 생각했거든. 가끔 그 애가 살아 있으면 이렇게까지 많이 생각했을까 하는 생각이 들 때가 있어. 가엾은 롭 생각은 별로 안 하거든. 보통은 한 아이를 잃었으니까 남은 아이에게 무슨 일이 생길지 내내 걱정할 거라고 생각하잖아. 근데, 특별히 걱정하진 않아. 너무 끔찍하지 않아? 난 그저 손자한테 무슨 일이 생길까 걱정이야. 제이컵 말이야."

"저도 그럴 거 같아요."

세실리아가 대답했다. 그리고 갑자기 자신의 엄청난 뻔뻔함에 압도되고 말았다. 타파웨어를 가지고 와서 레이첼의 주방에 앉아 아무렇지도 않게 얘기를 나누다니?

"난 내 아들을 사랑해."

레이첼이 머그잔에 얼굴을 묻고 말했다. 수치심 어린 얼굴로 머그잔 너머로 세실리아를 쏘아보았다.

"내가 그 애를 신경 쓰지 않는다고 생각하면 세실리아를 미워할 거야."

"당연히 안 그래요."

세실리아는 아랫입술 한가운데 파란색 삼각형 모양을 띤 마카롱 부스러기가 묻어 있는 레이첼을 보면서 공포를 느꼈다. 아주 끔찍할 정도로 채신머리 없어 보였고, 그 때문에 레이첼이 갑자기 치매에 걸린 늙은 환자처럼 느껴졌다.

"그저 이제 그 앤 로렌 거 같다고 느껴지는 것뿐이야. 옛 말에 이런 말 있잖아. '아들은 아내를 데려오기 전까지만 아들이고, 딸은 영원히 딸이다.'"

"아, 저도…… 그 말 들어봤어요. 정말인지는 모르겠지만요."

세실리아는 극도로 괴로웠다. 레이첼에게 입술에 과자가 묻었단 말은 할 수 없었다. 적어도 자니에 관해 말할 땐 할 수 없었다.

레이첼이 차를 마시기 위해 찻잔을 들었고, 세실리아는 신경을 곤두세웠다. 분명히 부스러기는 떨어져나갔을 거야. 레이첼이 찻잔을 내렸다. 마카롱 부스러기는 가운데를 벗어나 있었고, 그래서 더욱 분명하게 보였다. 분명히 무슨 말이든 해야 했다.

"내가 왜 이렇게 횡설수설하는지, 이유를 모르겠네. 우왕좌왕하고 있는 거 같지? 나답지 않게. 그게, 그저께 타파웨어 파티에 다녀온 뒤에 뭘 좀 찾아서 그래."

레이첼이 말했다. 레이첼은 입술을 혀로 핥았고, 마카롱 부스러기는 사라졌다. 세실리아는 안도했고, 긴장이 풀렸다.

"뭘 찾으셨다고요?"

레이첼의 말을 따라하면서 세실리아는 차를 한 모금 듬뿍 마셨다. 빨리 마셔야 빨리 떠날 수 있어. 차는 너무 뜨거웠다. 레이첼이 펄펄 끓는 물을 부은 게 분명했다. 세실리아의 엄마도 차를 이렇게 뜨겁게 만든다.

"누가 자니를 죽였는지 입증해줄 걸 찾았어. 그러니까 증거지. 새로운 증거 말이야. 그걸 경찰에 줬어. 아이고, 아이고, 세상에. 세실리아, 괜찮아? 빨리 서둘러. 빨리 가서 찬물에 손을 대야 해."

THE HUSBAND'S SECRET

. 41 .

모터바이크가 맹렬한 속도로 모퉁이를 돌 때 테스는 코너의 허리를 힘껏 껴안았다. 길가의 가로등과 상점 불빛이 형형색색 번쩍이는 줄무늬가 되어 테스의 옆을 지나쳐 갔고, 바람 소리가 맹렬하게 귓가를 때리며 지나갔다. 교통신호를 받았다가 모터바이크가 출발할 때마다 테스의 위장은 활주로를 달리던 비행기가 이륙하는 순간에 그러듯 부르르 떨려왔다.

"걱정할 거 없어. 난 안전하고 따분한 중년 바이크라이더니까."

테스가 쓴 헬멧을 제대로 매만져주면서 코너가 말했다.

"항상 제한속도 이하로 달리거든. 더구나 귀중한 물건을 배달할 땐 좀 더 조심한다고."

그러고는 고개를 숙여 헬멧을 쓴 자신의 머리를 역시 헬멧을 쓴 테스의 머리에 콩 하고 부딪쳤다. 테스는 그 순간이 감동적이고 소중하며, 한편 바보 같다고 느꼈다. 확실히 헬멧을 부딪치고 그런 간지러운 말을 듣기엔 테스의 나이가 너무 많았다. 더구나 테스는 결혼한 여자였다.

하지만 아닐 수도 있었다.

테스는 여전히 멜버른에 있고 여전히 윌의 아내였고 펠리시티의 사촌이었던 지난주 목요일을 생각했다. 그때 테스는 사과 머핀을 만들었다. 리엄은 학교에서 차를 마실 때 같이 먹겠다며 좋아했고, 테스와 윌은 각자 무릎에 노트북을 놓고 작업을 하면서 텔레비전을 봤다. 테스는 송장을 몇 건 작성했고, 윌은 기침 뚝 광고 작업을 했다. 그 뒤에 책을 읽었고, 침대로 갔다. 잠깐만, 아니야. 음, 맞아. 그래, 정말 그랬었지. 그리고 섹스를 했다. 짧고 편안하고 완벽하게 좋은 섹스였다. 꼭 머핀 같았는데. 물론 코너의 아파트 복도에서 했던 섹스와는 전적으로 달랐다. 하지만 결혼은 그런 거다. 결혼은 따뜻한 사과 머핀 같은 거야.

나랑 사랑을 할 때 월은 분명히 펠리시티를 생각했을 거야.

철썩 한 대 맞은 것처럼 잔혹한 생각이었다.

그날 밤, 월은 특히 다정했다. 그래서 테스도 특히 사랑받고 있다고 느꼈는데. 사실은 사랑이 아니라 동정을 받은 거다. 분명히 월은 그게 두 사람이 아내와 남편으로서 나누는 마지막 사랑이라고 생각했을 거다.

그 생각을 하자 즉시 테스의 온몸으로 아픔이 번져나갔다. 테스는 두 다리로 코너의 몸을 바짝 감싸고 몸을 앞으로 기울여 코너의 몸에 찰싹 달라붙었다. 교통신호를 받아 모터바이크를 세운 코너가 팔을 뒤로 뻗어 테스의 허벅지를 은밀하게 어루만졌고, 그 순간 테스는 짜릿한 쾌감을 느꼈다.

테스는 월과 펠리시티 때문에 느끼는 고통이 자신의 모든 감각을 극대화시켰다고 생각했다. 그렇기 때문에 모터바이크도 훨씬 짜릿하게 느껴지고, 허벅지에 닿는 코너의 손도 훨씬 근사하게 느껴지는 거란 생각이 들었다. 지난주 목요일에 테스는 부드럽고 평온한, 고통 없는 소박한 삶을 살고 있었다. 그런데 이번 주 목요일엔 마치 청소년이 된 것 같았다. 절묘하게 고통스러웠고 날카롭게 아름다웠다.

하지만 아무리 아프다고 해도 테스는 멜버른의 집에서 요리를 하고 텔레비전을 보고 송장을 작성하고 싶진 않았다. 그저 여기에 있고 싶었다. 모터바이크 때문에 엉덩이가 아프고, 심장이 미칠 듯이 뛰고, 자신이 살아 있음을 느끼게 해주는 이 순간에 머물고 싶었다.

저녁 9시가 넘었고, 세실리아와 존 폴은 뒤뜰 수영장 옆에 있는 탈의실에 앉아 있었다. 그곳이 엿듣는 사람 없이 얘기를 나눌 수 있는 유일한 장소였기 때문이다. 딸들에겐 부모가 절대로 듣지 말았으면 하는 이야기를 어김없이 듣는 재주가 있었다. 세실리아가 앉아 있는 곳에선 유리문 너머로 아이들이 보였다. 아이들 얼굴이 텔레비전 불빛을 받아 번쩍거렸다. 세실리아의 집에선 휴일이 시작되는 첫날이면 팝콘을 먹고 영화를 보면서 밤늦게까지 일어나 있을 수 있었다.

세실리아는 아이들에게서 시선을 떼고 강낭콩처럼 생긴 수영장을 바라보았다. 물 아래 설치한 강력한 전구에서 발산하는 불빛 덕에 수영장의 물이 희미하게 빛나며 행복한 교외에서의 삶을 완벽하게 상징하고 있었다. 아기가 질식하며 내는 듯한, 간간이 들리는 소리만 아니라면 정말 그랬다. 그 소리는 수영장 여과 장치에서 나는 소리였다. 여과 장치 소리는 분명하게 들려왔다.

존 폴이 시카고에 가기 전에 세실리아는 존 폴에게 여과 장치를 점검해달라고 했다. 존 폴은 결국 여과 장치를 살펴보지 않고 출장을 떠났지만, 세실리아가 수리공을 불러 고쳤다면 불같이 화를 냈을 거다. 수리공을 불렀다는 걸 자신의 능력을 믿지 못한다는 증거로 받아들일 테니까. 하지만 존 폴이 여과 장치를 들여다본다고 해도 결국 고치진 못할 테고, 세실리아는 결국 수리공을 불러야 할 거다. 정말 절망적이었다. 어째서 직접 고치지 않는 게 존 폴이 평생 해온 바보 같은 구원 프로그램이 아닌 걸까? *아내가*

잔소리쟁이라고 느끼게 하고 싶지 않으면, 부탁한 건 그 즉시 해 치우란 말이야!

세실리아는 지금 여기서 존 폴과 저 망할 수영장 여과 장치를 두고 평범한 말다툼을 할 수 있길 바랐다. 정말로 나쁜 평범한 말싸움도, 마음을 끔찍하게 아프게 하는 말싸움도 지금 느끼는 영원히 끝날 것 같지 않은 두려움보다는 훨씬 근사할 것 같았다. 세실리아는 지금 두려움을 온갖 곳에서, 위장에서 가슴에서, 심지어 입안에서도 맛보고 있었다. 이러다 정말로 아파지는 거 아닐까?

세실리아는 헛기침을 하고 말했다.

"말해야 할 게 있어."

세실리아는 존 폴에게 오늘 레이첼 크롤리에게서 새로운 증거를 찾았다는 소리를 들었다는 말을 하려고 했다. 존 폴은 어떻게 반응할까? 완전히 겁에 질릴까? 도망치는 건 아니겠지? 도망자가 되는 거야?

세실리아가 차를 쏟는 바람에 레이첼은 어떤 증거인지 구체적으로 말하지 않았고, 세실리아는 완전히 충격에 빠져서 어떤 증거인지 묻지 않았다. 확실하게 물어봤어야 하는데. 그건 지금 깨달은 거다. 알고 있는 편이 좋을 텐데. 아무래도 세실리아는 범죄자의 아내라는 새로운 역할에 아직 익숙해지지 않은 게 분명하다.

레이첼은 그 증거가 가리키는 사람을 분명하게는 알지 못하거나 아니면 그저 세실리아에겐 말하지 않은 게 틀림없었다. 어느 쪽일까? 세실리아에게 말하지 않은 것뿐일까? 세실리아는 명확하게 판단할 수가 없었다.

"뭔데?"

존 폴이 물었다. 존 폴은 아버지의 날에 딸들이 선물한 줄무늬가 있는 긴팔 셔츠와 청바지를 입고 세실리아의 맞은편 나무 의자에 앉아 있었다. 두 팔을 무릎 사이에 늘어뜨린 채 세실리아 쪽으로 몸을 기울였다. 목소리가 어딘지 모르게 이상했다. 부드럽지만 어딘가 날카롭고 부자연스러운 게, 이제 막 두통이 시작되었지만 크게 고통스럽진 않을 때 아이의 질문을 받고 대답을 하는 것 같았다.

"편두통이 오는 거야?"

세실리아가 물었다. 존 폴은 고개를 저었다.

"아니야. 괜찮아."

"좋아. 무슨 얘기냐면, 오늘 부활절 모자 행진을 보러 갔거든. 거기서……."

"자기는 괜찮아?"

"응, 괜찮아."

세실리아가 조급하게 말했다.

"괜찮아 보이지 않아. 정말 아파 보이는걸. 내가 당신을 아프게 한 것 같아."

존 폴의 목소리가 떨렸다.

"나한테 중요한 단 한 가지는 자기랑 우리 딸들을 행복하게 해주는 거야. 그런데 지금 난 자기를 견딜 수 없는 상태로 만들어버렸어."

"맞아."

세실리아가 말했다. 세실리아는 의자의 널을 부여잡고 딸들을 쳐다보았다. 세 아이는 텔레비전에서 재밌는 것을 보았는지 동시에 환하게 웃었다.

"견딜 수 없다는 게 딱 맞는 말이야."

"하루 종일 직장에서 생각했어. 어떻게 해야 해결할 수 있을까? 어떻게 해야 당신 기분을 낫게 해줄 수 있을까?"

존 폴이 자리를 옮겨 세실리아의 옆에 앉았다. 따뜻한 체온이 느껴졌다.

"분명히 내가 당신을 기분 좋게 할 방법은 없을 거야. 전혀 없어. 하지만 이 말은 해주고 싶어. 당신이 그래야 한다고 말한다면, 난 자수할 거야. 자기에게 이 일을 감당해달라고 부탁하지 않을 거야. 당신이 감당할 수 없다면 말이야."

존 폴은 세실리아의 손을 꼭 쥐었다.

"난 자기가 원하는 모든 걸 할 거야. 지금 당장 경찰서나 레이첼 크롤리에게 가라고 한다면 그렇게 할 거야. 자기가 나한테 떠나라고 한다면, 더는 나랑 같은 집에서 살 수 없다고 한다면, 떠날 거야. 우리가 헤어져야 한다면, 그 사실은 내가 아이들에게 말할게. 뭐라고 말해야 할진 모르겠지만, 내 잘못이 분명하다는 걸 밝힐 거야."

세실리아는 존 폴이 사시나무 떨듯 떨고 있다는 걸 알았다. 세실리아의 손을 꼭 쥔 손에 흥건할 정도로 땀이 맺혔다.

"감옥에 갈 각오가 돼 있다고? 폐소공포증은 어떻게 하고?"

세실리아가 물었다.

"그저 참아야 하겠지."

존 폴의 손이 더욱 축축해졌다.

"모든 건 내 머릿속에 있어. 현실적이진 않아."

갑자기 지독한 혐오가 몰려왔다. 세실리아는 존 폴의 손을 뿌리치고 벌떡 일어났다.

"그럼 왜 그전엔 못 참은 건데? 내가 알기 전에 자수할 순 없었어?"

존 폴은 두 손을 번쩍 들어올리고, 애원하고 간청하는 일그러진 얼굴로 세실리아를 올려다보았다.

"세실리아, 나는 정말로 답을 내릴 수가 없어. 그저 설명하고 싶었어. 정말 미안……."

"그러니까 지금 자기는 나보고 결정하라는 거잖아. 자기는 아무것도 안 할 거니까. 그러니까 레이첼이 진실을 들을 수 있을지 없을지는 모두 내 책임이라는 거잖아."

세실리아는 레이첼의 입술에 묻어 있던 과자 부스러기를 떠올리곤 몸을 부르르 떨었다.

"원하지 않으면 아무것도 안 해도 돼. 난 그저 자기를 좀 더 편하게 해주고 싶었을 뿐이야."

존 폴은 금방이라도 눈물을 터트릴 것 같았다.

"지금 자기는 이 문제를 내 문제로 만들고 있잖아."

세실리아가 소리쳤다. 하지만 이미 분노는 사라져가고 있었다. 그저 엄청난 절망이 물밀듯이 밀려왔다. 자백을 하겠다는 존 폴의 제안으로 달라질 건 아무것도 없었다. 전혀 없었다. 세실리아에겐 이미 책임이 있었다. 편지를 열어보는 순간, 세실리아에겐 책임져야 할 일이 생긴 것이다.

세실리아는 탈의실 반대편에 있는 의자에 주저앉았다.

"오늘 레이첼 크롤리를 만났어. 타파웨어 제품을 갖다주러 갔거든. 그때 레이첼이 자니의 살인범을 잡을 수 있는 새로운 증거를 찾았다고 했어.”

존 폴이 재빨리 몸을 일으켜세웠다.

“그럴 리가 없어. 아무것도 남기지 않았다고. 새로운 증거는 있을 수 없어.”

“그냥 레이첼에게 들은 말을 전하는 것뿐이야.”

“그렇다면.”

존 폴이 말했다. 현기증이 나는 것처럼 살짝 휘청거리더니 잠깐 눈을 감았다 떴다.

“결론은 우리라고 날 거야. 나라고 말이야.”

세실리아는 레이첼이 정확히는 ‘누가 자니를 죽였는지 입증해줄 걸 찾았다’ 같은 말을 했다는 사실을 떠올렸다.

“레이첼이 찾았다는 증거 말이야. 그건 분명 누군지 알아낼 수 있다는 뜻이었어.”

세실리아가 다급하게 말했다.

“그 말은 내가 자수를 해야 한다는 뜻이군. 그런 거군.”

존 폴이 단호하게 말했다.

“그런 거야.”

세실리아가 따라 했다.

“하지만 그럴 것 같진 않아. 안 그래? 세월이 너무 많이 흘렀잖아.”

잔뜩 지친 목소리였다.

“그건 그래.”

세실리아도 동의했다. 세실리아는 존 폴이 고개를 들더니 아이들을 보려고 집 쪽으로 고개를 돌리는 모습을 물끄러미 쳐다보았다. 쥐 죽은 듯 조용한 가운데 수영장 여과 장치 소리만 더욱 크게 울려퍼졌다. 이제는 아기가 헐떡이는 소리처럼 들리지 않았다. 아이들 악몽에 나타나 사람을 잡아먹는 괴물이 집 안을 돌아다니며 쌕쌕 내뱉는 숨소리 같았다.

"내일 여과 장치를 손봐야겠어."

존 폴이 아이들을 똑바로 쳐다보면서 말했다.

세실리아는 대답하지 않았다. 그저 가만히 앉아 괴물이 숨 쉬는 속도에 맞춰 숨을 쉬고 내뱉기만 했다.

THE HUSBAND'S SECRET

. 42 .

"이번이 궁극적으론 두 번째 데이트라고 할 수 있겠네요."

테스가 말했다.

테스와 코너는 디와이 비치가 내려다보이는 낮은 벽돌담에 앉아 테이크아웃 컵에 담긴 핫초콜릿을 마시고 있었다. 모터바이크는 두 사람 뒤에 얌전히 서 있었고, 크롬 몸체가 달빛을 받아 번쩍이고 있었다. 쌀쌀한 저녁이었지만, 테스는 코너가 빌려준 두툼한 가죽 재킷 덕에 조금도 춥지 않았다. 재킷에서는 애프터셰이브 로션 향이 났다.

"그렇지. 보통은 매력이 최대로 빛을 발하는 순간이지."

코너가 대답했다.

"당신이 첫 번째 데이트 때 충분히 점수를 받았다는 것만 빼면요. 그러니까 치명적인 매력을 굳이 낭비할 필욘 없어요."

테스의 목소리가 이상하게 들렸다. 마치 다른 사람처럼 되려고 시도하는 것 같았다. 대담하고 거침없는 여자처럼 말이다. 솔직하게 말하면 펠리시티처럼 하려 했지만, 제대로는 하지 못한 것이다. 모터바이크를 타고 오면서 한껏 고조되었던 마법 같은 감각은 소멸되고 지금은 어색한 기분이 들었다. 그것도 상당히 많이 어색했다. 달빛, 모터바이크, 가죽 재킷, 핫초콜릿이라니. 모든 게 끔찍할 정도로 낭만적이었다. 테스는 낭만을 좋아해본 적이 한 번도 없었다. 낭만은 테스를 낄낄거리고 웃게 했다.

코너가 끔찍할 정도로 심각한 표정으로 테스를 돌아보았다.

"그러니까 지난번 밤이 우리 첫 번째 데이트였다는 거지?"

코너의 회색 눈은 정말 진지했다. 윌과 달리 코너는 많이 웃지 않았다. 그렇기 때문에 가끔 싱긋 웃는 순간이 정말 소중했다. 보라고, 윌. 웃음은 양이 아니라 질이라고!

"어, 그게."

이 남자는 우리가 데이트를 한다고 생각하나?

"난 잘 모르겠어요. 무슨 뜻이냐면……."

코너가 테스의 팔에 손을 올렸다.

"농담한 거야. 긴장 풀어. 말했잖아. 난 그저 당신과 함께 있는 게 기쁠 뿐이야."

테스는 핫초콜릿을 조금 마시고 화제를 돌렸다.

"오후에는 뭐 했어요? 학교 끝나고요."

코너는 무슨 대답을 할지 생각하는 것처럼 눈을 가늘게 뜨고 있다가 어깨를 으쓱했다.

"조금 달렸고, 벤저민과 벤저민 여자 친구를 만나 커피를 마셨어. 아, 그리고 정신과 의사를 만났지. 목요일 저녁에 예약이 되어 있거든, 6시에. 병원 옆에 인도 식당이 있어. 진료가 끝나면 늘 카레를 먹어. 치료를 받고 아주 근사한 양고기 카레를 먹는 거지. 도대체 왜 내 정신과 상담 얘길 당신에게 하는지 나도 모르겠네."

"의사한테 내 얘기 했어요?"

테스가 물었다.

"당연히 안 했지."

코너가 싱긋 웃었다.

"했으면서."

테스가 코너의 다리를 손가락으로 살짝 찔렀다.

"맞아. 얘기했어. 미안. 테스를 만난 건 새로운 소식이니까. 의사가 나한테 관심을 갖게 해야 하거든."

테스는 담벼락에 핫초콜릿 컵을 내려놓았다.

"의사는 뭐래요?"

코너가 테스를 흘긋 보았다.

"당신은 한 번도 치료를 받아본 적이 없구나. 정신과 의사들은 한 마디도 안 해. 말을 한다면 '그래서 어떤 느낌이 들었죠?' 라거나 '왜 그렇게 생각한 거죠?' 같은 질문을 하지."

"분명히 날 좋게 생각하진 않을 거예요."

테스가 말했다. 테스는 정신과 의사가 자신을 어떻게 생각할지 생각해보았다. 수년 전에 코너의 마음을 산산조각 내고 사라졌던 전 여자 친구가 갑자기 다시 나타났다. 그것도 자기 결혼 생활이 엄청난 위기에 직면했을 때. 테스는 방어적이 되었다. *하지만 내가 유혹한 것도 아니잖아. 그는 성인이야. 어쩌다 보니 이렇게 된 거라고. 물론 우리가 헤어진 다음에 내가 이 사람 생각을 한 번도 안 한 건 사실이야. 하지만 그래도 다시 사랑에 빠질 수 있는 거잖아. 아니, 정말로 사랑에 빠진 거 같아. 살해된 첫 번째 여자 친구 때문에 이 남자는 완전히 망가졌어. 나는 이 남자 마음을 아프게 하지 않을 거야. 나는 좋은 사람이니까.*

내가 좋은 사람인가? 테스는 자신이 사는 방식에 대해 부끄러움에 가까운 감정을 느끼고 있다는 사실을 희미하게 깨달았다. '사회 불안증'이라는 수줍음을 안전한 장벽 삼아 그 뒤에 숨어 사람들을 피하는 방식엔 뭔가 폐쇄적인 부분이, 어쩌면 편협하고 비열하기까지 한 부분이 있는 건 아닐까? 우정이 감지될 때마다 테스는 전화하는 걸 미루고 이메일에 빨리 답장하지 않음으로써 결국 사람들이 포기하게 했고, 그럴 때마다 안도했다. 테스가 더 좋은 엄마였다면, 사교성이 좋은 엄마였다면 리엄이 마커스보다 훨씬 좋은 친구를 사귈 수 있도록 도와줬을 거다. 하지만 테스는 그저 펠리시티와 함께 뒤로 물러나 앉은 채 와인이나 홀짝이면서 낄낄거렸다.

테스와 펠리시티는 지나치게 마른 것도, 지나치게 운동을 하는 것도, 지나치게 부자인 것도, 지나치게 똑똑한 것도 용납하지 않았다. 개인 강습을 받는 사람들을, 작은 개를 기르는 사람들을, 지나치게 똑똑한 사람들을, 페이스북에 철자가 틀린 댓글을 다는 사람들을, "나는 지금 정말 좋은 곳에 있어요"라고 말하는 사람들을, 항상 사람들과 어울리고 적극적으로 참여하는 사람들을, 그러니까 세실리아 피츠패트릭 같은 사람들을 비웃었을 뿐이다.

테스와 펠리시티는 인생의 관중석에 앉아 선수들을 비웃고 있었던 거다. 테스의 인맥이 넓었다면 윌은 펠리시티와 사랑에 빠지지 않았을 수도 있다. 아니, 적어도 윌이 애인으로 선택할 수 있는 사람이 훨씬 많았을 거다.

인생이 무너져내렸을 때 테스에겐 전화를 하고 하소연을 할 친구가 한 명도 없었다. 정말 한 명도 없었다. 그게 바로 테스가 코너와 이런 행동을 하는 이유였다. 테스에겐 친구가 필요한 거다.

"나도 당신의 패턴에 맞는 거예요, 그죠? 당신은 늘 잘못된 여자를 고르는 거예요. 난 옳지 않은 또 한 명의 여자인 거죠."

테스가 갑자기 말했다.

"으음. 당신은 약속한 핫크로스번도 가져오지 않았고 말이지."

코너가 말했다.

코너는 고개를 젖히고 남은 핫초콜릿을 모두 마셨다. 컵을 담벼락에 놓고 테스 옆으로 가까이 다가왔다.

"난 당신을 이용하는 거예요. 난 나쁜 사람이에요."

코너는 따뜻한 손으로 테스의 목 뒷부분을 잡고 자신에게 가까이 끌어당겼다. 코너의 숨결에서 핫초콜릿 향이 났다. 코너는 맥없이 풀린 테스의 손에서 컵을 살짝 잡아뺐다.

"난 남편을 생각하지 않기 위해 당신을 이용하고 있는 거예요."

테스는 분명하게 말했다. 코너가 자신의 말을 이해했으면 했다.

"테스, 허니. 내가 그걸 모를 거 같아?"

코너는 테스에게 진하게 그리고 완벽하게 키스했다. 그 순간 테스는 자신이 빙글빙글 돌면서 공기를 타고 계속해서 아래로 떨어지고 있는 것 같았다. 이상한 나라의 앨리스처럼 말이다.

1984년 4월 6일

자니는 남자아이도 얼굴이 붉어질 수 있다는 걸 몰랐다. 남동생 롭도 얼굴을 붉히기는 하지만, 그 애는 엄밀한 의미에서 남자아이라고 할 순 없었다. 똑똑하고 잘생기고 사립 고등학교에 다니는 존 폴 피츠패트릭 같은 남자아이가 얼굴을 붉힐 수 있다고는 생각지도 못했다. 이미 늦은 오후라 빛이 바뀌고 있어서 모두 어둠에 가려지고 또렷하게 보이는 건 하나도 없었지만, 그래도 자니는 존 폴의 얼굴이 발갛게 달아올랐음을 알 수 있었다. 심지어 귀까지 반투명한 분홍색으로 바뀌었단 걸 알 수 있었다.

자니는 간단하게 상황을 설명했다. 만나는 '다른 소년'이 있다. 그 소년이 자니에게 '음, 그러니까 여자 친구'가 되어달라고 했다. 그래서 이제는 존 폴을 만날 수 없다. 왜냐하면 그 소년이 '공식적인 관계'를 원하기 때문이다.

자니는 그저 막연히 코너가 존 폴과 헤어지게 만든 거라고, 모든 게 코너의 잘못처럼 여기게 하는 게 좋겠다고 생각했다. 하지만 벌게지는 존 폴을 보니 다른 소년을 언급한 건 잘못이었을지 모른다는 생각이 들었다. 그냥 아빠 핑계를 댔어야 했다. 그냥 아빠한테 남자아이를 만난다는 사실을 들킬까봐 너무 걱정이 된다고 했어야 했다.

하지만 자니의 내면에는 존 폴에게 자신이 인기가 있음을 알리고 싶다는 욕구가 있었다.

"하지만 자니, 난 네가 내 여자 친구라고 생각했는데."

존 폴의 목소리는 여자아이처럼 감성적이고 높았다.

자니는 충격을 받았다. 존 폴이 안쓰러워 자니의 얼굴도 빨개졌다. 자니는 그네를 쳐다보았고, 자신이 낄낄대는 소리를 들었다. 이상하고도 듣기 싫을 정도로 톤이 높은 웃음소리였다. 이건 자니의 버릇이었다. 잔뜩 긴장해 있을 때, 조금도 우습지 않을 때 튀어나오는 습관이었다. 자니가 열세 살 때 그랬던 것처럼 말이다.

교실에 앉아 있는데 그날은 담임 선생님이 아니라 교장 선생님이 들어오셨다. 늘 유쾌하게 웃고 있는 교장 선생님은 전혀 웃지 않는 침울하고 침통한 표정으로 지리 선생님의 남편이 돌아가셨다고 했다. 그 소식에 자니는 충격을 받았고 정말 고통스러웠다. 그 순간 웃음이 터져나왔다. 왜 그렇게 되는지는 알 수 없었다. 반 아이들이 모두 자니를 나무라는 표정으로 쳐다보았고, 자니는 부끄러워서 그 자리에서 죽을 것만 같았다.

존 폴이 자니를 보고 웃었다. 자니는 존 폴이 자신에게 키스할 거라고 생각했다. 특이하긴 하지만 능수능란한 기술로 말이다. 자니는 기대와 흥분에 차서 기다렸다. 존 폴은 자신이 그를 떠나가도록 내버려두지 않을 거다. 우리가 헤어지는 상황을 도저히 참을 수 없을 거다.

하지만 키스가 아니라 존 폴의 손이 자니의 목을 잡았다. 자니는 '아파, 존 폴'이라고 말하고 싶었다. 하지만 목소리가 나오지 않았다. 끔찍한 오해를 풀고 사실은 코너보다 존 폴을 더 좋아한다고 말하고 싶었다. 결코 존 폴의 마음을 아프게 할 생각은 아니었다고, 사실은 존 폴의 여자 친구가 되고 싶다고 말하고 싶었다. 이런 마음을 눈에 담아 존 폴의 그 아름다운 눈에 그대로 전하고 싶었다. 잠시 동안 자니는 불안정하고 충격적인 표정을 보았다고 생각했고, 목을 조르는 손이 느슨해졌다고 느꼈다.

하지만 곧 다른 일이 벌어졌다. 뭔가 아주 잘못되고 낯선 일이 자니의 몸에 일어났다. 그와 동시에 아주 멀리에 있던 자니의 마음 일부분이 오늘 학교가 끝나면 엄마와 만나서 병원에 가기로 했다는 사실을 기억해냈다. 그걸 잊어버리고 코너의 집에 간 것이다. 엄마는 분명히 엄청 화를 낼 것이다.

자니가 마지막으로 명확하게 인지한 생각은 이거였다. '이런, 젠장.'

그 뒤로는 어떠한 생각도 없었다. 그저 무기력하고 마구 요동치는 공포뿐이었다.

성 금 요 일

Good Friday

. 43 .

"주스!"

제이컵이 말했다.

"우리 아기, 뭐 줄까?"

로렌이 조용히 속삭였다.

주스. 그 애는 주스를 달라고 했어. 넌 귀가 먹었니? 레이첼은 생각했다.

이제 막 동이 트고 있었고, 레이첼, 롭, 로렌은 부들부들 떨고 손을 문지르고 발을 동동 구르면서 와틀 밸리 파크에서 둥글게 서로 마주 보고 서 있었으며, 제이컵은 세 사람의 다리 사이를 이리저리 빠져나가며 놀고 있었다. 제이컵은 파카를 입고 있었는데, 레이첼이 보기엔 좀 작아 보였다. 두 팔이 눈사람처럼 파카 밖으로 삐죽 나와 있는 것이다.

레이첼의 예상처럼 로렌은 트렌치코트를 입고 왔다. 왠지 모르게 하나로 묶은 머리는 평소와 달리 그다지 완벽해 보이진 않았다. 머리끈 밖으로 머리카락이 몇 가닥 빠져나와 있었고, 피곤해 보였다. 로렌은 빨간 장미를 한 송이 가져왔고, 레이첼은 바보 같은 선택이라고 생각했다. 로렌이 가져온 장미는 밸런타인데이 때 어린 남자들이 비닐에 싸서 여자 친구에게 내미는 그런 장미처럼 보였다.

레이첼은 뒤뜰에서 직접 꺾어 자니가 아주 어렸을 때 했던 녹색 벨벳 리본으로 묶은 작은 스위트피 다발을 가져왔다.

"그 꽃은 자니를 찾은 곳에 놓고 오는 거야? 미끄럼틀 밑에?"

말라가 그렇게 물은 적이 있다.

"응, 말라. 거기에 놔둬. 아주 작은 수백 개의 발들이 밟아 뭉갤 수 있게 말이야."

레이첼은 그렇게 대답했다.

"아, 그렇구나. 잘했어."

말라는 조금도 거부감 없이 레이첼의 대답을 받아들였다.

사실 자니가 그 밑에 누워 있던 미끄럼틀은 이제 없었다. 낡고 투박했던 금속 미끄럼틀은 이제 레이첼이 제이컵을 데리고 갔던 집 근처의 놀이터처럼 우주 시대에 걸맞은 최신 미끄럼틀로 바뀌어 있었고, 고무를 깐 바닥은 걸을 때마다 통통 튀어오르게 했다.

"주스!"

제이컵이 다시 말했다.

"엄마는 무슨 말 하는지 모르겠는데. 재킷 좀 풀어줄까?"

로렌이 머리 타래를 어깨 너머로 넘기면서 말했다.

맙소사. 레이첼은 한숨을 내쉬었다. 이곳에 온다고 해서 정말로 자니를 느낄 수 있는 건 아니었다. 레이첼은 이곳에 있는 자니를 상상할 수 없었다. 어떻게 이런 곳까지 왔는지 도무지 이해할 수가 없었다. 자니의 친구 중엔 자니가 이곳에 다닌다는 사실을 아는 사람이 아무도 없었다. 따라서 자니를 이곳에 데리고 온 사람은 남자아이가 분명했다. 코너 휘트비라는 남자아이. 휘트비는 자니와 자고 싶었을 거다. 하지만 자니가 거절했겠지. 자니는 코너와 자야 했다. 그건 모두 레이첼의 잘못이다. 순결을 잃는 게 엄청난 일이라도 되는 것처럼 너무 지나치게 주의를 준 거야. 사실은 죽음이 훨씬 엄청난 일인데도 말이다. 레이첼은 이렇게 말했어야 한다. '자니, 누구든 원하는 사람하고는 마음껏 섹스를 해. 그저 안전하게만 하면 돼.'

에드는 자니가 발견된 공원엔 결코 오고 싶어 하지 않았다.

"그런 빌어먹을 일이 무슨 소용이 있어? 지금 가봐야 무슨 소용이 있느냐고? 빌어먹을. 그 애는 거기 없다고. 안 그래?"

빌어먹을. 그래, 에드. 당신 말이 맞아.

하지만 레이첼은 자니에게 빚을 지고 있는 것 같았다. 해마다 꽃다발을 들고 와서 함께 있어주지 못한 걸, 이제야 온 걸 사과하고, 마지막 몇 분을 상상하고, 자니가 마지막으로 살아 있었던 장소를, 자니가 마지막으로 숨을 내쉰 장소를 기억해야 할 것 같았다. 귀중한 마지막 몇 분을 볼 수 있기를, 이상할 정도로 길고 얇았던 자니의 팔다리와 기묘하게 각이 진 아름다운 얼굴을 그저 다시 볼 수 있기만을 바랐다. 물론 어리석은 생각이었다. 레이첼이 그곳에 있었다면 쳐다보기만 하는 게 아니라 자니의 생명을 구하기 위해 바쁘게 움직였을 거다. 하지만 레이첼은 결과를 바꿀 수 없다 해도 자니의 마지막 순간을 함께하길 원했다.

어쩌면 에드가 옳았다는 생각이 들었다. 해마다 이렇게 여기에 오는 건 아무 의미가 없다. 롭과 로렌과 제이컵이 행사가 시작되기를 기다리는 사람처럼 멀뚱하게 서 있는 올해는 특히 더.

"주스."

제이컵이 말했다.

"미안해, 우리 아가. 엄마는 이해를 못 하겠네."

로렌이 말했다.

"주스를 달라잖아."

롭이 무뚝뚝하게 말했다. 순간 레이첼은 로렌이 안쓰러웠다. 기분이 나쁠 때 롭은 꼭 에드처럼 말했다. 크롤리네 남자들은 짜증을 잘 냈다.

"주스는 없어, 꼬마. 자, 여기. 네 물병이야. 물을 마셔."

롭이 말했다.

"우린 주스는 안 마셔, 제이키. 이가 나빠져."

로렌이 말했다.

제이컵은 작고 통통한 손으로 물병을 들고 머리를 뒤로 젖히곤 꿀꺽꿀꺽 급하게 물을 마셨다. 물을 마시면서 레이첼을 보는 시선은 마치 '우리가 주스를 마시는 건 엄마한테 말하지 않을래요. 주스는 할머니 집에서만 마실게요'라고 말하는 것 같았다.

로렌은 트렌치코트의 허리끈을 조이고 레이첼에게 돌아섰다.

"혹시 여기 오면 하시는 말씀 있으세요? 그러니까, 음……."

"아니, 난 자니 생각을 해."

레이첼은 단호하게, 그 입을 다물라는 목소리로 말했다. 레이첼은 확실히 로렌 앞에선 편할 수가 없었다.

"곧 가자꾸나. 너무 춥다. 제이컵이 너무 춥겠어."

제이컵을 데리고 오다니, 터무니없는 생각이었다. 이런 날에, 이런 곳에. 어쩌면 앞으로는 자니의 죽음을 기념하기 위해 무언가

해야 할지도 모른다. 탄생을 축하하는 것처럼 무덤 앞에서도 뭔가를 해야 하는 거다.

그저 이 끝없는 하루가 지나길 기다리기만 하면 된다. 그러면 또다시 내년을 준비할 수 있다. 그저 흘러가게 내버려두면 된다. 시간아 오너라. 자정이 될 때까지만 버티면 되는 거야.

"자기는 할 말 없어?"

로렌이 롭에게 물었다.

레이첼은 '당연히 없지'라고 할 뻔했지만, 적절한 순간에 입을 다물 수 있었다. 레이첼은 롭을 쳐다보았다. 아들은 하늘을 바라보고 있었다. 칠면조처럼 목을 쭉 빼고 강인하고 하얀 이를 드러낸 채 입을 앙다물고, 꼭 발작을 일으킨 사람처럼 두 손을 이상하게 비틀어 가슴을 움켜잡고 있었다.

저 아이는 한 번도 여기에 온 적이 없지. 누나가 발견된 뒤에 여기에 온 적이 한 번도 없어. 불현듯 레이첼은 그 사실을 깨달았다. 레이첼은 롭에게 다가가려고 한 발 내딛었지만 로렌이 빨랐다. 로렌이 롭의 손을 잡았다.

"괜찮아. 괜찮아, 자기야. 그냥 숨을 쉬면 돼, 허니. 숨을 쉬어."

레이첼은 젊은 여자가, 잘 알지 못하는 젊은 여자가 자신의 아들을, 실은 자신 역시 잘 알지 못하는 아들을 위로하는 모습을 무기력하게 지켜보았다. 아내에게 기댄 롭을 보면서 레이첼은 자신이 아들의 슬픔을 거의 알지 못한다는 사실을 깨달았고, 처음으로 진심으로 아들의 슬픔을 알길 원했다. 롭은 로렌을 깨울 정도로 심한 악몽을 꾸면서 몸을 뒤척이는 걸까? 어둠 속에서 침울한 목소리로 아내에게 누나 이야기를 하는 걸까?

레이첼은 문득 무릎을 만지는 손을 느끼고 내려다보았다.

"할머니."

제이컵이 부르고 있었다.

"왜 그러니?"

레이첼이 허리를 숙이자 제이컵은 두 손을 모아 레이첼의 귀에 대고 속삭였다.

"주스 주세요."

✉

피츠패트릭 가족은 늦게까지 잠을 잤다. 가장 먼저 깬 사람은 세실리아였다. 협탁에 있는 아이폰을 들고 시계를 확인했다. 9시 30분이었다. 침대 창문으로 구정물처럼 흐린 아침 햇빛이 스며들어왔다.

성 금요일과 복싱 데이(크리스마스가 끝나고 오는 첫 번째 평일을 공휴일로 지정한 날―옮긴이)는 일정이 전혀 없는, 1년에 딱 이틀뿐인 아주 귀중한 날이었다. 내일이면 정신없이 부활절 일요일 점심 준비를 해야겠지만, 오늘은 손님도 없고 숙제도 없고 서두를 일도 없고 심지어 먹을거리를 사러 갈 필요도 없다. 바람은 차가웠고, 침대는 따뜻했다.

존 폴이 레이첼 크롤리의 딸을 죽였어. 그 생각은 세실리아의 가슴에 자리 잡고 앉아 심장을 내리눌렀다. 이제 다시는 성 금요일 아침에 침대에 누워 해야 할 일도, 가야 할 곳도 없다는 사실에 완벽하게 편안한 기분을 만끽하는 일은 없을 것이다. 언제나 변함

없이 해야 할 일이 남아 있을 테니까.

세실리아는 옆을 보고 누워 있었고, 존 폴은 세실리아의 등에 착 달라붙어 있었다. 허리에 얹은 존 폴의 따스한 팔이 느껴졌다. 세실리아의 남편이었다. 세실리아의 남편. 그리고 살인자. 미리 알고 있어야 했을까? 당연히 추측해봤어야 하는 거 아닐까? 악몽을 꾸고 편두통으로 고생하고 가끔 고집스럽고 이상하게 변하는 이유를 추측해 봤어야 하는 거 아닐까? 그렇다고 해도 달라질 건 없었겠지만, 이렇게 자신이 태만하게 느껴지진 않을 거다.

'존 폴이 그렇지 뭐.' 세실리아는 늘 그렇게 생각하고 말았다. 세실리아는 결혼 생활의 기억을 새롭게 알게 된 사실을 근거로 계속해서 새롭게 평가해나갔다. 예를 들어 넷째를 낳자는 세실리아의 말을 존 폴이 거절한 것 같은 순간을 말이다. 세실리아는 "아들을 낳아보자"라고 말했다. 폴리가 아장아장 걷기 시작했을 때였고, 두 사람 모두 딸만 넷이어도 완벽하게 행복할 거라고 생각했기 때문이었다. 하지만 존 폴은 고려해보는 것조차 단호하게 거절해 세실리아를 어리둥절하게 했다. 아마 그것도 존 폴의 자학 중 하나였을 거다. 존 폴은 아들을 정말로 절실하게 원했으니까.

다른 생각을 해야 해. 아마 지금쯤은 일어나서 일요일에 먹을 빵을 구워야 할 거다. 어떻게 그 많은 손님을 대접하고 대화를 하고 행복하게 해줄 수 있을까? 존 폴의 엄마는 좋아하는 안락의자에 앉아 고결한 자세로 비밀을 공유할 것이다. '그건 정말 오래전 일이란다.' 이렇게 말하겠지? 하지만 레이첼에겐 바로 어제처럼 느껴질 거다.

세실리아는 번개처럼 오늘이 자니의 기일이라고 했던 레이첼

의 말을 기억해냈다. 존 폴도 알까? 아니 모를 거야. 날짜를 기억
하는 덴 영 소질이 없으니까. 세실리아가 말해주기 전엔 결혼기념
일도 모르는데, 한 소녀를 죽인 날짜를 기억할 수 있을 리 없다.

"이런 세상에."

세실리아는 나지막이 분통을 터트렸다. 새로 생긴 증상이, 메스
꺼움과 두통이 몰려오고 있었다. 빨리 일어나야 해. 빨리 이 증상
을 없애버려야 해. 세실리아는 이불을 걷고 일어나려고 했다. 그
때 허리를 잡고 있는 존 폴의 손에 힘이 들어갔다.

"일어나야 해."

세실리아는 존 폴을 돌아보지 않고 말했다.

"경제 문제는 어떻게 해?"

존 폴이 세실리아의 목에 대고 말했다. 지독한 감기에라도 걸린
것처럼 잔뜩 쉰 목소리였다.

"내가 가면…… 내 월급이 없으면 말이야. 집을 팔아야 할 텐
데, 괜찮아?"

"살아갈 수 있어."

세실리아는 퉁명스럽게 대답했다. 재정 문제는 세실리아가 처
리했다. 늘 그랬다. 존 폴은 청구서나 대출금에 신경 쓰지 않아도
된다는 사실에 늘 기뻐했다.

"정말? 정말 그럴까?"

존 폴의 목소리에는 의심이 담겨 있었다. 피츠패트릭 집안은 상
당히 부유했고, 존 폴은 자신이 아는 사람들 대부분보다 잘살 거
라는 기대를 받으며 성장했다. 주변에 돈이 있으면 존 폴은 아주
자연스럽게 그 돈이 자신에게서 나오는 게 틀림없다고 생각했다.

세실리아가 지난 몇 년 동안 얼마를 벌었는지 말하지 않은 건 고의는 아니었다. 그저 말하지 않은 것뿐이다.

"생각해봤는데, 내가 여기 없을 땐, 피터네 아들 가운데 한 명한테 자기가 하기 힘든 일을 부탁하면 될 거 같아. 배수로를 청소하는 일 같은 거 말이야. 그건 정말 중요하거든. 특히 산불이 나는 계절엔 말이야. 부탁해야 할 일 목록을 작성할게. 그런 일이 뭐가 있는지 계속 생각해보려고 해."

세실리아는 가만히 앉아 있었다. 심장이 쿵 하고 떨어져내렸다. 어떻게 이럴 수 있지? 너무나 터무니없었다. 어떻게 침대에 누워서 존 폴이 감옥에 가는 이야기를 할 수 있을까?

"난 정말 내가 아이들 운전을 가르쳐주고 싶었어."

존 폴의 목소리가 갈라졌다.

"젖은 길을 달릴 때 운전을 어떻게 해야 하는지 같은 거 말이야. 자기는 젖은 길에선 브레이크를 제대로 다룰 줄 모르잖아."

"아니, 할 수 있어."

세실리아는 몸을 돌려 존 폴을 똑바로 쳐다보았다. 존 폴은 뺨이 이상하게 접힌 채로 눈물을 흘리고 있었다. 세실리아가 돌아보자 머리를 돌려 얼굴을 베개에 파묻었다. 눈물을 감추려는 거 같았다.

"알아, 나도 자격이 없다는 거. 울 자격도 없다는 거 말이야. 그저 매일 아침 아이들을 볼 수 없겠구나 하고 생각한 것뿐이야."

레이첼 크롤리는 영원히 딸을 볼 수 없었어.

하지만 세실리아는 충분히 냉혹해질 수 없었다. 세실리아가 존 폴에게서 가장 좋아하는 부분은 바로 딸들을 지극히 사랑한다는 사실이었다. 아이들은 부부라고 해도 모두가 누리지는 못하는 특별한 방식으로 두 사람을 묶어주었다. 아이들 이야기에 웃고, 아이들의 미래를 걱정하면서 아이들 이야기를 나누는 거야말로 세실리아의 결혼 생활에서 가장 큰 즐거움이었다. 세실리아가 존 폴과 결혼한 이유는 존 폴이 어떤 아빠가 될지 알았기 때문이었다.

"아이들이 날 어떻게 생각할까. 분명히 미워할 거야."

존 폴은 두 손으로 얼굴을 꾹 눌렀다.

"괜찮을 거야."

세실리아가 말했다. 아이들이 아빠를 미워하다니, 그건 정말 참을 수 없는 일이다.

"모두 괜찮을 거야. 아무 일도 일어나지 않을 거야. 아무것도 변하지 않을 거야."

"하지만, 모르겠어. 이젠 그 일을 소리 내서 말하고 있잖아. 자기도 이제 알고 있고. 벌써 그렇게 오래 지났는데도 그 어느 때보다 지금은 정말로, 정말로 현실적으로 느껴져. 자기도 알잖아. 오늘이라는 거."

존 폴은 손등으로 코를 문질러 닦고 세실리아를 보았다.

"오늘이 그날이야. 해마다 오늘을 잊지 못했어. 난 가을이 싫어. 이번 가을은 그 어느 때보다도 견디기 힘들어. 그게 나라는 게 믿기지 않아. 내가 다른 사람의 딸에게 그런 짓을 했다는 게 믿기지 않아. 그리고 이젠 내 딸들이, 내 딸들이…… 그 대가를 치러야 해."

회한이 이 세상에서 가장 지독한 고통처럼 그의 온몸을 휘갈겼다. 세실리아의 모든 본능이 그를 구하라고, 고통을 덜어주라고, 어떻게 해서든 고통을 사라지게 하라고 소리쳤다. 세실리아는 존 폴을 아기처럼 끌어안고 달래기 시작했다.

"쉬잇. 모두 괜찮아. 모두 괜찮아질 거야. 너무 오랜 시간이 흘렀는걸. 새로운 증거가 나오다니, 불가능해. 레이첼이 분명히 뭔가 잘못 안 거야. 진정해. 숨을 깊이 들이마셔봐."

존 폴이 세실리아의 어깨에 얼굴을 묻었다. 존 폴의 눈물이 세실리아의 잠옷을 축축하게 적셨다.

"모두 다 괜찮아질 거야."

세실리아가 말했다. 그렇지 않을 수도 있단 걸 알지만, 군인처럼 바짝 깎은 존 폴의 뒷머리를 쓰다듬으면서 세실리아는 비로소 자신이 어떤 사람인지 정확하게 알 수 있었다.

세실리아는 존 폴에게 절대로 자백하라는 말은 안 했을 거다.

배수구에서 토한 것도 식료품 저장실에서 울음을 터트린 것도 모두 쇼처럼 느껴졌다. 레이첼이 아무도 고소하지 않는다면 세실리아는 영원히 존 폴의 비밀을 지킬 테니까. 세실리아 피츠패트릭. 언제나 제일 먼저 앞장서서 일하고, 해야 할 일이 생기면 절대 조용히 앉아 있는 법이 없고, 기꺼이 자기 시간을 들여 이웃을 위해 캐서롤을 만들어주고, 옳고 그름의 차이를 알고, 항상 다른 방법을 찾아낼 준비가 되어 있는 사람. 다른 엄마가 고통스러워하는 것을 용납할 수도 있고 실제로 용납하기도 하는 사람.

세실리아의 선함엔 한계가 있었다. 세실리아는 그 한계를 절대 알지 못한 채 수월하게 살아갔을 수도 있다. 하지만 이젠 자신의 한계를 분명히 알게 되었다.

. 44 .

"버터를 그렇게 조금 바르면 안 돼. 핫크로스번은 버터에 완전히 젖은 상태로 먹어야 하는 거야. 도대체 나한테 뭘 배운 거니?"

테스의 엄마가 소리쳤다.

"엄마는 '콜레스테롤'이란 말도 들어본 적 없어?"

테스는 말은 그렇게 했지만 결국 버터나이프를 집어들었다.

테스와 테스의 엄마와 리엄은 뒤뜰에서 아침 햇빛을 받으며 차와 구운 핫크로스번을 먹고 있었다. 테스의 엄마는 잠옷 위에 누비로 만든 분홍색 가운을 입고 있었고, 테스와 리엄은 파자마를 입고 있었다.

성 금요일은 그날에 어울리는 시무룩한 날씨로 시작했지만, 갑자기 마음을 바꿨는지 휘리릭 몸을 돌려 결국 화려한 가을 색을 한껏 드러냈다. 상쾌하고 가벼운 바람이 불고, 호주 벽오동 나무 잎 위로 햇빛이 쏟아져내렸다.

"엄마?"

리엄이 입안 가득 음식을 물고 말했다.

"음?"

테스가 대답했다. 테스는 눈을 감고 태양을 향해 얼굴을 들었다. 평화로웠고 졸음이 왔다. 비치를 떠난 뒤에 테스는 코너의 아파트에서 더 많은 섹스를 했다. 그 섹스는 전날보다도 훨씬 근사했다. 코너의 특정 기술은 정말로 아주…… 걸출했다. 혹시 섹스를 잘하는 비법이 실린 책을 읽는 걸까? 윌은 절대로 그런 책은 읽지 않는다. 지난주에 했던 섹스는 그저 들쑥날쑥한 여가 시간을 때우는 방법 가운데 하나였을 뿐임을 지금까지는 왜 깨닫지 했을까? 이번 주에 한 섹스는 모든 것을 다 소모하는 섹스였다. 세상에 이보다 중요한 건 없는 것 같은 섹스, 섹스와 섹스 사이에 놓인 시간은 없다는 듯, 그런 시간은 실제로 살아 있는 게 아니라는 듯 여기게 하는 그런 섹스 말이다.

테스는 코너에게 중독되는 것만 같았다. 특별한 곡선을 그리면서 올라갔다 내려가는 윗입술, 넓은 어깨, 그리고…….

"엄마!"

리엄이 다시 말했다.

"응?"

"언제……."

"입에 있는 건 다 먹고 말해야지."

"아빠랑 펠리시티 이모는 언제 와? 부활절인데?"

테스는 두 눈을 크게 뜨고 엄마를 흘끗 쳐다보았다. 엄마는 눈썹을 치켜올렸다.

"글쎄, 모르겠어. 내가 말해볼게. 하지만 일해야 할 거야."

테스가 말했다.

"부활절에는 일 안 해. 아빠가 내 부활절 토끼 달걀한테 박치기하는 모습을 보고 싶단 말이야."

왠지는 모르지만 테스의 집은 부활절 아침마다 초콜릿으로 만든 부활절 토끼에게 박치기를 하는 조금은 잔인한 전통으로 하루를 시작했다. 윌과 리엄은 무너져내린 토끼의 얼굴을 보면서 미친 듯이 웃곤 했다.

"글쎄."

테스가 말했다. 테스는 부활절을 어떻게 보낼지 생각해보지 않았다. 리엄을 위해서 행복한 가족인 것처럼 꾸며야 할까? 하지만 세 사람 모두 훌륭한 연기자는 아니었다. 리엄은 곧바로 눈치챌 거다. 더구나 테스는 전혀 기쁘지 않을 거다. 그건 당연하다.

코너를 초대하면 또 모를까. 10대 소녀처럼 코너의 무릎에 앉아 전 남자 친구가 근육질의 남학생만큼이나 힘이 세다는 걸 증명해보라고 조르는 거다. 모터바이크 위에서 괴성을 지르라고 하고, 리엄의 초콜릿 토끼한테 박치기를 하라고 조르기도 하는 거다. 분명히 윌보다는 박치기를 잘할 거다.

"나중에 아빠한테 전화해보자."

테스가 리엄에게 말했다. 마음의 평화가 사라져버렸다.

"지금 할래."

리엄이 집 안으로 달려들어가며 말했다.

"아니야."

테스가 소리쳤지만, 리엄은 벌써 집으로 들어가버렸다.

"아이고 머리야."

테스의 엄마가 핫크로스번을 내려놓으면서 한숨을 쉬었다.

"어떻게 해야 할지 모르겠어."

테스가 말을 하려는 순간 리엄이 다시 뛰어나왔다. 쭉 뻗은 손엔 테스의 휴대폰이 쥐여 있었다. 리엄이 테스에게 휴대폰을 내미는데 문자 도착 알림음이 울렸다.

"아빠가 보낸 거야?"

리엄이 말했다. 당황한 테스가 휴대폰을 움켜잡았다.

"모르겠어. 확인해보자."

코너가 보낸 문자였다. *당신 생각을 하고 있어, xx.* 테스는 웃음이 나왔다. 문자를 읽자마자 또 문자가 도착했다.

"분명히 아빠일 거야."

리엄은 축구라도 하듯 테스 앞에서 발을 세우고 폴짝폴짝댔다.

테스는 문자를 읽었다. 또 코너가 보낸 문자였다. *연 날리기 좋은 날이야. 리엄을 데리고 운동장으로 오면 연을 날릴 수 있을 거야. 연은 내가 준비할게. 물론 이게 좋은 생각이 아니라고 생각한대도 이해해.*

"너희 아빠가 보낸 거 아니야. 휘트비 선생님이 보낸 거야. 너도 알지? 너희 체육 선생님."

리엄은 아무 표정이 없었다. 테스의 엄마가 헛기침을 했다.

"휘트비 선생님 말이야. 너희……."

"선생님이 왜 엄마한테 문자를 보내?"

"리엄, 핫크로스번 마저 먹어야 하지 않을까?"

테스의 엄마가 말했다.

"휘트비 선생님은 사실 엄마의 오랜 친구거든. 학교 비서실에서 선생님 만났던 거 기억하지? 우린 오래전부터 알던 사이야. 네가 태어나기 전부터 말이야."

"테스."

엄마의 목소리엔 경고가 들어 있었다.

"왜?"

테스가 짜증을 냈다. 어째서 리엄에게 코너가 옛 친구라는 사실을 말하면 안 되지? 그게 뭐가 문제라는 거야?

"아빠도 선생님 알아?"

리엄이 말했다.

아이들은 어른들이 관계를 맺는 방식을 전혀 모르는 것처럼 행동하지만, 갑자기 이런 말을 함으로써 실제로는 알아야 할 모든 걸 안다는 사실을 드러낸다.

"아니. 아빠를 만나기 전에 알던 사람이거든. 아무튼 휘트비 선생님이 문자를 보낸 건 멋진 연이 있어서야. 선생님은 너랑 내가 학교 운동장에 와서 연을 날리고 싶지 않은지 물었어."

"헐."

리엄은 방을 치우라는 말을 들은 아이처럼 골을 내며 얼굴을 찌푸렸다.

"테스, 애. 정말 이게…… 무슨 말인지 알지?"

테스의 엄마는 한 손으로 입을 가리고 소리 없이 '잘하는 일이니?'라고 말했다.

테스는 그런 엄마를 무시했다. 조금도 죄의식이 느껴지지 않았다. 윌과 펠리시티는 오늘 하루 하고 싶은 일을 마음껏 하고 다닐 거다. 그러니 자신과 리엄이 아무 할 일 없이 집에 앉아 있을 이유가 전혀 없다. 어쨌거나 테스는 보여주고 싶었다. 코너의 정신과 의사에게, 코너의 인생을 차지하고 있는 보이지 않는 중요한 존재에게, 자신은 섹스를 위해 코너를 이용하는 위험한 미친 여자가 아니라는 것을 보여주고 싶었다. 나는 선한 사람이야. 좋은 사람이라고.

"선생님한테 굉장히 멋진 연이 있대. 그래서 네가 한번 날려보면 어떨까 생각하신 거야. 우리가 새로 학교에 왔으니까 친절을 베푸시는 거야."

테스는 아무렇게나 생각나는 대로 말하면서 엄마를 흘긋 쳐다보았다. 그리고 다시 리엄을 보았다.

"선생님을 만나러 갈까? 30분 정도만 만나고 오면 돼."

"좋아. 하지만 먼저 아빠한테 전화할 거야."

리엄이 마지못해 동의했다.

"네가 옷을 입으면. 청바지랑 럭비 셔츠 입어. 생각보다 더 추운 거 같아."

"알았어."

리엄은 대답을 하곤 어깨를 축 늘어뜨리고 걸어갔다.

테스는 코너에게 문자를 보냈다. *30분 안에 운동장으로 갈게요, xx.*

하지만 전송 버튼을 누르기 전에 키스 표시는 지워야겠다는 생각이 들었다. 정신과 의사가 테스가 코너를 유혹했다고 생각하면 안 되니까. 하지만 곧 어제저녁엔 진짜 키스를 했다는 생각을 했다. 웃기는 일이었다. 그러니까 문자 키스를 보내도 될 것 같았다. 테스는 키스 표시를 세 번 입력하고 문자를 보내려고 했지만, 다시 생각하니 세 번은 너무 낭만적이었다. 그래서 한 번으로 줄여서 보낼까 했지만, 코너는 두 번 했다고 생각하니 한 번은 왠지 너무 조심하는 것 같고 인색해 보였다. 결국 테스는 키스 표시를 두 번 한 뒤에 문자를 보냈다. 문자를 보내고 고개를 드니 자신을 지켜보는 엄마가 보였다.

"왜?"

테스가 말했다.

"조심해야지."

테스의 엄마가 말했다.

"무슨 말이 하고 싶은 건데?"

테스의 목소리는 10대 소녀처럼 반항기가 가득했다.

"그저 너도 돌아올 수 없을 정도로는 멀리 가고 싶지 않을 거 같아서."

테스의 엄마가 말했다.

테스는 리엄이 집 안에 있는지 확인하려고 흘끔 문을 돌아봤다.

"돌아와야 할 이유는 하나도 없어. 우리 결혼 생활은 분명히 아주 잘못된 게 틀림없⋯⋯."

"말도 안 되는 소리."

테스의 엄마가 딸의 말을 거칠게 가로막았다.

"그런 바보 같은 말이 어디 있어. 넌 여성 잡지를 너무 많이 읽었어. 살다 보면 이런 일도 있는 거야. 살다 보면 엉망이 되는 경우도 있는 거라고. 사람들은 서로 끌리도록 만들어졌어. 그렇다고 그게 결혼 생활에 문제가 있다는 의미는 절대 아니야. 너랑 윌은 내가 봤잖니. 난 두 사람이 얼마나 사랑하는지 알아."

"하지만 엄마, 윌은 펠리시티와 *사랑에 빠졌다*고. 그건 직장 회식 때 술에 취해서 하는 키스 같은 게 아니야. 그건 사랑이라고."

테스는 얼굴을 찌푸리고 손톱을 내려다보았다. 그리고 아주 조용히 말했다.

"그리고 아마 난 코너와 사랑에 빠진 거 같아."

"그게 뭐? 그렇게 따지면 난 저번주에 베릴의 사위랑 사랑에 빠졌어. 사랑에 빠졌다는 건 결혼 생활을 위험에 빠뜨릴 이유가 되지 않아."

테스의 엄마가 핫크로스번을 한입 크게 베어물고 말했다.

"물론 지금은 아주 큰 위험에 빠졌지만."

테스는 큰 소리로 웃으면서 두 손을 번쩍 들어올렸다.

"그렇다니까. 우린 위험에 빠졌어."

"두 사람이 자존심만 버린다면 그렇지 않겠지."

"이건 단순히 자존심 문제가 아니야."

테스는 짜증이 났다. 터무니없는 말이었다. 엄마는 지금 아무 생각이 없는 거다. *근데 베릴 씨 사위라고? 세상에.*

"아이고, 애, 테스야. 너희 나이 땐 모든 게 다 자존심 문제란다."

"그래서, 무슨 말이 하고 싶은 건데? 지금 나보고 자존심을 다 버리고 윌한테 돌아와달라고 빌라는 거야?"

테스의 엄마가 딸을 노려보았다.

"당연히 아니지. 그저 나는 코너에게 껑충 뛰어가느라고 돌아올 다리도 남기지 않고 태워버리지는 말라는 거야. 리엄을 생각해야 하잖니. 그 애는……."

테스가 버럭 화를 냈다.

"당연히 리엄은 생각하고 있어."

테스는 잠시 입을 다물었다가 말했다.

"엄마 아빠는 헤어질 때 내 생각을 했어?"

테스의 엄마가 살짝 어색하게 웃었다.

"아마 우리가 해야 할 만큼은 아니었을 거야."

테스의 엄마는 찻잔을 들었다가 다시 내려놓았다.

"가끔 옛일을 돌아보고 생각한단다. 세상에, 우린 우리 감정을 너무 심각하게 생각했구나. 모든 게 흑 아니면 백이었어. 각자 자리에 떡하니 앉아서 꼼짝도 하지 않았지. 자기 자리만 지킨 거야. 무슨 일이건 말이야, 테스, 너무 융통성이 없으면 안 돼. 언제나 조금은…… 휘어질 준비를 해야 해."

"휘어져야 한다고?"

테스가 엄마의 말을 따라 했다. 테스의 엄마는 손을 들어올리고는 고개를 갸우뚱했다.

"초인종 소리 아니니?"

"난 못 들었는데."

테스가 말했다.

"또 그 망할 동생이 말도 없이 온 거 아니야? 차 같은 거 절대 내오지 마."

테스의 엄마는 몸을 곧게 펴고 눈을 가늘게 떴다.

"내 생각엔 엄마가 그럴 거 같은데."

"엄마! 할머니!"

현관에서 스크린 도어가 홱 열렸고, 아직까지 잠옷을 입고 있는 리엄이 재빨리 튀어나왔다. 리엄의 얼굴이 밝게 빛나고 있었다.

"엄마! 누가 왔는지 봐봐."

리엄이 스크린 도어를 넓게 열고 퀴즈쇼에 나오는 손님을 모시듯 크게 외쳤다.

"자! 여길 보세요."

아름다운 금발 여인이 걸어나왔다. 잠시 동안 테스는 그 여자가 누군지 깨닫지 못했다. 그저 가을 낙엽과 절묘하게 어우러지는 근사한 차림에 감탄했을 뿐이다. 그 여자는 갈색 나무 단추가 달린 짧은 하얀색 니트 카디건을 입고, 갈색 가죽 벨트를 차고, 딱 붙는 청바지에 부츠를 신고 있었다.

"펠리시티 이모가 왔어!"

리엄이 소리쳤다.

THE HUSBAND'S SECRET

. 45 .

"그냥 어머니랑 편하게 앉아 있어."

로렌이 롭에게 말했다.

"핫크로스번하고 커피 가져올게. 제이컵, 엄마랑 같이 가자."

레이첼은 장작 난로 옆에 놓인 폭신한 소파에 파묻히듯 앉았다. 정말 안락했다. 소파는 딱 그랬으면 하는 만큼 부드러웠다. 나무랄 데 없는 로렌의 취향 덕분에 새로 복원한 식민지 시절의 전원주택은 완벽하게 근사했다.

원래 로렌이 가자고 했던 카페는 문이 닫혀 있었고, 로렌은 크게 화를 냈다. "어제 두 번이나 전화해서 여는 시간을 물어봤단 말이야." 카페 문 앞에 걸려 있는 '닫음closed'이라는 푯말을 보고 로렌은 그렇게 말했다. 레이첼은 로렌이 당황하는 모습을 흥미롭게 지켜보았지만, 로렌은 곧 냉정을 되찾았고, 집으로 가자고 했다. 로렌의 집은 레이첼의 집보다 가까웠고, 레이첼은 무례하지 않게 며느리의 제안을 거절할 이유가 전혀 떠오르지 않은 탓에 거절할 수가 없었다.

레이첼의 건너편에 놓인 빨간색과 흰색 줄무늬 안락의자에 앉아 있던 롭이 하품을 했다. 롭이 하품하는 모습을 보는 순간 레이첼은 똑바로 몸을 세웠다. 늙은 여자처럼 며느리 집에서 꾸벅꾸벅 졸고 있을 순 없었다.

레이첼은 손목시계를 보았다. 아직 아침 8시밖에 안 됐다. 오늘 하루가 끝나려면 아직도 한참 남았다. 28년 전이라면, 자니는 이 시간쯤 일어나 아주 늦은 아침을 먹었을 거다. 위트빅스 시리얼을 절반만 먹겠지. 자니는 아침 먹는 걸 좋아한 적이 한 번도 없다.

레이첼은 소파의 천을 손바닥으로 쓸었다.

"뉴욕으로 가면 이 사랑스러운 가구들은 모두 어떻게 할 거니?"

레이첼은 롭에게 별일 아니라는 듯, 무심하게 말했다. 레이첼은 자니의 기일에 뉴욕으로 이사 가는 이야기를 할 수 있는 사람이다. 그래, 정말 그런 사람이다.

롭은 잠시 말이 없었다. 그저 자기 무릎만 쳐다보고 있었다. 레이첼이 '롭?' 하고 부르기 직전에야 간신히 입을 열었다.

"아마 가구가 딸린 채로 집을 빌려줄 거 같아. 가장 합리적인 방법을 찾으려고 노력하는 중이거든."

롭은 아주 말하기 힘들어 보였다.

"그렇겠지. 생각이 많을 거야."

레이첼이 무뚝뚝하게 말했다. 그래, 롭. 내 손자를 뉴욕으로 데려가는데, 당연히 생각이 많겠지. 레이첼은 소파가 괴롭혀야 하는 부드럽고 통통한 동물이라도 되는 것처럼 손톱으로 꾹 눌렀다.

"누나 꿈을 꾼 적 있어, 엄마?"

롭이 물었다.

레이첼이 고개를 들었다. 소파를 손톱에서 벗어나게 해주었다.

"그럼 있지. 너는?"

"꾼다고 할 수 있을 거야. 난 목이 졸리는 악몽을 꾸거든. 아마 꿈속에서 내가 누나가 되는 거 같아. 항상 같은 꿈만 꿔. 숨을 쉴 수가 없어서 잠에서 깨. 이맘때면 훨씬 심각해져. 가을이면 말이야. 로렌은 내가 엄마랑 그 공원에 가면…… 아마도…… 나아질지도 모른다고 생각했어. 직접 대면하면 나아질 수도 있다고 말이야. 하지만 난 모르겠어. 난 정말 그곳에 가기 싫었어. 옳은 방법이 아닌 거 같았거든. 분명 엄마도 가고 싶지 않을 거야. 하지만 난 정말 힘들었어. 누나가 어떤 일을 당했을지 생각했어. 분명히 아주 무서웠을 거야. 아. 진짜."

롭은 말을 멈추고 천장을 바라보았다. 얼굴이 잔뜩 일그러져 있었다. 레이첼은 에드가 눈물을 참으려고 할 때 저렇게 했다는 사실이 떠올랐다.

에드도 악몽을 꾸었다. 레이첼은 에드가 끊임없이 "도망가, 자니. 도망가! 이런 세상에, 얘야, 도망가!"라고 소리치면서 울부짖을 때마다 깨워줘야 했다.

"미안. 네가 악몽을 꾸는지 몰랐어."

레이첼이 말했다. 레이첼이 무슨 수로 알 수 있었을까?

롭은 평정을 되찾았다.

"그냥 꿈인데 뭐. 큰일도 아니잖아. 하지만 해마다 엄마 혼자 가게 내버려두면 안 되는 건데. 한 번도 같이 가자고 말 안 해서 미안해. 그랬어야 했는데."

"세상에, 넌 가자고 했잖니. 기억 안 나? 아주 많이 말했어. 거절한 건 나였지. 그건 내 일이니까. 너희 아빠 내가 미쳤다고 생각했어. 너희 아빠 절대로 그 공원에 가지 않았잖아. 그 길로는 운전도 하지 않았는걸."

롭은 손등으로 코를 문지르더니 코를 훌쩍였다.

"미안해. 정말 오랫동안 엄마는……."

롭이 갑자기 입을 다물었다.

주방에서 제이컵이 〈뚝딱뚝딱 밥아저씨〉 주제가를 부르는 소리가 들렸다. 로렌도 함께 부르고 있었다. 롭이 다정하게 웃었다. 집 안 가득 핫크로스번 향기가 떠다니고 있었다.

레이첼은 롭의 얼굴을 뚫어지게 보았다. 아들은 좋은 아빠였다. 자기 아빠보다 훨씬 좋은 아빠였다. 물론 요즘 아빠들은 모두 훨씬 나은 아빠들 같지만, 롭은 어렸을 때도 마음이 따뜻한 아이였다.

아주 어린 아기였을 때도 롭은 아주 사랑스러웠다. 낮잠을 자고 일어난 롭을 아기 침대에서 들어올리면, 엄마 품에 푹 파묻혀 자신을 안아줘서 고맙다는 듯 자기 역시 엄마의 등을 토닥거려줬다. 항상 빙그레 웃어서 입 맞추고 싶게 만드는 아가였다. 레이첼은 에드가 아주 유쾌한 말투로 "세상에, 이 여자 자기 아들한테 완전히 푹 빠졌잖아"라고 했던 일을 기억했다.

아기적 롭을 생각하다니, 예전에 아주 좋아했던 책을 우연히 발견한 것처럼 기분이 이상했다. 레이첼이 롭의 어릴 적 기억을 떠올리는 경우는 거의 없었다. 롭은 살아 있으니 어릴 적 기억은 전혀 중요하지 않다는 것처럼 언제나 자니의 어릴 적 기억을 긁어모

으기 위해서만 애를 썼다.

"넌 최고로 예쁜 아기였어. 널 데리고 밖에 나가면 사람들이 멈춰서서 정말 예쁘다고 말했단다. 너도 알고 있지? 내가 여러 번 말했을 거야."

롭이 천천히 고개를 저었다.

"그런 말 들은 적 없어, 엄마."

"정말? 내가 안 했니? 제이컵이 태어났을 때도?"

"아니."

롭의 얼굴에 궁금하다는 표정이 가득 찼다.

"저런, 했어야 하는데. 난 했어야 하는 일이 아주 많을 거야."

레이첼이 한숨을 쉬었다.

롭이 무릎에 팔꿈치를 대고 몸을 앞으로 숙였다.

"으음, 그러니까 내가 아주 귀여웠다는 거네?"

"정말 매력적이었어, 애. 물론 지금도 그렇지만."

"허, 당연하지."

롭이 콧방귀를 뀌었다. 하지만 얼굴 가득 피어오르는 기쁨까지 감출 순 없었다. 레이첼은 자신이 지금까지 아들을 팽개쳐두었다는 사실에 비통해하며 아랫입술을 지그시 깨물었다.

"핫크로스번이에요!"

로렌이 완벽하게 구워 평평하게 버터를 바른 번이 담긴 아름다운 접시를 가지고 들어와 두 사람 앞에 내려놓았다.

"나도 도울게."

레이첼이 말했다.

"전혀 그러실 필요 없어요. 어머니도 어머니 집에선 제가 돕지 못하게 하시잖아요."

로렌이 주방으로 돌아가면서 흘긋 뒤를 돌아보았다.

"아."

레이첼은 이상하게도 속마음을 들킨 것 같았다. 레이첼은 항상 로렌이 자신의 행동에 주목하지 않는다고, 사실은 사람처럼 취급하지 않는다고 여겼었다. 나이가 마치 방패처럼 작용해 젊은 사람들은 레이첼을 결코 볼 수 없을 거라고 생각했다.

레이첼은 언제나 완벽한 시어머니가 되어야 한다는 이유를 내세워 로렌이 거들지 못하게 막았지만, 사실은 자신의 일을 돕지 못하게 함으로써 거리를 두고, 가족이 아님을 알게 하고, '내 주방에 들어오게 할 만큼 널 좋아하지 않아' 라는 무언의 말을 하고 있는 거였다.

로렌은 커피 세 잔이 놓인 쟁반을 들고 돌아왔다. 커피는 레이첼이 딱 좋아하는 그런 커피였다. 아주 뜨겁게 끓이고 설탕을 두 개 넣었다. 로렌이야말로 완벽한 며느리였다. 레이첼도 완벽한 시어머니였다. 두 사람의 완벽함은 모두 두 사람이 서로를 싫어한다는 증거였다.

하지만 로렌이 이겼다. 뉴욕은 로렌의 에이스였고, 로렌은 에이스를 펼쳐 보였다. 잘했어, 로렌.

"제이컵은 어디 있니?"

레이첼이 물었다.

"그림 그려요."

로렌이 앉으면서 말했다. 머그잔을 들어올리고 쓸쓸한 얼굴로 롭을 보았다.

"벽에는 안 그렸으면 좋겠는데."

롭이 로렌을 보고 씩 웃었고, 레이첼은 아들 부부의 은밀한 결혼 생활을 조금 엿볼 수 있었다. 아들의 결혼은 좋아 보였다. 이 결혼이 지속되는 한 좋을 것이다.

자니는 로렌을 좋아했을까? 자니가 살아 있었다면 레이첼은 친절하고 평범하지만 고압적인 시어머니가 될 수 있었을까? 상상도 하기 힘든 일이었다. 자니가 살아 있던 세상은 로렌이 있는 세상과는 너무나도 달랐다. 자니가 살아 있었다면 레이첼의 세상에 로렌이 들어오는 일은 없었을 것만 같았다.

레이첼은 로렌을, 로렌의 묶은 머리에서 삐쭉 빠져나온 머리카락을 보았다. 자니의 머리카락과 거의 같은 색이었다. 자니가 좀 더 밝은 금발이었다. 자니도 나이가 들면서 머리카락 색이 좀 더 진해졌을 것이다.

자니가 죽은 다음 날 아침부터 레이첼은 엄청난 공포에 짓눌려 깨어났고, 그때마다 강박적으로 자신이 살 수 있었던 또 다른 삶을, 그녀의 진짜 삶을, 도둑맞아버린 삶을, 자니가 여전히 침대에 누워 포근하게 자고 있는 삶을 상상했다.

하지만 세월이 흐를수록 또 다른 삶을 상상하는 일이 어려워졌다. 로렌은 레이첼의 바로 앞에 앉아 있었고, 너무나도 생생하게 살아 있었다. 레이첼의 정맥으로 피가 흐르고, 가슴이 크게 요동쳤다.

"엄마, 괜찮아?"

롭이 물었다.

"아무렇지도 않아."

레이첼이 대답했다. 레이첼은 커피 잔을 들어올리려고 하다가, 커피 잔 하나 들어올릴 기력조차 남아 있지 않음을 알았다.

가끔은 정말 순수하고 원초적인 슬픔이 몰려왔다. 가끔은 할퀴고 차고 죽이고 싶은 맹렬한 바람이, 분노가 몰려왔다. 그리고 지금 같은 순간도 있었다. 그저 질식할 것처럼 묵직한 안개에 휩싸여 무뎌진 감각으로 아무것도 못하고 가라앉아버리는 거다.

그러니까 그냥 지독하게 슬퍼지는 것이다.

THE HUSBAND'S SECRET

. 46 .

"안녕."

펠리시티가 말했다.

테스는 펠리시티를 보고 웃었다. 테스도 어쩔 수 없었다. 이건 그러니까 원하지도 않고 받고 싶지도 않은 과속 딱지를 흔들면서 이쪽으로 오라고 손짓하는 경찰을 보고 무의식적으로 짓는 웃음과 같았다. 테스도 무의식적으로 웃은 거다. 왜냐하면 펠리시티를 사랑했고, 펠리시티가 근사하게 차려입었고, 지난 며칠 동안 굉장히 많은 일이 있었고, 그 모든 이야기를 펠리시티에게 해주고 싶었기 때문이다.

그리고 그 순간 테스는 기억해냈고, 충격과 배신감이 솟구쳐 올라왔다. 테스는 펠리시티에게 달려가 땅에 쓰러뜨리고 할퀴고 차고 물고 싶은 충동에 휩싸였다. 하지만 착한 중년 여인은 그렇게

행동하면 안 된다. 더욱이 감수성이 예민한 어린아이가 보는 앞에
선 절대 안 된다. 그래서 결국 테스는 아무것도 하지 않은 채 핫크
로스번 때문에 입술에 묻은 버터를 혀로 핥고, 의자에서 몸을 조
금 앞으로 내밀며 잠옷 앞섶을 움켜잡았다.

"여긴 무슨 일이야?"

테스가 말했다.

"미안, 이렇게……."

펠리시티의 목소리가 사그라들었다. 헛기침을 하고 탁한 목소
리로 다시 말했다.

"그냥 와서. 전화도 하지 않고."

"그러게. 전화를 하고 왔으면 더 좋았을 텐데."

테스의 엄마가 말했다. 엄마는 험악한 표정을 지으려고 한껏 노
력하고 있었지만, 그저 당황한 표정밖에 지을 수 없었다. 테스는
알고 있었다. 엄마가 펠리시티에 대해 지금까지 무슨 말을 했건,
엄마는 조카를 사랑했다.

"발목은 어때요?"

펠리시티가 루시 이모에게 물었다.

"아빠도 곧 와?"

리엄이 펠리시티에게 물었다.

테스가 몸을 쭉 폈다. 펠리시티는 테스의 얼굴을 쳐다보았지만
이내 고개를 돌렸다. 그래, 그거야. 펠리시티 이모한테 물어봐야
해. 너희 아빠 일정은 펠리시티 이모가 잘 아니까.

"곧 오실 거야. 사실 난 금방 가야 해. 그냥 가기 전에 엄마랑,
몇 가지 얘기할 게 있어서 왔어. 그다음에 갈 거야. 나는, 아, 음,

사실 좀 멀리 가."

"어디 가는데?"

리엄이 물었다.

"영국에 갈 거야. 아주 멋진 도보 여행에 참가하기로 했거든. 해변을 따라 계속 걸을 거야. 그런 다음에 스페인에도 가고, 미국에도 가고, 아무튼, 좀 오랫동안 떠나 있을 거야."

"디즈니랜드도 가?"

리엄이 물었다.

테스가 펠리시티를 물끄러미 보았다.

"그게 무슨 소리야?"

지금 월하고 낭만적인 모험 여행을 떠나겠다는 거야?

펠리시티의 목에 고통을 상징하는 빨간색 반점이 생겼다.

"얘기 좀 해."

펠리시티가 말했다.

테스가 의자에서 일어섰다.

"가자."

"나도 갈래."

리엄이 말했다.

"안 돼."

테스가 말했다.

"우린 여기 있자. 할머니가 초콜릿 줄게."

테스의 엄마가 말했다.

테스는 펠리시티를 데리고 테스가 멜버른에 가기 전에 썼던 침실로 갔다. 그곳만 문을 잠글 수 있기 때문이다. 두 사람은 침대 옆에 서서 서로를 쳐다보았다. 테스의 심장이 두방망이질 쳤다. 테스는 사랑하는 사람을 일생 동안 곁눈으로 냉담하게 볼 순 있지만, 이런 일이 일어나면 그 사람을 쳐다보는 것만으로도 끔찍해진다는 걸 미처 알지 못했다.

"무슨 일인데?"

테스가 물었다.

"끝났어."

펠리시티가 말했다.

"끝나다니?"

"그게, 사실은 시작도 한 적이 없는 거야. 너랑 리엄이 떠나자마자……"

"짜릿한 흥분이 사라졌다고?"

"앉아도 될까? 다리가 떨려서 못 서 있겠어."

펠리시티가 말했다.

테스도 다리가 떨렸다. 테스는 어깨를 으쓱해 보였다.

"그러지 뭐. 앉아."

바닥에 앉거나 침대에 앉아야 했다. 펠리시티가 바닥에 앉았다. 양반 다리를 하고 등을 서랍장에 기댔다. 테스도 앉았다. 테스는 침대에 기댔다.

"아직도 같은 깔개네."

펠리시티가 파란색과 흰색이 섞인 깔개를 손으로 쓸었다.

"그래."

테스는 펠리시티의 얇은 다리와 팔목을 유심히 들여다보았다. 어린 시절 내내 같은 자세로 수없이 앉아 있던 뚱뚱한 작은 아이를 떠올렸다. 포동포동한 얼굴에서도 초록색 아몬드 모양 눈은 정말 아름답게 빛났었다. 테스는 뚱뚱한 얼굴 아래 요정처럼 아름다운 공주가 숨어 있다는 사실을 알고 있었다. 어쩌면 테스는 그 공주가 영원히 숨어 있길 바랐는지도 모른다.

"정말 예쁘다."

테스가 말했다. 왠지 그렇게 말할 수밖에 없었다.

"그러지 마."

펠리시티가 말했다.

"빈말 아니야."

"알아."

두 사람은 잠시 아무 말도 하지 않았다.

"할 말이 뭔데?"

마침내 테스가 말했다.

"월은 나랑 사랑에 빠지지 않았어. 그 사람이 날 사랑한다는 생각은 하지 않았어. 그냥 강렬한 열병 같은 거였어. 모든 게 사실은 애처로웠던 거지. 난 곧바로 알 수 있었어. 너랑 리엄이 떠나자마자 결국 아무 일도 일어나지 않겠구나 하는 걸 말이야."

"하지만……."

테스는 무기력하게 손을 들어올렸다. 엄청난 굴욕을 느꼈다. 지금까지의 일들이 모두 어리석게 느껴졌다.

"하지만 나한텐 열병이 아니야."

펠리시티가 턱을 치켜들었다.

"나한텐 정말이야. 오래전부터 그를 사랑했어."

"정말이야?"

테스가 심드렁하게 말했다. 조금도 놀랍지 않았다. 정말로 놀랍지 않았다. 어쩌면 늘 알고 있었는지도 몰랐다. 사실은 펠리시티가 월을 사랑한다는 사실을 즐겼는지도 모른다. 그 때문에 월이 더 매력적으로 느껴졌고, 어쨌거나 완벽하게 안전하다고 생각했을지도 모른다. 왜냐하면 월이 펠리시티에게 성적인 매력을 느낄 일은 없으니까. 어쩌면 테스는 사촌 자매를 진심으로 바라본 적이 없는지도 몰랐다. 다른 사람들처럼 뚱뚱한 펠리시티의 이면을 볼 생각을 한 번도 안 했는지도 몰랐다.

"하지만 내내 함께 있었잖아. 정말 많은 시간을 우리랑 보냈잖아. 그건 정말 끔찍했을 거 아니야."

테스가 말했다. 그러니까 사실 테스는 펠리시티의 뚱뚱함이 그녀의 감정을 완화시키는 완충제 역할을 해준다고 생각했고, 펠리시티는 평범한 남자는 자신을 사랑할 리가 없다는 사실을 분명히 알고 받아들여야 한다고 믿었던 거다. 하지만 그런 말을 소리 내서 하는 사람이 있으면 테스 자신이 직접 죽여버렸을 거다.

"그냥 내 감정이 그랬다는 거야."

펠리시티는 청바지를 움켜잡았다.

"나도 그가 나를 그저 친구로 여긴다는 걸 알았어. 월이 나를 좋아한다는 것도 알았지. 심지어 나를 사랑하는 것도 알았어. 꼭 여동생처럼 말이야. 그리고 난 그와 함께 시간을 보낼 수 있다는 것만으로도 충분했어."

"하지만 너는……."

말을 하려는 테스를 펠리시티가 막았다.

"그럼 내가 어떻게 해야 했을까? 말해줄래? 네가 말해줄 수 있

어? 날 안쓰럽게 생각하는 거 말고 네가 할 수 있는 일이 있었을
까? 난 네 곁에서 충실한 뚱뚱이 들러리로 남는 게 아니라, 널 떠
나서 내 인생을 살아야 했어."

"널 한 번도 그렇게 생각한 적 없어."

테스가 날카롭게 말했다.

"네가 그렇게 생각했다는 게 아니야. 내 스스로 네 들러리처럼
느껴졌다는 거야. 너무 뚱뚱하니까 진짜 삶을 가지면 안 된다고
생각한 거야. 하지만 살을 빼니까 남자들이 쳐다본다는 걸 알았
어. 물론 훌륭한 페미니스트들은 그런 걸 좋아하면 안 된다고 하
겠지. 자신을 물건처럼 취급하지 말라고 말이야. 하지만 태어나서
한 번도 그런 시선을 경험하지 못한 여자는, 그런 시선을 좋아하게
돼. 뭐랄까, 꼭 코카인처럼. 난 그런 시선이 정말 좋았어. 왠지 내
가 강력해진 느낌이었어. 왜 영화에서 영웅이 자신의 힘을 처음 깨
달았을 때 느끼는 그런 기분 말이야. 그래서 생각하게 된 거야. 윌
도 지금은 나를 봐줄까? 다른 남자들처럼? 그런데, 그런데……."

펠리시티는 입을 다물었다. 자기 이야기에 심취해 그런 말을 테
스에게 하면 안 된다는 사실을 잊은 것이다. 테스가 펠리시티에게
말을 하지 않게 된 건 불과 며칠 전부터지만, 펠리시티가 마음속에
비밀을 감춘 지는 벌써 몇 년이나 되었다는 뜻이니까.

"그런데 그가 널 본 거지. 넌 네가 지닌 강력한 능력을 내보였
고, 그게 먹힌 거야."

테스가 펠리시티 대신 말했다.

펠리시티는 아름답게, 하지만 자조적으로 어깨를 으쓱했다. 웃
기게도 펠리시티는 몸동작까지 다른 사람이 되어 있었다. 전에는

저렇게, 프랑스 사람처럼 관능적인 몸짓을 한 적이 없었다고 테스는 확신했다.

"월이 살짝 기분이 안 좋아졌던 거야. 나한테 약간 매력을 느낀 거지. 그래서 나를 사랑하게 됐다고 확신한 거야. 하지만 너랑 리엄이 떠나자 모든 게 바뀌었어. 네가 집에서 나가는 순간, 나한테 흥미가 사라진 거야."

"집에서 나가는 순간이라고?"

"그래."

"허튼소리 하지 마."

"아니, 정말이야."

펠리시티가 고개를 들었다.

"아니, 그럴 리 없어."

지금 펠리시티는 월은 이 모든 잘못에 전혀 책임이 없다고 선언하고 싶은 것 같았다. 그저 잠시 경로를 이탈한 것뿐이라고, 월의 행위는 직장 회식에서 술에 취해 여직원에게 입을 맞춘 것 이상은 아니라고 애써 변명하고 있는 것이다.

테스는 월요일 저녁에 보았던 죽은 듯 하얗게 질린 월의 얼굴을 떠올렸다. 월은 얄팍한 사람도 바보도 아니다. 펠리시티를 향한 월의 감정은 인생 전체를 허물어뜨려도 좋다고 생각할 정도로 진심이었다.

그래, 리엄 때문이야. 테스가 리엄을 데리고 현관문을 나서는 순간 월은 자신이 희생해야 한다는 사실을 깨달은 거다. 두 사람 사이에 아이가 없다면 펠리시티가 이런 말을 할 리가 없다. 그는 테스를 사랑했다. 아마도 그랬을 거다. 하지만 지금은 펠리시티를 사랑한다. 그런 감정이 얼마나 강력한지는 바보도 안다. 이건 정당한 싸움이 아니다. 이게 바로 결혼 생활을 허물어트리는 이유다. 결혼 생활을 가치 있게 여기는 사람은 자기 주변에 바리케이드를 치고 감정과 생각을 차단해야 하는 이유다. 절대 다른 사람을 보면 안 돼. 술자리를 2차까지 연결하면 안 돼. 희롱은 적당히 해야 해. 그러다 어느 순간 월은 가정이 없는 남자처럼 펠리시티를 눈여겨보는 쪽을 택한 거다. 그리고 그 순간 테스를 배신하게 된 거다.

"내가 지금 용서를 구하는 건 절대 아니야."

펠리시티가 말했다.

아니, 넌 지금 용서를 구하고 있어. 하지만 용서는 얻지 못할 거야. 테스는 생각했다.

"마음만 먹으면 얼마든지 용서해 달라고 말할 수도 있어. 하지만 그전에 넌 이걸 알아야 해. 내 말이 진심이라는 거 말이야. 네가 그걸 아는 게 나한텐 정말 중요해. 지금 얼마나 끔찍한 기분인지 몰라. 물론 용서를 구할 정도로 끔찍한 건 아니야. 나도 자존심은 있으니까."

테스는 도무지 믿을 수 없다는 표정으로 펠리시티를 물끄러미 바라보았다.

"난 그저 너한테 정말 솔직하고 싶을 뿐이야."

펠리시티가 말했다.

"고마워. 정말 그런 거 같네."

펠리시티가 처음으로 고개를 떨궜다.

"아무튼 가장 좋은 방법은 한동안 이 나라에서, 되도록 멀리멀리 떨어져 있는 거라고 생각해. 그러면 너랑 윌이 문제를 해결할 수 있을 거야. 윌은 자기가 먼저 너를 만나고 싶어 했어. 하지만 내 생각엔 내가 먼저 만나는 게 더 좋을⋯⋯."

"그 사람도 여기 와 있다는 거야?"

테스의 목소리가 귀에 거슬릴 정도로 갈라졌다. 펠리시티가 윌이 어디에 있는지, 무슨 계획을 세우고 있는지 알고 있다는 사실에 짜증이 났다.

"시드니에 있다고? 둘이 같이 왔어?"

"음, 그래. 같이 오긴 했어. 하지만⋯⋯."

테스가 펠리시티의 말을 가로막았다.

"두 사람 모두 끔찍하게 불행했겠네. 마지막 순간을 함께했으니까. 둘이 손을 꼭 붙들고 왔겠지?"

펠리시티의 눈에서 분명 불꽃이 번쩍였다.

"그랬겠지. 그게 당연하지."

테스는 두 사람의 모습을 그려볼 수 있었다. 끔찍한 고통이 밀려왔다. 불행한 두 연인은 서로에게 꼭 붙어서 멀리 도망갈 수 있는지, 파리로 가도 되는지 고민했을 거다. 아니면 옳은 일을, 하지만 지겨운 일을 해야 하는지 고민했을 거다. 그러니까 두 연인에게 테스는 지겨운 일인 거다.

"난 그 사람 필요 없어."

테스가 펠리시티에게 말했다. 이제 더는 연인들 앞을 가로막는 고루한 아내 역할을 참을 수가 없었다. 펠리시티는 테스 올리리에겐 고루한 면이 전혀 없다는 사실을 분명하게 알아야 한다.

"그냥 가져. 네 거 하라고. 난 이미 코너 휘트비하고 잤거든."

펠리시티의 입이 크게 벌어졌다.

"진심으로 하는 소리야?"

"그래. 진심이야."

펠리시티가 크게 숨을 내쉬었다.

"하지만 테스, 그게…… 난 이해가 안 돼."

펠리시티는 좋은 생각을 떠올리려는 듯 방 안을 빙 둘러본 뒤에 다시 테스를 쳐다보았다.

"3일 전만 해도 넌 리엄을 이혼한 부모 밑에서 자라게 할 수 없다고 했어. 남편이 돌아오길 바란다고 했잖아. 넌 나를 이 세상에서 가장 나쁜 사람인 것처럼 느끼게 했다고. 그런데 이제 전 남자친구하고 곧장 불륜을 저지르는 걸 택했다고? 나랑 월은 심지어 아무것도…… 세상에."

펠리시티는 주먹으로 테스의 침대 옆을 힘껏 쳤다. 얼굴이 발개지고 두 눈이 분노로 이글거렸다.

펠리시티가 내뱉은 말의 부당함 때문에, 아니 어쩌면 정당함 때문에 테스는 숨을 쉴 수가 없었다.

"도덕적인 척하지 마."

테스는 펠리시티의 날씬한 허벅지를 가능한 힘껏, 통학 버스에 탄 초등학생처럼 푹 찔렀다. 이상하게 기분이 좋았다. 다시 한 번 세게 찔렀다.

"넌 이 세상에서 가장 나쁜 사람이 맞아. 너랑 월이 그런 얘기만 안 했어도 내가 코너를 만날 일은 절대 없었으니까."

"그러니까 놀아난 건 아니란 말이지? 세상에, 나 때리지 마."

테스는 마지막으로 한 번 더 세게 찌르고 자리에 앉았다. 지금까지는 한 번도 누군가를 때리고 싶다는 생각을 해본 적이 없었다. 그런 충동에 굴복한 적은 분명히 한 번도 없었다. 왠지 사회가 용납하는 어른으로서의 품성이 모두 사라져버린 것만 같았다. 지난주에 테스는 학부모였고 직업인이었다. 하지만 지금은 복도에서 섹스를 하고 사촌을 때리고 있다. 다음엔 또 무얼 할까?

흐흐흑. 테스는 깊게 끊어지는 숨을 들이마셨다. 그러니까 지금은 사람들이 말하는 화가 나서 자신도 어찌할 줄 모르는 상태인 거다. 이런 식으로 화가 날 수 있다는 걸, 예전엔 미처 몰랐다.

"아무튼 윌은 이 일을 바로잡고 싶어 해. 난 외국으로 나갈 거고. 그러니까 넌 네가 하고 싶은 대로 해."

"고마워. 정말 고마워. 모든 게 다 고마워."

테스는 분노가 모든 기력을 다 빼앗아가는 바람에 축 늘어지고 산산이 부서져버린 것 같은 기분이 들었다.

잠시 또 침묵이 흘렀다.

"그 사람은 아이를 또 원해."

"그 남자가 원하는 건 나한테 말하지 마."

"정말 아이를 더 갖고 싶어 한다고."

"넌 그 사람을 위해서 아이를 낳아주고 싶을 테고, 안 그래?"

펠리시티의 눈에 눈물이 가득 고였다.

"그래, 미안. 하지만 정말 그래."

"세상에, 펠리시티. 나한테서 동정을 바라지 마. 그건 불공평해. 어째서 내 남편이랑 사랑에 빠진 거야? 어째서 다른 여자 남편이랑 사랑에 빠지지 않은 거냐고!"

"다른 사람은 만나본 적도 없잖아."

펠리시티가 웃었고, 볼을 따라 눈물이 주르륵 흘러내렸다. 펠리시티는 손등으로 눈물을 쓱 문질러 닦았다.

펠리시티 말이 옳았다.

"윌은 너한테 아기를 더 갖자는 말을 하면 안 된다고 생각해. 리엄을 가졌을 때 네가 얼마나 고생했는지 아니까. 하지만 아이마다 다 다르게 반응한다며, 안 그래? 임신할 때마다 다른 경험을 한대. 넌 아이를 더 낳아야 해."

"넌 지금 정말로 우리가 또 아이를 갖고 죽을 때까지 행복하게 살 수 있다고 믿는 거야? 아기가 결혼 생활을 안정시켜주진 않아. 사실 난 내 결혼이 불안정하다는 사실도 몰랐지만 말이야."

"알아. 난 그저……."

"내가 아이를 낳지 않는 진짜 이유는 입덧이 아니야. 그건 사람들 때문이라고."

"사람들?"

"그래. 다른 엄마들, 선생님들 같은 사람들 말이야. 아기를 갖는다는 게 그렇게 사교적이어야 하는 건지 정말 몰랐어. 사람들이랑 이야기하는 건 항상 너잖아."

"그게 왜?"

펠리시티는 테스의 말을 이해할 수 없다는 표정을 지었다.

"나한테는 장애가 있거든. 잡지에 실린 설문에 답해보고 알았어. 나는……."

테스가 목소리를 낮추었다.

"사회 불안증이야."

"아니거든."

펠리시티가 어이없다는 듯이 말했다.

"아니야. 그래, 내가 설문을 해봤는데……."

"지금 잡지에 나온 걸 가지고 정말로 너한테 장애가 있다고 생각하는 거야?"

"그건 〈리더스다이제스트〉야. 〈코스모폴리탄〉이 아니고. 정말이야. 난 사람들을 새로 만나는 걸 못 견디겠어. 속이 울렁거려. 심장이 떨려서 참을 수가 없어. 난 파티도 견딜 수가 없다고."

"파티를 싫어하는 사람은 아주 많아. 엉뚱한 소리 좀 그만해."

테스는 깜짝 놀랐다. 테스가 기대한 건 은밀한 동정이었다.

"넌 내성적이야. 시끄럽게 떠드는 외향적인 사람들하곤 다른 거 맞아. 하지만 사람들은 널 좋아하잖아. 정말 좋아한다고. 그걸 모르겠어? 그러니까 내 말은, 세상에, 테스, 네가 내성적이고 과민하기만 하다면 그 많은 남자 친구는 어떻게 설명할 건데? 넌 스물다섯도 되기 전에 남자 친구가 서른 명은 있었잖아."

"아니야."

테스가 펠리시티에게 눈을 흘겼다.

어떻게 해야 테스의 불안이 테스가 보살피도록 강요받은 이상하고 변덕스러운 작은 애완동물 같다는 사실을 펠리시티에게 이해시킬 수 있을까? 그 애완동물은 조용하고 유순할 때도 있지만, 미친 듯이 빙글빙글 원을 돌며 뛰어다니고 테스의 귀에 대고 요란하게 짖을 때도 있다. 더구나 데이트는 다르다. 데이트엔 확고하게 정해진 규칙이 있다. 테스는 데이트는 할 수 있다. 새로운 남자와 첫 번째 데이트를 하는 건 전혀 문제가 되지 않는다. (물론 남자 쪽에서 데이트를 신청해야만 그렇다. 테스가 먼저 신청한 적은 한 번도 없다.) 그 남자의 가족과 친구를 만날 때에만 이 작은 변덕쟁이가 고개를 드는 거다.

"그리고 너한테 정말로 '사회 불안증'이 있다면 나한테 말 안 했을 리가 없어."

펠리시티가 테스에 대해선 모든 것을 다 안다는 완벽한 확신을 가지고 말했다.

"전에는 그걸 뭐라고 불러야 하는지 몰랐으니까 그랬지. 몇 달 전까지 이 느낌을 어떻게 표현해야 하는지 몰랐다고."

그리고 네가 내 감춰진 정체성의 일부니까 그랬지. 너랑 나랑은 다른 사람의 생각은 신경 안 쓰는 척, 이 세상 그 누구보다 뛰어난 척했으니까. 내 느낌이 어떤지 너한테 말한다면, 세상 사람들 생각을 신경 쓰지 않기는커녕 정말 많이 신경 쓴다는 사실을 인정해야 하는 거잖아.

"너도 알지? 내가 110사이즈 티셔츠를 입고 에어로빅 하러 갔을 때 말이야."

펠리시티가 몸을 앞으로 쭉 내밀고 테스를 이글거리는 눈으로 보았다.

"사람들이 날 똑바로 쳐다보지 못했던 거 말이야. 하지만 한 여자가 자기 친구를 쿡 찌르면서 나를 보라고 하는 걸 봤어. 그 친구가 나를 보자마자 두 사람은 킬킬거리고 웃었다고. 한 남자는 '우와, 암소 같다'라고 했어. 사회 불안증 따위 나한텐 말하지 마, 테스 올리리."

밖에서 세게 문을 두드리는 소리가 들렸다.

"엄마! 펠리시티 이모! 왜 문을 잠갔어? 나도 들어갈래."

리엄이 소리쳤다.

"저리 가 있어, 리엄."

테스도 소리쳤다.

"싫어. 아직 화해 안 했어?"

테스와 펠리시티의 눈이 마주쳤다. 펠리시티는 어색하게 웃었지만 테스는 고개를 돌렸다.

저 멀리에서 테스의 엄마 목소리가 들렸다.

"리엄, 이리 안 올래? 엄마 좀 내버려두라고 했지?"

목발 때문에 빨리 쫓아올 수가 없는 거다.

펠리시티가 일어났다.

"가야겠어. 2시 비행기거든. 엄마랑 아빠가 공항까지 데려다줄 거야. 엄마는 아주 흥분할 거고, 아빠는 분명 나랑 한 마디도 안 할 거야."

"정말로 오늘 떠나게?"

테스가 바닥에 앉은 채로 펠리시티를 올려다보았다.

잠깐 동안 사업을 생각했다. 함께 일하자고 설득하기 위해 정말 애를 썼던 고객들, 제대로 유지하기 위해 정말 노력했던 현금 유동성, 세 사람을 야단법석 떨며 안절부절못하게 했던 아주 섬세한 식물 같은 손익과 손실, 언제나 아침마다 뚫어지게 보면서 분석했던 '진행 중' 엑셀 스프레드시트. 이 모든 게 끝이란 말이야? TWF 광고사가? 우리 꿈이? 우리가 광고하던 문구류들이?

"그래. 사실은 벌써 몇 년 전에 떠나야 했어."

테스도 자리에서 일어났다.

"난 널 용서 안 할 거야."

테스가 말했다.

"알아. 나도 날 용서 안 할 거니까."

펠리시티가 대답했다.

"엄마!"

리엄이 소리쳤다.

"기다려, 리엄."

펠리시티가 소리쳤다. 펠리시티는 테스의 팔을 잡더니 귀에 대고 말했다.

"윌에게 코너 얘기는 하지 마."

두 사람은 기이하게도 서로 포옹했고, 펠리시티는 몸을 돌리고 문을 열었다.

THE HUSBAND'S SECRET

. 47 .

"버터가 없어. 마가린도 없고."

이사벨이 선언했다. 이사벨은 냉장고에서 몸을 돌리고 대답을 기대하듯 엄마를 바라보았다.

"정말? 확실해?"

세실리아가 물었다. 어떻게 이런 일이 있을 수 있지? 먹을거리를 떨어뜨리는 일은 세실리아에겐 있을 수 없었다. 세실리아의 시스템은 완벽하게 작동했다. 세실리아의 냉장고와 식료품 저장실은 언제나 완벽하게 채워져 있었다. 가끔 존 폴이 집에 오는 길에 전화로 "우유나 뭐 다른 거 사갈까?"라고 말해도 세실리아가 해야 할 말은 늘 "어, 아니"밖에 없었다.

"하지만 우리 핫크로스번 먹을 거 아니야? 성 금요일 아침엔 항상 핫크로스번을 먹잖아."

에스터가 말했다.

"맞아, 핫크로스번 먹을 거야."

존 폴이 말했다. 식탁으로 가는 길에 존 폴은 무의식적으로 손가락을 뻗어 세실리아의 허리를 어루만졌다.

"너희 엄마 핫크로스번은 버터가 없어도 정말 맛있잖아."

세실리아는 존 폴을 뚫어지게 쳐다보았다. 이제 막 독감에서 회복되고 있는 사람같이 창백했고, 살짝 떨고 있었다. 연약해 보였고, 불안에 떨고 있는 것 같았다.

세실리아는 일이 벌어지길 기다리고 있었다. 전화벨이 찢어질 듯 울리고 누군가 거칠게 문을 두드리는 거다. 하지만 부드럽고 안전한 침묵만이 그날을 뒤덮고 있었다. 성 금요일엔 아무 일도 일어나지 않을 거다. 성 금요일은 그 자신의 작은 보호막으로 스스로를 감싸고 있었다.

"하지만 항상 핫크로스번은 버터를 아주 많이많이 발라서 먹잖아. 그게 우리 집 전통이잖아. 그냥 가게에 가, 엄마. 가서 버터 사와."

식탁에 앉아 있던 폴리가 말했다. 폴리는 분홍색 플란넬 잠옷을 입었고 검은 머리를 산발했으며 이제 막 일어난 탓에 얼굴이 벌겋게 달아올라 있었다.

"엄마한테 그런 식으로 말하지 마. 엄마는 네 노예가 아니야."

"가게는 안 열어, 바보야."

존 폴이 말했고, 에스터도 동시에 책을 향해 숙이고 있던 얼굴을 들고 말했다.

이사벨이 한숨을 내쉬며 말했다.

"어쨌거나 난 가서 스카이프나……."

"아니, 안 돼. 우리 모두 포리지를 먹을 거고, 그다음에 우리 모두 학교 운동장까지 걸어갈 거야."

세실리아가 대꾸했다.

"걸어서?"

폴리가 어처구니없다는 듯 대꾸했다.

"그래, 걸어서. 날씨가 점점 좋아지고 있잖아. 원하면 자전거를 타도 돼. 가서 축구할 거야."

"난 아빠 팀."

이사벨이 말했다.

"그리고 돌아오는 길에 주유소 편의점에 들러 버터를 사오면 돼. 그럼 집에 와서 핫크로스번을 먹을 수 있어."

"완벽해. 정말 완벽한 계획이야."

존 폴이 말했다.

"베를린 장벽이 무너지는 걸 바라지 않은 사람도 있대. 너무 이상하지, 그지? 벽 뒤에 갇혀 사는 걸 바라는 사람이 있다는 거잖아."

에스터가 말했다.

"음, 정말 사랑스럽구나. 하지만 난 정말 가야 해."

레이첼이 말했다. 레이첼은 머그잔을 탁자에 내려놓았다. 이제 의무는 다 끝났다. 몸을 앞으로 옮기고 숨을 한 번 쉬었다. 정말 어처구니없이 낮은 소파였다. 과연 혼자 설 수 있을까? 레이첼이 제대로 일어서지 못하면 분명히 로렌이 먼저 도와주려고 할 텐데. 롭은 항상 한 발 늦었다.

"어머니, 오늘은 뭐 하실 거예요?"

로렌이 물었다.

"그냥 도자기 일을 할 거야."

레이첼이 말했다. *그냥 도자기 미니어처 수를 셀 거야.* 레이첼은 롭에게 손을 내밀었다.

"얘, 일어나는 것 좀 도와주렴."

롭이 가까이 오는 동안 제이컵이 벽장에서 사진 액자를 하나 가져오더니 레이첼에게 내밀었다.

"아빠!"

제이컵이 사진에서 롭을 가리키며 말했다.

"그래, 맞았어."

레이첼이 말했다. 자니가 죽기 전 해에 남부 해안에서 캠핑을 하며 찍은 아이들 사진이었다. 두 아이는 텐트 앞에 서 있었고, 롭은 자기 손가락을 자니 머리 뒤에 대고 토끼 귀처럼 만들었다. 어째서 이 아이들은 이런 자세를 취한 걸까?

롭이 다가와 두 사람 옆에 섰고, 누나를 가리키며 물었다.

"이 사람은 누구지, 꼬마?"

"자니 고모!"

제이컵은 또렷하게 말했다.

레이첼은 숨을 쉴 수가 없었다. 아주 아기 때부터 사진을 가리키며 레이첼과 롭이 알려주었어도 지금까지 제이컵은 한 번도 '자니 고모'라고 부르지 않았다.

"정말 똑똑하구나. 자니 고모도 우리 아기를 사랑했을 텐데."

레이첼이 제이컵의 머리를 살짝 헝클이며 말했다.

하지만 실제로 자니는 아기들에게 크게 관심을 보인 적이 없었다. 인형을 가지고 노는 것보단 롭과 레고를 가지고 도시를 만드는 걸 좋아하는 아이였다.

제이컵은 잘 알고 있다는 듯 씩 웃더니 액자를 손가락으로 위태롭게 잡고선 아장아장 걸어가버렸다. 레이첼은 롭의 손을 잡고 일어섰다.

"아무튼 오늘 너무 고마웠어, 로렌······."

레이첼은 말을 끝내지 못하고 입을 다물었다. 로렌은 마치 그 자리에 없는 사람인 척하려는 듯이 굳어진 얼굴로 바닥만 뚫어지게 쳐다보고 있었다.

"죄송해요."

로렌은 레이첼을 보고 웃었지만, 두 눈엔 눈물이 가득 고여 있었다.

"그냥 제이컵이 처음으로 자니 고모라고 하는 말을 들어서 그래요. 어머니가 어떻게 오늘 하루를 보내실지 알 수가 없어서. 해마다 어떻게 이날을 보내실지 알 수가 없어서. 그저 어머니가 원하는 건 뭐든지 해드리고 싶어요."

그럼 내 손자를 데리고 뉴욕에 가지 마. 그냥 여기서 또 다른 손주를 낳으라고. 레이첼은 생각했다. 하지만 예의 바르게 웃으면서 "고맙다, 얘야. 난 정말 아무렇지도 않아"라고 말했다.

로렌이 의자에서 일어섰다.

"언니를 만날 수 있었으면 좋았을 거라고 생각해요. 제 시누이 말예요. 전 항상 자매가 있었음 했거든요."

로렌의 얼굴은 발갰고 표정은 부드러웠다. 레이첼은 고개를 돌렸다. 참을 수가 없었다. 로렌도 사실은 상처를 받는다는 사실을 절대로 확인하고 싶지 않았다.

"그 애도 분명 널 좋아했을 거야."

레이첼의 목소리는 스스로가 듣기에도 너무나 형식적이었다. 레이첼은 당혹스러워서 헛기침을 했다.

"아무튼 가야겠어. 오늘 공원에 함께 가줘서 고맙다. 나한텐 정말 큰 의미가 있었단다. 빨리 일요일이 돼서 또 만났으면 좋겠구나. 너희 부모님 댁에서 말이야!"

레이첼은 목소리에 열정을 불어넣기 위해 최선을 다했다. 하지만 그 소리를 듣자마자 로렌은 나약한 표정을 거둬들이고 다시 냉정한 며느리로 돌아갔다.

"저도 정말 기대돼요."

로렌은 차분하게 말하고 레이첼의 뺨에 입술을 문질렀다.

"그런데 어머니 롭이 어머니께 파블로바를 해달라고 말씀드렸다면서요. 하지만 정말로 그런 수고는 하실 필요가 없어요."

"아니 전혀 수고스럽지 않아, 로렌."

레이첼이 대답했다. 레이첼은 롭이 한숨을 내쉬는 소리를 들은 것 같았다.

✉

"그러니까 이제 윌이 나타난다는 거니?"

테스의 엄마가 현관 입구에서 테스의 부축을 받으며 펠리시티를 태운 택시가 모퉁이를 돌아 사라지는 모습을 보면서 말했다. 리엄은 집에 들어가 있었다.

"꼭 연극 같네. 사악한 정부가 무대에서 사라지고, 벌 받은 남편이 입장하는 거야."

"펠리시티는 진짜로 사악한 정부는 아니지. 몇 년 전부터 윌을 사랑했었대."

테스가 말했다.

"세상에, 바보 같은 계집애 같으니라고. 바다에 물고기가 얼마나 많은데. 어째서 굳이 네 물고기를 원한 거라니?"

"그 사람이 아주 좋은 물고기였나보지, 뭐."

"그러니까, 윌을 용서한다는 거구나?"

"잘 모르겠어. 그럴 수 있을지 모르겠어. 왠지 나를 선택한 건 리엄 때문인 거 같아. 그냥 나로 만족하기로 한 거야. 차선책을 택한 거 같아."

윌을 만나야 한다고 생각하니 테스는 말할 수 없이 혼란스러웠다. 만나면 어떻게 해야 할까? 울어야 할까? 소리를 질러야 할까? 뛰어들어 안겨야 하나? 핫크로스번을 줘야 하나? 윌은 핫크로스번을 좋아한다. 하지만 핫크로스번을 먹다니, 월은 그럴 자격이 없다. '당신은 번을 먹을 수 없어, 친구.' 그래 당연하지. 그 남자는 그냥 월이니까. 월을 만나면 어느 정도까지 진지해야 하고 어느 정도까지 호들갑을 떨어도 되는지 도무지 감이 잡히지 않았다. 더구나 리엄도 지켜볼 텐데. 하지만 다시 생각해보면 그 남자는 월이 아니었다. 진짜 월이라면 이런 일이 생기게 내버려두지 않았을 거다. 그러니까 그 남자는 낯선 사람인 거다.

테스의 엄마가 딸을 뚫어지게 쳐다보았다. 테스는 현명하고 사랑스러운 충고를 기다렸다.

"이런 낡고 누추한 잠옷을 입고 월을 만날 건 아니지? 들어가서 머리를 빗는 게 좋을 거 같은데."

테스가 엄마를 노려보았다.

"월은 내 남편이야. 아침마다 내가 어떤 모습인지 누구보다 잘 안다고. 내 몰골 때문에 정 떨어질 남자라면, 그런 사람은 나도 필요 없어."

"그래, 네 말이 맞아."

테스의 엄마가 아랫입술을 톡톡 두드렸다.

"근데, 펠리시티 오늘 아주 사랑스럽더라, 그렇지 않니?"

테스는 웃음을 터트렸다. 그래, 옷을 제대로 갖춰 입으면 훨씬 더 마음에 여유가 생길지도 모르지.

"좋아, 엄마. 가서 머리에 리본을 달고 뺨을 꾹꾹 세게 꼬집고 올게. 자, 들어가죠, 절름발이 양반. 근데 왜 굳이 나와서 떠나는 걸 보겠다고 한 거야?"

"단 한 장면도 놓치고 싶지 않았거든."

"두 사람은 아직 같이 자지 않았어. 그게 알고 싶은 거지?"

테스는 엄마의 팔꿈치를 잡고 스크린 도어를 밀어젖히면서 속삭였다.

"정말? 진짜 특이하구나. 우리 땐 불륜이 좀 더 외설적이었는데 말이야."

"준비 다 했어!"

리엄이 복도에서 뛰어왔다.

"무슨 준비?"

테스가 물었다.

"선생님이랑 연 날리러 갈 준비. 휘트비 선생님이던가?"

"코너!"

테스는 숨이 턱 막혔다. 엄마의 손을 놓칠 뻔했다.

"이런 젠장. 지금 몇 시지? 완전히 잊어버렸어."

⊠

롭과 로렌이 사는 거리 끝에 막 닿았을 때 레이첼의 휴대폰이 울렸다. 레이첼은 길가에 차를 대고 전화를 받았다. 자니의 기일 때문에 전화한 말라일 것이다. 레이첼은 말라와 이야기하는 게 좋았다. 빨리 로렌이 구운 완벽한 핫크로스번에 관해 불만을 털어놓고 싶었다.

"크롤리 부인?"

말라가 아니었다. 여자가 내는 목소리도 아니었다. 전화를 건 여자는 오만한 병원 접수대 직원처럼 말하고 있었다. 자신이 중요한 사람이라는 듯 코맹맹이 소리를 내는 것 말이다.

"저는 살인 사건팀의 스트라우트 경사입니다. 어젯밤에 전화를 드리려고 했지만, 시간이 없었습니다. 그래서 오늘 아침에 전화를 드린 겁니다."

레이첼의 심장이 미친 듯이 뛰기 시작했다. 비디오테이프 때문에 전화한 거다. 그것도 성 금요일에. 국가 공휴일에 전화를 했다는 건, 좋은 소식이라는 뜻이다.

"네, 안녕하세요. 전화해줘서 고마워요."

레이첼이 다정하게 말했다.

"전화를 드린 건 다름 아니라 부인께서 벨로치 경사님께 주신 비디오테이프를 저희가, 음, 검토해봤다는 걸 알려드리려고요."

경사의 목소리는 처음에 들었던 것보다 좀 더 어리게 느껴졌다. 아마도 경사답게 말하려고 노력하는 거 같았다.

"크롤리 부인, 분명히 기대가 크실 거라고 생각합니다. 굉장한 단서를 찾았다고 생각하신다는 말씀 전해들었습니다. 그래서 실망하실 것 같아 죄송하지만, 어쩔 수 없이 지금 단계에선 코너 휘트비 씨를 소환해 조사할 생각이 없다는 사실을 알려드려야겠습니다. 저희 경찰은 그 비디오테이프가 어떤 증거가 된다고는 생각지 않습니다."

"하지만 그 사람의 동기를 드러내주잖아요."

레이첼이 절망적으로 말했다. 레이첼은 자동차 창문 너머에 있는 장엄한 황금색 나뭇잎을 쳐다보았다. 나무는 하늘 높이 솟아 있었다.

"그 테이프를 보기는 했나요?"

가지 끝에 매달려 있던 나뭇잎 하나가 툭 하고 떨어지더니 뱅글
뱅글 원을 그리며 공중 곡예를 했다.

"정말 죄송합니다, 크롤리 부인. 이 단계에서 저희가 할 수 있
는 일은 정말로 아무것도 없습니다."

경사의 목소리엔 측은한 마음이 담겨 있었지만, 늙은 일반인을
대하는 젊은 경찰의 아량도 느껴졌다. *이 사람은 희생자의 엄마
야. 분명히 너무 우수에 젖어서 절대로 객관적이 될 수 없는 거야.
경찰이 어떤 식으로 일을 진행하는지 모르는 거지. 이런 사람을
달래는 것도 내 일이니까 귀찮아하지 말고 하자.*

레이첼의 눈에 눈물이 가득 고였다. 떠다니던 낙엽은 더는 보이
지 않았다.

"저를 직접 보고 말씀을 듣고 싶으시면 부활절이 끝난 뒤에 찾
아뵐게요. 기꺼이 찾아뵙겠습니다."

스트라우트 경사가 말했다.

"아니, 그럴 필요 없어요. 전화줘서 고마워요."

레이첼은 쌀쌀맞게 말했다.

전화를 끊고, 휴대폰을 세게 집어던졌다. 전화기가 조수석 밑으
로 떨어졌다.

"쓸모 없고 건방지고 야비한……."

레이첼은 목이 멨다. 재빨리 자동차 열쇠를 돌려 시동을 켰다.

✉

"저 사람 연 좀 봐."

이사벨이 말했다.

세실리아가 고개를 들고 한참 언덕 마루를 올라가고 있는 남자를 보았다. 열대어처럼 생긴 커다란 연을 나르고 있었다. 남자는 자기 뒤에서 연이 풍선처럼 휘날리게 내버려뒀다.

"꼭 물고기를 데리고 산책을 나온 것 같네."

존 폴이 짜증스럽게 말했다. 존 폴은 곧 쓰러질 것처럼 몸을 앞으로 기울이고 있었다. 다리에 힘이 없다고 투덜대는 폴리의 자전거를 밀어야 했기 때문이다. 자전거 위에 똑바로 앉아 있는 폴리는 번쩍이는 분홍색 헬멧을 쓰고, 록스타가 쓰는 것처럼 렌즈가 별 모양인 플라스틱 선글라스를 끼고 있었다.

세실리아는 남자를 계속 쳐다보며 하얀 그물망 바구니에서 자신이 마시려고 가져온 자주색 물병을 꺼내기 위해 몸을 숙였다. 물병에는 코디얼(과일 주스 등을 물에 타서 만드는 음료로, 브랜디를 타기도 한다—옮긴이)이 들어 있었다.

"물고기는 산책 못 해."

에스터가 책에서 눈을 떼지 않은 채 말했다. 에스터는 걸으면서 책을 읽을 수 있는 놀라운 능력이 있었다.

"최소한 페달은 좀 밟아야 하지 않을까, 폴리 공주님?"

세실리아가 말했다.

"아직도 다리가 흐물흐물하단 말이야."

폴리가 우아하게 말했다.

존 폴이 세실리아를 보면서 씩 웃었다.

"좋아. 내가 운동 한번 잘하겠는걸."

세실리아는 숨을 깊이 들이마셨다. 남자 뒤에서 물고기가 경쾌하게 헤엄치며 올라가는 모습은 웃기기도 했지만 근사하기도 했다. 공기 냄새는 달콤했고, 등에 내리쬐는 햇살도 따뜻했다. 이사벨이 울타리에서 노란 민들레를 꺾어 에스터의 땋은 머리 사이에 푹 꽂았다. 그 모습을 보니 세실리아는 떠오르는 게 있었다. 어린 시절에 본 책이나 영화에 나오는 장면이었다. 산에 사는 작은 소녀가 머리를 땋고 꽃을 꽂았는데. 그게 누구였더라? 하이디였나?

"멋진 날이네요."

자신의 집 현관에 앉아 차를 마시던 한 남자가 소리를 질렀다. 세실리아가 성당에서 얼굴을 본 적이 있는 사람이었다.

"정말 멋져요!"

세실리아도 다정하게 소리쳤다.

연을 들고 앞서가던 남자가 멈춰섰다. 남자는 주머니에서 휴대폰을 꺼내 귀에 댔다.

"그냥 사람이 아니야."

폴리가 그렇게 말하고 몸을 똑바로 폈다.

"휘트비 선생님이야!"

✉

레이첼은 마음속에서 생각을 완전히 지우기 위해 노력하면서 로봇처럼 집을 향해 차를 몰았다.

빨간불이 켜지자 차를 멈춰세운 레이첼은 계기판에 있는 시계를 보면서 시간을 확인했다. 10시였다. 28년 전이라면 자니는 이제 학교에 갔을 테고, 레이첼은 토비 머피를 만날 때 입을 드레스를 다리고 있었을 거다. 그 망할 드레스는 말라가 레이첼의 다리가 잘 드러날 거라며 꼭 사라고 했던 옷이다.

그저 7분이 늦었을 뿐이다. 7분 일찍 왔다고 해도 결과는 바뀌지 않았을 거다. 하지만 아무도 장담할 수 없는 일이다.

'저희가 추가 조치를 취하지는 않을 겁니다.'

고지식한 스트라우트 경사의 목소리가 다시 들리는 듯했다. 비디오테이프 정지 화면에서 보았던 코너 휘트비의 굳은 얼굴이 떠올랐다. 코너의 눈에 분명히 담겨 있던 죄책감이 떠올랐다.

그 자가 한 거야.

레이첼은 날카롭게 비명을 질렀다. 온몸의 피가 굳어버릴 듯 끔찍한 비명 소리가 차 안을 가득 메웠다. 주먹으로 핸들을 세게 내리쳤다. 레이첼은 자신의 행동이 섬뜩했고, 또 당혹스러웠다.

교통신호가 바뀌었다. 레이첼은 가속 페달을 밟았다. 오늘이 가장 끔찍한 기일인 걸까, 아니면 항상 이랬던 걸까? 아마도 항상 끔찍했을 거다. 끔찍한 기억은 쉽게 잊힌다. 겨울처럼, 독감처럼, 어린 시절처럼 말이다.

레이첼은 얼굴에 내리쬐는 햇빛을 느낄 수 있었다. 정말 아름다운 날이었다. 자니가 죽은 날처럼. 거리는 텅 비었고 아무도 나타날 기미가 보이지 않았다. 성 금요일에 사람들은 뭘 하는 거지?

레이첼의 엄마는 십자가의 길 앞에서 기도를 드렸다. 자니는 계속 가톨릭 신자로 남았을까? 아마도 아니었을 거다.

자니가 살아 있었으면 어땠을까 하는 생각은 하지 마. 아무 생각도 하지 마. 아무 생각도. 아무 생각도, 하지 말란 말이야.

아이들이 제이컵을 데리고 뉴욕으로 간다면 아무것도 남는 게 없을 거야. 마치 죽은 거 같겠지. 하루하루가 오늘처럼 끔찍하게 느껴질 거야. 아니, 제이컵 생각도 하지 마.

레이첼은 정신없이 날아다니는 작은 새들처럼 마구잡이로 흩날리는 붉은 낙엽들을 멍하니 쳐다보았다.

말라는 무지개를 보면 항상 자니 생각을 한다고 했다. 그래서 레이첼은 "왜?"라고 물었다.

레이첼 앞에는 텅 빈 거리가 펼쳐져 있었고 태양은 눈부셨다. 레이첼은 눈을 가늘게 뜨고 햇빛 가리개를 내렸다. 그녀는 항상 선글라스를 잊어버렸다.

그리고 마침내 누군가 시야에 나타났다.

레이첼은 생각을 흩트리는 그 모습을 움켜잡았다. 남자였다. 그 남자는 아주 화려한 풍선을 손에 들고 인도에 서 있었다. 물고기처럼 보이는 풍선이었다. 〈니모를 찾아서〉에 나오는 물고기 같았다. 제이컵은 저 풍선을 좋아했을 텐데.

남자는 풍선을 쳐다보면서 휴대폰으로 통화를 하고 있었다.

물고기는 풍선이 아니었다. 연이었다.

✉

"미안해요. 그래서 못 만나겠어요."

테스가 말했다.

"괜찮아. 다음에 보지 뭐."

코너가 말했다. 전화기 수신 상태는 수정처럼 맑았다.

테스는 코너의 목소리에 담긴 무게와 음색을 감지할 수 있었고,

평소보다 무겁고 거슬리는 목소리를 느낄 수 있었다. 테스는 코너의 음성으로 자신을 감싸려는 것처럼 휴대폰을 귀에 대고 힘껏 눌렀다.

"지금 어디예요?"

테스가 물었다.

"물고기 연을 들고 인도에 서 있어."

테스는 피아노 학원 때문에 친구 생일 파티에 가지 못해 한탄하는 어린아이처럼 실망스럽고, 너무나도 유감스러웠다. 테스는 한 번 더 코너와 자고 싶었다. 엄마의 추운 집에서 남편과 앉아 복잡하고 고통스러운 대화를 나누는 건 정말 싫었다. 어린 시절을 보낸 학교 운동장에서 따뜻한 햇살을 받으며 물고기 연을 날리고 싶었다. 이미 깨진 관계를 이어 붙이기 위해 애쓰는 대신 사랑을 하고 싶었다. 누군가의 차선책이 아니라 최상의 선택이 되고 싶었다.

"정말 미안해요."

테스가 말했다.

"그럴 필요 없어."

그리고 잠시 아무 말이 없었다.

"무슨 일인데 그래?"

코너가 물었다.

"지금 남편이 오고 있대요."

"아."

"남편이랑 펠리시티는 시작도 하기 전에 완전히 끝나버렸대요."

"내 생각엔 우리도 그런 거 같네."

코너의 말은 전혀 질문처럼 들리지 않았다.

테스는 앞마당에서 놀고 있는 리엄을 보았다. 윌이 오고 있다고 말하자 리엄은 마치 생과 사를 결정할 일에 대비해 훈련을 하는 사람처럼 울타리와 담장을 찔러대며 온 정원을 뛰어다녔다.

"앞으로 어떻게 될진 모르겠어요. 하지만 리엄이 있으니까, 그러니까 적어도 노력은 해봐야 해요. 적어도 시도는 해봐야 해요." 테스는 멜버른에서 이륙한 비행기에 타 굳은 얼굴로 손을 꼭 잡고 있었을 윌과 펠리시티를 떠올렸다. 정말 끔찍했다.

"물론 그래야지. 나한테 설명할 필욘 없어."

코너의 목소리는 다정했고 따뜻했다.

"난 정말……."

"제발 나 때문에 유감스러워 하지 마."

"알겠어요."

"혹시 남편이 당신을 또다시 함부로 대한다면, 내가 무릎을 박살 내줄게."

"알겠어요."

"정말이야 테스. 남편에게 또 다른 기회를 주지 마."

"그럴게요."

"그리고 잘 해결되지 않으면. 그러니까, 무슨 뜻인지 알지? 내 지원서를 간직해야 해."

"코너, 분명히 누군가……."

"아니 그러지 마."

코너가 날카롭게 말했다. 코너는 부드러운 목소리를 내기 위해 노력했다.

"걱정하지 마. 내가 말했잖아. 나한텐 쪽 늘어서 있는 병아리들이 있다니까."

테스가 웃었다.

"이젠 그만 끊어야지. 당신의 남자가 온다는데."

순간 테스는 정말로 코너의 실망감을 느낄 수 있었다. 코너의 목소리는 퉁명스러웠다. 공격적이기까지 했다. 테스의 내면에는 계속 통화를 하면서 코너와 시시덕거리고 싶은 마음이 도사리고 있었다. 코너의 입에서 마지막으로 나오는 말은 부드럽고 섹시해야 했고, 대화를 마무리하는 사람은 테스 자신이길 원했다. 그래야 이 며칠간의 일들을 테스의 기억 속에서 적합한 항목으로 분류할 수 있을 테니까. (그게 어떤 항목이지? 아무도 다친 사람 없이 실컷 즐긴 뒤에 버리기 항목인가?)

하지만 코너는 퉁명스러울 자격이 있었다. 이미 그 정도면 충분히 코너를 이용해 먹은 것이다.

"그래요. 그럼. 안녕."

"안녕, 테스. 잘 지내."

✉

"휘트비 선생님!"

폴리가 소리쳤다.

"아우, 쪽팔려. 엄마, 애 좀 말려봐."

이사벨이 고개를 푹 숙이고 손으로 눈을 가렸다.

"휘트비 선생님!"

폴리가 악을 썼다.

"너무 멀어서 안 들린다고."

이사벨이 한숨을 내쉬었다.

"애, 선생님을 귀찮게 하면 안 돼. 전화하고 계시잖아."

세실리아가 말했다.

"휘트비 선생님! 저예요. 선생님! 선생님!"

"지금 선생님 근무시간 끝났거든. 너한테 말을 걸 의무가 없다고, 선생님은."

에스터가 말했다.

"선생님은 나랑 이야기하는 거 좋아해! 휘트비 선생님!"

폴리가 자전거 핸들을 움켜잡더니, 아빠의 손을 뿌리치고 비틀거리면서 앞으로 달려나갔다.

"다리는 다 나은 거 같네."

존 폴이 허리를 문지르면서 말했다.

"가엾은 분 같으니라고. 성 금요일을 즐기고 있을 텐데 학생을 만나야 하다니."

세실리아가 말했다.

"사는 곳이랑 직장이 같으면 당연히 그 정도는 각오해야지."

존 폴이 말했다.

"휘트비 선생님!"

자전거는 점점 더 빠른 속도로 달려갔다. 폴리의 다리가 빠르게 움직였고, 분홍색 바퀴가 정신없이 돌아갔다.

"적어도 운동은 되겠네."

존 폴이 말했다.

"정말 창피하다. 난 여기서 기다릴래."

이사벨이 뒤로 빠지더니 옆에 있는 담장을 걷어찼다.

세실리아는 걸음을 멈추고 뒤돌아봤다.

"이리 와. 선생님을 너무 오래 귀찮게 하면 안 되잖아. 담장 차지 말고."

"왜 언니가 창피해? 언니도 휘트비 선생님 좋아하는 거야?"

에스터가 말했다.

"뭐야? 아니야. 생각만 해도 역겨워."

이사벨의 얼굴이 발갛게 물들었다. 존 폴과 세실리아가 시선을 교환했다.

"저 남자는 뭐가 그렇게 특별한 거야? 혹시 자기도 저 남자를 사랑하는 거야?"

존 폴이 세실리아를 쿡 찔렀다.

"엄마들은 사랑을 하지 않아. 너무 늙었잖아."

에스터가 말했다.

"정말 고맙다. 빨리 와, 이사벨."

세실리아가 말했다.

세실리아는 다시 폴리를 보았다. 코너 휘트비가 인도에서 벗어나 도로로 들어섰다. 휘트비 위쪽으로 연이 휘날리고 있었다.

폴리가 도로에 뛰어들기 위해 인도에서 훌쩍 뛰어내렸다.

"폴리!"

"멈춰, 폴리!"

세실리아와 존 폴이 동시에 소리쳤다.

. 48 .

레이첼은 연을 든 남자가 인도에서 내려오는 모습을 지켜보았다. *이봐, 차가 오는지 봐야지. 거긴 횡단보도가 아니라고.*

남자가 레이첼 쪽으로 고개를 돌렸다.

코너 휘트비였다.

그는 레이첼을 똑바로 쳐다보고 있었지만, 레이첼의 차가 전혀 눈에 들어오지 않는 것 같았다. 레이첼은 전혀 존재하지 않는다는 듯이, 레이첼은 자신과 전혀 상관이 없다는 듯이, 자기만 편하다면 레이첼이 속도를 줄이는 불편을 겪게 하는 것쯤은 아무 일도 아니라는 듯이 행동했다. 코너는 레이첼이 분명히 멈춰선다고 확신하는 사람처럼 활기차게 도로를 가로질러갔다. 물고기 연이 바람에 날려 미친 듯이 뱅글뱅글 돌고 있었다.

레이첼은 가속 페달에서 발을 뗐다. 그 발은 브레이크 위에서 맴돌았다.

하지만 곧 힘껏 가속 페달을 밟았다.

✉

사건은 느린 화면처럼 펼쳐지지 않았다. 눈 깜짝할 새 일어났다.

도로에는 차가 없었다. 한 대도 없었다. 그러다 갑자기 한 대가 나타났다. 작은 파란색 차였다. 나중에 존 폴은 자신들 뒤에 자동차가 따라오고 있다는 사실을 알고 있었다고 말했지만, 세실리아에겐 어디선가 갑자기 뿅 하고 나타난 것 같았다.

자동차는 없었어. 자동차는 없었다고.

그 작은 파란색 차는 마치 총알 같았다. 속도가 빨라서가 아니라 분명한 목표를 가지고 멈출 생각도 없이 앞으로 달려갔기 때문이다.

세실리아는 코너 휘트비가 뛰는 모습을 보았다. 코너는 영화에서 이 건물 저 건물로 껑충껑충 뛰어다니는 사람처럼 힘차게 뛰어갔다.

잠시 뒤, 폴리의 자전거가 그대로 작은 차 앞으로 달려갔다. 그리고 폴리는 사라져버렸다.

소리는 크지 않았다. 뺑, 으드득, 그리고 아주 작고 날카롭게 끼이익!

그리고 아무 소리도 들리지 않았다. 모든 것이 평온했다. 어디선가 새가 울었다.

세실리아는 그저 혼란스러웠다. 지금 무슨 일이 생긴 거지?

뒤쪽에서 엄청나게 빨리 달리는 소리가 들렸다. 뒤를 돌아보았다. 존 폴이 뛰어오고 있었다. 존 폴은 세실리아를 그대로 지나쳐갔다. 에스터가 비명을 질렀다. 지르고 또 질렀다. 너무나도 충격적이고 끔찍한 소리였다. 세실리아는 생각했다. *에스터, 비명 좀 그만 질러.*

이사벨이 세실리아의 팔을 움켜잡았다.

"폴리가 차에 치었어."

세실리아의 가슴이 쩍 갈라지면서 커다란 골이 생겼다.

세실리아는 이사벨의 손을 뿌리치고 앞으로 달려나갔다.

⊠

꼬마 여자애야. 자전거를 탄 꼬마 여자애야.

레이첼은 여전히 핸들을 잡고 있었다. 발은 브레이크를 강하게 밟고 있었다. 브레이크는 자동차 바닥에 완전히 달라붙어 있었다.

천천히 마구 떨리는 손을 간신히 핸들에서 떼고 핸드브레이크를 올렸다. 왼손을 다시 핸들에 올리고 오른손으로 시동을 껐다. 조심스럽게 브레이크에서 발을 뗐다.

백미러를 들여다보았다. 그 어린 소녀는 무사할 수도 있었다. 하지만 느낄 수 있었다. 과속방지턱이라고 하기엔 너무 부드러웠다. 레이첼은 자신이 어떤 일을 했는지 정확하게 알고 있었다. 자신이 의도적으로 어떤 일을 했는지 분명히 알았다.

레이첼은 뛰어오는 여자를 보았다. 팔과 다리가 마비된 것처럼 기이하게 덜렁거리고 있었다. 세실리아 피츠패트릭이었다.

아주 작은 꼬마 여자애. 번쩍이는 분홍색 헬멧을 쓰고 검은 머리를 하나로 묶었다. 브레이크, 브레이크, *브레이크를 밟았어야지!* 여자아이의 옆모습이 보였다. 폴리 피츠패트릭이었다. 정말 예쁘고 작은 폴리 피츠패트릭.

레이첼은 개처럼 낑낑거리기 시작했다. 멀리서 누군가가 자꾸 자꾸 비명을 지르고 있었다.

"여보세요?"

"윌?"

리엄은 계속해서 아빠는 언제 오느냐고 물었고, 테스는 펠리시티와 윌이 짜놓은 일정을 멍하니 앉아서 따라야 한다는 사실에 짜증이 나 있었다. 그래서 윌에게 전화를 했다. 아주 차갑고 냉정하게 말할 생각이었다. 윌이 수행해야 할 과제가 얼마나 엄청난지 분명하게 알려줄 생각이었다.

"테스."

윌이 말했다. 어딘가에 정신을 빼앗긴 듯 이상한 목소리였다.

"펠리시티 말이 여기에 온다고 하던데……."

"그래 맞아."

윌이 테스의 말을 잘랐다.

"그랬었어. 지금 택시 안이야. 근데 갈 수가 없어. 모퉁이만 돌면 장모님 집인데, 사고가 났어. 내가 봤어. 지금 구급차를 기다리는 중이야."

윌의 목소리가 갈라지면서 점점 잦아들었다.

"너무 끔찍해, 테스. 자전거를 탄 아주 작은 여자애야. 리엄이랑 비슷한 나이 같아. 죽은 거 같아."

부활절 토요일

Easter Saturday

의사는 사제나 정치인을 떠오르게 했다. 직업적인 동정을 표현하는 데 탁월한 재주가 있었다. 다정하고 동정에 가득 찬 눈으로 천천히 분명하게, 권위적이고 위엄있는 표정으로 끈기있게, 세실리아와 존 폴이 자신의 학생이며 자신은 두 학생이 어려운 개념을 완벽하게 이해하길 바라는 선생님 같은 태도로 말을 해나갔다. 세실리아가 생각하기에 의사에겐 절대적인 힘이 있었다. 그는 신이었다. 부드럽게 말을 하고, 존 폴이 가진 것과 비슷한 파란색과 흰색 줄무늬가 섞인 셔츠를 입고 있는 안경 낀 아시아 남자는 분명히 신이었다.

어제 아침부터 밤이 깊을 때까지 긴급 의료원, 의사, 간호사 할 것 없이 응급실에 있는 수많은 사람이 두 사람에게 말을 했다. 모두 친절했지만 지쳐 있었고, 급하게 서둘렀고, 그저 힐끗 쳐다보았고, 재빨리 시선을 돌렸다. 어제는 너무나도 시끄럽고 너무나도 밝은 백열등이 내리쬐는 곳에 있었지만, 지금은 고요한 성당 같은 집중 치료실에서 닥터 유에게 설명을 듣고 있었다.

세 사람은 폴리가 보이는 커다란 유리창 밖에 서 있었다. 폴리는 방에 하나밖에 없는 높은 침대에 누운 채 각종 장비에 연결되어 있었다. 안정제를 잔뜩 먹었고, 왼팔에 정맥 주사가 꽂혔고, 오른팔에는 거즈 붕대가 감겨 있었다. 어떤 간호사가 폴리의 머리를 한쪽으로 모두 빗어 핀으로 꽂아놓아, 전혀 폴리처럼 보이지 않았다.

닥터 유에는 아주 똑똑해 보였다. 안경을 써서 그렇게 느껴지는지도, 아시아 사람이라 그렇게 생각되는지도 몰랐다. 피부색으로 사람을 정형화한다는 생각이 들었지만, 세실리아는 상관하지 않았다. 그저 닥터 유에의 엄마가 아이를 몰아붙이는 호랑이 엄마이기만을 바랐다. 불쌍한 닥터 유에는 의학 외에 다른 것엔 전혀 관심이 없길 바랐다. 세실리아는 닥터 유에를 사랑했다. 닥터 유에의 엄마를 사랑했다.

하지만 존, 그 망할 폴 같으니라고. 존 폴은 자신들이 신과 대화하고 있다는 사실을 전혀 깨닫지 못한 것 같았다. 자꾸만 끼어들었다. 너무나도 퉁명스럽게 말했다. 사실 무례할 정도였다. 존 폴이 닥터 유에를 화나게 하면, 분명 폴리를 제대로 치료하지 않을 거다.

세실리아는 의사란 닥터 유에에겐 직업일 뿐이며, 폴리는 또 다른 환자이고 두 사람은 제정신이 아닌 또 다른 부모일 뿐이라는 사실을 알고 있었다. 더구나 의사는 늘 과로로 지쳐 있어 비행기 조종사처럼 조그만 실수를 할 수 있고, 그런 실수가 거대한 재앙을 만들 수 있다는 것도 잘 알았다. 그러니까 세실리아와 존 폴은 다른 사람과 다르다는 사실을 분명하게 보여줘야 한다. 폴리는 그저 또 다른 환자가 아님을 분명하게 알려줘야 한다. 폴리는 폴리였다. 세실리아의 막내딸이고, 재밌고 짜증이 많고 매력적인 꼬마

아가씨라는 사실을 알려줘야 한다.

세실리아는 숨이 막혔다. 한동안 숨을 쉴 수가 없었다.

닥터 유에가 세실리아의 팔을 토닥였다.

"정말로 견디기 힘드시다는 걸 잘 압니다. 피츠패트릭 부인. 어젯밤에 한숨도 못 주무셨다는 말씀 들었습니다."

존 폴이 세실리아를 흘긋 보았다. 마치 그녀가 거기 있다는 사실을 잊고 있던 것 같았다. 존 폴이 세실리아의 손을 잡았다.

"제발 가서 좀 쉬어."

존 폴이 말했다.

세실리아는 닥터 유에를 보면서 아부하듯 웃었다.

"전 괜찮아요. 고마워요."

보라고! 우리는 이렇게 좋은 사람이야. 어떠한 요구도 하지 않는다고!

닥터 유에가 폴리의 상태를 살펴보았다. 심각한 뇌진탕을 일으켰지만, CT 촬영 결과 뇌손상은 나타나지 않았다. 번쩍이는 분홍색 헬멧이 제 역할을 해낸 것이다. 내부 출혈이 있을지 모른다는 우려는 있지만, 계속 살펴본 결과 아직까진 큰 문제가 없어 보인다. 피부에 심각한 찰과상을 입었고, 경골이 골절됐고, 비장이 파열됐다. 파열된 비장은 이미 제거했다. 세상엔 비장이 없어도 사는 사람이 많다. 면역력이 크게 떨어졌을 수 있으니 만약의 경우를 대비해 항생제를 투여하는 게 좋겠다.

"팔은요?"

또 존 폴이 끼어들었다.

"어젯밤에 보니까 가장 걱정이 되는 건 오른팔 같았는데요."

"네, 맞습니다."

닥터 유에가 세실리아를 똑바로 보면서 숨을 크게 들이마셨다가 내뱉었다. 꼭 호흡법을 가르쳐주는 요가 선생님 같았다.

"그 팔은 사용할 수 없다는 말씀을 드려야 하는 점은 매우 유감스럽게 생각합니다."

"뭐라고요?"

세실리아가 말했다.

"이런 세상에."

존 폴이 말했다.

"죄송한데, 사용할 수 없다는 건 무슨 뜻이죠?"

세실리아가 여전히 공손하게, 하지만 끓어오르는 분노를 느끼며 말했다. 사용할 수 없다는 말은 폴리의 팔이 대양 깊숙이 가라앉아 있다고 하는 말처럼 들렸다.

"두 번 파열되는 바람에 조직이 회복할 수 없을 정도로 손상됐습니다. 그래서 더는 효율적으로 혈액 공급이 되지 않습니다. 오늘 오후에 수술을 할 겁니다."

"수술이라뇨? 수술을 한다는 건……."

세실리아는 말을 맺지 못했다. 말로 표현하기엔 너무나도 터무니없는 일이었다.

"절단할 겁니다. 팔꿈치 바로 윗부분입니다. 정말 끔찍한 소식이라는 거 잘 압니다. 상담사가 두 분을 만날 수 있도록 약속을 잡아뒀……."

"아니에요."

세실리아가 단호하게 말했다. 이 상황을 도저히 참을 수가 없었다. 세실리아는 비장이 무슨 일을 하는진 알지 못했지만, 오른팔이 무슨 일을 하는진 분명히 알았다.

"우리 딸은 오른손잡이예요, 유에 선생님. 이제 고작 여섯 살이라고요. 팔이 없으면 못 살아요."

세실리아의 목소리가 닥터 유에에겐 전혀 들려주고 싶지 않았던 히스테리컬한 엄마 목소리로 바뀌어갔다.

어째서 존 폴은 아무 말도 하지 않는 거지? 퉁명스럽게 의사의 말을 잘라내던 그 남자는 어디로 간 거야? 존 폴은 닥터 유에에게서 떨어져 유리창 옆에 서 있었다. 물끄러미 폴리를 들여다보고 있었다.

"살 수 있습니다, 피츠패트릭 부인. 정말 유감입니다만, 폴리는 살아갈 수 있습니다."

닥터 유에가 말했다.

✉

길고 넓은 복도 끝엔 집중 치료실로 들어가는 묵직한 나무 문이 있었고, 가족이 아니라면 그 문을 통과할 수 없었다. 높이 솟은 창문을 통해 들어온 햇살에 둥둥 떠다니는 먼지를 보면서 레이첼은 성당을 떠올렸다. 복도에 쭉 늘어선 갈색 가죽 의자엔 사람들이 쭉 앉아 있었다. 휴대폰을 물끄러미 들여다보는 사람도 문자를 보내는 사람도 휴대폰으로 통화를 하는 사람도 있었다. 아주 조용한 공항 터미널 같았다. 어마어마하게 긴 시간을 기다린 사람들은 긴장하고 지쳐 있었다. 갑자기 감정이 소리 없이 터져나왔다.

레이첼도 나무 문 앞에 있는 갈색 가죽 의자에 앉아서 끊임없이 세실리아나 존 폴 피츠패트릭이 나오길 기다렸다.

자동차로 거의 죽을 정도로 치고 만 아이의 부모를 만나면 무슨 말을 해야 할까?

'죄송하다'라는 말은 모욕적으로 들릴 것이다. '죄송하다'라는 말은 슈퍼마켓에서 다른 사람이 끌고가는 카트에 부딪쳤을 때나 할 수 있는 말이다.

정말로 미안해. 정말 끔찍하게 유감스러워. 평생 나도 나 자신을 용서할 수 없을 거야.

어제 사고 현장에 출동한 괴상한 긴급 의료원이나 경찰이 자신에게 부과한 책임보다 실제로는 훨씬 더 많은 책임이 있다는 사실을 알고 있는 사람은 무슨 말을 해야 할까? 그 사람들은 레이첼을 끔찍한 사고에 말려든 비실비실한 노인인 양 취급했다. 레이첼의 머리에선 계속 같은 생각이 맴돌았다. *난 코너 휘트비를 봤어. 그래서 가속 페달을 밟았지. 내 딸을 죽인 남자를 본 거야. 그래서 그 사람도 다치게 하고 싶었어.*

하지만 무의식적으로 발동한 자기 보호 본능 덕분에 레이첼은 그런 생각을 입 밖에 내지 않았다. 그랬다간 살인 미수죄로 잡혀갈 것이다.

레이첼이 기억하고 있는 말은 이런 거였다.

"난 폴리를 못 봤어요. 그 아이를 봤을 땐 너무 늦어버렸어요."

"얼마나 빨리 달리신 건가요, 크롤리 부인?"

그 사람들은 친절하고 정중하게 말했다.

"모르겠어요. 미안해요. 모르겠어요."

그건 사실이었다. 얼마나 빨리 달렸는진 알 수 없었다. 하지만 코너 휘트비가 충분히 길을 건너갈 수 있도록 브레이크를 밟을 시간이 충분했단 사실은 잘 알고 있었다.

그 사람들은 레이첼이 감옥에 가진 않을 거라고 했다. 택시를 타고 가던 남자가 자전거를 탄 꼬마 여자애가 차 앞으로 뛰어드는 모습을 본 것 같았다. 그 사람들은 레이첼을 데리러 올 사람을 부르라고 했다. 그 사람들은 레이첼을 실을 두 번째 구급차를 부른 뒤에도 반드시 그래야 한다고 주장했고, 긴급 의료원은 레이첼을 꼼꼼하게 살펴본 뒤에 굳이 병원으로 갈 필요는 없다고 했다. 레이첼은 경찰에게 롭의 전화번호를 알려줬고, 롭은 로렌과 제이컵과 함께 차를 타고 정말 빨리 도착했다. 분명히 엄청난 속도로 달려왔을 것이다.

롭의 얼굴은 죽을 듯 창백했고, 제이컵은 뒷좌석에서 레이첼을 향해 씩 웃으며 통통한 작은 손을 흔들었다. 긴급 의료원은 레이첼이 살짝 충격을 받았을 수도 있으니 따뜻한 곳에서 쉬게 하고, 절대로 혼자 두지 말라고 했다. 그리고 좀 더 자세한 검사를 받기 위해 지역 보건의에게 가보는 게 좋겠다고 말했다.

정말 끔찍했다. 롭과 로렌은 충실하게 그 명령을 따랐고, 레이첼이 아무리 돌려보내려고 애를 써도 소용이 없었다. 레이첼은 두 사람이 차를 준다거나 쿠션을 준다는 이유로 주변에서 얼쩡거리는 탓에 제대로 생각에 집중할 수가 없었다. 발랄하고 젊은 조 신부님까지 자기 교구의 신자들끼리 교통사고를 냈다는 말에 혼비백산해서 달려왔다.

"신부님은 성 금요일 미사를 거행해야 하지 않나요?"

레이첼이 배은망덕하게 말했다.

"아무 문제 없이 처리하고 왔습니다, 크롤리 부인."

신부님은 그렇게 대답하더니 레이첼의 손을 잡고 말했다.

"그건 사고였다는 거 아시죠, 크롤리 부인? 사고는 일어나기 마련입니다. 매일같이 말입니다. 그러니까 자신을 탓하면 안 됩니다."

레이첼은 생각했다. *오, 이런 친절하고 순진한 젊은이 같으니. 자신을 탓한다는 게 뭔지 전혀 모르는 거야. 자기 교구에 어떤 사람들이 있는지 전혀 모르는 거지. 우리 중에 정말로 자신이 지은 죄를 고백하는 사람이 있다고 생각해요? 정말 끔찍한 죄를?*

하지만 젊은 신부는 유용한 정보원이었다. 그는 폴리의 상태를 계속 알려주겠다고 약속했고, 약속을 훌륭하게 이행했다.

그 애는 아직 살아 있어. 레이첼은 새로운 소식을 들을 때마다 계속해서 생각했다. *그 애를 죽이진 않았어. 돌이킬 수 없는 건 아니야.*

저녁을 먹은 뒤에야 롭과 로렌은 제이컵을 데리고 집으로 돌아갔고, 레이첼은 사건 순간을 계속해서 기억하며 밤을 지새웠다.

물고기처럼 생긴 연이 있었지. 코너 휘트비가 나를 무시하고 찻길로 내려왔어. 가속 페달을 밟았지. 번쩍이는 폴리의 분홍색 헬멧이 보였어. 그래서 브레이크를 밟았지. 밟고 또 밟았어.

코너는 무사해. 긁히지도 않았어.

아침에 전화를 한 조 신부님은 더는 새로운 소식은 없다고, 그저 폴리가 웨스트미드 아동 병원에 있으며 집중 치료실에서 최상의 치료를 받고 있다고 알렸다.

레이첼은 신부님에게 고맙다고 말하곤 전화를 끊자마자 택시를 불러 타고 웨스트미드 아동 병원으로 왔다.

레이첼은 폴리의 부모를 어떻게 쳐다봐야 할지, 그들이 자신을 만나고 싶어 할지(아마도 보고 싶지 않을 테지만) 알 수가 없었다. 하지만 그곳에 가야 한다고 생각했다. 어떻게 해도 시간은 흘러간다는 식으로 집에 가만히 앉아 있을 순 없었다.

집중 치료실의 이중문이 확 열리면서 인명을 구조하는 수술의처럼 세실리아 피츠패트릭이 쏜살같이 튀어나왔다. 세실리아는 재빨리 복도를 걸어갔고, 레이첼 옆을 휙 지나쳤지만, 갑자기 걸음을 멈추고 레이첼을 쳐다보았다. 몽유병 환자처럼 당혹스럽고 멍한 표정이었다.

레이첼이 의자에서 일어섰다.

✉

"세실리아?"

세실리아 앞에 갑자기 머리가 하얀 나이 든 여인이 나타났다. 여인은 비틀거리는 것 같았다. 세실리아는 본능적으로 손을 뻗어 여인의 팔을 잡았다.

"안녕하세요, 레이첼."

세실리아는 갑자기 그 여인이 누군지 깨달았다. 친절하지만 쉽게 친해지진 않는, 언제나 자기 일을 효과적으로 해내는 학교 비서 레이첼 크롤리였다. 처음에 세실리아는 그 정도 생각밖에 할 수 없었다. 그러다 곧 기억이 엄청난 속도로 되돌아왔다. 존 폴,

자니, 묵주. 사고가 난 뒤부터 세실리아는 그 기억을 완전히 잊고 있었다.

"지금은 날 전혀 보고 싶지 않다는 거 알아, 하지만 와야 했어."

레이첼이 말했다.

세실리아는 레이첼 크롤리가 폴리를 친 차를 운전하고 있었다는 사실을 어렴풋이 기억해냈다. 사고가 났을 때 레이첼을 보긴 했지만, 사고와 레이첼을 관련짓지는 못했다. 세실리아에게 작은 파란색 차는 자연의 힘처럼 느껴졌다. 산사태나 해일처럼 느껴진 거다. 그 차는 운전자도 없이 혼자서 굴러온 것 같았다.

"정말 미안해. 정말, 정말 미안해."

세실리아는 레이첼이 하는 말을 하나도 이해할 수 없었다. 탈진할 정도로 기진맥진해 있었고, 방금 닥터 유에게 들은 말 때문에 제정신이 아니었다. 다른 때 같으면 믿음직하게 작용했을 뇌세포들은 제멋대로 떠돌아다녔고, 그 세포들을 한곳으로 몰아넣는 일이 너무나도 어려웠다.

"사고였잖아요."

세실리아는 그렇게 말했고, 외국어로 정확하게 말했을 때 느끼는 안도감을 느꼈다.

"그래, 하지만······."

레이첼이 말했다.

"폴리는 휘트비 선생님을 쫓아가고 있었어요. 주위를 살펴보지 않은 거예요."

그 말은 어렵지 않게 입 밖으로 나왔다. 세실리아는 잠시 눈을 감았다. 차 밑으로 사라지는 폴리가 보였다. 세실리아는 다시 눈을 떴다. 완벽한 문장이 세실리아의 입에서 흘러나왔다.

"자책하시면 안 돼요."

레이첼은 조급하게 고개를 흔들면서, 벌레가 덤벼들기라도 하 듯 허공에 대고 팔을 흔들었다. 그러고는 세실리아의 팔뚝을 힘껏 움켜잡았다.

"제발 알려줘. 폴리는 어때? 심각한 거야? 다친 곳 말이야."

세실리아는 주름지고 옹이진 레이첼의 손을 물끄러미 내려다 보았다. 어린 소녀다운 건강하고 뽀얗고 아름다운 폴리의 팔이 눈 앞에 떠올랐고, 세실리아는 자신이 푹신푹신한 저항의 벽에 부딪 쳤음을 알았다. 하지만 받아들일 순 없었다. 절대로 있을 수 없는 일이었다. 어째서 내 팔이 아닌 거지? 왜 기미가 끼고 얼룩덜룩한 반점까지 생기기 시작한, 매력이라곤 전혀 찾아볼 수 없는 평범한 세실리아의 팔이 아닌 거지? 저 나쁜 녀석들이 팔 하나를 원한다 면 이걸 가져가면 되잖아?

"폴리는 팔을 잃을 거래요."

세실리아가 조용히 속삭였다.

"그럴 리 없어."

레이첼의 손에 힘이 들어갔다.

"맞아요. 그럴 순 없어요."

"폴리도 알아?"

"아니요."

끝없이 거대한 무언가가 세실리아를 가로막고 있었다. 그것엔 스멀스멀 기어나오는 촉수가 있어서 세실리아의 온몸을 돌돌 감 으며 무시무시하게 짖어댔다. 지금까지 세실리아는 이 일을 폴리에게 말해야 한다는 생각은 전혀 하지 않았다. 이 잔혹한 사건이 폴리에게 어떤 의미일지 잘 알기 때문이다. 그렇기에 세실리아가 폴리에게 알리는 걸 견딜 수 있을지 알 수 없었고, 그런 말을 전한 다는 것 자체가 잔혹한 죄를 짓는 것처럼 느껴졌다. 이런 일이 생긴 건 모두 세실리아가 언제나 아이들의 몸을 관능적이고도 달콤하게 즐겼기 때문이고, 너무나도 자랑스러워했기 때문이다.

붕대에 가려진 폴리의 팔은 지금 어떤 상태일까? *그 팔은 사용할 수 없습니다.* 닥터 유에의 말이 생각났다. 그는 폴리가 고통을 느끼지 않도록 조치를 취했다고 했다.

세실리아가 레이첼이 무너지고 있다는 사실을 깨달을 때까진 조금 시간이 걸렸다. 세실리아는 적절한 순간에 레이첼의 팔을 붙잡았고, 쓰러지지 않도록 온몸으로 받쳤다. 레이첼의 몸은 키가 크다는 사실이 전혀 느껴지지 않을 정도로 비현실적이었다. 레이첼의 모든 뼈엔 구멍이 숭숭 뚫려 있을 것만 같았다. 하지만 세실리아에겐 여전히 버거웠다. 너무 커서 제대로 잡을 수 없는 택배 상자를 떠받치고 있는 느낌이었다.

분홍색 카네이션 다발을 들고 가던 남자가 두 사람을 보고 꽃다 발을 겨드랑이에 끼더니 가까운 의자에 레이첼을 앉히려는 세실리아를 도왔다.

"의사를 불러드릴까요? 분명히 한 명 정도는 찾을 수 있을 거예요. 여긴 그럴 수 있는 장소니까요."

그 남자가 말했다.

레이첼은 단호하게 고개를 흔들었다. 창백했고 떨고 있었다.

"그냥 어지러운 것뿐이에요."

세실리아는 레이첼 옆에 무릎을 꿇고 앉아 남자를 보고 정중하게 웃었다.

"도와주셔서 고마워요."

"별말씀을요. 가봐야겠어요. 아내가 방금 아기를 낳았거든요. 우리 첫째 아기 말입니다. 세 시간 전에요. 아주 작은 딸이랍니다."

"축하해요!"

세실리아가 말했다. 하지만 너무 늦었다. 남자는 벌써 멀리 가버린 뒤였다. 자기 인생에서 가장 행복한 순간을 마음껏 즐기며 활기차게 걸어가버렸다.

"정말 괜찮으세요?"

세실리아가 레이첼에게 물었다.

"정말 미안해."

"레이첼 잘못이 아니에요."

세실리아는 말했고, 초조해지고 있음을 느꼈다. 비명을 지르지 않기 위해 신선한 공기를 찾아 밖으로 나온 거였지만, 이젠 돌아가야 할 시간이었다. 이젠 정보를 모을 시간이었다. 망할 상담사는 만날 필요가 없었다. 정말이다. 세실리아가 만나야 할 사람은 닥터 유에였다. 다시 그를 만나야 하고, 이번엔 공책과 질문을 준비해야 한다. 좋은 사람이 되어야 한다는 쓸데없는 걱정 따윈 개나 줘버리고 말이다.

"세실리아는 이해할 수 없을 거야. 내 잘못이 맞아. 내가 가속 페달을 밟았거든. 그 남자를 죽이려고 했어. 그 남자가 자니를 죽였으니까."

레이첼이 말했다. 세실리아를 똑바로 쳐다보는 레이첼의 눈은 붉게 충혈되었고 눈물이 맺혀 있었다. 작고 새된 목소리였다.

세실리아는 레이첼이 앉아 있는 의자 옆면을 기어올라가야 하는 벼랑이라도 되는 것처럼 꽉 쥐었다.

"존 폴을 죽이려고 했어요?"

"설마, 그럴 리가. 난 코너 휘트비를 죽이려고 했어. 그 사람이 자니를 죽였거든. 비디오테이프를 찾았다고 했잖아. 그게 증거였어."

세실리아는 갑자기 누군가가 어깨를 잡고 몸을 홱 돌려세운 것만 같았다. 잔인한 증거를 직접 마주 보라는 듯이 말이다.

그게 뭔지 이해하기 위해 노력할 필요도 없었다. 레이첼의 말을 듣는 순간 세실리아는 모든 걸 분명하게 깨달았다.

존 폴이 무슨 짓을 했는지.

그리고 세실리아가 무슨 짓을 했는지를.

두 사람이 져야 할 책임을 폴리가 진 거야. 부모가 저지른 범죄 때문에 폴리가 대신 대가를 치른 거야.

핵무기가 터지면서 쏟아져나온 백색 섬광에 세실리아의 몸이 갈기갈기 찢기는 것 같았다. 세실리아의 이전 자아는 껍데기만 남고 사라져버렸다. 하지만 흔들리지 않을 거다. 무너져내리지도 않을 거다. 굳건하게 버틸 거다.

이보다 더 중요한 일은 없다. 이보다 더 나쁜 일은 있을 수 없다.

이제 중요한 건 진실이다. 진실을 말한다고 폴리의 팔을 구할 순 없을 것이다. 결국 세실리아의 가족을 구할 순 없을 거다. 하지만 반드시 진실을 말해야 한다. 진실을 말하는 건 세실리아가 지금 당장 끝냈다는 표시를 해야 하는 '긴급한 과제'였다.

"코너는 자니 언니를 죽이지 않았어요."

세실리아는 자신이 말을 하고 있다는 걸, 목각 인형처럼 입을 움직이고 있다는 걸 느꼈다.

레이첼의 몸이 갑자기 굳었다. 촉촉하게 젖어 있던 눈이 눈에 띄게 딱딱해졌다.

"그게 무슨 말이야?"

세실리아는 레이첼의 입에서 튀어나온 건조하고 시큼한 말들을 들었다.

"자니 언니를 죽인 건 우리 남편이에요."

THE HUSBAND'S SECRET

. 50 .

세실리아는 레이첼이 앉은 의자 옆에 웅크리고 앉아 시선을 피한 채 조용하게, 하지만 선명한 목소리로 계속 말했다. 레이첼은 세실리아가 하는 말을 듣고 이해는 했지만 그 말을 따라잡진 못하는 것 같았다. 정확히 무슨 뜻인진 알지 못하는 것 같았다. 세실리아가 하는 말들이 마음 표면에서 미끄러져버리는 것 같았다. 레이첼은 아주 중요한 것을 잡기 위해 필사적으로 뛰는 사람처럼 끔찍한 감정을 느꼈다.

기다려. 레이첼은 그렇게 말하고 싶었다. *기다려, 세실리아. 지금 무슨 말을 하는 거야?*

"전 며칠 전에야 알았어요. 타파웨어 파티를 했던 날 밤에요."

존 폴 피츠패트릭이라고? 지금 세실리아는 존 폴 피츠패트릭이 우리 자니를 죽였다고 말하는 거야? 레이첼은 세실리아의 팔을 움켜잡았다.

"코너가 아니라고 했지? 코너가 아니라는 사실을 안단 말이지? 그 남자는 자니 일과는 아무 관계가 없다는 거야?"

세실리아의 얼굴에 엄중한 슬픔이 떠올랐다.

"네 사실이에요. 코너가 아니에요. 존 폴이에요."

존 폴 피츠패트릭이라고? 버지니아의 아들이자 세실리아의 남편이? 키 크고 잘생기고 옷도 잘 입고 공손한 그 남자가? 학교에서도 잘 알려진 인정받는 그 남자가 말이야? 레이첼은 학교에서나 가게에서 존 폴을 볼 때마다 웃어주고 손까지 흔들어주었다. 존 폴은 언제나 학교 일꾼들을 이끌었다. 공구가 달린 허리띠를 차고 평범한 검은색 야구 모자를 쓰고 계산자를 정말 확신 있게 인상적으로 휘둘렀다.

지난달에 레이첼은 이사벨 피츠패트릭이 자기 아빠에게 웃으면서 뛰어가는 모습을 지켜보았다. 존 폴 피츠패트릭이 6학년 캠프가 끝난 뒤에 딸을 데리러 온 것이다. 레이첼은 그 모습에 감동을 받았다. 존 폴을 보는 이사벨의 얼굴에 순수한 기쁨이 가득했기 때문이기도, 이사벨이 자니를 닮았기 때문이기도 했다. 존 폴은 이사벨이 훨씬 어린아이라도 되는 것처럼 딸을 번쩍 안아들고 빙글빙글 돌렸다. 이사벨의 다리가 허공에서 휙휙 돌아갔고, 그 모습을 보면서 레이첼은 깊은 회한에 잠겼다. 자니는 저런 딸이 아니었고 에드도 결코 저런 아빠가 아니었다. 남들이 어떻게 생각할까 지나치게 걱정한 거야. 아무 쓸모도 없이. 어째서 두 사람은 그렇게나 신중했고, 그렇게 사랑을 억누르기만 했을까?

"말했어야 해요. 그 사실을 알게 된 순간 말씀을 드렸어야 했어요."

세실리아가 말했다.

존 폴 피츠패트릭이란 말이지?

그 남자 머리는 정말 멋지다. 머리 때문에 그 남자의 인격조차 존경할 수 있을 정도로 멋지다. 비열해 보이는 코너 휘트비의 대머리와는 비교도 할 수 없다. 존 폴은 번쩍이고 깨끗한 가족용 승용차를 탄다. 코너는 시끄럽고 더러운 모터바이크를 탄다. 그건 옳지 않다. 코너는 분명히 잘못된 게 틀림없다. 레이첼은 코너에 대한 미움을 바꿀 수 없을 것 같았다. 레이첼은 코너 휘트비를 오랫동안 미워했다. 확신하지 않을 때에도, 그저 의심만 하고 있을 때에도 레이첼은 코너 휘트비가 했을지도 모른다는 가능성 때문에 그를 미워했다. 코너 휘트비가 자니의 인생에 존재했다는 사실만으로 미워했고, 자니가 살아 있을 때 마지막으로 만난 사람이라는 이유만으로 미워했다.

"이해가 안 돼. 자니가 존 폴을 알았다고?"

레이첼이 물었다.

"두 사람은 비밀 관계를 맺고 있었나 봐요. 데이트를 했는지 궁금하신 거라면, 맞아요, 두 사람은 데이트를 했어요."

세실리아가 말했다. 세실리아는 여전히 의자 옆에 쭈그려 앉아 있었고, 핏기가 완전히 사라졌던 얼굴은 발갛게 달아올라 있었다.

"존 폴은 자니 언니를 사랑했어요. 그런데 자니 언니가 다른 소년이 있다고 했대요. 자니 언니가 다른 소년을 택했어요. 그래서 그는…… 그러니까 자제력을 잃은 거예요."

세실리아의 목소리가 잦아들었다.

"열일곱 살이었잖아요. 한순간에 이성을 잃었던 거예요. 제가 지금 남편을 위해 변명을 하는 것처럼 들리실 거예요. 하지만 절대로 그 사람을 위해 변명을 하는 것도, 그 사람이 한 일을 변명하는 것도 아니에요. *정말이에요.* 그건 정말로 변명의 여지가 없어요. 죄송해요. 일어서야겠어요. 무릎 때문에, 무릎이 너무 아파요."

레이첼은 세실리아가 힘겹게 몸을 일으키고 주위를 둘러보고 의자를 레이첼 가까이 끌고와 앉은 다음에 살려달라고 애원하는 사람처럼 얼굴을 잔뜩 찡그리고 있는 모습을 유심히 지켜보았다.

자니는 존 폴에게 또 다른 소년이 있다고 했다. 그러니까 코너 휘트비가 또 다른 남자아이였던 거다.

두 소년이 자니에게 관심이 있었는데도 레이첼은 전혀 몰랐던 거다. 레이첼이 엄마로서 어떤 잘못을 했기에 딸의 생활을 그렇게나 모르고 있었던 걸까? 어째서 두 사람은 미국 시트콤에 나오는 엄마와 딸처럼 방과 후에 우유와 쿠키를 먹으면서 비밀을 털어놓지 않았을까? 레이첼은 꼭 해야 할 필요가 있을 때만 과자를 구웠다. 자니는 오후에 차를 마실 때마다 크래커에 버터를 발라 먹었는데도 말이다. 난 자니를 위해서 더 자주 쿠키를 구워야 했어.

레이첼은 갑자기 자기 자신이 걷잡을 수 없이 미워졌다. 어째서 넌 쿠키를 굽지 않은 거지? 레이첼이 쿠키를 굽는 엄마였다면, 에드가 딸을 안고 빙글빙글 돌리는 아빠였다면, 모든 게 달라졌을 수도 있다.

"세실리아?"

두 여자가 고개를 들었다. 존 폴이었다.

"세실리아, 몇 가지 서류에 서명을 해야 한대."

존 폴은 입을 다물고 레이첼을 보았다.

"안녕하세요, 크롤리 부인."

존 폴이 말했다.

"안녕."

레이첼이 말했다.

레이첼은 꼼짝도 할 수 없었다. 마취라도 된 것 같았다. 바로 앞에 딸을 죽인 살인자가 서 있었다. 눈언저리가 벌겋게 충혈되고 까칠하고 흰 수염이 난 잔뜩 지치고 고통스러워하는 중년의 아빠. 저 사람이 살인자일 순 없었다. 자니와 관계가 있을 리 없었다. 그러기엔 너무 늙었다. 너무 큰 어른이었다.

"말씀드렸어, 존 폴."

세실리아가 말했다.

존 폴이 한 대 맞은 사람처럼 휙 하고 뒤로 물러났다.

잠시 눈을 감고 있던 존 폴은 눈을 뜨고 레이첼을 똑바로 보았다. 그의 눈엔 엄청난 후회가 담겨 있었고, 레이첼은 이제 확실히 알 수 있었다.

"하지만 왜? 왜 그랬는지 말해줘요. 그 앤 그냥 어린애였을 뿐이잖아."

레이첼이 말했다. 레이첼은 자신이 고상하고 평온하게 말한다는 사실에, 그것도 한낮에 많은 사람들이 무심하게 지나다니는 복도에서 평범한 대화를 나누듯 딸의 살인을 말하고 있다는 사실에 깜짝 놀랐다.

존 폴은 고개를 숙이고 두 손으로 그 멋진 머리카락을 마구 흩트렸다. 고개를 들었을 때 존 폴의 얼굴은 수천 조각으로 산산이 부서진 것 같았다.

"사고였어요, 크롤리 부인. 결코 자니를 아프게 할 생각은 없었어요. 왜냐하면, 전, 그 애를 사랑했거든요. 정말 사랑했어요."

존 폴은 길모퉁이에 서 있는 술 취한 사람처럼 아무렇게나 되는 대로 손등으로 코를 문질렀다.

"전 바보 같은 10대 소년이었어요. 자니는 따로 만나는 사람이 있다며 절 비웃었어요. 정말 죄송해요. 그게 다예요. 자니를 죽여야 할 이유는 전혀 없었어요. 전 자니를 사랑했어요. 그런데 자니가 절 비웃었어요."

✉

세실리아는 자신들이 앉아 있는 복도에서 사람들이 끊임없이 움직이고 있다는 사실을 어렴풋이 느끼고 있었다. 사람들은 재빨리 또는 천천히 걸으면서 몸짓을 하거나 웃기도 하고, 휴대폰을 들고 활기차게 통화를 하기도 했다. 갈색 가죽 의자에 허리를 꼿꼿하게 세우고 앉은 노부인이 옹이 진 손으로 가죽 의자의 양옆을 움켜쥔 채 앞에 있는 중년 남자를 뚫어지게 쳐다보고 있고, 중년 남자는 어깨를 축 늘어뜨리고 목이 드러날 정도로 고개를 푹 숙이고 있는 광경을 주목하는 사람은 아무도 없었다. 완벽하게 침묵하면서 완벽하게 굳어 있는 두 사람에게서 특이한 점을 발견한 사람은 아무도 없는 것 같았다. 두 사람은 나머지 인류와 철저하게 분리된 채 두 사람만의 비누 거품 속에 감싸여 있었다.

세실리아는 손바닥 밑으로 차갑고도 부드러운 가죽의 질감을 느꼈다. 세실리아의 폐에서 갑자기 공기가 밀려나갔다.

"폴리에게 가봐야겠어요."

너무 급하게 일어난 탓에 머리가 어지러웠다.

시간이 얼마나 흘렀지? 얼마나 오랫동안 여기에 있었던 걸까? 갑자기 폴리를 혼자 내버려두었다는 생각에 초조해졌다. 세실리아는 레이첼을 보면서 생각했다. *지금은 당신에게 신경 쓸 여유가 없어요.*

"폴리 담당 선생님을 다시 만나야 해요."

세실리아가 레이첼에게 말했다.

"그래, 당연히 그래야지."

존 폴이 손등을 위로 하고 두 팔을 레이첼 앞으로 쭉 폈다. 마치 수갑이 채워지길 기다리는 사람 같았다.

"이런 말씀 드릴 자격이 없다는 건 잘 압니다, 레이첼, 크롤리 부인. 당연히 어떤 권리를 주장할 생각은 없습니다. 하지만, 지금 당장은, 폴리에겐 우리가 필요합니다. 그저 제게 조금만 시간을 주시면……."

"당신 딸에게서 당신을 **빼앗아가진** 않을 거야."

레이첼이 존 폴의 말을 막았다. 레이첼의 목소리는 잘못을 저지른 10대들을 나무라는 것처럼 딱딱하고 사나웠다.

"나는 이미……."

레이첼은 입을 다물고 토하려는 걸 간신히 참는 사람처럼 천장을 올려다보았다.

"가요. 그냥 당신들 조그만 딸에게 가. 두 사람 모두."

THE HUSBAND'S SECRET

. 51 .

부활절 토요일 늦은 밤이었다. 윌과 테스는 테스의 엄마 집 뒤 뜰에서 달걀을 숨기고 있었다. 두 사람 모두 번쩍이는 형형색색 포일로 감싼 작은 달걀이 든 봉지를 들고 있었다.

리엄이 아주 어렸을 땐 달걀을 아주 잘 보이는 곳에 두거나 그 저 풀밭에 흩어놓기만 하면 됐다. 하지만 리엄은 자라면서 부활절 달걀 찾기가 좀 더 어려운 도전 과제가 되길 원했다. 그래서 리엄 이 달걀을 찾는 동안 윌은 시간을 재야 했고, 테스는 〈미션 임파서 블〉의 주제곡을 흥얼거려야 했다.

"홈통에 올려두는 건 어떨까? 가까운 곳에 사다리를 놔두면 될 거 같은데."

윌이 지붕을 올려다보면서 말했다.

테스는 고객이나 지인에게 보이는 정중한 미소를 지어 보였다.

"안 되겠구나."

윌은 한숨을 쉬고 파란색 달걀을 창틀 구석에 놓았다. 리엄이 까치발을 하면 찾을 수 있는 곳이었다.

테스는 포일을 하나 까서 달걀을 먹었다. 리엄은 더는 초콜릿을 먹으면 안 돼. 달콤한 맛이 입안 가득 퍼졌다. 이번 주에 테스는 초콜릿을 너무 많이 먹었다. 조심하지 않으면 펠리시티처럼 뚱뚱해질 거다.

이런 잔혹한 생각은 무의식적으로 테스의 머릿속에서 옛날 노래 가사처럼 불쑥불쑥 튀어나왔고, 테스는 자신이 그런 생각을 지금까지 아주 많이 했을 거라는 사실을 깨달았다. 심지어 펠리시티가 테스보다 더 날씬하고 멋진 몸매를 갖게 된 지금도 받아들이기 힘든 뚱뚱함을 표현할 땐 '펠리시티처럼'이라고 생각하는 걸 보면 말이다.

"어떻게 우리 모두 같이 살자는 말을 할 수가 있어?"

테스가 버럭 소리쳤다. 윌이 마음의 각오를 다지는 모습이 보였다.

어제, 창백하고 마지막 보았을 때보다 눈에 띄게 수척해진 윌이 마침내 테스의 엄마 집에 나타난 뒤부터 이런 일은 계속 반복됐다. 테스의 감정은 불안정하게 널을 뛰었다. 냉정하고 냉소적으로 잘 버티다가도 갑자기 신경질을 부리면서 흐느껴 울었다. 어떻게 해도 진정이 되지 않는 것 같았다.

윌이 초콜릿 달걀 봉지를 손에 들고 테스 쪽으로 몸을 돌렸다.

"정말 그럴 생각은 아니었어."

그가 말했다.

"하지만 그렇게 말했잖아. 월요일에, 그렇게 말했다고."

"바보 같은 소리였어. 미안해. 내가 할 수 있는 건 계속 미안하다고 말하는 것뿐이야."

"꼭 로봇 같아. 이젠 아무 뜻도 없이 중얼거리고 있잖아. 그저 내가 입 다물기만을 바라고 있는 거지? 미안해. 미안해. 미안해."

테스가 단조로운 목소리로 말했다.

"아니야, 진심이야."

윌이 지친 듯 말했다.

"쉿, 두 사람을 깨우려고 그래?"

테스가 말했다. 물론 윌의 목소리는 절대로 크지 않았다. 리엄과 테스의 엄마는 자고 있었다. 두 사람 방은 집 앞쪽에 있었고, 두 사람 모두 한번 자면 쉽게 깨지 않았다. 아마 밖에서 소리를 지른다고 해도 일어나지 않을 것이다.

전날, 두 사람의 만남은 비현실적이면서도 극히 일상적이었다. 인격과 감정이 부딪치는 짜증스러운 순간이었다. 먼저 미칠 듯이 기뻐하는 리엄이 있었다. 그 애는 아빠와 자기 인생을 구성하는 작고 안전한 토대를 잃을지도 모른다는 두려움을 느끼고 있었던 것 같다. 그러다 아빠가 나타나자 여섯 살 아이의 안도감은 격렬한 열광으로 표출됐다. 리엄은 짜증 날 정도로 바보 같은 목소리로 말했고, 미친 듯이 낄낄댔으며, 끊임없이 아빠에게 몸 장난을 걸었다. 반면 윌은 폴리 피츠패트릭의 사고를 목격한 여파로 충격에서 헤어나오지 못했다.

"그 애 부모들 얼굴 표정을 봤어야 해. 그게 리엄이었다고 생각해봐. 우리 일이었다고 생각해봐."

윌은 작은 목소리로 계속 그 말을 했다.

폴리에게 교통사고가 났다는 끔찍한 소식을 듣는 순간 테스의 시각은 훨씬 넓어져야 했고, 어느 정도는 그렇게 됐다. 리엄에게 그런 일이 생긴다면 분명히 다른 건 하나도 중요하지 않게 되리라. 하지만 그런 일에 비하면 테스의 감정은 아무것도 아닌 것처럼 취급되는 것 같아 방어적이고 공격적이 되었다.

테스는 자신이 느끼는 감정의 폭과 깊이를 제대로 묘사할 정확한 말을 찾을 수 없었다. *당신은 날 아프게 했어. 정말로 아프게 했다고. 어떻게 그런 식으로 내게 상처를 줄 수 있어?* 머리로 하는 생각은 정말 단순했지만 입만 열면 이상하게도 복잡해졌다.

"펠리시티랑 비행기를 타고 있으면 좋을 텐데, 그지? 파리로 가는 비행기 말이야."

테스가 말했다. 윌은 정말 그럴 것이다. 테스는 잘 알았다. 왜냐하면 테스 역시 지금 당장 코너의 아파트로 달려가고 싶었으니까.

"당신, 계속 파리 이야기만 하고 있어. 파리가 왜? 파리 가고 싶어?"

그 목소리엔 평상시의 윌이 담겨 있었다. 테스가 사랑했던 윌이.

"아니."

테스가 말했다.

"리엄은 크루아상을 좋아할 거야."

윌이 말했다.

"아니야."

"하지만 베지마이트를 가져가야 할 거야."

"난 파리에 가고 싶지 않아."

테스는 잔디밭을 가로질러 뒤뜰 담장으로 걸어갔다. 기둥 근처에 달걀을 숨기려다가 거미가 있을지도 모른다는 생각에 마음을 바꿨다.

"내일 잔디를 깎아야겠어."

마당에서 윌이 말했다.

"저 밑에 사는 아이가 2주에 한 번씩 와서 깎는대."

"아, 알겠어."

"난 당신이 리엄 때문에 왔다는 거 알아."

테스가 말했다.

"뭐라고?"

"뭐라고 하는지 들었잖아."

테스는 벌써 그 말을 했었다. 어젯밤에도, 침대에 누워서도, 오늘 산책을 나가서도 했다. 테스는 계속해서 그 말을 했다. 윌이 지금 내린 결정을 후회하게 하기 위해, 이성을 잃고 미친 여자처럼 행동했다. 도대체 왜 자꾸 그 말을 꺼내는 걸까? 그건 테스도 같은 이유로 이 자리에 있기 때문이다. 리엄만 아니었다면 테스는 지금 당장 코너의 침대로 뛰어갈 거다. 굳이 부부 관계를 회복하려고 애쓰지 않을 거다. 훨씬 신선하고 새롭고 달콤한 관계로 뛰어들 거다.

"난 리엄 때문에 여기 왔어. 그리고 당신 때문에 여기 왔어. 당신과 리엄은 내 가족이니까. 두 사람은 내 전부니까."

"우리가 정말 당신한테 전부였다면, 당신은 애초에 펠리시티와 사랑에 빠지지 않았을 거야."

희생자가 되는 건 정말 쉽다. 비난이 쉽게 거부할 수 없는 즐거움을 지닌 채 입에서 흘러나왔다.

윌과 펠리시티가 장렬하게 유혹에 맞서고 있을 때 테스가 코너와 잤다는 말을 했다면, 이렇게 쉽게 비난을 퍼붓진 못했을 거다. 코너와 있었던 일을 말하면 윌은 상처를 받을 거다. 테스는 윌에게 상처를 주고 싶었다. 코너와의 일은 테스의 주머니에 감춘 비밀 무기 같았다. 테스는 그 무기를 손에 쥐고 어루만지며 그 힘을 음미했다.

월을 태운 택시가 엄마 집 앞에 나타나고, 리엄이 아빠를 맞으러 달려갈 때 테스의 엄마는 테스를 끌어당기면서 펠리시티가 그랬던 것처럼 "코너 이야기는 하지 마"라고 했다. "그런 말을 해봐야 월을 자극할 뿐이야. 아무 의미 없어. 정직이란 건 쓸데없이 과대평가된 거라니까. 내 말을 믿어." 엄마는 그렇게 말했다.

내 말을 믿으라고? 엄마는 꼭 직접 경험해본 적이 있다는 듯이 말했다. 언젠가는 그게 무슨 뜻인지 물어볼 거다. 하지만 지금 당장은 특별히 알고 싶지 않았다. 아니 신경도 쓰이지 않았다.

"펠리시티와는 정말로 사랑에 빠진 게 아니야."

월이 말했다.

"아니, 맞아."

테스가 말했다. 비록 '사랑에 빠지다' 같은 표현은 월과 테스가 너무 늙어서 너무나도 터무니없고 유치하게 들렸지만 말이다. 어렸을 땐 '사랑에 빠지다'라는 말을 하면서 엄청난 기쁨에 벅차 오른다. 그게 마치 실제로 기록할 수 있는 사건이라도 되는 것처럼 말이다. 하지만 정말은 뭔지 알아? 그냥 화학 작용이다. 호르몬 작용. 마음이 속는 것이다. 테스는 코너와 사랑에 빠질 수 있었다. 그것도 아주 쉽게. 사랑에 빠지는 건 쉽다. 누구나 빠질 수 있다. 사랑은 정말 오묘하니까.

원한다면 테스는 지금 당장 결혼을 끝내는 쪽을 택할 수도 있었다. 간단히 몇 마디만 하면 리엄의 삶을 완전히 박살내버릴 수 있었다.

'그거 알아, 윌? 나도 다른 사람이랑 사랑에 빠졌어. 모든 게 다 좋아, 괜찮다고. 그러니까 당신은 당신 갈 길을 가.'

이 정도만 하면 두 사람은 각자의 길을 갈 수 있다.

테스가 정말로 용서할 수 없는 건 윌과 펠리시티의 그 역겨운 순수성이다. 조금도 소비하지 않은 사랑은 강력하다. 테스가 멜버른을 떠난 건 두 사람이 충분히 사랑을 나눌 시간을 주기 위해서였다. 그런데, 젠장, 두 사람은 아무 일도 하지 않았다. 오히려 테스에게 추잡한 비밀이 생기고 말았다.

"난 할 수 없을 거야."

테스가 조용히 말했다.

"뭘?"

웅크리고 앉아서 의자 뒤쪽에 있는 격자에 달걀을 조심스럽게 밀어넣고 있던 윌이 고개를 들었다.

"아무것도 아니야."

난 당신을 용서하지 못할 거 같아. 테스는 생각했다.

테스는 옆쪽 담장으로 가서 담쟁이덩굴 밑에 감춰진 말뚝 울타리를 따라 충분히 간격을 두고 달걀을 하나씩 놓았다.

"펠리시티한테 아기를 더 낳고 싶다고 했다며?"

테스가 말했다.

"아, 그랬어. 당신도 알고 있었잖아."

윌이 말했다. 정말 지친 목소리였다.

"아주 예뻐져서 그런 거야? 펠리시티 말이야. 그런 거야?"

"허, 뭐라고?"

잔뜩 당황한 윌의 얼굴을 보고 테스는 웃음을 터트릴 뻔했다.

불쌍한 윌. 평범한 날에 하는 대화도 윌은 선형 구조를 따르는 쪽을 택했다. 하지만 지금은 평소 같으면 진작 했을 "말이 되는 소리를 해야지, 이 여자야" 같은 불평은 터트릴 수도 없었다.

"우리 결혼 생활에 특별히 잘못된 건 없지 않았어? 우린 싸움도 안 했잖아. 한참 〈덱스터〉 시즌 5를 보고 있었잖아. 어떻게 〈덱스터〉 시즌 5를 보다가 헤어질 생각을 할 수 있어?"

윌이 경계하듯 웃으며 달걀 봉지를 세게 움켜쥐었다.

테스는 말을 멈출 수가 없었다. 꼭 술에 취한 것 같았다.

"우리 성생활도 좋지 않았어? 난 좋다고 생각했어. 아주 좋다고 생각했다고."

테스는 등을 따라 천천히 부드럽게 어루만지던 코너의 손가락을 생각하고 몸을 부르르 떨었다. 윌은 마치 누군가 그의 고환을 붙잡은 것처럼, 처음엔 그저 부드럽게 잡았지만 점점 더 세게 힘을 주고 있는 것처럼 이마를 잔뜩 찡그렸다. 이제 곧 테스는 윌을 땅바닥에 내동댕이칠 수 있을 거다.

"우린 싸우지 않았잖아. 아니야, 싸우긴 했어. 하지만 그건 그냥 누구나 하는 평범한 싸움이었잖아. 우리가 왜 싸웠지? 식기세척기 때문이었나? 내가 식기세척기에 프라이팬을 엉망으로 넣어서? 당신은 우리가 시드니에 너무 자주 온다고 생각했지. 하지만 그건 정말 심각한 문제가 아니지 않아? 우리 행복하지 않았어? 난 행복했어. 난 우리 둘 다 행복하다고 생각했어. 당신은 분명 날 바보라고 생각했을 거야."

테스는 팔다리를 꼭두각시처럼 위아래로 움직였다.

"저기 바보 같은 테스가 온다. 또다시 행복한 하루를 보내는군.

오오, 트랄랄랄라. 우리 결혼 생활은 정말 행복해. 그럼 행복하고 말고!"

"테스, 그러지마."

윌의 눈이 촉촉하게 젖었다.

테스는 입을 다물었다. 입안에 달콤한 초콜릿 맛과 함께 찝찌름한 소금기가 느껴졌다. 테스는 재빨리 얼굴을 문질러 닦았다. 자신이 우는지도 깨닫지 못했다. 윌이 테스를 안고 위로해주려는 듯 앞으로 걸어왔다. 테스는 두 손을 거칠게 내밀어 윌이 더는 가까이 오지 못하게 했다.

"그리고 이젠 펠리시티가 가버렸어. 우린, 우린, 세상에, 태어난 뒤로 2주 이상 떨어져 있어 본 적이 없어. 정말 이상한 일이지 않아? 그러니까 당신이 우리 둘을 헷갈렸다고 해도 조금도 이상하지 않아. 우린 꼭 샴쌍둥이 같았으니까."

그래서 윌이 셋이 함께 살자는 생각을 했다는 게 화가 나는 거다. 세 사람에겐 그게 전적으로 터무니없는 생각은 아니라는 걸 아니까. 테스는 두 사람이 어째서 그런 일이 가능하다고 생각했는지 이해했다. 그리고 그런 일을 이해할 수 있다는 사실에 더욱 화가 났다.

"이 바보 같은 달걀을 빨리 숨겨야겠어."

테스가 말했다.

"기다려. 잠깐 앉을까?"

윌이 어제 테스가 핫크로스번을 먹으면서 코너에게 문자를 보냈던 탁자를 가리키며 말했다. 바로 어제 일인데도 백만 년도 더 전의 일처럼 느껴졌다. 테스는 의자에 앉아 달걀 봉지를 탁자에 올리고, 팔짱을 껴 두 손을 겨드랑이에 넣었다.

"추워?"

윌이 걱정스럽게 물었다.

"따뜻하진 않아. 하지만 춥지도 않아. 할 말 있으면 해봐."

테스가 쏘아붙였다. 눈물은 이제 완전히 말라붙었다.

"당신 말이 맞아. 우리 결혼은 아무 문제 없었어. 난 가족들 때문에 행복했어. 내가 행복하지 않은 이유는 나 때문이었어."

윌이 말했다.

"어떻게? 왜?"

테스는 턱을 치켜들었다. 벌써 방어적이 되었다. 윌이 불행했다면, 그건 테스의 잘못이다. 테스의 요리 솜씨, 테스의 대화, 테스의 몸이 문제인 거다. 어쨌거나 만족스럽지 못했던 거다.

"믿기 어려운 말이라는 거 알아."

윌은 하늘을 보면서 숨을 들이마셨다.

"절대로 변명하자는 게 아니야. 그런 생각은 조금도 하지 마. 하지만 6개월 전쯤이었어. 마흔 번째 생일을 맞은 뒤에 말이야, 그런 생각이 들기 시작했어…… 내가 생각할 수 있는 유일한 단어는 '단조롭다'였어. '맥이 빠졌다'고도 할 수 있을 거 같아."

"맥이 빠졌다고?"

"내 무릎이 온갖 말썽을 부렸던 거 기억해? 그다음엔 등이 문제였지? 그때 생각했어. *세상에, 이젠 이렇게 살아야 하는 거야? 의사를 찾아가고 약을 먹고 고통에 시달리고 망할 찜질이나 하면서? 벌써? 이제 모두 끝난 거야?* 그러니까 그런 생각을 한 거였어. 그러다 어느 날…… 알아, 그건 너무 당혹스러웠어."

월은 입술을 잘근잘근 씹다가 다시 말을 이었다.

"머리를 자르러 갔잖아. 그런데 평상시의 내가 아니었어. 왜 그랬는진 모르겠지만 내 머리를 자른 여자가 거울을 주더니 내 뒷머리를 보라고 했어. 왜 그 여자가 그래야 한다고 생각했는진 모르겠어. 맹세하는데, 거울로 머리카락이 사라져버린 부분을 보자마자 정말 의자에서 떨어질 뻔했어. 정말로 다른 사람 머리라고 생각했단 말이야. 로빈후드에 나오는 끔찍한 터크 수사 같았어. 정말 예상도 못한 일이었다고."

테스가 콧방귀를 뀌자 월이 유감스러운 듯이 씩 웃었다.

"알아. 안다고. 하지만 난 그저, 정말로…… 중년이 된 것 같았다고."

"중년 맞잖아."

테스가 말했다. 월은 움찔했다.

"고마워, 그렇게 말해줘서. 나도 알아. 아무튼 맥이 빠졌던 거야. 그 뒤부터 그런 느낌이 왔다 갔다 했어. 그다지 큰일은 아니었지. 난 그런 느낌이 사라지길 기다렸어. 지나가길 바랐어. 그러다가……."

월이 입을 다물었다.

"펠리시티를 본 거지."

테스가 월 대신 문장을 끝냈다.

"펠리시티. 난 항상 펠리시티에게 마음이 쓰였어. 당신도 알잖아. 우리 관계가 어땠는지. 우린 장난을 많이 쳤잖아. 거의 희롱에 가까웠지. 하지만 한 번도 심각했던 적은 없어. 그러다가, 펠리시티가 살을 뺐고, 펠리시티가 나를 대하는…… 감정을 느낄 수 있었어. 난 우쭐해졌던 거 같아. 하지만 문제될 건 없다고 생각했어. 왜냐하면 그건 다른 누구도 아닌 펠리시티니까. 펠리시티는 안전하다고 생각했어. 펠리시티라면 당신을 배신하는 게 아니라고 생각한 거야. 왜냐하면 그녀는 거의 당신처럼 느껴졌으니까. 하지만 어쩌다 보니, 감정을 감당할 수 없게 되고, 어느새……."

월은 다시 입을 다물었다.

"펠리시티를 사랑하게 된 거구나."

테스가 말했다.

"아니야, 정말 사랑은 아니야. 진짜 사랑은 아니었다고 생각해. 아무것도 아니야. 당신과 리엄이 집을 떠나자마자 그건 아무것도 아니란 걸 깨달았어. 그건 그냥 어리석은 충동이었던 거야. 그건……."

"그만!"

테스는 월의 입을 막을 것처럼 손을 쫙 펴서 들어올렸다. 아무리 선의의 거짓말이라 해도, 월이 그 말이 거짓임을 모른다고 해도 거짓말은 원하지 않았다. 더구나 테스에겐 펠리시티를 향한 독특한 충성심이 있었다. 펠리시티의 감정이 그렇게 절실하고 강력한데, 펠리시티를 위해 월 자신도 모든 걸 희생할 각오를 했으면서 어째서 지금 이 순간, 저렇게 말하는 거지? 그래, 월의 말이 맞다. 펠리시티는 그저 아무 여자가 아니었다. 펠리시티는 펠리시티였다.

"왜 맥 빠진 것 같다는 말을 나한테 하지 않았어?"

테스가 물었다.

"모르겠어. 아마 너무 멍청하다고 생각했기 때문일 거야. 탈모 때문에 우울해지다니, 세상에."

월이 어깨를 으쓱했다. 테스는 조명 때문일 수도 있다고 생각했지만, 월의 얼굴은 새빨개져 있었다.

"난 항상 당신한텐 멋지게 보이고 싶었어."

테스는 두 손을 탁자에 올리고, 손을 쳐다보았다. 그리고 고객들에게 아무 이유 없는 충동구매에 그럴듯한 이유를 부여하는 광고 기법을 생각했다. 지금 월은 펠리시티와의 일을 되돌아보면서 *자신이 그런 일을 한 이유를* 생각해보는 게 아닐까? 어느 정도는 사실에 근거해 자신에게 유리한 이야기를 창조해내고 있는 게 아닐까?

"음, 그런데 난 사회 불안증이야."

테스가 재잘거리듯 말했다.

"뭐라고?"

월이 어려운 수수께끼를 풀어야 하는 것처럼 얼굴을 찡그렸다.

"사회생활을 해야 할 때, 아주 무서울 때가 있어. 아주 극단적으로 걱정스러운 거야. 다 그렇진 않아. 그저 몇 가지가 그래. 큰일은 아니지만, 그럴 때가 있어."

월이 손가락으로 이마를 눌렀다. 어리둥절한 것 같았고 걱정스러운 것 같았다.

"그게, 당신이 파티를 아주 싫어한다는 건 알아. 하지만 당신도 알잖아. 나도 시시한 내 이야기나 하면서 우두커니 서 있는 걸 좋아하진 않아."

"학부모의 밤에 갈 생각만 하면 심장이 멎는 거 같아."

테스는 월의 눈을 똑바로 쳐다보았다. 자신이 꼭 발가벗고 있는 것 같았다. 정말로 옷을 벗고 있는 것보다 훨씬 더 많이 발가벗고 있는 것 같았다.

"우린 학부모의 밤에 간 적이 없잖아."

"맞아. 그래서 안 간 거야."

윌이 두 손을 번쩍 들어올렸다.

"거긴 안 가도 된다고. 가든 안 가든 난 상관 안 해."

테스가 웃었다.

"하지만 난 상관해. 누가 알아? 정말 재밌을지도 모르잖아. 아주 지루할 수도 있지만. 나로서는 알 수 없는 거야. 그래서 내가 지금 당신한테 말하고 있는 거야. 이제부턴 좀 더 내 삶을…… 개방하기로 했거든."

"이해할 수가 없어. 당신은 외향적인 사람은 아니야, 분명히. 하지만 외출도 하고, 우리를 위해서 사업도 하잖아. 그건 정말 하기 힘든 일이라고."

"알아, 그건 맞아. 정말로 죽을 것처럼 힘들었어. 지금도 그래. 난 홍보 일이 정말 싫어. 하지만 사랑하기도 해. 내가 바라는 건 그저 토할 것 같다는 생각을 하면서 시간 낭비를 안 했으면 하는 거야."

"하지만……."

"얼마 전에 기사를 하나 읽었어. 나처럼 약하게 신경증을 앓고 있는 사람이 정말 많대. 당신은 아마 상상할 수도 없을걸. 주주들 앞에서 중요한 프레젠테이션을 척척 하면서 크리스마스 파티에 가서는 아무 말도 못하는 CEO도 있고, 심각할 정도로 내성적인 배우도 있고, 환자랑 눈도 못 마주치는 의사도 있대. 난 나한테 장애가 있다는 사실을 모두에게 감춰야 한다고 생각했어. 그런데 감추면 감출수록 그 장애는 훨씬 더 크게 느껴졌어. 펠리시티한텐 어제 말했는데, 그냥 무시하라고 하더라. 펠리시티는 나보고 극복하면 된대. 그 말을 들으니까 왠지 기분이 아주 이상했어. 한참을 망설이다가 마침내 상자에서 아주 크고 흉측한 거미를 꺼냈더니, 그걸 보곤 '저건 거미가 아니야'라고 하는 거 같았거든."

"난 무시하지 않을 거야. 그 거미를 밟아버릴 거야. 그 망할 거미를 죽여버릴 거라고."

월이 말했다.

테스는 다시 눈물이 솟구치는 것 같았다.

"나도 당신의 맥 빠지는 감정을 무시하고 싶지 않아."

월이 손바닥을 위로 한 채 탁자 위로 손을 뻗었다. 테스는 잠시 생각하며 그 손을 바라보았고, 곧 그 손을 잡았다. 불시에 느껴지는 손의 따스함, 친숙하면서도 이상한 느낌, 테스의 손을 잡은 방식 모두가 두 사람이 처음 만났을 땔 떠오르게 했다. 테스가 다니던 회사 접대실에서 악수를 하면서 처음 잡았던 월의 손. 웃음 띤 황금빛 눈으로 테스의 눈을 똑바로 보면서 미소를 지었던 이 작은 남자는 자신의 매력으로 낯선 사람을 만난다는 테스의 두려움을 압도해버렸다.

두 사람은 조용히 손을 잡고 가만히 앉아 있었다. 서로 얼굴은 보지 않았다. 테스는 펠리시티에게 멜버른으로 오는 동안 월의 손을 잡고 있었느냐고 물었을 때 보았던 펠리시티의 표정이 떠올랐다. 그 순간 월의 손을 뿌리칠 뻔했지만, 술집에서 나와 테스의 손바닥을 간질이던 코너의 손가락이 생각났고, 왠지 모르게 가엾고 아름다운 폴리 옆에 앉아 있을 세실리아 피츠패트릭과 위층에서 파란색 플란넬 잠바를 입고 초콜릿 먹을 꿈을 꾸면서 자고 있을 리엄이 생각났다. 테스는 고개를 들어 별이 빛나는 하늘을 바라보았고, 비행기를 타고서 하늘 위 어딘가를 날고 있을, 도대체 왜 이렇게 된 건지 궁금해하며 다른 날, 다른 계절, 다른 인생으로 날아가고 있을 펠리시티를 생각했다.

앞으로 결정할 일이 많았다. 앞으로 펼쳐질 인생은 어떻게 살아가야 할까? 시드니에 머물러야 할까? 리엄을 계속 세인트 안젤라 초등학교에 다니게 해야 할까? 그건 불가능해. 그랬다간 매일 코너를 만나게 될 거야. 사업은 어떻게 하지? 펠리시티를 대신할 사람을 찾아야 할까? 하지만 그것도 불가능해 보였다. 사실 모든 게 불가능해 보였다. 해결할 수 있는 건 하나도 없는 것 같았다.

윌과 펠리시티가 정말로 맺어질 운명이라면 어떻게 하나? 테스와 코너가 결국 맺어질 운명이라면? 아마도 그런 질문엔 정답이 없을 것이다. '결국 맺어질' 운명 같은 건 없을지도 모른다. 그저 삶이 있는 거다. 바로 지금 최선을 다해야 하는 삶이. 그저 조금 굴곡이 있는 것뿐이야.

테스의 엄마 집 뒤쪽 현관에 있는 광센서가 껌벅이더니 갑자기 사방이 어두워졌다. 두 사람은 움직이지 않았다. 잠시 뒤에 테스가 말했다.

"크리스마스 때까지 내버려두는 거야. 그때도 펠리시티가 그리우면, 펠리시티를 원하면, 당신은 가도 돼."

"그런 말 하지 마. 말했잖아. 나는……."

"쉿!"

테스가 윌의 손을 꼭 쥐었고, 두 사람은 달빛을 받으며 가만히 앉아 있었다. 가라앉는 결혼이라는 난파선에 꼭 매달린 채로.

. 52 .

모두 끝났다.

세실리아와 존 폴은 나란히 앉아서 폴리의 꿈을 좇기라도 할 것처럼 파르르 떨리다가 잔잔해지고 파르르 떨리다가 잔잔해지는 폴리의 감은 눈을 바라보고 있었다.

세실리아는 폴리의 왼팔을 꼭 잡았다. 얼굴을 타고내려와 턱 밑으로 떨어지는 눈물이 느껴졌지만, 무시했다. 또 다른 가을날 새벽에, 그러니까 두 시간 동안 진통을 겪은 뒤에 또 다른 병원에 앉아 있던 존 폴이 생각났다(세실리아는 아기를 능숙하게 낳았다. 세 번째 딸은 훨씬 더 능숙하게 낳았다). 세실리아와 존 폴은 이사벨과 에스터를 낳았을 때 그랬던 것처럼 폴리의 손가락과 발가락 수를 셌다. 그것은 경이롭고 기적과 같은 선물을 열어보고 점검해보는 두 사람만의 의식이었다.

두 사람의 시선은 자꾸 폴리의 오른팔이 있어야 하는 곳으로 향했다. 이상하고 기묘하고 보기에 요상했다. 이제부턴 쇼핑센터에서 사람들이 폴리를 보는 건 폴리가 아름답기 때문이 아닐 거다.

세실리아는 계속 눈물이 흘러내리도록 내버려뒀다. 눈물은 모두 쏟아내버려야 했기 때문이다. 세실리아는 절대로 폴리 앞에선 울지 않겠다고 다짐했다. 이제 세실리아는 새로운 삶을 살아야 했다. 팔이 없는 아이의 엄마로 살아야 했다. 눈물을 흘리고 있는 순간에도 이제 막 마라톤 출발점에서 뛰려고 준비하는 운동선수처럼 모든 근육이 긴장하고 있는 게 느껴졌다. 이제 세실리아는 잘린 팔이나 의수 같은 새로운 용어를 유창하게 구사하게 될 것이다. 딸에게 도움을 주기 위해 최선을 다해 머핀을 굽고 다른 사람들에게 아첨에 가까운 찬사를 보낼 것이다. 그 역할을 세실리아보다 잘할 수 있는 사람은 이 세상에 없을 것이다.

하지만 폴리는 시련을 극복할 수 있을까? 그건 알 수 없었다. 여섯 살 아이가 극복할 수 있는 일일까? 여성의 외모가 아주 중요한 세상에서 팔이 하나 없는 인생을 굳건하게 살아갈 수 있을까? *그 앤 여전히 아름답다고.* 세실리아는 누군가가 그 사실을 부정하기라도 한 것처럼 화가 나서 생각했다.

"폴리는 강한 애야. 언젠가 수영장에서 에스터보다 더 빨리 수영할 수 있다며 애쓰던 모습 기억나?"

세실리아가 존 폴에게 말했다. 햇살이 비치는 푸른 물을 가르고 나아가던 폴리의 팔이 생각났다.

"이런 세상에, *수영이라니.*"

존 폴이 온몸을 크게 들썩거렸다. 심장마비로 고통받는 사람처럼 손바닥으로 가슴을 세게 눌렀다.

"내 앞에서 갑자기 죽진 마."

세실리아가 날카롭게 말했다.

세실리아는 손바닥 끝에 볼록한 부분을 두 눈에 대고 둥글게 원을 그리며 지그시 눌렀다. 눈물이 바다에서 헤엄치고 있는 것처럼 훨씬 짭짤하게 느껴졌다.

"왜 레이첼에게 말한 거야? 하필 이때?"

존 폴이 말했다.

세실리아는 눈에서 손을 떼고 존 폴을 쳐다보았다. 그리고 목소리를 낮춰 속삭였다.

"왜냐하면 레이첼이 코너 휘트비가 자니를 죽였다고 생각했기 때문이야. 레이첼은 코너를 치려고 했어."

세실리아는 존 폴의 얼굴을 쳐다보았다. 존 폴의 마음이 알 수 없는 곳을 헤매다 결국 제대로 결론을 내리는 모습을 지켜보았다.

존 폴은 주먹으로 입을 틀어막았다.

"젠장."

손가락 관절을 입에 물고 조용히 욕설을 내뱉더니 자폐증 아이처럼 몸을 앞뒤로 흔들기 시작했다.

"내 잘못이야. 나 때문에 이런 일이 생긴 거야. 오, 세상에, 세실리아. 내가 자백해야 했어. 레이첼 크롤리한테 말했어야 해."

존 폴이 웅얼거렸다.

"그만해. 폴리가 듣겠어."

세실리아가 화를 내며 나지막하게 속삭였다.

존 폴이 일어나더니 병실 문 쪽으로 걸어갔다. 몸을 돌려 폴리를 보았다. 존 폴의 얼굴은 절망으로 일그러져 있었다. 다른 곳으로 시선을 돌리며 무기력하게 셔츠의 올을 잡아뜯었다. 그러다 갑자기 무너져내렸다. 쭈그리고 앉아서 두 손으로 목을 부여잡고 고개를 숙였다.

세실리아는 냉혹한 시선으로 존 폴을 보았다. 존 폴이 성 금요일 아침에 흐느껴 울던 모습이 생각났다. 저 남자가 다른 남자의 딸을 죽였을 때 느꼈던 고통과 회한은 자기 딸이 다쳤을 때 느끼는 고통과 회한에 비하면 아무것도 아니었던 거다.

세실리아는 존 폴에게서 시선을 떼고 폴리를 보았다. 차가운 얼음물 속에서 죽어가거나 장벽으로 막힌 도시에서 사는 것 같은 타인의 비극을 이해할 수 있다고 말들 하지만, 그런 일이 자신에게 일어나기 전까지 정말로 이해할 수 있는 사람은 없다. 무엇보다도 자기 아이에게 그런 일이 일어나기 전까진 말이다.

"일어나, 존 폴."

세실리아는 존 폴을 쳐다보지도 않고 말했다. 폴리에게서 시선을 떼지 않았다.

세실리아는 이사벨과 에스터를 생각했다. 두 아이는 지금 세실리아의 부모님과 존 폴의 엄마와 함께 있었다. 다른 친척들도 같이 있었다. 존 폴과 세실리아가 절대로 병원에 오지 말라고 해서 모두 집에 모여 있는 것이다. 지금은 이사벨과 에스터도 정신이 없을 테지만, 가족에게 이런 일이 생기면 형제자매는 언제나 소외되기 마련이다. 세실리아는 이런 상황 속에서 세 딸의 엄마가 될 수 있는 길을 반드시 찾아야 한다. 학부모시민연합회는 그만둬야 해. 타파웨어 사도 그만둬야 할 것이다.

세실리아는 존 폴을 보았다. 여전히 터지는 폭탄을 피하려는 사람처럼 바닥에 웅크리고 있었다.

"일어나. 그렇게 허물어져 있으면 안 돼. 폴리에겐 자기가 필요해. 우리 모두 자기가 필요하다고."

세실리아가 말했다.

존 폴이 목에서 손을 떼고 완전히 충혈된 눈으로 세실리아를 올려다보았다.

"하지만 여기서 가족들을 돌볼 순 없어. 레이첼이 경찰에 신고할 테니까."

"그럴지도 모르지. 아마 그럴 거야. 하지만 그러지 않을 거 같아. 레이첼이 자기를 우리 가족에게서 떼어놓진 않을 거야."

그럴 거란 증거는 없었다. 하지만 세실리아는 그럴 거란 사실을 느낌으로 알았다.

"어쨌거나 지금은 아니야."

"하지만……."

"우린 죗값을 치렀어."

세실리아는 낮고 잔혹하게 말하고 폴리를 가리켰다.

"우린 죗값을 치렀다고."

THE HUSBAND'S SECRET

· 53 ·

레이첼은 번쩍거리며 사람들의 얼굴을 내보내고 있는 텔레비전 앞에 멍하니 앉아 있었다. 누군가 텔레비전을 끄고 지금까지 무슨 프로그램을 보고 있었느냐고 물으면 분명 대답하지 못할 거다.

레이첼은 바로 지금 존 폴 피츠패트릭을 살인죄로 잡아가라고 전화를 걸 수도 있었다. 지금 당장 할 수도 있었고, 한 시간 뒤에 아니면 내일 아침에 할 수도 있었다. 폴리가 퇴원하고 집으로 돌야간 뒤에 해도 되고, 몇 달 뒤에 해도 된다. 6개월 뒤에 할 수도 있고 1년 뒤에 할 수도 있다. 폴리가 아빠와 함께할 수 있는 시간을 주고, 그다음에 체포하는 거다. 폴리의 사고를 사람들이 잊어버릴 때까지 기다릴 수도 있다. 피츠패트릭의 아이들이 조금 더 자라서 운전면허를 따고 더는 아빠가 필요 없을 때까지 기다릴 수도 있다.

레이첼은 언제라도 자니를 죽인 살인자를 쏘아 죽일 수 있도록 장전한 총을 가지고 있는 것과 다름없었다. 에드가 살아 있었다면 방아쇠는 이미 당겼을 것이다. 경찰은 벌써 몇 시간 전에 존 폴을 체포했을 것이다.

레이첼은 존 폴이 자니의 목을 조르는 장면을 떠올렸다. 익숙한 분노가 가슴속에서 터져나왔다. 불쌍한 내 딸.

그리고 존 폴의 작은 딸도 생각했다. 번쩍이던 분홍색 헬멧을 떠올렸다. *브레이크를 밟아야 해. 브레이크, 브레이크 말이야!*

존 폴이 자백한 사실을 경찰에 말하면 존 폴은 레이첼이 자백한 내용을 경찰에 알릴까? 그러면 레이첼은 살인미수 혐의로 체포되는 걸까? 코너를 죽이지 않은 건 순전히 운이었다. 레이첼이 가속 페달을 밟은 건 존 폴이 자니의 목을 조른 것과 똑같은 죄일까?

하지만 폴리가 다친 건 사고였어. 누구나 그걸 알아. 갑자기 폴리가 레이첼의 차 앞으로 뛰어들었다고. 차에 받힌 사람은 코너였을 수도 있어. 오늘 밤에 코너가 죽었다면 어떻게 됐을까? 코너의 가족이 전화를 받았겠지? 그러면 그 사람들은 죽을 때까지 전화벨이 울리거나 문을 두드리는 소리를 들을 때마다 두려움에 떨어야 할 거야.

코너는 살아 있어. 폴리도 살아 있어. 자니만 죽었어.

존 폴이 다른 사람을 해치면 어떻게 하지? 레이첼은 망가진 딸의 몸에 대한 걱정으로 분노하던 존 폴이 생각났다. "나를 비웃었어요, 크롤리 부인." 그 남자는 그렇게 말했다. 그러니까 자니가 비웃었단 말이지? 바보 같고 이기적인 악당 같으니. 그런다고 사람을 죽인단 말이야? 그런다고 생명을 앗아간단 말이야? 우리 자니가 살아야 했던 모든 날을, 받아야 했던 학위를, 가봐야 했던 해외여행을, 결혼해야 했을 남자를, 낳아야 했던 아이들을 모두 빼앗긴 이유가 고작 비웃었단 거란 말이야? 레이첼은 이가 딱딱 부딪칠 정도로 세게 고개를 흔들었다.

레이첼은 벌떡 일어났다. 전화기로 걸어가 수화기를 들었다. 손가락이 전화기 버튼 위에서 맴돌았다. 자니에게 긴급할 때 경찰에게 전화하는 법을 가르치던 기억이 떠올랐다. 그때는 다이얼 구멍에 손가락을 넣고 숫자를 돌려 전화를 걸던 녹색 구식 전화기가 있었다. 레이첼은 자니가 연습할 수 있도록 실제로 번호를 돌린 뒤에 상대방이 받기 전에 전화를 끊었다.

자니는 정말로 전화를 건 것처럼 꾸미길 좋아했다. 롭에게 주방 바닥에 누워 있으라고 말하고 자기는 전화기에 대고 "구급차가 필요해요. 우리 동생이 숨을 안 쉬어요!" 하고 소리치곤 했다. 롭에겐 "숨 쉬지 마! 너 숨 쉬는 거 보여!" 하고 소리쳤다. 누나를 기쁘게 하려다 롭은 기절할 뻔한 적도 있다.

작은 폴리 피츠패트릭은 지금쯤 오른팔을 잃었을 거다. 그 애는 오른손잡이일까? 아마도 그렇겠지. 사람은 대부분 오른손잡이니까. 자니는 왼손잡이였다. 세인트 안젤라 초등학교에서 한 수녀님이 자니에게 오른손을 쓰게 하려고 노력한 적이 있다. 그때 에드가 학교에 찾아가 말했다. "존경하는 수녀님, 어느 분께서 자니를 왼손잡이로 만드셨을까요? 바로 주님이십니다. 그러니 그냥 쓰게 내버려두세요."

레이첼은 전화기 버튼을 눌렀다.

"여보세요?"

생각보다 빨리 전화를 받았다.

"로렌."

레이첼이 말했다.

"어머니. 롭이 지금 막 샤워를 하고 나왔어요. 괜찮으세요?"

로렌이 말했다.

"너무 늦었다는 건 알아."

사실 레이첼은 시계는 보지도 않았다.

"어제 나 때문에 네 시간을 버렸는데, 오늘도 이런 말을 하면 안 된다는 건 잘 안단다. 그런데 혹시 오늘 날 너희 집에서 재워줄 수 있겠니? 그냥 오늘 한 번만 말이야. 왜냐하면, 왜인지는 모르겠는데, 나 혼자선 왠지……."

"당연히 괜찮아요."

로렌이 말했다. 그리고 갑자기 새된 소리로 외쳤다.

"롭!"

전화기 너머에서 롭이 웅얼거리는 소리가 들렸다. 로렌이 말하는 소리가 들렸다.

"가서 어머니를 모시고 와줘!"

불쌍한 롭. 완전히 마누라한테 쥐여 사는구나. 에드라면 그렇게 말했을 거다.

"아니, 아니다. 지금 막 샤워를 했다며. 내가 갈 수 있어."

"절대 그러지 마세요. 벌써 가고 있어요. 따로 준비할 것도 없는걸요. 소파에 잘 준비를 해놓을게요. 정말 편할 거예요. 제이컵이 내일 아침에 어머니를 보면 정말 좋아할걸요. 어떤 표정을 할지 빨리 보고 싶어요."

"고맙구나."

레이첼은 갑자기 누군가가 담요를 덮어준 것처럼 포근했고, 졸음이 왔다.

"로렌?"

레이첼이 전화를 끊기 전에 말했다.

"혹시 마카롱 더 없니? 월요일 저녁에 네가 사다준 거 말이야. 근사하더구나. 정말 근사했어."

로렌은 잠시 아무 말도 하지 않았다. 그리고 마침내 입을 열었다.

"있어요, 어머니. 우리, 차랑 함께 마셔요."

로렌의 목소리는 파르르 떨리고 있었다.

부활절 일요일

Easter Sunday

. 54 .

테스는 엄청난 빗소리에 눈을 떴다. 밖은 아직 어두웠다. 아마도 새벽 5시쯤 된 것 같았다. 월은 테스 옆에 벽을 보고 누워 가볍게 코를 골고 있었다. 월의 모습도, 냄새도, 느낌도 너무나도 평범했고 익숙했다. 지난주에 있었던 일은 전혀 없었던 것 같았다.

월을 소파에서 재울 수도 있었다. 하지만 그러면 리엄이 질문을 해댔을 거다. 이미 리엄은 부모가 평상시와는 전혀 다르다는 사실을 충분히 눈치채고 있었다. 어제저녁, 밥을 먹으면서 리엄은 부지런히 엄마와 아빠를 번갈아 쳐다보면서 귀를 쫑긋 세우고 두 사람의 대화를 들었다. 아들의 경계하는 표정을 보면서 테스의 마음은 찢어질 것 같았다. 월에게 걷잡을 수 없이 화가 났고, 그 때문에 월을 쳐다보기가 어려웠다.

테스는 월과 닿고 싶지 않아서 살짝 옆으로 몸을 움직였다. 이럴 땐 테스에게도 죄의식을 느껴야 할 은밀한 비밀이 있다는 사실이 도움이 됐다. 맹렬한 분노에 휩싸일 때마다 그 죄의식은 테스가 다시 제대로 숨을 쉬게 해줬다. 월은 그녀에게 잘못했다. 그래서 그녀도 곧바로 그에게 돌려줬다.

혹시 두 사람 모두 일시적으로 정신이 이상해졌던 거 아닐까?

어쨌거나 살인을 막기 위한 방어 작용이었던 거다. 결혼한 부부라면 당연히 그럴 수 있다. 결혼은 정신이상의 한 형태니까. 사랑은 끊임없이 위태로운 도발을 꿈꾼다.

지금쯤 코너는 자고 있겠지? 마늘 향과 세제 냄새가 나는 깔끔한 아파트에서? 어쩌면 이미 앞으로 나아가기로 결정하고 테스는 까맣게 잊었는지도 몰랐다. 혹시 차가운 심장을 가진 못된 여자를 또 만났다는 사실에 자책하고 있을까? 어째서 난 나를 서부 노래에, 컨트리음악에 나오는 여자처럼 묘사하고 있는 거지? 아마도 효과를 완화시키고 싶어서 그런가보다. 방탕한 여자가 아니라 연약하고 구슬픈 여자처럼 느끼고 싶어서일 거다. 테스는 코너가 컨트리음악을 좋아했다는 생각이 들었지만, 사실 컨트리음악을 좋아한 건 코너가 아니라 다른 남자 친구일 수도 있었다. 그러니까 테스는 코너를 제대로 알지 못하는 거다.

월은 컨트리음악이라면 질색했다.

코너와의 섹스가 정말 근사한 건 바로 그 때문이다. 두 사람은 본질적으로 서로에게 낯선 존재였다. 그것이 코너의 '다른 점'이었다. 그 다름 덕분에 상대방의 모든 것, 즉 그들의 몸과 그들의 분위기, 그들의 감정을 훨씬 명확하게 규정할 수 있다. 논리엔 어긋나지만, 사람은 상대방을 알면 알수록 명확하게 정의 내릴 수 없다. 사실이 쌓여가면서 그 사람을 규정하는 게 어려워지는 것이다. 상대방의 취향을 분명하게 아는 것보다 그 사람이 컨트리음악을 좋아하는지 싫어하는지를 궁금해하는 게 훨씬 흥미롭다.

테스와 월은, 그러니까 천 번은 넘게 사랑을 했을 거다. 적어도 말이다. 테스는 계산을 하기 시작했지만, 너무 피곤했다. 빗소리가 점점 거세졌다. 누군가 오디오 소리를 높인 것 같았다. 리엄은 우산을 쓰고 고무장화를 신고 부활절 달걀을 찾아야 할 거다. 살아오면서 부활절 일요일에 비가 내린 적은 오늘 말고도 또 있을 거다. 하지만 테스는 지금까진 부활절 일요일이 늘 화창하고 맑았다는 생각이 들었다. 이렇게 우울하고 비 내리는 부활절 일요일은 평생 처음인 것만 같았다.

리엄은 비를 신경 쓰지 않을 거다. 어쩌면 아주 좋아할 거다. 테스와 윌은 서로를 쳐다보며 신나게 웃다가 갑자기 고개를 돌리겠지? 둘 다 펠리시티를 생각할 거고, 펠리시티가 없는 부활절 일요일을 무척이나 어색해할 거야. 과연 견딜 수 있을까? 두 사람 모두 아름다운 여섯 살 꼬마 아들을 위해 이런 상황을 견뎌낼 수 있을까?

테스는 눈을 감고 윌이 있는 반대쪽을 향하도록 몸을 옆으로 돌렸다.

어쩌면 엄마가 옳을지도 몰라. 이건 모두 내 자존심 문제인 거야. 테스는 몽롱한 상태로 생각했다. 테스는 자신이 뭔가 아주 중요한 것을 깨달으려 한다고 생각했다. 사람은 전혀 새로운 사람과 사랑에 빠질 수도 있고, 용기를 가지고 겸손하게 자신을 감싼 본질적인 막을 찢고 새로운 '다름'을 서로에게 보여줄 수도 있다. 이 새로운 '다름'은 좋아하는 음악을 아는 정도가 아니다. 사람들은 자신을 보호하려고 자존심을 너무 내세우느라 오랫동안 함께한 배우자에게도 자신의 진짜 영혼을 보여주지 못하는 거야. 쉽게 더 알아야 할 건 아무것도 없는 것처럼 꾸미고, 그저 태평한 관계를 유지하는 거야.

사실 배우자와 정말로 친밀한 관계를 유지하는 건 정말 당혹스럽다. 바로 전에 치실질을 하는 모습을 본 사람과는 마음 깊은 곳에 숨은 열정이나 두려움을 쉽게 나눌 수 없다. 그런 일은 침실과 은행 계좌를 공유하기 전, 식기세척기에 그릇을 넣는 방법으로 싸우는 사이가 되기 전이라야 쉽게 얘기할 수 있다. 그래서 이런 일이 벌어졌지만, 테스와 윌에게는 선택의 여지가 없었다. 두 사람이 다른 선택을 하고, 서로를 미워하면 결국 상처받는 건 리엄일 테니까.

어젯밤에 두 사람은 탈모와 학부모의 밤에 대해 이야기했다. 그건 어쩌면 이미 두 사람이 서로의 마음을 공유하기 시작했다는 증거 아닐까? 미용사가 거울로 뒤통수를 보여줬을 때 윌이 지었을 당혹스러운 표정을 생각하니 웃기기도 했지만 마음이 짠해지기도 했다.

침대 옆 협탁 위에는 테스의 아빠가 보내준 나침반이 있었다. 테스의 부모님이 딸을 위해 결혼을 유지하기로 했다면, 두 사람의 결혼 생활은 어떻게 되었을까? 테스를 위해 정말로 힘겹게 노력했다면 결국 잘되지 않았을까? 물론 아닐 수도 있다. 하지만 테스는 지금 이 순간, 윌과 테스에게 가장 중요하고 타당한 이유는 리엄의 행복이라고 확신했다.

테스는 테스의 마음속에 있는 거미를 밟아버릴 거라던 윌이 생각났다. 윌은 그 거미를 죽일 거라고 했다. 어쩌면 윌이 전적으로 리엄 때문에 결혼 생활을 택한 건 아닐 수도 있었다. 그건 테스도 마찬가지였다.

바람이 광포하게 울부짖었고, 침실 창문이 거칠게 달그락거렸다. 방 안 온도가 급속히 떨어졌는지, 갑자기 테스는 부르르 추위에 떨었다. 다행히 리엄에게 두툼한 잠옷을 입혔고, 자기 전에 담요를 하나 더 덮어주었다. 그러지 않았다면 이 추운 날씨에 일어나서 리엄에게 갔다 와야 했을 거다.

테스는 뒤로 돌아누워 몸을 윌의 등에 꼭 붙였다. 따뜻한 윌의 체온에 크나큰 안도감을 느꼈다. 테스는 스르르 잠이 들기 시작했다. 그리고 자신도 모르게, 습관적으로 윌의 목 뒤에 입술을 대고 꾹 눌렀다. 테스는 윌이 돌아눕는 걸 느꼈다. 윌의 손이 자연스럽게 테스의 엉덩이를 어루만졌다. 두 사람은 결정도 하지 않고, 질문도 하지 않고, 사랑을 나누기 시작했다. 차분하고 졸린 부부의 사랑이었다. 모든 움직임이 단순했고 달콤했고 익숙했다. 두 사람이 평소엔 울지 않는다는 것만 빼면 말이다.

THE HUSBAND'S SECRET

. 55 .

"할머니다! 할머니다!"

레이첼은 서서히 꿈도 꾸지 않은 깊은 잠에서 깨어났다. 전등을 켜지 않고 잠이 든 건 정말 몇 년 만이었다. 제이컵의 방 창문엔 어둡고 두툼한 커튼을 쳐놓아, 레이첼은 아기 침대 옆에 마련한 소파 침대에 눕자마자 곧바로 깊은 잠에 빠져들었다. 로렌 말이 맞았다. 소파 침대는 놀라울 정도로 편안했다. 레이첼은 마지막으로 이렇게 깊이 잠들었던 적이 언제였는지 기억조차 나지 않았다.

왠지 오래전에 잃어버린 기술을 다시 찾은 것만 같았다. 그러니까 옆으로 재주넘기 같은 기술 말이다.

"안녕."

레이첼이 말했다. 레이첼은 가까스로 소파 침대 옆에 서 있는 제이컵의 작은 몸을 알아볼 수 있었다. 꼬마는 어둠 속에서 반짝이는 눈으로 할머니의 얼굴을 들여다보고 있었다.

"우와, 할머니다!"

제이컵은 정말로 기뻐했다.

"그래, 할머니야."

레이첼도 기뻤다. 지금까지 로렌과 롭은 벌써 여러 번 레이첼에게 집에서 자고 가라고 했다. 하지만 레이첼은 신앙심을 이유로 거부하는 사람처럼 두 사람의 제안을 듣는 즉시 단호하게 거절했었다.

"비가 와요."

제이컵이 침통하게 말했다. 그때서야 레이첼의 귀에도 쏟아지는 빗소리가 들어왔다.

제이컵의 방엔 시계가 없었다. 하지만 6시쯤 된 것 같았다. 하루를 시작하기엔 너무 이른 시간이다. 레이첼은 자신이 부활절 점심을 먹기 위해 사돈집에 가기로 했다는 사실을 기억해내곤, 살짝 우울해졌다. 그냥 아프다고 해야겠다. 아무튼 저녁을 여기서 보냈잖아. 점심까지 함께 있으면 아이들은 충분히 레이첼과 함께 있는 거다. 레이첼도 아이들과 함께하는 시간은 그 정도면 충분했다.

"할머니 위에 올라올래?"

레이첼이 말했다. 제이컵은 할머니가 이상하다는 듯 깔깔 웃더니 소파 침대 위로 기어올라왔다. 제이컵은 레이첼 위에 누워서 레이첼 목에 얼굴을 묻었다. 아이의 작은 몸은 따뜻하고 묵직했다. 레이첼은 비단처럼 부드러운 제이컵의 뺨에 대고 입술을 지그시 눌렀다.

"할머니는 궁금하단다. 정말로……."

레이첼은 적절한 순간에 입을 다물었다. *정말로 부활절 토끼가 다녀갔는지 말이야.* 하지만 그 말을 입 밖에 냈다간 제이컵이 부활절 달걀을 찾겠다며 그대로 침대에서 뛰어내려가 온 집 안을 뒤지고 다닐 가능성이 컸다. 그렇게 되면 롭과 로렌도 깰 테고, 레이첼은 달갑지 않은 손님, 아이에게 부활절을 알려준 난감한 시어머니가 될 거다.

"우리가 다시 잠을 자야 하는 게 아닌가 하고 말이야."

레이첼은 그 대신 이렇게 말했다. 하지만 둘 다 다시 잠들 수 있을 것 같진 않았다.

"싫어."

제이컵이 대답했다. 부드럽게 껌뻑이는 제이컵의 눈썹이 레이첼의 목을 간질였다.

"제이컵이 뉴욕에 가면 할머니가 제이컵을 얼마나 그리워할지 알겠어?"

레이첼이 제이컵의 귀에 대고 말했다. 물론 알 수 있을 리가 없다. 제이컵은 그 말에 대답하지 않고 좀 더 편한 자세로 엎드릴 수 있도록 몸을 꼼지락거렸다.

"할머니."

제이컵이 행복해하며 말했다.

"아이쿠."

제이컵의 무릎이 레이첼의 배를 내리눌렀다.

비는 점점 세게 내렸고, 제이컵의 방은 점점 춥게 느껴졌다. 레이첼은 담요를 끌어당겨 제이컵 위에 푹 덮고, 제이컵을 바짝 끌어당긴 노래를 불렀다.

"비가 오네. 아주 많이 오네. 할아버지가 코를 곤다네. 침대로 가다가 머리를 부딪쳤네. 아침에 일어나지 못했다네."

"또 해줘요."

제이컵이 말했다.

레이첼이 다시 노래를 불렀다.

꼬마 폴리 피츠패트릭은 오늘 아침이면 지금까지와는 전혀 다른 몸으로 깨어날 거다. 레이첼이 한 일 때문에. 존 폴과 세실리아는 어마어마하게 충격을 받을 거야. 마침내, 레이첼이 그랬던 것처럼 두 사람도 알게 되겠지. 생각도 할 수 없는 일이 일어났는데도 세상은 계속 돌아가고, 사람들은 날씨 이야기를 길게 늘어놓고, 교통은 막히고, 전기세 고지서는 날아오고, 유명인들은 사건 사고를 일으키고, 정치 쿠데타가 일어난다는 사실을 말이야.

결국 폴리는 퇴원하고 집으로 돌아갈 거야. 존 폴에게 집에 와서 자니의 마지막이 어땠는지 말해달라고 해야겠어. 레이첼은 그 장면이 어떻게 펼쳐질지 눈에 훤했다. 레이첼이 문을 열면 잔뜩 긴장하고 공포에 질린 존 폴이 보일 거다. 레이첼은 딸을 죽인 남자를 위해서 차를 끓일 테고, 그 남자는 식탁에 앉아 이야기를 하겠지. 절대로 존 폴의 죄를 사해주지는 않을 테지만, 어쨌거나 차는 끓여줄 거다. 절대로 존 폴을 용서하진 않을 테지만, 경찰에 고

소하지도 자백하라고 강요하지도 않을 거다. 그가 떠나면 멍하니 소파에 앉아 부들부들 떨면서 통곡을 하고 울부짖을 거다. 마지막으로 말이다. 죽을 때까지 자니를 생각하며 울겠지만, 그렇게 비통하게 우는 건 그날이 마지막일 거다.

그런 다음엔 새로 차를 한 잔 끓여 마시면서 생각을 하겠지. 어떤 일을 해야 하는지, 죄의 대가를 얼마나 치르게 할 건지, 아니면 벌써 치렀다는 사실을 깨달아야 하는지 등을 최종적으로 결정하겠지.

"……침대로 가다가 머리를 부딪쳤네. 아침에 일어나지 못했다네."

제이컵은 잠이 들었다. 레이첼은 제이컵을 살며시 들어 옆으로 옮겼다. 두 사람은 나란히 한 베개를 베고 누웠다. 목요일에 학교에 가면 트루디 교장에게 그만두겠다고 말할 것이다. 학교를 다니며 꼬마 폴리를 보는 것도, 그 아버지를 보는 것도 견딜 수 없을 거다. 불가능한 일이다. 이제는 집을 팔고, 기억을 팔고, 고통을 팔아치울 때가 됐다.

레이첼의 생각은 코너 휘트비에게로 옮겨갔다. 혹시 길을 건너다 나와 눈이 마주쳤던 건 아닐까? 내가 자기를 죽이려는 걸 눈치채고 죽어라고 도망친 거 아닐까? 그저 내 상상인 걸까? 그 남자가 바로 자니가 존 폴 피츠패트릭을 제치고 선택한 소년이었다. 넌 잘못된 선택을 한 거야, 자니. 존 폴을 선택했다면 지금도 살아 있을 텐데.

레이첼은 자니가 코너를 진심으로 사랑했는지 궁금했다. 코너를 사위로 맞았다면 레이첼이 결코 살아보지 못한 환상적인 인생을 살 수 있었을까? 이제 자니의 기억을 코너를 좋게 생각하는 쪽으로 바꿔야 할까? 코너를 저녁 식사에 초대할까? 그 생각을 하니 몸서리가 쳐졌다. 절대로 그럴 순 없었다. 감정을 수도꼭지 돌리듯 바꿀 수는 없는 노릇이다.

레이첼은 여전히 비디오에서 보았던 코너의 화난 얼굴과 움츠러들던 자니를 잊을 수 없었다. 이성적으로 생각해보면 10대 소녀에게서 확실한 대답을 듣지 못한 10대 소년이라면 그렇게 절망적으로 반응할 게 분명하다. 하지만 그렇다고 해도 코너를 용서할 순 없었다.

레이첼은 비디오에서 화를 내기 전에 자니를 보고 웃던 코너를 떠올렸다. 정말로 멋진 웃음이었다. 레이첼은 자니의 앨범에서 찾은 사진도 생각했다. 사진 속에서 코너는 자니의 말을 듣고 기뻐하며 정말 환하게 웃었다.

어쩌면 언젠가는 그 사진을 복사해서 엽서와 함께 코너에게 보낼 수도 있을 거다. '혹시 갖고 싶어 할 거 같아서'라고 적으면 되겠지? 그건 지난 수년 동안 그 남자를 대했던 방식을 조금이나마 사과하고, 그 남자를 죽이려고 했던 일을 은밀하게 사과하는 일이 될 것이다. 그래, 꼭 그래야겠어. 레이첼은 어둠 속에서 얼굴을 찡그리고, 고개를 돌려 제이컵을 다독이듯 아이의 머리에 입을 맞췄다.

내일 우체국에 가서 여권을 신청해야지. 뉴욕에 갈 거야. 어쩌면 그 망할 알래스카 크루즈를 할 수도 있겠지. 말라랑 맥도 함께 가면 되겠다. 두 사람 모두 추위는 상관없을 거야.

지금은 다시 자, 엄마. 자니가 말했다. 잠깐 동안 레이첼은 자니를 분명하게 볼 수 있었다. 자니가 되었을, 세상 속에서 자신의 위치를 분명히 알고 자신감이 넘치는, 권위적이지만 사랑스럽고, 사랑하는 늙은 엄마를 참을 수 없어 하며 거들먹거리지만, 엄마가 생애 처음으로 만드는 여권을 발급받도록 도와줄 중년의 딸이 서 있었다.

잘 수 없어. 레이첼이 말했다.

아니, 잘 수 있어. 자니가 말했다.

레이첼은 잠이 들었다.

. 56 .

베를린 장벽을 공식적으로 철거하는 일은 건설했을 때만큼이나 효과적으로 마무리되었다. 1990년 6월 22일, 냉전을 상징했던 유명한 체크포인트 찰리는 이상하고도 진부한 의식을 치른 뒤에 해체되었다. 각국에서 참석한 외교관을 비롯해 고위 관리들이 플라스틱 의자에 앉아 지켜보는 가운데 거대한 기중기가 판자로 만든 유명한 건물을 들어올렸다.

같은 날, 지구의 다른 반구에선 세실리아 벨이 방금 사라 삭스와 함께 유럽 여행을 마치고 돌아왔고, 남자 친구를 사귀고 적절하게 구축된 삶을 살 준비를 완벽하게 마친 채로 레인코브에 있는, 사람들로 북적이는 침실 두 개짜리 집에서 하는 집들이에 참석했다.

"존 폴 피츠패트릭이야. 누군지 알지, 세실리아?"

집주인이 시끄러운 음악 소리를 이기기 위해 크게 소리를 질렀다.

"안녕."

존 폴이 말했다.

세실리아는 그의 손을 잡고, 진지한 그 눈을 들여다보면서 이제 막 자유를 찾은 사람처럼 활짝 웃었다.

✉

"엄마."

허억, 세실리아는 익사하는 사람처럼 숨을 크게 내쉬면서 잠에서 깨어났다. 입안은 완전히 말라 있었고 볼은 움푹 파여 있었다. 폴리의 침대 옆에 있는 의자에서 고개를 뒤로 젖히고 입을 크게 벌린 채 자고 있었던 게 분명했다. 존 폴은 두 딸을 돌보고, 아이들 옷을 갈아입히기 위해 집에 갔다. 오전 늦게, 세실리아가 언질을 주면 두 아이를 데리고 병원에 올 거다.

"폴리."

세실리아의 목소리는 심하게 떨렸다. 세실리아는 스파이더맨 옷을 입고 있던 남자아이 꿈을 꾸고 있었다. 스파이더맨 옷을 입고 있는 게 그 남자아이가 아니라 폴리이긴 했지만.

"보디랭귀지에 주의해야 해요. 아이들은 어른들 생각을 읽는 능력이 아주 뛰어나요. 목소리 톤을 읽고 표정을 읽고 몸짓을 읽을 거예요."

어제 찾아온 사회복지사는 그렇게 말했다.

그래, 고마워. 나도 보디랭귀지가 뭔진 안다고.

그때 세실리아는 생각했다. 그 사회복지사는 아주 커다란 선글라스로 머리를 뒤로 넘기고 있었다. 자신은 저녁 6시에 끔찍한 악몽을 겪고 있는 부모를 만나러 온 게 아니라 해변에서 열리는 파티에 가는 중이라는 듯이 말이다. 세실리아는 그 망할 선글라스를 끼고 온 사회복지사의 경솔함을 도저히 용서할 수가 없었다.

물론, 당연히 성 금요일은 아이가 외상성 손상을 입기에 최악의 날이라는 건 안다. 많은 정규 직원이 부활절 휴가를 즐기고 있어 세실리아가 물리치료사, 작업치료사, 심리치료사, 보철 전문가 같은 폴리의 '재활팀' 일원을 모두 만나려면 며칠이 걸릴 것이다. 이런 일엔 정해진 절차가 있고 수많은 정보를 얻을 수 있으며 가장 좋은 조언을 받을 수 있다는 것, 그리고 이미 아주 많은 환자의 부모가 같은 길을 걸었다는 걸 안다는 건 위안이 되는 동시에 소름이 끼쳤다. 사람들이 찾아와 사무적이고 권위적인 말투로 앞으로 생길 일을 설명할 때마다 세실리아는 그 사람들 말의 맥락을 놓치곤 했다. 충격으로 꼼짝도 할 수 없었기 때문이다.

병원에 근무하는 사람들 가운데 폴리에게 일어난 일에 충분히 놀라는 사람은 아무도 없었다. 세실리아의 팔을 움켜잡고 '도저히 믿을 수 없어요. 믿을 수 없어요'라고 말한 의사나 간호사는 한 명도 없었다. 그런 사람이 아무도 없다는 게 당혹스러웠지만, 그런 사람이 있었다고 해도 당혹스럽긴 마찬가지였을 거다.

그렇기 때문에 세실리아는 휴대폰 음성 사서함에 녹음된 수십 통의 메시지를 들으며 위로를 받았다. 모두 가족과 친구들이 보낸 메시지였다. 동생인 브리짓은 충격으로 제대로 말도 하지 못하고 횡설수설했다. 늘 침착하게 말하는 브리짓은 말을 더듬었다. 사랑스러운 트루디 교장 선생님은 울음을 터트리면서 비통해했고, 다시 전화를 걸어 또 한 번 울었다. 테스의 엄마는 학교 엄마들이 캐서롤을 열네 개 가져왔다고만 했다. 마침내 세실리아가 수년 동안 사람들에게 나눠줬던 캐서롤이 모두 집으로 돌아온 것이다.

"엄마."

폴리가 다시 중얼거렸다. 눈은 감은 채였다. 잠꼬대를 하는 것 같았다. 아이는 부르르 떨면서 불안한 듯 고개를 좌우로 흔들었다. 무섭거나 고통스러운 꿈을 꾸는 듯했다. 세실리아는 간호사를 부르려고 호출 벨로 손을 뻗었지만, 폴리의 얼굴은 평온했다.

세실리아는 숨을 내쉬었다. 자신이 숨을 참고 있는지도 몰랐다. 이런 일은 계속 일어났다. 세실리아는 숨을 쉬어야 한다는 사실을 기억해야 했다.

세실리아는 다시 의자에 앉았다. 존 폴은 지금 아이들과 무얼 하고 있을까? 그 생각을 하니 살면서 한 번도 느껴보지 못했던 발작처럼 격렬한 증오가 솟구쳐올랐다. 수십 년 전에 존 폴이 자니 크롤리에게 한 일 때문에 세실리아는 그가 끔찍하게 싫었다. 레이철이 가속 페달을 밟은 건 모두 그 남자 때문이다. 미움이 아주 빨리 작용하는 독극물처럼 세실리아의 몸 전체로 퍼져나갔다.

세실리아는 존 폴을 힘껏 걷어찼으면 했다. 죽을 때까지 마구 때려주고 싶었다. 세상에, 그 남자와 한 침대를 써야 하다니. 도저히 참을 수가 없었다. 세실리아는 가쁜 숨을 몰아쉬면서 부수거나 때려도 되는 물건을 찾아 절망적으로 주위를 둘러보았다. *하지만 지금은 안 돼. 그건 폴리에게 전혀 도움이 안 돼.* 세실리아는 마음을 다잡았다.

자기 자신을 비난하던 존 폴이 생각났다. 그 남자가 고통스러워한다는 사실이 조금은 위로가 됐다. 격렬했던 증오는 점차 다스릴 수 있을 정도로 수위가 낮아졌다. 하지만 이런 증오는 또다시 찾아올 거다. 세실리아는 그 사실을 알았다. 폴리가 새로운 단계를 헤쳐나가기 위해 고통받을 때마다 세실리아는 자신이 아닌 비난을 퍼부을 다른 누군가를 찾으려 할 것이다. 이 증오의 뿌리는 세실리아가 자기 책임을 분명히 알고 있다는 데 있다. 자신의 가족을 위해 레이첼 크롤리를 희생시키려 했기 때문에 지금 이렇게 병원에 앉아 있어야 하는 거다.

세실리아는 결혼 생활이 완벽하게 박살 났다는 사실을 알았다. 하지만 폴리를 위해, 부상당한 병사들이 그렇듯 절름거리며 걸어가야 한다. 세실리아는 증오의 물결을 안고 사는 법을 배워야 한다. 그건 세실리아의 비밀이 될 것이다. 너무나도 혐오스러운 비밀이 될 것이다.

그리고 일단 이런 증오의 물결이 지나가면 또다시 잔잔한 사랑이 찾아올 거다. 그 사랑은 진지하고 잘생긴 남자와 함께 걸으며 느꼈던 젊은 신부의 단순하고 넘치는 사랑과는 분명히 다르다. 하지만 세실리아는 안다. 자신이 그가 한 일 때문에 존 폴을 얼마나 미워하든, 자신은 언제나 그를 사랑할 거라는 걸. 사랑은 세실리아의 심장 깊숙이 박힌 금 조각처럼 지금도 그곳에 존재했다. 그 사랑은 늘 그곳에 있을 것이다.

다른 생각을 해야 해.

세실리아는 아이폰을 꺼내 목록을 작성하기 시작했다. 오늘 해야 하는 부활절 일요일 만찬은 취소했다. 하지만 폴리의 일곱 번째 생일을 지내야 해. 병원에서 해적 파티를 할 수 있을까? 분명히 가능할 거다. 분명히 가장 멋지고 근사한 파티가 될 거야. 간호사들한테도 안대를 해달라고 부탁해야지.

"엄마?"

폴리가 눈을 떴다.

"안녕, 폴리 공주님."

세실리아는 무대 위로 뛰어올라갈 여배우처럼 만반의 준비를 갖췄다.

"어젯밤에 누가 왔었는지 맞혀볼래?"

세실리아는 폴리의 베개 밑에서 부활절 달걀을 꺼내면서 말했다. 번쩍이는 금박지로 감싸고 가운데를 붉은색 벨벳 리본으로 묶었다.

폴리가 웃었다.

"부활절 토끼?"

"훨씬 더 좋은 손님이야. 휘트비 선생님이 왔었어."

폴리의 아름다운 얼굴이 살며시 매혹적인 표정을 띠었고, 폴리는 오른손을 내밀어 부활절 달걀을 받으려고 했다. 아이는 당혹스러운 표정으로 얼굴을 살짝 찡그리고 엄마가 잘못된 일을 바로잡아주길 기다렸다.

세실리아는 헛기침을 하고 폴리의 왼쪽 팔을 강하게 잡았다.

"예쁜 우리 아기."
세실리아가 말했다.
이제 시작이다.

에필로그

우리 인생엔 우리가 알지 못하는 비밀이 아주 많다.

레이첼 크롤리는 자니가 죽던 날 남편이 그가 말한 것과 달리 애들레이드에서 고객을 만나지 않았다는 사실을 절대로 알지 못했다. 그날 에드는 지겨운 토비 머피의 서브를 완벽하게 받아치는 법을 배우고 싶다는 열망에 휩싸여 강도 높은 테니스 수업을 받고 있었다. 에드가 그 전에 레이첼에게 테니스를 배우고 있다는 말을 하지 않은 건 그 동기가 부끄러웠기 때문이고(에드는 토비가 자신의 아내를 보는 시선과 아내가 그 시선을 되돌리는 모습을 본 적이 있다), 그 뒤에도 말하지 않은 건 자니가 위험한 순간에 같이 있어주지 못했던 자기 자신을 도저히 용서할 수 없었기 때문이다. 자니가 죽은 뒤, 에드는 평생 테니스 라켓을 다시는 손에 들지 않았고, 자신의 어리석은 비밀을 무덤까지 가지고 갔다.

테니스 이야기가 나와서 하는 말인데, 폴리 피츠패트릭은 자신이 레이첼 크롤리의 차 앞으로 자전거를 타고 돌진하지 않았다면, 열일곱 번째 생일 때 브리짓 이모가 테니스 라켓을 선물했을 거란 사실을 영원히 알지 못했다. 만약 라켓을 받았다면 2주 뒤에 처음으로 테니스 수업을 받으러 갔을 것이고, 수업이 시작하고 20분도 지나지 않아 강사가 곧바로 옆 코트에 있는 자기 상사에게 다가가 조용히 '와서 저 아이가 포핸드를 넣는 모습을 좀 보세요' 라고 말했을 것이고, 폴리가 라켓을 휘두르는 순간 그녀의 인생은 휘트비 선생님을 따라가기 위해 자전거 핸들을 돌렸을 때처럼 순식간에 모든 것이 바뀌었을 것이다.

폴리는 결코 그 끔찍한 성 금요일에 휘트비 선생님이 사실은 폴리가 부르는 소리를 들었다는 걸 결코 알지 못했다. 코너는 폴리가 부르는 소리를 듣지 못한 척했다. 빨리 집으로 돌아가 그 바보 같은 물고기 연을, 그리고 그 망할 전 여자 친구인 테스 올리리와 또 다른 기회를 잡고 싶어 했던 바보 같은 자신의 바람을 찬장에 집어넣고 싶었기 때문이다. 폴리의 사고가 자신의 탓이라는 코너의 주체할 수 없는 죄의식은 정신과 의사의 딸이 사립학교 9학년을 무사히 보내는 데 도움을 줬고, 죄책감이 조금씩 사그라지기 시작했을 때에야 비로소 고개를 들어 상담을 받은 뒤, 카레를 먹으러 가는 식당 사장의 아름다운 얼굴을 볼 수 있었다.

테스 올리리는 윌이 둘째 아이의 생물학적 아버지인지 아닌지 결코 확신하지 못했다. 아이는 시드니에서 이상한 4월의 한 주를 보내는 동안 우연히 생겼다. 테스가 먹는 피임약은 매일 복용해야 효과가 있는데, 테스는 시드니에 올 때 피임약 봉지를 멜버른에 두고 왔다. 그럴 가능성에 대해 이야기한 적은 한 번도 없지만 테스가 사랑하는 10대 딸이 어느 해 크리스마스 점심 만찬에서 자신은 체육 선생님이 되기로 했다고 발표했을 때, 칠면조를 먹던 외할머니는 숨이 막혀 질식할 뻔했고, 사촌 이모는 잘생긴 프랑스 남편의 무릎에 샴페인을 쏟아버렸다.

존 폴 피츠패트릭은 자니가 1984년 그날에 병원에 가야 한다는 사실을 잊어버리지 않고, 의사가 자니의 증상을 귀 기울여 듣고 기이하게 길고 가는 몸을 보았다면, 조심스럽게 마르판증후군일 수도 있다는 진단을 내렸을 거란 사실을 결코 알지 못했다. 마르판증후군은 에이브러햄 링컨이 앓은 치료할 수 없는 선천성 질환으로, 결합 조직에 문제가 생겨 팔다리가 비정상적으로 길게 자라고 손가락이 가늘고 길어지며 심혈관계에 문제가 생기게 한다. 혈액 순환이 제대로 되지 않아 쉽게 피로하고 숨 쉬기 힘들며 심장이 빨리 뛰고 손발이 차가워지는 증상이 나타나기도 하는데, 자니가 죽는 날 이 모든 증상이 다 나타났다. 마르판증후군은 유전되며, 스무 살 때 갑자기 죽은 레이첼의 이모 페트라도 역시 마르판증후군이었을 가능성이 크다. 고압적인 어머니 때문에 실력이 뛰어난 훌륭한 의사가 된 그 지역 보건의는 자니의 상태를 보자마자 당장 병원에 전화를 걸어 자니를 검사하게 했을 것이고, 초음파 검사로 자신이 걱정하는 바를 확인해 자니의 생명을 살렸을 것이다.

존 폴은 자니가 죽은 이유가 질식했기 때문이 아니라 대동맥류 때문이라는 사실을 절대로 알지 못했다. 자니의 부검을 맡은 법의학 병리학자가 그날 심각한 독감을 앓지만 않았어도 제한적인 부검을 해달라는 크롤리 부부의 요청을 받아들이지 않았을 것이다. 그랬다면 다른 병리학자가 완전 부검을 했을 테고, 분명히 대동맥을 절개해 자니가 죽은 진짜 이유를 밝혀냈을 것이다.

그날 공원에 있었던 소녀가 자니가 아니라 다른 아이였다면, 존 폴이 자신이 하는 일을 깨닫고 목에서 손을 뗐을 때 헐떡거리며 공포에 사로잡혀 비틀거렸을 것이다. 일반적으로 남성이 여성을 죽이려면 보통 7초에서 14초 정도 목을 조르고 있어야 하는데, 존 폴은 그 전에 손을 놓았을 테고, 소녀는 눈물을 흘리며 사과하는 존 폴의 외침을 무시하고 달려가버렸을 것이다. 또 다른 소녀였다면 어쩌면 그 길로 곧바로 경찰서로 달려가 존 폴의 폭력을 고소했을 것이고, 그의 인생은 완전히 다른 방향으로 바뀌었을지도 모른다.

존 폴은 자니가 예약한 병원에 갔다면 그날 밤 긴급 수술을 받았을 거라는 사실을 결코 알지 못했다. 심장이 회복되는 동안 자니는 존 폴에게 전화로 헤어지자고 말했을 것이고, 전화를 받는 존 폴의 심장은 무너져내렸을 것이다. 자니는 아주 어린 나이에 코너 휘트비와 결혼을 했을 테고, 결혼 2주년이 지나고 고작 10일 만에 이혼을 했을 것이다. 그리고 코너와 이혼한 자니는 6개월이 지나지 않아 레인코브에서 열린 집들이 파티에서 참석해, 세실리아 벨이 그 집에 도착하기 직전에 존 폴 피츠패트릭을 다시 만났을 것이다.

우리 인생이 어떤 길로 가게 될지, 어떤 길로 가야 하는지를 정확하게 아는 사람은 아무도 없다. 아마도 그 편이 나을 것이다. 어떤 비밀은 영원히 비밀로 남는다. 그저 판도라에게 물어보자.

The Husband's Secret

허즈번드 시크릿

제1판 1쇄 발행 | 2015년 3월 20일
제2판 1쇄 발행 | 2023년 8월 25일

지은이 | 리안 모리아티
옮긴이 | 김소정
펴낸이 | 김수언
펴낸곳 | 한국경제신문 한경BP
책임편집 | 이혜영
저작권 | 백상아
홍보 | 서은실 · 이여진 · 박도현
마케팅 | 김규형 · 정우연
디자인 | 지소영
본문디자인 | 디자인 현

주소 | 서울특별시 중구 청파로 463
기획출판팀 | 02-3604-590, 584
영업마케팅팀 | 02-3604-595, 562   FAX | 02-3604-599
H | http://bp.hankyung.com   E | bp@hankyung.com
F | www.facebook.com/hankyungbp
등록 | 제 2-315(1967. 5. 15)

ISBN 978-89-475-4907-3   03840

마시멜로는 한국경제신문 출판사의 문학 브랜드입니다.